twisted HATE

À propos de ce livre

Veuillez noter que cette œuvre de fiction contient des éléments explicites et sombres ainsi que des passages qui sont susceptibles de heurter la sensibilité d'un public non averti.

Publié par Sourcebooks, 2022
Autopublié par Ana Huang en 2021
Couverture : © Sourcebooks © James Designs © Tomert/deposit photos, york/depositphotos
Dessin de couverture : Ashley Holstrom/Sourcebooks

Ouvrage dirigé par Bénita Rolland
Traduit par Charline McGregor

Pour la présente édition
© 2024, Hugo Roman, département de Hugo Publishing
34-36, rue La Pérouse
75116 – Paris
www.hugopublishing.fr

ISBN : 9782755670370
Dépôt légal : février 2024
Imprimé en France par CPI Brodard et Taupin

NEW ROMANCE®

ANA HUANG

twisted HATE

Tome 3

Traduit de l'anglais (américain)
par Charline McGregor

Hugo Roman

À tous ceux qui ont toujours pensé
qu'ils n'étaient pas assez bien.

Playlist

« Don't Blame Me » – Taylor Swift
« Talk » – Salvatore Ganacci
« Free » – Broods
« Daddie Issues » – The Neighbourhood
« You Make Me Sick » – P!nk
« Animals » – Maroon 5
« Give You What You Like » – Avril Lavigne
« wRoNg » – Zayn
« Waves » – Normani featuring 6LACK
« 50 Shades » – Boy Epic
« Only You » – Ellie Goulding
« One More Night » – Maroon 5
« I Hate U, I Love U » – Gnash
« Wanted » – Hunter Hayes

1

JULES

Il n'est jamais rien ressorti de bien d'un gars qui, sur sa photo de profil dans une appli de rencontre, pose avec un poisson. Et si le gars en question s'appelle Todd, en plus, alors là c'est double drapeau rouge.

J'aurais dû m'en douter, quand j'ai swipé à droite, et pourtant je suis là, assise seule au Bronze Gear, le bar le plus branché de Washington, en train de boire une vodka soda atrocement chère. Le gars m'a posé un lapin.

Eh oui.

Je me suis fait poser mon premier lapin par un Todd à poisson. Il n'en faut pas plus à une fille pour qu'elle envoie tout péter et jette seize dollars dans une boisson, alors qu'elle n'a même pas encore un salaire à temps plein.

C'est quoi, le problème des hommes, punaise ? Une photo de poisson ? Ils ne peuvent donc pas choisir quelque chose de plus créatif, comme la plongée en cage avec des requins ? Tout aussi centré sur les animaux marins, mais moins banal.

OK, ça peut paraître bizarre que je fasse cette fixation sur les poissons, mais ça me permet d'éviter de m'attarder sur cette journée d'horreur et sur la honte, chaude et poisseuse, qui me colle à la peau.

Se faire surprendre par une averse à mi-chemin du campus avec aucun parapluie en vue : fait. (Cinq pour cent de chance de pluie, mon cul. Je devrais intenter un procès à l'appli météo.)

Se retrouver pendant quarante minutes coincée dans une rame de métro bondée qui empeste les odeurs corporelles, en raison d'un problème d'électricité : fait.

Passer trois heures à arpenter la ville à la recherche d'un appartement et se retrouver avec les pieds couverts d'ampoules et zéro piste : fait.

Bref, après une journée aussi infernale, j'ai voulu annuler mon rendez-vous avec Todd, mais j'avais déjà reporté à deux reprises – une fois à cause d'un changement de date d'un devoir, l'autre parce que je me sentais un peu ramollo, niveau moral – et je ne voulais pas le laisser en plan une fois de plus. J'ai donc pris mon courage à deux mains et je me suis pointée… pour me faire poser un lapin.

L'univers a peut-être le sens de l'humour, mais un humour de merde.

Je finis mon verre et fais signe à la barmaid.

– Je peux avoir l'addition, s'il vous plaît ?

L'happy hour vient de commencer, mais j'ai trop hâte de rentrer à la maison et de me blottir contre les deux véritables amours de ma vie. Netflix et Ben & Jerry's ne me laissent jamais tomber, eux.

– C'est déjà payé.

Voyant mon expression surprise, la serveuse incline la tête vers une tablée de jeunes mecs d'une vingtaine d'années, allure BCBG. Probablement des consultants, d'après leur tenue. L'un d'entre eux, un sosie de Clark Kent en chemise vichy, a levé son verre et me sourit.

– Cadeau de Clark le consultant.

J'étouffe un rire tout en levant mon verre en souriant. Je ne suis donc pas la seule à trouver qu'il ressemble à l'alter ego de Superman.

– Clark le consultant vient de m'éviter des ramen instantanés pour le dîner, donc à la sienne, je réponds.

Au moins seize dollars qui vont rester sur mon compte en banque, mais je laisse quand même un pourboire. J'ai travaillé dans la restauration et, depuis, je suis obsédée par les pourboires, ça en devient excessif chez moi. Personne n'a jamais affaire à autant d'enfoirés que les gens qui occupent un emploi de service.

Je vide donc ma boisson gratuite, les yeux rivés sur Clark le consultant dont le regard passe avec une approbation manifeste sur mon visage, mes cheveux, mon corps.

Je ne crois pas à la fausse humilité – je sais que je suis mignonne. Et je sais que si je m'approche de cette table maintenant, je vais pouvoir apaiser mon ego meurtri avec d'autres verres, des compliments et peut-être un orgasme ou deux plus tard, s'il sait s'y prendre.

Tentant... mais non. Je suis trop épuisée pour me fader la phase séduction-et-plus-si-affinités.

Je me détourne donc, mais pas avant d'avoir perçu la déception sur son visage. Clark le consultant a compris le message implicite – *merci pour le verre, mais je ne suis pas intéressée pour aller plus loin* – et c'est tout à son honneur. Il n'essaie pas de m'approcher, ce qui est plus que je peux en dire de la plupart des hommes.

Je passe mon sac en bandoulière et je m'apprête à attraper mon manteau sur le crochet situé sous le bar quand une voix grave et arrogante hérisse tous les petits cheveux sur ma nuque. Cet accent...

– Salut, JR.

Deux mots. Assez pour déclencher ma réaction habituelle : la fuite. Honnêtement, c'est devenu un réflexe pavlovien, à ce stade. Quand j'entends sa voix, ma tension artérielle monte en flèche.

Sys-té-ma-ti-que-ment.

Ma journée vient de prendre un tour encore plus sympa.

Mes doigts se resserrent autour de la bandoulière de mon sac avant que je les force à se détendre. Je ne lui donnerai pas la satisfaction de provoquer quelque réaction perceptible que ce soit de ma part.

Dans cet esprit, je prends une profonde inspiration, je plaque sur mes traits une expression neutre et je me retourne lentement pour être accueillie par le spectacle le plus désagréable au monde, qui accompagne le son le plus désagréable au monde.

Ce putain de Josh Chen.

Et son mètre quatre-vingts, en jean foncé et chemise blanche juste assez ajustée pour bien montrer ses muscles. Et je ne doute pas un instant que ce soit fait exprès. Il a probablement passé plus de temps sur son apparence que moi et pourtant, je ne suis pas ce qu'on pourrait qualifier de négligée. Dans le dictionnaire Merriam-Webster[1], son visage devrait illustrer le mot « vaniteux ».

Le pire, c'est que Josh, sur le papier, est beau garçon. Épais cheveux noirs, pommettes hautes, corps sculpté. Tout ce que j'adore… tant que ce n'est pas attaché à un ego si développé qu'il lui faut son propre code postal.

– Salut, Joshy, je roucoule, sachant à quel point il déteste ce surnom.

Je peux remercier Ava, ma meilleure amie et sœur de Josh, de m'avoir révélé cette information, une vraie pépite !

L'agacement fait briller ses yeux. Je souris : ma journée est déjà en train de s'améliorer.

Pour être honnête, c'est Josh qui, le premier, a insisté pour m'appeler JR : les initiales de Jessica Rabbit, le personnage de dessin animé. Certaines personnes pourraient le prendre comme un compliment, mais quand vous êtes rousse et que vous portez un double bonnet D, la comparaison a vite fait de lasser, et il le sait.

– On boit toute seule ? Ou est-ce qu'on a fait fuir tous les clients dans un rayon de dix mètres ?

1. Le dictionnaire Merriam-Webster est un dictionnaire de référence pour l'anglais américain. (NdT, ainsi que pour toutes les notes suivantes)

En parlant, Josh balaie des yeux le bar vide autour de moi. On n'est pas encore au pic de l'happy hour, et les sièges les plus convoités sont les banquettes le long des murs lambrissés de chêne, pas les tabourets de bar.

– C'est drôle que tu parles d'effrayer les gens.

Je zieute la femme à côté de Josh. Elle est belle, cheveux bruns, yeux marron et corps svelte moulé dans une robe portefeuille à l'incroyable motif graphique. Dommage que son bon goût ne s'étende pas aux hommes, si elle sort avec lui.

– Je vois que tu t'es remis de ta crise de syphilis suffisamment longtemps pour attirer dans tes filets une autre femme sans méfiance, j'ajoute, puis à l'attention de la brunette : Je ne vous connais pas, mais je sais déjà que vous pourriez faire beaucoup mieux. Croyez-moi.

Est-ce que Josh a vraiment eu la syphilis ? Peut-être. Peut-être pas. Vu la frénésie de ses coucheries, je n'en serais pas surprise et je ne serais pas à la hauteur de mon code d'honneur de fille si je ne mettais pas en garde Robe-Portefeuille du risque de MST qu'elle encourt.

Au lieu de reculer, elle rit.

– Merci pour l'avertissement, mais je pense que ça ira.

Si Josh est agacé que je l'insulte devant son rencard, il n'en montre rien.

– Faire des blagues sur les MST... quelle originalité ! J'espère que tes plaidoiries seront plus créatives, sinon tu auras du mal à percer dans le milieu juridique. En supposant que tu réussisses l'examen du barreau, bien sûr.

Sa bouche s'incurve sur un sourire en coin, révélant une petite fossette sur sa joue gauche.

J'étouffe un grognement. Je déteste cette fossette. Chaque fois qu'elle apparaît, c'est comme si elle se moquait de moi et je n'ai qu'une envie, la poignarder avec un couteau. Josh a le don de faire ressortir ce qu'il y a de pire en moi.

– Je le réussirai, j'affirme froidement, refrénant mes pensées violentes. Tu n'as plus qu'à espérer de ne pas te voir traduit en justice pour faute médicale, Joshy, ou je serai la première à offrir mes services à la partie adverse.

Je me suis démenée pour obtenir une place à Thayer Law, la fac de droit de Thayer, et une offre d'emploi chez Silver & Klein, le prestigieux cabinet d'avocats dans lequel j'ai effectué mon stage l'année dernière. Pas question de laisser s'envoler mon rêve de devenir avocate, si proche du but.

Oh non, pas question.

Je vais réussir l'examen du barreau, et Josh Chen sera obligé de manger son chapeau. Avec un peu de chance, il s'étouffera avec.

– Beau discours, pour quelqu'un qui n'a même pas encore obtenu son diplôme.

Josh s'est accoudé au bar, un avant-bras sur le comptoir. C'est irritant, cette ressemblance avec un mannequin de *GQ*. Il change de sujet avant que je puisse lui opposer une autre saillie.

– Tu es bien chic, pour un verre en solo.

Son regard est passé de mes cheveux bouclés à mon visage maquillé, avant de s'attarder sur le pendentif en or lové dans mon décolleté.

Mon dos se tend. Contrairement à Clark le consultant, l'examen minutieux de Josh se grave dans ma chair, brûlant et moqueur. Le métal de mon collier me brûle la peau et je dois me retenir de l'arracher pour le lui jeter au visage, à Monsieur trop content de lui.

Et pourtant, pour une raison que j'ignore, je reste immobile pendant qu'il se livre tranquillement à son passage en revue. Pas du genre lubrique, plutôt évaluateur, comme s'il rassemblait toutes les pièces du puzzle et les arrangeait pour former l'image complète dans son esprit.

Les yeux de Josh plongent vers la robe en cachemire vert qui épouse mon buste, effleure mes jambes en bas noirs et s'arrête sur mes bottes noires à talons, avant de remonter vers mes prunelles noisette. Son sourire arrogant a disparu, au profit d'une expression indéchiffrable.

Un silence pesant s'installe entre nous avant qu'il reprenne la parole.

– En fait, tu es habillée pour un rendez-vous, un vrai. Pourtant tu étais sur le point de partir, or il n'est que 17 h 30.

Sa posture est restée décontractée, mais ses yeux sont aiguisés comme de méchants couteaux prêts à tailler ma gêne en tranches.

Je lève le menton malgré la chaleur de l'embarras qui me picote la peau. Josh est plein de choses – exaspérant, arrogant, l'engeance de Satan –, mais il n'est pas stupide, et c'est bien la dernière personne dont j'aie envie qu'il sache que je viens de me faire poser un lapin.

Sinon je vais en entendre parler jusqu'à la fin de mes jours.

– Ne me dis pas qu'il n'est pas venu.

Je perçois une note étrange dans sa voix. La chaleur s'intensifie. Bon Dieu, je n'aurais jamais dû mettre du cachemire. Je suis en train de rôtir dans cette fichue robe.

– Tu devrais moins te soucier de ma vie amoureuse et plus de ta cavalière.

Josh n'a pas jeté un regard à Robe-Portefeuille depuis qu'il a débarqué, mais elle n'a pas l'air de s'en offusquer. Elle est trop occupée à discuter et à rire avec le barman.

– Je t'assure que, de toutes les choses qui figurent sur ma liste de trucs à faire, me soucier de ta vie amoureuse n'est même pas dans le top 5000.

Malgré son sarcasme, Josh ne cesse de me fixer avec ce regard indéchiffrable.

Mon ventre se serre, sans raison apparente.

– Tant mieux.

Réplique boiteuse, mais mon cerveau ne fonctionne pas correctement. Je mets ça sur le compte de l'épuisement. Ou de l'alcool. Ou d'un million d'autres choses qui n'ont rien à voir avec l'homme qui se tient planté devant moi.

J'attrape mon manteau et je me laisse glisser au bas de mon siège, avec l'intention de passer devant lui sans un mot de plus.

Malheureusement, j'ai mal évalué la distance entre la barre de mon tabouret et le sol. Mon pied glisse et un petit cri me monte à la gorge quand mon corps bascule en arrière. Je suis à deux doigts de tomber sur les fesses quand une main jaillit et me saisit le poignet, me ramenant à la verticale.

Josh et moi nous figeons en même temps, nos yeux rivés sur sa main autour de mon poignet. Je ne me souviens pas de la dernière fois où nous nous sommes volontairement touchés. Peut-être il y a trois étés de ça, la fois où il m'a poussée, tout habillée, dans la piscine lors d'une fête et où j'ai riposté en lui donnant « par accident » un coup de coude dans l'aine ?

Le souvenir de lui plié en deux me réconforte dans les moments de détresse, mais je n'y pense pas en cet instant.

Au lieu de ça, je suis concentrée sur sa proximité troublante… suffisante pour que je sente son eau de toilette, qui s'avère agréable et citronnée plutôt que l'odeur de feu et de pierre à laquelle je m'attendais.

L'adrénaline de ma presque chute se répand dans mon organisme et mon rythme cardiaque s'en trouve accéléré, jusqu'à entrer en territoire malsain.

– Tu peux me lâcher, là. Avant que je fasse une crise d'urticaire.

À la seule force du mental, je m'oblige à réguler ma respiration malgré la chaleur suffocante.

La poigne de Josh se resserre l'espace d'une milliseconde avant qu'il ne lâche mon bras comme si c'était une patate chaude. Et la contrariété remplace son expression précédente, l'indéchiffrable.

– De rien, je t'ai juste évité de te casser le coccyx, JR.

– Ne dramatise pas, Joshy. Je me serais rattrapée toute seule.

– Bien sûr. Il ne faudrait surtout pas que le mot « merci » sorte de ta bouche, fait-il, de plus en plus sarcastique. Tu es une vraie emmerdeuse, tu le sais ?

– C'est mieux que d'être un connard.

Tout le monde, en regardant Josh, voit un beau médecin charmant. Moi, mon coup d'œil me montre un abruti trop sûr de lui et prompt à juger autrui.

« *Tu peux te faire d'autres amis, Ava. Cette fille, c'est les ennuis assurés. Tu n'as pas besoin de quelqu'un comme ça dans ta vie.* »

Je sens mes joues rougir. Ça fait sept ans que j'ai entendu ces propos de Josh à Ava, alors qu'elle et moi étions en train de devenir amies, et le souvenir est encore douloureux. Non que je ne leur aie jamais dit les avoir entendus. Ça ne ferait que mettre Ava mal à l'aise, et Josh ne mérite pas de connaître la blessure que ses paroles m'ont infligée.

Il n'est pas le premier à penser que je ne suis pas assez bien, mais il a été le premier à essayer de ruiner l'une de mes amitiés naissantes pour cette raison.

J'affiche un sourire cassant, j'enfile mon manteau et mes gants, réajuste mon sac.

– Si tu veux bien m'excuser, j'ai dépassé mon temps de tolérance journalière à ta présence. Présente mes condoléances à ton rencard.

Avant qu'il ne puisse répondre, je l'ai poussé et, d'un bon pas, j'ai gagné l'air frais du mois de mars. C'est à ce moment-là seulement que je m'autorise à me détendre, même si mon pouls continue de battre à une vitesse effrénée.

De toutes les personnes que j'aurais pu croiser dans ce bar, il a fallu que je tombe sur Josh Chen. La journée peut-elle encore empirer ?

J'imagine déjà les railleries dont il va me gratifier la prochaine fois que je le verrai.

Tu te rappelles le jour où on t'a posé un lapin, JR ?

Tu te revois, assise toute seule au bar comme une loseuse ?

Tu te rappelles la fois où tu t'es mise sur ton trente-et-un et que tu as utilisé la fin de ton ombre à paupières préférée pour un mec qui s'appelait Todd ?

D'accord, pour les deux derniers, il n'est pas au courant, mais je ne serais même pas surprise qu'il réussisse à le découvrir.

J'enfonce les mains plus profondément dans mes poches et je tourne au coin de la rue, pressée de mettre le plus de distance possible entre l'engeance de Satan et moi.

Le Bronze Gear est situé dans une rue pleine de restaurants, où la musique flotte dans l'air et les gens sont nombreux sur le trottoir même en hiver. L'artère où je marche maintenant, pourtant à seulement une rue de là, est d'un calme limite flippant. Des boutiques fermées bordent les deux trottoirs et des touffes de mauvaises herbes ont poussé dans les fissures du sol. Le soleil n'est pas encore tout à fait couché, mais les ombres qui s'allongent donnent un air sinistre à l'environnement.

D'instinct, je presse le pas, même si je suis distraite non seulement par ma rencontre inattendue avec Josh mais aussi par les dizaines d'items sur ma to do list. Quand je suis seule, mes soucis et mes tâches encombrent mon cerveau, comme des enfants réclamant l'attention de leurs parents.

Remise des diplômes, préparation du barreau, éventuellement engueuler Todd par texto (non, pas la peine), nouvelles recherches d'appartement en ligne, anniversaire surprise d'Ava ce week-end…

Minute.

Anniversaire. Mois de mars.

Je m'arrête net.

Oh, bon Dieu.

En plus d'Ava, je connais quelqu'un d'autre dont l'anniversaire tombe début mars, mais…

Je sors mon téléphone de ma poche d'une main tremblante, et mon ventre se serre quand je vois la date. Le 2 mars.

C'est son anniversaire aujourd'hui. J'ai complètement oublié.

Un sentiment de culpabilité m'envahit qui me vrille les tripes et je me demande, comme je le fais chaque année, si je dois l'appeler. Je ne le fais jamais, mais… cette année pourrait être différente.

C'est aussi ce que je me dis chaque année.

Je ne devrais pas culpabiliser. Elle ne m'appelle jamais pour mon anniversaire non plus. Ni à Noël. Ou toute autre fête. Je n'ai ni vu ni parlé à Adeline depuis sept ans.

Appelle. N'appelle pas. Appelle. N'appelle pas.

Je mordille ma lèvre inférieure.

C'est son quarante-cinquième anniversaire. Un cap important, non ? Assez important pour mériter un « joyeux anniversaire » de la part de sa fille… à supposer qu'elle se soucie de recevoir quoi que ce soit de moi.

Je suis tellement occupée à débattre avec moi-même que je ne remarque pas qu'on s'approche de moi, jusqu'à ce que le canon dur d'un pistolet soit pressé dans mon dos et qu'une voix rauque aboie :

– Ton téléphone et ton portefeuille ! Tout de suite !

Mon cœur bondit et je manque laisser tomber mon téléphone. L'incrédulité durcit mes membres jusqu'à en faire de la pierre.

Non, mais tu déconnes, là.

Ne posez jamais à l'Univers des questions auxquelles vous ne souhaitez pas obtenir de réponse, parce qu'il s'avère que si, la journée pouvait bel et bien empirer encore.

2

JOSH

– Ne le dis pas.

Je soulève l'opercule de ma bière, refusant de regarder l'expression amusée de Clara. La jolie barmaid avec qui elle flirtait est partie s'occuper de la foule attirée par l'happy hour, et depuis elle m'observe avec un sourire entendu.

– Très bien. Je ne dirai rien.

Clara croise les jambes et boit une gorgée de sa boisson, tout en fausse docilité. Elle est infirmière aux urgences de l'hôpital universitaire de Thayer, où je suis interne en troisième année, avec pour spécialité la médecine d'urgence. Du coup, nos chemins se croisent souvent. Nous sommes amis depuis ma première année d'internat, quand nous nous sommes découvert une passion réciproque pour les sports extrêmes et les films ringards des années 1990, mais j'éveille autant d'intérêt sexuel chez elle que tout autre membre de l'espèce masculine, à savoir autant qu'une pierre.

Bref je n'ai certainement pas rendez-vous avec Clara, du moins pas dans le sens romantique du terme. Pourtant, je n'ai pas corrigé la supposition de Jules. Ma vie personnelle ne la regarde en rien. Même moi, parfois, je n'ai pas envie de m'y intéresser.

– Bien.

J'ai attiré l'attention d'une jolie blonde à l'autre bout du bar et je lui adresse un sourire aguicheur. Qu'elle me rend, version suggestive.

Voilà ce dont j'ai besoin ce soir. D'alcool, de regarder le match des Wizards avec Clara et d'un petit flirt inoffensif.

N'importe quoi, du moment que je me sors de l'esprit la lettre qui m'attend à la maison.

Correction : les lettres. Au pluriel.

24 décembre. 16 janvier. 20 février. 2 mars. Les dates des dernières lettres de Michael sont gravées dans mon esprit.

J'en reçois une tous les mois, avec la régularité d'une horloge, et je me déteste de ne pas les jeter aussitôt.

Je bois une longue gorgée de ma bière, en tâchant d'oublier la pile de courrier non décacheté dans le tiroir de mon bureau. C'est ma deuxième bière en moins de dix minutes, mais merde, j'ai eu une longue journée. J'ai besoin de lâcher du lest.

– J'ai toujours bien aimé les rousses, lâche Clara, me ramenant à la conversation que je ne veux pas avoir. Peut-être parce que *La petite sirène* était mon dessin animé de Disney préféré quand j'étais petite.

Son visage se plisse sur un sourire devant mon profond soupir empreint de souffrance.

– Ton manque de subtilité est étonnant.

– J'aime avoir au moins un trait de caractère étonnant, réplique-t-elle, sourire jusqu'aux oreilles. Alors, c'était qui ?

Inutile d'essayer d'esquiver sa question. Une fois qu'elle a reniflé quelque chose de potentiellement juteux, elle est pire qu'un pitbull avec un os.

– La meilleure amie de ma sœur. Une emmerdeuse.

La tension me noue les épaules au souvenir de ma rencontre avec Jules. C'est tout à fait son genre d'être piquante même quand j'essaie de l'aider. Le rameau d'olivier ? Très peu pour elle. Je devrais lui tendre un bouquet d'épines en espérant qu'elle s'y pique.

Chaque fois que j'essaie d'être gentil – ce qui, pour être honnête, n'arrive pas souvent –, elle me rappelle pourquoi nous ne serons jamais amis. On est tous les deux trop têtus, nos personnalités trop semblables. Ça revient à éteindre un feu avec du feu.

Malheureusement, Jules et ma sœur Ava sont cul et chemise depuis qu'elles ont partagé la même chambre pendant leur première année d'université, ce qui signifie que je suis bien obligé de me fader Jules et ce, peu importe à quel point nous nous tapons mutuellement sur les nerfs.

Ne me demandez pas quel problème elle me pose, je sais juste qu'elle a une fâcheuse tendance à mettre Ava dans le pétrin.

Depuis sept ans qu'elles se connaissent, j'ai vu Ava faire un mauvais trip après avoir consommé des brownies au hashish de Jules et se mettre pratiquement à poil lors d'une fête, je l'ai consolée après que, sérieusement imbibée, elle a teint ses cheveux aux vingt ans de Jules, couleur orange semi-permanente, je précise, et je suis allé les secourir au bord d'une route à Trifouillis-les-Oies, dans le Maryland, tout ça parce que Jules avait eu la brillante idée de se joindre à des inconnus rencontrés dans un bar pour une virée impromptue à New York. La voiture est tombée en panne en chemin, et par chance, les inconnus se sont révélés inoffensifs, mais n'empêche. Ça aurait pu très mal tourner.

Ce ne sont là que quelques-uns de ses hauts faits. Je pourrais vous citer un millier d'autres cas où Jules a convaincu ma sœur de l'accompagner dans l'un ou l'autre de ses projets farfelus.

Ava est adulte et capable de prendre ses propres décisions, cependant elle est aussi trop confiante, bon sang. En tant que grand frère, c'est mon boulot de la protéger, surtout après la mort de notre mère et depuis que notre père s'est avéré être un putain de psychopathe.

Et il ne fait aucun doute dans mon esprit que Jules exerce une mauvaise influence sur Ava. Point barre.

La bouche de Clara dessine un sourire qu'elle cherche à camoufler.

– Est-ce que l'emmerdeuse en question a un nom ?

J'avale une autre gorgée de bière avant de répondre sèchement :

– Jules.

– Hmm. Jules est très jolie.

– Comme la plupart des succubes mangeuses de chair. C'est d'ailleurs comme ça qu'elles t'attrapent.

Ma voix ne masque rien de mon irritation. Oui, Jules est belle, mais les aconits et les pieuvres à anneaux bleus aussi. Autant de jolies enveloppes extérieures qui cachent un poison mortel, lequel, dans le cas de Jules, se présente sous la forme de sa langue de vipère.

La plupart des hommes sont aveuglés par ses courbes et ses grands yeux noisette, mais pas moi. Je sais qu'il ne faut pas tomber dans son piège. Les pauvres bougres dont elle a brisé le cœur à Thayer constituent autant de preuves supplémentaires de la nécessité de rester loin d'elle, pour le bien de ma santé mentale.

– En tout cas, je ne t'ai jamais vu aussi énervé par une femme. Attends un peu que je raconte ça aux autres infirmières.

Le visage de Clara, à ce stade, est un masque de ravissement.

Oh, doux Jésus !

Gossip Girl, c'est du pipi de chat à côté du poste des infirmières. Une fois qu'une nouvelle leur arrive aux oreilles, elle se répand dans l'hôpital comme une traînée de poudre.

– Je ne suis pas énervé et il n'y a rien à raconter.

Je décide de changer de sujet avant qu'elle ne continue à insister. Car je n'ai aucune envie de parler de Jules Ambrose une seconde de plus.

– Si tu veux de vraies nouvelles, en voilà une : j'ai enfin décidé où j'allais passer mes vacances.

Elle lève les yeux au ciel.

– C'est loin d'être aussi intéressant que ta vie amoureuse. La moitié des infirmières craquent sur toi. Je ne comprends pas pourquoi, d'ailleurs.

– Parce que je suis un bon coup.

Ce n'est pas de l'arrogance, si c'est vrai. Je ne sortirai jamais avec quelqu'un de l'hôpital, cela dit. « *No zob in job* », telle est ma devise.

– Et humble, avec ça, commente Clara, qui renonce à essayer d'obtenir plus d'informations sur Jules et enchaîne sur ma proposition : OK, je mords à ton hameçon. Où est-ce que tu vas en vacances ?

Mon sourire est bien réel, cette fois-ci.

– En Nouvelle-Zélande.

J'hésite depuis un moment entre la Nouvelle-Zélande pour le saut à l'élastique et l'Afrique du Sud pour la plongée en cage avec les requins, mais j'ai fini par opter pour la première destination et j'ai acheté mes billets hier soir.

Les internes en médecine ont des emplois du temps merdiques, mais en médecine d'urgence, on est un peu mieux lotis que les chirurgiens, par exemple. Je travaille sur des gardes tantôt de huit, tantôt de douze heures, avec un jour de congé obligatoire tous les six jours et quatre périodes de cinq jours de congé par an. En contrepartie, nous travaillons non-stop pendant nos gardes, mais ça ne me dérange pas. Être occupé, c'est bien. Être occupé, ça me permet de ne pas penser à d'autres choses.

Néanmoins, j'attends avec impatience de partir en vacances pour la première fois cette année. Ma semaine de congé a été validée pour le printemps et je me vois déjà en Nouvelle-Zélande : un ciel bleu immaculé, des sommets enneigés, la sensation d'apesanteur de la chute libre et l'afflux d'adrénaline qui réveille mon corps chaque fois que je m'adonne à l'un de mes sports d'aventure préférés.

– Tais-toi, gémit Clara. Je suis tellement jalouse. Quelles randonnées tu vas faire ?

J'ai effectué des recherches approfondies sur les meilleures randonnées du pays, je la régale donc de mes projets jusqu'à ce que la barmaid revienne, et là, Clara se laisse distraire. Comme je ne veux pas lui casser son coup, je me concentre sur mon verre et sur la télé qui diffuse le match qui oppose les Wizards aux Raptors.

Je suis sur le point de commander une autre bière quand une douce voix féminine m'interrompt.

– Ce siège est pris ?

Je me retourne vers la jolie blonde dont j'ai plusieurs fois croisé le regard tout à l'heure. Je n'avais pas remarqué qu'elle avait quitté sa place au bar, mais la voilà qui se tient si près de moi que je vois les quelques taches de rousseur sur son nez.

Par habitude, j'affiche un sourire paresseux qui la fait aussitôt rougir.

– Non, il est tout à vous.

Le flirt, la drague sont devenus pour moi une attitude si familière que je le fais sans presque m'en rendre compte. Comme une seconde nature, gravée dans ma mémoire, y compris musculaire. Tu lui paies un verre, tu lui poses des questions sur elle, tu l'écoutes attentivement – du moins tu en donnes l'impression – avec hochements de tête occasionnels et interjections appropriées ici et là, tu effleures sa main pour établir le contact physique.

Avant, je trouvais ça excitant, mais maintenant je le fais parce que… eh bien, je ne sais pas trop. Parce que c'est ce que j'ai toujours fait, sans doute.

– … veux être vétérinaire…

J'acquiesce de nouveau, luttant pour ne pas bâiller. Qu'est-ce qui cloche chez moi, merde ?

Robin, la blonde, est sexy et prête à poursuivre la conversation dans un endroit plus intime, si j'en juge par la main qu'elle a posée sur ma cuisse. Certes, les aventures équestres de son enfance ne sont pas passionnantes, mais en général j'arrive toujours à trouver au moins une bricole pour retenir mon attention dans chaque conversation.

C'est peut-être moi. L'ennui est mon compagnon de tous les instants, ces derniers temps, et je ne sais pas comment me débarrasser de ce salaud.

Les fêtes auxquelles je vais, c'est toujours la même rengaine. Les filles sur lesquelles je tombe par hasard ne me satisfont pas. Mes rencards sont des corvées. Le seul endroit où je ressens quelque chose, c'est aux urgences.

Je jette un coup d'œil à Clara. Elle flirte toujours avec la barmaid, qui ignore royalement ses clients et fixe sur elle un regard énamouré.

– … n'arrive pas à décider si je veux un spitz nain ou un chihuahua… continue de babiller Robin.

– Un spitz, c'est bien. (Je vérifie ostensiblement ma montre, avant d'ajouter :) Oh, je suis désolé de couper court, mais je dois aller chercher mon cousin à l'aéroport.

Ce n'est pas la meilleure excuse de l'histoire, mais c'est la première qui me vient.

Le visage de Robin se décompose.

– Ah, d'accord. On pourrait peut-être se revoir. Appelle-moi.

Elle griffonne son numéro sur une serviette et me la glisse dans la main.

Je réponds par un sourire évasif. Je n'aime pas faire des promesses que je ne tiendrai pas.

– Amuse-toi bien, je souffle à Clara en sortant.

Elle secoue la tête et m'adresse un petit sourire avant de reporter son attention sur la barmaid.

C'est la sortie la plus rapide que j'ai faite d'un bar depuis longtemps. Je ne suis pas fâché de la façon dont la nuit a fini. Clara et moi allons souvent boire des verres ensemble et nous nous séparons si l'un des deux est… distrait. Bon, maintenant, je vais devoir trouver un autre endroit où aller.

Il est trop tôt pour que je rentre chez moi maintenant. Je ne veux pas non plus entrer dans l'un des autres bars qui bordent la rue, au cas où Robin décide aussi de changer de crémerie.

Et puis merde. Je vais aller regarder la fin du match au repaire de plongeurs près de chez moi. La bière et la télé, ce sont les mêmes partout, quel que soit l'endroit. Et avec un peu de chance, le métro sera à l'heure et je ne raterai pas la fin du match.

Je tourne à l'angle de la rue tranquille qui mène à la station de métro. J'ai fait la moitié du chemin quand j'aperçois une tignasse rousse et un manteau violet familiers dans la ruelle à côté d'une ancienne boutique de chaussures fermée depuis quelque temps.

Je ralentis le pas. Qu'est-ce que Jules fabrique encore ici ? Elle est partie vingt bonnes minutes avant moi.

Et puis je remarque l'éclat du métal dans sa main. Un pistolet. Pointé droit sur le barbu hirsute devant elle.

– C'est quoi ce bordel ?

Mes mots incrédules résonnent dans la rue vide et rebondissent sur les vitrines barricadées des anciens magasins.

Je me suis endormi au bar et j'ai pénétré dans *Twilight Zone* ou quoi ? Parce que la scène qui se déroule sous mes yeux n'a aucun putain de sens.

Où Jules a-t-elle dégoté une arme ?

Elle change de position afin de pouvoir me regarder sans quitter l'homme des yeux. Qui porte un bonnet usé jusqu'à la corde sur ses cheveux bruns un peu trop longs et un manteau noir trop grand de deux tailles accroché à sa maigre carcasse.

– Il a essayé de m'agresser, annonce-t-elle tranquillement.

Bonnet lui jette un regard plein de ressentiment, mais il a le bon sens de la fermer.

Je me pince en espérant que ça me sorte de cette réalité alternative où j'ai apparemment atterri. *Non. Toujours là, putain.*

– Et je suppose que c'est son arme, ça ?

Bizarrement, je ne suis pas surpris que Jules ait retourné la situation en sa faveur. Si elle était kidnappée, le kidnappeur la renverrait probablement dans l'heure qui suit, à bout de nerfs.

– Oui, Sherlock, répond-elle en resserrant la main sur l'arme en question. J'ai appelé la police. Ils sont en route.

Et comme par hasard, le hurlement des sirènes retentit dans l'air.

Bonnet se raidit, ses yeux s'agitent dans tous les sens sous l'effet de la panique.

– N'y pense même pas, le prévient Jules. Ou je tire. Je ne bluffe pas.

– Elle le fera, je lui confirme. Une fois, je l'ai vue tirer dans le cul d'un gars avec un Smith & Wesson parce qu'il lui avait volé un paquet de chips. La colère, chez elle, c'est un truc épique, j'ajoute à voix basse, genre je te fais une confidence.

La situation est absurde. Alors autant jouer le jeu.

Comme je l'ai dit, je m'ennuie.

Mon mensonge fait naître un sourire sur les lèvres de Jules, qui reprend toutefois bien vite sa mine patibulaire.

Bonnet écarquille les yeux. Son regard joue au ping-pong entre nous.

– T'es sérieux ? Comment vous vous connaissez tous les deux ? Vous baisez ?

Jules et moi avons un mouvement de recul simultané.

Soit Bonnet pose une question stupide et totalement déplacée pour détourner notre attention, soit il cherche à me faire vomir. Et si c'est la deuxième hypothèse, il a failli réussir. Mon estomac s'est retourné comme une bétonnière programmée en vitesse surmultipliée.

– Jamais de la vie. Regarde-le, rétorque Jules en me désignant de sa main libre. Comme si j'allais toucher *ça*.

Bonnet louche vers moi.

– Qu'est-ce qu'il a qui ne va pas ?

– Je ne te laisserais pas me toucher, même si tu proposais de rembourser tous mes emprunts pour l'école de médecine, je grogne.

Et je m'en foutrais que Jules Ambrose soit la dernière femme au monde. C'est LA personne avec qui je ne coucherai jamais. Ja-mais.

Elle ne relève pas.

– Tu as déjà entendu le dicton : plus l'ego est grand, plus le pénis est petit ? demande-t-elle à Bonnet. Il s'applique à lui.

– Oh ! Ça craint, fait Bonnet avec un regard plein de compassion. Désolé, mec.

Une veine palpite à ma tempe. J'ouvre la bouche pour informer Madame que je préférerais m'asperger d'eau de Javel plutôt que de l'autoriser à approcher de près ou de loin de mon pénis, mais le claquement d'une portière m'en empêche.

Un flic de la taille de Hulk en sort, arme au poing.

– On ne bouge plus ! Lâchez votre arme.

Je pousse un grognement et manque me pincer à nouveau avant de me reprendre.

Oh putain de Dieu !

J'aurais dû partir quand j'en avais l'occasion.

Maintenant, c'est sûr, je vais rater le reste du match.

3

JOSH

Quarante-cinq minutes et des dizaines de questions plus tard, les flics nous ont finalement laissés partir.

Bonnet a été placé en garde à vue, et Jules et moi regagnons en silence la station de métro dans la rue voisine. La plupart des gens paniqueraient, après avoir été victime d'une tentative d'agression, mais elle se comporte comme si elle venait de finir ses courses.

Je suis moins serein. Non seulement j'ai perdu une heure à me faire passer sur le gril par la police mais, en plus, j'ai manqué la fin du match.

– Dis-moi pourquoi, chaque fois que j'ai des problèmes, tu es dans le coup, je lâche entre mes dents serrées.

La station de métro est en vue.

– Ce n'est pas ma faute si *tu* as choisi de rentrer par cette rue et de rester pour ce joyeux intermède au lieu de passer ton chemin, rétorque Jules. Je gérais très bien l'affaire.

Je ricane. Mes chaussures battent un rythme furieux sur les marches. J'aurais pu prendre l'escalator, mais j'ai besoin de me calmer les nerfs. Jules doit ressentir la même chose, parce qu'elle est à côté de moi, et elle m'agace.

Le tourniquet en vue, je sors mon portefeuille d'un geste impatient.

– Un « joyeux intermède » ? Qui parle comme ça ? Et il n'y avait rien de joyeux là-dedans, je te le promets. Dommage que la police ne t'ait pas mise aussi en garde à vue, tiens. Tu es une menace pour la société.

– Selon qui ? Toi ?

Elle me jette un regard plein de dédain.

Auquel je réponds par un sourire froid.

– Oui, moi et toutes les personnes qui ont eu la malchance de croiser ton chemin.

C'est horrible de dire ça, mais entre les lettres, une longue garde à l'hôpital et ma crise existentielle plus globale, je ne suis pas d'humeur particulièrement charitable.

– Punaise, tu es vraiment une plaie. (Jules abat sa carte de métro sur le lecteur avec une violence inutile.) La pire qui soit.

Je franchis le tourniquet derrière elle.

– Non, là, c'est toi que tu décris. Le bon sens veut qu'on donne aux agresseurs ce qu'ils réclament.

Plus j'y réfléchis, plus ses réactions me déconcertent et m'exaspèrent.

– Et si tu n'avais pas pu le désarmer ? j'ajoute. Et s'il avait eu une autre arme cachée quelque part ? Tu aurais pu mourir, putain !

Le visage de Jules s'enflamme.

– Arrête de me crier dessus. Tu n'es pas mon père.

– Je ne crie pas !

Nous nous arrêtons sous le tableau annonçant l'arrivée de la prochaine rame : dans huit minutes. La gare est vide, à l'exception d'un couple qui s'embrasse sur l'un des bancs et d'un homme d'affaires en costume-cravate tout au bout du quai. En tout cas, l'endroit est suffisamment silencieux pour que j'entende le sang pulser dans mes oreilles.

Nous nous fusillons du regard, la poitrine gonflée par l'émotion. J'ai envie de la secouer d'avoir été stupide au point de mettre sa vie en danger, tout ça pour un putain de téléphone et un portefeuille.

Ce n'est pas parce que je ne l'aime pas que je veux sa mort.

Pas tout le temps en tout cas.

Je m'attends à une autre réplique hargneuse, au lieu de quoi Jules détourne le regard et se tait.

Ça ne lui ressemble tellement pas que c'est hyper déconcertant. Je ne me rappelle pas la dernière fois où elle m'a laissé le dernier mot.

Je lâche un soupir, me forçant à me calmer et à réfléchir clairement à la situation.

Peu importe ce que je pense d'elle, Jules est l'amie d'Ava, et elle vient de survivre à une tentative d'agression à main armée. À moins d'être un foutu robot, elle ne peut pas être aussi indifférente qu'elle en a l'air après ce qui s'est passé.

Je l'observe du coin de l'œil : sa mâchoire crispée, son dos raide comme un piquet, son expression vide – un peu trop pour être honnête.

Ma colère reflue et je me passe une main sur la mâchoire, décontenancé. Jules et moi, on ne se réconforte pas. On ne se dit même pas « à tes souhaits » quand l'autre éternue. Pourtant…

Merde.

– Ça va ? je demande d'un ton bourru.

Je ne peux pas ne pas au moins poser la question à quelqu'un qui a frôlé la mort, qui que soit la personne. Ça irait à l'encontre de tout ce en quoi je crois en tant que médecin et en tant qu'être humain.

– Ça va.

Jules ramène ses cheveux derrière son oreille. Sa voix est catégorique, cependant je décèle un léger tremblement dans sa main.

Les poussées d'adrénaline sont des phénomènes étranges. Elles te rendent plus fort, plus concentré. Elles te donnent l'impression d'être invincible. Mais une fois qu'elles refluent et que tu retombes sur terre, il faut gérer les séquelles : les mains qui tremblent, les jambes qui flageolent, la peur que tu as mise de côté un bref instant pour la voir rejaillir de plus belle en un gigantesque déluge.

Je parierais mon dernier dollar que Jules subit de plein fouet le contrecoup de sa montée d'adrénaline.

– Tu es blessée ?

– Non. Je lui ai pris son arme avant qu'il puisse faire quoi que ce soit.

Elle regarde droit devant elle, avec une telle intensité que je m'attends presque à voir apparaître un trou dans le mur de la station.

– J'ignorais que tu étais un agent secret.

Je tente d'alléger l'atmosphère, cependant je suis curieux de savoir ce qui s'est passé. Nous avons parlé à la police séparément, du coup je ne l'ai pas entendue raconter comment elle a désarmé Bonnet.

– Pas besoin d'être un agent secret pour désarmer quelqu'un. (Elle plisse le nez. Enfin un signe de normalité.) J'ai pris des cours d'autodéfense quand j'étais plus jeune. On nous apprenait notamment à réagir face à un agresseur.

Hmm. Je ne l'aurais pas vue comme une fille qui prend des cours d'autodéfense.

Le train entre en gare avant que je puisse réagir. Il n'y a pas de sièges libres, l'arrêt précédent étant un carrefour très fréquenté, nous nous tenons donc côte à côte près des portes jusqu'à Hazelburg, la banlieue du Maryland où se trouve le campus de Thayer.

Jules et moi étions voisins quand Ava et elle ont cohabité pendant leur dernière année, mais Ava a depuis déménagé au centre-ville et j'ai loué un nouvel appartement. Trop de souvenirs désagréables étaient liés à mon ancienne maison.

N'empêche, Hazelburg est une petite ville, et Jules et moi ne vivons qu'à une vingtaine de minutes à pied l'un de l'autre.

Machinalement, nous prenons le chemin ensemble après être sortis de la station.

– Ne raconte pas à Ava ou à qui que ce soit d'autre ce qui s'est passé, me dit Jules quand nous arrivons au coin où nous devons bifurquer, elle sur la gauche, moi sur la droite. Je ne veux pas qu'elle s'inquiète.

– OK.

Elle a raison. Ava s'inquiéterait, c'est sûr, et il ne sert à rien de lui causer du souci pour quelque chose qui s'est déjà produit.

– Tu es sûre que ça va ?

Je suis à deux doigts de lui proposer de la raccompagner, mais ce serait peut-être trop. Nous avons atteint nos limites en matière de civilité réciproque, comme en témoignent les paroles qu'elle prononce ensuite.

– Oui. (Elle frotte deux doigts sur la manche opposée de son manteau, l'air distraite.) Ne sois pas en retard à la fête d'Ava samedi. Je sais que la ponctualité n'est pas l'une de tes rares qualités, mais il est important que tu arrives à l'heure.

Ma compassion vient de s'évaporer dans une bouffée d'agacement.

– Je ne serai pas en retard, je réponds, les dents serrées. Ne t'inquiète pas pour ça.

Et je m'éloigne avant qu'elle ne puisse répondre, sans prendre la peine de dire « au revoir ». Il a fallu qu'elle gâche tout. Comme. Chaque. Putain. De fois.

Ce côté agressif, c'est peut-être un mécanisme de défense, mais ce n'est pas mon affaire. Je ne suis pas là pour faire tomber les barrières dont elle s'entoure comme dans les romans d'amour à la noix qu'Ava affectionne tant.

Si Jules veut être insupportable, j'ai le droit de m'épargner la souffrance que m'inflige sa présence.

Le vent qui hurle à travers les arbres me mord le visage, soulignant le calme qui règne dans les rues. Hazelburg est l'une des villes les plus sûres des États-Unis, mais…

La façon dont la main de Jules tremblait pendant que nous attendions le métro. La tension dans ses épaules. La pâleur de sa peau.

Mon pas, jusque-là rapide, ralentit, j'en suis presque à flâner.

Tu t'imagines trop de choses à partir d'un seul mouvement. Rentre chez toi, mec.

D'accord, il fait nuit et elle est seule. Les chances qu'il lui arrive quelque chose sont minces, même si elle est un aimant à problèmes.

Je ferme les yeux, incapable de croire que je suis seulement en train d'envisager de faire ce que je m'apprête à faire.

– Putain de bordel de merde.

J'ai craché les mots avant de m'arrêter et de faire demi-tour dans la direction où Jules est partie, la mâchoire verrouillée, de plus en plus en colère à chaque pas qui me rapproche d'elle.

En colère contre ma bonne conscience, qui s'est réveillée au pire des moments. En colère contre Jules pour exister, contre Ava pour être amie avec elle et contre Thayer et les gens qui s'occupent du logement pour leur avoir attribué la même chambre, rendant ainsi leur amitié inévitable.

Le destin aime se foutre de moi, et il ne s'en est jamais donné plus à cœur joie qu'en introduisant une certaine rousse dans ma vie.

Il ne me faut pas longtemps pour rattraper Jules. Je reste assez loin en arrière pour qu'elle ne me remarque pas, mais assez près pour la voir. La couleur vive de ses cheveux et de son manteau facilite les choses, même dans l'obscurité.

J'ai l'impression d'être un sale voyeur, toutefois si elle me repère, ça va être reparti pour une dispute et je suis trop fatigué pour ces conneries.

Par chance, nous sommes arrivés chez elle en moins de dix minutes et je peux me détendre en voyant la lueur des lampes derrière les rideaux. Stella, une autre amie d'Ava à l'université et actuelle colocataire de Jules, doit déjà être rentrée.

Jules monte sur le perron, fouille dans son sac… et marque une pause.

Je me crispe à nouveau et me faufile derrière un arbre sur le trottoir d'en face, pour le cas où elle se retournerait, mais elle n'en fait rien. Elle reste juste plantée là, comme pétrifiée, pendant une bonne minute.

Qu'est-ce qu'elle fabrique ?

Je suis sur le point de traverser la rue pour vérifier qu'elle n'est pas en état de choc ou je ne sais quoi, quand elle se remet enfin à bouger. Elle sort les clés de son sac, déverrouille la porte et disparaît à l'intérieur.

Je relâche mon souffle dans un long et lent soupir. Qui forme un minuscule nuage blanc dans l'air hivernal. J'attends encore une minute, les yeux fixés à l'endroit où Jules se tenait, puis je tourne les talons.

4

JULES

– Comment s'est passé ton rendez-vous ?

Stella lève les yeux de son téléphone quand j'entre dans le salon.

– Il n'est pas venu.

Je déboutonne mon manteau et l'accroche à l'arbre en laiton près de la porte d'entrée. Il me faut m'y reprendre à deux fois, tant j'ai la main qui tremble.

C'est le froid. Et pas la tentative d'agression ou le bref moment de paralysie que j'ai ressenti sur le perron quand je…

Arrête. N'y pense plus.

Stella écarquille les yeux.

– Pas possible. Quel connard !

Je me fends d'un sourire. Stella ne jure que rarement, du coup, ça m'amuse toujours quand elle laisse échapper un gros mot.

– Ce n'est pas grave. J'ai évité le pire. C'est vrai, quoi, tu as vu sa photo de profil sur l'appli ? Avec un putain de poisson. Honnêtement, je ne sais pas ce qui m'a pris.

J'enlève mes gants et mes chaussures, tout en évitant consciencieusement le regard de mon amie, le temps que j'aspire assez d'oxygène dans mes poumons.

Il ne m'a pas fallu longtemps pour désarmer l'agresseur, mais cette sensation d'impuissance, même quelques minutes, a fait resurgir des souvenirs que je préfère laisser enfouis.

Le bois qui s'enfonce dans mon dos. L'haleine aigre dans mon cou. Les mains sur…

– Jules.

Je sursaute, manquant renverser le portemanteau.

J'ai réussi à garder mon calme après la tentative d'agression, mais maintenant que je suis en sécurité à la maison, mon corps commence à réaliser ce qui s'est passé.

Et ce n'est pas joli-joli.

Mon cœur bat à un rythme affolé dans ma poitrine, mon estomac est une tempête de nausées. La présence de Stella est la seule chose qui me tient debout.

Elle plisse le front.

– Ça va ? Tu regardes fixement dans le vide depuis cinq minutes. Je t'ai appelée deux fois.

Je colle un sourire sur mon visage.

– Oui, oui. J'étais dans la lune. Je pensais au moyen de me venger de Todd.

Je n'ai aucune intention de gaspiller une once d'énergie supplémentaire sur ce trou du cul, mais Stella ne le sait pas.

Elle incline la tête et plisse ses yeux verts de chat. En tant que blogueuse mode et influenceuse, elle est collée à son téléphone quatre-vingt-dix pour cent du temps, ce qui ne l'empêche pas d'être plus observatrice que les gens ne l'imagineraient.

– Tu ne devrais pas gaspiller ton énergie pour ce type, déclare-t-elle.

D'accord, il y a observatrice et il y a flippante. Peut-être que ces smoothies à l'herbe de blé dégueus qu'elle aime tant lui donnent une sorte de superpouvoir, comme celui de lire dans les pensées.

– Sérieusement, je vais bien.

J'étire d'un cran mon sourire. Je n'ai aucun scrupule à demander conseil à mes amies, mais seulement lorsqu'elles peuvent faire quelque chose. Sinon, ça ne sert à rien de les inquiéter.

– J'ai juste envie de regarder un film, manger une glace et oublier Todd le crapaud.

Une lueur de suspicion subsiste dans les yeux de mon amie, mais par chance, elle n'insiste pas.

– Il nous reste une énorme boîte de glace au caramel beurre salé, dit-elle. On se revoit *La revanche d'une blonde* en la finissant ?

Je ne me lasse jamais de regarder Elle Woods botter des fesses, sans un cheveu qui dépasse.

– Super. Je vais d'abord prendre une douche. Finis ce que tu as à faire.

– Je passe en revue mes messages privés, répond-elle avec un soupir. Je n'arriverai jamais au bout, mais bon.

– Tu n'es pas obligée de répondre à tous, tu sais.

Stella a des centaines de milliers de followers, je n'ose même pas imaginer le nombre de messages qui doivent inonder sa boîte de réception au quotidien.

– Je veux le faire. Sauf les trucs louches, m'assure-t-elle en agitant la main en l'air. Va prendre ta douche. Je t'attends là.

Pendant que Stella retourne à son téléphone, j'entre dans notre salle de bains commune et ouvre le robinet. Mon sourire s'évanouit.

J'attends que l'air s'épaississe de vapeur avant d'entrer dans le bac et de poser le front contre le carrelage lisse de la paroi, où je laisse le jet d'eau laver mes souvenirs indésirables.

Ma dernière année de lycée. Alastair, Max et Adeline...

Stop.

– Reprends-toi, Jules, je chuchote avec férocité.

Je ne suis plus une jeune fille sans défense piégée dans l'Ohio.

Je suis dans un autre État, sur le point d'obtenir ce dont j'ai toujours rêvé.

L'argent. La liberté. La sécurité.

Et plutôt mourir que de laisser quelqu'un m'en empêcher.

5

JULES

La fête d'anniversaire d'Ava bat son plein, et moi j'ai réussi à repousser la tentative d'agression dans les recoins les plus sombres de mon esprit. La distraction, c'est la clé du refoulement des souvenirs et, par chance, j'ai suffisamment de distractions pour m'occuper pendant les cinq prochaines années.

– Je n'en reviens pas que vous ayez organisé ça, les filles.

Les yeux écarquillés, Ava tourne lentement sur elle-même pour balayer du regard le restaurant transformé en véritable salle de fête. Et par salle de fête, j'entends sculpture sur glace de deux mètres de haut, buffet gastronomique, DJ *live*, fontaine de chocolat et piste de danse temporaire, le tout grâce à son petit ami plus riche que Dieu.

– Il ne fallait pas !

– Non, mais on y tenait, je réplique avec un sourire malicieux. En plus, c'était le prétexte rêvé pour avoir une fontaine à chocolat. J'ai toujours voulu en voir une en vrai.

Je l'étreins et j'inhale son parfum familier, odeur qui déclenche une vague de nostalgie.

Ava est la première personne que j'ai rencontrée à Thayer. D'emblée, on s'est bien entendues et je n'oublierai jamais la façon dont elle s'est accrochée à moi, alors même que Josh la tarabustait pour qu'elle mette fin à notre amitié. Son frère et elle sont pourtant extrêmement proches, ce qui rend son entêtement à cultiver notre amitié plus précieux qu'elle le saura jamais.

Nous continuons à nous voir depuis l'obtention du diplôme, mais pas aussi souvent que j'aimerais. Une partie de moi souhaite que nous revenions à l'époque où Ava, Stella, Bridget et moi pouvions rester debout toute la nuit, à nous goinfrer de gougères au fromage et à écouter les filles du dortoir voisin se crier dessus parce que l'une d'entre elles était sortie avec le petit ami de l'autre.

– Joyeux anniversaire, ma puce, je lui dis en souriant – pas question de jouer les rabat-joie avec mes accès de mélancolie. Surprise ?

– Carrément, affirme Ava, avant de se tourner vers son petit ami pour lui asséner un petit coup sur le bras, même si ses yeux pétillent de joie. Tu m'avais dit qu'on sortait déjeuner !

– On est sortis déjeuner. Au sens strict.

L'ombre d'un sourire se dessine sur le visage d'Alex Volkov. Ava est probablement la seule personne capable de lui tirer autant d'émotion – oui, c'est du sarcasme – et surtout la seule qui puisse se permettre de le frapper, même pour rire, sans perdre un membre.

Je hoquette.

– Tu viens de faire une blague ? (Je prends Ava et Stella à témoin, ignorant ostensiblement Josh qui se tient de l'autre côté d'Ava.) Alex a fait une blague. Vite, quelqu'un, notez la date et l'heure.

– Hilarant, commente-t-il d'une voix neutre.

Il a tout du chef d'entreprise, même en manches de chemise et en jean, la tenue la plus décontractée dans laquelle vous verrez jamais Alex. Ses yeux scintillent comme des éclats de glace couleur jade sur un visage qui aurait pu être sculpté par Michel-Ange lui-même, et son expression est assez froide pour qu'on s'y brûle, comme on peut se brûler avec de la glace.

N'importe. Il peut bien me fusiller du regard autant qu'il veut, en tant qu'amie d'Ava, je suis immunisée contre sa colère, et il le sait.

– Tu m'as organisé une fête d'anniversaire surprise, une fois, rappelle-t-il à Ava, d'une voix qui s'adoucit un poil. Je me suis dit qu'il était grand temps de te rendre cette faveur.

Je vois pratiquement Ava fondre. Alex lui murmure quelque chose d'autre à l'oreille, qui la fait rougir.

– Je crois que je viens de me déclencher une rage de dents, à force de sucre, les taquine Stella.

– Ouais, il faut qu'on prenne urgemment rendez-vous chez le dentiste, j'acquiesce.

Malgré nos plaisanteries, nous sourions comme des crétines. Alex et Ava ont traversé pas mal de soucis, c'est agréable de les voir si heureux maintenant. Même si « heureux », c'est tout relatif en ce qui concerne Alex.

Pendant ce temps, Josh est appuyé contre la table des desserts, l'expression plus sombre que sa chemise noire.

Il était le meilleur ami d'Alex jusqu'à leur dispute – une longue histoire. Ils sont désormais polis l'un envers l'autre, mais entre polis et amis, il y a une sacrée marge.

– Efface-moi cette expression acariâtre de ton visage, docteur Trouble-fête. Tu casses l'ambiance.

– Si mon visage te dérange tant, ne le regarde pas, rétorque-t-il de sa voix traînante. Sauf si tu ne peux pas t'en empêcher, ce qui est compréhensible.

Il m'énerve. J'ai organisé la fête avec l'aide de Stella et d'Alex, et si j'ai été tentée d'exclure Josh de la liste des invités, il reste le frère d'Ava. Sa présence était aussi incontournable que celle d'E. coli sur un poulet mal cuit.

Avant que je puisse répondre à sa déclaration prétentieuse, un glapissement surexcité nous perfore les tympans, suivi d'un fracas sonore. Deux douzaines de têtes pivotent vers l'entrée.

Je suis les regards écarquillés jusqu'au couple qui vient d'arriver, flanqué de deux gardes du corps en costume, grand comme des montagnes.

Mon visage s'illumine.

– Bridget !

Tout sourire, elle agite la main.

– Surprise !

– Oh, mon Dieu !

Je me précipite vers elle en même temps qu'Ava et Stella, et nous entrons en collision dans un câlin de groupe désordonné et rieur qui se serait terminé par terre si Rhys, le fiancé de Bridget, et son garde du corps, Booth, ne nous avaient pas rattrapées.

– Je pensais que tu ne pouvais pas te libérer !

– Mon secrétaire a trouvé un événement à l'ambassade qui, pure coïncidence, « requérait » ma présence ce week-end. (Les yeux bleus de Bridget pétillent d'espièglerie.) Ma rencontre avec l'ambassadeur s'est éternisée, autrement je serais arrivée plus tôt.

Elle gratifie Ava d'un câlin rien que pour elle, dès que nous nous sommes démêlées.

– Joyeux anniversaire, ma puce.

Ava la serre fort.

– Je n'en reviens pas que tu sois là. Tu dois être tellement occupée...

Bridget von Ascheberg a peut-être fréquenté l'université de Thayer avec nous, c'est là que nos ressemblances s'arrêtent, parce qu'elle, c'est une reine – oui, oui, une vraie, promis.

Elle était princesse quand nous l'avons rencontrée, mais après que son frère aîné a abdiqué, Bridget est devenue la première sur la ligne de succession au trône du petit royaume européen d'Eldorra. Son grand-père, l'ancien roi Edvard, a récemment rendu la couronne pour des raisons de santé et Bridget a été couronnée reine il y a deux mois.

– Je n'aurais manqué ça pour rien au monde. Et puis, ça fait du bien de faire un break. Le Parlement se montre pénible. Encore.

Bridget écarte une mèche de cheveux dorés de ses yeux. Ses yeux bleus, ses traits classiques et son élégance froide lui confèrent une ressemblance assez saisissante avec Grace Kelly.

– Je l'ai exfiltrée du Palais juste à temps, sinon elle allait me faire une rupture d'anévrisme, ajoute Rhys, dont le ton sec contraste avec l'amour qui brille dans ses yeux quand il regarde Bridget.

Du haut de son mètre quatre-vingt-quinze, tatoué et tout en muscles, Rhys Larsen est l'un des hommes les plus dangereusement séduisants que j'aie jamais rencontrés, pourtant sous des dehors en apparence rudes se cache un cœur d'or. Il était le garde du corps de Bridget, jusqu'à ce qu'ils tombent amoureux. Maintenant, il est le prince consort, puisque le titre de roi consort n'existe pas à Eldorra. Ils ont dû surmonter beaucoup d'obstacles pour être ensemble, étant donné qu'elle est de sang royal et lui non, mais ils forment désormais l'un des couples les plus aimés au monde.

Le bruit sec de l'obturateur d'un appareil photo interrompt nos retrouvailles, et je me rappelle soudain que nous ne sommes pas seuls. Bouche bée, le reste des invités continuent de dévisager Bridget et Rhys.

Une reine, au sens propre, qui débarque sans prévenir à une fête d'anniversaire, ça peut causer un léger choc.

Personne ne vient s'immiscer, cela dit, à l'exception de Josh qui salue Bridget en la serrant dans ses bras et Rhys d'une de ces poignées de main-accolades que les gars affectionnent tant. Sans doute que Booth et le garde du corps de Rhys ont l'air suffisamment intimidants pour dissuader les gens de s'approcher.

Bridget prend Ava par le bras et elles se dirigent vers la table la plus proche.

– Alors, racontez-moi ce que j'ai manqué.

Pendant la demi-heure qui suit, nous nous racontons les derniers faits marquants de nos vies respectives, pendant que Josh file au bar et qu'Alex et Rhys restent tranquillement assis de l'autre côté de la table. Ils échangent deux trois mots à l'occasion, mais passent la majeure partie du temps à contempler Ava et Bridget avec des airs énamourés. Enfin, aussi énamourés que peuvent avoir l'air quelqu'un d'aussi froid qu'Alex et quelqu'un d'aussi bourru que Rhys.

Je refuse d'accorder de l'importance au petit coup que prend mon cœur face à l'amour évident qu'ils portent à mes amies, préférant me concentrer sur la conversation.

Il y a longtemps que j'ai renoncé à l'amour. Rien ne sert de se languir.

– Jules et moi, on cherche un nouvel appartement, vu que notre bail actuel va bientôt arriver à échéance, annonce Stella.

Nous vivons toujours à Hazelburg, depuis que je suis inscrite à Thayer Law, la fac de droit, mais notre bail prend fin en avril, et je serai diplômée fin mai. Après quoi, nous travaillerons toutes les deux en ville, il est donc logique que nous trouvions quelque chose à Washington DC.

– Pour l'instant, rien à l'horizon.

Tout ce que nous avons trouvé est soit trop éloigné de nos bureaux, soit trop cher ou trop horrible. Je suis presque sûre que l'un des appartements que nous avons visités a été un repaire de drogués.

Faut aimer la recherche de logement en ville.

– Où est-ce que vous cherchez ? nous demande Rhys.

– Idéalement au centre-ville, n'importe où près de la ligne rouge, je réponds.

La ligne rouge emmène direct à Thayer, et moins j'ai à changer de lignes, mieux c'est.

Une expression pensive traverse le visage du petit ami de Bridget.

– Je connais quelqu'un qui possède un immeuble au centre-ville. Il pourra peut-être vous aider. Je ne sais pas s'il a des appartements libres, mais je demanderai.

Stella hausse les sourcils.

– Il possède tout l'immeuble ?

Rhys hausse les épaules. Des épaules si massives que le mouvement s'apparente à un tremblement de montagnes.

– Il est dans l'investissement immobilier.

– Ce serait génial. Enfin quelqu'un dans l'immobilier qui peut nous aider, j'ajoute avec un regard appuyé à Alex.

Il a été P.-D.G. du groupe Archer, le plus grand groupe immobilier du pays. Je plaisantais, en lui lançant ma pique, mais il me répond au lieu de juste passer outre.

– Mes propriétés sont toutes occupées, à moins que vous ne vouliez dormir dans un centre commercial ou un immeuble de bureaux.

Je me tapote le menton.

– Hmm. Le centre commercial, il y a du potentiel. J'adore les fringues.

– Moi aussi, renchérit Stella.

Alex n'a pas l'air amusé.

– En parlant de projets immobiliers… commence Ava.

Josh réapparaît, un verre à la main. Il se glisse sur le siège vide à côté de celui d'Alex, en prenant bien soin de ne pas regarder son ancien meilleur ami.

– L'un des associés d'Alex a créé un nouveau complexe dans une station de ski du Vermont, et on a acheté des billets pour sa grande ouverture, histoire de le soutenir. Quatre billets, pour être exacte, donc on peut emmener deux invités. Bridget et Rhys, je sais que vous ne serez pas là, et Stella, tu as mentionné un gros événement à New York, le dernier week-end de mars…

Stella est toujours invitée à des fêtes de mode hyper branchées en raison de son blog. Bref, si elle n'est pas disponible et que Bridget et Rhys ne sont pas disponibles, il reste…

Oh non !

– Josh, Jules, vous en pensez quoi ? On pourrait y aller tous ensemble, conclut une Ava radieuse. Ce sera super sympa !

Un week-end avec Josh ? Je m'amuserais plus à subir un canal radiculaire sans anesthésie, mais Ava a l'air si excitée que je n'ai pas le cœur de lui refuser ça, surtout le jour de son anniversaire.

Alors je m'efforce de convoquer le plus d'enthousiasme possible.

– Ouais ! J'ai hâte.

Josh grimace et se lance dans la pire interprétation du regret que j'aie vue de ma vie.

– J'aurais adoré, mais... je travaille ce week-end-là.

Merci, mon Dieu. Je peux supporter d'être la troisième roue du carrosse, si ça m'évite de...

Ava ne sourcille pas à la réponse de son frère.

– Dommage, lâche-t-elle simplement. La station dispose d'une piste noire triple diamant.

Le verre de Josh se fige à mi-chemin vers ses lèvres.

– Tu te fous de moi.

Mon ventre se noue. Josh est un drogué notoire à l'adrénaline, or il y a peu de choses qui provoquent autant d'adrénaline que la piste de ski la plus dangereuse au monde. C'est comme agiter la meilleure poudre sous le nez d'un cocaïnomane.

– Non.

Ava sirote son verre pendant que Stella fixe son téléphone, sourire à peine camouflé, et que Rhys et Bridget échangent un regard amusé. Alex est le seul à ne pas montrer de réaction visible.

– Je sais que tu as toujours voulu en descendre une, mais si tu dois travailler...

– Je pense que je vais pouvoir changer ma garde, dit Josh après une longue pause.

Les yeux d'Ava pétillent d'une manière qui tire ma sonnette d'alarme intérieure.

– Génial ! s'exclame-t-elle. Bon, alors c'est réglé. Toi, moi, Alex et Jules, on va dans le Vermont.

Le sourire crispé de Josh doit refléter le mien. Nous ne sommes pas d'accord sur grand-chose, mais il n'a pas besoin de le préciser pour que je sache que nous sommes d'accord sur au moins une chose.

Cette escapade n'aura rien de génial. Rien du tout.

6

JOSH

La liste des choses que je préférerais faire plutôt que passer un week-end en compagnie de mon ex-meilleur ami et de la menace rousse inclut, entre autres : m'enfoncer la main dans une broyeuse à bois, manger une livre d'asticots crus ou regarder *Glitter* en boucle, les yeux maintenus ouverts par du scotch.

Mais – et c'est un grand mais – c'est l'anniversaire d'Ava, et le complexe a une piste noire triple diamant. Je n'ai jamais descendu une triple diamant.

La perspective de ce défi me fait bouillir les sangs. Je serais trop bête de refuser une opportunité pareille.

– Josh.

Je me raidis quand Alex apparaît, tenant le même verre de whisky-Coca que moi.

– Alex.

Je ne quitte pas des yeux la piste de danse où Ava et ses amies s'ébattent comme si on était en 1999. Nous avons quitté notre table depuis longtemps, et le reste des invités a cessé de reluquer Bridget, se contentant de lui jeter des coups d'œil furtifs entre deux chansons. Ses agents de sécurité ont temporairement confisqué les téléphones de tout le monde, mais je parie que quelques personnes auront quand même pris des photos à son arrivée et que les clichés en question se retrouveront sur tous les sites people dès demain matin.

– Je suis surpris que tu ne sois pas sur la piste avec les autres. Tu n'étais pas le dernier pour danser, dans mes souvenirs.

Alex est adossé au mur, les yeux sur la fête même s'ils suivent exclusivement Ava.

Je vide mon verre d'un trait.

– Oui, ben voilà. Beaucoup de choses ont changé depuis la fac.

Le sous-entendu reste en suspens entre nous, tendu, une guillotine qui ne demande qu'à tomber.

Autrefois, Alex et moi avons été meilleurs amis.

Maintenant, nous sommes des étrangers liés par un unique point commun.

Sans Ava, je ne verrais aucun inconvénient à finir mes jours sans plus jamais voir ou parler avec Alex.

C'est du moins ce que je me dis.

– Le Vermont, ce n'était pas mon idée, déclare Alex, histoire de contourner l'éléphant dans la pièce.

– Je sais. Ava n'est pas aussi rusée qu'elle le croit.

Elle essaie de nous réconcilier, Alex et moi, depuis plus d'un an. Elle lui a peut-être pardonné de nous avoir menti pour se rapprocher de mon père, qu'Alex soupçonnait d'être le commanditaire de l'assassinat de toute sa famille, mais la trahison m'a impacté plus profondément.

Ava et Alex ne sortaient ensemble que depuis quelques mois quand il a découvert que c'était son oncle, à lui, le véritable coupable. Il nous a alors révélé la vérité derrière son plan de vengeance. Sauf que lui et moi étions amis depuis huit ans. Huit ans…

J'ai invité Alex chez moi. Je l'ai traité comme un frère. J'ai partagé avec lui des secrets, des conseils et des choses que je n'avais jamais confiées à ma propre famille. Et pendant tout ce temps, il me mentait. Il se servait de moi.

L'arrière-goût du whisky est devenu amer sur ma langue.

– Tu lui manques, dit Alex à voix basse.

Je tourne brièvement les yeux vers le bar.

– Je suis là. On s'envoie des textos tout le temps.

– Tu sais ce que je veux dire.

– Ben non, en fait.

Il pince les lèvres.

– Ton comportement a changé, ces derniers temps. Ava est inquiète...

Je lève la main.

– Mec, arrête. Si Ava s'inquiète pour moi, elle peut me le dire elle-même. N'agis pas comme si on allait redevenir amis, toi et moi. C'est fini, ça. Parce que tu sais ce qu'il faut en amitié ? La confiance. Et tu as perdu la mienne il y a longtemps.

Sur ce, je contourne Alex avant qu'il puisse répondre et je file directement au bar, la gorge et la poitrine serrées. Il ne me suit pas, je n'en attendais pas moins de lui. Alex ne plie devant personne, excepté Ava. C'est la seule raison pour laquelle je ne me suis pas davantage battu quand ils se sont remis ensemble.

Malgré ses défauts et ses erreurs, Alex aime sincèrement ma sœur. Or je veux la savoir en sécurité et heureuse, et s'il est en mesure de lui procurer ça, je peux ravaler ma fierté et me comporter de manière civilisée.

Ce qui ne signifie pas que je doive avoir des conversations cordiales avec lui au bord de la piste de danse.

J'interpelle le barman :

– Eh, mec, un shot de tequila. Mets-m'en un double.

J'ai besoin de quelque chose de plus fort que le whisky pour tenir le coup jusqu'à la fin de la fête.

– Ça marche.

Je viens de glisser quelques dollars dans le pot à pourboires quand je suis interrompu, une fois de plus, par une intruse tout à fait indésirable.

– La belle amitié virile a du plomb dans l'aile, à ce que je vois ?

Le ronronnement soyeux de cette voix déclenche une vague d'irritation le long de mon échine.

– Dégage, JR. Je ne suis pas d'humeur.

Je n'ai pas besoin de tourner la tête vers Jules, j'aperçois sa crinière rousse distinctive du coin de l'œil et les paillettes dorées de sa robe.

– Tes compétences en matière de surnoms laissent à désirer, Joshy.

Elle vient se poster à côté de moi et sourit au barman, qui s'interrompt dans la préparation de *mon* verre pour lui rendre son sourire.

– Je vais prendre un Sex on the Beach, si ce n'est pas trop demander.

Du bout d'un ongle, elle tapote le menu qui ne propose que des cocktails de base, genre vodka orange ou cranberry, et certainement pas de putain de Sex on the Beach.

Les yeux du barman pétillent.

– Pour une belle fille comme vous, rien n'est trop demandé.

La réplique est tellement cliché que j'ai du mal à retenir un ricanement.

Le sourire de Jules, au contraire, s'élargit.

– Merci.

Si un autre groupe d'invités ne s'était pas pointés pour passer commande, je suis sûr que j'aurais eu droit à un flirt encore plus vomitif. Par chance, le barman, appelé ailleurs, se hâte de finir de préparer nos boissons avant d'aller s'occuper de la demi-douzaine de personnes qui se disputent son attention.

– Déjà en train de t'encanailler ? je lance avec un « tsst-tsst » faussement déçu. Je m'attendais à mieux de ta part.

Jules arque un sourcil.

– Pourquoi ? Parce qu'il est barman et pas médecin ? Ton snobisme se voit, attention.

– Non. Parce que ses répliques sont aussi pathétiques que ta tentative de me calomnier. Mais bon, fais-toi plaisir, surtout.

Sur ce, j'avale mon shot cul sec, sans chercher à en commander un autre pour le faire descendre.

– N'essaie pas de détourner l'attention de l'échec de ta propre relation.

– Je ne suis pas dans une relation.

Et je n'ai aucune intention de m'engager avant longtemps. Le sexe doit se limiter à ce qu'il est : du sexe. Ne surtout pas être le prélude à une relation ou à des tenues de couple assorties, ou à je ne sais quoi qui fait kiffer les gens. Je m'assure que les femmes avec qui je couche soient sur la même longueur d'onde, parce que je ne crois pas qu'il faille mener les gens en bateau ou leur donner de faux espoirs.

Mon internat occupe la majeure partie de mon temps, et même si je n'étais pas aussi occupé, mon désir d'avoir une petite amie à long terme se situe quelque part en dessous de zéro. Je ne suis pas fait pour le jeu de l'engagement. Je m'ennuie toujours au bout de quelques semaines, et cette histoire de couple, ça m'a l'air épuisant. Rendez-vous à tout bout de champ, coups de téléphone, prendre des nouvelles de l'autre...

L'idée suffit à me faire frémir.

Tant mieux pour ceux qui sont heureux et amoureux, mais ce n'est pas mon cas et ça ne le sera jamais.

Jules reçoit son verre de la part du barman, lui adresse un sourire enjôleur, puis se retourne vers moi.

– Je parle d'Alex. Je me rappelle quand vous étiez pratiquement siamois, tous les deux.

Un poing de pierre se resserre autour de ma poitrine, mais je garde un ton léger.

– Je ne savais pas que tu t'intéressais autant à ma vie perso, JR.

Jules prend une gorgée de son cocktail, tout en délicatesse.

– Pas le moins du monde, sauf quand ça affecte *ma* vie personnelle. Et vu qu'on va tous partir en week-end ensemble, cette rancœur stupide que tu gardes à l'encontre d'Alex aura un impact direct sur Ava et moi.

Je cramponne fort mon verre en m'imaginant que c'est la gorge de Jules.

– Stupide ? je répète avec un tranchant qui traverse le mot et le teinte de venin. Stupide, c'est se disputer pour savoir quel film on va regarder. Stupide, c'est le pauvre imbécile qui finira par t'épouser. Mais je t'assure que ça ne s'applique pas à ce qui s'est passé entre Alex et moi. Ne parle pas de ce que tu ne connais pas.

Jules ne cille pas sous la noirceur de mon regard.

– Je n'ai peut-être pas été impliquée personnellement dans votre… problème, reprend-elle avec plus de tact que je ne l'en aurais imaginée capable, mais je suis la meilleure amie d'Ava. Je sais ce qui s'est passé et je sais que ça s'est passé il y a presque trois ans. Elle a pardonné à Alex. Il s'est excusé. Il est temps de grandir et de passer à autre chose.

Pour une fois, je ne décèle pas de sarcasme dans ses mots, juste un conseil honnête. Ça n'empêche pas mes muscles de se contracter.

Bon Dieu, j'ai besoin d'un autre verre.

– Facile à dire pour toi. On en reparle quand tu auras été trahie par quelqu'un de très proche.

Quelque chose de sombre passe dans les yeux de Jules.

– Qu'est-ce qui te fait croire que ça ne m'est jamais arrivé ?

Je me fige.

Qu'est-ce qui te fait croire que ça ne m'est jamais arrivé ?

Je ne sais pas grand-chose du passé de Jules. Bon sang, je ne sais pas grand-chose d'elle au-delà de ce qu'elle montre aux gens – l'effrontée, l'exubérante, la dragueuse outrancière, l'étrange mélange d'impitoyable ambitieuse et de fêtarde insouciante.

Je sais en revanche que la phrase qu'elle vient de prononcer sonne plus vrai que tout ce que j'ai entendu d'elle depuis des années.

Mon regard s'arrête sur cette fille, dont les yeux écarquillés et les lèvres entrouvertes révèlent sa propre surprise face aux mots qui viennent de lui échapper.

Je ravale l'envie de lui demander ce qui s'est passé. Entre nous, l'air vient de prendre une texture plus épaisse… pas exactement de la camaraderie, mais un soupçon de compréhension qui soulage un peu la pression dans ma poitrine.

Nous n'avons pas le type de relation où nous discutons de nos problèmes l'un avec l'autre. Et même si c'était le cas, je doute que Jules répondrait à ma question. Ce n'est pas dans sa nature d'afficher une quelconque vulnérabilité.

Elle se redresse, un voile s'abat sur son visage et efface toute trace de la douceur que j'y ai perçue.

– Que tu pardonnes à Alex ou pas, c'est ton problème. En revanche, ne gâche pas le plaisir des autres avec tes bouderies… même si ta seule présence pourrait suffire à tout ruiner.

Sur cette tirade, elle s'envole, la tête haute et les hanches balançant au rythme de ses pas.

Un grognement sourd monte de ma gorge avant que j'aie pu le retenir. Inutile de gaspiller mon énergie à fulminer contre elle. J'aurai bien besoin de toutes les réserves à ma disposition pour m'empêcher de la tuer dans le Vermont. Aussi agréable que soit pourtant cette perspective, je ne vais pas gâcher mon avenir pour un moment d'extrême satisfaction.

Je reporte mon attention sur le barman, impatient de passer commande d'un autre shot, et le découvre les yeux fixés sur un certain point sur la piste de danse avec un air énamouré.

Non, pas un point. Une personne.

Les bras levés au-dessus de la tête, Jules ondule des hanches sur la musique, d'une manière qui fait baver tous les hommes alentour. Elle jette un regard vers le barman et lui adresse une œillade, avant de me toiser d'un air suffisant.

Et moi, je lui réponds de la manière la plus mature qui me vienne : un doigt d'honneur.

Elle éclate de rire, de plus en plus contente d'elle, puis me tourne le dos.

– Ce qu'elle est sexy, lâche le barman, dont les yeux brillent d'une manière qui aiguise un peu plus mes nerfs déjà bien à vif. S'il vous plaît, dites-moi qu'elle est célibataire.

Je masque mon irritation derrière un sourire crispé.

– Vous avez déjà entendu parler des succubes ?

Il se gratte le menton. Le groupe de tout à l'heure a rejoint la piste, il ne reste plus que nous deux au bar.

– C'est pas des petites plantes ? Ma sœur adore ces trucs. Elle en a tout un rebord de fenêtre.

– Non, mec. Ça, c'est des succulentes. Un succube, je reprends à voix plus basse, c'est un démon qui apparaît sous la forme d'une belle femme pour séduire les hommes et aspirer leur force vitale. Ils sont censés appartenir à la mythologie, mais… (Je fais un geste en direction de Jules.) Elle, c'est un succube en vrai. Ne tombez pas dans son piège. C'est un démon vicieux qui se cache sous ce joli visage.

Il est impossible pour un être humain d'avoir des cheveux aussi roux dans la vraie vie, des yeux aussi féroces et des courbes aussi sensuelles. Forcément l'œuvre de quelque entité surnaturelle, il n'y a pas d'autre explication logique possible.

Le barman a les yeux écarquillés.

– Ah. Et ça veut dire qu'elle accepterait de coucher avec moi ?

Oh, pour l'amour du ciel.

– Il faudra lui demander. (Je me penche plus près de lui comme pour partager une confidence.) Je vous donne un petit conseil. Elle adore quand les gens la comparent à Jessica Rabbit. Dites-lui à quel point vous avez toujours voulu vous taper une Jessica Rabbit dans la vraie vie et vous mettrez dans le mille. Avec un point bonus si vous l'appelez JR. C'est son surnom préféré.

Il fronce les sourcils.

– Vraiment ?

– Faites-moi confiance.

Je me passe une main sur la bouche pour cacher mon rictus moqueur. J'ai l'impression de chiper un bonbon à un bébé.

– Je la connais depuis des années. La comparaison l'excite à mort.

– C'est mignon. Merci, mec.

L'expression sceptique du barman s'est estompée, remplacée par un sourire ravi. Il me tape sur l'épaule et me sert un autre verre.

– Cadeau de la maison.

Bon, c'est déjà open bar, donc toutes les boissons sont offertes, en fait, mais je m'abstiens de le lui faire remarquer. Au lieu de ça, je lève mon verre en guise de remerciement et souris encore plus fort en imaginant la réaction de Jules quand le barman va l'appeler JR.

Elle est tellement prévisible. Comme si tous les boutons qu'il faudrait que j'actionne pour l'énerver étaient signalés par un X géant et lumineux.

Et pourtant…

Qu'est-ce qui te fait croire que ça ne m'est jamais arrivé ?

Mon verre s'arrête au bord de mes lèvres, une fraction de seconde, mais je secoue la tête pour accueillir la brûlure ardente de la tequila dans ma gorge.

Pourtant, ses mots continuent de résonner dans mon esprit et leur ambiguïté me perturbe.

Qui a pu trahir Jules ? Elle n'a jamais eu de grosse dispute avec Ava, Bridget ou Stella, et elle n'a pas non plus eu de vrai petit ami depuis que je la connais, c'est-à-dire des années. Notre aversion pour les relations sérieuses est l'un de nos rares points communs.

Un petit ami de lycée qui lui aurait brisé le cœur ? Un membre de sa famille qui l'aurait entourloupée ?

Mes yeux se portent à nouveau sur la piste de danse. Jules s'y balance toujours avec abandon sur un remix du dernier tube pop en date. Ava lui glisse quelque chose et elle renverse la tête en arrière : son rire guttural retentit par-dessus la musique.

Robe étincelante. Yeux pétillants. Pour le monde entier, c'est une belle fille insouciante avec le monde à ses pieds.

Qu'est-ce qui te fait croire que ça ne m'est jamais arrivé ?

Je me demande quels secrets Jules cache sous cet extérieur de fêtarde.

Et, plus important encore, je me demande pourquoi je me pose la question.

7

JULES

L'anniversaire d'Ava a marqué un revirement de ma chance : après plusieurs semaines de galère, tout s'est remis à fonctionner comme sur des roulettes. Une personne plus superstitieuse aurait pu trouver ça trop beau, mais à cheval donné, je ne suis pas du genre à regarder les dents. Je vais tirer profit de chaque seconde d'une météo parfaite, d'éloges des professeurs et de toutes les autres bonnes choses qui m'arrivent, le temps que ça dure.

Exemple : ma recherche d'appartement, qui pourrait finalement aboutir à un résultat grâce à Rhys.

Le week-end suivant la fête d'Ava, je me retrouve dans le hall d'entrée du Mirage, l'immeuble de luxe appartenant à l'ami de Rhys. Ce dernier nous a obtenu un rendez-vous très convoité, à Stella et moi, et je suis arrivée en avance, non seulement parce que je suis paranoïaque et que l'idée d'être en retard me rend folle – or le métro de Washington est connu pour son peu de fiabilité – mais aussi parce que j'avais besoin d'un endroit calme pour passer mon entretien avec le service juridique de l'Alliance Clinic.

Bien qu'ayant reçu une offre d'emploi de la part de Silver & Klein l'été dernier, je ne peux pas les rejoindre en tant qu'avocate tant que je n'ai pas réussi l'examen du barreau. La plupart des entreprises autorisent l'emploi de diplômés avant même la publication des résultats, mais pas Silver & Klein.

J'ai donc besoin d'un poste temporaire pour me permettre de tenir entre le diplôme et la publication des résultats en octobre. Le poste de chercheur associé temporaire au service juridique de l'AC, un partenariat médico-juridique où des médecins et des avocats travaillent ensemble pour fournir des soins aux personnes qui n'y ont pas droit, c'est donc parfait pour moi.

– C'est tout ce que j'ai à vous demander pour aujourd'hui, je termine.

Lisa, la directrice juridique de la clinique, vient de finir de me décrire une journée de travail typique chez eux. Je m'enfonce davantage dans le canapé de velours du hall, heureuse qu'il n'y ait personne d'autre que la réceptionniste. Je ne veux pas être de ces personnes pénibles qui prennent des appels professionnels en public. Malheureusement, je n'ai pas d'autre endroit où passer mon entretien sans risquer de rater ensuite la rencontre avec le propriétaire de l'immeuble.

– Merci beaucoup d'avoir pris le temps de me parler.

– Avec plaisir, répond Lisa d'une voix chaleureuse. Je vais être honnête, puisque vous êtes la dernière candidate que nous auditionnons : vous êtes la meilleure candidate à qui j'ai parlé. Excellente expérience professionnelle, excellentes notes, et je pense que vous vous intégrerez merveilleusement au reste du personnel. (Elle hésite deux secondes avant d'ajouter :) Je ne fais pas ça d'habitude juste après un entretien, mais j'aimerais vous proposer de manière non officielle de rejoindre la clinique. Je me ferai un plaisir de vous envoyer un courriel officiel plus tard, et vous pourrez y réfléch…

– J'accepte !

Je sens mes joues rougir de mon trop grand empressement, mais merde. Décrocher ce poste me soulage d'un poids énorme. Je vais pouvoir cesser la recherche d'emploi et me concentrer sur la préparation de l'examen du barreau, ce qui va occuper tout mon temps libre.

Lisa s'esclaffe.

– Génial ! Y a-t-il une chance que vous puissiez commencer lundi ? À 8 h ?

– Absolument. J'ai organisé mes cours de manière qu'ils soient concentrés sur le mardi et le jeudi, ce qui me laisse le reste de la semaine libre.

– Parfait. Je vous enverrai un mail avec les détails plus tard. Je suis ravie à la perspective de travailler avec vous, Jules.

– J'en suis ravie aussi.

Je raccroche avec un sourire jusqu'aux oreilles et dois me retenir pour ne pas me lancer dans une petite danse de la joie au milieu du hall d'entrée.

Si quelqu'un a répandu de la poussière de lutin à la fête d'Ava, il me faut une tonne de ce produit dès que possible. Je n'ai jamais eu autant de chance.

Bon, peut-être aussi que l'univers me rembourse pour la façon dont le barman m'a draguée après la fin de la fête. En m'appelant JR et en me répétant à quel point il aimait ma ressemblance avec Jessica Rabbit… Putain ! J'ai failli lui jeter mon verre à la figure.

Je suis prête à parier que Josh a quelque chose à voir avec ça. Il a probablement raconté des conneries au barman, comme quoi j'aime bien qu'on m'appelle JR.

Quel trou du cul !

Mais non. Je ne laisserai pas le souvenir de Josh gâcher ce qui a, par ailleurs, été une semaine incroyable.

Je prends une profonde inspiration et m'efforce de retourner à mon état de plénitude quand j'entends le type qui s'occupe de la réception émettre un son étranglé.

Je lève la tête à temps pour voir Stella s'engouffrer dans la porte tournante.

– Désolée, j'ai été retenue au travail et je suis partie dès que j'ai pu. Je suis en retard ? lâche-t-elle, essoufflée.

Elle n'a même pas remarqué la façon dont le réceptionniste la lorgnait. Avec ses jambes interminables, il ne lui a fallu que quelques enjambées pour me rejoindre.

– Non. Le propriétaire de l'appartement n'a pas…

Je n'ai pas le temps de finir ma phrase qu'une femme élégante vêtue d'un tailleur gris aux lignes épurées s'approche de nous, l'expression aussi alerte que sa démarche.

– Mademoiselle Ambrose, Mademoiselle Alonso. Je suis Pam, directrice de la location au Mirage.

– Enchantée, Pam, je réponds, amusée par la façon dont elle s'exprime.

Comme si elle était la directrice de la NSA, plutôt que de gérer un immeuble. À Washington DC, ce détail est plus une caractéristique qu'une exception. Tous se présentent comme plus importants qu'ils ne sont en réalité, ce qui n'est pas surprenant dans une ville où la première question qu'on vous pose, quand on vous rencontre, c'est : « Qu'est-ce que tu fais dans la vie ? »

C'est une ville de CV ambulants et de carriéristes, et je n'ai pas honte de dire que j'en fais partie. Une bonne carrière signifie de l'argent, et l'argent signifie la sécurité, un logement et de la nourriture sur la table. Si quelqu'un veut se moquer de mes aspirations, il peut aller se faire foutre.

Je tressaille quand Stella enfonce son coude dans mon flanc.

– Éloigne tes coudes pointus de moi, je chuchote.

– Ne gâche pas nos chances d'obtenir cet appartement, répond-elle tout bas.

– Je n'ai rien dit de plus que : « Enchantée, Pam ».

Stella me jette un regard sévère, nous suivons Pam jusqu'à l'ascenseur.

– C'est le ton, Jules.

– Quoi, le ton ? je répète, une main sur la poitrine. Mon ton est toujours impeccable.

Stella soupire et j'étouffe un sourire. Elle est la plus imperturbable de toutes mes amies, je considère donc comme un exploit de réussir à l'agacer. Cela dit, elle est un peu moins imperturbable ces derniers mois. Et notre maison est toujours d'une propreté étincelante, signe infaillible qu'elle est stressée.

Je ne lui en veux pas. D'après ce qu'elle m'a dit, sa supérieure à *DC Style* n'a rien à envier à cette garce de Miranda Priestly[2].

Pendant que nous montons jusqu'au dixième étage, Pam énumère en long et en large les équipements dont est doté l'immeuble. Qui incluent notamment un toit-terrasse avec espace de détente et piscine, une salle de sport ultramoderne, ainsi qu'un portier-réceptionniste vingt-quatre heures sur vingt-quatre et sept jours sur sept.

Plus elle parle, plus mon impatience et mon inquiétude montent en flèche. Le site Internet du Mirage n'indiquait pas le prix des loyers, mais je suis prête à parier mon diplôme de droit qu'ils sont hyper chers. Rhys a promis que son ami nous consentirait une ristourne généreuse, sans toutefois préciser de combien.

Pourvu que ce soit dans nos moyens. Je tuerais pour une piscine de toit, même si la salle de gym, en revanche, je m'en fiche. Le seul exercice physique que j'affectionne se pratique en chambre et même là, ça fait un moment. Rien de tel pour tuer votre vie amoureuse que la fac de droit.

Nous nous arrêtons devant une porte en bois foncé portant l'inscription 1022 en chiffres dorés.

– Nous y voilà. La dernière unité disponible au Mirage, déclare fièrement Pam.

Elle ouvre la porte, et Stella et moi laissons échapper un petit cri sur la même note.

Oh. Mon. Dieu !

Comme si quelqu'un avait pris l'appartement de mes rêves et l'avait imprimé en 3D. Des baies vitrées du sol au plafond, un balcon, un parquet luisant, une cuisine flambant neuve

---

2. La rédactrice en chef du magazine de mode *Runway,* dans le livre, puis le film, *Le diable s'habille en Prada* où elle est interprétée par Meryl Streep. Elle est surtout connue pour son caractère glacial, limite inhumain.

avec îlot – j'ai toujours rêvé d'un truc pareil. Je ne cuisine pas, mais c'est uniquement parce que je n'ai jamais eu d'îlot de cuisine. Je ne peux qu'imaginer à quel point mes livraisons de nourriture – je veux dire, mes repas cuisinés maison – auront fière allure, étalés sur ce magnifique plan de travail en marbre.

Oui, d'accord, je ne devrais pas dépenser autant d'argent pour des plats à emporter alors que j'essaie d'économiser, c'est mieux que de gaspiller une fortune sur des produits qui vont s'abîmer parce que je ne sais pas comment les cuisiner correctement. Pas vrai ?

– Magnifique, n'est-ce pas ? lance Pam, radieuse.

Ella a l'enthousiasme de la maîtresse qui irait faire défiler son caniche de compétition à Westminster.

Je réussis à hocher la tête. Peut-être aussi que je bave, je n'en suis pas sûre.

Puis Pam nous montre les chambres, et là, je suis certaine que je bave, parce que les chambres à coucher sont équipées de dressings. Petits, mais tout de même. Genre, des armoires dans lesquelles on entre comme dans une vraie pièce.

Un son étranglé s'échappe de la gorge de Stella.

En tant que blogueuse mode, elle possède plus de vêtements et d'accessoires qu'aucun humain ne devrait en posséder, et je la vois déjà y ranger ses tenues par couleurs dans sa tête.

Sur la liste des choses pour lesquelles Stella donnerait son bras gauche, un vrai dressing est classé troisième, après une collaboration avec Delamonte, sa marque de mode préférée, et un voyage au long cours à travers l'Italie, avec pâtes, shopping et couchers de soleil devant un verre de vin, le tout à volonté.

Je n'invente pas. Elle a une liste écrite, épinglée sur le tableau d'affichage de sa chambre.

– L'appartement est bien. À combien se monte le loyer ?

J'ai tâché de demander ça sur le ton le plus détendu possible. Et quand Pam nous répond, je manque m'étouffer avec ma salive. Même Stella sursaute à l'annonce du chiffre.

Sept mille cinq cents dollars. Par mois. Sans compter les charges.

Ce n'est pas un loyer. C'est du vol de grand chemin.

– Oh, dit faiblement Stella. Hum, je crois que notre ami a fait allusion à une réduction spéciale. Quel serait le montant du loyer alors ?

Pam arque un sourcil, sourire en berne.

– C'est le montant du loyer avec la remise, mon petit.

Elle a terminé sa phrase sur un ton dégoulinant de condescendance, qui fait à nouveau tressaillir Stella.

Je lui pose une main protectrice sur le bras et fusille Pam du regard. Pour qui elle se prend ? Elle n'a pas le droit de nous traiter avec hauteur. Ce n'est pas parce que nous ne sommes pas riches à millions que nous valons moins que les résidents du Mirage.

– Elle n'est pas votre « petit », je lâche froidement. Et en quoi est-ce légal de demander un prix pareil pour un seul appartement ?

Les narines de Pam se dilatent. Elle se redresse de toute sa hauteur, la voix tremblante d'indignation.

– Mademoiselle Ambrose, je vous assure que tout ce que nous faisons ici au Mirage est transparent. Si le prix est en dehors de votre budget, puis-je vous suggérer de chercher quelque chose de plus…

– Tout va bien, Pam ?

Une voix douce et profonde vient de trancher l'air comme un couteau fraîchement aiguisé.

– Monsieur Harper.

Le ton condescendant de Pam disparaît aussi soudainement que la flamme d'une bougie que l'on souffle. Remplacé par une déférence légèrement essoufflée.

– Je vous croyais à New York.

Je me retourne, curieuse de voir qui fait un tel effet à cette snobinarde de directrice de la location, et l'air quitte mes poumons en un brusque soupir.

Sainte mère de Dieu.

Des cheveux brun foncé, épais et ondulés. Des pommettes qui pourraient couper la glace. Des yeux couleur whisky et des épaules larges qui remplissent son luxueux costume en lainage italien comme s'il avait été taillé sur-mesure, ce qui est probablement le cas. Tout en lui exsude la richesse et le pouvoir, et son sex-appeal est si puissant que je peux pratiquement le goûter.

J'ai rencontré ma part d'hommes beaux, mais celui qui se tient devant moi… *waouh.*

Et l'homme-dieu me sourit.

– Les affaires qui me retenaient en ville se sont terminées plus tôt que prévu. Christian Harper. Propriétaire du Mirage.

Harper. Pourquoi ce nom me dit-il quelque chose ?

– Jules Ambrose. Future locataire d'un penthouse au Mirage, je réplique.

Du moins, une fois que je serai passée associée chez Silver & Klein, s'entend. Oui, ça va se réaliser. C'est Stella la foldingo des cristaux et des horoscopes, mais ça ne m'empêche pas d'y croire en douce, du moment que j'associe leurs prédictions à une bonne dose de travail acharné. Après tout, ça m'a permis de me tirer de l'Ohio et d'entrer à la fac de droit de Thayer.

L'amusement fait pétiller les yeux de Christian.

– Enchanté de vous rencontrer, Jules. Je vais donc m'attendre à ce que vous m'achetiez le penthouse un de ces jours.

Je hausse les sourcils. Il vit donc au Mirage. Je le voyais plutôt régnant sur un manoir de banlieue, mais à y regarder de plus près, Christian Harper n'a pas l'air d'un homme à vivre en banlieue. Il respire la ville et ses vibrations par tous les pores de sa peau.

Café noir. Montres de luxe. Petits bolides.

Il se tourne vers Stella. Son visage reste détendu, cependant quelque chose s'allume dans ses yeux, d'assez chaud et brillant pour noyer son amusement de tantôt.

Il lui tend la main, qu'après une brève hésitation, elle prend.

– Stella.

– Stella, répète-t-il, doucement et lentement, comme s'il savourait chaque syllabe.

Il n'a pas bougé d'un pouce, mais l'intensité de son regard est telle qu'elle palpite dans l'air. Le temps semble ralentir. S'agit-il d'un superpouvoir dont sont dotés les riches ? Manipuler la réalité jusqu'à ce qu'elle se plie à leur volonté ?

Les joues de Stella se colorent de rose. Elle ouvre la bouche, la referme et baisse les yeux sur la main de Christian qui serre toujours la sienne.

Une autre longue seconde s'étire avant qu'il ne la relâche et ne recule avec une expression indéchiffrable sur ses traits parfaits.

Son mouvement fait redémarrer la scène, et le temps reprend son cours normal. Pam bouge, les klaxons étouffés des voitures dix étages plus bas filtrent à travers les vitres et je relâche mon souffle.

Le regard perçant de Christian s'attarde une fraction de seconde de plus sur une Stella inhabituellement circonspecte, avant qu'il ne reporte son attention sur moi. L'intensité a disparu, néanmoins, remplacée par l'image même du charme naturel et de l'hospitalité.

– Comment trouvez-vous l'appartement ? demande-t-il.

– Magnifique, mais pas du tout dans notre budget, j'admets. Nous vous remercions d'avoir organisé cette visite pour nous. Beaucoup.

Pam se racle la gorge.

– Bien. Monsieur Harper, je peux reprendre le relais. Je suis sûre que vous avez des tas de...

– Quel est votre budget ? demande Christian, coupant la parole à sa directrice de location.

Stella et moi échangeons un regard avant que je réponde :

– Deux mille cinq cents par mois. En tout.

Je suis presque gênée de l'énoncer tout haut, tant le montant est dérisoire au regard du loyer demandé.

Je m'attends presque à ce que Christian nous rie au nez et nous mette à la porte. Au lieu de quoi, il passe un pouce sur sa lèvre inférieure, l'air songeur.

Le silence s'installe à nouveau, rempli cette fois d'une attente à couper le souffle, surtout la mienne, même si je vois aussi briller une lueur d'espoir dans les yeux de Stella.

Je m'efforce de ne pas m'emballer. Il n'y a absolument aucune chance qu'il accepte un tel prix. Christian est un homme d'affaires, et les hommes d'affaires ne…

– Ça marche, dit-il.

La mâchoire de Pam se décroche sous l'effet du choc.

Je déteste l'admettre, mais mon expression est probablement le reflet de la sienne.

– Je vous demande pardon ?

Il y a une différence entre ne pas regarder les dents d'un cheval donné et s'étonner de quelque chose qui est… complètement barjo ! Certes, Christian est ami avec Rhys et Rhys ne va pas tarder à intégrer une famille royale, autrement dit ça ne doit donc pas faire de mal d'être dans ses bonnes grâces, mais nous ne sommes pas la famille de Rhys non plus. Le Mirage en pâtirait financièrement si Christian nous louait l'appartement pour un prix aussi bas.

Ou peut-être pas. Je n'en sais rien. Ce n'est pas pour rien que j'étudie le droit, et non le commerce ou l'économie.

– Deux mille cinq cents par mois. Affaire conclue, répète Christian d'une voix aussi détendue que s'il commandait un café chez Starbucks. Pam, préparez les papiers.

Une veine palpite à la tempe de sa directrice de location.

– Monsieur Harper, je pense que nous devons discuter…

Les yeux couleur whisky zooment sur elle et la transpercent. Pam se tait aussitôt, mais son expression reste rebelle.

– Je vais attendre ici.

Une lame de rasoir filtre sous le ton par ailleurs cordial de Christian. Nouvel avertissement, moins subtil celui-là.

La bouche de Pam dessine un sourire forcé.

– Bien sûr. Je reviens tout de suite.

J'attends qu'elle soit partie pour croiser les bras et river sur Christian un regard suspicieux.

– Quel est le piège ?

Il rajuste la manche de son costume.

– C'est-à-dire ?

– Deux mille cinq cents par mois, ça couvre à peine les frais de fonctionnement, sans parler du bénéfice d'un vrai loyer. Je sais que nous sommes les amies d'un ami, tout ça, mais cela n'a pas de sens sur le plan financier.

Si quelque chose semble trop beau pour être vrai, c'est probablement que ça l'est. Conclusion : il y a forcément un piège.

Christian ébauche un sourire.

– À moins que vous n'installiez un parc aquatique intérieur et le fassiez fonctionner vingt-quatre heures sur vingt-quatre, je doute que vos frais de fonctionnement s'élèvent à ce montant par mois. Et non, il n'y a pas de piège. Rhys est un vieil ami et je lui dois une faveur.

– Comment le connaissez-vous ? demande Stella.

Christian marque un temps d'arrêt, l'expression indéchiffrable réapparaît sur son visage avant qu'il ne réponde d'une voix douce :

– Nous avons travaillé ensemble.

Ça y est, je viens de comprendre.

– Harper Security, c'est le nom de la société de sécurité privée d'élite pour laquelle travaillait Rhys quand il était le garde du corps de Bridget. Vous en êtes le P.-D.G.

– À votre service, admet-il avec un accent traînant.

– J'espère que non. (Toute situation qui exigerait que Stella ou moi ayons un garde du corps serait forcément mauvaise.) C'est donc bien vrai, pas de piège ?

– Non. Ma seule condition est que vous signiez aujourd'hui. Je doute que les gens sur la liste d'attente du Mirage soient ravis d'apprendre que je vous permets de leur griller la priorité et je ne peux pas garantir que cette offre sera encore valable si vous attendez demain ni même ce soir.

Stella et moi échangeons un autre regard. Je déteste les décisions précipitées, mais c'est l'appartement de nos rêves. Et si Christian changeait d'avis plus tard ? Je ne me pardonnerais jamais d'avoir laissé passer l'opportunité d'une vie.

Pam revient avec les papiers, visage chiffonné par une expression aigre.

Tant pis pour elle. Si elle a un problème avec ce qui se passe, elle n'aura qu'à en parler à son patron, mais je doute qu'elle le fasse. Christian n'a pas l'air du genre à tolérer l'insubordination.

– Tenez.

Elle m'a pratiquement jeté les papiers au visage.

Je la gratifie de mon plus gracieux sourire.

– Merci, Pam. Je suis ravie que nous devenions vos locataires. Pardon, j'ajoute après une pause volontaire, je voulais dire les locataires de Christian.

Sa bouche se pince encore davantage, mais elle est assez intelligente pour ne pas réagir.

Une demi-heure plus tard, après que Stella et moi avons minutieusement passé en revue chaque ligne du bail, en quête des phrases potentiellement problématiques, telles que « les locataires devront fournir des services sexuels au propriétaire de l'immeuble tous les mois en compensation de leur loyer ridiculement bas », et n'en ayant pas trouvé, nous avons signé sur la ligne pointillée.

Pam a signé après nous, et c'est fait.

Nous sommes officiellement locataires du Mirage, avec effet dans cinq semaines.

Surréaliste.

– Je suis heureux que nous soyons tombés d'accord, conclut Christian avec une ébauche de sourire. J'ai une réunion pour laquelle je suis en retard, je vous laisse donc entre les mains expertes de Pam. Je suis sûr que je vous reverrai dans les parages.

Il pose brièvement les yeux sur Stella avant de partir.

Une fois que son grand corps mince a disparu dans le couloir, Pam lâche un profond soupir.

– Félicitations, dit-elle d'un ton sec. Vous venez d'obtenir l'un des appartements les plus convoités de la ville pour une somme dérisoire.

– La chance m'a toujours souri.

Ce n'est pas vrai, mais je suis bien contente de l'avoir sorti, rien que pour voir le muscle tressauter sous son œil.

Nous quittons l'appartement et prenons en silence l'ascenseur jusqu'au hall d'entrée. Une fois au rez-de-chaussée, Pam nous laisse sur l'« au revoir » le plus tiède du monde, mais je m'en moque.

J'attends que Stella et moi soyons sorties du Mirage avant de l'enlacer sans crier gare. Je suis incapable de contenir mon enthousiasme une seconde de plus.

– On a réussi !

Entre le bail et mon embauche à l'Alliance Clinic, cette journée a été la meilleure de tous les temps. Sans conteste.

– On a l'appartement de nos rêves ! je soupire.

Des étoiles plein les yeux, j'imagine déjà la myriade de possibilités qui se profilent. Les verres sur le toit à minuit. Les baignades matinales dans la piscine. Plonger dans une pile de vêtements en plein milieu de mon dressing, juste parce que je peux.

– Pince-moi, dis-je. Je crois que je rêv… Aïe !

– Tu m'as dit de te pincer, fait Stella innocemment, avant d'éclater de rire et d'esquiver mon faux coup de poing. Sérieusement, je suis super heureuse que ça ait marché, mais…

– Mais ?

– Tu ne trouves pas que ça a été trop facile ? La façon dont il a accepté notre prix ?

Sa lèvre inférieure disparaît entre ses dents et un petit pli se forme entre ses sourcils.

– C'est trop facile, je l'admets. Mais on a toutes les deux relu le bail à deux reprises. Rien ne sort de l'ordinaire. Il est possible que Christian ait juste voulu être gentil parce qu'on est des amies de Rhys.

– Peut-être.

Le doute, pourtant, s'attarde dans les yeux de Stella.

Je passe mon bras sous le sien et je l'entraîne vers Crumble & Bake, à quelques rues de là, histoire de fêter ça devant des petits gâteaux.

– Tout ira bien, je la rassure. Et dans le cas contraire, je connais plein d'avocats.

8

JOSH

En tant qu'interne aux urgences, j'en vois passer, des trucs dingues, et la semaine dernière n'a pas fait exception.

Un homme dont la voiture est entrée en collision avec une clôture et qui arrive à l'hôpital avec le poteau de cette même clôture planté en travers du corps : fait. (Il est actuellement en soins intensifs, mais il a de bonnes chances de survivre.)

Un patient complètement nu qui court à travers le service avant que deux infirmières ne l'attrapent : fait.

Quelqu'un avec un concombre cassé coincé dans le rectum : fait.

Le chaos total. Mais c'est la raison pour laquelle j'ai choisi la médecine d'urgence plutôt que la chirurgie, comme mon père m'y poussait. Il voulait se vanter d'avoir un fils chirurgien cardiaque, seulement moi, je m'épanouis dans le chaos. Dans l'excitation de venir travailler tous les jours sans savoir quels défis m'attendent. Ça me maintient en éveil, même si je me passerais bien de retirer un légume de certains orifices.

– Repose-toi un peu, me dit Clara quand je débauche après une nouvelle garde de nuit éreintante. Tu ressembles à un zombie.

– Faux. Je suis toujours parfait. Pas vrai, Luce ?

J'adresse un clin d'œil à Lucy, une autre infirmière. Qui glousse en signe d'approbation, Clara lève les yeux au ciel.

– On se voit demain. Essayez de ne pas trop vous morfondre sans moi.

Et je tapote le dos de ma main sur le comptoir en guise d'adieu.

– Pas de risque, répond Clara, en même temps que Lucy gazouille :

– On va essayer !

Un rire me monte de la gorge, mais le temps que je mette le pied dehors, il s'est déjà évanoui, écrasé par un profond épuisement. Cependant, au lieu de rentrer chez moi pour profiter d'un sommeil bien mérité, je tourne à gauche vers le nord du campus de l'hôpital, là où est située la Legal Health Alliance Clinic.

J'ai égaré mon chargeur avant de prendre mon service et mon téléphone n'est plus qu'à huit pour cent de batterie, de sorte que le chargeur de secours que je conserve à la LHAC est mon seul espoir de garder mon si précieux portable en vie.

Quand j'arrive à la clinique, il n'y a qu'une seule voiture, celle de Barbs, garée sur le minuscule parking accolé au bâtiment. La plupart des employés n'arrivent pas avant 8 h 30 et encore au compte-gouttes, mais comme elle ouvre et ferme le bureau tous les jours, elle fait plus d'heures.

– Salut, beauté, je lance gaiement en entrant dans la zone de réception.

– Salut, beau gosse, répond-elle avec un clin d'œil.

À l'époque ou j'étais bénévole à la LHAC pendant mes années d'études à la fac de médecine, Barbs me fournissait en pâtisseries maison et sages conseils, du genre : « Si la vie te donne des citrons, fais de la citronnade et fréquente quelqu'un à qui la vie a donné de la vodka. » Elle est l'une des raisons pour lesquelles je continue à y travailler bénévolement, malgré mon emploi du temps surchargé d'interne. Le personnel de la clinique est devenu ma famille de substitution au fil des ans, et même si je n'ai le temps de passer qu'une ou deux fois par semaine entre deux gardes, ils me permettent de garder les pieds sur terre.

Barbs coince son stylo derrière son oreille.

– Je ne m'attendais pas à te voir aujourd'hui. Mon petit doigt me dit que tu sors juste d'une garde de nuit.

Je ne lui demande pas comment elle l'a su. Barbs est la personne la plus au courant de tout ce qui concerne le système hospitalier de Thayer. Elle sait des choses sur les gens avant eux-mêmes.

Je me passe une main sur le visage, m'efforçant de garder les yeux ouverts.

– Oh, crois-moi, je vais bientôt rentrer chez moi et m'écrouler. J'ai juste besoin de récupérer mon chargeur.

Je suis bénévole à la LHAC depuis si longtemps que j'y ai mon propre bureau. L'essentiel de mon travail consiste à assurer le fonctionnement de la clinique gratuite pour les patients non assurés, mais je fais aussi office de consultant sur diverses affaires juridiques nécessitant un avis médical.

– Avant de partir, tu devrais aller saluer notre nouvelle chercheuse associée, me lance Barbs en désignant de la tête la porte de la cuisine, au bout du couloir. Elle va te plaire. Elle est combative.

Je hausse les sourcils.

– Déjà une nouvelle associée ?

La LHAC a été inondée de nouvelles affaires, ces derniers temps. Lisa, la directrice juridique, avait parlé d'engager un associé temporaire pour lui prêter main-forte jusqu'à ce que le rush soit passé, mais je ne m'attendais pas à ce que cette embauche survienne si vite.

Les yeux de Barbs s'allument d'une lueur qui me met aussitôt sur mes gardes.

– Oui. Une troisième année à la fac de droit de Thayer. Une fille intelligente. Jolie aussi, quoiqu'un peu empressée. Elle a commencé lundi, et je l'ai trouvée en train d'attendre dehors, quinze minutes avant l'ouverture de la clinique.

La majorité des étudiants de l'université sont sérieux et perfectionnistes jusqu'à l'excès.

– Félicitations. Tu viens de décrire la moitié des filles de Thayer. N'y pense même pas, j'ajoute quand Barbs ouvre la bouche. Je ne donne pas dans les histoires au boulot.

J'ai une réputation de coureur, mais je ne sortirai jamais avec quelqu'un avec qui je travaille, même dans le cadre d'un poste bénévole.

Déçue, Barbs se renfrogne. Elle se prend pour l'entremetteuse de l'hôpital, ça fait des années qu'elle essaie de me caser.

– D'ailleurs, si je sortais avec quelqu'un de la clinique, ce serait toi, j'ajoute d'un ton taquin.

Elle reste les sourcils froncés dix secondes, avant de craquer et de sourire.

– Tu es un très mauvais menteur.

– Menteur, moi ? je fais mine de m'offusquer, une main sur la poitrine. Jamais.

Elle secoue la tête.

– File. Va faire ton charmeur ailleurs. Tu es trop jeune pour moi. Et reviens me voir quand tu l'auras vue, me lance-t-elle en riant, quand je lui jette un regard exaspéré par-dessus mon épaule.

J'attrape mon chargeur sur mon bureau et le glisse dans ma poche. Et puis, curieux malgré moi, je me dirige vers la cuisine pour rencontrer la nouvelle associée. Autant voir celle qui suscite un tel enthousiasme.

Je pousse la porte de la cuisine, un sourire de bienvenue déjà aux lèvres… *Oh, putain de merde !*

Mon sourire disparaît aussi vite que les bonbons à la fête d'anniversaire d'un gamin.

Qui je découvre, assise au milieu de la pièce, qui boit un café dans ma tasse préférée en examinant une liasse de papiers ? Nulle autre que Jules Ambrose.

Ma tension artérielle monte en flèche.

Non. *Non, putain !* J'ai dû m'endormir après ma garde et je fais un cauchemar, parce qu'il est impossible que Jules soit la nouvelle associée temporaire. L'univers ne serait pas aussi cruel avec moi.

Elle a levé les yeux au moment où la porte s'est ouverte, et j'aurais pris grand plaisir à voir son visage blêmir si je n'étais pas tout aussi stupéfait.

– Qu'est-ce que tu fous ici ?

Nos voix se sont entrelacées en une mélodie discordante, la sienne haut perchée à cause du stress, la mienne grave parce que je suis horrifié. Un muscle se contracte dans ma mâchoire.

Je relâche la poignée de la porte et croise les bras.

– Je travaille ici. Et toi, quelle est ton excuse ?

Jules arque un sourcil.

– Rectification : moi, je travaille ici. Toi, tu travailles aux urgences. Je vois que tu deviens déjà sénile. Voilà ce qui arrive quand ton cerveau utilise toutes ses facultés limitées aux fonctionnalités de base.

Bon sang. Je n'ai pas le temps pour ça. Je suis venu ici pour récupérer mon chargeur, et me voilà maintenant coincé à discuter avec cette diablesse alors que tout ce dont j'ai envie, c'est dormir.

Mais il est trop tard. Pas moyen de faire marche arrière, autrement elle va la ramener jusqu'à la fin des temps pour avoir eu le dernier mot.

– Ne projette pas ton cas sur autrui. C'est inconvenant. Ce n'est pas parce que tu as des capacités mentales inférieures à la moyenne qu'il en va de même pour tout le monde. (Un sourire en coin se dessine sur ma bouche quand je vois un nerf tressauter à sa paupière.) Quant à la clinique, j'y suis bénévole depuis l'école de médecine.

Traduction : c'est *mon* espace. J'étais là avant.

Est-ce une façon juvénile de voir les choses ? Peut-être. À ma décharge, il y a peu d'endroits où je me sens vraiment chez moi. La clinique en est un, et la présence de Jules va réduire en miettes ce havre de paix.

Je m'adosse contre le mur, les yeux rivés aux siens dans un défi silencieux.

– Il n'est pas trop tard pour démissionner. Tu aurais plus de plaisir à passer ton temps libre ailleurs. Je suis sûr que tu trouveras un pauvre type prêt à combler les trous dans ton emploi du temps si tu t'ennuies.

– Je pourrais dire la même chose pour toi, Monsieur Juge McJosh, réplique-t-elle, avant de boire une gorgée de café dans ma putain de tasse. Ou est-ce que tu es en pénurie de femmes qui se laissent prendre par tes conneries ? À moins que le truc du bénévolat ne soit qu'une excuse pour lever des proies, ce qui serait immensément triste.

J'ai réduit la distance entre nous en trois enjambées et j'abats les mains sur la table, assez fort pour faire trembler les surligneurs alignés à côté de ses papiers. Je me penche si bien que nos visages ne sont plus qu'à quelques centimètres et que nos respirations se mêlent dans un nuage d'animosité.

– Démissionne.

Le mot vibre, tendu et furieux, entre nous.

Le défi fait briller les yeux de Jules.

– Non.

Elle a prononcé ce seul mot avec une lenteur et une précision qui fait monter ma tension artérielle d'un cran supplémentaire. Mes articulations s'enfoncent dans le bois dur, tant j'ai les poings serrés sur la table. Mon cœur bat si fort que son tambour résonne dans ma tête, comme pour me narguer.

Je ne sais pas pourquoi cette nouvelle me dérange tant. Jules est la nouvelle chercheuse associée. Et alors ? Je ne viens pas souvent à la clinique et je ne suis pas obligé de lui parler si je n'en ai pas envie. De plus, son poste est temporaire. Quelques mois et elle sera partie.

Malgré tout, la simple idée qu'elle soit là, dans mon havre, à boire dans ma tasse, à rire avec mes amis et à remplir chaque molécule d'air de sa présence, ça me rend la tâche de respirer vraiment difficile. Putain !

Un. Deux. Trois. Je me force à inspirer après chaque chiffre.

À quelques pas de là, le réfrigérateur ronronne, sans se douter de la bataille qui se joue dans la cuisine. Pendant ce temps, l'aiguille de l'horloge s'approche de la demi-heure, me rappelant que je devrais être parti depuis longtemps.

Douche. Lit. Sommeil béat.

Ils m'appellent, et pourtant je suis là, face à Jules, à refuser d'agiter le drapeau blanc dans notre guerre silencieuse.

Même de si près, je ne distingue pas un seul défaut sur sa peau de lait. En revanche, je peux compter chaque cil qui encadre ses yeux noisette et repérer le minuscule grain de beauté au-dessus de sa lèvre supérieure.

Le fait que je m'attarde sur ces détails ne fait que m'énerver davantage.

– Je pensais que tu étais passionnée par le droit des affaires. Les gros sous. Le prestige. (Chaque syllabe qui sort de ma bouche est assez froide et tranchante pour piquer.) La clinique n'est peut-être pas aussi chic que Silver & Klein, mais on fait un travail important ici. Ce n'est pas un terrain de jeu en attendant que tu passes dans la cour des grands.

C'est un coup bas. Je le sais dès l'instant où les mots franchissent mes lèvres.

Jules a probablement besoin d'un travail pour vivre jusqu'à ce qu'elle passe l'examen du barreau, et il n'y a rien de mal à ça.

Seulement voilà, ma frustration – par rapport à mon père, par rapport à Alex, par rapport à la sensation de vide qui me ronge la poitrine depuis plus de nuits que je ne veux l'admettre – m'a transformé en quelqu'un que je ne reconnais pas et que je n'apprécie pas particulièrement non plus. D'ordinaire, j'arrive à jouer le rôle du gars insouciant que je jouais à l'école, mais pour une raison qui m'échappe, mon masque ne tient jamais longtemps avec Jules.

Peut-être parce que je me fiche de savoir qu'elle voit le pire de moi. Il y a une certaine libération dans le fait de se foutre complètement de ce que les autres pensent.

– Ça te ressemble bien de penser forcément le pire me concernant.

Si ma voix était froide, celle de Jules est un brasier, qui carbonise les bords tranchants de mon irritation jusqu'à ce qu'il ne reste que les cendres de la honte.

– Quoi, tu crois que je vais me pointer ici chaque semaine, déplacer quelques papiers et faire semblant de travailler, juste parce que je suis intérimaire ? Flash info, connard : quand je m'engage à faire quelque chose, je le fais bien. Je me fous que ce soit un grand cabinet d'avocats, une association à but non lucratif ou un putain de stand de limonade au bout d'une impasse. Tu n'es pas meilleur que moi parce que tu es médecin, et je ne suis pas le diable parce que j'aspire à une carrière bien rémunérée. Alors ton attitude moralisatrice, tu peux te la prendre et te la carrer où je pense, Josh Chen, parce que moi, j'ai dépassé ça.

Le silence enveloppe la pièce comme une couverture, seulement brisé par les respirations irrégulières de Jules. Son calme de tout à l'heure s'est évaporé, remplacé par des joues rouges et des yeux brillants, pourtant pour une fois, je ne prends aucun plaisir à la faire monter dans les tours.

J'ouvre la bouche pour dire quelque chose, n'importe quoi, mais je suis trop abasourdi pour formuler une réponse appropriée.

Jules et moi, nous avons échangé plus de piques que je ne peux en compter au fil des ans. Elle donne toujours autant qu'elle reçoit, mais ce qui vient de se passer là… si je ne la connaissais pas mieux, je jurerais qu'elle est vraiment blessée.

Un tison brûlant se plante dans ma poitrine. La culpabilité.

Je me redresse et me passe une main sur le visage : quand est-ce que ma vie est devenue aussi compliquée ? Les jours où

Jules et moi nous insultions sans culpabilité ni remords, où ma sœur n'était pas amoureuse de mon ancien ami et où mon meilleur ami était encore mon ami me manquent.

Les jours où j'étais moi-même me manquent.

Et maintenant, je suis là, sur le point de faire quelque chose auquel l'ancien Josh se serait refusé, plutôt se couper le bras.

– Je n'aurais pas dû dire ça, je concède. C'était un coup bas, et je… (Un muscle se contracte dans ma mâchoire. *Merde.*) Je suis désolé, je crache enfin.

C'est la première fois de ma vie que je m'excuse auprès de Jules, et je veux en finir le plus vite possible.

J'ai fait ce qu'il fallait, OK, mais il ne faut pas croire que ça me fait plaisir.

Je me prépare à l'entendre jubiler, mais rien ne vient. Au lieu de quoi, elle se contente de me dévisager comme si je n'avais pas parlé.

J'enfonce donc le clou :

– Cependant, la clinique est importante pour moi, et je ne veux pas que nos… différends entravent notre travail. Alors je te propose une trêve.

Proposer une trêve, ça revient presque à se rendre, mais je refuse de laisser notre animosité empoisonner les heures que je passe à la clinique. Partout ailleurs, d'accord, mais pas ici.

Elle fronce les sourcils.

– Une trêve.

– Seulement quand on est à la clinique. Pas d'insultes, pas de commentaires désobligeants. On reste professionnels. Marché conclu ?

Je ne suis pas assez naïf pour penser que nous puissions maintenir un semblant de paix en dehors de l'environnement de travail. Je tends la main et Jules la regarde comme si c'était un cobra enroulé prêt à frapper.

– À moins, bien sûr, que tu ne t'en sentes pas capable.

La satisfaction m'envahit quand je la vois pincer les lèvres. J'ai touché un point sensible, celui de la compétitrice. *Je le savais.*

Sans détacher les yeux des miens, elle saisit ma main et la serre. Fort.

Bon Dieu ! Pour quelqu'un d'aussi petit, elle a une sacrée poigne.

– Marché conclu, dit-elle en souriant.

Je lui rends son sourire en serrant les dents et en comprimant sa main encore plus fort, savourant la façon dont ses narines se dilatent sous la pression.

– Super.

Oubliez ce que j'ai dit à propos de l'ennui de ma vie.

Ces quelques mois vont être très intéressants.

9

JULES

Si quelqu'un m'avait dit il y a un mois que j'accepterais de mon plein gré une trêve avec Josh Chen, je lui aurais ri au nez et demandé ce qu'il fumait. Josh et moi sommes aussi capables de faire preuve de courtoisie l'un envers l'autre qu'un tigre de changer ses rayures.

Cela dit, même si je déteste l'admettre, son raisonnement a du sens. Je tire une grande fierté de mon travail et je ne voudrais surtout pas que mes sentiments personnels affectent mon lieu de travail. Et puis, j'ai été tellement prise de court par ses excuses que je n'étais plus en mesure de réfléchir, et encore moins d'envisager les conséquences d'un cessez-le-feu avec Josh Chen.

Étonnamment, elles ne s'avèrent pas aussi terribles que ça… mais c'est peut-être parce que je n'ai pas revu Josh depuis la trêve. D'après Barbs, il ne vient à la clinique que pendant ses jours de repos ou quand il n'est pas trop éreinté par une garde.

Ça ne me pose aucun problème. Moins je le vois, mieux c'est. Une partie de moi est encore embarrassée par la façon dont j'ai perdu mon sang-froid quand il m'a accusée de ne pas prendre mon travail au sérieux. Nous nous sommes pourtant lancé des insultes bien plus graves au visage au fil des ans, mais c'est cette réplique-là qui m'a fait craquer.

Ce n'était pas la première fois qu'on me jugeait, cependant, que ce soit sur mon apparence ou ma famille, la carrière que j'ai choisie ou les vêtements que je porte, mes rires trop sonores alors que je suis censée être discrète ou mon affirmation trop audacieuse quand je devrais être invisible. J'ai l'habitude de balayer les critiques, mais les ricanements et les apartés se sont accumulés au fil du temps, et j'en suis arrivée à un point où je suis tout simplement fatiguée.

Fatiguée de travailler deux fois plus que les autres pour être prise au sérieux et de me battre encore plus pour prouver ma valeur.

Je secoue la tête et tâche de me reconcentrer sur les documents que j'ai sous les yeux. Je n'ai pas le temps de m'apitoyer sur mon sort. Je dois terminer la vérification de ce dossier aujourd'hui et la clinique ferme dans trois heures.

J'ai parcouru la moitié des documents quand la porte s'ouvre à la volée et que Josh entre, portant une petite boîte de chez Crumble & Bake.

– Oh, regardez qui voilà. Si ce n'est pas… (*Mon rejeton préféré du diable.* Je ravale ma pique en le voyant hausser un sourcil en signe de défi.) Le frère de ma meilleure amie.

Il va me falloir un certain temps d'adaptation avant de réfréner le réflexe instinctif de l'insulter à la seconde où je vois son visage.

– Quel sens de l'observation !

Il pose la boîte sur la table et s'assied à côté de moi. Une bouffée de son eau de toilette flotte jusqu'à moi, mêlée au parfum sucré qui s'échappe de la boîte.

– Laisse-moi deviner. Tu as tellement agacé le reste du personnel qu'ils t'ont bannie à la cuisine ?

Je me force à ne pas fixer des yeux les pâtisseries. *Ne cède pas à la tentation des sucreries.*

– Si tu avais un minimum de sens de l'observation, tu aurais remarqué que je n'ai pas encore de bureau. Alors je travaille dans la cuisine jusqu'à ce qu'il arrive. Et… tu as rompu la trêve.

Je pointe mon stylo vers lui, les veines gonflées par le triomphe.

Josh retrousse ses manches, révélant des avant-bras bronzés et légèrement veinés. Une lourde montre brille à son poignet, et en tant que personne ayant un penchant que je ne m'explique pas pour les hommes et les montres, j'aurais trouvé la vue excitante s'il n'était pas... eh bien, s'il n'était pas lui.

– Pas du tout, réplique-t-il. Le sarcasme, ce n'est pas la même chose que l'insulte. Je suis tout le temps sarcastique avec mes amis. C'est ma façon de leur montrer mon affection.

Je lève les yeux si loin au ciel que je suis surprise de ne pas entrer dans une autre dimension.

– D'accord, tu voulais manifester l'affection que je t'inspire avec ta déclaration.

– Non, je voulais te montrer mon *affection* pour toi avec ça, dit-il en accentuant lourdement son débit ralenti, comme s'il s'adressait à un enfant.

En parlant, il a ouvert la boîte et mes yeux zooment sur le cupcake qui trône au milieu.

Caramel au beurre salé. Mon préféré.

Mon estomac émet un petit gargouillement d'approbation. J'étais tellement plongée dans mon travail que je n'ai pas mangé depuis mon déjeuner dérisoire, une salade et un smoothie, avalé il y a plusieurs heures.

La bouche de Josh dessine un sourire narquois, j'agite bruyamment mes papiers pour masquer le bruit. Je ne lui donnerai pas la satisfaction de saliver sur un truc qu'il a acheté.

Il pousse la boîte vers moi.

– Considère ça comme mon rameau d'olivier officiel. Ça, et le fait que je ne mentionnerai pas qu'en réalité c'est toi qui as rompu la trêve en insultant mon sens de l'observation. Lequel est excellent, soit dit en passant.

Il n'y a que Josh pour s'attribuer le mérite de ne *pas* avoir fait quelque chose qu'il vient *juste* de faire.

Au lieu de poursuivre la discussion, je tâte le cupcake avec suspicion.

– Tu l'as empoisonné ?

Parce que bon, il y a une différence entre se comporter de manière civilisée et offrir à quelqu'un son cupcake préféré sans y être obligé.

– Non, j'étais pressé. Peut-être la prochaine fois.

– Hilarant. Netflix devrait t'offrir un stand-up.

Je sors le cupcake de la boîte et l'examine de plus près, histoire de vérifier qu'il n'a pas été trafiqué.

– Je sais, lâche Josh d'une voix qui transpire l'arrogance. C'est l'une de mes nombreuses et merveilleuses qualités.

Je me retiens de lever les yeux au ciel. Il y a probablement une centaine de pauvres âmes qui se traînent leur manque d'estime de soi, pour que Josh Chen puisse naviguer dans la vie avec un ego de la taille de Jupiter. Satan a dû être distrait le jour où il a créé sa progéniture de l'enfer et il a surdosé l'ingrédient « odieux » dans le gobelet de Josh.

– Comment tu sais que caramel au beurre salé est mon parfum préféré ? je demande en avisant une minuscule marque noire sur l'emballage du cupcake.

Simple égratignure due à un marqueur égaré ou indice de la présence d'un poison ? Hmm…

Josh désigne la boisson qui refroidit devant moi sur la table.

– Pas besoin d'être un génie pour le deviner. Chaque fois que je te vois, tu ingurgites un moka au caramel de la taille de ta tête.

OK, il marque un point. Mon amour pour tout ce qui est au caramel n'est pas vraiment un secret.

– Continue comme ça et tu vas avoir du diabète, ajoute-t-il. Tout ce sucre, ce n'est pas bon.

De ma main libre, je tapote mon stylo sur la table.

– Et du coup, tu me donnes encore plus de sucre dans l'espoir que je devienne diabétique. Je savais que tes intentions étaient néfastes.

Josh soupire et fronce les sourcils.

– Jules, mange ce putain de cupcake.

Je retiens un sourire. Je m'amuse avec lui, car à ce stade, je suis vraiment affamée. Si je dois mourir, autant que ce soit en mangeant quelque chose que j'adore.

Je déballe le gâteau et prends une petite bouchée. Un afflux de douceur tiède et exquise m'explose sur la langue, et je ne peux ravaler un gémissement de plaisir. Rien ne vaut un cupcake au caramel-beurre salé après des heures de travail.

Josh me regarde manger, et je remarque que son expression exaspérée a laissé la place à quelque chose que je n'arrive pas à identifier.

Une gêne inhabituelle me picote la peau.

– Quoi ?

Il ouvre la bouche, puis la referme et s'adosse à sa chaise, les doigts noués derrière la tête.

– Je t'aime beaucoup mieux quand tu ne parles pas. Je devrais t'apporter à manger plus souvent.

– Heureusement que je me contrefiche que tu m'aimes ou pas, je réplique d'un ton dégoulinant de miel. Mais si tu veux m'acheter à manger, ne te gêne pas. Sache juste que j'inspecterai attentivement tout ce qui entrera dans ma bouche.

Je me rends compte de mon erreur avant que la phrase finisse de sortir de ma bouche.

Merde. Ça sonnait plus coquin que je ne l'avais prévu.

Le visage de Josh s'est fendu d'un sourire diabolique. Je lève une main avant qu'il ne dise quoi que ce soit, mais mes joues s'échauffent déjà.

– Non. Épargne-moi la blague puérile que tu t'apprêtais à nous balancer.

À ma grande surprise, il obéit.

Au lieu de quoi, il tapote du doigt la pile de papiers devant moi.

– Tu sais que tu pourrais travailler ailleurs que dans la cuisine.

L'AC est minuscule et je ne veux pas empiéter sur l'espace de travail de quelqu'un d'autre.

– Comme où, les toilettes ? Ça me va. C'est confortable ici.

Si l'on oublie la température glaciale, la table branlante et les chaises en bois raides. N'empêche, c'est quand même mieux que de travailler sur le siège des toilettes.

– Oui, comparé à la Sibérie sauvage, peut-être.

Je pousse un soupir agacé.

– Tu es là pour travailler ou pour m'embêter ?

– Je peux faire les deux. Je suis un grand spécialiste des tâches multiples, plaisante Josh avant que son regard ne devienne sérieux. J'ai entendu dire qu'on avait récupéré un nouveau cas aujourd'hui.

Je fais glisser les papiers vers lui et repasse en mode travail.

– Ouais. Les Bower. La mère, Laura Bower, est tombée dans les escaliers et ne pourra pas travailler pendant deux mois. Comme elle n'a pas d'assurance, les factures médicales sont énormes et elle est le seul gagne-pain de la famille. Son mari, Terence, est sorti de prison il y a quelques années, mais n'a pas pu trouver de travail en raison de son casier judiciaire. Ils ont deux enfants, Daisy et Tommy, âgés de six et neuf ans.

Josh parcourt le dossier.

– Ils risquent l'expulsion.

Je hoche la tête.

– Laura a besoin d'un endroit stable pour se remettre de sa chute, sans parler des problèmes qui accompagnent fatalement la vie d'un sans-abri.

Des souvenirs troubles et indésirables envahissent mon cerveau sur ce dernier mot. *Les nuits froides. Le ventre vide. L'angoisse incessante qui se faufile sous ma peau.*

Ma situation était différente de celle des Bower, mais je ne me rappelle que trop bien ce que c'était de se réveiller chaque matin en se demandant si c'était le dernier jour où j'aurais un toit au-dessus de ma tête et de la nourriture sur la table.

Ma mère était serveuse de cocktails, mais plus encline à dépenser ses maigres revenus dans le shopping qu'à payer les factures. Parfois, la lumière s'éteignait pendant que je faisais mes devoirs parce qu'elle avait oublié de payer l'électricité. Au bout du compte, à l'âge de dix ans, j'avais trouvé le moyen de siphonner l'électricité de notre voisin. Pas la solution la plus éthique, mais je n'avais guère le choix.

Un frisson me parcourt.

Tout va bien. Tu n'es plus cette petite fille.

Josh tapote les doigts sur le feuillet où est agrafée la photo de Laura, me ramenant brusquement au moment présent.

– Je la connais. Je l'ai soignée quand elle est arrivée. Plusieurs os cassés, gros hématomes, une cheville tordue. Pourtant, elle gardait sa bonne humeur et faisait des blagues pour tenter d'empêcher ses enfants de paniquer. (Son visage s'adoucit.) Aux urgences, les gens peuvent défiler dans un flou chaotique, mais je me souviens d'elle.

– Oui, je réponds tout bas. Elle a l'air vraiment gentille.

Je n'ai jamais rencontré Laura, mais je devine en elle le type de mère que j'aurais adoré avoir.

Je me racle la gorge pour soulager le nœud d'émotions qui s'y est logé.

– D'un point de vue juridique, la solution la plus évidente serait d'effacer le casier judiciaire de Terence pour qu'il puisse trouver un emploi, je reprends.

En tant qu'avocate titulaire de la clinique, Lisa doit approuver tout ce que je fais et elle a convenu que l'effacement du casier judiciaire était la meilleure solution.

– Il a été inculpé pour possession de marijuana, je continue. Un gramme, et il a passé un an en prison pour ça.

Je fulmine, comme quand j'ai pris connaissance des détails de l'affaire. Peu de choses m'énervent plus que l'iniquité des lois draconiennes sur les stupéfiants.

– C'est ridicule, non ? Certains violeurs n'écopent que de quelques mois de prison, mais si tu as un peu de marijuana sur toi, ton casier est entaché à jamais. C'est vraiment de la connerie. Au Colorado, des cultivateurs d'herbe s'enrichissent en vendant de la marijuana, alors que des gens comme Terence sont vilipendés pour la même raison. Dis-moi où est la justice là-dedans. Je… quoi ?

Je m'arrête en remarquant que Josh me dévisage avec un petit sourire presque fasciné.

– Je ne t'ai jamais vue aussi énervée par quelque chose qui ne soit pas moi.

Ma colère se calme un peu, même si mon indignation face à l'injustice de la situation reste intacte.

– Une fois de plus, tu prouves que ton égocentrisme n'a pas de limites. Et ce n'est pas rompre la trêve que de le dire, j'ajoute.

– Bien sûr que c'est avéré, dit Josh sèchement. Cela dit, tu as raison. Il n'y a pas de justice dans ce qui est arrivé à Terence.

Je penche la tête, persuadée d'avoir mal entendu.

– Tu peux répéter ça ? La phrase du milieu.

D'abord les excuses, et maintenant il admet que j'ai raison ? C'est vraiment Josh assis en face de moi, ou des extraterrestres l'ont-ils enlevé et échangé contre un autre, plus agréable, dans la même enveloppe corporelle ?

– Non.

– Répète, j'insiste en tapant son pied du mien, ce qui me vaut un regard sévère. Je veux t'entendre le répéter.

– Et c'est exactement pour ça que je ne le ferai pas.

Je le gratifie de ma plus belle tête de chien battu.

– Allez. On est vendredi.

– Je ne vois pas le rapport, s'entête-t-il, avant de pousser un long soupir de dépit quand j'accentue la tristesse de mes yeux de chiot. J'ai dit que tu avais raison.

Il a l'air si dégoûté que je manque éclater de rire.

– Seulement sur ce point-là, se hâte-t-il de préciser. Pas sur quoi que ce soit d'autre.

Je plie l'emballage du cupcake et le mets de côté pour le jeter plus tard.

– Tu vois, ce n'était pas si difficile. Tu as un sourire supportable quand tu ne joues pas au con, j'ajoute, pleine de générosité puisqu'on a décidé d'être gentils.

– Merci.

Sans relever le sarcasme sous-jacent dans son ton, je retourne au dossier. Je veux terminer tout mon travail avant de partir pour ne pas avoir à m'en préoccuper ce week-end. Nous partons demain dans le Vermont et, même si je n'ai pas hâte de passer deux jours dans un chalet avec Josh, je me réjouis en revanche de prendre mes premières vacances de l'année.

Je ne compte pas mon voyage à Eldorra pour le couronnement de Bridget. Je n'y suis restée qu'un week-end, et j'étais tellement occupée que j'ai à peine eu le temps de dormir et encore moins de faire du tourisme.

Je tapote mon stylo sur le papier.

– Pour en revenir aux Bower, Lisa a évoqué des examens médicaux gratuits que nous pourrions offrir à Laura tout au long de sa convalescence.

– Oui, en général, on les fait venir à la consultation gratuite, convient Josh en désignant la sortie.

Tout à coup, je prends conscience qu'il a dû travailler à la clinique toute la journée. La tente de la consultation gratuite est installée à l'extérieur de l'AC, je ne l'ai donc pas vu arriver.

– Mais compte tenu de la situation de Laura, on pourrait effectuer des visites à domicile, poursuit-il. Il suffit qu'on remplisse les papiers idoines…

Pendant l'heure qui suit, Josh et moi travaillons ensemble sur le cas Bower. Il établit un planning des examens et s'occupe de la paperasse médicale, pendant que je finis de vérifier tous les détails et que je rassemble les informations dont nous avons besoin pour effacer le casier de Terence.

Je glisse un coup d'œil discret à Josh, occupé à griffonner quelque chose sur une feuille, les sourcils froncés par la concentration, et je me rends compte que c'est la première fois que je le vois travailler.

– Tu aimes ce que tu vois ? me demande-t-il sans lever les yeux de sa feuille.

Je sens de nouveau le rouge me monter aux joues, cette fois à cause de l'embarras.

– Seulement si le dictionnaire change la définition du mot « aimer » pour qu'il devienne synonyme d'abhorrer.

Le coin de sa bouche se soulève imperceptiblement.

– Trêve, JR.

Je ne saurais dire si son rappel à l'ordre est moqueur ou non, tant sa voix est douce. En tout cas il déclenche une drôle de sensation dans mon ventre.

Il l'a peut-être bien empoisonné, ce cupcake.

Je surligne un passage du dossier avec plus d'agressivité que nécessaire. Josh et moi formons une équipe étonnamment efficace, toutefois je ne me fais pas d'illusion, notre trêve n'est pas le début d'une véritable amitié.

Peu de choses sont certaines dans la vie : la mort, les impôts, et le fait que Josh Chen et moi ne serons jamais amis.

10

JOSH

Le bref instant de camaraderie que Jules et moi avons vécu à la clinique s'est évanoui sans laisser de trace moins de vingt-quatre heures plus tard, quand j'arrive au terminal des jets privés de l'aéroport pour la trouver l'œil brillant et le cheveu impeccable, et trop fière de m'avoir devancé à l'aéroport.

– Tu es en retard, ne manque-t-elle pas de me faire remarquer en sirotant son café.

Sans doute un moka au caramel avec supplément pépites et lait d'avoine, vu qu'elle est intolérante au lactose et déteste le goût du lait d'amande.

Tellement prévisible.

– On n'a pas encore embarqué, ce qui signifie que je ne suis pas en retard.

Je m'installe sur le siège en face du sien et avise sa tenue avec un froncement de sourcils. Un pantalon de yoga et des bottes, et en haut une doudoune violette à poils longs, sans oublier les lunettes de soleil géantes qu'elle a remontées sur le haut de la tête.

– Punaise, tu l'as dénichée où, cette veste ? Barneys'Us ?

– Je n'attends pas d'un individu qui se pointe à l'aéroport en pantalon de survêtement qu'il comprenne la mode, réplique Jules avec un regard appuyé sur le survêtement en question.

Et mon irritation se mue en satisfaction quand elle s'attarde une seconde de trop sur une certaine zone.

– Prends une photo. Tu pourras regarder plus longtemps, j'ironise.

Elle relève aussitôt les yeux. Puis elle sourit.

– Merci pour l'offre, mais je pensais juste à la facilité avec laquelle je pourrais te couper tes précieux bijoux de famille. Dors bien ce week-end, Joshy. On ne sait jamais ce qui peut se passer d'effrayant la nuit.

Je ne prends pas la peine de réagir à sa menace ridicule, mais ne parviens à masquer ma surprise quand elle saisit le sachet en papier blanc à côté d'elle et me le jette sans crier gare.

Je l'attrape facilement, grâce à des réflexes aiguisés par des années de sport.

Ma surprise monte encore d'un cran quand je découvre dedans un muffin à la myrtille. Et c'est peut-être l'éclairage qui me joue des tours, mais je crois distinguer une légère teinte rosée sur les joues de Jules.

– En échange du cupcake, me dit-elle. Je n'aime pas être débitrice.

– C'était un cupcake, JR, pas un prêt. Tu l'as empoisonné ? je lui renvoie en secouant le sachet, petit rappel de sa question d'hier. Ava sera contrariée si son frère bien-aimé tombe raide mort pendant son voyage d'anniversaire, ce qui signifie qu'Alex sera contrarié, ce qui signifie que tu seras morte.

Le soupir qu'elle lâche semble contenir la lassitude de plusieurs millénaires.

– Josh, mange ce foutu muffin.

J'hésite deux secondes maxi, avant de hausser les épaules.

Et puis merde. Il y a pire façon de mourir que de l'ingestion d'un gâteau à la myrtille.

– Merci, je lâche à contrecœur.

Et j'arrache un morceau de la pâtisserie, que je me fourre dans la bouche tout en parcourant l'aérogare des yeux.

– Où sont les amoureux ?

– Probablement en train de se chuchoter des mots doux devant un petit déjeuner, répond Jules en indiquant de la tête le restaurant chic situé plus loin dans le terminal.

L'idée qu'Alex puisse chuchoter des mots doux à qui que ce soit, même à ma sœur, me tire une grimace.

– Tu ne t'es pas jointe à eux ?

– Je n'avais pas envie de tenir la chandelle.

– Ça ne t'a jamais arrêtée jusqu'à maintenant.

Au lieu de répondre, elle m'observe par-dessus le bord de sa tasse et une petite ligne se creuse entre ses sourcils.

– Ça te fait bizarre ? demande-t-elle. De partir en voyage avec Alex ?

Je marque un temps d'hésitation et serre une seconde les mâchoires, avant de reprendre ma mastication.

– C'est comme ça. Ava me l'a demandé, alors je suis là, je réponds après avoir dégluti.

Un silence tendu s'installe, chargé de non-dits.

Jules abaisse son gobelet, le porte à nouveau à sa bouche, comme pour se protéger de ce qu'elle s'apprête à dire.

– Tu es un frère attentionné.

Pas de sarcasme, seulement de la sincérité, pourtant ses mots me frappent quelque part en dessous du ventre.

Des souvenirs désordonnés envahissent mon cerveau.

« *Ta sœur est à l'hôpital…* »

« *Elle a failli se noyer…* »

« *Je suis désolé, fiston, mais ta mère… elle a fait une overdose…* »

« *Il nous a menti. (Des larmes coulent sur les joues d'Ava.) Il nous a menti à tous les deux.* »

« *Viens passer les vacances avec nous. (Je tape sur l'épaule d'Alex.) Ce n'est pas normal de passer Noël tout seul.* »

« *Je me sentirais mieux si quelqu'un en qui j'ai confiance s'occupait d'elle, tu comprends ?* »

« *Tu es la seule personne en qui j'ai confiance, en dehors de ma famille, point barre. Et tu sais à quel point je suis inquiet pour Ava…* »

Est-ce que je suis un bon frère ?

Je n'étais pas là, les deux fois où Ava a failli mourir. J'ai été trop aveugle pour déceler la vérité sur notre père pendant toutes ces années. Je l'admirais, même, je faisais tout ce que je pouvais pour le rendre fier. Et j'ai presque poussé Ava dans les bras d'Alex parce que, une fois de plus, je faisais confiance à quelqu'un qui a fini par me trahir.

En fin de compte, la relation entre Alex et Ava a fonctionné, mais je n'oublierai jamais les mois où elle n'était plus que l'ombre d'elle-même. Silencieuse, renfermée, elle avait perdu cette étincelle qui faisait la véritable Ava. Chaque jour, je me réveillais avec la crainte de la retrouver dans le même état que notre mère – avec trop de cachets dans l'estomac et pas assez de volonté de vivre.

Tout ça parce que je suis trop bête et que j'ai accordé ma confiance aux mauvaises personnes. Je sais bien qu'à proprement parler, ce n'est pas ma faute si Michael a essayé de tuer Ava, si ma mère s'est suicidée ou si Ava est tombée amoureuse d'Alex. Mais voilà le problème avec la culpabilité. Elle se fout bien des faits et de la logique. Elle germe des moindres graines de doute, se glisse à travers les fissures de votre psyché, et le temps que vous compreniez ce que sont ces horribles trucs noirs qui suintent de vos veines, elle s'est déjà enracinée si profondément que vous ne pouvez pas l'extraire sans perdre une partie de vous-même.

La voix de Jules me parvient, étouffée et lointaine.

– Josh. Josh !

Elle est plus forte et plus claire la deuxième fois, suffisamment pour m'arracher à mes pensées et me ramener dans le terminal baigné de soleil.

Je cligne des yeux, le cœur tambourinant dans la poitrine, avec une telle force qu'il fait vibrer ma cage thoracique.

– Oui.

Le pli entre ses sourcils s'est creusé, et quelque chose qui ressemble à de l'inquiétude vient de passer dans ses yeux.

– Ça fait cinq minutes que je t'appelle. Tu… vas bien ?

– Oui, je répète.

Je me passe une main dans les cheveux et me force à respirer profondément jusqu'à ce que mon rythme cardiaque revienne à la normale.

– Je réfléchissais à des trucs.

La réponse la plus nulle de la planète, pourtant Jules ne relève pas. Non, elle me dévisage encore une minute, avant de lever les yeux par-dessus mon épaule et d'annoncer :

– Alex et Ava sont là.

Je tourne la tête, juste au moment où le couple en question apparaît.

– Salut ! s'écrie ma sœur, qui se détache d'Alex pour me prendre dans ses bras. Tu es à l'heure.

– Pourquoi tout le monde pense que je vais arriver en retard ? Je suis ponctuel, je marmonne.

Je vous jure, vous avez le malheur d'arriver en retard à une soirée et, tout à coup, tout le monde vous en attribue l'habitude.

– Bien sûr, commente ma sœur qui me tapote le bras avant de s'adresser à l'ensemble du groupe. Prêts à embarquer ?

Jules se lève et jette son gobelet vide dans une poubelle voisine.

– Oui. On y va.

Sur ce, Ava et elle s'en vont devant, me laissant avec Alex, que je salue d'un hochement de tête crispé.

– Alex.

– Josh.

Son visage est dénué d'expression, comme d'habitude, mais la tension de ses épaules suggère que je ne suis pas le seul à avoir des doutes quant à la réussite de ce week-end.

Reste à espérer que nous nous en sortions tous intacts.

Quand nous atterrissons dans le Vermont, une heure et demie plus tard, j'ai eu le temps de noyer mes angoisses dans deux Mimosas, sans jus d'orange – merci le service du jet privé.

Une Range Rover noire nous attend devant l'aéroport, qui n'est qu'à trente minutes de route de notre lieu de villégiature. Ava passe la majeure partie du trajet à nous détailler les équipements de luxe du centre : un spa de classe mondiale, deux restaurants gastronomiques, la fameuse piste noire triple diamant… et un tas d'autres choses que je n'écoute pas.

Tout ce qui m'importe, à moi, c'est la piste de ski. *Ma première triple diamant.* Ça promet d'être épique.

J'ai hâte de déposer mes bagages et de filer dévaler les pentes, mais, nous rencontrons malheureusement notre premier problème avant même d'atteindre les chambres.

– Comment ça, le lodge est occupé ?

Chaque mot d'Alex est un glaçon et le regard dont il fusille le pauvre réceptionniste – Henry, selon son badge – est plus que noir.

– Je suis terriblement désolé, Monsieur Volkov, mais il semble que le système informatique ait eu des ratés et que nous l'ayons réservé pour deux personnes ce week-end, parvient à expliquer Henry d'une voix étranglée. Les autres clients sont arrivés hier soir et se sont enregistrés.

– Je vois, fait Alex, d'une voix qui a encore chuté de dix degrés. Et donc, on est censés loger où, exactement, puisque j'ai déjà déboursé une somme considérable pour le lodge Présidence ?

Henry déglutit péniblement tout en pianotant avec ferveur sur son ordinateur.

Ava tire sur la main d'Alex et lui murmure quelque chose à l'oreille, ce qui a pour effet immédiat de le détendre, bien qu'il garde son regard furibond fixé sur Henry.

Pour ma part, je m'appuie au comptoir : je ne suis pas assez bête pour ouvrir la bouche alors qu'Alex est sur le sentier de la guerre. Même Jules reste silencieuse, mais peut-être parce qu'elle est trop occupée à échanger des regards obscènes avec un type de l'autre côté du hall.

Je jauge rapidement le gars en question : cheveux blonds, sourire anormalement blanc, la même tenue – chemise bleu pâle et pantalon kaki – que le reste du personnel de l'hôtel. Je parierais mon dernier dollar qu'il est moniteur de ski. Il en a l'air caractéristique : agaçant et trop empressé de plaire.

– Ravale ta langue, JR. Tu baves.

– Je ne bave pas, réplique Jules, qui sourit à Ski Mono et reçoit son sourire en retour.

L'irritation me tiraille le ventre. C'est le grand week-end d'ouverture de la station, et lui, il traîne là dans le hall, à flirter avec les clientes. Il n'a pas de boulot ?

– Il ne reste qu'un lodge VIP, annonce Henry. Le lodge Aigle n'est pas aussi grand que le lodge Présidence, mais il offre une encore meilleure vue et les mêmes équipements. Bien sûr, nous vous rembourserons la différence et nous vous offrons un repas pour compenser ce désagrément.

Si Ava n'était pas là, je suis sûr qu'Alex aurait refait le portrait du gars, au lieu de quoi il se contente de :

– Ce lodge Aigle est plus petit… comment ?

– Il y a deux chambres à coucher au lieu de quatre. Mais le canapé du salon peut être transformé en lit, s'empresse d'ajouter Henry devant les sourcils froncés d'Alex.

– Ça ira, dit Ava en posant une main sur l'avant-bras de son petit ami. Ce n'est que pour le week-end.

Les narines d'Alex se dilatent, puis il finit par acquiescer sèchement.

– Va pour le lodge Aigle, donc.

Le soulagement d'Henri est palpable.

– Très bien. Voici les cartes-clés…

Je reporte mon attention sur Jules pendant que le réceptionniste explique comment se rendre au lodge.

– Tu as fini de faire l'amour dans le hall ?

Jules continue de flirter en silence avec Ski Mono, mais mon commentaire ramène son attention sur moi.

– Si tu crois que je suis en train de faire l'amour, là, il n'est pas étonnant que les femmes quittent ta chambre insatisfaites.

Touché.

Un petit sourire joue sur ses lèvres. Si les sports extrêmes sont mon exutoire physique, mes joutes avec Jules sont mon exutoire mental. Aucune autre interaction avec qui que ce soit ne fait autant monter mon adrénaline.

– Les femmes quittent ma chambre avec toutes sortes de sentiments, mais je te garantis que l'insatisfaction n'en fait pas partie.

– C'est toujours ce que les hommes pensent, se moque-t-elle. J'ai le regret de t'informer qu'elles simulent probablement.

– Je sais faire la différence entre un faux orgasme et un vrai, JR.

– Tu avoues donc que des femmes ont simulé l'orgasme avec toi.

Sa voix est pleine de sucre et d'arsenic.

– Lors de mes toutes premières fois. (Je n'ai pas honte de l'avouer. Tout le monde commence de zéro.) Mais c'est en forgeant qu'on devient forgeron. Peut-être que tu le découvriras par toi-même un jour, si tu as de la chance.

Jules mime un haut-le-cœur, puis nous emboîtons le pas à Alex et Ava pour prendre le chemin de notre lodge.

– Ne me fais pas vomir. On vient juste d'arriver et je déteste vomir.

Un rire gronde dans ma gorge. Il est tellement facile de la faire monter dans les tours.

Hélas, quand nous arrivons au lodge, mon rire se coince devant notre deuxième problème : le canapé convertible n'est pas convertible, en fait. C'est juste un putain de canapé, ce qui signifie qu'il n'y a que deux chambres pour nous quatre, et que toutes les paires envisageables semblent pires les unes que les autres.

– Je peux faire chambre commune avec Jules, propose Ava avec un regard d'excuse à l'intention d'Alex. Josh et toi pouvez partager.

– Non.

Je préférerais nager nu dans la rivière glacée qui borde la station plutôt que de partager une chambre avec Alex.

– Quelle est l'alternative ? demande-t-elle. Je n'ai pas envie de passer toute la journée à débattre de l'attribution des chambres.

Il n'y a que deux autres options : je loge avec Ava ou avec Jules. Si je partage la chambre avec Ava, Alex et Jules se retrouveront ensemble, ce qui serait super bizarre.

– Je vais partager la chambre avec JR, j'annonce avec un signe de tête dans sa direction. Alex et toi, prenez la chambre principale. La chambre d'amis a deux lits, donc on va s'arranger.

Ce n'est pas l'idéal, mais c'est la solution « la moins pire ».

Jules fait écho à mon sentiment avec autant d'enthousiasme qu'une souris entrant dans la cage d'un serpent.

– Vous êtes sûrs ?

Parfaitement consciente de l'animosité qui règne entre nous, Ava nous imagine sans doute en train de nous assassiner dans notre sommeil.

Ce qui n'est pas hors du champ des possibles.

– Oui. Finissons-en, qu'on puisse filer sur les pistes.

Nous ne devrions pas passer beaucoup de temps dans nos chambres de toute façon. Je peux me contenter de rentrer pour la nuit et de faire comme si Jules n'était pas là.

Malheureusement, l'Univers avec son sens de l'humour tordu a d'autres projets.

Quand nous ouvrons la porte de la chambre d'amis, nous sommes accueillis par le hic numéro trois, à savoir la pire blague de toute ma vie.

– Oh putain, non ! lâche Jules, en même temps que je grogne :

– C'est une putain de plaisanterie !

Parce qu'en plein milieu d'une pièce par ailleurs magnifique, croulant sous une pile d'oreillers moelleux et une luxueuse couette bleu marine, trône un lit à baldaquin.

« Un » lit. Au singulier. C'est-à-dire qu'il n'y en a qu'un seul.

Et que je vais devoir le partager avec Jules Ambrose.

Tuez-moi maintenant.

11

JULES

Dieu me punit pour les méfaits que j'ai commis dans ma vie passée. C'est la seule explication que je trouve pour expliquer l'épreuve qui m'est imposée.

Josh et moi ayant tous les deux campé sur notre position et refusé de nous rabattre sur le canapé, nous voilà donc coincés dans la même chambre, le même lit, pour les deux nuits à venir. Un gentleman aurait proposé de dormir ailleurs, seulement Josh n'en est pas un. C'est l'engeance de Satan… et au moment où je vous parle, il a les yeux rivés sur moi avec son air de pas s'en laisser conter, pendant que j'essaie, tout en finesse, d'échapper à une séance de ski.

– Partez devant, je dis à Ava, en mettant un point d'honneur à ignorer le regard suspicieux de Josh. Je viens de me rappeler que j'ai oublié un truc au lodge.

– Tu es sûre ? Je peux y retourner avec toi.

– Non, non. On a déjà perdu assez de temps avec cette histoire de chambre, et puis je vais peut-être rester un peu tranquille au chalet avant de vous rejoindre. Allez-y, je me débrouille, j'insiste en agitant vaguement la main en l'air.

– D'accord, consent Ava, pourtant visiblement peu convaincue. On y va.

Je retiens mon souffle, le temps que les tourtereaux disparaissent sur les remontées mécaniques, avant de le relâcher. L'anxiété se faufile en moi sous la forme d'un picotement généralisé en contemplant la vaste étendue de neige sous mes yeux.

Je ne pensais pas être aussi affectée, puisque mon dernier week-end au ski remonte à sept ans, mais ce voyage a réveillé des tas de mauvais souvenirs. Sans parler de la cassette…

Non, ne t'engage pas sur cette voie.

C'est Josh qui interrompt ma rêverie.

– Qu'est-ce que tu as bien pu laisser au lodge ?

Pour quelqu'un qui se montrait si enthousiaste à la perspective de skier, il n'a pas l'air très pressé de dévaler les pistes. Il a pourtant revêtu un équipement de ski haut de gamme – pantalon noir, veste bleue tendue sur ses larges épaules et lunettes de ski remontées sur son bonnet gris. La tenue lui confère un charme athlétique, façon grand gaillard, qui attire déjà l'attention de la moitié des femmes dans les parages.

– J'ai oublié mon téléphone.

Les mains dans les poches, je serre ledit téléphone au fond de la droite.

– Tu l'avais à la main en venant ici.

Bon sang !

– Pourquoi tu te préoccupes autant de ce que j'ai laissé au lodge ? je réplique, histoire de détourner la conversation. Tu n'as pas une piste diamant noir qui t'attend ?

– Triple diamant, corrige Josh. Et je m'y rends, justement.

– Eh bien, je ne voudrais surtout pas te retarder.

Son regard se fait évaluateur.

– Attends, dit-il lentement, ses yeux parcourant mes formes d'une manière qui me donne des démangeaisons. Tu sais skier au moins ?

– Bien sûr que oui.

Josh hausse les sourcils, deux monuments érigés à son scepticisme, et j'ajoute à contrecœur :

– Oui, enfin tout dépend de la définition que tu donnes à « savoir ».

Mon ex-petit ami, Max, m'a appris pendant la fameuse semaine de mes dix-huit ans. Je n'ai pas retouché une paire de skis depuis.

L'anxiété monte d'un cran supplémentaire et vient me ronger les nerfs, ce qui ne m'empêche pas de fusiller Josh du regard quand il éclate de rire.

Au lieu d'accorder ne serait-ce qu'une réponse à ses moqueries, je fais demi-tour et m'éloigne de mon pas le plus digne avec ces fichues chaussures de ski aux pieds. En soulevant des bouffées de neige furieuses à chaque pas.

« *Allez, Jules. Tu m'aimes, pas vrai ? (Max m'embrassa et me pinça les fesses.) Si tu m'aimais, tu ferais ça pour moi. Pour nous.* »

« *C'est pour des raisons de sécurité, bébé. Au cas où il déciderait de porter plainte.* »

« *Je promets que personne ne la verra jamais.* »

Les souvenirs me donnent des sueurs froides, des gouttes dégoulinent le long de ma colonne vertébrale, mais je les force à retourner dans la boîte d'où ils ne sont pas censés sortir, afin de les empêcher de se dérouler plus avant. Je les ai déjà vécus une fois, je n'ai pas besoin de répéter l'expérience.

– Attends.

Josh me rattrape, toujours hilare. Son rire chasse les vestiges de mon indésirable voyage dans le passé et, pour une fois, il ne me donne pas envie de le gifler, même si les mots qui sortent de sa bouche ensuite me font illico changer d'avis.

– Tu veux dire que tu t'es mise en tenue de ski, que tu as loué des skis et que tu es venue jusqu'ici… mais que tu ne sais pas skier ? Pourquoi tu n'as rien dit plus tôt ? Tu aurais pu t'inscrire à des cours ou quelque chose comme ça.

– J'ai pensé que je pourrais improviser.

Ce n'était pas le meilleur plan du monde, mais c'était un plan. Plus ou moins.

– Tu pensais pouvoir improviser… le ski ?

Mes joues s'enflamment.

– Comme tu le vois, j'ai changé d'avis.

– Ouais, ben tu as bien fait, sinon tu étais morte.

Le rire de Josh s'est finalement calmé, mais l'amusement s'attarde aux commissures de ses lèvres et taquine sa fossette, qui fait une demi-apparition.

Mon ventre se serre. Je n'ai jamais été confrontée à un amusement sincère de la part de Josh. Son sourire, dépourvu de sarcasme et de malice, est… déconcertant, même si je n'ai droit en l'occurrence qu'à un quart de sourire.

– Je vais passer le reste de la journée au lodge, donc pas de panique, je ne mourrai pas. Je trouverai peut-être un gars pour m'apprendre à skier, j'ajoute en croisant les bras.

– Comme celui avec qui tu échangeais des regards torrides dans le hall de l'hôtel ? demande-t-il, le ton sec.

– Peut-être.

Je ne lui fais pas le plaisir de relever la partie « torride » de son commentaire. Il a l'air étrangement obnubilé par ma brève interaction avec un inconnu, même si j'admets que le gars était effectivement bien mignon. Je pourrai peut-être essayer de le retrouver plus tard. Flirter m'a toujours remonté le moral et Dieu sait que j'ai besoin d'un peu d'action qui n'implique ni ma main ni un certain joujou à pile.

Josh se passe une main sur la mâchoire, les sourcils froncés comme deux barres obliques sur le fond neigeux.

– Je peux t'apprendre à skier.

– Ben voyons.

– Je suis sérieux.

Je m'immobilise et j'attends qu'il explose de rire à base de « je t'ai bien eue » et « tu n'as quand même pas cru que j'allais t'apprendre, si ? »

Mais rien ne vient.

Et mon ventre se serre à nouveau, sans raison aucune.

– Pourquoi tu ferais ça ? Tu oublies ta chère piste noire triple diamant ?

Que Josh me propose de m'aider, ça n'a aucun sens, d'autant qu'il n'a cessé de parler de cette piste toute la matinée. S'il m'apprenait à skier, nous devrions nous en tenir à la piste lapinous pour les débutants.

– Parce que je suis quelqu'un de gentil. Et que j'aime aider les amis de ma sœur, répond Josh, tout en suavité. (Pardi. Et moi, je suis la reine de cette putain d'Angleterre.) Et puis, skier, c'est skier. Peu importe la pente.

– Je suis à peu près sûre que ce n'est pas vrai.

Même moi, la novice, je sais ça.

Josh pousse un long soupir empli de souffrance.

– Écoute, tu veux apprendre ou pas ?

« *Je vais t'apprendre à skier. (Les dents blanches de Max illuminaient son visage.) Crois-moi, je ne te laisserai pas tomber.* »

Ma poitrine se contracte. Je déteste que Max pollue jusqu'à mon présent alors qu'il devrait pourrir dans le passé, là où est sa vraie place.

À cause de lui, je ne suis pas retournée skier depuis sept ans. C'était un choix inconscient, mais je n'avais pas réalisé la profondeur de mes cicatrices jusqu'à maintenant. Tout ce qui me rappelle Max me donne envie de hurler, et il est peut-être temps de remplacer ces mauvais souvenirs par de nouveaux.

Je ne *veux* pas que Josh me donne des cours de ski, mais j'en ai besoin. Ça me fera une distraction, or quand je suis dans cet état – quand mon esprit tourne en boucle sur le passé au point que je vis à peine le présent –, les distractions sont ma seule bouée de sauvetage.

Je frotte la manche de ma veste entre le pouce et l'index, me laissant réconforter par la sensation d'un tissu épais et solide contre ma peau.

– D'accord. Mais si je meurs, je reviendrai sous forme de fantôme et je te hanterai jusqu'à ta mort.

– C'est noté. Je suis surpris que tu ne saches pas skier, dit-il alors que nous nous dirigeons vers la piste lapinous. Je croyais que tu avais grandi à Blue Mills.

Blue Mills est la station de ski la plus célèbre de l'Ohio, située à moins d'une heure de route de Whittlesburg, la banlieue de Columbus où j'ai grandi.

Je zippe et dézippe le haut de ma veste pour libérer l'énergie qui m'agite les sangs.

– Dans ma famille, on n'aimait pas trop le ski. Et puis, de toute façon, on n'avait pas les moyens.

Je regrette cet aveu accidentel dès la seconde où il m'échappe, mais il est trop tard. Un pli a déjà barré le front de Josh.

Il sait que j'ai pu intégrer Thayer grâce à une bourse d'études attribuée sur la base des revenus, mais ce que lui et même mes amies les plus proches ignorent, c'est à quel point ça a été dur les premières années, avant que ma mère n'épouse Alastair. Et personne ne sait non plus à quel point les choses ont empiré après ce mariage, même si Alastair était l'homme le plus riche de la ville.

– Tu ne parles pas beaucoup de ta famille.

Josh ne relève pas le passage où j'ai laissé échapper que nous n'avions pas les moyens de faire du ski – une petite gentillesse à laquelle je ne m'attendais pas, mais dont je lui suis néanmoins reconnaissante.

– Il n'y a pas grand-chose à dire. La famille, c'est la famille. Tu sais ce que c'est.

Je me mords l'intérieur de la joue, si fort qu'un goût de cuivre m'emplit la bouche.

Une ombre passe sur le visage de Josh, qui ternit la lumière de ses yeux et efface toute trace de sa fossette.

– Je ne pense pas que ma situation familiale soit très répandue.

Je me retiens de grimacer.

Merde. Un père psychopathe qui a tenté de tuer Ava à deux reprises et qui purge maintenant une peine de prison à vie, ce n'est effectivement pas banal.

Michael Chen paraissait pourtant normal, mais il est vrai que les plus grands monstres se cachent toujours sous les apparences les plus inattendues.

Josh et moi ne mouftons plus jusqu'à la piste lapinous.

– On va commencer par les bases avant de monter la colline, m'annonce-t-il. Il ne faudrait pas que tu percutes un pauvre gamin et que tu le traumatises. Heureusement pour toi, je suis un super prof, ça ne devrait donc pas prendre trop longtemps.

– Ta drôlerie n'a d'égale que ta modestie, j'ironise. D'accord, super prof, voyons ce que tu as dans le ventre. Et n'oublie pas. (Je tends vers lui un doigt accusateur.) Si je meurs, je hanterai ton pauvre cul pour l'éternité.

Josh porte une main à son cœur, une expression scandalisée sur le visage. Toute trace de son trouble antérieur a disparu.

– JR, je suis choqué. Il y a des enfants autour de nous. Essaie de mettre ton obsession pour mon cul en sourdine jusqu'à ce qu'on soit retournés dans notre chambre.

Je mime un haut-le-cœur.

– À moins que tu ne veuilles du vomi pour décorer ta combinaison de ski, je te suggère d'arrêter de parler et de commencer à enseigner.

– Je ne peux pas enseigner sans parler, Einstein.

– Oh, tais-toi. Tu sais ce que je veux dire.

Quelques minutes de chamaillerie plus tard, nous chaussons nos skis et c'est parti. Comme je ne suis pas totalement novice, j'assimile rapidement les bases. Du moins en théorie.

La théorie, je la connais par cœur, mais nous rencontrons un très léger problème lorsque Josh me fait effectuer une série d'exercices destinés à me rendre plus à l'aise sur les skis.

– Merde !

La frustration est à son comble quand mes fesses atterrissent au sol pour ce qui doit être la dixième fois. Je ne me rappelle pas que ça ait été aussi dur, à l'époque. Moi qui me targuais d'apprendre vite, ça fait une bonne partie de la matinée qu'on est là-dessus et je n'ai que très peu progressé.

– Allez, on réessaie.

À ma grande surprise, Josh ne s'est pas départi de son calme pendant toute notre leçon, sans jamais crier ni me taquiner quand je n'arrive pas à reproduire ce que les enfants de onze ans qui nous entourent réussissent de façon si spectaculaire. Chaque fois que je me trompe, il répète les trois mêmes mots : « *Allez, on réessaie.* »

Pour la première fois, je devine comment il doit être aux urgences : calme, pondéré, patient. Et c'est étrangement réconfortant, même si je ne l'admettrai jamais.

– Je pense que je ne suis pas faite pour le ski, j'annonce enfin en me relevant du sol avec une grimace. Je propose qu'on abandonne les pistes pour un chocolat chaud en observant les gens. On essaiera de deviner qui est ici avec sa maîtresse et qui sera le premier à se mettre en couple avec un membre du personnel.

Le « on » s'est glissé spontanément dans ma proposition. Depuis quand j'inclus volontairement Josh à mes activités ? Cela dit, observer les gens, ça n'est pas drôle sans quelqu'un pour apprécier mes remarques, et comme Ava est occupée ailleurs, il ne me reste plus que son frère.

Josh s'avance vers moi à pas lents et précis, jusqu'à être si proche que je sens le parfum discret mais délicieux de son eau de toilette.

Je me force à ne pas bouger sous le poids de son regard.

– On pourrait faire ça, dit-il, mais ça reviendrait à renoncer. Tu es du genre à abandonner, Jules ?

Mon pouls s'accélère au son de mon nom prononcé par cette voix profonde et légèrement rauque. Elle a toujours été comme ça ? Dans mon souvenir, sa voix m'a toujours agacé les tympans comme des clous sur un tableau noir. Et maintenant…

Non. Je ne m'engage pas par-là.

– Non.

Je soutiens son regard malgré la goutte de sueur qui me roule le long du dos, laissant dans son sillage une traînée de chaleur et d'électricité.

La simple suggestion que je sois du genre à abandonner me fait serrer les dents.

– Bien, dit Josh, toujours de cette voix calme et égale. Alors réessaie.

Je m'exécute, encore et encore, jusqu'à ce que mes muscles hurlent et que l'épuisement me ronge les os. Mais je finirai par y arriver. J'ai maîtrisé des choses plus difficiles que le ski, et l'échec n'est pas une option. J'ai besoin de me prouver que j'en suis capable. Ma fierté n'acceptera rien d'autre.

Toutes ces tortures finissent par porter leurs fruits une heure plus tard, quand je réussis tous les exercices sans tomber et que Josh me déclare prête pour la piste lapinous.

– Bon travail, déclare-t-il avec une esquisse de sourire. Tu as pris le truc plus vite que la plupart des gens.

Je plisse les yeux, tâchant de déceler une trace de sarcasme dans son intonation, mais il a l'air sincère.

Hum…

Nous gravissons la colline, d'où Josh me désigne un point au loin.

– On va y aller doucement, m'annonce-t-il. Moi, je t'attendrai là-bas, et je veux que tu descendes et que tu t'arrêtes devant moi en utilisant la technique du chasse-neige. Tu veux que je te réexplique ?

– Non, c'est bon.

Mon ventre est une boule de nervosité et d'excitation lorsque Josh skie jusqu'à l'endroit annoncé et me fait signe de le rejoindre.

Rien ne va plus…

Je prends une grande inspiration et je me lance. Je glisse un peu plus vite que je ne devrais, étant donné la courte distance qui me sépare de Josh, mais ce n'est pas grave. Il suffira que je passe en chasse-neige plus tôt.

Honnêtement, ce n'est pas si mal. En fait, c'est même plutôt exaltant – le vent dans mon visage, l'air frais de la montagne, le glissement doux de mes skis sur la neige. Rien à voir avec mon week-end avec Max. Je pourrais même…

– Stop !

Le cri de Josh me tire brusquement de mes pensées décousues, et l'angoisse me serre le ventre quand je prends conscience de la vitesse à laquelle je fonce vers lui.

Merde. J'écarte l'arrière de mes skis pour former un V inversé, comme il me l'a appris, mais il est trop tard. La vitesse me propulse de plus en plus vite vers le bas de la colline jusqu'à ce que…

– Putain !

Je percute Josh avec suffisamment de force pour nous renverser tous les deux. Mes poumons se vident dans un choc douloureux, et il lâche un grognement bien audible quand j'atterris sur lui, membres en désordre, dans un nuage de neige qui nous saupoudre de minuscules cristaux blancs.

– Qu'est-ce que tu n'as pas compris dans le mot « stop » ? rouspète-t-il.

L'agacement est imprimé sur chaque centimètre carré de son visage.

– J'ai essayé de m'arrêter, je réponds, sur la défensive. Ça n'a pas marché.

– Non, visiblement pas, commente-t-il avec une petite toux. Bon sang, je crois que tu m'as fait un hématome sur les côtes.

– Arrête de dramatiser. Tu n'as rien.

Cela dit, je baisse quand même discrètement les yeux pour m'assurer que nous ne saignons pas et que nos bras et nos jambes ne sont pas pliés selon des angles anormaux. Je ne pourrais pas voir s'il avait des côtes meurtries, mais son visage n'est pas crispé par la douleur, j'en déduis qu'il n'est pas à l'article de la mort.

– Tu aurais pu me tuer.

Je lève les yeux au ciel. Et les gens me traitent de *drama queen*…

– C'était une chute, Chen. Tu aurais pu t'écarter du passage.

– Bizarrement, je ne suis pas surpris que tu me fasses porter le chapeau pour quelque chose que *tu* as mal fait. Tu es quelqu'un, JR.

– Arrête de m'appeler JR.

C'est une discussion inepte, sachant que nous sommes collés l'un à l'autre dans la neige, mais j'en ai vraiment ras le bol de ce surnom. Chaque fois que je l'entends, je perds une fraction supplémentaire de ma santé mentale.

L'agacement disparaît de l'expression de Josh, au profit d'une espièglerie paresseuse.

– Très bien. Tu es quelqu'un, Red.

– Red. Comme c'est créatif ! je lâche sèchement. Je suis sidérée par ta capacité à inventer des surnoms aussi uniques et pas du tout banals.

– Je n'avais pas idée que tu passais autant de temps à réfléchir aux surnoms que je te donne. (Il tire sur une mèche de mes cheveux, une lueur malicieuse dans les yeux.) Et je ne t'appelle pas Red à cause de la couleur de tes cheveux. Je t'appelle Red, parce que tu me fais voir rouge la plupart du temps. Et en plus, ça coule mieux que JR, sur la langue.

Le sourire par lequel je lui réponds contient assez de sucre pour le rendre diabétique sur-le-champ.

– Je comprends que deux syllabes, ça puisse faire trop pour ton petit cerveau chétif.

– Bébé, rien de ce qui me concerne n'est chétif.

Tout en parlant, Josh a posé la main sur mon épaule, où elle s'attarde suffisamment longtemps pour que sa chaleur traverse les couches de tissu et pénètre jusque dans mes os.

J'ai le souffle coupé. Une image mentale involontaire de son « rien » vient de me traverser l'esprit et un bourdonnement électrique allume mes sangs, si rapide et inattendu que j'en perds mes mots.

Pour la première fois de ma vie, aucune réplique ne me vient.

À la place, je suis soudain douloureusement consciente de notre proximité. Je gis toujours sur lui depuis notre chute, et nos bustes sont pressés si fort l'un contre l'autre que je sens les battements de son cœur – rapides, erratiques et en totale contradiction avec sa voix traînante et langoureuse. Les panaches blancs de nos respirations se mêlent dans la minuscule distance qui sépare nos visages, et un bref courant électrique me traverse à cette vue.

Compte tenu de la contraction de ma poitrine, je suis même surprise de parvenir à respirer.

Le sourire de Josh disparaît, mais sa main reste sur mon épaule, contact léger comparé à la façon dont il m'a tiré les cheveux plus tôt, mais suffisant pour que je le sente du sommet de mon crâne à la pointe de mes orteils.

Je passe la langue sur mes lèvres desséchées, et ses yeux s'assombrissent avant de plonger vers ma bouche.

Le crépitement de l'électricité se transforme en éclair, qui m'illumine de l'intérieur.

Je devrais me redresser. Il faut que je m'écarte de lui avant que mes pensées ne s'égarent sur des chemins encore plus inquiétants, mais il y a quelque chose de rassurant dans le poids solide de son corps sous le mien. Il sent à la fois l'hiver et la chaleur, et ça me donne le vertige.

C'est juste l'air de la montagne. Reprends-toi.

– Jules, dit-il doucement.

– Oui ?

Le mot est resté coincé dans ma gorge avant de sortir tout bizarre. Rauque et pas du tout dans ma voix normale.

– Sur une échelle de un à dix, combien tu as envie de baiser avec moi, là tout de suite ?

Le moment se brise en mille morceaux. Ma peau s'enflamme et je me repousse de lui, en veillant à bien lui enfoncer mon coude dans le visage.

– Moins mille, je siffle. Puissance l'infini.

Le rire de Josh efface d'un coup toute la bonne impression qu'il a produite pendant notre leçon de ski. Je n'arrive pas à croire que j'aie pu le trouver un tant soit peu tolérable. Une matinée vaguement correcte n'y change rien : il est toujours aussi insupportable et arrogant.

Le pire, c'est qu'il n'a pas tout à fait tort. Il y a eu un moment, une infime seconde, où j'ai imaginé l'effet potentiel de ses mains sur moi. Le goût qu'aurait sa peau, s'il aimait ça long et lent ou rapide et fort...

Une boule se forme dans ma gorge, mélange de honte et de colère. J'ai manifestement grand besoin de m'envoyer en l'air, et vite, si j'en suis réduite à fantasmer sur Josh Chen.

– J'ai idée que la dame proteste trop, ironise-t-il en se redressant, la bouche incurvée sur un sourire suffisant mais les yeux brillant d'une chaleur contenue.

Constat qui me rassure un petit peu. Au moins, je ne suis pas la seule à être affectée par notre proximité.

– On pourrait le faire, tu sais, ajoute-t-il. Je ne suis plus opposé à l'idée. Notre relation progresse.

– La seule relation qu'on a, elle est dans tes rêves, je rétorque, avant d'arracher mon bonnet pour passer une main dans mes cheveux ébouriffés. Voilà, on a fini les leçons.

– Lâcheuse.

La moquerie, malgré sa douceur, me picote la peau, mais je ne mordrai pas à l'hameçon.

– Je ne lâche pas l'affaire. Je remets à plus tard. Demain, je vais m'inscrire à de vrais cours à la station, je précise, le menton haut. Peut-être que je prendrai le gars du hall comme instructeur. (Cheveux blonds, sourire enthousiaste, corps musclé. Le gars pourrait tout aussi bien avoir « moniteur de ski » tatoué sur le front.) Je suis sûre que je vais apprécier le ski, avec lui.

Le sourire narquois de Josh prend un tour acerbe.

– Si tu veux te raconter des histoires, grand bien te fasse, Red.

Au lieu de répondre, je tourne les talons et je pars en trombe, aussi gracieusement que possible sur mes skis. J'aurais dû les enlever pour une sortie censément digne, mais il est trop tard maintenant.

Le malaise de l'irritation palpite dans mon ventre et s'intensifie à mesure que j'approche du lodge. Bon Dieu, quelle idiote je suis ! J'aurais dû me douter que…

D'un seul coup, le malaise se mue en une douleur aveuglante. Qui me traverse comme la lame d'une scie et me plie en deux sur un petit cri.

Non. Non, non, non.

Mon pouls rugit dans mes oreilles.

C'est trop tôt. Ce n'est pas censé arriver avant la semaine prochaine.

Mais lorsqu'un nouveau pic de douleur me fait monter les larmes aux yeux, il devient clair que Mère Nature n'en a rien à faire de mon emploi du temps.

Ça arrive maintenant, et je ne peux rien y faire.

12

JOSH

Après le départ d'une Jules furibonde, je réussis à me caser une descente de la piste noire avant de rejoindre Alex et Ava pour le déjeuner.

J'avais supposé que Jules serait retournée au chalet après notre leçon de ski ratée, mais la quatrième place à la table demeure ostensiblement vide.

Concentré sur cette absence, je réponds distraitement aux questions d'Ava sur le déroulement de ma matinée, avant de demander :

– Où est passée la menace rousse ? Allée enfoncer des épingles dans une poupée vaudoue quelque part ?

Vu la façon dont elle est partie, je ne serais pas surpris que la poupée vaudoue soit à mon effigie.

Je ne sais pas ce qui m'a pris de lui proposer des cours de ski. Je mets ça sur le compte de l'air de la montagne et du champagne que j'ai ingurgité pendant le vol. Cela dit, j'avoue que cette matinée avec Jules n'a pas été aussi terrible que je le redoutais. De plus, rien que pour sa réaction quand je lui ai demandé à quel point elle avait envie de me baiser, ça valait le coup…

Je ne peux m'empêcher de sourire au souvenir de ses joues cramoisies. Elle peut le nier tant qu'elle veut, elle y a pensé. Je l'ai vu dans ses yeux, je l'ai senti dans le soulèvement et l'abaissement de sa poitrine contre la mienne.

Elle n'a pas été la seule à avoir des pensées impures, remarquez.

Notre chute a été un accident, mais la façon dont ses courbes se sont moulées à mon corps a été une révélation. Nous étions tous deux emmitouflés dans des vêtements d'hiver, pourtant dans mon esprit, nous aurions tout aussi bien pu être nus. La clarté avec laquelle je l'imaginais, sa peau soyeuse, ses courbes sensuelles, son ricanement si agaçant se muant en un gémissement lorsque je la baiserais comme un fou…

Putain.

Je déplie brusquement ma serviette et la place sur mes genoux. Vu l'érection qui pousse contre ma fermeture Éclair, je prie pour que ni Alex ni Ava ne remarquent mes respirations irrégulières quand je reprends mon verre.

J'ignore ce qu'il y a dans l'air pour me faire autant fantasmer sur Jules aujourd'hui, en tout cas ça m'embrouille complètement la tête. J'ai été à deux doigts de faire quelque chose de stupide tout à l'heure, comme…

– Elle m'a envoyé un texto pour me dire qu'elle ne se sentait pas bien, me répond Ava en prenant une gorgée d'eau, l'air méfiante. Elle se repose au lodge.

Nouvelle information qui vient illico doucher mon excitation.

– Elle allait bien, il y a une heure.

Alex arque un sourcil.

– Comment tu le sais ?

Merde.

– Je… euh… l'ai croisée sur les pistes.

Cette fois, c'est de la suspicion qui brille dans les yeux d'Ava.

– Jules a dit qu'elle n'était pas allée skier. Qu'elle était restée à l'hôtel après avoir récupéré son téléphone au chalet.

Double merde.

– Peut-être qu'elle est d'abord allée sur les pistes, puis qu'elle a changé d'avis, je suggère avec un haussement d'épaules que j'espère décontracté. Qui sait ? Son esprit fonctionne de façon bizarre.

Un petit sourire en coin apparaît sur les lèvres d'Alex.

Heureusement, le serveur arrive sur ces entrefaites et m'évite la suite de l'interrogatoire. Une fois nos commandes passées, j'oriente la conversation vers la dernière mission d'Ava pour le magazine *World Geographic*, où elle travaille en tant que photographe junior. Rien n'a le don de l'enthousiasmer plus que la photographie.

Je l'écoute à moitié parler de son projet qui consiste à documenter la scène *street art* de la ville. J'adore ma sœur, mais la photographie, ça m'en touche une sans faire bouger l'autre.

Mes yeux se portent de nouveau sur le siège vide de Jules. La connaissant, je devine qu'elle a un petit mal de tête de rien du tout et doit se plaindre de symptômes de mort imminente.

Probablement.

Peut-être.

Elle va bien. Je découpe mon poulet avec une force exagérée.

Que Jules soit en train de jouer sa *drama queen* habituelle en sautant le déjeuner ou qu'elle soit réellement aux portes de la mort, je m'en fiche. Ça ne me regarde absolument pas. En rien du tout.

À la fin du déjeuner, j'ai chassé Jules de mon esprit... en grande partie. Je n'ai pas sourcillé quand Ava a quitté la table pour aller la voir et lui apporter son déjeuner, en revanche mes muscles se sont noués quand elle a insisté pour qu'Alex et moi retournions sur les pistes sans elle.

Toute la matinée, j'ai réussi à éviter les interactions en solo avec Alex. Bon, apparemment, ma chance a tourné.

Les yeux fixés sur l'horizon, je me dirige avec lui vers la triple diamant, et notre conversation se résume au doux crissement de nos bottes dans la neige.

Nous avons échangé quelques phrases à l'occasion au déjeuner, mais c'est surtout Ava et moi qui avons animé la discussion, Alex mangeait en silence.

De toute façon, ça a toujours été notre mode de fonctionnement, même avant notre brouille. Je parlais, il écoutait. Je suis l'extraverti, lui l'introverti. Pour rire, Ava nous appelait le yin et le yang. Je pourrais dire la même chose de sa relation avec Alex. Son optimisme radieux est aussi éloigné du cynisme glacial d'Alex que le soleil l'est de la lune, et pourtant ils ont réussi à faire en sorte que ça fonctionne.

– Cinquante dollars qu'Ava reste avec Jules et ne nous rejoint pas, lance Alex alors que nous approchons de la piste de ski.

Je ricane.

– Je ne parierais pas là-dessus. Jules a le don de l'entraîner dans les embrouilles. Je ne serais pas surpris de retrouver l'endroit en feu quand on rentrera au chalet.

À moins, bien sûr, que Jules soit vraiment mal en point. Ava n'a pas précisé ce qu'elle entendait par « Jules ne se sent pas bien ». Est-ce une migraine ? Des maux d'estomac ? Est-elle blessée après m'avoir percuté tout à l'heure ?

L'inquiétude me prend à la gorge, au point que je dois m'obliger à la ravaler. Elle s'est éloignée d'un pas qui semblait assuré, après ma plaisanterie. Non, elle va bien. Autrement, Ava aurait paru plus inquiète.

Avant qu'Alex ne puisse répondre, nos téléphones émettent un tintement simultané. Je secoue la tête en lisant les textos.

Ava : Je reste un peu avec Jules. Ne m'attendez pas. Je vous vois au dîner.

Ava : Amusez-vous bien ! Bizzz.

– Ben voilà.

Je range mon portable. Je ne sais pas si Jules a besoin qu'Ava reste avec elle ou si c'est une énième tentative d'Ava pour nous forcer, Alex et moi, à nous réconcilier. Probablement un peu des deux.

– Qu'est-ce qu'elle a, Jules, d'ailleurs ? Ava ne l'a pas dit, je demande sur le ton le plus détaché possible.

– Je n'ai pas posé la question.

Ben non, évidemment. Alex ne s'intéresse qu'à deux personnes, et leur nom à toutes les deux commence par un A.

– Bon, je suis sûr qu'elle va bien, j'ajoute en chaussant les lunettes de soleil que j'ai sur le crâne.

– Je te trouve bien préoccupé par son bien-être… Ça ne te ressemble pas, je croyais que tu la détestais.

Mon dos se raidit aussitôt.

– Je ne suis pas préoccupé, et oui, je la déteste.

– D'accord.

Je passe outre son regard entendu et tends le cou vers le bas de la colline.

– Premier arrivé en bas.

C'est à la fois un rameau d'olivier et une distraction. Ça fait beaucoup de rameaux d'olivier, ces derniers temps. Mais si j'ai réussi à dégeler ma relation avec Jules – seulement un peu, l'espace de courts instants –, je peux peut-être faire pareil avec Alex.

Ça ne signifie pas que je lui pardonne. Je n'ai aucun mal à garder de la rancune, mais haïr activement quelqu'un, c'est épuisant, surtout lorsqu'on est coincé avec lui sur une longue période. Or ces jours-ci, je suis fatigué tout le temps. Même quand, physiquement, je suis en forme, mentalement, je suis épuisé.

La vie me ronge, petit à petit, et je ne sais pas comment récupérer les morceaux que j'ai perdus.

Le visage d'Alex prend un instant une expression surprise, puis un infime sourire effleure ses lèvres.

– Le perdant paie les boissons pour le reste du week-end.

– Si l'on considère que je suis un interne en médecine un peu fauché et toi un putain de millionnaire, je n'ai pas droit à l'erreur, je grommelle.

– Ne m'insulte pas. Je suis milliardaire, réplique-t-il. Mais si tu as si peu confiance en tes capacités de skieur… (Il hausse les épaules.) On peut annuler le pari.

Il m'énerve. Je déteste ses conneries de psychologie inversée, pourtant je tombe systématiquement dans le panneau.

Alors je lui tends la main.

– J'ai une grande confiance en mes capacités athlétiques, rond de cuir. Pari tenu.

Alex laisse échapper un petit rire, pas du tout perturbé par l'insulte. Il gagne une putain de tonne d'argent assis derrière son bureau, du coup je suppose que ça ne me dérangerait pas non plus, à sa place.

Il serre ma main avec une lueur de compétition dans les yeux.

– Pari tenu.

Et c'est parti.

Nous sommes tous les deux des pros du ski, il ne nous faut donc pas longtemps pour dévaler la pente. On n'est pas censés descendre une piste aussi difficile à une vitesse aussi élevée, mais ni Alex ni moi ne nous sommes jamais souciés de ces règles.

Le stress accumulé au travail, ma tension avec Alex, ma nouvelle fixation troublante sur Jules… tout s'évanouit dès que je suis dans mon élément. L'adrénaline inonde mes veines, attisée par le vent qui fouette mon visage et l'air froid qui s'insinue dans mes poumons. Mon cœur est un animal sauvage hors de sa cage, mes sens, des lames aiguisées qui captent chaque détail du monde qui m'entoure : les flocons de neige qui volent vers moi, le sifflement du vent et le grondement silencieux de mon cœur, chaque bosse et chaque arête. Et je dévale ma première triple diamant.

Une silhouette vêtue de noir me dépasse.

Alex.

Mon visage se fend d'un large sourire et mon esprit de compétition monte encore d'un cran. Je prends appui sur la carre extérieure de mon ski et je le dépasse.

Je crois entendre Alex rire derrière moi, mais le vent a emporté le son avant qu'il ne parvienne à mes oreilles.

Je vire serré autour d'un rocher saillant, prends un autre virage en épingle pour suivre le tracé de la piste. La plupart des gens seraient morts de peur, à glisser aussi vite sur une triple noire, mais pour moi, rien ne surpasse l'excitation provoquée par le fait de tromper la mort, de lui échapper de justesse

Entre la quasi-noyade d'Ava, le suicide de ma mère et les gens que j'ai sauvés – et ceux que je n'ai pas pu sauver – aux urgences, la mort et moi sommes de vieilles connaissances. Je la déteste, cette salope, alors chaque fois que je survis à l'une de mes escapades, c'est comme un gros doigt d'honneur métaphorique à la faucheuse.

Un de ces jours, elle m'attrapera comme tous les autres. Mais pas aujourd'hui.

Encore des virages. Encore des obstacles qui, si j'étais un skieur moins expérimenté, m'auraient conduit aux urgences en tant que patient et non en tant que médecin. Je négocie chacun comme il vient, sans jamais ralentir, même si je ne vais pas tout à fait aussi vite que sur une piste normale.

Alex et moi gardons à peu près le même rythme jusqu'à la fin, où je franchis la ligne d'arrivée moins de cinq secondes devant lui.

La satisfaction gonfle mes poumons. Je remonte mes lunettes sur ma tête, essoufflé par l'effort.

– On dirait que je vais boire à l'œil ce week-end. Heureusement que tu es milliardaire et pas millionnaire, parce que je vais commander la boisson la plus chère qu'ils servent. À chaque fois.

Alex plisse les yeux. C'est toujours hilarant de voir sa réaction quand il perd, tellement ça se produit rarement.

– Pas encore, nuance-t-il. Au meilleur de trois.

– Ah bon, on change les règles après coup ? je lance avec un « tsst-tsst » déçu. Tu es un mauvais perdant, Volkov.

– Je ne perds pas.

– Comment tu appelles ce qui vient de se passer ? je lui demande avec un geste vers la piste escarpée et sinueuse derrière nous.

Événement rare, une lueur malicieuse allume ses yeux.

– Une victoire partielle.

– Oh, va te faire foutre avec ces conneries.

Mais je ne peux pas m'empêcher de rire. Comme je ne suis pas du genre à refuser un défi, j'accepte qu'on compte la victoire au meilleur des trois descentes, même si je le regrette quand Alex me bat d'une minute à la deuxième descente.

La troisième est encore plus serrée que la première. Nous sommes littéralement au coude à coude jusqu'à la dernière seconde, où je prends l'avantage d'un cheveu. Un sourire suffisant jusqu'aux oreilles, j'ouvre la bouche, mais Alex me prend de vitesse.

– Pas un mot, me prévient-il.

– Dieu m'en garde, je réplique, car mon expression dit tout. Ne sois pas triste.

Je lui assène une tape dans le dos et nous retournons au lodge pour le dîner.

– Il n'y a pas de honte à gagner temporairement, demande à n'importe quel médaillé d'argent.

– Je ne suis pas triste. Et si jamais ça m'arrivait, je m'achèterais une médaille d'or. Vingt-quatre carats, de chez Cartier.

– Tu es un connard.

– Toujours.

Je secoue la tête en riant. Comme je n'ai pas passé beaucoup de temps avec Alex depuis longtemps, j'avais oublié à quel point son sens de l'humour était tordu, même si je suis l'une des rares personnes à considérer ça comme de l'humour. La plupart des gens voient dans ses répliques pince-sans-rire la réponse d'un sale con, ce qui… Ben oui, c'est vrai aussi. Ava le qualifie de robot…

Mon sourire disparaît.

Ava. Michael. L'enlèvement, les secrets et les milliers de mensonges qui ont entaché chaque souvenir de notre amitié.

Cet après-midi a été ce qui s'est le plus approché de la normale depuis longtemps, et j'en ai presque oublié pourquoi Alex et moi ne sommes plus amis.

Presque.

Alex a dû percevoir le changement d'atmosphère, car son sourire s'est effacé en même temps que le mien et sa mâchoire s'est visiblement contractée.

La tension redescend comme un rideau de fer entre nous.

J'aimerais bien pouvoir oublier ce qui s'est passé et repartir de zéro. J'ai plein d'amis, mais je n'ai jamais eu qu'un seul meilleur ami, et parfois il me manque tellement que ça me fait mal.

Seulement voilà, je ne suis plus la même personne qu'il y a trois ans, Alex non plus. Je ne sais pas comment passer à autre chose, même si je le souhaite. Chaque fois que je fais un progrès, les souvenirs du passé me rattrapent par le col, comme une maîtresse jalouse.

Pourtant, notre compétition de ski a prouvé qu'Alex et moi pouvions agir normalement l'un avec l'autre, même en l'absence d'Ava. Ce n'est pas suffisant, mais c'est un début.

– J'ai passé un bon moment aujourd'hui, j'admets avec raideur, histoire de tâter le terrain, pour moi autant que pour Alex.

Une fraction de seconde s'écoule avant qu'il ne réponde. Je l'ai encore surpris. Deux fois dans la même journée, ça doit être un record.

– Moi aussi.

Après cet aveu, nous n'échangeons plus un mot.

13

JOSH

Jules était de nouveau absente au dîner, mais comme je ne veux pas susciter d'autres questions de la part d'Alex sur la raison pour laquelle je me préoccupe autant d'elle – ce qui n'est pas le cas, je suis simplement curieux –, j'attends que nous retournions à notre lodge avant de passer Ava sur le gril.

– Qu'est-ce qui se passe avec JR ? je lui demande tout bas.

Alex a disparu dans leur salle de bains pour prendre une douche, mais je ne serais pas surpris qu'il ait une ouïe supersonique.

Ava se mordille la lèvre inférieure.

– Ava, je reprends, en fixant sur elle mon regard sévère. Si elle doit mourir au milieu de la nuit, j'ai besoin de le savoir pour pouvoir planifier mon sommeil en conséquence.

Elle jette un coup d'œil vers la porte fermée.

– Très drôle. Bon, d'accord, je te le dis uniquement parce que tu es médecin. Et aussi parce que ça a empiré cet après-midi, mais qu'elle est trop têtue pour demander de l'aide.

À ces mots, ma première graine d'inquiétude se transforme en un putain d'arbre, avec ses feuilles et tout.

– Qu'est-ce qui a empiré ?

Ma sœur hésite, avant d'avouer :

– Jules a des… règles extrêmement douloureuses. Au-delà des crampes normales. La douleur disparaît généralement au bout d'un jour ou deux, mais en attendant…

Un nœud dur s'est formé dans ma poitrine.

– C'est insupportable, je termine. Endométriose ?

La plupart des femmes souffrent de dysménorrhée primaire, c'est-à-dire de crampes menstruelles. La dysménorrhée secondaire, comme l'endométriose, résulte de problèmes liés aux organes reproducteurs et cause des souffrances atroces.

Ava secoue la tête.

– Je ne pense pas, mais je ne veux pas parler au nom de Jules. Elle n'aime pas aborder le sujet.

– Compris.

Il existe encore une sorte de préjugé sociétal autour des règles et beaucoup de gens, hommes comme femmes, sont mal à l'aise avec le sujet. Après des années d'école de médecine et d'internat, je n'ai aucun problème à discuter de n'importe quelle fonction corporelle, mais je n'aborderai pas un sujet avec une personne si elle ne veut pas en parler.

– Donc tu mets les insultes en veilleuse ce soir, d'accord ? m'ordonne Ava, les yeux dans les yeux. Elle n'est pas d'humeur.

Je lui ébouriffe les cheveux, ce qui me vaut une grimace.

– Je ne suis pas un monstre, petite sœur. Ne te tracasse pas.

Une fois Ava partie se coucher, je m'arrête devant ma chambre et tapote contre la porte, pour le cas où Jules ne serait pas dans une tenue décente. Pas de réponse.

J'attends quelques secondes de plus, avant d'ouvrir la porte sur un grincement discret. La lampe étant allumée, je repère tout de suite la silhouette recroquevillée de Jules. Couchée en position fœtale, sur le côté, un oreiller serré contre le ventre. Je ne distingue pas son visage, mais je la vois se raidir à mon entrée.

Toujours réveillée.

– Coucou, je lance doucement. Comment tu te sens ?

– Bien. J'ai juste un peu mal à l'estomac, marmonne-t-elle.

Je réduis la distance entre nous et vais me poster face à elle. Ma poitrine se serre de plus belle lorsque je remarque sa respiration saccadée et la façon dont elle étrangle son oreiller.

– Tu as pris de l'ibuprofène ? J'en ai.

J'ai toujours sur moi une petite trousse de secours contenant des bandages, des analgésiques et d'autres produits essentiels.

– Oui, répond-elle, avant de froncer les sourcils. Ava t'a dit, c'est ça ?

– Oui.

Inutile de mentir.

Elle gémit.

– J'aurais dû lui demander de se taire.

– Je pense que j'aurais remarqué que quelque chose n'allait pas en te découvrant recroquevillée comme une crevette difforme.

Ça ne compte pas comme insulte, si c'est dit pour la rasséréner. En plus, ça lui donne l'occasion parfaite de me balancer une vacherie, or se disputer avec moi l'a toujours requinquée.

Mon sourire s'estompe, cependant, car elle ne réagit pas.

D'accord, peut-être que le commentaire sur la crevette difforme n'était pas aussi utile que je le croyais.

Faut-il que j'essaie de l'aider ou que je la laisse tranquille ? Il n'y a pas de méthode infaillible pour soulager les crampes sévères et elle a déjà pris de l'ibuprofène. Il existe toutefois d'autres remèdes susceptibles d'aider.

La question reste de savoir si elle veut de mon aide.

Je prends ma décision en la voyant grimacer et serrer son oreiller plus près encore de son ventre, le visage crispé par la douleur.

Et puis merde. Je vais tâcher de l'apaiser, que ça lui plaise ou non. De toute façon, je ne peux pas dormir à côté d'elle en la sachant à l'agonie. Je ne suis pas salaud à ce point.

Je vais à la salle de bains et passe en revue les articles de toilette alignés sur le comptoir de marbre. Lorsque nous avons déposé nos bagages, j'aurais juré avoir vu… ha ! Je m'empare du petit flacon d'huile de lavande et je retourne aux côtés de Jules.

– Je peux peut-être te soulager de tes crampes. Retourne-toi.

– Pourquoi ?

– Fais-moi confiance. (Je lève ma main libre quand elle ouvre la bouche.) Oui, je sais. Tu ne me fais pas confiance. Mais je suis un professionnel de la santé et je te promets que je n'ai pas d'intentions malveillantes. Alors, à moins que tu n'aies envie de passer toute la nuit à te tourner et te retourner dans ton lit…

– Professionnel de la santé, je ne sais pas, mais ton comportement au chevet des malades mériterait d'être amélioré.

Malgré sa remarque, elle obéit et change de position pour s'allonger sur le dos. Je m'assieds à côté d'elle sur le lit et j'écarte l'oreiller.

– Personne ne s'est jamais plaint auparavant. Je peux ? je lui demande en désignant le bas de son tee-shirt.

Malgré son expression plus que méfiante, elle acquiesce sèchement.

Je soulève le tissu pour découvrir son ventre, avant de décapsuler l'huile et d'en réchauffer quelques gouttes dans mes paumes. Elle est conçue pour le bain, normalement, mais, faute de mieux, elle devrait faire l'affaire comme huile de massage.

Je passe mes paumes sur son abdomen et dessine de légers cercles avant de me lancer dans des pétrissages plus ciblés. Je ne suis pas un masseur qualifié, mais j'ai appris les bases ainsi que quelques petits trucs au fil des années.

Les muscles de Jules se sont crispés à mon premier contact, mais au fil des minutes, ils se détendent progressivement.

– Voilà, je murmure. Respire profondément. Comment tu te sens ?

– Mieux, convient-elle en fermant les yeux. Tu es doué pour ça.

Le commentaire semble lâché à contrecœur, et en même temps admiratif.

– Je suis doué pour tout.

Je ne peux m'empêcher de sourire en l'entendant grommeler.

Un silence confortable s'installe entre nous, je continue mon massage. La peau de Jules est douce et chaude sous mes doigts, sa respiration a pris un rythme régulier.

Je jette un discret coup d'œil à son visage. Profitant de ce que ses yeux sont encore fermés, je m'attarde sur l'ombre de ses cils bruns sur ses joues, la courbe sensuelle de sa lèvre inférieure et l'éventail soyeux de ses cheveux cuivrés étalés sur l'oreiller. Son front n'est plus plissé par la douleur. Dans ma poitrine, le nœud se desserre.

C'est la première fois que je vois Jules abandonner sa réserve habituelle. Et je trouve ça… déstabilisant. Je suis tellement habitué à nos joutes que je n'ai jamais pris le temps de réfléchir à ce qu'elle est vraiment derrière tout ce feu et cette effronterie.

« *Qu'est-ce qui te fait croire que ça ne m'est jamais arrivé ?* »

« *Dans ma famille, on n'aimait pas trop le ski. Et puis, de toute façon, on n'avait pas les moyens.* »

« *Jules a… des règles extrêmement douloureuses. Au-delà des crampes normales.* »

Je connais Jules depuis des années, pourtant j'en sais très peu sur elle. Sa famille, son histoire, ses secrets et ses démons. Que cache-t-elle sous cet extérieur sauvage ? Quelque chose me dit que tout n'est pas soleil et arcs-en-ciel.

Je reporte mon attention sur la tâche en cours et tente de maîtriser mes pensées vagabondes.

– Tu te sens mieux ?

Ma voix est étrangement rauque.

– Mm-hmm.

La réponse somnolente de Jules m'arrache un autre sourire. Mon regard remonte à nouveau, et une chaleur envahit mon ventre, puis descend encore quand je la découvre en train de me fixer avec une expression de langueur ensommeillée.

Ses lèvres s'entrouvrent légèrement, nos yeux s'accrochent. Se retiennent. S'enflamment.

L'électricité crépite dans l'air jusque-là tranquille et danse sur ma peau, soudain trop tendue sur mes os par les battements erratiques de mon cœur.

La respiration de Jules, aussi, redevient saccadée. Non seulement j'entends ses inspirations et expirations rapides mais je les sens sous mes mains. Elles ont le même rythme irrégulier que mes propres respirations.

Elle se passe la langue sur les lèvres, et Dieu lui-même ne pourrait pas arrêter les images classées X qui inondent mon cerveau. Ces lèvres pleines et pulpeuses enveloppant mon gland, cette langue rose délicate léchant mon érection pendant qu'elle me fixe de ses grands yeux noisette…

Mes mains s'immobilisent et se recroquevillent, forment presque des poings. Inutile de faire semblant de continuer à la masser. La seule chose sur laquelle je parviens à me concentrer, c'est l'érection qui pousse contre ma fermeture Éclair et la manière de la cacher à Jules.

C'est hyper tordu. Elle souffre et moi je suis là, dur comme un roc. Preuve que le corps et l'esprit sont irréconciliables la plupart du temps.

Sauf que Jules n'a plus l'air de souffrir. Non, au contraire, elle me regarde comme si…

Ne t'engage pas sur ce chemin.

– Tu devrais te sentir mieux un moment, je lâche, avant de me racler la gorge pour ajouter : Je vais t'apporter une compresse chaude que tu pourras garder toute la nuit.

Je vais dans la salle de bains avant qu'elle puisse répondre, en veillant à tourner mon corps de façon qu'elle ne puisse pas voir la bosse de mon pantalon, mon érection tout à fait malvenue. Le temps que je revienne avec la serviette chaude, Jules dort déjà profondément.

Un mélange de soulagement et de déception m'envahit.

Je lui installe délicatement la serviette pliée sur le ventre et déplace ses mains pour les poser dessus afin d'empêcher le linge de glisser. Puis je remonte la couette, j'éteins la lampe et je retourne à la salle de bains, où j'ouvre le robinet de la douche à fond et laisse l'eau chasser la tension de mes muscles.

Je me passe les mains sur le visage, tâchant d'analyser les événements des quatorze dernières heures.

Ce matin, Jules et moi avons échangé des insultes comme d'habitude, mais au cours de la journée, je lui ai appris à skier de mon plein gré, je me suis inquiété de son bien-être et je lui ai même fait un putain de massage aux huiles essentielles. Sans parler du fait que je suis toujours dur comme un tuyau d'acier.

Qu'est-ce qui m'arrive, putain ?

Au lieu de céder à l'envie brûlante de m'occuper de mon entrejambe, je termine ma douche et enfile un pantalon de survêtement.

Je ne peux pas me branler en pensant à Jules, alors qu'elle dort à côté de moi et que je ne l'apprécie même pas. Enfin, bon, encore une fois, le désir et les sentiments ne vont pas toujours ensemble.

Je grimpe dans le lit, en m'assurant de rester le plus loin possible d'elle, et j'essaie de m'endormir, mais mon foutu cerveau refuse de s'éteindre.

Jules. Alex. Les lettres de Michael. Jules. Ma putain d'érection qui ne veut pas se calmer. Jules…

Mon sexe pulse plus fort et un gémissement sourd s'échappe de ma gorge.

La nuit va être longue.

14

JULES

Je me réveille enveloppée d'une odeur de lavande et du poids d'un bras musclé autour de ma taille. Je ne me rappelle pas la dernière fois où je me suis réveillée avec un homme dans mon lit. Je ne les garde pas pour dormir, en général.

Cela dit, le bras est agréable. Fort, solide et réconfortant, comme s'il pouvait me protéger de tout, et en plus il appartient à quelqu'un qui sent super bon.

Je pousse un petit soupir de contentement et me blottis plus près du propriétaire du bras. Les yeux toujours fermés. Je ne suis pas encore prête à quitter mon nid douillet et à affronter la réalité.

Le bras se resserre autour de ma taille et me tire en arrière jusqu'à ce que mon dos soit collé à un torse. Mes lèvres s'incurvent de leur propre chef quand l'homme laisse échapper un grondement de mâle assoupi et enfouit son visage dans mon cou. En même temps, une chaleur éclôt au creux de mon ventre : les lignes dures et sculptées de son corps se moulent parfaitement à mes courbes.

Qui est-ce ? A-t-on fait l'amour hier soir ?

Mon cerveau ne fonctionne pas encore à plein régime, et fouiller dans mes souvenirs des dernières vingt-quatre heures me semble une tâche trop ardue à cette heure matinale.

Je m'étire et frôle quelque chose de doux et de moelleux. J'entrouvre un œil par curiosité et je découvre une serviette pliée sur le lit à côté de moi.

Qu'est-ce que je fais avec une serviette dans...

Le Vermont. L'embrouille avec les chambres. Le cours de ski. Mes règles. Josh. Massage.

Mon cerveau s'éveille enfin et les faits marquants de la journée d'hier me bombardent à une vitesse fulgurante.

Cette fois, j'ouvre complètement les yeux. Si Josh et moi avons dû partager la même chambre, ça signifie que le bras…

– Ahh !

Je le repousse et me précipite hors du lit, me cogne le tibia contre la table de nuit dans ma hâte. Un jour, je regarderai en arrière et grimacerai face à l'indignité de ce cri, mais tout ce qui m'importe pour l'instant, c'est que j'ai couché avec Josh Chen. Seulement au sens figuré, Dieu merci, mais tout de même.

– Punaise, gémit-il en se couvrant les yeux avec son avant-bras. (Geste qui fait glisser les draps et révèle son torse nu et musclé.) Il est trop tôt pour imiter une banshee, Red.

Ma respiration s'accélère sous l'effet de l'indignation.

– Tu m'avais enlacée ! je réplique, accusatrice. Et tu n'as même pas de tee-shirt.

J'oblige mes yeux à rester sur son visage plutôt que sur ses muscles qui ondulent à chaque mouvement. Minces et puissants, ce sont les muscles de quelqu'un qui les sculpte par une pratique sportive et des activités d'extérieur, pas dans une salle. Des épaules larges, des pectoraux bien définis, des abdominaux en tablettes de chocolat que ne couvre pas le drap froissé autour de sa taille…

Arrête.

Josh bâille et étire ses bras au-dessus de sa tête.

– Tu étais là, une source de chaleur. C'était instinctif. C'est agréable de te voir en vie, enfin, je crois. Tu étais à peine consciente, hier soir.

Malgré son ton blasé, il me scrute avec des yeux aiguisés, comme s'il cherchait des traces de ma crise de la nuit dernière.

Heureusement, mes atroces douleurs de règles ne durent que vingt-quatre heures environ. Après, elles laissent place à des crampes normales. J'y suis confrontée depuis l'âge de onze ans et j'ai appris à adapter mon emploi du temps en fonction de la date estimée du début de mes règles. Ce mois-ci, elles ont commencé quatre jours plus tôt, hélas, ce qui explique pourquoi j'ai été prise au dépourvu.

– Oui, eh bien, tu ne te débarrasseras pas de moi aussi facilement.

Une partie de l'énervement a disparu de ma voix au souvenir de ce qu'il a fait pour moi hier soir. Je ne sais pas si c'est sa technique ou le simple fait d'avoir quelqu'un pour me réconforter, moi qui d'habitude déteste être entourée de gens le premier jour de mes règles, mais son massage a mieux soulagé ma douleur que tout ce que j'ai essayé au fil des ans. Quant à la serviette, c'est lui qui a dû me faire une compresse chaude après que je me suis endormie.

Il n'était pas obligé de se montrer aussi attentionné, et pourtant il l'a fait, ne me demandez pas pourquoi.

– Merci. (Ma gratitude, je la lui exprime à la fois à contrecœur et avec sincérité.) Pour… tu sais, je termine en désignant mon ventre.

J'attends que Josh fanfaronne après mon remerciement – le premier que je lui aie jamais adressé –, au lieu de quoi il se contente d'un simple :

– De rien.

Le silence bourdonne entre nous. Je coince une mèche de cheveux derrière mon oreille, soudain gênée. J'ai le ventre gonflé comme pas possible à cause des règles et je ne dois pas ressembler à grand-chose, entre mon visage groggy et mes cheveux tout ébouriffés par le sommeil.

Au lieu de détourner le regard, Josh me fixe avec une intensité qui s'enfonce sous ma peau et allume un feu dans mon bas-ventre, semblable à celui qui y brûlait avant que je m'endorme la nuit dernière.

Je flottais au bord de l'inconscience, et pourtant l'addition de ses mains puissantes, de ses yeux emplis de chaleur et du soulagement que m'a procuré l'apaisement de ma douleur a envoyé mes fantasmes sur des chemins inexplorés. Des fantasmes où je voyais ses doigts sur d'autres parties de mon corps et où sa langue était tout aussi talentueuse que ses mains…

Un coup à la porte me tire brusquement de mes rêveries tout à fait déplacées.

Josh et moi détournons les yeux l'un de l'autre. La tension visible dans ses épaules fait écho à la rigidité de mes muscles. Nous ne faisions pourtant rien de mal, mais ça ne m'empêche pas de me sentir comme une gamine prise la main dans la boîte à biscuits lorsque la voix d'Ava traverse l'épaisse porte en chêne.

– Vous êtes debout ? Ils arrêtent de servir le petit déjeuner dans une demi-heure.

Je porte aussitôt les yeux vers l'horloge murale. *Merde.* Nous avons dormi plus tard que je le pensais.

– Oui, oui, je réponds. On arrive tout de suite.

Josh et moi n'échangeons plus un mot pendant que nous nous préparons. Comme il est exclu que je fasse du ski aujourd'hui, j'enfile un pantalon de yoga fluide et un pull bien ample. Quand j'ai mes règles, mon envie de faire des efforts vestimentaires tombe à zéro.

– Comment tu te sens ? me demande Ava en chemin vers le petit déjeuner.

– Beaucoup mieux. (*Grâce à ton frère.*) Merci, ma puce.

Elle passe son bras sous le mien.

– Que dirais-tu d'aller au spa après le repas au lieu de skier ? On a cette carte cadeau qu'on doit encore utiliser.

Oh, merci, putain de Dieu !

– Ava, je lui réponds, ne le répète pas à Alex, mais c'est toi, le vrai génie dans votre couple.

Elle s'esclaffe.

Le reste de la matinée passe à toute vitesse, Alex et Josh au ski et Ava et moi profitant des services de massage et de soins du visage au spa. Mais ma massothérapeute a beau être une professionnelle, elle ne me soulage pas aussi bien que Josh la nuit dernière.

– Un peu plus à gauche, s'il vous plaît… à droite… un peu plus fort… je lui indique, faisant de mon mieux pour mettre le doigt sur ce qui cloche dans ma séance.

– Comme ça ? Et là, ça vous fait du bien ?

La thérapeute suit mes instructions à la lettre, pourtant son soin n'est toujours pas comparable à l'effet des mains de Josh.

– Très bien, je marmonne, à bout de patience. Merci.

C'est peut-être l'huile que Josh a utilisée. Elle sentait meilleur que les huiles florales du spa.

Au moment où Ava et moi rejoignons les garçons pour le déjeuner, je suis plus irritée que détendue par l'obstination de mes pensées à tourner autour d'un certain docteur.

Je ne serais pas surprise qu'il ait mélangé quelque décoction aphrodisiaque à l'huile de massage avant de l'utiliser sur moi. Il en serait bien capable, et c'est la seule explication plausible : autrement, pourquoi est-ce que je ne ferais que penser à lui ?

Car enfin, ça n'est pas normal qu'il ait été aussi gentil. Il y a forcément un loup.

– C'était comment, le spa ? demande Alex, une main sur le dossier de la chaise d'Ava et les lèvres effleurant sa joue.

Elle lui adresse un sourire d'où rayonne tant d'amour que j'en ai mal à la poitrine.

– Super ! Et vous, le ski ? Vous avez redescendu la triple diamant ?

– Oui, répond Josh en même temps qu'Alex répond :

– Non, j'ai fait du snowboard.

Les yeux d'Ava passent de l'un à l'autre.

– Ah. D'accord.

Super chelou.

Le silence s'installe pendant que nous feuilletons nos menus. Josh est assis à côté de moi et, chaque fois que nous bougeons, nos jambes se frôlent.

Burger maison, saumon poêlé…

Son pantalon effleure mes mollets. Je serre la mâchoire et tâche de me concentrer. *Saumon poêlé et sa salade de fenouil…*

Il attrape son verre, la manche de son tee-shirt m'effleure la main. Je retire vivement mon bras et fixe la liste des entrées avec détermination. *Saumon poêlé et sa salade de fenouil…*

Lorsque notre serveur apparaît, l'œil vif et guilleret, j'ai relu le même intitulé de plat une dizaine de fois.

– Je vais prendre le saumon, je marmonne une fois que tout le monde a passé sa commande. Merci.

Je déteste le saumon.

Je fusille Josh du regard. Tout est de sa faute. S'il ne m'avait pas distraite, j'aurais pu parcourir le reste du menu et commander quelque chose qui me fasse envie.

Il hausse les sourcils.

– De nouveau en pleine forme, je vois, dit-il pendant qu'Alex et Ava discutent à voix basse en face de nous. Cette expression irritée sur ton visage m'a manqué. Un véritable baume pour mon âme.

– Parce que tu as l'habitude de la voir sur tous ceux qui entrent en contact avec toi.

Entamer une dispute avec Josh, c'est comme enfiler un vieux jean, confortable et familier.

Sa joue se creuse d'une fossette.

– Non, il n'y a que toi, Red. Tout le monde m'aime, autrement.

– Je te garantis que ce n'est pas vrai.

Mon téléphone s'allume, annonçant l'arrivée d'un SMS. Je m'en saisis, pressée de détourner mon attention, mais la lecture du message me fait froncer les sourcils.

Inconnu : Salut Jules.

L'indicatif régional indique un numéro de téléphone de l'Ohio.

Tout ce qui m'entoure disparaît tandis qu'un bourdonnement puissant remplit mes oreilles. Je tape ma réponse, les doigts tremblants.

Moi : Qui est-ce ?

L'espoir, la peur et l'anticipation se mêlent et virevoltent dans mon ventre. *C'est peut-être ma mère...*

Une éternité s'écoule pendant les dix secondes que met la réponse à apparaître, mais quand elle arrive, je manque lâcher mon téléphone sous l'effet du choc.

Inconnu : C'est Max.

Max. Mon ex-petit ami. Comment a-t-il eu mon numéro ? Pourquoi me contacte-t-il maintenant après sept ans de silence radio ?

Il n'y a qu'une seule raison possible, et cette perspective fait monter la bile dans ma gorge.

Max : Il faut qu'on parle.

Je fourre mon téléphone dans mon sac. J'ai les paumes moites, je les essuie contre mes cuisses pour essayer de me ressaisir.

– Hé.

Je relève brusquement la tête au son de la voix de Josh.

Il s'est penché en avant, les sourcils froncés par ce qui pourrait passer pour de l'inquiétude s'il était qui que ce soit d'autre.

– Qui c'était ? On dirait que tu viens de voir un fantôme.

En parlant, il a porté les yeux sur mon sac, où mon téléphone semble en feu, au point de percer un trou dans le cuir.

Je ne répondrai pas à Max. Je ne sais pas quoi lui dire et je ne veux pas savoir ce qu'il a à me dire. Peut-être que si je l'ignore, il disparaîtra pendant sept ans de plus.

Oubliez les diamants, le déni est le meilleur ami d'une fille.

– Personne. Juste un spam, je mens.

Josh n'insiste pas, mais le poids de son regard reste rivé sur moi pendant tout le repas.

Je porte une bouchée de saumon à ma bouche et le mastique. Il a un goût de carton.

Je parie que Max a toujours la cassette. Qu'il l'a gardée pendant toutes ces années. Et s'il avait décidé qu'il était enfin temps pour lui d'encaisser le prix du chantage ? Et si je ne parviens pas à répondre à ses exigences ?

S'il publie l'enregistrement, ma carrière sera fichue avant même d'avoir commencé. Tout ce pour quoi j'ai travaillé si dur finira à l'égout en un instant.

J'ai mal au ventre, et ce n'est pas seulement une conséquence de mes règles.

Je vais vomir.

Je repousse ma chaise et cours vers les w.-c., et tant pis pour les regards surpris de mes amis. Je réussis à m'enfermer dans une cabine juste à temps pour voir réapparaître mon repas. Et même après avoir vomi tout ce que j'ai mangé, je continue à être secouée de haut-le-cœur, jusqu'à en avoir mal à la gorge.

Je pensais avoir échappé à mon passé, mais en fin de compte, nos démons nous rattrapent toujours.

15

JULES

Max ne me recontacte plus après ses premiers textos. C'est moi qui y ai mis un terme la première, pourtant son silence suppure tant et si bien que je me retrouve en proie à une terrible anxiété au moment d'embarquer sur le vol de retour pour Washington.

J'ai utilisé mes règles comme excuse pour expliquer pourquoi j'ai quitté le déjeuner si brusquement, et personne n'a rien trouvé à y redire, même si le scepticisme de Josh était si palpable qu'il en était tangible. Peu m'importe : j'ai des problèmes plus importants à régler que de savoir ce qu'il pense de moi.

En tapotant mon stylo contre mon bureau, je regarde sans le voir l'écran devant moi. Je travaille enfin au rez-de-chaussée de la LHAC depuis l'arrivée de mon bureau hier, et j'entends Ellie feuilleter des papiers derrière moi, la discrète chasse d'eau des w.-c. au bout du couloir et le tintement des cloches au-dessus de la porte d'entrée chaque fois qu'elle s'ouvre. C'est plus chaotique que de travailler seule dans la cuisine, mais ce bruit de fond me plaît bien.

Sauf, bien sûr, que je suis distraite par d'autres choses.

Mes yeux s'égarent sur mon téléphone. Écran sombre et silencieux à côté de mon pot à stylos, mais ça ne m'empêche pas de retenir mon souffle comme s'il allait fatalement s'allumer sur un nouveau message de Max.

Je devrais l'appeler et en finir, mais je ne peux pas me résoudre à quitter mon cycle d'ignorance tantôt affolée, tantôt bienheureuse.

Concentre-toi.

Je prends une profonde inspiration et redresse les épaules. Je viens de recommencer à taper sur mon clavier quand Ellie couine derrière moi :

– Josh ! Je ne savais pas que tu venais aujourd'hui.

– Salut, El. (La voix grave de Josh, empreinte de flirt, me hérisse les cheveux sur le crâne.) Nouvelle coiffure ?

– Oui ! s'exclame-t-elle avec un gloussement flatté. Je n'en reviens pas que tu aies remarqué.

Ma grimace se reflète sur l'écran de mon ordinateur. Ellie est gentille, mais son béguin pour Josh est si évident qu'il en est douloureux.

– C'est chouette, renchérit Josh. Les cheveux courts te vont bien.

Nouveau gloussement.

– Merci.

Je me mets à taper plus vite et le *tap-tap-tap* des touches acquiert un rythme endiablé à mesure que les bruits de pas se rapprochent. Ils s'arrêtent à côté de moi.

Tap. Tap. Tap...

– Jules.

J'attends plusieurs secondes avant de lever la tête pour croiser le regard de Josh. La première chose que je remarque, c'est sa blouse. C'est la première fois que je le vois dans sa tenue de médecin, puisqu'il se change habituellement avant d'arriver à la clinique. L'uniforme bleu est trop informe pour être objectivement flatteur, et pourtant...

Quelque chose dans ma poitrine tressaute.

Oh non. Oh non, non, non.

Mon ventre se noue sous l'effet de l'horreur. Je ne peux pas ressentir... de l'attirance pour Josh Chen. Pas ici, à Washington. Je peux mettre ma perte momentanée de jugement dans le Vermont sur le compte de l'air de la montagne, mais ici, je n'ai aucune excuse.

Tous les papillons, les frétillements et les accélérations du cœur sont inacceptables. Impensables. Carrément dégoûtants.

– Je vois que ton bureau est arrivé.

Le regard de Josh passe de mon visage à mon stylo rose duveteux préféré. Un soupçon de sourire se dessine au coin de ses lèvres et il ajoute :

– On dirait qu'on est voisins. Petite veinarde.

Il incline la tête vers le bureau situé de l'autre côté de l'allée. Je me suis demandé à qui il appartenait, car son décor dépouillé ne donne aucun indice sur l'identité de son propriétaire.

– Je suis ravie, je réponds platement, avant de m'adosser à ma chaise et de plisser les yeux. Je ne savais pas que les bénévoles avaient leur propre bureau.

– Ils n'en ont pas. Sauf moi, précise-t-il d'une voix qui a repris ce ton familier, arrogant. Je suis adoré, ici, Red.

Malheureusement, c'est vrai. Le reste du personnel de la clinique se pâme devant lui comme s'il était le second avènement du Messie. De quoi donner envie à une fille de lancer un truc.

– Je ne vois pas pourquoi. (*Tiens-t'en à la trêve.*) Bien, aussi charmante que soit cette conversation, je dois me remettre au travail. Beaucoup à faire, j'annonce avec un enthousiasme feint.

Le regard de Josh pétille d'amusement.

– Bien sûr.

Il va s'installer à son bureau et le reste de l'après-midi se passe sans une parole échangée.

Lorsque l'horloge annonce 17 h, j'ai les yeux bouffis à force de fixer l'écran et les poignets douloureux à force de taper. De façon peut-être un peu agressive sur mon clavier, mais c'est un bon moyen d'évacuer la tension accumulée.

– Quelle journée ! fait Ellie en bâillant. Je prendrais bien un verre. Quelqu'un d'autre est tenté ? Le Black Fox propose une spéciale happy hour super sympa.

Le Black Fox est le bar situé de l'autre côté de la rue et un lieu d'hydratation populaire parmi le personnel de l'hôpital.

– Moi !

Marshall est l'image même de l'empressement. Comme Ellie, il est chercheur associé à plein temps, et si l'intérêt d'Ellie pour Josh évoque un néon clignotant, l'intérêt de Marshall pour Ellie est un panneau d'affichage complet avec projecteurs et lettres de trois mètres de haut proclamant : « J'aime Ellie. »

– Je veux dire, je viens avec toi.

– Super, dit Ellie. Josh ?

– Bien sûr. Je ne refuse jamais un verre bon marché. Red, partante ?

La fossette a fait sa réapparition. J'hésite. Je devais réviser mes examens et faire mes cartons pour mon déménagement prochain, mais j'ai bien besoin d'un déstressant.

– OK, pourquoi pas ?

Personne d'autre à la clinique ne pouvant se joindre à nous, une demi-heure plus tard, nous sommes tous les quatre assis autour d'une table au Black Fox, à boire des cocktails aqueux mais ridiculement bon marché.

– Je propose qu'on joue à un jeu.

Ellie s'adresse techniquement à toute la table, mais ses yeux sont fixés sur Josh, qui esquisse un sourire.

– Quel genre de jeu ?

Assis à côté de moi, il a un bras posé sur le dossier de la chaise à côté de lui, l'autre maintenant un verre à moitié vide de whisky-Coca. Il a quitté sa blouse, et sa posture, combinée à ses cheveux noirs ébouriffés et à sa nouvelle tenue – pull en cachemire bleu marine aux manches relevées, montre scintillante au poignet – lui donne l'air de poser pour un magazine de mode masculine.

Je vide le reste de mon verre pour tenter d'étouffer la chaleur au creux de mon ventre.

– Action ou Vérité, décide Ellie.

– El, je ne sais pas si c'est une bonne idée, nuance Marshall, l'air gêné. On travaille ensemble. C'est déplacé.

Je réprime une grimace. Marshall n'a que quelques années de plus qu'Ellie, mais faire la leçon à quelqu'un sur les convenances au milieu d'un happy hour n'est pas la meilleure façon de susciter l'intérêt d'une fille.

– On est entre nous. Ce n'est pas comme si Lisa était là, élude Ellie en agitant une main dédaigneuse. Alors ? Vous en pensez quoi ?

Josh porte son verre à ses lèvres, les prunelles pétillant d'amusement.

– Allons-y.

– Génial. (Radieuse, Ellie se tourne vers moi.) Jules ?

– OK.

En temps normal, j'aurais été la première à proposer un jeu, mais toutes mes inquiétudes de la semaine passée m'ont vidée de mon énergie, et le mieux que je puisse faire est de suivre le mouvement.

– Marshall ?

Ellie lui donne un coup de coude qui lui fait monter le rouge aux joues.

– D'accord, convient-il, résigné.

À la surprise de personne, Ellie choisit Josh pour le premier tour.

– Action ou Vérité ? demande-t-elle.

– Vérité.

Ah. Je masque ma surprise. Je m'étais attendue à ce qu'il choisisse « Action ».

Ellie se penche en avant pour lui offrir une vue imprenable sur son décolleté. Elle a depuis longtemps abandonné son blazer et ses seins débordent pratiquement de son débardeur.

Je jette un coup d'œil à Josh, dont le regard reste fixé sur le visage d'Ellie. Il ne cille même pas.

Contrairement à Marshall, qui semble sur le point de s'enflammer.

– Est-ce que tu t'intéresses à quelqu'un de la clinique ? demande Ellie.

Subtil.

Josh hausse les sourcils.

– Bénévole ou membre du personnel ?

Je me déplace sur mon siège et le Skaï grince de façon embarrassante quand mes cuisses se décollent du tissu. Josh me coule un regard, apparemment de plus en plus amusé. À quoi je lève le menton en signe de défi.

– L'un ou l'autre, répond Ellie, ramenant son attention sur elle. Mais disons un membre du personnel.

– Je m'intéresse à tout le monde à la clinique, répond Josh. Vous êtes tous super.

Elle ne peut camoufler sa déception en comprenant manifestement qu'elle aurait dû être plus précise.

– Jules, enchaîne Josh, regard rivé sur moi, et je me redresse par anticipation. Action ou Vérité ?

– Action, je réponds sans hésiter.

Un lent sourire se dessine sur son visage.

– Je te mets au défi d'embrasser quelqu'un autour de cette table, pendant trente secondes.

Je reconnais la lueur de satisfaction dans ses yeux : il s'attend à ce que je me dégonfle. Dommage pour lui, je n'ai jamais reculé devant un défi de ma vie.

Le regard rivé au sien, je me penche en avant, réduisant la distance entre nous centimètre par centimètre jusqu'à ce que son sourire disparaisse et que ses yeux s'enflamment. J'attends que nos visages ne soient plus qu'à quelques centimètres l'un de l'autre avant de dévier brusquement et d'embrasser à la place un Marshall surpris.

– Mmmmfffmgg, couine-t-il.

– Tu es d'accord ? je murmure contre ses lèvres.

– Mmmmfffmgg, répète-t-il, d'une voix plus aiguë cette fois.

Mais comme il ne recule pas, je considère ça comme un « oui ».

Je prends les rênes du baiser et le laisse s'étirer pendant les trente secondes requises avant de me rasseoir. Un sourire satisfait s'épanouit sur mes lèvres quand je découvre les réactions autour de moi. La mâchoire d'Ellie touche la table, Josh me dévisage : son amusement de tout à l'heure est enfermé derrière un masque de pierre. Marshall, quant à lui, reste figé sur sa chaise, les yeux vitreux et la bouche ouverte.

– Désolée de t'avoir imposé ça, lui dis-je. Mais tu embrasses très bien. Je te donne un A+.

– P… p… pas de problème, bégaie-t-il. Je… euh… je…

Ses yeux se tournent vers Ellie, qui le zieute avec un poil plus d'intérêt qu'auparavant.

Je retiens un sourire. Le meilleur moyen de susciter l'intérêt d'une femme est d'introduire un peu de compétition.

– Je crois que les trente secondes y étaient ?

Ma question s'adresse à Josh, qui répond froidement :

– Elles ont même été dépassées. Tu devais être vraiment à fond.

Je joue avec mon verre désormais vide.

– Comme je l'ai dit… Marshall embrasse très bien.

– Je te crois sur parole. Marshall, mon grand, c'est à ton tour.

Le jeu se poursuit sur trois autres parties avant qu'Ellie ne s'excuse à contrecœur, arguant un vol matinal le lendemain. Apparemment, c'est les quatre-vingt-cinq ans de sa grand-mère, elle prend donc un avion jusqu'à Milwaukee pour les fêter.

Elle jette un coup d'œil à Josh, comme si elle espérait qu'il parte avec elle, au lieu de quoi il se contente de lui souhaiter une bonne nuit et un bon vol pour demain. Marshall, bien sûr, propose de partager un Uber avec elle puisqu'ils vont dans la même direction.

Et puis, il ne reste plus que nous deux.

– Ellie a le béguin pour toi, je commente après le départ de nos collègues.

Je vole la dernière frite du panier et l'engloutis. Je n'enfreins aucun code entre filles, car je suis sûre à cent pour cent que Josh le sait. Il est tellement arrogant, en fait, qu'il pense probablement que toutes les femmes hétérosexuelles craquent sur lui, même quand ce n'est pas le cas.

Il sourit.

– Je suis au courant.

– Tu es intéressé ?

– Ça te préoccupe ?

Je mâche lentement, puis avale avant de répondre d'une voix ferme :

– Pas le moins du monde.

L'animosité crépite entre nous, qui masque quelque chose d'autre sous la surface.

– Bien sûr que non, fait-il doucement, avant de terminer son verre sans me quitter des yeux. Pas mal, le spectacle que tu as donné avec Marshall tout à l'heure.

– Je ne vois pas du tout de quoi tu parles.

– Ne joue pas les idiotes. Ça ne te va pas.

– Pas du tout. Tu crois que je ne peux pas embrasser Marshall de mon propre chef, juste parce qu'il n'a pas un visage parfait et des tablettes de chocolat ? je réplique avec un regard plein de sous-entendus. Le physique ne fait pas tout. Au moins, Marshall est gentil.

Son sourire devient dur.

– La douceur, ce n'est ni ce dont tu as envie ni ce dont tu as besoin, Red. Ça t'ennuierait à mourir.

– Oh vraiment ? (Ma voix dégouline de miel empoisonné.) Alors, je t'en prie, dis-moi ce dont j'ai envie et besoin, puisque tu me connais si bien.

Josh se penche en avant jusqu'à ce que sa bouche plane tout près de mon oreille, et je dois faire un effort pour ne pas reculer. Mon cœur gronde si fort dans ma poitrine que j'aurais manqué sa réponse si sa voix n'avait pas coulé en moi comme un voile de soie sombre, dangereuse et séduisante à la fois.

– Tu as envie de quelqu'un qui soit un défi pour toi. Qui t'excite. Te tienne en haleine. Et pour ce qui est de ce dont tu as besoin… (Son haleine parfumée au whisky court sur ma peau, la saupoudrant de chair de poule.) Tu as besoin que quelqu'un te plie en deux sur une table et te baise jusqu'à ce que tu abandonnes ton attitude provocatrice.

Ma réaction est instantanée.

Mes tétons se transforment en pointes dures et douloureuses, et une vague d'humidité brûlante mouille ma culotte. Chaque bouffée d'air contre ma peau hyper sensible augmente le besoin qui pulse au fond de mon ventre.

– Tu penses que Marshall peut faire ça ? Te baiser comme tu en as besoin ?

La voix de Josh m'enveloppe comme une étreinte de velours.

– Parce que toi, oui ? je parviens à rétorquer. (*De l'oxygène. Il me faut de l'oxygène.*) Dans tes rêves.

La main de Josh effleure mon genou pendant un millième de seconde, juste assez longtemps pour enflammer mon corps.

– Ce n'était pas une proposition, mais c'est bien de savoir que ton esprit a imaginé cette éventualité.

Mais la nécessité de formuler une réponse spirituelle dans mon état un peu imbibé actuel m'est épargnée par quelqu'un qui interrompt notre conversation.

– Jules ?

La voix inconnue a le même effet qu'un seau d'eau froide.

Je sursaute, le cœur battant, Josh prend son temps pour se réinstaller sur son siège avec un sourire sombre et satisfait.

Ce putain de salaud.

Après le départ de notre intrus, je lui rendrai la monnaie de sa pièce, d'une manière ou d'une autre.

En attendant, j'ai quelqu'un d'autre à gérer.

Mes yeux se posent sur l'homme, son allure BCBG presque familière. Il porte l'uniforme officieux des hommes à Washington : chemise vichy bleu et blanc et pantalon kaki, cheveux lissés en arrière d'une manière qui ne met pas ses traits en valeur.

Il pose sur moi un regard plein d'attente, auquel je réponds par le mien, vide, jusqu'à ce que les pièces de ma mémoire se mettent en place et que je le reconnaisse.

C'est Todd… le type qui m'a posé un lapin quelques semaines plus tôt.

16

JOSH

J'ai rencontré ma part de connards, mais je peux affirmer avec la plus grande certitude que le type qui se tient devant moi est le plus connard de tous.

C'est peut-être lié à ce sourire mielleux et à la façon dont il lisse ses cheveux en arrière, comme s'il se prenait pour un politicien prétentieux qui se présente aux élections. Ou peut-être est-ce la façon dont il lorgne Jules, comme si elle était un steak juteux et qu'il n'avait pas mangé depuis plusieurs jours.

Un dégoût irrationnel remplace la satisfaction que j'éprouvais jusqu'alors d'avoir réussi à mettre Jules à cran.

« *Tu as besoin que quelqu'un te plie en deux sur une table et te baise jusqu'à ce que tu abandonnes ton attitude provocatrice.* »

Le whisky m'a délié la langue, et le baiser entre Jules et Marshall m'a donné le coup de pouce final pour lui balancer ce qui occupe mes pensées. Ce qui occupe nos pensées à tous les deux depuis le Vermont.

Jules peut bien feuler et grogner autant qu'elle veut, elle ne parvient pas à cacher son désir. Elle me veut autant que je la veux, et nous nous détestons tous les deux pour cette même raison.

– Todd.

Un seul mot, qui suffit à Jules pour transmettre des litres de mépris.

J'esquisse un sourire involontaire avant de recouvrer mon expression neutre.

Elle connaît ce type ?

– Je pensais bien que c'était toi, mais je n'étais pas sûr. Tu es encore plus belle en vrai, répond-il à sa poitrine.

Ma mâchoire se crispe. J'apprécie les seins autant que tous les gars, mais là, c'est carrément grossier. Il ne l'a pas regardée dans les yeux depuis son arrivée.

Une partie de moi est heureuse de cette interruption, qui tombe juste au moment où j'étais sur le point de faire quelque chose que j'aurais regretté. Une autre partie de moi, plus sombre, a envie de lui arracher les yeux pour la reluquer ainsi. Je fais rouler mon verre entre mes doigts, perturbé par mes pensées, aussi violentes qu'indésirables. D'où sortent-elles, bon sang ? Depuis quand je me soucie de savoir si d'autres hommes regardent Jules ?

Je ne m'en soucie en rien. C'est juste que Todd a une tête de punching-ball. Voilà.

– Pas toi, rétorque-t-elle d'une voix d'où suinte suffisamment de venin pour abattre un éléphant. Faut croire que les photos, ça peut être trompeur.

Cette fois, je ne parviens pas à retenir un sourire malgré mon irritation.

Elle est sauvage et j'adore ça, putain.

Si Todd est offensé, il ne le montre pas. Je ne suis même pas sûr qu'il l'ait entendue ; il est trop occupé à reluquer ses seins, qui tirent sur les boutons de son chemisier.

– Je suis désolé pour notre rendez-vous de l'autre jour, ajoute-t-il, et ça suffit à ce que mon sourire narquois disparaisse à nouveau. Ma voiture est tombée en panne et mon téléphone a rendu l'âme. Je t'ai envoyé quelques textos après, mais tu n'as jamais répondu.

J'ai reconstitué le puzzle avant que Jules ne réponde. C'est ça, le type qui lui a posé un lapin au Bronze Gear ?

Bon sang ! Je pensais qu'elle avait meilleur goût que ça.

– Si par « l'autre jour », tu veux dire il y a presque un mois, alors tes excuses ne sont pas acceptées, lâche-t-elle froidement.

Et non, tu ne m'as jamais envoyé de texto, mais ce n'est pas grave. J'ai fait preuve d'un énorme manque de jugement quand je t'ai liké. J'ai retrouvé mon bon sens maintenant, alors tu peux passer ton chemin, poursuit-elle en agrémentant sa phrase d'un geste de la main. Et mon visage, il est plus haut, connard.

Le visage de Todd prend une teinte d'un violet rageur.

– J'essayais d'être gentil, parce que je me sentais mal à propos de ce qui s'est passé. Pas besoin de monter sur tes grands chevaux.

Un grognement me monte dans la gorge.

J'ouvre la bouche, mais Jules m'a devancé. Elle arque un sourcil.

– Pour autant que je sache, tu es le seul à monter sur tes grands chevaux, ici. Moi, je savoure juste mon verre. Continue à m'importuner et je demande à la sécurité de te jeter dehors pour harcèlement. Donc si tu ne veux pas être humilié devant tous ces gens, indique-t-elle en désignant la foule qui nous entoure, je te suggère de suivre mon conseil et de partir. Immédiatement.

Todd pince les lèvres, mais il a assez de jugeote pour ne pas mettre la menace de Jules à l'épreuve.

– Pas un mot, me lance Jules une fois qu'il est parti.

Et elle s'envoie le reste de son cocktail sans me regarder. Je lève les mains en signe de reddition. La tension qui s'était installée dans mes muscles s'est apaisée avec le départ de Todd, même si des traces d'exaspération mijotent encore dans mes veines.

– Pas un mot. (Après une longue pause, j'ajoute :) Tu as liké ce type ?

Ses joues se teintent de rose.

– La fac de droit m'occupe beaucoup, répond-elle. Mes options sont limitées, et j'ai des besoins, alors...

– Tu as baissé tes exigences jusqu'au caniveau ?

– Peut-être, mais au moins je ne suis pas encore descendu à ton niveau, dit-elle d'une voix faussement douce. D'ailleurs, je ne t'ai vu avec personne ces derniers temps. Qu'est-ce qui t'arrive, Joshy ? Plus aucune femme ne tombe dans ton panneau ?

– C'est un choix, Red. Je peux avoir n'importe quelle fille à n'importe quel moment.

– Faux. Tu ne peux pas m'avoir, moi.

– Je n'ai pas essayé.

Nos regards se verrouillent, le défi implicite suspendu dans l'air.

Si j'essayais… Succomberait-elle à son désir, si j'en crois ces yeux ? Me laisserait-elle la plier en deux sur une table et la baiser, comme je l'ai dit plus tôt, ou lutterait-elle pour garder le contrôle à chaque étape ?

Mes lèvres se retroussent.

Quelque chose me dit que je connais déjà la réponse. Jules ne se rend jamais facilement. C'est l'une des choses que j'aime en secret chez elle.

– Tu es un trouduc arrogant, assène-t-elle, et en même temps je la vois qui calcule. Puisque tu es si confiant dans tes capacités avec les femmes, jouons à un autre jeu.

Ah ah, voilà qui est intrigant.

– Quel genre de jeu ?

Elle incline la tête, ce qui précipite ses cheveux en vagues de soie cuivrée sur son épaule.

– C'est simple. Voyons lequel d'entre nous peut obtenir le plus grand nombre de numéros de téléphone en une heure. Le gagnant remporte le droit de se vanter autant qu'il veut.

L'enjeu peut sembler minime pour un observateur extérieur, mais pour nous, le droit de se vanter a la même valeur qu'une Rolex ou une Lamborghini, voire plus.

Rien ne compte plus que notre fierté.

– Marché conclu.

Mon sourire est empreint d'arrogance. Jules est douée, mais je vais gagner.

Comme toujours.

Elle jette un coup d'œil à l'horloge géante accrochée au mur.

– Bien. On se retrouve ici à 18 h 50 précises.

Le temps qu'elle finisse sa phrase, je suis parti. J'ai déjà scruté la salle pendant qu'elle établissait les règles du jeu, élaborant un plan, c'est donc sans hésiter que je me dirige vers un groupe de filles d'une vingtaine d'années dans le coin.

Heureusement pour moi, le ratio femmes/hommes du bar est d'environ deux pour un, ce qui me donne l'avantage même si j'évite les femmes accompagnées de leur moitié.

Je reste sur des entames de conversations brèves et aguicheuses. Je ne promets jamais plus que ce que je peux donner, et je fais en sorte que les femmes à qui je parle se sentent suffisamment bien pour qu'elles n'aient aucun scrupule à me donner leur numéro au bout de quelques minutes seulement. J'en soupçonne certaines de deviner que je mijote quelque chose, vu la rapidité avec laquelle je passe de femme en femme dans la foule, mais ça ne les empêche pas de flirter en retour.

À 18 h 30, j'ai récolté bien plus d'une dizaine de numéros. Je devrais être ravi, mais la suspicion m'envahit quand je remarque que Jules n'a pas bougé de son siège. Elle sirote son verre, le visage serein, en me regardant arpenter la pièce.

Qu'est-ce qu'elle fabrique ?

Incapable d'en supporter davantage, je mets fin à ma conversation avec la femme que je drague et je me dirige vers Jules. Les mains posées sur la table en bois, je lui coule un regard méfiant.

– OK, à quoi tu joues ?

– Comment ça ? demande-t-elle, innocente comme l'agneau qui vient de naître.

Je vérifie l'heure à nouveau.

– Il nous reste dix minutes, et tu n'as même pas essayé de parler à un gars. Ne me dis pas que tu mises sur le fait qu'ils vont t'approcher les premiers.

Quelques-uns l'ont fait, mais Jules n'est pas du genre passif. Elle aime se lancer la fleur au fusil, quelle que soit la situation.

– Pas du tout.

– Tu déclares forfait alors ? Si tu as peur de perdre, dis-le. Que je ne me fatigue pas pour rien.

– Oh, je ne déclare pas forfait.

Jules pose enfin son verre et se lève de sa chaise. Elle se débarrasse de sa veste, avec des mouvements qui m'évoquent du miel coulant sur les douces courbes d'une bouteille en verre.

Lents, doux, sensuels.

Putain.

Ma gorge s'assèche à la vue du spectacle qui s'offre à moi.

Jules porte un uniforme professionnel standard – chemisier blanc rentré dans une jupe grise, talons noirs et discret collier en or qui apparaît sous son col. Mais avec son corps et son assurance, elle pourrait tout aussi bien porter la lingerie en dentelle la plus sexy du monde.

J'ai beau essayer, je ne peux m'empêcher de dévorer des yeux son décolleté et les courbes généreuses qu'épouse sa tenue. Sa silhouette voluptueuse n'est pas tonique et menue, comme celle de nombreuses femmes de ma salle de sport, mais elle est douce. Sensuelle. Et carrément trop attirante.

La chaleur me brûle le sang et une image me traverse l'esprit : moi qui la plaque contre un mur, relève sa petite jupe serrée et la baise à l'en faire hurler.

Je fais aussitôt disparaître la vision, mais il est trop tard. Ma queue est déjà dure et l'excitation vibre jusque dans mes tripes.

La tension durcit ma mâchoire. Je déteste l'effet nouveau qu'elle a sur moi. J'ai passé des années sans être excité par cette fille, et me voilà incapable de m'arrêter de fantasmer sur elle. Je ne sais pas ce qui a changé, mais ça me met hors de moi.

– Je vais gagner ce pari. Regarde et apprends, Chen, ronronne-t-elle avant de s'approcher du DJ en balançant les hanches.

Spectacle qui ne fait rien fait pour soulager la tension dans mon entrejambe.

De toutes les choses horribles qui pouvaient m'arriver, une attirance sexuelle à l'égard de Jules Ambrose arrive en tête de liste, sans l'ombre d'un doute.

Le désir, la frustration et la curiosité se disputent la première place alors qu'elle dit quelque chose au DJ. Il hoche la tête, le visage affichant aussitôt une expression compatissante.

Une bouffée de suspicion vient s'ajouter au mélange de mes émotions quand il coupe la musique. Pourquoi est-ce qu'il…

Je bondis en comprenant ce qu'elle a dans sa manche.

Elle ne ferait pas ça… Pas possible, putain.

– Je suis désolée d'interrompre votre happy hour, mais je ne serai pas longue. (La voix de Jules retentit dans le bar désormais silencieux, claire et forte, mais avec une touche de vulnérabilité qui pousse tout le monde à tendre l'oreille.) Pour vous la faire courte, je viens de sortir d'une longue et terrible relation, et mon ami, là, ajoute-t-elle avec un geste vers moi si bien que des dizaines de têtes pivotent dans ma direction, m'a rappelé que la meilleure façon d'oublier quelqu'un est de coucher avec quelqu'un d'autre. Je suis donc à la recherche de mon pansement. (Le mélange d'hésitation étudiée et de suggestion dans sa voix est suffisant pour rendre fou n'importe quel homme normalement constitué. Bon sang, elle est douée.) Bref, si vous êtes intéressé par une nuit ou deux sans attaches, donnez-moi votre numéro. Merci.

Droit au but, même si le but est faux. Du Jules tout craché.

Le bar résonne d'un silence stupéfait pendant un, deux, trois temps avant que le vacarme n'éclate. Les acclamations et les applaudissements fusent tandis que des dizaines d'hommes se précipitent vers elle, jusqu'à se faire mutuellement obstacle dans leur hâte d'être son « pansement ».

Je secoue la tête, incapable de réaliser ce qui est en train de se passer. J'ai l'impression d'avoir été projeté au milieu d'une scène de film complètement farfelue. Je ne l'aurais pas cru si je n'en avais pas été témoin de mes propres yeux.

Bien sûr, c'est ça, le plan de Jules. Elle est la seule personne de ma connaissance capable de faire un coup pareil.

Elle croise mon regard à travers la foule, visage rayonnant de triomphe. *Ça craint de perdre*, chuchote-t-elle.

C'est vrai. Je déteste perdre. Mais je ne peux même pas être en colère, parce que ce qu'elle vient de faire… c'est du génie, putain.

Je me passe une main sur la bouche, incapable de retenir un rire admiratif, quoique dégoûté.

Jules Ambrose, c'est vraiment quelqu'un.

17

JULES

Score final de notre jeu : seize numéros pour Josh, vingt-sept pour moi.

– Tu as triché.

Malgré son ton accusateur, la lueur que je vois dans les yeux de Josh m'indique qu'il est surtout contrarié de n'avoir pas eu mon idée en premier, et non que j'aie utilisé une stratégie non conventionnelle.

– On ne peut pas tricher s'il n'y a pas de règles établies.

L'excitation de la victoire ajoute du peps à mes pas. Nous avons quitté le bar après avoir compté nos numéros et sommes désormais en train de rentrer à pied depuis la station de métro Hazelburg. Peut-être est-ce l'alcool ou la chaleur qui se dégage du corps de Josh à mes côtés, en tout cas je meurs de chaud dans mon manteau alors même que la température de ce début de soirée ne dépasse guère les dix degrés. Cependant, comme je n'ai pas envie de porter mon manteau sur le bras, je le garde sur moi.

– J'aurais dû me douter que tu trouverais une faille, commente Josh, avant de désigner du menton mon sac où j'ai fourré les dizaines de serviettes sur lesquelles sont griffonnés des numéros d'hommes. Tu vas en appeler un ?

– Peut-être. Ça ne peut pas être pire que d'essayer de rencontrer quelqu'un sur une appli.

Mon sourire s'efface au souvenir de mon entrevue avec Todd. Il a eu un sacré culot de m'aborder comme ça. Cela dit, les hommes ne sont pas dénués d'audace, s'ils n'ont rien d'autre pour eux.

– Hmm.

Le grognement mécontent qui me répond s'installe dans mes os et fait monter mon pouls en flèche.

Josh serait-il... jaloux ?

Non. C'est ridicule. Pour être jaloux, il faudrait qu'il m'apprécie, or même si nous avons développé une forme de respect mutuel, nous ne nous apprécions pas vraiment. Chaque fois que je le vois, j'ai toujours envie de lui balancer mon poing en plein dans son sourire arrogant.

– Et toi ? Tu vas appeler l'un des numéros que tu as obtenus ? je lui demande avec désinvolture.

– Peut-être. Je n'y ai pas réfléchi.

– Hmm.

Merde. Le grognement m'a échappé. Maintenant, il va croire que je suis jalouse.

– Qu'est-ce qui t'arrive ces derniers temps, d'ailleurs ? j'ajoute rapidement, pour tenter de détourner l'attention de ma bévue. Tu consommais une fille différente chaque semaine, or je ne t'ai pas vu avec qui que ce soit depuis des mois.

– Tu exagères, et je ne « consomme » pas les filles. Je leur explique clairement mes intentions dès le début. Je ne suis pas intéressé par une relation sur le long terme, elles le savent toutes avant qu'il se passe quoi que ce soit. (Il coule un regard dans ma direction.) Tu comprends ?

Oui, je comprends. Notre approche du sexe et des relations est l'une des rares choses que nous avons en commun. Comme Josh, je n'ai jamais été intéressée par les relations au long cours. Il y a trop d'objectifs à atteindre, trop de choses à voir dans le monde et trop de choses à vivre pour se lier à une seule personne.

De plus, après ma seule expérience d'une relation sérieuse, je ne suis pas pressée de recommencer.

« *Tu veux faire du droit ? me demande Max avec une grimace. Pourquoi ?*

– Je pense que je ferais une bonne avocate. (J'entortille l'ourlet de mon chemisier autour de mon doigt. Un chemisier neuf, acheté avec l'argent de poche que me donne Alastair, mon beau-père. Après des années de vêtements usés jusqu'à la corde, je ne peux m'empêcher de toucher le tissu, comme pour vérifier qu'il est bien réel, que je porte bien un chemisier de marque qui coûte plus cher que mon ancien budget mensuel pour la nourriture.) Ça paie bien, si je me lance dans le droit des sociétés, et je peux aider…

Un rire bruyant me coupe dans mon élan.

– Oh, allez, Jules.

– Quoi ?

Mon front se plisse, mélange d'incompréhension et d'une pointe de vexation.

– Tu es mignonne, dit-il avec un sourire indulgent, comme si j'étais une enfant qui venait de lui annoncer qu'elle se présente aux élections présidentielles. Mais soyons réalistes, bébé. Tu ne veux pas vraiment être avocate.

Je serre un peu plus le tissu de mon chemisier autour de mon doigt.

– Je suis sérieuse.

– Alors sois sérieuse. (Max passe une main sur mon épaule et me frotte le bras dans un geste apaisant, avant de me pincer le sein. Ses yeux s'allument d'une lueur lascive que je connais bien.) Tu es bien trop sexy pour être coincée dans une salle d'audience miteuse toute la journée. Tu devrais être mannequin. Capitaliser sur ce visage et ce corps. Tout le monde n'a pas la chance d'être né avec ton physique.

Je lui adresse un sourire forcé. Oui, la nature m'a dotée d'un physique au-dessus de la moyenne, pourtant je ne me sens pas chanceuse. Car c'est la seule chose que les gens voient en me regardant, et ma propre mère me considère comme une rivale plutôt que comme un membre de la famille.

Mais Max a peut-être raison. Il se peut que je vise trop haut. Qu'est-ce qui me fait penser que je peux devenir avocate ? J'avais de bons résultats en classe, mais il y a une différence entre obtenir de bonnes notes dans un petit lycée de l'Ohio et réussir dans une grande école de droit hyper sélective.

– Allez. Assez de discussions ennuyeuses. (Le souffle de Max se fait plus rauque, il ouvre les boutons de mon chemisier.) J'ai en tête quelque chose de plus intéressant qu'on pourrait faire avec nos bouches. »

Un goût amer m'envahit la bouche. J'étais si jeune et si naïve. Je ne suis plus la même aujourd'hui qu'à dix-sept ans, mais parfois, les murmures de mon passé ressurgissent et me poussent à remettre en question tout ce que j'ai accompli et tout ce pour quoi je me suis battue.

Les textos récents de Max n'aident pas, il faut dire. Il est un peu l'ex qui ne veut pas mourir. Au sens figuré, pas littéral.

Le bourdonnement induit par l'alcool s'amplifie dans ma tête. Je devrais peut-être l'appeler pour savoir ce qu'il veut. Je pourrais alors le reléguer une bonne fois pour toutes dans le passé…

– Jules !

Le cri paniqué de Josh me perce les tympans en même temps que le crissement de pneus dans la nuit. Je lève la tête. Les yeux écarquillés, je vois des phares qui foncent sur moi.

J'étais tellement prise dans mes pensées que j'ai traversé la rue sans regarder.

Bouge ! me hurle mon cerveau, mais mon corps n'obéit pas. Je reste plantée là, figée, jusqu'à ce qu'une poigne de fer se referme sur mon bras et me tire sur le trottoir, une milliseconde avant qu'un camion ne passe à toute allure, klaxon hurlant.

Avec l'élan, mon visage percute le torse de Josh. C'est comme heurter un mur de briques. La force de l'action, combinée au pic d'adrénaline provoqué par ma quasi rencontre avec la mort, me coupe la parole et le souffle. Je ne peux que rester là, le visage appuyé contre ce torse, enveloppée de ces bras.

– Tu vas bien ?

Son cœur tambourine sous ma joue.

– Oui, ça va, je grogne, trop abasourdie pour formuler une meilleure réponse.

Je relève la tête et déglutis en voyant son expression. L'inquiétude lui plisse le front, mais ses yeux flamboient et une veine pulse à sa tempe.

Il resserre ses bras autour de moi, si fort que je perds de nouveau le souffle.

– Bien. Qu'est-ce qui t'a pris d'aller au milieu de la rue comme ça ? ajoute-t-il. Tu as failli te faire tuer !

Sa voix grave vibre de colère.

– Je…

… n'ai pas de bonne réponse.

Qu'est-ce que je suis censée lui dire ? « *J'étais trop prise par les souvenirs de mon connard d'ex pour faire attention à ce qui m'entourait* » ?

J'ai le sentiment que ça ne passera pas.

Bon Dieu, ce serait vraiment la loose si Max était la dernière personne à laquelle je pensais avant de mourir.

– J'ai crié ton nom deux fois et tu n'as même pas réagi. Qu'est-ce qui s'est passé, bordel ?

La lueur pâle des lampadaires tombe sur le visage de Josh, faisant ressortir ses pommettes acérées et la ligne dure et ciselée de sa mâchoire.

– Rien. J'ai juste été distraite.

À proprement parler, c'est vrai. N'empêche, mon ventre se vrille à l'idée de ce qui se serait passé si Josh n'avait pas été là.

– Merci de m'avoir sauvée, même si je suis surprise que tu l'aies fait, je réplique, piètre tentative d'alléger la tension dans l'air. Je t'aurais cru plus enclin à me pousser sous une voiture qu'à m'en sauver.

– Ce n'est pas drôle.

– Si, c'est assez drôle.

– Pas. Drôle, répète Josh, crachant chaque mot comme s'il s'agissait d'une pilule amère. Tu penses que la mort est drôle ? Tu crois que c'est drôle pour moi de voir quelqu'un échapper de peu à la mort ?

Mon sourire s'évanouit.

– Non, j'admets doucement.

J'ai l'impression que nous ne parlons plus de moi, là.

En tant que médecin urgentiste, il travaille plus près de la vie et de la mort que n'importe qui d'autre de mes connaissances. Je ne peux même pas imaginer les choses qu'il voit à l'hôpital, les appels qu'il doit passer et les gens qu'il ne peut pas sauver. Mais il est tellement sarcastique et léger dans ses interactions sociales que je n'ai jamais pensé à la façon dont ces tragédies peuvent l'affecter.

Josh me relâche et recule, visage de marbre.

– Je te raccompagne chez toi, déclare-t-il sans s'embarrasser de circonvolutions. Qui sait dans quels ennuis tu vas encore te fourrer si je te laisse seule.

Nous ne sommes qu'à deux pâtés de maisons de chez moi, donc je ne prends pas la peine de protester. Je sais choisir mes batailles.

Nous marchons en silence jusqu'à ma demeure, qui est plongée dans la pénombre. Stella est probablement encore au bureau ou à un événement quelconque. Entre le magazine et son blog, elle cumule en fait deux emplois.

Sur le perron, je sors mon trousseau de mon sac d'une main tremblante.

– Tu m'as ramenée chez moi saine et sauve. Cinq étoiles pour le service, deux étoiles pour la conversation, je plaisante en insérant la clé dans la serrure. Je t'aurais accordé une seule étoile, pour cette dernière, mais vu que tu m'as sauvé la vie, je suis généreuse.

Je devrais peut-être me comporter avec plus de sérieux, vu l'humeur de Josh, mais dans le doute, j'opte pour mon attitude par défaut, à savoir le sarcasme. Je ne peux pas m'en empêcher.

Un muscle se crispe dans sa mâchoire.

– Tout est une blague pour toi ou tu es vraiment inconsciente à ce point ? me demande-t-il. Tu es entrée à Thayer Law, donc je suppose que tu as une certaine conscience du monde qui t'entoure. Alors arrête de jouer cette putain de comédie, Red. C'est une pièce que personne n'a envie de voir.

Mon dos devient aussi raide qu'une barre de fer. Le ton de sa voix, je le reconnais. C'est celui qu'il a utilisé quand il a conseillé à Ava de mettre un terme à son amitié avec moi. Celui qu'il utilise toujours quand il me voit faire quelque chose qu'il considère comme susceptible d'exercer une « mauvaise influence », me donnant l'impression de n'être pas assez bien pour ses amis ou lui.

Cassant. Jugeant. Moralisateur.

Une bouffée de colère m'enflamme le visage.

– Qu'est-ce que c'est censé vouloir dire ? je lance, une note agressive dans la voix.

La porte d'entrée s'ouvre sur un clic.

– Ça veut dire que tu joues les dures qui n'en ont rien à fiche de rien, parce que c'est justement ça : un rôle, pas la vérité.

Tout en parlant, Josh a fait un pas vers moi. Un tout petit pas, juste assez pour que le bout de ses chaussures se colle aux miennes. Le point de contact sert de canal à sa colère, qui se déverse en moi et attise les braises de l'indignation dans mon ventre.

– Je m'en moquerais, sauf que ton insouciance n'affecte pas que toi. Elle affecte aussi les gens autour de toi. Mais ça, tu n'y as jamais pensé, hein ? (Un point rouge embrase ses pommettes.) Tu ne penses qu'à toi. Je ne sais pas ce qui s'est produit dans ton passé, mais il n'y a pas besoin d'être un génie pour te percer à jour, ma pauvre. Tu es une petite fille effrayée qui court après les moments d'excitation pour fuir ses démons, sans jamais se soucier de la destruction que tu laisses dans ton sillage. Classique. Du Jules Ambrose tout craché.

Une douleur profonde prive mes poumons de leur air et me pique les yeux.

Toute la camaraderie que Josh et moi avons développée au cours des dernières semaines s'est évaporée, réduite en cendres par la tempête d'émotions qui nous fouette.

Il ne s'agit pas seulement de ce soir, et il ne s'agit pas seulement de nous. C'est le cumul des sept dernières années, chaque insulte, chaque ricanement, chaque dispute et chaque frustration dans nos vies, même sans rapport avec l'autre. Tout bouillonne et déborde, tant et si bien qu'une brume cramoisie passe devant mes yeux et que la seule chose sur laquelle je peux me concentrer, c'est ma colère.

Au lieu d'essayer de me calmer, je me vautre dedans.

La colère, c'est bien. La colère m'empêche de m'attarder sur la vérité derrière sa tirade, et la colère enrobe mes mots de venin lorsque je reprends la parole.

Je relève le menton et plante les yeux dans ses prunelles à l'obscurité insondable.

– Tu peux parler, Josh Chen, le *golden boy* ! Le drogué à l'adrénaline. Tu veux causer de la recherche de l'excitation ? Examinons la façon dont tu mets ta vie en péril chaque fois que tu t'adonnes à une nouvelle activité dangereuse, au point que c'en est stupide, et alors même que tu es la seule famille qui reste à Ava. Parlons de la putain de morale dans laquelle tu te drapes parce que tu es médecin et que tout ce que tu fais est soi-disant motivé par le bien commun ? (Mes ongles impriment de minuscules croissants dans mes paumes.) C'est toi qui refuses d'oublier ce qui s'est passé il y a des années, putain. « Il m'a menti. Il m'a trahi, je répète en imitant sa voix. Oh, c'est dur. » Seulement voilà, mon pauvre, le monde fonctionne comme ça, figure-toi. On survit et on s'en remet, ou on s'enferme dans son propre martyre. Tu dis que je me cache derrière mon petit rôle ? Moi, je dis que tu t'accroches à ta rancune, parce que c'est tout ce qui te reste. C'est la seule chose qui te maintient en vie, et tu te fiches éperdument de blesser les gens que tu es censé aimer.

C'est un coup bas, pour répondre à son coup bas et nous envoyer tous les deux en enfer, pris dans la culmination d'années d'animosité et de mots que nous n'aurions jamais assénés à personne d'autre que l'un à l'autre. Des mensonges révélés, des vérités dévoilées pour mieux être déguisés en insultes.

Une partie de moi est dégoûtée. L'autre chante d'euphorie.

Dans un monde qui attend de nous la politesse et loue la retenue, il n'y a rien de plus libérateur que de tout lâcher enfin. Sans retenue aucune.

La fureur creuse le visage de Josh de lignes sauvages.

– Va te faire foutre !

– Ça te ferait trop plaisir !

Les panaches blancs de nos respirations se mêlent au froid. L'air autour de nous est anormalement immobile, comme s'il attendait notre prochain mouvement avec anxiété.

– Je n'ai pas besoin de ça pour prendre mon pied, Red.

Sa voix a viré au sombre. Au cendré. Elle franchit mes défenses et allume dans mon bas-ventre une chaleur qui n'a à la fois rien et tout à voir avec ma colère.

– Je pourrais te baiser là, de suite, poursuit-il. Je pourrais te faire revenir sur chaque mot que tu as dit et à la fin, tu me supplierais de recommencer.

C'est une mise en garde, pas de la séduction. Pourtant, le feu redouble d'intensité dans mes veines.

– Tu sais ce qu'on dit des hommes qui parlent beaucoup…

L'excitation me grimpe le long du dos face à la menace qui tourbillonne dans l'air. Nous sommes à un pas de franchir une ligne au-delà de laquelle il n'y a pas de retour possible, et je suis suffisamment excitée pour n'en avoir rien à foutre.

– Qu'ils compensent de cette manière la petitesse de leurs attributs, je termine.

Un sourire fend le visage de Josh, assez mauvais pour faire germer une graine d'inquiétude en moi.

– Oh, Red. Tu es sur le point de découvrir toute la fausseté de la sagesse populaire, murmure-t-il.

Et il bouge si vite que je n'ai pas le temps de reprendre mon souffle. Il m'a à peine attirée contre lui que déjà il écrase sa bouche sur la mienne.

Et le monde tel que je le connais se brise en mille morceaux.

18

JULES

Le choc me colle les pieds au sol. Je m'attendais un peu à ce que ça arrive, à ce que je pousse Josh au-delà de son point de rupture. Mais maintenant que cela se produit, je n'arrive pas à formuler une réponse. J'ai fini par l'aiguillonner assez.

Seulement le problème, c'est que je ne sais pas formuler de réponse. Ni en mots ni en mouvements, rien qu'une incrédulité totale et une chaleur sombre et dérangeante qui court dans mes veines comme une traînée de poudre.

La chaleur de tout à l'heure est devenue un véritable volcan, dégoulinant de lave au point que les sensations enflamment chaque terminaison nerveuse. Mon cœur tonne avec la force d'un millier de chevaux au galop, et le martèlement s'étend jusqu'à palpiter dans tout mon corps – ma tête, ma gorge, l'endroit soudain atrocement sensible entre mes jambes.

Une main sur ma nuque, Josh me tient captive tandis qu'il pille ma bouche.

Il embrasse comme nous nous disputons. Fort. Dur. Avec explosivité.

Je reprends le contrôle de mes membres et lève les mains pour le repousser, mais à ma grande surprise, c'est son tee-shirt que je saisis. Deux poignées de coton blanc, que j'utilise pour le rapprocher jusqu'à ce que nous soyons tellement serrés l'un contre l'autre que je ne sais plus où je finis et où il commence.

Un petit gémissement m'échappe quand Josh déplace ses hanches, juste assez pour que son érection frotte contre mon bas-ventre.

– Tu n'en as jamais assez de moi, hein ?

Son murmure moqueur danse sur mes lèvres, sa douceur contraste avec la force qu'il déploie pour tirer sur mes cheveux. La pointe de douleur me fait monter les larmes aux yeux. La palpitation dans mon ventre s'intensifie.

– Va te faire mettre ! je siffle.

– Je sais déjà ce que tu veux avec moi, Red. Pas besoin de me supplier.

Il a refermé ses dents sur ma lèvre inférieure et tire suffisamment fort pour que mon corps soit traversé par une nouvelle spirale de douleur et de plaisir.

Un grognement sourd monte dans ma gorge. Je finis par le repousser, le cœur battant la chamade. Mes lèvres et mon sexe palpitent autant les unes que l'autre.

– Je ne te supplierai jamais de rien.

Josh s'essuie la bouche avec le dos de sa main, un mouvement si lent et délibéré qu'il en devient plus sexuel qu'il ne devrait. Une bouffée d'excitation colore ses pommettes hautes, et l'intensité de son regard, qu'il promène sur mon visage jusqu'à l'endroit où mon manteau bâille, s'enfonce dans ma chair. Dans ses yeux, la braise brille plus fort.

– N'en sois pas aussi sûre. Prenons un autre pari, Red. Je parie que si je relève ta petite jupe, je te trouverai trempée pour moi. Et je parie que tu me supplieras de te prendre, de te faire jouir assez fort pour voir des étoiles avant la fin de la nuit.

Je serre les dents, tellement il m'exaspère. Je déteste son ego surdimensionné, son sourire arrogant, tout de lui. Et pourtant, je suis effectivement si mouillée que je me sens dégouliner aux images que ses mots orduriers évoquent.

– Bien essayé, Joshy, mais je ne mordrai pas à l'hameçon.

Réaction de lâche, pourtant je suis à un doigt de l'explosion et je refuse de donner à Josh la satisfaction d'être celui qui appuiera sur le bouton.

– Je m'en doutais, se moque-t-il. On a peur, Jules ?

– On n'accepte pas un refus, Josh ?

Nous nous dévisageons, deux colères palpables dans l'air froid de la nuit, avant que l'écart entre nous disparaisse et que nos bouches s'écrasent à nouveau l'une contre l'autre. C'est plus fort, plus désespéré que la première fois, nos langues se battent pour dominer l'autre tandis que nos mains explorent chaque centimètre de peau.

Josh me pousse à travers la porte entrouverte et la referme d'un coup de pied sans interrompre le baiser.

Nos doigts volent sur nos vêtements dans une course effrénée pour les enlever.

Mon manteau. Son tee-shirt. Ma jupe. Son pantalon. Tout finit sur le sol du salon jusqu'à ce que nous soyons nus. J'ai la peau chauffée par le bourdonnement de l'électricité dans mon sang et dans l'air.

– Mets-toi à quatre pattes.

Ma peau se hérisse de chair de poule en réaction à l'ordre brutal de Josh, mais au lieu d'obéir, je lève le menton en signe de défi.

– Oblige-moi.

Les mots ont à peine quitté ma bouche qu'il a comblé la distance entre nous en deux enjambées et m'a fait pivoter. Il enfonce son genou à l'arrière du mien et m'oblige à me mettre à terre. Je me débats à moitié, mais de toute façon, je ne suis pas de taille face à la force de Josh.

Une main verrouille mes poignets derrière mon dos dans une prise d'acier, l'autre se glisse entre mes jambes et frotte mon clitoris gonflé.

La secousse du plaisir m'arrache un son, mi-hoquet, mi-gémissement.

– Tu disais ? ironise Josh.

Il enfonce un doigt en moi tout en gardant son pouce sur mon clito. Je suis tellement mouillée que je ne sens aucune friction, même quand il est fiché en moi jusqu'aux dernières phalanges.

– Comme je l'avais deviné. Trempée, putain.

Mes mains sont deux poings. Je halète déjà, je suis tellement excitée que j'ai du mal à réfléchir, et nous venons à peine de commencer.

– Supplie-moi, Red.

Il a recourbé son doigt et touché mon point le plus sensible, provoquant un autre gémissement, puis il le retire lentement et l'enfonce à nouveau. Sa respiration s'est accélérée.

– Supplie-moi de te baiser. De te faire jouir sur ma bite comme tu en as si désespérément envie.

Mes ongles s'enfoncent dans mes paumes.

– Dans tes rêves. Mon vibromasseur fait mieux le job que toi. Sur sa vitesse minimum.

Josh laisse échapper un petit rire.

– Il faut toujours que tu compliques les choses ?

Il relâche mes poignets et empoigne mes cheveux pour me tirer la tête en arrière et coller sa bouche à mon oreille.

– Mais j'aime bien la bagarre.

Ma réplique meurt sur ma langue quand il enfonce un autre doigt en moi. Il entre, sort, entre, sort, de plus en plus vite, jusqu'à ce que les picotements annonciateurs d'un orgasme imminent s'amassent à la base de ma colonne vertébrale. Alors il passe sa main libre devant moi et me pince un téton. Un frisson me parcourt pile au moment où…

Il a retiré ses mains !

Non !

Mon corps s'affaisse et je me retrouve à quatre pattes sans son soutien. Je laisse échapper un petit cri de frustration à cause de cet orgasme gâché et tourne la tête pour le fusiller du regard.

– Putain de salaud !

Mon seul réconfort, c'est l'assurance que je ne suis pas la seule à souffrir. La poitrine de Josh se gonfle, respirations profondes et irrégulières, et son sexe est dressé, si dur qu'il en paraît douloureux. Un rayon de lune traverse les fenêtres et projette des ombres nettes sur son visage, soulignant la dureté de sa mâchoire et le feu de la luxure dans ses yeux.

Sa bouche s'incurve, il m'écarte davantage les jambes.

– Tu sais quoi faire si tu veux jouir. Regarde-toi. Tu es en vrac.

Je n'ai pas besoin de me voir pour savoir qu'il a raison. Mes cuisses sont mouillées de mes sucs et chaque souffle d'air sur mon sexe nu déclenche un nouveau frisson de désir.

Malgré tout, je m'accroche encore à ce qui reste de mon cerveau rationnel pour retourner la situation contre lui.

On peut être deux à jouer à son petit jeu.

– Tu as peur de ne pas pouvoir tenir les attentes, Chen ? je ronronne. Où est passée ta promesse de me baiser pour me punir de ma soi-disant attitude ? Tu parles beaucoup, mais on dirait que niveau action, ça ne suit pas beaucoup, je termine avec un regard appuyé vers la preuve de son excitation.

Malgré ma raillerie, mon ventre se serre devant le spectacle qui s'offre à moi. Le corps de Josh pourrait servir de moule à une statue de dieu grec. Des épaules larges, des abdominaux parfaitement dessinés, des bras sculptés… et un sexe long et épais qui semble pouvoir m'anéantir sans trop d'effort.

Merde. J'ai la bouche toute sèche.

Il se penche en avant et, sans lâcher mes yeux, enroule lentement une main autour de ma gorge. Et serre assez fort pour me couper le souffle pendant plusieurs battements de cœur, avant de relâcher sa prise. J'aspire aussitôt une bouffée d'air, la tête me tourne un peu à cause de la brève privation d'oxygène.

– Un de ces jours, dit-il, ta bouche va te causer des ennuis.

Je n'ai pas le temps de répondre qu'il me pénètre d'un coup par-derrière. Un cri s'échappe de ma gorge. Sa taille et la rudesse avec laquelle il me baise me font souffrir. Les larmes me montent aux yeux, mais mon cri finit par se muer en une série de gémissements et de couinements incohérents tandis qu'il m'assaille.

– Tu dis ? (Le souffle de Josh effleure ma joue.) Tu as toujours beaucoup de choses à raconter. Où sont tes fameuses saillies maintenant, hmm ?

– Va. Au. Diable ! je halète.

C'est la seule phrase que je peux prononcer avant qu'une nouvelle poussée ne vienne brouiller mes pensées. Son sourire sinistre résonne à travers moi.

– C'est toi, mon enfer, Red, réplique-t-il en tirant à nouveau sur mes cheveux. Et que Dieu me vienne en aide, je lui préfère le diable, putain.

Avant que je puisse démêler le sens de ses paroles, il m'a fait basculer sur le dos. Il garde une main sur ma gorge pour me plaquer au sol, tout en montant ma jambe sur son épaule. Avec cet angle, il touche des points en moi dont j'ignorais même l'existence.

Mes ongles s'enfoncent dans sa peau, en partie par instinct et en partie pour me venger de sa façon de me retourner le cerveau. La satisfaction me tire un sourire, cependant, quand je le vois serrer les dents de douleur quand je lui laboure le dos. En représailles, il me baise encore plus fort jusqu'à ce que nos gémissements et le claquement furieux de nos corps l'un contre l'autre soient les seuls sons audibles dans la pièce sombre.

Je resserre volontairement mon sexe autour du sien, tant et si bien qu'il lâche un sifflement sourd. La sueur perle à son front, la tension creuse des lignes sur son visage et le transforme en granit.

– On dirait que je ne suis pas la seule à vouloir jouir, je raille.

Et quand je serre à nouveau, son sifflement se transforme en juron.

– Je voulais y aller doucement avec toi. Mais maintenant… on va devoir faire ça à la dure.

Il appuie plus fort sur ma gorge jusqu'à ce que des taches noires dansent devant mes yeux et que la chaleur m'enflamme le corps de plus belle.

Sa poussée suivante est si sauvage que je perds le dernier souffle qui me restait.

Rien de ce que nous faisons n'est doux ou sensuel. Il ne s'agit pas d'une connexion émotionnelle. Ni même du résultat d'une attirance physique, et ce, malgré la façon dont je mouille ou dont il me détruit.

Non, notre baise est une catharsis, une purge de tout ce qui est sombre et laid et qui a suppuré au fil des ans. Il y a une certaine libération dans le fait de ne pas se soucier de ce que l'autre personne pense de vous. Nous pouvons être les pires versions de nous-mêmes, les plus indomptées, et dans un monde où tout le monde essaie de tout faire rentrer dans des petites boîtes bien rangées, c'est aussi exaltant que c'est douloureux.

N'empêche, si bon que ce soit, l'orgasme reste hors de portée. Chaque fois que je l'effleure, Josh ralentit, prolongeant notre furieuse et exquise séance de torture.

– Supplie-moi, Red.

Josh passe la main entre nous et caresse mon clito, envoyant une nouvelle explosion de plaisir dans mon corps.

– Dis-moi à quel point tu as besoin de jouir.

Il fait courir ses dents contre mon cou et aspire fort.

– À quel point tu as besoin que je te fasse jouir.

En temps normal, je ferais une blague sur ses problèmes d'estime de soi, mais je suis trop excitée pour penser clairement.

– Non.

Mon refus est faiblard, même à mes propres oreilles. J'ai trop besoin de ce soulagement. Ce n'est qu'une question de temps avant que je cède, mais je vais quand même me battre, merde.

– Non ?

Josh ralentit ses assauts et un autre cri de frustration monte de ma gorge.

Putain de connard sadique !

– Je te déteste, je gémis.

Je roule des hanches, cherchant en vain la friction dont j'ai besoin. En vain.

– J'y compte bien, rétorque-t-il, les yeux brillants. Dis-moi les mots, Red, ou on est là pour toute la nuit.

Ne dis rien.

Il a repris ses glissements en moi avec une lenteur digne de la pire des tortures. Il joue avec moi et je suis incapable de retenir mes gémissements pathétiques. Il m'amène au bord du précipice, encore et encore, jusqu'à ce que je sois sur le point de perdre la tête.

Ne le dis pas, ne le dis pas, ne le dis pas…

– S'il te plaît, je lâche dans une supplique étranglée.

– « S'il te plaît » quoi ?

– S'il te plaît, laisse-moi jouir.

Les mots se fondent dans un gémissement tandis que Josh augmente sa cadence.

– Tu peux faire mieux que ça.

La sueur brille sur sa peau, les muscles de son cou sont tendus à l'extrême. Se retenir le torture autant que moi, hélas je ne peux pas en tirer une grande satisfaction quand je suis au bord de la folie.

Une pointe électrique me traverse quand il touche à nouveau le fameux point.

– Josh, s'il te plaît, je sanglote, parce que je n'en ai plus rien à faire. Je ne peux pas… j'ai besoin… s'il te plaît…

Son nom dans ma bouche a dû déclencher quelque chose en lui, parce qu'il cesse enfin de me taquiner et recommence à me baiser de toutes ses forces.

– C'est tellement bon d'être en toi, putain, grogne-t-il. Tu aimes que ma bite détruise cette petite chatte serrée, hein ?

– Oui, je halète. Oui, bon Dieu, s'il te plaît. Je vais… je… oh là, là ! Oh putain !

Je hurle alors que le plaisir chauffé à blanc explose en moi. Toute pensée, tout souvenir est consumé, ne laissant plus subsister qu'un plaisir dévorant tout sur son passage.

Josh continue à me pilonner et un autre orgasme succède au premier, suivi d'un autre. Ils s'enchaînent, ils m'essorent jusqu'à ce que je ne sois plus qu'une masse sans os affalée au sol.

Après mon troisième ou quatrième orgasme, Josh a finalement joui, et nous restons allongés là, nos respirations lourdes dans le calme soudain, avant qu'il ne se détache de moi pour aller jeter son préservatif dans la poubelle. Je n'avais même pas remarqué qu'il en avait mis un.

Le brouillard du désir se dissipe soudain de mon cerveau. Je fais toujours bien attention à ce que les hommes se protègent, même si je suis sous contraceptif. Dieu merci, Josh a été raisonnable, mais le fait que je n'aie même pas pensé à demander…

Putain.

Je le regarde se rhabiller en silence, enfin frappée par l'importance de ce que nous venons de faire.

J'ai eu une relation sexuelle avec Josh Chen. Le frère de ma meilleure amie et l'une des personnes que je méprise le plus.

Et pas n'importe quelle relation sexuelle. Du sexe rageur, qui fait fondre le cerveau. Une étreinte où je l'ai supplié de m'en donner plus et où j'ai joui si fort que j'en ressens encore les effets.

Oh, mon Dieu. Une nausée me monte de l'estomac. *Qu'est-ce que j'ai fait ?*

19

JOSH

Il y a au moins une dizaine de façons de faire l'amour.

Il y a les ébats doux et sensuels. Il y a la baise dure et brutale. Il y a les petits coups vite fait, les interludes émotionnels et toutes les nuances d'intimité entre les deux. Après vingt-neuf ans sur terre, je pensais avoir expérimenté tous les types d'ébats possibles.

Jusqu'à Jules.

Je ne sais même pas comment appeler ce que nous avons fait. « Sexe » me semble une description trop fade et trop générique. C'était plus brut, plus primitif. Quelque chose qui a taillé profondément à travers le nid d'épines caché dans les tréfonds de ma conscience pour les en arracher et les montrer au monde entier. Toutes mes ombres, tous les morceaux déchiquetés de moi mis à nu.

Jules a révélé une version plus sombre de moi que ce dont je me croyais capable, et maintenant que ces ténèbres sont sorties, je ne suis pas sûr de pouvoir les remettre dans leur cage.

Ça devrait être terrifiant, au lieu de quoi c'est libérateur. C'est le plus gros shoot que j'aie jamais connu.

Plus fort que le BASE jumping. Plus excitant que parcourir à VTT la tristement célèbre route de la mort en Bolivie. Et un million de fois plus puissant que n'importe quelle nuit avec n'importe quelle femme dans le passé.

Jules et moi n'avons pas échangé un mot avant que je m'en aille, l'autre soir, mais quelques jours plus tard, mon besoin d'un autre shoot d'elle me consume.

– La Terre à Josh. (Ava claque des doigts devant mon visage.) Tu es là ? Ou tu es déjà en Nouvelle-Zélande ? me taquine-t-elle.

Je me force à revenir au présent. C'est l'un des rares jours de congé que nous avons ensemble. Nous avons donc prévu de nous retrouver autour d'un déjeuner.

Je bois une gorgée d'eau en regrettant que ce ne soit pas une boisson plus forte. Est-il trop tôt pour l'alcool ? Il est bien 17 h quelque part, non ?

– Oui. J'aimerais déjà me trouver en Nouvelle-Zélande. J'ai hâte d'y être, putain.

Sept semaines jusqu'à mon voyage. Je suis excité, évidemment, pourtant je n'arrive pas à convoquer l'envie d'en parler. Je suis trop distrait par mes pensées qui tournent autour de Jules.

Peut-être que j'avais raison de la traiter de succube. C'est la seule explication que je vois pour expliquer l'efficacité avec laquelle elle s'est immiscée dans chacune de mes secondes d'éveil *et* de sommeil.

Ava attrape un morceau de pain et se le fourre dans la bouche.

– Ça va être sympa. En tout cas, je t'avertis : tu as intérêt à me rapporter un souvenir du *Seigneur des anneaux* ou je ne te le pardonnerai jamais.

– Tu n'aimes même pas *Le seigneur des anneaux*. Tu t'es endormie au milieu du premier film de la saga.

– Oui, mais tu ne peux pas aller en Nouvelle-Zélande sans rapporter une figurine du *Seigneur des anneaux*. Ce serait inhumain.

– Inhumain. Je ne pense pas que ce mot signifie ce que tu mets derrière, je réplique, citant l'un de nos films préférés.

Oui, *Princess Bride* est l'un de mes films préférés. Je n'ai pas honte de l'admettre. C'est un classique, putain.

Ava fait une grimace.

– Bref. En parlant de ça, où étais-tu mercredi soir ? Tu n'as répondu à aucun de mes textos.

Merde. J'ai répondu à ses textos le lendemain matin, mais j'espérais qu'elle ne me demanderait pas pourquoi j'étais aux abonnés absents alors que nous avions vaguement prévu de regarder le dernier Marvel ensemble.

– Désolé. J'ai eu un imprévu que j'ai dû gérer d'urgence.

Que dirait Ava si elle savait que j'ai couché avec sa meilleure amie ? Rien de bon, je parie. Elle est farouchement protectrice envers ses amies, et elle sait que Jules et moi nous mélangeons comme l'huile et l'eau.

Sauf au lit, apparemment.

– Et le prix de la réponse la plus vague revient à… (L'alarme du téléphone d'Ava retentit et elle grimace.) Mince. Il faut que j'y aille. J'ai rendez-vous avec Alex pour une exposition à la Renwick Gallery, mais c'était super de te voir. Repose-toi un peu, d'accord ? Tu as l'air épuisé.

Elle se lève et me serre dans ses bras.

– Quoi ? Non, ça va.

Je regarde mon reflet dans le carreau de la baie vitrée et je me détends. Pas de peau pâle, pas de taches violettes ni de poches sous les yeux. Je suis parfait.

– Je t'ai eu, tu t'es regardé, lance Ava, qui sourit devant ma mine renfrognée. Ce que tu es vaniteux !

– C'est une chanson de Carly Simon, pas une description exacte de moi.

Ce n'est pas parce que je me soucie de mon apparence que je suis vaniteux. Le monde fait commerce de l'apparence, il est donc logique que je veuille être le plus à mon avantage possible.

– Je croyais que tu devais partir, j'ajoute, agacé.

J'adore Ava, mais comme toutes les petites sœurs, elle peut être une véritable emmerdeuse. Pas étonnant qu'elle et Jules soient amies.

– D'accord, j'ai compris. Mais je suis sérieuse, lance-t-elle par-dessus son épaule. Repose-toi un peu. Tu ne peux pas continuer indéfiniment à tenir sur le café.

– Je peux essayer ! je crie dans son dos, remarque qui me vaut un regard étrange de la part des convives voisins.

Ava s'inquiète toujours de mes horaires de sommeil, mais je suis interne en médecine. Les nuits de sommeil régulières, ça n'existe pas pour moi.

Je règle l'addition et je quitte le restaurant peu après ma sœur. Le déjeuner était super, mais j'aurais aimé que nous puissions parler d'autre chose que de nos boulots et de nos projets pour le week-end. Nous étions la table d'harmonie de l'autre, avant, sauf que maintenant elle a Alex et moi, j'ai une tonne de choses dont je ne peux pas lui parler. À commencer par ce qui s'est passé avec Jules, et les lettres de Michael, dont j'ai reçu une nouvelle hier.

Trois ans, et je ne peux toujours pas me résoudre à le rayer de ma vie. Je ne lui rends jamais visite en prison, en revanche je conserve sa correspondance, pour… merde, je ne sais pas pourquoi. Mais chaque jour, ma curiosité s'intensifie. Ce n'est qu'une question de temps avant que j'ouvre une de ses lettres, et je déteste mon futur moi pour ça. Je le vois comme un traître.

Michael a essayé de tuer ma sœur et a fait accuser notre mère, et moi, je m'accroche encore à un vestige de l'homme qu'il a été. Celui qui m'a appris à faire du vélo et qui m'a emmené à mon premier match de basket à l'âge de sept ans. Pas un félon, juste mon père.

Je ravale la boule amère dans ma gorge en entrant dans la station de métro, juste à temps pour attraper le prochain train pour Hazelburg. Je repousse Michael de mes pensées, préférant me concentrer sur mes projets pour le reste de l'après-midi. Chaque fois que je songe à mon père, je pars en vrille, or je n'ai pas l'intention de gaspiller une précieuse journée de congé en me tourmentant à son sujet.

Agité, je tapote les doigts sur ma cuisse. Il est trop tard pour partir en randonnée. Je pourrais peut-être appeler d'anciens camarades de l'université, voir s'ils sont libres pour sortir ce soir.

Ou tu peux revoir Jules.

Je serre les dents. Bon sang, qu'est-ce qui ne va pas chez moi ? C'était juste une partie de jambes en l'air. Un extrêmement bon coup, mais un coup et basta. Je ne devrais pas être aussi obsédé après une seule culbute.

Je sors mon téléphone et consulte un guide de voyage pour la Nouvelle-Zélande, déterminé à effacer une certaine rousse de mon esprit.

Ça ne fonctionne pas.

Chaque fois que je vois une cascade, je m'imagine en train de baiser Jules dessous.

Chaque fois que je vois un restaurant, je nous imagine en train d'y manger ensemble, comme un putain de couple.

Chaque fois que je vois une randonnée, je m'imagine… Bref, vous avez saisi l'idée.

– Putain.

Je deviens dingue.

La femme assise à côté de moi avec sa fillette me jette un regard noir avant de se déplacer dans la rame. Normalement, je me serais excusé, mais je suis trop agacé pour offrir plus qu'une vague grimace penaude.

Il n'y a qu'une seule façon de m'ôter Jules de l'esprit. Je n'aime pas ça, mais c'est la seule solution.

Sitôt arrivé à Hazelburg, je me dirige directement vers la maison de la coupable. Ce que je m'apprête à faire est une mauvaise idée ? Probablement. Mais je préfère une mauvaise idée plutôt que de l'avoir en roue libre dans ma tête pendant Dieu sait encore combien de temps.

Je frappe à la porte. Le battant s'ouvre une minute plus tard sur une chevelure brune et des yeux verts surpris.

– Salut, Josh, lance Stella. Qu'est-ce que tu fais ici ?

Merde. J'avais oublié la colocataire de Jules. Comme tout le monde, Stella pense que Jules et moi nous détestons – ce qui *est* le cas –, du coup ce serait bizarre si je lui annonçais que je viens voir Jules. À moins que…

– Je dois parler à Jules d'un cas à la clinique, je mens. C'est urgent. Elle est là ?

Si Stella a deviné que je lui mens, elle ne le montre pas. Enfin, comme elle est l'une des personnes les plus confiantes que je connaisse, il ne lui est probablement pas venu à l'esprit que je puisse dire autre chose que la vérité. Elle ouvre la porte en grand et me fait signe de passer.

– Oui, entre. Jules est à l'étage, dans sa chambre.

– Merci.

Je monte les marches quatre à quatre jusqu'à la chambre de Jules. Deux petits coups de phalanges contre la porte, j'attends son « Entrez ! » avant de me glisser à l'intérieur et de refermer la porte derrière moi.

Jules est assise à son bureau, habillée plus décontractée que je ne l'ai jamais vue. Sweat-shirt, tee-shirt trop grand, pas de maquillage, cheveux relevés en un vague chignon. Comme tous les gars, j'apprécie les tenues légères et sexy, mais en l'occurrence, bien cette version d'elle. Plus authentique, plus humaine.

Une expression sidérée passe sur son visage à mon apparition, juste avant qu'elle se retourne vers son ordinateur et se remette à taper.

– Qu'est-ce que tu fais là ? demande-t-elle avec désinvolture.

Comme si les marques de ses ongles n'étaient pas gravées dans mon dos depuis que je l'ai baisée il y a quelques jours.

Je réprime mon agacement et m'appuie contre la commode, bras croisés.

J'ai du travail en suspens, un voyage à planifier et du sommeil à rattraper. Mais ça fait quatre jours, onze heures et trente-deux minutes depuis nos ébats, et tout est consumé par des souvenirs de cannelle, de chaleur et de la sensation soyeuse de sa peau sous mes mains.

Je ne sais pas quel sort vaudou Jules m'a jeté, mais il faut absolument que je me la sorte de la tête et de la peau. Si une nuit ne suffit pas, je vais m'offrir autant de nuits que nécessaire pour me débarrasser de mon obsession dérangeante pour elle.

– J'ai une proposition à te faire, j'annonce.

– Non.

Elle n'a même pas levé les yeux de son écran.

– Je te propose un arrangement mutuellement bénéfique, je poursuis, ignorant son refus catégorique. Ça me fait mal de l'admettre, mais tu n'es pas mauvaise au lit, et je sais que moi non plus. On est tous les deux trop occupés pour sortir avec quelqu'un ou pour gérer des rencontres en ligne. Par conséquent, on devrait conclure un accord genre *sexfriends*. Sans la partie « *friend* », vu qu'on n'est pas amis.

C'est du génie, si je puis me permettre de le dire. L'alchimie physique est là, et aucun de nous n'aurait à s'inquiéter que l'autre s'amourache. On pourrait donc baiser autant qu'on veut, jusqu'à ce qu'on se lasse.

Honnêtement, la Mensa devrait m'intégrer, pour un plan aussi brillant.

– Josh. (Jules a fermé son ordinateur portable et s'est retournée pour me faire face.) Je préférerais brûler dans les profondeurs ardentes de l'enfer plutôt que de coucher à nouveau avec toi.

Je lui offre un sourire narquois.

– On ne se couchera pas beaucoup, Red. Tu as donc oublié ?

Je devine l'instant précis où notre nuit ensemble lui revient. Ses pupilles se dilatent, sa poitrine se soulève et s'abaisse plus rapidement, ses joues prennent une légère nuance rosée. Le commun des mortels n'aurait pas remarqué des changements aussi mineurs, mais je ne suis pas le commun des mortels. Je remarque tout chez elle, que je le veuille ou non.

L'autosatisfaction étire mes lèvres.

– On ne fera rien du tout, si ce n'est tolérer la présence de l'autre pour le bien d'Ava, dit-elle entre ses dents serrées. Tu as déjà de la chance que je ne t'aie pas arraché la bite avec les dents.

– Mais alors tu n'aurais pas pu jouir si fort dessus. Et pas qu'une fois, je lui fais remarquer d'une voix suave. Ça aurait été vraiment dommage. Tes cris sont si doux.

Je souris de son grognement.

– Tu es une personne logique. Réfléchis-y, j'ajoute. On a tous les deux des besoins, et c'est le moyen idéal de les satisfaire sans avoir à se prendre la tête pour trouver quelqu'un avec qui sortir. Moins de Todd, plus d'orgasmes. C'est gagnant-gagnant.

Jules reste silencieuse. Elle réfléchit.

Je me jette sur l'ouverture et j'assène le coup de grâce.

– Bon, si tu as peur de tomber amoureuse de moi en cours de route, je ne peux pas t'en vouloir, je fais avec un haussement d'épaules désinvolte. Je suis assez irrésistible.

Mon sourire s'élargit quand ses yeux s'allument. Les défis sont autant sa faiblesse que la mienne. Elle se cale dans son siège.

– Même pas dans tes rêves les plus fous. Tu te souviens du dernier jeu auquel on a joué ? J'ai gagné, tu as perdu.

– Je ne rêve pas de toi, Red. Je ne fais que des cauchemars.

– On aurait bien dit le contraire, pourtant, vu la force avec laquelle tu as joui l'autre nuit.

En parlant, elle libère ses cheveux de leur chignon et les laisse tomber en cascade sur ses épaules. Le mouvement a étiré son tee-shirt sur sa poitrine, et mes yeux plongent involontairement vers l'endroit où ses tétons pointent à travers le tissu fin : deux petits cailloux durs.

Quand je relève les yeux, mon jean paraît plus serré et Jules arbore un sourire suffisant.

– Si on doit se lancer là-dedans, faut qu'on établisse des règles de base.

Bingo. Mission accomplie.

Je savoure mon triomphe une seconde, avant d'incliner la tête.

– Je suis d'accord. Les dames d'abord.

J'ai retenu la leçon après notre pari au Black Fox. Toujours établir des règles.

– C'est un arrangement strictement physique, commence-t-elle. Qui ne nous octroie aucun droit sur le temps de l'autre en dehors du sexe, alors ne me demande pas où je suis ou ce que je fais quand on n'est pas ensemble.

Je n'ai pas l'intention de faire l'un ou l'autre.

– Bien. On garde ça entre nous. Ne le dis à personne, ni à tes amies ni aux gens de la clinique, et surtout pas à Ava.

Jules plisse le nez.

– Bien sûr que je ne le dirai à personne. Je ne veux certainement pas que les gens sachent que j'ai une relation avec toi.

– La chance que ce serait pour toi !

Nous passons en revue le reste de nos règles sur le même rythme rapide.

– Toujours utiliser une protection.

– On ne reste pas dormir.

– Pas de jalousie si l'autre a un rendez-vous avec quelqu'un.

Ça me va. Une relation exclusive entre deux amis qui n'en sont pas mais qui couchent ensemble, ce serait trop proche d'une véritable relation pour que je m'y sente à l'aise.

– Si tu veux mettre un terme à l'accord, tu le dis clairement. On ne s'évite pas, on ne tourne pas autour du pot. C'est carrément immature.

– On ne tombe pas amoureux.

Je ricane.

– Red, tu tomberas amoureuse de moi longtemps avant que la réciproque soit vraie.

L'idée même est absurde. Jules est la femme la plus pénible que j'aie jamais rencontrée. Que Dieu vienne en aide au pauvre bougre qui finira par tomber amoureux d'elle.

– Tu parles, raille-t-elle. Tu as une beaucoup trop haute opinion de ta bite, Chen. Elle fait le job, mais ce n'est pas une baguette magique.

– Dernière règle : tu ne fais plus jamais allusion à ma queue en usant du mot « bite ».

Certains mots d'argot devraient être bannis de la langue anglaise.

– Comme tu veux, Joshy McBite, lâche Jules avec un sourire faussement gentil. On est d'accord ?

– D'accord.

Je saisis sa main tendue et la serre. Elle m'imite, en serrant deux fois plus fort. Geste qui me rappelle le jour où on a scellé notre trêve à la clinique. Allez savoir pourquoi on passe autant d'accords ensemble, ces derniers temps.

– Que de la baise, pas de sentiments.

Je ne doute pas une seconde de pouvoir tenir ma part du marché. Dans ce genre d'arrangement, la plupart des gens s'emmêlent dans les sentiments et c'est justement pour ça qu'ils ne durent jamais longtemps.

Mais s'il y a une chose dont je suis sûr, c'est que je ne tomberai jamais, jamais, amoureux de Jules Ambrose.

20

JULES

La définition que les dictionnaires donnent de la folie, c'est : propension à refaire encore et encore la même chose tout en s'attendant à des résultats différents.

Ma définition de la folie, c'est accepter un arrangement sexuel avec Josh Chen.

La faute à mes hormones et à la fac de droit. Si je n'étais pas si occupée, je n'aurais pas à en venir à coucher avec l'ennemi. Au sens propre.

Nous ne l'avons pas refait depuis notre pacte de la semaine dernière, mais cela finira par arriver. Je commence déjà à avoir des fourmis partout en y repensant. Mes vibromasseurs étaient très bien quand je n'avais que ça, mais maintenant que la perspective de relations sexuelles régulières est possible et, même si je déteste l'admettre, qu'elles promettent d'être géniales, mon corps me crie de rattraper les années d'orgasmes perdus pendant mes études de droit.

Je m'efforce d'ignorer le bourdonnement persistant sous ma peau alors qu'Alex, Ava, Stella et moi entrons chez Hyacinthe, un nouveau club branché de la Quatorzième Rue.

Je ne penserai pas à lui ce soir, pas en présence d'Ava. C'est mal, point barre.

De plus, j'ai la peur irrationnelle qu'elle ait développé des pouvoirs mutants de lecture de l'esprit qui lui permettent de deviner quand je pense à son frère.

Je lui jette un discret coup d'œil, mais elle est trop occupée à parler avec Alex pour remarquer mon expression coupable.

– Cet endroit est dingue.

La tête en l'air, Stella examine le lustre géant suspendu au-dessus de nous. Des fils de cristaux tombent sur trois niveaux et reflètent les lumières qui scintillent à travers le club. La musique fait pulser la salle et se répercute dans mes os, ajoutant à l'énergie contagieuse qui grimpe le long de mon dos.

Ça m'a manqué, cette sensation d'être en vie et de faire partie du reste du monde au lieu d'être enfermée dans une bibliothèque. Ava et Stella aiment passer du temps seules, mais moi, je me nourris de l'énergie de la foule. Je trouve ça plus excitant que n'importe quelle dose de caféine ou d'adrénaline.

– Rien que le meilleur pour fêter notre nouvel appart, je réponds en cognant ma hanche contre la sienne. Tu le crois, toi ? J'ai bien cru que Pam allait nous faire une attaque.

Après des semaines d'attente, Stella et moi avons enfin emménagé au Mirage. Nous avons récupéré nos clés auprès d'une Pam irritée ce matin même et passé le reste de la journée à déballer nos affaires avec l'aide de nos amis. Maintenant, nous fêtons ça lors d'une soirée bien méritée, à boire et à danser dans le nouveau club le plus branché de la ville.

Stella secoue la tête.

– Il n'y a que toi pour dire ce genre de choses en ayant l'air de t'en réjouir.

– Je n'y peux rien. Il faut dire qu'elle sait se faire détester, je lui réponds avec un sourire malicieux. Je te promets qu'on sera les meilleures locataires du monde.

– J, je te jure que si tu nous fais virer de l'immeuble…

– Jamais de la vie. Aie davantage confiance en moi. Par contre, si le fait de nous voir dans les parages suffit à faire monter sa tension artérielle… (Je hausse les épaules.) On n'y peut rien.

Sur un soupir, Stella secoue de nouveau la tête.

Ava me touche le bras.

– Alex et moi allons nous chercher une table. Vous venez ?

Seule la zone VIP du toit-terrasse propose des tables, mais je ne suis pas surprise qu'Alex puisse nous y faire accéder.

Je suis surprise qu'il nous ait aidées à défaire nos cartons, en revanche, même si c'était à cent pour cent l'œuvre d'Ava, vu la mine renfrognée qu'il a arborée non-stop toute la journée.

– Plus tard. Je vais d'abord inspecter la piste.

J'apprécie autant que quiconque les espaces VIP, mais je ne vais pas me séquestrer pour ma première soirée depuis des mois.

– Allez-y. Je vous rejoins tout à l'heure, je dis à Ava, avant de tapoter Alex sur l'épaule. Et souris, ça n'est pas illégal.

Son expression de marbre ne bouge pas d'un iota.

Bon, j'aurai essayé.

Pendant qu'Alex, Ava et Stella se dirigent vers la zone VIP, je pousse jusqu'au bar. Je me ferai un tour de piste plus tard, histoire de voir s'il s'y passe quelque chose d'intéressant, puis je les rejoindrai.

C'est moi qui ai proposé d'aller en boîte ce soir, même si nous sommes tous fatigués de l'emménagement, alors je ne leur en veux pas s'ils ont envie de rester tranquilles. Honnêtement, nous aurions dû rester à la maison, mais c'est ma dernière soirée de semi-liberté avant les résultats des examens. Il faut que je fasse quelque chose, car la préparation au barreau prendra ensuite toute la place dans ma vie, et notre nouvel appartement est l'excuse parfaite pour faire la fête.

Je commande un whisky sour et balaie le club du regard en l'attendant. Des esquisses dorées de jacinthes serpentent sur les murs noirs, tandis que des bouquets de la vraie fleur fraîche parsèment les tables modulaires disséminées à travers la pièce. Un DJ aux cheveux verts diffuse des remix depuis sa plate-forme surplombant la piste de danse, et des serveurs en uniforme noir moulant circulent avec des plateaux de boissons. C'est largement au-dessus de ce que les autres boîtes de nuit de Washington ont à offrir, et je comprends pourquoi le Hyacinthe est si popul…

Mon téléphone vibre : un nouveau texto.

L'agacement et l'impatience se mêlent dans ma poitrine quand je vois de qui il provient.

Josh : Ce soir, minuit.

Nous sommes convenus de nous en tenir à des échanges courts, directs, et suffisamment vagues pour que si quelqu'un les voit, nous puissions les justifier par une excuse créative. Son texte répond à ces trois critères, mais tout de même.

Un bon vieux « Salut, comment tu vas ? », d'abord, ça ne mange pas de pain, si ?

Moi : Pas possible. Je suis occupée.

Josh : Trop occupée pour un orgasme ?

Moi : Ton ego fragile ne supporte pas un report ? Si c'est le cas, ça ne va pas marcher...

Pour une fois, Josh ne mord pas à l'hameçon.

Josh : Demain, 22 h. Chez moi.

Josh : P. S. Tu vas payer pour ton commentaire sur l'ego fragile...

Le souffle court, je suis en train de taper une réponse quand j'entends mon nom, fort et clair, par-dessus le battement de la musique.

– Jules.

Je me fige. Le sang dans mes veines est transformé en glace par le son de cette voix.

Ça ne peut pas être lui. Je suis à Washington. Comment aurait-il pu me trouver dans ce club, ce soir justement ?

Mon esprit me joue des tours. Forcément.

Pourtant, quand je lève la tête, mes yeux me confirment ce que mon cerveau veut désespérément nier.

Cheveux châtain clair, yeux bleus, fossette au menton.

Non. La panique me prend à la gorge et me rend muette.

– Salut, J.

Max sourit, plus menaçant que rassurant.

– Ça fait longtemps, dis donc.

21

JULES

– Qu'est-ce… tu…

Ma capacité à former une phrase cohérente meurt d'une mort sans dignité aucune au moment où je dévisage mon ex-petit ami.

Il est là. À Washington. À moins d'un mètre de moi et affichant un calme inquiétant.

– Surprise !

Il enfonce les mains dans ses poches en se balançant sur ses talons. Son pantalon est plus délavé qu'il ne l'aimait dans mes souvenirs, sa chemise plus froissée. Son visage a perdu la rondeur de la jeunesse et pris une forme plus acérée.

À part ça, c'est le même Max.

Beau, charmeur, manipulateur en diable.

Certaines personnes sont capables de changer. Pas Max. Lui, il est aussi figé dans ses habitudes que le béton. S'il est là, c'est qu'il attend quelque chose de moi, et il ne partira pas avant de l'avoir obtenu.

Son ricanement déclenche une dizaine de sonnettes d'alarme dans ma tête.

– Jules Miller sans voix. Je n'aurais jamais cru voir ça un jour. Ou devrais-je dire Jules Ambrose ? Joli changement de nom, même si je suis surpris que tu n'aies pas modifié le prénom par la même occasion.

Mes muscles deviennent rigides.

– C'est un changement de nom légal.

Je l'ai changé après avoir déménagé dans le Maryland et vu que je n'avais que dix-huit ans à l'époque, pas de prêt en banque, pas de carte de crédit et pas de dette, il n'a pas fallu longtemps pour effacer Jules Miller et la remplacer par Jules Ambrose.

En effet, j'aurais peut-être dû changer mon prénom aussi, mais j'aimais m'appeler Jules et je n'ai pas eu le cœur de me débarrasser complètement de mon ancienne identité.

– Une des seules choses que tu aies faites légalement, ironise Max, même si son ton ne contient pas une pointe d'amusement.

L'énergie du club, si exaltante quelques minutes plus tôt, vient de se muer en quelque chose de plus sinistre, comme si l'endroit était à un battement discordant d'exploser et de sombrer dans le chaos. Des murs de sons et de chaleur corporelle se pressent contre moi, m'enfermant dans une cage invisible.

Max est l'une des rares personnes à connaître mon passé. Juste une poussée, toute petite, et il peut faire basculer mon monde comme une tour de Jenga.

– Tu es censé être…

Une fois de plus, je cherche des mots qui ne viennent pas.

Le sourire de Max se durcit.

– Dans l'Ohio ? Ouais. Mais on a beaucoup de choses à se dire.

Il jette un coup d'œil autour de nous. Tout le monde est trop occupé à se disputer l'attention du barman pour s'occuper de nous. Néanmoins, il incline la tête vers un coin sombre du club.

– Par là.

Je le suis jusqu'à un couloir tranquille près de la sortie de derrière. À quelques pas seulement de la salle principale du club, mais si sombre et si silencieux qu'on pourrait se croire dans un autre monde.

Je range mon téléphone dans mon sac à main, ayant temporairement oublié Josh, et j'essuie mes paumes sur ma robe. Si j'étais plus maligne, je prendrais mes jambes à mon cou sans me retourner, mais Max m'a déjà retrouvée une fois. Fuir ne ferait que repousser l'inévitable.

– Je suis blessé que tu n'aies pas réagi à mes textos, dit-il sans se départir de son expression affable. Vu notre histoire, je m'attendais au moins à une réponse.

– Je n'ai rien à te dire. Comment tu m'as trouvée ? Comment tu as eu mon numéro, déjà ?

Je garde une voix aussi calme que possible, malgré le tremblement de mes mains.

– Tsst-tsst. Tu ne poses pas les bonnes questions. Demande-moi plutôt pourquoi je ne t'ai pas contactée jusqu'à présent. Demande-moi où j'étais ces sept dernières années.

Comme je ne le fais pas, son visage s'assombrit.

– Demande-le-moi, insiste-t-il.

J'ai la nausée.

– Où étais-tu ces sept dernières années ?

Son sourire n'atteint pas les plaines froides de ses yeux.

– En prison, Jules. J'étais en prison pour ce que *tu* as fait. Je suis sorti il y a quelques mois seulement.

L'incrédulité me serre la gorge.

– Ce n'est pas possible. On s'en est tirés.

– Tu t'en es tirée. Tu t'es enfuie dans le Maryland et tu t'es créé une petite vie parfaite avec l'argent qu'on avait volé.

L'ombre d'un rictus mauvais se dessine sur la bouche de Max avant que son expression ne s'adoucisse à nouveau et qu'il continue :

– Tu es partie sans prévenir et tu m'as laissé gérer le désordre que tu avais causé.

Je ravale une réplique cinglante. Je ne veux pas le provoquer avant de savoir ce qu'il veut, mais s'il est vrai que je me suis enfuie sans lui laisser ne serait-ce qu'un mot, nous avions eu l'idée de voler Alastair ensemble. C'est Max qui s'est montré trop gourmand et a dévié du plan.

« Ils ne vont pas tarder à rentrer. (Je jetai un coup d'œil dans le bureau de mon beau-père, la poitrine nouée par l'angoisse.) Il faut qu'on y aille. Maintenant.

Nous avions déjà obtenu ce que nous étions venus chercher. Cinquante mille dollars en liquide, qu'Alastair gardait dans son coffre-fort "secret". Il pensait que personne n'était au courant, mais j'avais pris soin d'explorer tous les coins et recoins du manoir lorsque j'y vivais. Cela incluait tous les endroits où Alastair pouvait cacher ses petits secrets. J'avais même deviné la combinaison de son coffre-fort : 0495, le mois et l'année où il avait fondé sa société de textile.

Forcer son coffre-fort n'avait pas été sorcier, et les cinquante mille dollars n'étaient pas un secret, en revanche c'était une sacrée somme d'argent, même après que Max et moi l'aurions divisée en deux.

Enfin, si nous restions en liberté. On ne s'était pas encore fait prendre après sept mois de braquages à Columbus, mais s'attarder ici devenait trop risqué.

– Attends. J'y suis… presque.

Sur un petit grognement, Max ouvrit la serrure faite sur-mesure de la petite boîte métallique attachée à l'intérieur du coffre-fort. Un deuxième niveau de sécurité pour protéger le bien le plus précieux d'Alastair : un collier de diamants anciens qu'il avait remporté lors d'une vente aux enchères, plusieurs années auparavant, après avoir mis plus de cent mille dollars pour l'acquérir.

Je regrettais déjà d'avoir parlé de ce collier à Max. J'aurais dû me douter que cinquante mille dollars ne lui suffiraient pas. Rien ne lui suffisait. Il voulait toujours plus d'argent, plus de pouvoir. Plus, plus, plus, même au risque d'avoir des ennuis.

– Laisse-le, sifflai-je. On ne pourra même pas le mettre en gage sans attirer les autorités à nos trousses. Il faut qu'on…

Un faisceau lumineux de phares traversa les vitres et jeta son rayon sur nos silhouettes pétrifiées. Bientôt suivi du claquement d'une portière et de la voix profonde facilement reconnaissable d'Alastair.

Ma mère et lui allaient dîner en ville tous les vendredis, mais ils ne rentraient généralement pas avant 22 h. Or il n'était que 21 h 30.

– Merde ! j'ai crié, paniquée. Laisse tomber ce putain de collier, Max. Il faut qu'on se casse !

– J'ai presque fini. Avec ce bébé, on va être tranquilles pendant des années. (Max arracha la serrure avec un sourire triomphant et sortit les diamants.) Je le tiens !

Je ne pris pas la peine de répondre. J'étais déjà presque parvenue à la porte, propulsée par l'adrénaline à travers le couloir et vers la sortie de derrière. Le sac de sport contenant l'argent cognait à chaque pas contre ma hanche.

Quand je m'arrêtai net en entendant la porte d'entrée s'ouvrir, Max manqua me rentrer dedans.

– C'est un très mauvais restaurant, Alastair, lança ma mère avec un reniflement. Le canard était froid et le vin dégoûtant. Il faut qu'on en choisisse un meilleur, la semaine prochaine.

Au son de la voix d'Adeline, mes doigts se resserrèrent autour de la courroie de mon sac.

Je ne lui avais pas parlé depuis qu'elle m'avait mise à la porte un an plus tôt, juste après mon dix-septième anniversaire. Malgré la façon horrible dont nous nous étions séparées, le timbre familier de sa voix me fit monter les larmes aux yeux.

Mon beau-père marmonna quelque chose que je n'entendis pas.

Ils étaient proches. Trop proches. Un simple mur séparait le vestibule du couloir, et Max et moi devions passer sous l'arche ouverte qui reliait les deux espaces pour atteindre la sortie. Si ma mère ou Alastair prenaient le couloir au lieu de se diriger directement vers le salon, nous étions foutus.

Ma mère continuait à se plaindre du restaurant, mais sa voix s'éteignait progressivement.

Ils étaient dans le salon.

Au lieu du soulagement, une vieille douleur m'envahit la poitrine. J'étais sa fille unique, et pourtant elle avait choisi son nouveau mari plutôt que moi. Et jamais elle n'avait cherché à me revoir, après m'avoir fichue dehors pour une chose que lui avait faite.

Adeline n'avait jamais été la mère la plus chaleureuse ou la plus empathique de la terre, mais l'insensibilité de ses actes me faisait plus mal que je ne l'aurais cru possible. Peu importait la dureté de ses paroles, au bout du compte, on était censées être ensemble, elle et moi.

Au lieu de quoi, elle avait choisi elle et l'argent. Ou elle et son ego. Peu importait. Tout ce qui comptait, c'était que je n'étais pas et que je n'avais jamais été prioritaire à ses yeux.

– Qu'est-ce que tu fais ? demanda Max en me dépassant. On y va !

Je sortis de ma transe et lui emboîtai le pas. Ce n'était pas le moment de m'apitoyer sur mon sort. Ce n'était qu'une question de temps avant qu'Alastair découvre la disparition de son argent et de ses précieux bijoux, et il valait mieux qu'on soit loin à ce moment-là.

Mon ventre fit un petit salto lorsque la sortie apparut. On allait y arriver. Plus que quelques pas…

Crac !

Mes yeux s'écarquillèrent d'horreur : Max venait de heurter une console dans sa précipitation. Le vase en porcelaine posé dessus bascula et se brisa au sol avec un fracas à réveiller les morts.

Max trébucha et atterrit sur les morceaux brisés avec un juron.

– Qu'est-ce que c'est ? cria Alastair, sa voix portant à travers la maison. Qui est là ?

– Putain ! (J'attrapai la main de Max et je le traînai dans le couloir.) Faut qu'on sorte d'ici ! Il résistait.) Le collier !

D'un coup d'œil par-dessus mon épaule, je repérai le scintillement des diamants gisant parmi les tessons blancs épars.

– On n'a pas le temps. Alastair arrive.

Le bruit des pas furieux de mon beau-père s'amplifiait. Dans moins d'une minute, il nous rattraperait et nous pourrions dire adieu à notre liberté, à moins qu'il ne soit d'humeur indulgente.

La bile me monta à la gorge à l'idée d'être à la merci de ce sale type.

Max était cupide, mais il n'était pas idiot. Il suivit mon conseil et renonça au collier.

Déjà, j'apercevais les cheveux blonds clairsemés et le visage furieux d'Alastair au moment où nous franchissions en trombe la porte de derrière, mais je ne m'arrêtai pas de courir jusqu'à ce que Max et moi ayons traversé la forêt qui bordait la propriété et atteint la route secondaire où nous avions garé notre voiture.

Ce fut seulement à ce moment-là que je remarquai le sang qui tachait la manche de Max. »

– Ils m'ont retrouvé à cause du sang que j'ai perdu quand je me suis entaillé avec ce fichu vase, poursuit Max d'une voix empreinte d'amertume. Quelques putains de taches de sang, et j'ai perdu des années de ma vie. Il s'est trouvé que le juge était un bon ami d'Alastair, du coup il a prononcé une putain de lourde peine. Bien sûr, tu étais partie depuis longtemps quand la police s'est pointée. Il n'y avait aucune preuve de ton implication – ils n'ont pas réussi à distinguer ton visage sur les caméras de sécurité – et Alastair ne voulait pas faire traîner l'affaire alors qu'il m'avait déjà désigné comme bouc émissaire. Ça lui faisait de la mauvaise publicité, tu vois. Donc voilà, tu t'en es sortie blanche comme neige.

Je détestais le sentiment de culpabilité qui me prenait aux tripes. Nous étions tous les deux en tort et il était le seul à avoir payé.

Je comprenais sa colère, mais je ne regrettais pas non plus de m'être enfuie quand j'en avais l'occasion.

Car Max n'était pas le seul responsable de ma carrière d'escroc. J'avais besoin d'argent, et il m'était impossible de trouver un travail en ville quand les gens découvraient que ma propre mère m'avait mise à la porte. Elle n'avait jamais expliqué à personne pourquoi elle l'avait fait, et les rumeurs allaient bon train : du fait que je revendais de la drogue à une mise en cloque inopportune suivie de la perte du bébé à cause de ma soi-disant dépendance à la coke. Bref, dans tous les cas, personne ne voulait m'approcher à moins de cent mètres.

Heureusement, j'avais assez d'argent de côté pour tenir jusqu'à ce que je rencontre Max, deux semaines après avoir été mise à la porte. J'avais été séduite par son physique, son charme et sa voiture tape-à-l'œil, et il n'avait pas fallu longtemps avant qu'il m'entraîne dans ses conneries à Columbus.

Mais notre week-end au ski avait direct brisé son charme, et je n'étais restée avec lui qu'en attendant d'avoir les moyens de quitter l'Ohio pour de bon. Mon acceptation à Thayer et l'argent d'Alastair m'avaient enfin offert ce dont j'avais besoin, et je m'étais enfuie dans la nuit qui avait suivi notre cambriolage dans le manoir de mon beau-père.

J'avais sauté dans un bus de nuit pour Columbus, acheté une place sur le prochain vol pour Washington, sans jamais regarder en arrière.

– Tu pourrais penser que je suis contrarié. (Le Max du présent se passe une main sur les cheveux.) Ce n'est pas le cas. J'ai eu beaucoup de temps pour réfléchir au fil des ans. Pour devenir une meilleure personne. J'ai appris à laisser le passé au passé. Cela dit…

Nous y voilà.

Je serre les poings et me prépare à ce qui va suivre.

– Tu me dois quelque chose. J'ai payé pour toi.

– Qu'est-ce que tu veux, Max ?

Je ne souligne pas qu'il a, en fait, commis un délit et que s'il a payé, c'est avant tout pour lui-même. Inutile.

– Je suis désolée que tu te sois fait prendre. Vraiment. Mais je ne peux pas te rendre ces sept années.

– Non, convient-il, image même de la raison. En revanche, tu peux me rendre un service. Ce n'est que justice.

Des aiguilles d'effroi me transpercent la peau.

– Quel genre de service ?

Max sourit.

– Ce ne serait pas drôle si je te le disais maintenant, n'est-ce pas ? Tu verras. Je te l'apprendrai le moment venu.

– Je ne coucherai pas avec toi.

L'idée même me retourne l'estomac.

Son rire résonne dans le couloir et me hérisse la peau comme une craie sur un tableau noir.

– Oh non. Après toutes ces années où tu as dû te faire passer dessus par tout le monde ? Non, merci.

La chaleur me monte au visage et je résiste à l'envie de lui enfoncer le talon d'un de mes escarpins dans les valseuses.

– Enfin, tu as toujours été enthousiaste au pieu, tu as au moins ça pour toi. J'en ai même la preuve.

Mon ventre se serre lorsqu'il sort son téléphone. Il appuie sur un bouton et j'ai la nausée quand des gémissements du passé se mettent à retentir.

« *Oui, là*, halète le moi sur l'écran d'une voix dégoûtante de sincérité, même si je sais que j'ai détesté chaque seconde de ce qui se passait. *C'est tellement bon.*

– *Oui, tu aimes ça ?* lance la voix bourrue de l'homme qui me donne envie de vomir. *J'ai su que tu étais une putain de salope dès que je t'ai vue.* »

La vidéo est granuleuse, mais suffisamment claire pour qu'on voie nos visages et sa queue tandis qu'il me pilonne. Je connaissais à peine ce type, mais Max m'avait convaincue de coucher avec lui et de filmer la scène.

Quelle putain de crétine j'ai pu être !

– Éteins ça.

Je ne supporte pas le son de mes gémissements feints. Chacun d'eux s'enfonce dans mon cerveau et me ramène aux jours sombres où j'avais tellement besoin de l'approbation des autres que j'aurais fait n'importe quoi pour l'obtenir, y compris coucher avec un homme deux fois plus âgé que moi juste pour pouvoir le voler.

– Oh, mais on n'en est pas encore à la meilleure partie, fait Max, dont le sourire s'élargit. J'adore quand tu le laisses te baiser dans…

– Éteins ça ! Je vais te le rendre, ton putain de service.

J'ai des sueurs froides.

Heureusement, la vidéo s'arrête enfin.

– Bien. Je savais que tu étais intelligente.

Max rempoche son téléphone. Je ne suis pas assez bête pour penser que le lui voler servirait à autre chose qu'à l'énerver. Il doit avoir des sauvegardes de la vidéo quelque part.

– Après tout, tu ne veux pas perdre ton travail chez Silver & Klein, pas vrai ? Un cabinet d'avocats aussi prestigieux n'apprécierait probablement pas qu'une de ses employés ait une sextape qui circule sur Internet.

La bile me brûle de plus en plus.

– Comment tu sais ça ? Comment tu m'as trouvée, d'ailleurs, et mon numéro ?

Max hausse les épaules.

– Ce n'est pas difficile de te retrouver quand des photos de toi en compagnie d'une reine – une reine, putain ! – sont diffusées partout sur Internet, surtout avec le mariage royal qui approche. Une fois que j'ai découvert ton nouveau nom, il m'a suffi d'une simple recherche sur Google pour trouver ce dont j'avais besoin. Jules Ambrose, membre de la *Thayer Law Review*. Jules Ambrose, récipiendaire d'une bourse d'études complète pour la fac de droit de Thayer. (Son sourire devient amer.) Tu vis une belle vie, J. Quant à ton numéro… eh bien, ces choses-là ne sont pas vraiment secrètes. J'ai envoyé un peu d'argent à un service en ligne et voilà. C'est fait.

Merde. Je n'ai jamais envisagé les conséquences de ma relation avec Bridget et de sa publicité. Cela dit, je ne m'attendais pas à ce que Max me cherche après toutes ces années. Je l'ai craint, mais je ne m'y attendais pas.

– Et au Hyacinthe ? Comment tu savais que je serais là ?

Respire, Jules. Respire.

Max lève les yeux au ciel.

– Je suis ici pour m'amuser, J. En plus, j'ai... des affaires à Washington. Tout ne tourne pas autour de toi. C'est juste une heureuse coïncidence, même si j'avais prévu de t'envoyer un nouveau texto. J'ai juste été... occupé, ces dernières semaines.

Son agacement désinvolte est plus sinistre que n'importe quelle menace ou violence directe, bien qu'il ait toujours dédaigné la violence physique. Trop plébéien pour lui. Il préfère la manipulation psychologique, comme en témoigne notre conversation.

Je ne peux qu'imaginer le genre d'« affaires » qui l'occupent. Je parierais mon nouvel appartement qu'il s'agit de quelque chose d'illégal.

– Et quand est-ce que tu comptes me demander ce « service » ?

Si je dois le faire, autant en finir au plus vite.

– Quand ça m'arrangera. Peut-être dans quelques jours. Ou des semaines. Des mois. Tu vas devoir garder un œil sur ton téléphone, conclut-il avec un haussement d'épaules nonchalant. Vaut mieux pas que tu rates un texto de ma part sinon, pouf, tu pourrais te réveiller un jour et trouver ta vidéo en ligne.

Mon ventre se serre. L'idée que la menace de Max plane au-dessus de ma tête pour une durée indéterminée me donne envie de vomir.

– Si je le fais, tu effaceras la cassette.

On peut toujours essayer.

Son expression se durcit.

– J'effacerai la cassette si et quand j'en aurai envie. (Il écarte une mèche de cheveux de mon œil, geste d'une tendresse grotesque, compte tenu des circonstances.) Tu n'as aucun moyen de pression sur moi, bébé. Tu t'es construit cette belle vie sur des mensonges, et tu es aussi impuissante aujourd'hui que tu l'étais à dix-sept ans.

Il descend sa main dans mon cou et me caresse l'épaule. Un essaim d'araignées invisibles rampent sur ma peau.

– Tu feras…

Une voix familière, profonde et empreinte de dureté, le coupe dans son élan :

– Est-ce que j'interromps quelque chose ?

22

JULES

Mes genoux flageolent tellement je suis soulagée. Jamais je n'aurais cru accueillir avec plaisir le son de cette voix, pourtant en cet instant, je pourrais lui bâtir un autel pour la vénérer.

Je regarde par-dessus l'épaule de Max et l'oxygène revient peu à peu dans mes poumons à la vue des cheveux ébouriffés de Josh et de sa silhouette mince et puissante.

– Josh.

J'ai soufflé son nom comme s'il était ma planche de salut.

D'une certaine façon, il l'est.

Les yeux de Max s'aiguisent avant qu'il ne me lâche et se retourne pour offrir à Josh un signe de tête poli que mon sauveur ne lui rend pas.

– Je ne vous dérange pas plus longtemps. Je voulais simplement dire bonjour à une vieille amie.

La curiosité se lit dans son regard qui passe de Josh à moi, mais il ne s'adresse pas davantage à Josh et poursuit à mon attention :

– Content de t'avoir vue, J. N'oublie pas...

Il tapote son téléphone avec un sourire content de lui et s'éloigne.

J'attends qu'il disparaisse pour m'affaler contre le mur. Mon cœur bat la chamade et mon dîner menace de faire une vilaine réapparition.

Josh franchit la distance qui nous sépare et m'agrippe par les bras. Il me dévisage, l'inquiétude creusant de minuscules sillons sur son front.

– On dirait que tu es sur le point de vomir.

Je me force à sourire.

– C'est ma réaction naturelle quand je te vois.

L'insulte tombe à plat, sans la conviction nécessaire pour l'étayer. En réalité, j'ai envie d'enfouir mon visage contre le torse de Josh et d'oublier que la dernière demi-heure a existé. Il n'est pas mon ami, mais c'est un pilier de stabilité dans un monde qui a soudain basculé sur son axe.

Il ne prend pas la peine de relever ma tentative pitoyable de le piquer.

– Est-ce qu'il te faisait du mal ?

Un courant sombre coule sous sa voix et réchauffe ma peau glacée.

– Non. (*Pas physiquement en tout cas.*) Comme il l'a dit, c'est quelqu'un… que j'ai connu autrefois. On prenait des nouvelles.

Il est exclu que quiconque apprenne la vérité sur Max ou sur mon passé. Josh pensant déjà le pire de moi, je n'ose même pas imaginer sa réaction s'il apprenait que j'ai été une voleuse.

– Au sens biblique ?

Le ton est passé de sombre à carrément sinistre.

– Attention, Josh, je l'avertis, ignorant les ailes de papillon dans ma poitrine malgré tout ce qui s'est passé. Sans quoi je vais croire que tu es jaloux.

Un sourire sévère se dessine sur ses lèvres.

– Je ne suis jamais jaloux.

Je me redresse, savourant l'inquiétude de Josh plus que je ne le devrais.

– Il y a une première pour tout. Qu'est-ce que tu fais là, de toute façon ?

– La même chose que toi, j'imagine, répond-il d'un ton sardonique. Je voulais voir ce club dont tout le monde parle, mais finalement je ne le sens pas et j'étais sur le point de partir quand je t'ai vue.

– OK.

Nous sommes près de la sortie, son explication est logique.

Même si Max est parti, sa présence s'attarde comme une odeur de pourriture, tout comme son ultimatum. A-t-il déjà un service en tête ou va-t-il l'inventer quand ça lui chantera ? Il a dit que ça ne serait pas sexuel, mais il pourrait s'agir de quelque chose d'illégal. Et s'il voulait que je vole à nouveau pour lui ? Et puis, pourquoi Max ne me demanderait-il qu'une seule faveur ? Il a passé sept ans en prison. J'aurais cru qu'il en demanderait plus. D'ailleurs, est-ce qu'il veut vraiment un service, ou est-ce un prétexte pour obtenir quelque chose d'autre ? Et si tel est le cas, de quoi s'agit-il ?

Mon cerveau grouille d'un millier de questions auxquelles je n'ai pas de réponse.

Respire. Concentre-toi.

Je m'occuperai de la situation avec Max plus tard, une fois que le choc se sera dissipé et que mon cerveau se sera éclairci. De toute façon, je ne peux pas y faire grand-chose maintenant.

Je cligne des yeux, pour refouler mon ex tout au fond de ma tête, si fort que les pensées à son sujet essaient de revenir au premier plan.

Si les Jeux olympiques décernaient des médailles d'or pour le refoulement, j'en gagnerais une tous les quatre ans.

– Tu as dit que tu étais prise ce soir.

Josh appuie son avant-bras sur le mur au-dessus de ma tête. Ses yeux transpercent les miens. Je rejette mes cheveux derrière mes épaules et colle sur mon visage un sourire insolent.

– Je le suis. Ou peut-être que je ne voulais tout simplement pas te voir. Tu ne le sauras jamais, j'en ai bien peur.

– Tu essaies de me provoquer, Red ?

Sa sombre mise en garde me traverse le corps.

Oui.

Je lève les yeux vers lui, l'innocence faite femme.

– Je ne provoque que les gens auxquels je tiens. Et tu n'en fais pas partie, Joshy.

L'anticipation grimpe au creux de ma poitrine quand un grognement à peine perceptible monte de sa gorge.

– Je n'attends pas de toi que tu tiennes à moi, assène-t-il, avant de me voler un baiser punitif.

Mon sang entre en ébullition sous cet assaut, et quand sa langue soumet la mienne par la force, je lui empoigne les cheveux et je tire en guise de représailles, jusqu'à ce qu'il émette un sifflement de douleur.

– Oups, je me moque. J'ai oublié à quel point tu étais sensible. J'essaierai d'être plus douce la prochaine fois.

Josh se redresse et lèche la tache de sang sur sa lèvre inférieure. Je l'ai mordu si fort pendant notre baiser que j'ai déchiré sa peau.

– Ne t'inquiète pas, Red, dit-il, sourire en coin comme une virgule mauvaise sur le visage. Je vais te montrer combien je peux être sensible.

Il resserre sa main autour de mon poignet et m'entraîne vers une porte tout à fait quelconque de l'autre côté du couloir. Surprise, elle n'est pas verrouillée.

Josh me pousse à l'intérieur.

C'est une sorte de placard à fournitures, en l'occurrence débordant de bazar. Des articles de papeterie et des ustensiles encombrent les étagères en métal noir, une machine à fumée trône dans un coin entre un tapis roulé et un lustre cassé. Un miroir est accroché au mur opposé à la porte, au-dessus d'une petite table.

Le « clic » de la serrure qui s'enclenche derrière moi ramène mon attention sur Josh. Sa présence emplit chaque coin de la pièce, si bien que le petit espace paraît encore plus exigu, et je sens la chaleur irradiant de son corps sur chaque centimètre carré de ma peau.

Ou peut-être la chaleur provient-elle de la façon dont il me regarde, comme s'il voulait me dévorer tout entière.

Des étincelles crépitent en moi.

Le sang cogne dans mes oreilles, l'électricité allume mes veines. Les pensées de Max s'évanouissent déjà dans l'éther, à leur vraie place.

C'est exactement ce dont j'ai besoin.

– Tu vas juste rester planté là ou tu comptes faire quelque chose ? je lui demande sur un ton aussi blasé que possible.

Les yeux de Josh scintillent dans la faible lumière. Il s'avance vers moi, lentement, et chaque pas envoie une nouvelle décharge d'impatience et de peur le long de mon échine.

Il ne lui faut que quelques enjambées pour m'atteindre, mais le temps qu'il le fasse, mon cœur est prêt à exploser dans ma poitrine.

Sans me quitter des yeux, il soulève ma robe et m'arrache ma culotte.

Je tente de protester lorsque la soie fine se déchire sans aucune résistance.

– C'était ma plus belle culotte, connard.

Josh abaisse sa bouche sur la mienne.

– Si tu crois que j'en ai quelque chose à foutre !

Il avale ma réplique furieuse avec un autre baiser meurtrier, ses doigts s'enfoncent entre mes jambes pour me trouver déjà mouillée et brûlant de l'avoir en moi.

Quel enfoiré ! Et pourtant, ça n'empêche pas mon corps de désirer puissamment le sien, mais ça ne signifie pas non plus que je dois lui faciliter la tâche.

Je le repousse et lui assène une gifle. Pas forte, mais suffisamment pour que le claquement satisfaisant de ma paume contre sa joue résonne dans le minuscule espace.

L'adrénaline enflamme mon sang quand sa première réaction, le choc, se mue en fureur. Des picotements de peur attisent mon excitation qui devient une flamme brûlante. Et brûle encore plus fort quand il m'oblige à tomber à genoux et défait sa ceinture, puis son pantalon. Le sol recouvert d'une fine moquette s'enfonce dans ma peau et ma respiration est saccadée quand sa bite jaillit, épaisse et menaçante, et qu'elle laisse déjà échapper une première goutte annonciatrice du plaisir.

– Ouvre la bouche.

Malgré le désir qui pulse en moi comme une entité vivante, je soutiens son regard flamboyant, pleine de défi. Et je garde mes lèvres fermement scellées.

Le message est clair.

Oblige-moi.

Un rappel silencieux à notre première relation sexuelle et le signal de ce dont j'ai envie.

Les yeux de Josh redoublent d'éclat. Sa main se referme sur ma gorge et il serre jusqu'à ce que je n'en puisse plus. J'ouvre la bouche pour aspirer de l'air, réussissant à en prendre une goulée avant qu'il n'y enfonce son sexe.

Oh, bon Dieu !

Brûlante de désir malgré ma première réaction de haut-le-cœur, tant ma gorge se dilate autour de son érection, et malgré la bave qui coule des commissures de mes lèvres et goutte le long de mon menton.

– Too rrrr.

Trop gros. Mon gémissement de protestation est étranglé. Je fais mine de repousser ses cuisses, sans grande conviction comme le prouvent les sucs qui s'écoulent le long des miennes.

Je déteste désirer ça si fort. Le désirer, lui, si fort.

Le sol dur, le pincement de douleur quand Josh empoigne mes cheveux à deux mains, la sensation d'avoir la gorge complètement remplie… c'est trop.

Mes tétons sont aussi durs que deux pointes de diamant, je dois lutter contre l'envie de caresser mon clitoris.

Je suis déjà proche de l'orgasme, et il ne m'a même pas encore touchée.

Josh tire ma tête en arrière pour planter son regard droit dans le mien, rempli de larmes.

– Je vais baiser ta bouche de petite maligne jusqu'à ce que tu ne puisses plus émettre aucun son que celui de t'étouffer sur ma bite, m'annonce-t-il calmement.

Et il essuie une larme de la pulpe du pouce.

Un frisson électrique me parcourt l'échine, produit par le contraste entre sa menace énoncée sur un ton mortellement doux et la tendresse de son geste.

– La prochaine fois que tu voudras m'insulter, je veux que tu penses à ça.

Il se retire jusqu'à ce qu'il ne reste plus que son gland dans ma bouche, marque une pause et plonge d'un coup sec. J'ai un nouveau haut-le-cœur, les larmes coulent plus vite, la chaleur au creux de mon ventre s'intensifie.

– À toi à genoux, qui avales péniblement chaque centimètre de ma bite pendant que je détruis ta petite gorge si serrée.

Je gémis. Mes tétons et mon clitoris sont si sensibles qu'une bouffée d'air un peu forte pourrait suffire à me faire basculer.

– Vvv tfff fou.

Va te faire foutre.

Josh sourit et les picotements de la peur s'intensifient au point que tout mon corps est un fil électrique de sensations.

– On va bien s'amuser.

C'est le dernier avertissement que je reçois avant qu'il ne commence à baiser ma bouche si impitoyablement que j'ai toutes les peines du monde à aspirer des bouffées d'air par le nez avant qu'il ne se fiche à nouveau en moi, jusqu'au fond de ma gorge.

Mes gargouillis impuissants se mêlent à ses râles durs et au claquement obscène de ses couilles contre mon menton alors qu'il châtie ma gorge exactement de la façon dont il l'a promis.

Dure. Brutale. Impitoyable.

Je me tortille pour tenter de soulager la crampe de ma mâchoire, mais son sexe est trop gros et ses assauts trop furieux. Je sais que je pourrais l'arrêter à n'importe quel moment, mais ce moment d'oubli, j'en ai besoin. Ainsi que du mélange d'intense plaisir et de légère douleur qui oblitère toutes les autres pensées.

Finalement, ma gorge s'ouvre et il peut s'enfoncer encore plus profondément avec moins de résistance.

– C'est ça, grogne-t-il. Jusqu'à la garde, comme ça. Je savais que tu pouvais me prendre tout entier.

Son éloge me tire un gémissement. Je ne vois pas très bien, à travers les larmes qui voilent mes yeux, mais le bourdonnement entre mes jambes est devenu trop fort pour que je puisse l'ignorer.

Je glisse une main pour caresser mon clitoris.

Avant que je puisse l'atteindre, Josh se retire brusquement de ma bouche, me relève et me penche sur la table, ignorant mes protestations.

– Tu appréciais un peu trop ta punition, Red. On ne peut pas accepter ça, dit-il d'une voix rendue rauque par le désir. Regarde-toi. Tu es trempée pour moi.

Il m'a écarté les jambes avec son genou.

– Ce n'est pas pour toi, connard. (Une réplique essoufflée et peu convaincante, même à mes propres oreilles.) Je te déteste.

Le dernier mot se transforme en glapissement lorsque sa paume s'abat sur mes fesses dans une vive piqûre.

– Ça, c'est pour la boutade sur l'ego fragile de tout à l'heure. Ça (*Re-paf !*), c'est pour le couloir. Et ça… (Nouvelle tape, plus forte encore, à l'impact de laquelle mon corps tressaute.) C'est pour m'avoir rendu fou.

Un sanglot suppliant s'échappe de ma bouche quand Josh me tire la tête en arrière pour que sa bouche soit près de mon oreille.

– Dis-moi pourquoi je n'arrête pas de penser à toi. Hmm ? Qu'est-ce que tu m'as fait, putain ?

Je secoue la tête, incapable de formuler une réponse ou de donner un sens au mélange douleur-plaisir qui ricoche en moi.

Je suis en feu. La peau me brûle, des larmes et de la bave gouttent sur la table sous moi, mais tout ça me pique de façon si exquise que je refuse de le voir s'arrêter.

Le grognement grave de Josh me coule le long de l'échine jusqu'à la pointe des orteils.

– Accroche-toi à la table.

J'entends vaguement le bruit d'un emballage qu'il déchire. J'ai juste le temps de me cramponner au bois frais que déjà il est en moi, profondément fiché dans mon sexe, et il entame ses coups de boutoir.

Je pousse un cri, mon esprit se vide de toute pensée : il n'y a plus que la sensation de son érection en moi et du glissement de sa peau contre la mienne.

Oublié Max. Oubliés les secrets. Oubliés les mensonges. Ne reste que l'extase dans sa forme la plus pure, la moins diluée.

– Tu me détestes toujours ?

Les doigts de Josh se serrent autour de ma gorge avec juste assez de pression pour intensifier les pulsations entre mes jambes.

– Toujours, je halète.

Je commence à avoir la tête qui tourne, pourtant quand j'attrape son poignet, je ne sais pas si c'est pour le repousser… ou pour le garder là.

Sa bouche esquisse un minuscule sourire narquois, dans le miroir au-dessus de la table où ses yeux brillent de désir. La peau de ses pommettes en lames de couteau est tendue par la colère.

– Bien.

La table cogne contre le mur à chaque poussée féroce. Mes paupières se ferment sous l'effet de la surcharge de sensations, mais elles se rouvrent quand Josh me tire à nouveau brutalement les cheveux.

– Ouvre les yeux, Red.

Son autre main étreint plus fort ma gorge, et une nouvelle poussée d'excitation me trouble la vue. La pression, la facilité avec laquelle son emprise s'exerce sur mon cou, tout ça est horriblement bon, comme si j'étais faite pour porter, à l'instar d'un collier, ses doigts autour de ma trachée.

– Je veux que tu voies exactement à qui appartient la bite que tu prends.

Ma peau devient encore plus brûlante, plus rouge qu'elle ne l'était déjà. Je regarde notre reflet, mes yeux vitreux et mes lèvres gonflées. Les mains sur la table, le dos cambré, la tête tirée en arrière par la poigne ferme de Josh. Dévergondée au point que c'en est humiliant, comme s'il me baisait jusqu'au bout de ma vie et que j'en demandais encore.

Derrière moi, le désir creuse des lignes dures sur les traits de Josh, et ses yeux sont plantés dans les miens quand il reprend ses assauts. Lentement, cette fois, il enfonce son sexe en moi centimètre par centimètre jusqu'à y être fiché jusqu'à la garde.

Il se penche et mordille doucement le lobe de mon oreille.

– C'est la bite de qui, Red ?

– La tienne, je gémis.

– C'est ça. Maintenant, dis-moi…

Il se retire et replonge avec une telle force que j'aurais glissé de la table si sa main ne tenait pas encore ma gorge.

– Est-ce que tu te sens fragile ?

– Mmph, je parviens à bredouiller.

Mais même cette réponse se mue en un chapelet de gémissements quand Josh accélère ses va-et-vient pour adopter un rythme effréné.

Mon premier orgasme me frappe comme un éclair, si soudain et si explosif que je n'ai pas le temps de l'assimiler avant que le second ne survienne. Plus lent, puis de plus en plus puissant, il enfle en moi jusqu'à exploser et me noyer dans un plaisir ahurissant.

Quand Josh en a fini avec moi, j'ai joui si fort, si souvent, que je ne suis plus qu'une épave amorphe. Je m'effondre sur la table, le corps frémissant, il passe les mains sur mes fesses pour apaiser la brûlure de la fessée impitoyable qu'il m'a administrée plus tôt.

– Tu es très belle comme ça.

Sa voix douce est en totale contradiction avec la manière sauvage dont il m'a baisée, elle se pose sur ma peau comme une couverture chaude. Il continue à me masser doucement, jusqu'à ce que la brûlure s'estompe et que ma respiration redevienne normale.

Il me retourne alors, me nettoie avec l'une des serviettes en papier qui se trouvent sur les étagères et baisse ma robe autour de mes cuisses avant de m'asseoir sur la table.

– Tu te sens mieux ? demande-t-il avec désinvolture, comme s'il ne venait pas de me détruire dans le placard à fournitures d'un club.

– Hmm-hmm...

Je suis trop étourdie pour trouver une réponse plus cohérente, même si une partie de moi comprend que Josh sait depuis le début ce que c'était : une distraction que je l'ai poussé à me donner, aussi fort qu'il pouvait.

Sa bouche esquisse une expression amusée, mais ses yeux restent lourds de désir.

– C'est bien. Maintenant, dis au revoir à tous les amis avec qui tu es venue. J'ai des projets pour le deuxième round, et ils nécessitent plus d'espace que nous n'en avons là.

Deuxième round. OK.

Mon cerveau n'a pas encore repris son fonctionnement normal, mais un deuxième round, l'idée me plaît bien.

Je devrais passer ma première nuit dans mon nouvel appartement, mais la perspective de rester éveillée dans ma chambre, à paniquer à propos de Max, me semble moins attrayante que de manger de la terre.

Mon estomac se serre quand les pensées de Max et de ce mystérieux service me reviennent et effacent une partie de ma béatitude.

Non. Demain. J'y penserai demain.

J'attends quelques minutes après le départ de Josh avant de rassembler la force nécessaire pour me tenir debout seule. J'arrange mes cheveux et retouche mon maquillage du mieux que je peux, mais je ne suis pas magicienne. Impossible de retourner sur la piste de danse dans cet état.

Alors j'envoie un petit message à mes amies, pour leur annoncer que j'ai rencontré un type et que je leur donnerai des nouvelles plus tard. Elles sont habituées à ce genre de comportement de ma part, à l'université ça arrivait tout le temps, du coup elles ne posent pas plus de questions.

Je me faufile hors du placard à fournitures et m'éclipse discrètement par la sortie de derrière.

Des papillons s'éveillent dans mon ventre quand je vois Josh qui m'attend, sa silhouette mince et musclée se découpant dans le clair de lune.

Je n'en reviens pas d'être en train de m'éclipser dans le dos de tout le monde pour sortir avec lui. Je ne l'apprécie même pas !

Mais apprécier et avoir besoin sont deux choses différentes, or en ce moment, là, j'ai besoin de ce qu'il est le seul à pouvoir me donner.

J'espère juste ne pas devenir trop accro, dans le processus.

23

JOSH

Jules et moi avons à peine franchi la porte de chez moi que je suis à nouveau en elle.

Nous avons déjà couché ensemble une fois, ce soir, ça aurait dû calmer mes élans, mais je suis accro. À ça. À elle. Son goût, son odeur, les petits gémissements qu'elle émet chaque fois que je la pénètre et la façon dont son sexe s'agrippe autour du mien, comme si elle était faite pour moi. Je veux tout, et tout le temps.

Je ne me rappelle pas la dernière fois où j'ai été aussi avide d'une femme. Ce serait inquiétant si j'en avais quelque chose à foutre, mais je souscris à la philosophie selon laquelle il faut profiter des bonnes choses tant qu'elles durent. Or je prends un pied pas possible… malgré une épine notable dans nos retrouvailles.

– C'était qui, ce mec, Red ?

J'ai ralenti mes va-et-vient pour pouvoir passer la main entre nous et caresser son clitoris. Un sourire sombre m'échappe en la voyant renverser la tête en arrière et entrouvrir les lèvres à ce contact.

Au Hyacinthe, j'étais focalisé sur la provocation manifeste de Jules. Maintenant qu'on est à la maison, quelque chose me contracte la poitrine au souvenir de la façon dont son « vieil ami » lui a écarté les cheveux du visage. Un geste intime et complice, du genre qu'on ne fait qu'avec quelqu'un avec qui on a couché.

Au vu de la réaction de Jules quand il est parti, elle n'était pas ravie de le voir, mais ça n'empêche pas la bête irrationnelle qui sommeille en moi de montrer sa vilaine tête.

– Quel type ? réplique-t-elle, haletante.

Elle est en vrac : cheveux épars, lèvres gonflées, peau voilée de sueur et marquée par mes dents.

C'est le plus beau spectacle que j'aie jamais vu.

Passant outre l'étrange pincement dans ma poitrine, je baisse la tête jusqu'à ce que mes lèvres effleurent les siennes.

– Ton ami, au club.

Jules ne m'a pas donné d'autres détails hormis cette histoire de « vieil ami », et j'ai d'abord cru que ça me suffirait. Mais une heure plus tard, je n'arrive toujours pas à me débarrasser de l'irritation que j'ai ressentie en les voyant ensemble.

Je la sens qui se crispe. Ses membres sont enroulés autour de moi et je l'ai plaquée contre le mur du salon, du coup je perçois la tension dans chaque partie de son corps.

– C'est ce que tu as dit. Un ami, répond-elle, avant de hausser un sourcil. Sérieux, tu me parles d'un autre homme alors que tu es en moi ?

– Je fais ce que je veux quand je suis en toi, je rétorque en lui pinçant un téton, en guise de punition. Un ami proche comment ?

Ses yeux pétillent d'amusement alors même que sa bouche s'ouvre à mon contact brutal.

– Jaloux ?

– Pas le moins du monde.

On en revient à notre conversation du Hyacinthe et, comme au club, je ricane à l'idée que je puisse être jaloux. Je ne suis pas jaloux, surtout pas avec les femmes. Ce sont les autres qui me jalousent.

– Une semaine après le début de notre pacte, tu enfreins déjà les règles, ronronne Jules. Je m'attendais à mieux de ta part.

– Je. Ne. Suis. Pas. Jaloux, je grogne, soulignant chaque mot par un coup de reins brutal.

Sa respiration accélère.

– Ça y ressemble beaucoup pourtant…

Jules laisse échapper un gémissement étouffé de protestation quand je lui plaque une main sur la bouche.

– Je ne veux t'entendre que lorsque tu supplies ou que tu jouis, Red.

L'indignation que ma repartie allume dans ses yeux me tire un sourire, mais qui s'évanouit une seconde plus tard quand une douleur aiguë me traverse la paume.

Putain : elle m'a mordu !

Une lueur de satisfaction paresseuse a remplacé son indignation.

– Oups, pardon. Ta main me gênait.

Un grognement me monte dans la gorge. Je lui pince à nouveau le téton, jusqu'à ce qu'elle pousse un cri strident, le visage crispé par un mélange de plaisir et de douleur.

– Voilà ce que je veux entendre, j'assène.

J'accélère la cadence, ma queue tel un piston entre et sort d'elle à un rythme effréné jusqu'à ce qu'elle perde ses mots au profit d'une série de gémissements et qu'elle jouisse à nouveau.

La tête basculée en arrière, bouche ouverte sur le cri pantelant que lui arrache la force de son orgasme. *Putain !* La sensation des spasmes de sa chatte autour de moi est trop forte et je jouis juste après avec un gémissement bruyant.

Mon sang mêle plaisir et colère, et j'enfonce les dents dans la courbe de son cou jusqu'à ce que l'euphorie de mon orgasme s'estompe. Son parfum de cannelle et d'épices emplit mes narines, drogue presque aussi puissante que ses cris délicieux.

– Pour quelqu'un qui prétend me haïr autant, tu cries beaucoup pour moi.

La tête relevée, je passe un pouce sur le suçon naissant, non sans satisfaction. La partie primitive et territoriale de mon être aime l'avoir marquée. J'ai des envies de le lui fourrer sous le nez, à son « vieil ami », histoire de lui faire clairement comprendre qu'il lui est interdit de la toucher, à moins qu'il ne veuille faire une rencontre très désagréable avec mon poing.

Ce n'est pas parce que je n'apprécie pas Jules que j'ai envie que n'importe qui la voie comme ça. Le corps alangui, le visage somnolent sous l'effet du contentement alors qu'elle s'étire contre moi. Rien à voir avec l'armure épineuse qu'elle porte en public.

C'est une facette d'elle que seuls quelques privilégiés ont l'occasion de voir, et personne d'autre n'est invité à ce putain de club.

– Ce sont des cris de dégoût, Chen, lâche-t-elle. Je suis sûre que tu y es habitué.

Je me retire et ricane quand elle s'effondre presque au sol, une fois privée de mon soutien.

Ma réaction me vaut un regard noir. Ou plutôt, des yeux qui crachent le feu.

– Alors il semble que tu aies un penchant pour le dégoût, parce que tu ne peux pas te passer de moi, je lui dis en jetant mon préservatif dans la poubelle voisine, avant de remonter mon pantalon. On arrête pour ce soir, Red, sinon je vais devoir commencer à faire payer l'orgasme. Si tu en veux plus, je pourrais me laisser convaincre, à condition que tu me supplies très gentiment.

– Va te faire foutre !

Elle ramasse sa robe au sol.

– Hmm, j'ai déjà entendu mieux. Tu devrais peut-être revoir la partie « gentiment ».

Mon gloussement se mue en rire quand elle passe en trombe devant moi pour se diriger vers la salle de bains, la tête haute.

Elle est tellement facile à énerver.

Vu que Jules prend une éternité sous la douche, j'en profite pour nettoyer le désordre que nous avons mis dans le salon – un portemanteau renversé, des cadres de travers…

Je viens de terminer quand un coup de tonnerre brise le silence. Je relève aussitôt la tête et me dirige vers la fenêtre, dont j'écarte les rideaux.

– Merde.

Allez savoir comment, la légère bruine de tantôt s'est transformée en un véritable orage. Un autre coup de tonnerre ébranle les vieux os en bois de la maison, et la pluie s'abat contre les carreaux en vagues si épaisses qu'elle crée de minuscules rivières, comme des rapides sur le verre.

– Qu'est-ce qui se passe ?

Je me retourne : Jules est sortie de la douche. Ses cheveux humides lui tombent sur les épaules et son corps est enveloppé dans une serviette trop petite.

Mon sexe se réveille illico, mais je refuse de lui accorder mon attention, à cet enfoiré en rut. Il en a eu assez pour la nuit. Il est temps que mon cerveau reprenne le volant, or mon cerveau me dit que plus vite je fais sortir Jules d'ici, mieux ce sera.

Malheureusement, je ne peux décemment pas la laisser partir sous un orage pareil.

– L'apocalypse a commencé pendant qu'on baisait, je réponds.

Elle jette un coup d'œil par-dessus mon épaule et lève les yeux au ciel.

– Tu exagères, comme toujours. Ce n'est qu'une petite pluie.

Elle va récupérer son téléphone sur la table où elle l'a laissé.

– Qu'est-ce que tu fais ?

– J'appelle une voiture, répond-elle, avant de froncer les sourcils. L'augmentation de leurs prix quand il pleut, c'est ridicule… Eh !

Passant outre ses protestations, je lui arrache le téléphone des mains.

– À moins d'être suicidaire, tu ne monteras pas dans une voiture par ce temps.

– C'est de la pluie, Josh. De l'eau. Ça va.

– De l'eau sur laquelle les voitures peuvent déraper et avoir des accidents, je grogne. Je travaille aux urgences. Tu sais combien d'accidentés de la route je vois à cause des orages ? Beaucoup.

– Tu es paranoïaque. Je ne suis pas…

Nos téléphones tintent en même temps : des alertes d'urgence nous parviennent pour nous prévenir d'un risque d'inondation brutale.

Je mets son téléphone dans ma poche.

– Voilà. Tu restes jusqu'à ce que la pluie cesse.

Je ne laisserais personne, pas même mon pire ennemi, rentrer chez lui dans ces conditions. Les risques sont minces, mais si quelque chose lui arrivait…

Ma gorge se contracte.

Je ne peux pas avoir une autre mort sur la conscience.

Jules doit remarquer la conviction dans mes yeux, parce qu'elle pousse un soupir résigné.

– Je peux au moins t'emprunter quelque chose à me mettre pendant que j'attends ? Je ne vais pas passer Dieu sait combien d'heures dans ma robe de sortie en boîte.

Une demi-heure plus tard, elle a enfilé un de mes vieux tee-shirts et nous sommes installés sur le canapé, à nous disputer sur le choix d'un film à regarder.

– Trop ennuyeux.

– Trop ringard.

– Pas d'horreur. Je déteste les films d'horreur.

– C'est un film pour enfants, Red.

– Et alors ? Les films pour enfants peuvent être bons.

– Ouais. Si tu es un putain d'enfant.

– C'est drôle que tu dises ça, vu que tu as pleuré devant *Le roi lion*… l'année dernière, répond-elle avec un sourire suave.

Je me renfrogne. *Ava*. Combien de fois va-t-il falloir que je lui répète de ne pas parler de moi avec ses amies ?

– Mufasa ne méritait pas de mourir, d'accord ? je réplique. Au moins, je ne suis pas une mauviette qui se cache derrière ses mains devant la première affiche de film d'horreur.

– Je ne suis pas une mauviette. C'est juste que je n'aime pas les choses laides, c'est d'ailleurs pourquoi j'essaie de ne pas te regarder… Ne t'avise pas de mettre *L'anneau* !

– Essaie de m'en empêcher.

Après pas mal de chamailleries inutiles sur ce ton-là, nous nous mettons finalement d'accord sur la façon la plus équitable de choisir : en fermant les yeux et en faisant défiler les films pour que le choix se fasse au hasard.

Et c'est… *Nemo*.

Putain, je rêve.

Je conserve une expression neutre, mais mes muscles se tendent à mesure que se déroule la scène d'ouverture du film.

Jules me jette un regard en coin.

– Pourquoi tu es aussi silencieux ? Ne me dis pas que tu n'aimes pas ce film non plus, c'est un classique.

J'ai une dizaine d'excuses sur le bout de la langue, mais la vérité les prend toutes de vitesse et se déverse avant que je puisse l'arrêter.

– C'était notre film préféré, à mon père et moi, je lâche sèchement. On le regardait tous les ans pour mon anniversaire. Une tradition.

Le visage de Jules s'adoucit pour la première fois de la soirée.

– On peut regarder autre chose.

– Non, c'est bon. C'est juste un film.

À l'écran, Marlin le poisson clown poursuit en vain le bateau qui a capturé son fils, Nemo.

C'est ironique qu'un film sur un parent modèle soit celui qui me rappelle le plus Michael, lui qui est tout le contraire d'un bon père.

– *Nemo*, c'est de la propagande pour poissons, déclare Jules. (Elle sort d'où, cette réflexion ?) Tu sais que les poissons sont d'horribles parents, dans la vraie vie ? La plupart des espèces abandonnent tranquillement les nouveau-nés à leur sort. À leurs yeux, ça ne vaut pas la peine de dépenser de l'énergie et de prendre des risques pour essayer de protéger leur progéniture.

Un rire surpris m'échappe.

– Comment tu sais ça ?

– J'avais fait un exposé là-dessus au lycée. Et j'avais eu un A, ajoute-t-elle avec fierté.

Je masque un autre sourire.

– Évidemment.

Ma jambe frôle la sienne lorsque je change de position et une petite décharge électrique remonte le long de ma cuisse avant que je la retire vivement.

– Il fait quoi, ton père ? je lui demande en essayant de dissimuler ma réaction instinctive.

Mais une partie de moi est vraiment curieuse. Jules ne parle jamais de sa famille.

Elle hausse les épaules.

– Aucune idée. Il est parti quand j'étais bébé.

– Merde. Je suis désolé.

Bravo pour l'entrée en matière, Chen.

– C'est bon. D'après ce que j'ai entendu, c'était un salaud de toute façon.

– Les enfants de salauds s'unissent, j'ironise, ce qui me vaut un petit rire.

Nous tombons dans un silence confortable devant le film. Je ne fais qu'à moitié attention à ce qui se passe à l'écran, car mon autre moitié est occupée à jauger les réactions de Jules devant mes scènes préférées. Son rire quand Marlin rencontre Dory, son petit cri quand le requin s'élance à leur poursuite, son fredonnement sur le célèbre mantra de Dory : « Continue à nager. »

Elle a déjà vu le film, pourtant elle y réagit comme si c'était la première fois. Je trouve ça étrangement charmant.

Je reporte mon attention sur l'écran. *Concentre-toi.*

C'est seulement vers la fin du film que je me rends compte que la pluie a cessé. Je jette un coup d'œil à Jules et la découvre endormie, la tête blottie contre le coussin de son côté.

L'une de nos règles, c'est de ne pas dormir chez l'autre, mais elle a l'air si paisible que je n'ai pas le cœur de la réveiller.

Il ne s'agit que d'une nuit, et c'est la météo qui l'oblige à rester. Ce n'est pas comme si nous allions prendre l'habitude de dormir l'un chez l'autre.

Juste une nuit. C'est tout.

24

JULES

Je me réveille avec l'odeur du bacon et du café, mon odeur préférée entre toutes. Individuellement, les deux sont incroyables, mais combinées ? La perfection absolue.

Je suis surprise que Stella fasse frire du bacon. Elle ne mange de la viande qu'une fois par semaine. Maintenant que j'y pense, elle ne boit pas de café non plus, seulement du thé et ses smoothies verts à l'herbe, que je qualifie pour ma part de criminels.

Bizarre. Elle est peut-être entrée dans une nouvelle phase carno-caféinée.

J'ouvre les yeux et m'étire, prête à me prélasser dans toute la gloire de ma nouvelle chambre au Mirage. Au lieu de quoi, je suis accueillie par la peinture la plus hideuse qu'il m'ait été donné de voir. Le chaos de marron et de vert donne l'impression qu'une horde de chats a vomi dessus.

C'est quoi, ce bordel ?

Je me redresse en panique, le cœur battant la chamade, jusqu'à ce que des bribes de la nuit dernière me reviennent lentement à l'esprit.

Hyacinthe. Max. Josh. L'orage.

J'ai dû m'endormir pendant le film, et Josh m'a installée dans sa chambre à un moment donné de la nuit.

Mon rythme cardiaque ralentit. Dieu merci, je ne suis pas dans le donjon du sexe de quelque meurtrier psychopathe, même si je ne suis pas sûre que dormir chez Josh soit beaucoup moins dangereux.

Je balaie sa chambre du regard : mobilier simple en bois, couette bleu marine et murs gris clair. La peinture atroce mise à part, ça ressemble à une chambre de mec ordinaire, à ceci près que la légère odeur d'agrumes et de savon qui flotte dans l'air est si délicieuse que j'ai envie de la mettre en bouteille pour en profiter plus tard.

Mes yeux se posent sur le réveil numérique sur la table de nuit. 9 h 32. *Merde.* Je devrais être partie depuis longtemps.

Je sors du lit, me lave rapidement le visage et me rince la bouche dans la salle de bains située de l'autre côté du couloir, avant d'aller à la cuisine. J'ai déjà la bouche ouverte, prête à lancer un rapide au revoir à Josh, mais mes mots restent bloqués devant la vue qui m'accueille.

Josh en cuisine. Torse nu.

Oh, punaise.

Je crois que je viens de me découvrir une nouvelle perversion, car je n'imagine soudain rien de plus sexy que de regarder un homme cuisiner torse nu.

Les muscles sculptés de son dos fléchissent quand il attrape le sel à côté de la cuisinière. Ses cheveux sont encore plus ébouriffés que d'habitude, et la lumière du soleil qui traverse les fenêtres donne à sa peau un éclat de bronze profond. Par-dessus l'îlot de cuisine, j'ai un aperçu du pantalon de survêtement noir qui masque la partie inférieure de son corps. Le pantalon descend juste assez bas pour que mon imagination s'envole dans toutes sortes de directions classées X.

Je l'observe en silence, fascinée par la grâce naturelle avec laquelle il se déplace. Je l'imaginais se nourrissant de pizzas et de bières, comme à l'école, mais à en juger par les casseroles et poêles rutilantes suspendues aux crochets au-dessus du plan de travail ainsi que par les épices soigneusement étiquetées, alignées sur le comptoir, il sait se débrouiller dans une cuisine.

Et je trouve ça étrangement séduisant.

Dans ma transe, je heurte l'un des tabourets autour de l'îlot. Le bruit sec du bois contre le carrelage amène Josh à tourner la tête. Son regard me survole avant de se détourner.

– Tu es réveillée.

Je me hisse sur le tabouret en tâchant de garder les yeux au-dessus de sa taille. *Ne pense pas au sexe. Ne pense pas au sexe.*

– Je n'ai jamais dormi aussi tard. Merci de m'avoir laissée rester la nuit, j'ajoute, mal à l'aise.

Rester dormir chez l'autre, ça ne fait pas partie de notre pacte et je ne sais pas trop comment réagir, surtout après l'agressivité de nos activités nocturnes.

Ce n'est pas comme si nous avions fait l'amour longuement et doucement, et que je m'étais réveillée alors qu'il me préparait le petit déjeuner. C'était plutôt du genre… eh bien, il m'a baisée à m'en retourner le cerveau et puis un orage m'a piégée chez lui.

– Je n'allais pas te jeter dehors sous la pluie, Red.

Josh fait glisser une assiette remplie d'œufs, de bacon, de toasts et de pommes de terre rissolées sur l'îlot. Mon estomac se met à gargouiller et je jette un coup d'œil à la cuisinière par-dessus son épaule.

– Tu n'en aurais pas une deuxième assiette, par hasard ? je demande, pleine d'espoir. Je suis affamée.

Il enfourne un morceau de bacon dans sa bouche.

– Non. Je n'ai cuisiné que pour une personne. Te préparer le petit déjeuner, ça ressemblerait trop à sortir ensemble, et tu as déjà enfreint les règles en restant coucher chez moi. J'ai dû dormir sur le canapé la nuit dernière à cause de toi. Tu pourras manger mes restes, si tu veux.

J'en reste baba.

– Tu rigoles, là ?

L'incrédulité a effacé les dernières traces du sommeil. Bon, que je n'aie pas droit à un petit déjeuner, d'accord, mais c'est drôlement impoli de manger devant moi sans m'offrir une assiette.

– Est-ce que j'ai l'air de plaisanter ?

– Tu as l'air à deux secondes de périr d'une mort lente et douloureuse, je grogne. Il y a plein de couteaux, ici, et je sais m'en servir.

– Alors utilise-les pour te préparer quelque chose.

Josh continue à manger comme si tout allait bien dans le meilleur des mondes.

Un tic nerveux secoue ma paupière. Oh punaise, il est tellement… tellement… *grrr !*

– Tu es vraiment un trou du cul.

– Je me souviens que tu m'as dit la même chose hier soir, réplique-t-il en buvant une gorgée de son café. Juste avant que je te baise à t'en retourner le cerveau. On dirait que tu as un faible pour les trous du cul, Red.

La chaleur me brûle le visage et le cou.

– C'était hier soir. Là, on est maintenant. Et je n'avais pas l'intention de dormir chez toi, je rétorque, détestant qu'il ait raison. Je me suis juste endormie.

– Oui, c'est justement le sens de « rester dormir » chez quelqu'un, dit Josh lentement. Avec de telles capacités de raisonnement, tu gagneras des procès en un rien de temps.

Il se redresse et s'essuie la bouche avec une serviette en papier, avant de la jeter à la poubelle.

– Je vais prendre une douche, annonce-t-il. J'ai une garde dans une heure. (Il incline le menton vers son assiette.) Finis, si tu as faim.

Ma fierté exige que je m'en aille, mais comme toujours, ma faim l'emporte.

En tirant l'assiette vers moi, je me rends compte qu'elle est presque pleine. Il n'a mangé que quelques morceaux de bacon. C'est bizarre. D'habitude, Josh dévore comme un ogre. Une fois, je l'ai vu engloutir un double hamburger, avec une grosse portion de frites, deux hot-dogs et un milk-shake au chocolat, le tout en moins de vingt minutes.

Pour un médecin, il mange vraiment de la merde.

Je vide la moitié de l'assiette et je retourne dans la chambre de Josh pour remettre mes vêtements d'hier soir. Ma robe est horriblement inconfortable, comparée à la douceur du tee-shirt de Josh, mais je résiste à l'envie de lui voler ses vêtements. C'est un comportement de petite amie, et Dieu sait que je ne suis pas sa petite amie.

Quand je suis prête à partir, Josh n'est toujours pas sorti de la douche.

J'envisage un instant de l'attendre pour lui dire au revoir, mais comme ça risque d'être trop gênant, je lui envoie un bref texto et je m'éclipse discrètement.

Je viens juste de monter dans mon Uber quand un nouveau message apparaît sur mon écran.

Pas de texte, juste une image. Une image arrêtée de la cassette, pour être exacte. De moi à genoux pendant que…

Je l'efface aussitôt, mais le bacon et les œufs que j'ai mangés plus tôt me remontent dans la gorge.

Max.

Je l'avais remisé au fond de mon esprit pendant que j'étais avec Josh mais, maintenant, mon anxiété d'hier soir me revient de plus belle, accompagnée d'une vague de nausée.

Je sais exactement pourquoi il m'a envoyé cette image. Pour m'embrouiller l'esprit et me rappeler sa présence sombre et menaçante dans ma vie. C'est son mode opératoire. Il aime jouer avec les gens jusqu'à ce qu'ils craquent et fassent tout le travail pour lui.

Je ferme les yeux, tente de me détendre, mais l'odeur de désodorisant trop sucré qui flotte dans la voiture me donne encore plus envie de vomir.

Si seulement je pouvais remonter le temps et le figer pour rester éternellement dans la béatitude réconfortante de la maison de Josh… Mais il n'y a pas moyen de se cacher de la vérité à la lumière crue du jour.

Je peux seulement espérer que le « service » que Max va me demander sera réalisable… sinon c'en sera fini de ma vie telle que je la connais.

25

JOSH

Est-ce que j'ai attendu que Jules soit partie avant de sortir de la douche comme un lâche ? Peut-être, mais je préfère agir en lâche plutôt que d'avoir à faire face aux embarrassants au revoir du lendemain matin. Notre arrangement était censé éliminer cette gêne en établissant des limites et des attentes claires, mais bien sûr, il a fallu que la météo vienne tout gâcher dès notre première nuit.

Si jamais je vais au paradis, j'aurai une longue discussion sans concession avec Dieu sur la notion de timing.

Je suis encore irrité contre moi-même d'avoir laissé Jules dormir chez moi quand j'arrive à l'hôpital, mais le chaos qui règne aux urgences efface rapidement toute préoccupation relative à ma vie personnelle.

AVC. Blessures au couteau. Bras, jambes et nez cassés, et tout ce qui est susceptible de se casser. Tout ça inonde les urgences en une vague incessante, un afflux constant, et la semaine de travail qui suit la soirée au Hyacinthe est si folle que je n'ai pas le temps de me tracasser de mon pacte sexuel avec la meilleure amie de ma petite sœur.

Jules et moi, on réussit bien à se glisser quelques petits coups vite faits ici ou là, dont aucun ne se termine par un câlin ou un dodo chez l'autre, Dieu merci. Mais pour l'essentiel, c'est travail, travail, travail, tout le temps.

La plupart des gens détesteraient passer tant d'heures au travail, mais j'ai soif de cette stimulation… jusqu'à ce qu'arrive un de « ces Jours-là ».

Aux urgences, j'ai des bons jours, des mauvais jours et puis « ces Jours-là » – avec le J majuscule. Les bons jours, c'est quand je pars en sachant que j'ai fait la bonne intervention au bon moment pour sauver la vie de quelqu'un. Les mauvais jours, ça va des patients qui tentent de m'agresser à un accident impliquant un grand nombre de blessés, alors que seuls mon médecin superviseur, quelques infirmiers et moi sommes de garde.

Et puis, il y a ces Jours-là. Ils sont assez rares, mais quand ça arrive…

Ils sont dévastateurs.

La ligne plate du moniteur incruste son bip continu dans mon crâne et se mêle au rugissement de mes oreilles tandis que je contemple les yeux fermés et la peau blême de ma patiente.

Tanya, dix-sept ans. Elle rentrait chez elle en voiture quand un chauffard ivre l'a percutée. Véhicule plié en deux.

J'ai fait tout ce que j'ai pu, mais ça n'a pas suffi.

Elle est morte.

Arrivée devant moi en vie, elle cesse de l'être dans l'instant qui suit. Comme ça.

Mes respirations sont saccadées, des halètements. Après ce qui me semble une éternité mais qui n'a en réalité duré qu'une minute tout au plus, je relève la tête pour découvrir Clara et les techniciens qui me dévisagent, la mine sinistre. Une lueur humide brille dans les yeux de Clara et l'un des techniciens déglutit péniblement.

Personne ne parle.

– Heure du décès : 15 h 16.

C'est ma voix, pourtant elle sonne différemment, comme si elle venait de quelqu'un d'autre.

Après un moment de silence, je sors, j'emprunte le couloir, je tourne au coin et je me dirige vers la salle des parents où attendent ceux de Tanya.

Poum. Poum. Poum.

Tout paraît étouffé, à l'exception de l'écho de mes pas sur le sol en linoléum.

Poum. Poum. Poum.

J'ai déjà perdu quelqu'un aux urgences. Pendant ma première année d'internat, j'ai soigné un patient qui avait reçu une balle dans la poitrine lors d'une fusillade. Il a succombé à ses blessures quelques minutes après son arrivée à l'hôpital.

Je n'aurais rien pu faire, il était trop mal en point. Mais ça ne m'a pas empêché de sortir du service de traumatologie et d'aller vomir dans les toilettes.

Tous les médecins perdent un patient un jour où l'autre et chaque mort vous frappe fort, mais celle de Tanya m'a cogné en plein dans le ventre. Peut-être parce que j'étais sûr qu'elle s'en sortirait. Ou parce qu'elle avait à peine eu le droit de vivre sa vie avant que la mort ne la lui arrache aussi cruellement.

Quoi qu'il en soit, je ne peux empêcher l'essaim destructeur des « et si » d'envahir mon cerveau.

Et si j'avais pris une décision différente pendant le processus de traitement ? Et si j'étais arrivé auprès d'elle plus tôt ? Et si j'avais été un meilleur médecin...

Et si, et si, et si...

Poum. Poum. Poum.

Mes pas s'arrêtent une seconde à l'extérieur de la salle des parents avant que ma main se referme sur la poignée de la porte et la tourne. J'ai l'impression d'être en train de regarder un film : je suis là, mais pas vraiment là.

Les parents de Tanya se lèvent d'un bond en me voyant, leur visage est crispé par l'inquiétude. Une minute plus tard, l'inquiétude s'est changée en horreur.

– Je suis désolé... fait tout ce que nous pouvions...

Je continue à parler, essayant d'être compatissant et professionnel, tout sauf engourdi, mais la vérité, c'est que j'entends à peine ma voix. Je n'entends que les pleurs et les lamentations de la mère, les cris de déni du père en colère, qui se muent en sanglots de douleur quand il prend sa femme dans ses bras.

Chaque son enfonce un pieu fantôme dans ma poitrine, jusqu'à ce que j'en sois tellement traversé que je ne peux plus respirer.

– Mon bébé. Pas mon bébé, sanglote la mère de Tanya. Elle est là. Elle est toujours là. Je sais qu'elle est là.

– Je suis vraiment désolé, je répète.

Poum. Poum. Poum.

Ce ne sont plus mes pas, mais le tonnerre d'un cœur brisé.

Je conserve mon masque stoïque jusqu'à être à court de mots inutiles. Alors je laisse la famille à son chagrin. J'ai une dizaine d'autres patients à traiter, mais j'ai besoin d'une minute, juste une minute, pour moi.

J'accélère le pas jusqu'aux toilettes les plus proches. L'engourdissement s'est propagé de ma poitrine à mes membres, dès que je referme la porte derrière moi, le petit « clic » de la serrure libère un sanglot aigu qui déchire l'air.

Il me faut plusieurs secondes pour réaliser qu'il vient de moi.

La pression accumulée derrière ma cage thoracique a finalement explosé, je m'effondre au-dessus du lavabo et suis secoué de haut-le-cœur si puissants que mes oreilles sifflent et que ma gorge est à vif.

« *Le corps sans vie de Tanya sur la civière. Ava aux urgences après avoir failli se noyer. Les yeux ouverts et vides de ma mère après son overdose de cachets.* »

Les souvenirs se mêlent en un flot macabre.

Nouveau haut-le-cœur, mais je n'ai pas mangé depuis que j'ai commencé mon service il y a huit heures, et rien ne sort.

Le temps que mes haut-le-cœur s'apaisent, la sueur colle à ma peau et, dans ma tête, la tension cogne à coups de marteau.

J'ouvre le robinet et je m'asperge le visage d'eau froide avant de me servir d'une serviette en papier pour me sécher. La cellulose brune et rugueuse me griffe la peau et, quand je m'aperçois dans le miroir, je vois une légère marque rougeâtre là où je me suis frotté la joue.

De légères taches violettes sous les yeux, le teint pâle, des lignes de tension autour de ma bouche. J'ai une sale tête.

Merde, j'ai besoin d'une boisson forte. Mieux, il me faut des vacances et plusieurs boissons fortes.

Mâchoire serrée, je jette la serviette en papier froissée dans la poubelle. Le temps que je regagne l'étage principal, j'ai réajusté mon masque de professionnalisme.

Je n'ai pas le luxe de me complaire dans le chagrin ou l'apitoiement. J'ai un travail à faire.

Je souris à mon patient suivant et lui tends la main.

– Bonjour. Je suis le Dr Chen.

Le reste de ma garde se déroule sans incident majeur, mais je n'arrive pas à me débarrasser de ma peau moite et de mon rythme cardiaque erratique.

– Ça va ? me demande Clara quand je termine ma garde.

J'évite son regard compatissant.

– Oui. À demain.

Sans lui laisser le temps de répondre, je me dirige vers le vestiaire. D'habitude, je me douche à la maison, mais là, je ressens le besoin irrépressible de me laver de ce sang qui me colle à la peau, épais et écœurant, visible de nul autre que de moi.

Les yeux fermés, je reste sous l'eau jusqu'à ce qu'elle devienne froide et qu'un frisson glacé s'installe dans mes os. En temps normal, après une garde je n'ai qu'une hâte : quitter le bâtiment. Là, rien n'est pire que la perspective de me retrouver seul.

Mes amis sont tous au boulot et il est trop tôt pour aller dans un bar, ce qui ne me laisse qu'une seule option.

Je m'essuie, m'habille et sors mon téléphone de la poche de mon jean pour envoyer un message à Jules, sauf que je découvre un texto qui m'attend déjà, envoyé il y a vingt minutes :

Jules : Sorti du boulot ?

Moi : À l'instant.

Moi : T'es où ?

On est mardi, donc elle ne travaille pas à la clinique aujourd'hui.

Jules : SciLi, au fond.

Le soulagement secoue jusqu'à mes poumons. C'est à deux pas.

Moi : Bouge pas. Je suis là dans un quart d'heure.

26

JOSH

L'hôpital étant juste à côté du campus de Thayer, il ne me faut pas longtemps pour gagner la bibliothèque des sciences, officiellement baptisée George Hancock Library en l'honneur d'un donateur décédé depuis longtemps, et plus connue sous le nom de SciLi par les étudiants. C'est un joyau caché au troisième étage du bâtiment de biologie. Alors que Fulton, la bibliothèque principale de la faculté, est toujours bondée en période d'examens, SciLi est calme toute l'année.

La marche me donne le temps de repousser les pensées persistantes de la mort de Tanya dans un recoin de mon esprit. Sortir de l'hôpital et me retrouver entouré d'étudiants, de sourires et de bavardages me facilite la tâche. C'est comme si j'étais entré sur un plateau de cinéma où je peux endosser le rôle de la personne que je veux être au lieu de celle que je suis.

Quand j'arrive à SciLi, je ne trouve qu'une poignée d'étudiants éparpillés dans tout l'espace. Les murs de livres s'étendent sur deux étages jusqu'au plafond cathédrale, sauf, à intervalles réguliers, sur les espaces dévolus à d'immenses vitraux. La lueur des lampes de bureau vertes se mêle à celle du soleil pour envelopper d'une lumière chaude, comme brumeuse, le sanctuaire feutré.

L'épaisse moquette émeraude étouffe mes pas lorsque je me dirige vers le fond, où Jules est assise toute seule.

– Ça travaille dur, à ce que je vois, dis-je en la rejoignant.

À côté de son éternel moka caramel trône une haute pile de manuels, et des feuilles volantes de notes et de fiches couvrent chaque centimètre carré de la surface en chêne.

– Il faut bien que quelqu'un bosse.

Elle a levé la tête, et l'inquiétude me pince la poitrine quand je découvre ses yeux rougis et gonflés.

– Tu as pleuré ?

Qu'est-ce qu'ils foutent à la fac de droit ? Je suis presque sûr que les supports d'étude ne sont pas censés tirer des larmes aux étudiants. À moins qu'il ne s'agisse de larmes de frustration, or Jules n'est pas du genre à se laisser déborder par le stress universitaire.

– Non, répond-elle en tapotant son surligneur sur son cahier. J'ai des allergies.

– N'importe quoi.

Nous parlons à voix basse puisque nous sommes dans une bibliothèque, mais de toute façon tout le monde est absorbé de son côté et nous sommes si loin de notre plus proche voisin que ça ne serait même pas nécessaire.

Les tapotements de Jules s'accélèrent.

– Qu'est-ce que ça peut te faire ? Je t'ai appelé pour du sexe, pas pour une discussion à cœur ouvert.

– Tu as raison, je m'en fous. (Je me laisse tomber dans le fauteuil à côté d'elle et je baisse encore un peu plus la voix.) Mais je préfère ne pas baiser une femme qui pleure, sauf si elle pleure de plaisir. Tout autre type de larmes me rebute.

– Charmant.

– Tu préférerais que je sois excité par la détresse d'autrui ?

Je me suis glissé dans notre conversation avec une facilité déconcertante, compte tenu de ma journée aux urgences, mais quand je suis avec Jules, tout le reste cesse d'exister. Pour le meilleur ou pour le pire.

– Je n'ai pas l'énergie de me disputer avec toi aujourd'hui, d'accord ? rétorque-t-elle sèchement, même si sa voix manque un peu de sa fougue habituelle. Donc soit tu me baises, soit tu t'en vas.

Ma brève bouffée de bonne humeur s'évanouit. En temps normal, je n'aurais pas hésité à accepter son offre, mais aujourd'hui n'est pas une journée normale.

– Flash info, Red. Tu n'es pas la seule à avoir des semaines merdiques, alors arrête de te la jouer mademoiselle Y-a-que-moi-qui-compte, je lâche froidement. On est partis sur un accord *mutuellement* bénéfique. Ça ne veut pas dire que tu peux m'appeler et t'attendre à ce que je me précipite pour répondre à tes besoins comme un putain de gigolo.

– Ce n'est pas ce que je fais.

– Ah non ? Ça y ressemble drôlement, pourtant.

Nous nous toisons, l'air entre nous crépite de frustration à peine voilée avant que les épaules de Jules ne s'affaissent et qu'elle laisse tomber son surligneur pour se frotter le visage.

Mon irritation s'évanouit devant ce simple geste. Je relâche longuement mon souffle, incapable de suivre les montagnes russes des émotions de la journée.

– Mauvaise journée au travail ? demande-t-elle.

Mon rire manque d'humour.

Je ne parle jamais des aspects négatifs de mon travail, hormis avec des gens qui évoluent dans ce milieu. Rien ne bousille mieux l'ambiance que de lancer : « Tiens, quelqu'un est mort pendant ma garde aujourd'hui. »

Mais la pression de tout à l'heure est en train de remonter dans ma poitrine et j'ai besoin de l'évacuer avant d'imploser.

– J'ai perdu une patiente aujourd'hui. Elle avait dix-sept ans. Renversée par un chauffard saoul.

Je me suis adossé à ma chaise, les yeux au plafond, incapable de faire face à Jules pendant que j'admets mon échec. Ça me fait bizarre de prononcer les mots à voix haute. *J'ai perdu une patiente.* Ça semble si banal. Les gens perdent des jouets ou leurs clés de maison ; ils ne perdent pas des gens. Ils sont arrachés à la vie, volés par les mains cruelles d'un dieu impitoyable.

Seulement, le dire comme ça ne roule pas aussi bien sur la langue, j'imagine.

Une main douce vient couvrir la mienne. Je me raidis et je garde les yeux rivés au plafond, mais le nœud dans ma poitrine se desserre un peu.

– Je suis vraiment désolée, dit Jules doucement. Je n'ai pas… Je n'imagine même pas…

– C'est bon. Je suis médecin. Ça arrive.

– Josh…

– Et toi ? je l'interromps en tournant la tête vers elle. Qu'est-ce qui s'est passé ? Et ne me refais pas le coup des allergies, hein.

– J'ai des allergies. (Plusieurs secondes s'écoulent avant qu'elle admette :) Il est possible que je doive faire quelque chose dont je ne suis pas fière. Je me suis promis de ne plus jamais le faire, mais je n'aurai peut-être pas le choix. Pourtant… (Une déglutition difficile fait bouger les lignes délicates de sa gorge.) Je ne veux pas être cette personne.

C'est extrêmement vague, mais sa détresse est palpable et elle s'immisce à travers ma peau dans des endroits qu'elle ne devrait pas toucher.

– Je suis sûr que ce n'est pas aussi grave que tu le penses, lui dis-je. Tant que tu n'as tué personne et que tu n'as pas mis le feu à quoi que ce soit.

– Waouh. Tu mets la barre hyper bas, genre en enfer.

Un petit sourire effleure mes lèvres pour la première fois de la journée.

– Au moins, il y fait chaud.

Jules lâche un rire de nez.

– Si seulement j'avais ton optimisme.

– Tu ne peux que le souhaiter. Alors, toujours envie de baiser ? je lui demande en inclinant la tête vers la petite bibliothèque d'ouvrages de référence située dans un recoin de la bibliothèque principale.

Rien ne transforme une mauvaise journée comme une bonne partie de jambes en l'air.

En plus, entre sa nuit passée inopinément chez moi et la brève baisse de nos gardes à l'instant, nous nous éloignons un peu trop des règles de notre pacte. Il est temps de revenir à ce qui était prévu : le sexe. Un coup vite fait, conforme à la transaction et mutuellement satisfaisant.

À en juger par les lignes rigides du cou et des épaules de Jules, elle a autant besoin que moi d'une libération physique.

Elle réagit en rassemblant ses notes et en les rangeant dans son sac à dos. Nous laissons ses manuels sur la table – je doute fort que quelqu'un veuille voler un bouquin sur le droit des sociétés – et nous dirigeons, aussi décontractés que possible, vers la section des ouvrages de référence.

Je nous conduis près d'une des piles qui ne tombe pas sous le regard des caméras de sécurité avant de la plaquer contre les étagères et de mouler ma bouche sur la sienne. Ça commence de manière chaste, presque clinique, juste un moyen d'oublier nos soucis et rien de plus.

Pourtant, je n'arrête pas de penser à son air épuisé et au réconfort qu'a procuré sa main sur la mienne, et avant que je m'en rende compte, le baiser s'est adouci pour devenir quelque chose de plus… pas tendre, pas exactement. Disons compréhensif.

C'est notre premier baiser sans colère, et il est plus agréable que ce à quoi je m'attendais.

Je prends le visage de Jules entre mes mains et je passe la langue sur l'ourlet de ses lèvres jusqu'à ce qu'elle me les ouvre. Bon Dieu, elle a un goût incroyable, de chaleur, d'épices et de sucre mêlés.

J'ai toujours été très chocolat, comme garçon, mais la cannelle est rapidement en train de devenir ma nouvelle saveur préférée.

Ses bras s'enroulent autour de mon cou. Elle pousse un doux soupir qui court le long de mon échine et s'installe quelque part au fond de mon ventre.

– Tu penses qu'on peut oublier nos semaines de merde un moment ? chuchote-t-elle.

Une féroce envie de la protéger enfle dans ma poitrine dès que je perçois la touche de vulnérabilité dans sa voix, mais je la refoule. Nous ne sommes ensemble que pour le sexe. Tout le reste est exclu.

– Chérie, dans quelques minutes, tu auras oublié jusqu'à ton propre nom.

Je tombe à genoux et la surprise que je vois dans ses yeux me tire un sourire. Nos dernières fois ont été brutales et délicieusement cochonnes, mais aujourd'hui, j'ai envie d'un autre genre de festin.

J'accroche mes doigts à l'élastique de sa culotte et je la baisse sous sa jupe.

– Il vaudrait peut-être mieux que tu te couvres la bouche, Red.

C'est le seul avertissement que je lui donne avant d'écarter ses cuisses et de plonger, alternant entre doux coups de langue et longues et fortes pressions sur son petit clitoris.

Elle pousse un grognement. Elle a encore meilleur goût ici. La plupart des femmes pensent que les hommes veulent qu'elles aient un goût de fruit, de lavande ou je ne sais quoi, mais si on leur dévore leur petite chatte, c'est pour avoir un goût de chatte. C'est justement le but, merde.

Jules m'attrape les cheveux d'une main quand j'enfonce deux doigts en elle. Je les fais entrer et sortir lentement tout en continuant à taquiner son clitoris. Il est gonflé et sensible et, quand je passe les dents dessus, son petit cri va se planter direct dans mon sexe.

Je me force à garder un rythme doux pendant un moment encore, avant d'augmenter la cadence et l'intensité, en la suçant tout en la pénétrant de mes doigts jusqu'à ce que son excitation dégouline le long de ma main et de ses cuisses. Je lape tout, ivre de son goût. Oubliez la nourriture et l'eau. Je peux subsister à la fontaine de Jules jusqu'à la fin des temps.

Je retire mes doigts et les remplace par ma langue, avide de plus.

Jules frissonne autour de moi. Elle serre mes cheveux plus fort avec un cri étouffé et, une seconde plus tard, ses fluides inondent ma langue.

Oh putain !

Mes sens sont envahis par sa fragrance et quand elle se tortille pour s'éloigner de moi, je l'agrippe par les hanches et la force à rester immobile.

– Josh…

Mon nom tombe comme un râle, étouffé lui aussi. Mon sang ne fait qu'un tour lorsque, relevant la tête, je découvre qu'elle a plaqué sa main libre sur sa bouche pour atténuer ses gémissements. Le plus joli rose ombre ses joues et des larmes brillent dans ses yeux sous l'effet de la force réprimée de son orgasme.

Mon émotion menace de faire un trou dans mon jean. J'adore entendre ses petits cris, mais il y a aussi quelque chose de super sexy à voir une femme se retenir alors qu'elle ne demande qu'à exploser.

– Je n'ai pas encore fini, Red, je l'avertis, avant de donner à son clitoris un autre langoureux coup de langue. Tu ne voudrais pas interrompre un homme avant qu'il ait fini de manger, n'est-ce pas ?

Jules répond par un autre gémissement.

Et je reprends mon repas, léchant, suçant et baisant sa petite chatte avec ma langue. Je m'abandonne. Quand j'en ai fini, je dois la soutenir d'un bras tout en me relevant.

Je m'essuie la bouche avec le dos de ma main et savoure son goût persistant. Mes veines pulsent sous l'effet de l'excitation.

J'aimerais avoir le temps de remettre le couvert, mais nous avons déjà eu de la chance. Personne n'a troublé notre intimité, seulement l'odeur du sexe flotte dans l'air, et il ne faudrait pas qu'une personne, passant là par hasard, fasse le rapprochement.

– J'ai toujours voulu souiller la bibliothèque, marmonne Jules, qui s'accroche à moi comme elle ne le ferait jamais en dehors du sexe.

Un rire bouillonne dans ma gorge.

– « Souiller » est peut-être un peu fort, comme terme. Cela dit, je pense qu'ils me retireraient l'accès à la bibliothèque si quelqu'un découvrait ce qui s'est passé.

Mon sexe palpite, impatient de prendre son tour, mais lorsque Jules tend la main vers la boucle de ma ceinture, je lui saisis le poignet et je l'écarte. La surprise plisse son front.

– Mais…

– Je m'en occuperai plus tard. Ne t'inquiète pas.

– Josh, ça a l'air douloureux.

C'est douloureux. Je suis si dur que c'est en effet atrocement inconfortable. Mais mon côté tordu s'en réjouit.

La douleur me rappelle que je suis en vie.

– Tu as aussi besoin de te libérer, me fait remarquer Jules.

Je sais qu'elle ne parle pas seulement d'un orgasme.

– Je m'en occuperai, je répète.

Sortir de la bibliothèque avec une trique de la taille du Washington Monument s'annonce extrêmement gênant, cependant les autres personnes présentes dans la bibliothèque ont l'air si déconnectées que je ne suis pas sûr qu'elles le remarquent.

– Je ne veux pas trop taquiner la chance.

– OK.

Elle ferme les yeux, sa respiration ralentit. Un silence paresseux tourbillonne dans l'air.

Aujourd'hui, ce qu'on a fait est complètement différent des étreintes dont on a pris l'habitude, mais parfois, on a besoin que ce soit dur et rapide ; d'autres fois, que ce soit long et langoureux.

En plus, je pourrais manger Jules pendant des jours et ne pas m'en lasser.

Mes yeux s'attardent sur ses traits délicats et son teint rosé une seconde de plus qu'ils ne devraient. Mû par une impulsion, je propose :

– Tu veux venir avec moi quelque part samedi prochain ? Ce n'est pas un rencard, je précise lorsque ses yeux s'écarquillent. L'hôpital organise son pique-nique annuel pour tout le personnel, et je sais que les infirmières vont essayer de me piéger comme elles le font chaque année. Je me dis que je pourrais y aller avec ma propre fausse cavalière, j'explique en insistant bien sur le mot « fausse ».

Jules hausse les sourcils.

– C'est contraire aux règles de notre arrangement.

Oui, je le sais, putain ! Je ne sais pas trop ce qui m'a pris de lui proposer ça alors que j'aurais pu inviter n'importe quelle connaissance féminine, mais ma raison s'envole dès qu'il s'agit de Jules Ambrose.

Et c'est sacrément exaspérant, mais comme je ne peux rien y faire, autant m'y plier.

– Les règles sont faites pour être contournées, je réplique avec un haussement d'épaules. Écoute, si un jour tu as besoin de quelqu'un pour faire semblant d'être ton cavalier, je suis partant. C'est plus facile que de demander à une connaissance prise au hasard. Il y aura de la nourriture gratuite, j'ajoute comme elle continue d'hésiter.

Un temps s'écoule avant qu'elle réponde enfin :

– Je pourrais me libérer.

– Bien. Je t'enverrai les détails par SMS plus tard, alors.

Je me suis retourné pour partir, mais sa voix douce et hésitante m'arrête.

– Josh. Ça va aller ?

Je me fige. Une boule étrange se forme devant son inquiétude inattendue, mais je la ravale. À la place, je lui envoie un rapide sourire par-dessus mon épaule.

– Oui, ça va aller. À samedi prochain, Red.

Après avoir quitté la bibliothèque – où personne n'a remarqué mon érection, Dieu merci –, je rentre directement chez moi et me sers un verre de Macallan. Ce truc est cher, mais c'est un cadeau d'anniversaire d'Alex. Je l'ai rationné au fil des ans, le gardant pour les plus grandes célébrations et les jours les plus difficiles. Je ne touche pas à mon érection. Au lieu de ça, je vais m'asseoir dans mon salon et j'appuie la tête contre le dossier du canapé, pour écouter le silence.

Voir Jules m'a apporté un réconfort surprenant, mais la légèreté momentanée que j'ai ressentie dans la bibliothèque s'est déjà évanouie. Je vide le reste de mon verre et je savoure la brûlure du whisky dans ma gorge.

En cet instant, c'est la seule chose qui me tient chaud.

27

JULES

Je n'arrête pas de penser à Josh et à ce qui s'est passé à la bibliothèque. Pas seulement la partie où il m'a fait jouir avec sa langue – bien que je me sois rejoué cette scène-là plus de fois que je ne peux les compter –, non, plutôt l'expression de son visage quand il m'a avoué que sa patiente était morte. La façon dont il m'a embrassée, douce mais désespérée, comme s'il avait un infini besoin de réconfort mais ne pouvait se résoudre à le demander. Et son attitude quand il est parti, comme s'il portait le poids du monde sur ses épaules.

Autant de pensées que je ne devrais pas avoir. Il n'y a pas de place pour elles dans notre arrangement, et pourtant ça ne les empêche pas d'occuper gratuitement pas mal d'espace dans ma tête.

– Arrête, Jules, je m'ordonne en me dirigeant vers le parc où se déroule le pique-nique du personnel de l'hôpital. Ressaisis-toi.

Une famille, en me croisant, me jette un regard étrange et accélère le pas. Super. Voilà maintenant que je parle toute seule et que je fais peur aux enfants et à leurs parents.

Je pousse un profond soupir et m'efforce de maîtriser les nerfs qui me titillent le ventre à l'approche du parc

C'est un pique-nique, pour l'amour de Dieu. J'ai accepté de venir uniquement parce qu'il y aura de la nourriture gratuite, or je n'ai jamais refusé de manger gratis. Ce n'est pas comme si on avait rencard, Josh et moi.

Une brise balaie ma robe et la fait remonter jusqu'à ma taille.

– Merde !

Je m'empresse de rabattre le tissu gonflé, regrettant déjà mon choix de tenue. Il fait enfin assez doux pour se mettre en robe, mais mon application météo m'a encore dupée en omettant de préciser qu'il y aurait du vent. Je vais passer la journée entière à tenir ma jupe, si je ne veux pas que tout le personnel de l'hôpital de Thayer découvre la couleur de ma culotte.

– Déjà en train de t'exhiber ? Pourtant on ne t'a même pas encore saoulée.

Cette voix. Diction lente, comme paresseuse, histoire de se la jouer nonchalant.

Je lève les yeux pour découvrir Josh adossé à l'entrée, les bras croisés. Plus la moindre trace de la tension et du chagrin qui creusaient son visage à la bibliothèque. À la place, un sourire narquois lui barre les joues et une faible lueur amusée fait briller ses yeux qui se promènent sur moi.

Ma poitrine se réchauffe : je suis soulagée. Josh l'arrogant est un véritable emmerdeur, mais pour des raisons sur lesquelles je préfère ne pas m'attarder, je le préfère emmerdeur qu'emmerdé.

– C'est un pique-nique familial, Chen, je réplique en m'approchant de lui. L'alcool est interdit.

– Depuis quand tu es devenue si coincée ? (Il tire légèrement sur ma tresse et rit quand je repousse sa main d'une tape.) Tresse, chaussures plates, robe blanche…

Son deuxième examen, plus lent, déclenche une série de palpitations qui m'emplissent la poitrine et chatouillent la base de ma gorge. Peut-être que l'un des gentils médecins présents au pique-nique pourra me faire un check-up au débotté, car mes organes internes sont manifestement en train de dysfonctionner.

– Qui êtes-vous, Madame, et qu'avez-vous fait à Red ?

– C'est ce qu'on appelle une garde-robe polyvalente, je lui signale. Tu le saurais si tu avais du goût.

Ce disant, je lui renvoie son examen minutieux en le jaugeant à mon tour, même si je me rends compte bien vite que c'est une mauvaise idée.

Une chemisette verte à manches courtes s'étire sur la crête musclée de ses épaules et accentue son bronzage. Son jean n'est pas serré, mais suffisamment ajusté pour mettre en valeur la ligne longue et puissante de ses jambes, et il a dompté ses cheveux habituellement ébouriffés en une coiffure soignée. Tout cela, combiné à ses lunettes aviateur, crée un style façon « vieille star de cinéma hollywoodien lors d'une sortie décontractée en ville », plus séduisant qu'il ne devrait en avoir le droit.

– La polyvalence n'est pas synonyme de bon goût, croit-il bon de m'informer tandis que, une main posée dans le creux de mon dos, il m'invite à entrer dans le parc. Même moi, je sais ça.

Des picotements, à la base de mon échine, irradient jusqu'à recouvrir chaque centimètre carré de ma peau.

– Si tu le dis.

Je suis trop distraite par les picotements traîtres pour formuler une meilleure réplique, mais je finis par ajouter :

– Tu es bien placé pour parler de goût, toi, avec le tableau que tu as dans ta chambre.

– Qu'est-ce qu'il a, ce tableau ?

– Il est hideux.

– Il n'est pas hideux. Il est inhabituel. Le type à qui je l'ai acheté m'a dit qu'il avait appartenu à un célèbre collectionneur.

Je lève les yeux au ciel.

– Il a appartenu à un célèbre collectionneur et il a fini entre tes mains ? Ben voyons. Tiens, au fait, j'ai quelque chose à te vendre. Ça s'appelle le pont de Brooklyn.

– Ne sois pas méchante. Mais je comprends, tout le monde ne peut pas avoir le même sens artistique.

– Appelez le *Roget's*[3], quelqu'un ! Apparemment, « sens artistique » est désormais synonyme de « goût de chiotte ».

Josh rit, pas du tout déstabilisé par mes insultes.

---

3. Référence au *Roget's Thesaurus of english words*, un dictionnaire de langue anglaise.

– Content de voir que tu te sens mieux, Red. Ta langue de vipère m'avait manqué.

Mon sourire s'évanouit au souvenir de la raison pour laquelle j'étais de si mauvaise humeur à la bibliothèque. Je venais de recevoir un autre message « de rappel » de Max, ce matin-là. Je pourrais lui dire d'arrêter son bluff, seulement je ne pense pas que ce soit du bluff. Max adore jouer avec les gens, mais quand il faut passer à l'action, il n'a aucun scrupule à pousser n'importe qui sous le bus.

Ajoutez à ça le stress de la fac, de la préparation au barreau et du mariage de Bridget, ça fait trop. Après avoir pleuré sur mes cahiers à la bibliothèque comme une idiote, j'ai envoyé un message à Josh dans le feu de l'action pour me distraire.

Je m'étais reprise, le temps qu'il arrive, mais je ne regrette pas de lui avoir envoyé ce message. Sa présence a eu un effet étrangement thérapeutique, et ce qu'il m'a fait dans les rayonnages de la bibliothèque…

J'en frissonne encore.

– Et toi ? je lui demande. (Parce que, bon, je n'étais pas la seule à être de mauvaise humeur.) Comment tu vas ?

Une ombre passe sur son visage, avant de se fondre dans un autre sourire désinvolte.

– Je vais très bien. Pourquoi ?

– C'est normal d'avoir du chagrin, je lui dis, pas dupe de son insouciance. Même pour quelque chose survenu dans le cadre de ton travail.

Je ne veux pas remuer le couteau dans la plaie, mais je sais à quel point les émotions refoulées peuvent être destructrices. D'ailleurs, le sourire de Josh s'est évanoui et sa gorge se contracte sur une déglutition difficile avant qu'il ne détourne le regard.

– Allons manger un bout, lance-t-il. Je suis affamé.

OK, j'ai compris, je lâche le sujet. Chacun gère son chagrin différemment. Je ne vais pas le forcer à parler de quelque chose dont il n'est pas prêt ou disposé à parler. Je change de sujet, optant pour une discussion plus légère.

– Du coup, qui s'occupe de l'hôpital pendant que tout le monde est là ?

Les épaules rigides de Josh se détendent visiblement.

– Le personnel essentiel est toujours sur place, mais ils se relaient pour que tout le monde puisse passer un moment au pique-nique, répond-il. C'est le seul événement pour l'ensemble du personnel, en dehors de la fête de fin d'année, c'est donc important.

– Jules ! (Une belle brune dont le visage me dit quelque chose nous accueille avec un sourire radieux à la table du buffet.) C'est super agréable de te voir. Je ne savais pas que Josh venait avec une cavalière.

– Je ne suis pas sa cavalière.

– Ce n'est pas ma cavalière.

Nous avons répondu en chœur, Josh et moi. Un bref silence s'ensuit, pendant lequel le sourire déjà large de la brune s'élargit encore.

– Bien sûr. Au temps pour moi. Je suis Clara, on s'est plus ou moins rencontrées au Bronze Gear.

Elle tend la main, les yeux pétillants d'humour.

Je la remets soudain.

– Tu étais la cavalière de Josh.

Ils travaillaient donc ensemble ? Et apparemment, ils sont en bons termes, à en juger par la décontraction avec laquelle ils se saluent. Une horrible vrille de jalousie se faufile dans mes entrailles et les enserre.

Oh non. Oh non, non, non. Je ne peux pas être jalouse à propos de Josh.

Non, je reformule : je ne *suis pas* jalouse de Josh. J'ai probablement mangé un yaourt périmé au petit déjeuner ou quelque chose comme ça. C'est le problème avec les aliments aromatisés au citron : ils ont un goût acidulé, que ce soit normal ou pas.

– Oh non, je n'étais pas sa cavalière au sens de rencard. Juste en tant que collègue de travail. Je suis infirmière aux urgences.

– Elle a une petite amie, précise Josh en se confectionnant un hot-dog sur une assiette. La barmaid du Bronze Gear. En parlant de ça, où est Tinsley ?

– Ce n'est pas ma petite amie. On sort juste ensemble, et elle travaille, donc elle n'a pas pu venir. (Clara me regarde avec une lueur d'intérêt dans les yeux.) Donc, si tu n'es pas sa cavalière…

– C'est ma fausse cavalière, se hâte de préciser Josh avant que je puisse répondre. Tu te souviens du pique-nique de l'année dernière ? J'arrivais tout juste à respirer, avec tous ces gens qui me fourraient leurs filles sous le nez. Je voulais éviter que cela se reproduise.

– Ce que ça a dû être traumatisant ! ironise Clara.

Son humour pince-sans-rire me plaît. Je l'apprécie déjà. Toute femme qui se moque de Josh mérite un A+, à mes yeux.

– Ça l'était, oui. Tiens.

Josh a fini de remplir l'assiette et me la tend, avant de répéter ses efforts sur une nouvelle assiette : un hot-dog avec du ketchup, de la moutarde et des condiments. Une poignée de chips et un cookie aux pépites de chocolat pour couronner le tout.

– Tu as vraiment besoin de deux assiettes ? je lui demande en désignant celle que j'ai à la main. C'est excessif, même pour toi.

Il me dévisage comme si j'étais stupide.

– Celle-ci est pour toi. Et celle-là pour moi, ajoute-t-il en empilant un hamburger et une portion de coleslaw sur son butin.

Dieu merci, il n'a pas fait ça pour la mienne. Je déteste le coleslaw. C'est la texture, ça me dégoûte.

– Ah. Merci, je réponds en me balançant d'un pied sur l'autre.

Je tâche de ne pas m'attarder sur le bourdonnement de chaleur sous ma peau.

Au lieu de répondre, Josh me tourne le dos pour saluer un autre collègue. Tout lui, ça : un geste vaguement sympa, et puis, dans la foulée, il se comporte à nouveau comme un mufle.

Agacée, je mords dans mon hot-dog et surprends le regard de Clara sur nous.

Comme la LHAC ne fait pas officiellement partie de l'hôpital Thayer, personne d'autre de la clinique n'est présent, ce qui nous évite, à Josh et à moi, d'avoir à expliquer notre histoire de faux rencard à Barbs et compagnie. Je ne crains pas non plus que mes amies le découvrent. Aucune d'elles ne connaît quelqu'un à l'hôpital, hormis Josh.

Pendant les heures suivantes, j'accompagne Josh dans ses déambulations à travers le parc et je joue le rôle de sa cavalière quand quelqu'un essaie de le présenter à sa sœur, sa fille ou sa petite-fille. Il ne mentait pas en disant que tout le monde voulait le caser : je note une dizaine de tentatives, même avec moi à ses côtés, avant de cesser de tenir les comptes.

– Je ne comprends pas ce qui les attire, je grommelle quand une infirmière et sa fille s'éloignent, l'air déçues. Tu n'es pourtant pas une si bonne prise. Une truite, tout au plus. Peut-être un achigan à grande bouche, en insistant sur le côté grande bouche.

– Tu l'aimais bien, ma bouche, à la bibliothèque.

La réponse soyeuse de Josh envoie des flammes me lécher la peau.

– C'était pas mal.

Je ravale un petit cri quand il m'attire contre lui et que son murmure à mon oreille sonne comme une sombre mise en garde.

– Ne me provoque pas, Red, ou je t'étends sur la table de pique-nique et te baise avec ma langue tant et si bien que tu devras rentrer chez toi en rampant parce que tes jambes ne te porteront plus.

Il me relâche et sourit à l'homme qui s'approche de nous.

– Salut, Micah, lui lance-t-il, comme s'il ne venait pas de me menacer de me faire jouir devant un millier de personnes, il y a une seconde à peine. Ça gaze ?

Après qu'ils se sont salués, Josh me présente à Micah, qui m'offre un sourire de pure forme.

– Alors, Jules, qu'est-ce que tu fais ? Tu es étudiante ?

L'autre interne a à peu près le même âge que Josh, mais il exsude la prétention d'une manière qui contraste complètement avec le charme naturel de Josh. Il est peut-être arrogant, mais il a au moins de l'autodérision. Micah a l'air de croire un peu trop à son propre talent.

– Oui, à Thayer Law, je lui réponds. Je passe le diplôme dans quelques semaines.

Micah hausse les sourcils.

– Tu fais du droit ? Vraiment ?

Je me raidis devant son scepticisme évident.

– Oui, vraiment.

Je laisse tomber le ton poli au profit d'une voix assez glaciale, je l'espère, pour lui geler les valseuses. Certaines personnes accorderaient à Micah le bénéfice du doute, mais je sais reconnaître le dénigrement quand je le vois, et je n'ai aucune obligation d'être gentille avec quelqu'un qui ne prend pas la peine de cacher sa condescendance.

– Surpris ? je lâche.

– Un peu. Tu ne ressembles pas à une étudiante en droit.

Les yeux de Micah se sont posés sur ma poitrine et de petits picotements d'humiliation me poignardent. À côté de moi, Josh s'est figé. Son attitude décontractée a cédé la place à une tension volatile qui trouble l'air autour de nous.

– J'ignorais que les étudiants en droit avaient un look universel. Et ils sont censés ressembler à quoi ?

Je résiste à l'envie de croiser les bras. Je ne donnerai pas cette satisfaction à Micah.

Il rit, n'ayant même pas la décence de paraître gêné par mon sarcasme.

– Tu vois ce que je veux dire.

– Non, moi je ne vois pas, intervient Josh avant que je puisse répondre. Qu'est-ce que tu veux dire, Micah ?

Son ton est faussement léger. Un malaise passe enfin sur le visage de son collègue. Micah vient de se rendre compte que la conversation ne va pas dans la direction qu'il prévoyait.

– Oh, tu vois. (Il agite une main en l'air, tentative minable de se la jouer décontracté.) Bref, c'était une plaisanterie.

Le sourire de Josh n'atteint pas ses yeux.

– Les plaisanteries, c'est censé être drôle.

L'expression gênée de Micah se mue en agacement.

– Détends-toi, mec. Tout ce que je dis, c'est que j'ai été surpris, OK ?

– Non, ce n'est pas ce que tu dis. Ce que tu exprimes, c'est des préjugés sur son intelligence en te basant sur son physique, ce qui est assez injuste, tu ne penses pas ? (La voix de Josh, en apparence agréable, se teinte d'une nuance glaciale.) Par exemple, si je devais faire une supposition à ton sujet, je penserais que tu es un crétin imbu de sa personne en me basant sur les vêtements siglés Harvard que tu arbores à la moindre occasion, alors que tu y as seulement été admis parce que ton nom de famille est gravé sur leur tout nouveau bâtiment scientifique. Pourtant, je suis sûr que cet a priori est faux. Car tu as bel et bien décroché ton diplôme de médecine à Harvard, certes presque dernier de ta promo, mais tu l'as eu. Ça n'est pas rien, tout de même.

Micah en reste comme deux ronds de flan, et moi, une boule d'émotion, venue se loger dans ma gorge, refuse d'en bouger. Je n'arrive pas à me rappeler la dernière fois où quelqu'un m'a défendue. C'est un sentiment étrange – chaud et épais, comme du miel glissant dans mes veines.

– Quoi qu'il en soit, je n'apprécie pas ton impolitesse à l'égard de ma cavalière, reprend Josh d'une voix plus dure. C'est un événement professionnel, alors excuse-toi, va-t'en, et on en restera là. En revanche, manque encore de respect à Jules et je t'envoie moi-même aux urgences.

Les narines de Micah se dilatent, toutefois il n'est pas assez sot pour répliquer. Pas quand Josh a l'air d'espérer justement qu'il réagisse pour pouvoir le frapper.

– Je suis désolé.

Ses excuses raides contiennent autant de sincérité que des larmes de crocodile. Il tourne les talons et s'éloigne à grands pas, son corps flasque frémissant d'indignation.

Un silence pesant s'installe dans son sillage.

Une partie de la tension s'évacue du corps de Josh, mais la ligne de sa mâchoire reste dure. Quant à moi, je tente en vain d'avaler la boule dans ma gorge.

– Tu n'avais pas à faire ça.

– Faire quoi ?

Il dévisse le bouchon de sa bouteille d'eau et boit une gorgée.

– Me défendre.

– Je ne t'ai pas défendue. J'ai dit à un connard qu'il était un connard, nuance-t-il, avant de me couler un regard en coin. Je suis le seul à pouvoir me comporter comme un connard avec toi.

Je pars d'un rire gênant tant il frémit d'émotions contenues. Je suis tellement habituée à livrer seule mes propres batailles que je ne sais pas réagir à la présence de quelqu'un à mes côtés.

Josh est censé être mon ennemi juré, au lieu de quoi il s'avère mon allié. Dans ce cas particulier du moins. Je frotte ma jupe entre mes doigts. Le coton lisse calme mes nerfs à vif.

– S'il y a bien une chose à laquelle tu excelles, c'est être un connard.

– J'excelle en tout, Red.

La voix indolente de Josh se pose sur moi comme une couverture chaude. Nos regards se croisent et se retiennent. L'air se charge d'une électricité qui me parcourt l'échine.

Je connais Josh depuis des années, mais c'est la première fois que je le vois dans les moindres détails. La courbe prononcée de ses pommettes qui s'affine puis forme une mâchoire forte. Ses prunelles de riche chocolat fondu, bordées de cils si longs que ça devrait être illégal pour un homme. L'arc de ses sourcils et la courbe ferme et sensuelle de ses lèvres.

Comment n'ai-je jamais remarqué l'incroyable beauté de Josh Chen, sa beauté dévastatrice ?

Je le savais, à un niveau intellectuel, bien sûr, de la même façon que je sais que la terre est ronde et que les océans sont profonds. Il est impossible que quelqu'un avec ces traits, disposés de cette façon, soit autre chose que beau.

Pourtant, c'est la première fois que je le ressens. J'ai l'impression d'avoir enlevé le film transparent qui emballe une célèbre œuvre d'art et de la voir enfin dans toute sa gloire.

Josh desserre les poings à ses côtés.

– C'est bientôt le dernier service. (Les mots sortent rauques et rocailleux, comme si ça lui faisait mal de parler.) Si tu veux te resservir, il vaudrait mieux qu'on y aille maintenant, avant que le pique-nique ne soit remballé.

La charge électrique s'est dissipée, mais ses effets persistent : j'ai la peau qui me picote sans arrêt.

– Oui. À manger, je lâche avant de me racler la gorge. Pour ce qui est de me nourrir, je suis toujours partante.

Nous chargeons nos assiettes en silence avant de nous installer sous l'un des grands chênes qui bordent le parc. La plupart des plats ont été vidés, mais nous avons réussi à chiper les derniers hamburgers et un cupcake au chocolat à partager.

– Tes collègues ont l'air de beaucoup t'apprécier, à l'exception de Micah la tête de nœud.

J'ai coupé le gâteau en deux avec un couteau en plastique et je tends sa part à Josh, qui la prend en esquissant un sourire.

– N'aie pas l'air si surprise. Je suis quelqu'un d'aimable, Red.

– Hmm.

Je lui jette un coup d'œil discret pendant que nous mangeons. Nous nous sommes battus, nous avons baisé, et pourtant il y a encore tant de choses que j'ignore sur lui.

Comment est-il possible d'en savoir si peu sur quelqu'un après sept ans ?

– Tu as toujours voulu être médecin ? Et épargne-moi la blague sur le fait que tu jouais au docteur quand tu étais petit, j'ajoute en remarquant la lueur dans ses yeux. Si je peux l'anticiper, c'est qu'elle est nulle.

Un rire profond lui remonte de la poitrine, comme un grondement.

– OK, bien vu.

Il s'appuie contre le tronc d'arbre et étend les jambes. Une expression pensive traverse son visage.

– Je ne sais pas exactement quand j'ai décidé de devenir médecin. C'est en partie dû aux attentes sociétales, je suppose. Médecin, avocat, ingénieur. Les carrières typiques pour un enfant américain d'origine chinoise. Mais il y a aussi que… (Il hésite.) Ça va paraître ringard, mais je veux aider les gens, tu vois ? Je me revois attendant à l'hôpital quand Ava a failli se noyer. J'ai pris conscience pour la première fois que les gens autour de moi ne vivraient pas éternellement. J'étais terrifié, putain. Et je n'arrêtais pas de penser… et si j'avais été avec elle au bord du lac ce jour-là ? Est-ce que j'aurais pu la sauver ? Si ça se trouve, elle ne serait peut-être même pas tombée. Et ma mère. Si j'avais remarqué plus tôt que quelque chose n'allait pas et que je l'avais aidée…

Un profond chagrin m'envahit, d'entendre la petite fissure dans sa voix.

Je pose une main hésitante sur son genou, regrettant de ne pas être plus douée pour réconforter les gens.

– Tu n'étais qu'un gosse, lui dis-je gentiment. Ce qui s'est passé n'était pas ta faute.

– Je sais.

Josh a les yeux rivés sur son jean bleu où repose ma main. Il déglutit difficilement, je le vois à sa pomme d'Adam.

– Mais ça ne m'empêche pas de culpabiliser.

Ma peine s'intensifie.

Depuis combien de temps vit-il avec cette culpabilité bien enfouie au fond de lui ? Je doute qu'il s'en soit ouvert à Ava, vu que ça la concerne au premier plan. Peut-être l'a-t-il dit à Alex du temps où ils étaient amis, mais je n'imagine pas Alex, raide et glacial comme il l'est, se montrer particulièrement réconfortant.

– Tu es un bon frère, et tu es un bon médecin. Si tu ne l'étais pas, j'en aurais entendu parler. Crois-moi. Je suis branchée sur tous les ragots, j'ajoute avec un sourire que je teinte d'espièglerie.

Ça me vaut un petit rire.

– Oh, je sais. Ava et toi, il n'y avait pas moyen de vous faire taire quand vous vous lanciez dans l'une de vos diatribes venimeuses.

Mon cœur fait un bond dans ma gorge quand il recouvre ma main de la sienne et qu'il entremêle nos doigts. Il serre, et ce seul geste en dit plus long que n'importe quels mots.

Il y a trois mois, jamais je ne l'aurais touché volontairement, et jamais il ne se serait tourné volontairement vers moi en quête de réconfort.

Et pourtant, nous sommes là, dans la version la plus étrange de ce que notre relation peut être. Ni tout à fait amis ni tout à fait ennemis. Juste nous.

– Et toi ? Pourquoi tu as voulu devenir avocate ? demande Josh.

Je reste immobile, craignant que le moindre mouvement ne brise la paix fragile et cathartique qui règne entre nous.

– Je ne le suis pas encore. Mais *La revanche d'une blonde* est l'un de mes films préférés. (Je ris en voyant ses sourcils remonter jusqu'à la racine de ses cheveux.) Écoute-moi jusqu'au bout, d'accord ? Le film a été le point de départ. Après, j'ai fait des recherches sur les écoles de droit par curiosité et je suis tombée dans le terrier du lapin. Plus j'en apprenais sur ce domaine, plus j'aimais l'idée de… (Je cherche le mot juste.) De sens, je dirais. De but. Aider les gens à résoudre leurs problèmes. En plus, certains cabinets paient bien, j'ajoute, et mes joues s'embrasent. Ça peut paraître superficiel, mais la sécurité financière, c'est important pour moi.

– Ce n'est pas superficiel. L'argent n'est pas tout, mais on en a besoin pour survivre. Celui qui dit qu'il s'en fiche ment.

– Sans doute.

Nous retombons dans un silence agréable. La lumière de cet après-midi de printemps jette une brume dorée sur la scène, et j'ai un peu l'impression de vivre dans un rêve où le reste du monde n'existe pas. Pas de passé, pas d'avenir, pas de Max, d'examens ou de soucis d'argent.

Si seulement.

– Ce que tu as dit tout à l'heure… (Josh tourne la tête pour me regarder.) Un bon frère et bon médecin…

Quand il ôte sa main de la mienne, je regrette la chaleur de son contact un bref instant avant qu'il ne tire à nouveau sur ma tresse, un sourire au coin des lèvres.

– C'était un compliment, Red ?

– Mon premier et dernier te concernant, alors savoure-le tant que tu peux.

– Oh, je le savoure. Chaque bouchée.

Le sous-entendu perceptible dans le velours de sa voix contourne mon cerveau et se loge directement dans mon ventre.

– Bien, je réussis à lâcher.

Qu'est-ce qui m'arrive ? Quelqu'un a dû ajouter des aphrodisiaques à la nourriture, parce que je ne devrais pas être aussi troublée par Josh.

Ce qui a commencé comme un faux rendez-vous se transforme rapidement en une crise existentielle. Détester Josh est l'un des piliers de mon existence, au même titre que mon amour pour les mokas au caramel, mon aversion pour le cardio et ma visite méthodique d'obscures librairies les jours de pluie. Si j'enlève la haine que j'éprouve pour lui, que me reste-t-il ?

Mon rythme cardiaque s'accélère. *Ne va pas sur ce chemin.*

Le sourire de Josh s'estompe, laissant place à une intensité qui me fait frissonner de la tête aux pieds.

Une seconde interminable s'étire entre nous, suspendue par la même charge électrique que tout à l'heure, avant qu'un éclat de rire suraigu ne vienne la briser en deux.

Josh et moi nous écartons d'un même sursaut.

– On devrait y aller...

– Faut que j'y aille...

Nos voix s'emmêlent dans un afflux d'excuses plus ou moins bidon.

– Je dois faire mes valises pour Eldorra.

Ça, c'est la mienne, même si notre vol n'est pas prévu avant cinq jours.

En tant que demoiselles d'honneur de Bridget, Ava, Stella et moi devons arriver en avance pour les préparatifs du mariage, avec l'aimable participation du jet privé d'Alex. Josh ne fait pas partie du groupe d'organisation, mais il se joint à nous, car pourquoi prendre un vol commercial quand on peut profiter d'un jet privé ?

– D'accord. Je vais rester dans le coin, aider à nettoyer, dit Josh en se passant une main dans les cheveux. Merci d'être venue. On a repoussé avec succès toutes les tentatives de rapprochement.

– Merci de m'avoir invitée. Ravie d'avoir pu te rendre ce service.

Une seconde embarrassée s'écoule.

Compte tenu de notre arrangement, nous devrions nous rendre chez lui pour une partie de jambes en l'air, vu que c'est censé être la pierre angulaire de notre relation, mais après notre conversation de tout à l'heure, ce serait… bizarre.

Josh doit être de cet avis, parce qu'il se contente de :

– À plus, Red.

– À plus.

Je presse le pas jusqu'à la sortie du parc, trop effrayée pour regarder en arrière de peur que Josh ne remarque la confusion sur mon visage.

Il travaille toute la semaine à venir, donc je ne le verrai pas avant notre voyage à Eldorra. Ça va me laisser le temps de me reprogrammer et de revenir à notre situation d'équilibre, c'est-à-dire être attirée par lui mais le tolérer à peine.

Cependant, j'ai le sentiment que ce qui a fait basculer notre monde sur son axe l'a fait de manière irrévocable. Pas en un après-midi, mais au cours de tous les moments qui l'ont précédé – notre trêve à la clinique, nos cours de ski, notre nuit dans le Vermont, notre pacte sexuel. Le Hyacinthe, la bibliothèque et les centaines de petits moments où j'ai pensé à Josh sans ressentir la même irritation viscérale qu'auparavant, lorsqu'il lui arrivait de me traverser l'esprit.

« *Manque encore de respect à Jules, et je t'envoie moi-même aux urgences.* »

« *Ce n'est pas superficiel.* »

« *C'était un compliment, Red ?* »

Je ne sais pas quoi penser des drôles de sentiments qu'il m'inspire à présent, mais je sais une chose : il n'y a pas de retour possible à ce que nous étions avant.

28

JOSH

Avec le recul, emmener Jules au pique-nique était la pire idée que j'aie jamais eue. Le bénéfice à court terme, à savoir déjouer les entremetteuses de l'hôpital, ne valait pas la pénibilité à long terme de me rejouer l'après-midi en boucle dans ma tête, comme un disque rayé que je n'aurais pas le cœur de jeter.

« *Tu n'étais qu'un gosse. Ce qui est arrivé n'était pas ta faute.* »

« *Tu es un bon frère et tu es un bon médecin.* »

Chaque fois que je repense à notre conversation sous l'arbre, j'ai envie de rembobiner et de figer le temps, de rester dans ce moment pour toujours. Avec le soleil, la nourriture sur nos genoux, le vide dans ma poitrine un peu moins vide grâce à la présence de Jules pour le remplir.

C'est inacceptable.

Vouloir la baiser, passe encore. Vouloir l'appeler quand j'ai une journée pourrie, non.

Peu importe qu'elle soit la seule personne à qui je puisse parler sans craindre d'être jugé. Désormais, il n'y aura plus de prétendu rendez-vous ni même de faux rendez-vous du tout. Et certainement plus question de rester dormir l'un chez l'autre ou de lui laisser emprunter mon tee-shirt.

Je n'ai toujours pas lavé celui que je lui ai prêté après le Hyacinthe. Je finirai bien par m'y résoudre, mais il ne sent pas mauvais, il porte encore vaguement son odeur – chaude, de cannelle avec une touche d'ambre.

La même odeur enveloppe mes sens maintenant, alors que j'enfouis mon visage dans son cou et que je m'enfonce plus profondément en elle, pour apaiser le besoin incessant et inextinguible logé dans mon ventre. Au lieu de quoi, comme chaque assaut et chaque baiser ne fait que l'amplifier, je déverse ma frustration dans la vitesse et la force avec laquelle je la baise.

La tête de lit cogne contre le mur en réponse cadencée à chacun de mes coups de boutoir, tandis que je pénètre Jules, les muscles tendus et trempé de sueur par la dernière demi-heure.

Nous avons atterri à Athenberg dans l'après-midi, et Jules et moi devions être sur la même longueur d'onde, car elle s'est présentée dans ma suite vingt minutes après notre arrivée, avec rien d'autre qu'un : « Envie de baiser ? »

Aucune mention du pique-nique, de la bibliothèque ou de toute autre règle que nous avons enfreinte, Dieu merci. Nous étions tous les deux impatients de revenir au statu quo, et j'ai accepté avec joie.

Maintenant, il suffirait à mon bonheur de pouvoir chasser par ces coups de reins la faim de Jules qui m'habite.

– Josh !

Son cri aigu se réverbère à travers la chambre d'hôtel alors qu'agrippée à mon dos, elle explose autour de moi. Jules baise comme elle se bat – avec férocité et fougue, sans retenue. C'est addictif.

La brûlure exquise de ses ongles rappelle le feu dans mes veines quand je lui plaque une main sur la bouche pour étouffer son cri.

– Chut… Tu vas réveiller tout le monde.

Ma mâchoire se crispe : je dois retenir mon propre orgasme quand sa petite chatte palpite autour de moi, et j'ai bien du mal. Bon sang ! Être aussi bonne, ça devrait être illégal.

– Tu n'as pas envie que tes amies t'entendent, si ?

Ma suite se trouve en face de celle de Jules et Stella et à deux portes seulement de celle d'Alex et Ava. Alex passe un appel vidéo dans la salle de conférences de l'hôtel, en bas, et Ava et Stella se reposent avant l'enterrement de vie de jeune fille de Bridget ce soir, mais je ne veux pas prendre le risque.

C'est déjà bien assez risqué de se faufiler ensemble dans ma chambre juste sous le nez d'Ava.

Le bruit de la tête de lit pourrait me trahir, mais je peux facilement prétendre qu'il provient d'une autre chambre de l'étage.

Jules gémit, mais quand je retire ma main de sa bouche, elle réussit à retenir ses cris, même quand elle jouit une deuxième fois. Elle a pressé son visage contre mon épaule et son corps est secoué par son orgasme silencieux.

– Bien joué, je murmure. Garde tes cris, Red. Je suis la seule personne qui a le droit d'entendre à quel point tu aimes ma bite dans ta petite chatte bien serrée.

Nouveau geignement, plus sonore.

Puis, quand son sexe se serre autour de moi encore plus fort que la première fois, un orgasme aveuglant me traverse avec une puissance si soudaine et si inattendue qu'il me laisse une seconde sans voix.

Quand les répliques se sont finalement estompées, je m'allonge contre elle, me délectant de la sensation de ses courbes sensuelles qui se fondent contre mon corps. L'emboîtement est si parfait que je suis tenté de rester là pour toujours et de me perdre dans sa chaleur.

Je m'autorise à savourer le moment encore une seconde avant de me retirer à contrecœur. Je vais chercher une bouteille d'eau au minibar de la chambre et la lui tends, non sans sourire en découvrant son expression satisfaite et légèrement hébétée.

Elle boit une gorgée.

– Merci, dit-elle d'une voix rendue pâteuse par la béatitude post-coïtale. Je vais bientôt partir. Juste… (Bâillement.) Juste une seconde.

L'idée de la voir partir m'étreint le cœur, mais je la refoule. *Ce n'est que du sexe*, je me répète.

– Tant que ce n'est qu'une seconde. Je ne voudrais pas que tu restes dormir ici par accident.

Je m'installe à côté d'elle dans le lit. L'envie me démange de l'attirer contre moi, au lieu de quoi je croise les mains derrière la tête.

Elle me fusille du regard, le contentement cédant la place à l'irritation.

– Je vois que le connard est de retour.

– Il n'est jamais parti.

– Manifestement.

Jules descend du lit et renfile son chemisier. Je me penche et l'attrape par le poignet avant qu'elle puisse boutonner son haut.

– Je plaisante, Red. Reste un peu plus longtemps si tu veux. Ce n'est pas comme si Ava et Stella étaient réveillées et t'attendaient pour passer du temps avec toi.

Je l'attire vers le matelas. Elle résiste une seconde avant de se détendre à côté de moi. Elle sait que j'ai raison. Si elle part maintenant, elle n'aura rien d'autre à faire que d'errer dans l'hôtel.

– Qu'est-ce que vous avez prévu pour ce soir ? je lui demande.

Jules plisse le nez.

– Dîner et sortie en boîte. J'aimerais pouvoir organiser un véritable enterrement de vie de jeune fille pour Bridget, mais il n'y a que ce soir qu'elle a un peu de temps libre, alors on a décidé de faire simple.

Je hausse les sourcils, très surpris.

– Vous emmenez la reine d'Eldorra en boîte de nuit ? À Eldorra ?

– On sera déguisées.

Je dévisage Jules, ne sachant si elle plaisante ou pas. Elle soutient mon regard, cent pour cent sérieuse.

– Déguisées, je répète. Je suis désolé de te l'apprendre, Red, mais une perruque et des lunettes de soleil ne suffiront pas à camoufler la femme la plus célèbre du pays.

– On ne portera pas de lunettes de soleil, se moque-t-elle. Personne ne porte de lunettes de soleil la nuit, sauf les crétins.

Non, on a engagé un artiste-maquilleur pour transformer nos visages.

– Tu te fous de moi ? Comment un maquilleur est censé transformer votre visage, enfin ?

– Un artiste compétent peut faire des miracles, réplique-t-elle avec hauteur. De toute évidence, tu n'as jamais regardé de transformations maquillage avant-après sur YouTube.

Je me frotte le visage. Cette conversation devient de plus en plus surréaliste.

– Non, effectivement, parce que je ne me maquille pas, figure-toi.

– Et alors ? Tu n'es pas astronaute, mais ça ne t'empêche pas de regarder des vidéos sur les lancements de fusées.

– Oui, parce que les fusées, c'est cool.

– Le maquillage aussi.

– Pas pour moi.

Elle hausse les épaules.

– Tu as toujours manqué de goût.

– Et vu que je baise avec toi… qu'est-ce que ça dit de toi ?

Jules étire les bras au-dessus de sa tête et bâille.

– Que je suis un être humain charmant et généreux qui baise avec toi par pitié quand personne d'autre ne veut…

Un cri aigu interrompt ses mots quand je la soulève pour lui donner une claque sur les fesses avant de l'asseoir sur mes genoux, dos appuyé contre mon torse. Je passe les mains devant pour lui écarter les cuisses.

– Ne m'oblige pas à fesser ta petite chatte, Red, je la menace en frottant le pouce sur son clitoris encore gonflé. Je ne serai pas aussi délicat.

Un frisson parcourt le corps de Jules, mais elle s'adosse contre moi et se tait pendant que je la caresse.

Oui, c'est censé n'être que du sexe, mais je serais un connard si je la mettais à la porte sans même un petit moment de repos après le sexe, non ?

Je fais glisser ma main le long de ses cuisses, sur son ventre et jusqu'à ses seins. Des gestes plus apaisants que sexuels, et j'aime la douceur de sa peau. Harmonieuses, chaudes et parfaitement taillées pour moi, ses courbes se dévoilent sous mes mains comme les pièces d'un puzzle que je n'ai jamais envie de finir.

– Qu'est-ce que tu vas faire ce soir pendant qu'on sera sorties ?

Elle émet un petit bruit satisfait tandis que je presse et pétris doucement ses seins.

– Prendre un verre. Explorer la ville. Je trouverai bien quelque chose.

Je n'ai aucune idée de mon programme.

– Alex aussi va se retrouver seul.

Ma main s'immobilise, puis je la laisse tomber contre mon flanc.

– Je ne vois pas le rapport avec moi.

La légèreté que je donne à mon ton est démentie par la raideur soudaine de mes épaules.

Un soupir monte de la gorge de Jules jusqu'à mes oreilles.

– Je dis juste qu'il est pénible de vous voir faire tout ce que vous pouvez pour vous éviter. Et j'imagine aussi que ça n'a rien d'amusant pour vous de garder cette rancune. Être en colère contre quelqu'un, c'est épuisant, et ça fait presque trois ans. Peut-être… (Sa voix s'est adoucie, et ce ton un peu lointain m'amène à me demander si elle ne parlerait pas d'elle autant que de moi.) Peut-être qu'il est temps de pardonner, même si tu n'oublies pas.

Je m'appuie contre la tête de lit et je ferme les yeux.

– Peut-être.

Ce n'est pas que je m'y refuse. C'est que je ne sais pas comment m'y prendre. Chaque fois que j'essaie, le passé refait surface, avec sa vilaine tête, et me ramène en arrière.

Comment puis-je lâcher quelque chose qui refuse de me lâcher ?

– Ce serait…

Un coup frappé à la porte la coupe dans son élan.

– Josh ? lance la voix d'Ava.

Jules se redresse brusquement et tourne la tête vers moi. Nous nous dévisageons, les yeux ronds.

– Je peux entrer ? Je pense que tu as mon sac à dos, poursuit Ava. Avec mon ordinateur portable dedans.

Merde. Mon regard se porte sur mon sac à dos noir. On a acheté le même lors d'une promotion exceptionnelle il y a quelques années.

Je m'extirpe doucement de derrière Jules, descends du lit et le dézippe. Eh oui, l'ordinateur portable d'Ava est là, bien calé entre son cahier et un dossier bleu. *Merde et remerde.*

J'ai dû prendre le sien par erreur à l'aéroport.

Je fais signe à Jules d'aller dans la salle de bains, mais elle reste figée sur mon lit, comme un mannequin de cire.

– Tu peux revenir le chercher plus tard ? je crie, le cœur tambourinant contre ma cage thoracique. Je suis, euh… occupé.

J'ouvrirais bien la porte pour donner le sac à Ava, mais impossible de le faire sans qu'elle voie le lit.

– J'ai besoin de mon ordinateur portable. J'ai du travail à faire avant l'enterrement de vie de jeune fille ce soir.

Triple merde.

Je me rapproche du lit et découvre que Jules a enfin bougé. Elle a enroulé le drap autour d'elle et se précipite dans la salle de bains, si vite que son image est presque floue. J'attends que la porte se referme derrière elle avant de prendre le sac à dos et d'entrouvrir la porte.

– Coucou, je lance en fourrant le sac dans les mains de ma sœur. Tiens. Allez, à plus tard.

Je vais pour refermer la porte, mais Ava la repousse, paupières plissées sur un air suspicieux.

– Pourquoi est-ce que tu es aussi fuyant ?

La sueur perle à mon front.

– Je ne suis pas fuyant. Je suis irrité, parce que tu m'as interrompu.

– Tu fais quoi ?

– Euh, de l'exercice. (Techniquement, c'est vrai. Le sexe est la meilleure forme de cardio qui soit.) Je croyais que tu faisais la sieste, toi.

Elle me jette un drôle de regard.

– Eh bien, je suis réveillée.

Ses yeux passent de mes cheveux ébouriffés à mes épaules crispées. Et sa peau prend une teinte légèrement verdâtre.

– Attends… tu as une fille ici ? Ces bruits, ces coups, c'était toi ? C'est ça qui m'a réveillée.

La chaleur me monte au visage.

– Comment c'est possible ? On est arrivés il y a une heure. (Ava se met une main sur la bouche.) Oh, je crois que je vais vomir. Tu n'as pas le droit de faire l'amour quand je peux t'entendre. Je vais porter cette cicatrice à vie.

– Tu dramatises. Et… bon, qu'est-ce que tu veux que je te dise ? Je suis une légende, je lui lance en affichant mon sourire le plus arrogant. Maintenant, file avant qu'elle ne sorte de la salle de bains. Rien ne tue l'ambiance comme une petite sœur qui met son nez là où il ne faut pas.

– Crois-moi, je n'en ai aucune envie… Oh, c'est marrant, ajoute-t-elle, les yeux posés sur quelque chose derrière moi. Jules a exactement les mêmes chaussures.

Merde ! J'ai accidentellement laissé la porte s'entrouvrir un peu plus pendant que nous parlions. Les vêtements de Jules sont hors de vue, mais ses chaussures sont là, au premier plan, au pied du lit.

Le fait qu'Ava n'ait même pas envisagé qu'elles puissent appartenir à Jules montre bien à quel point elle et moi nous détestons. Détestions.

Je m'oblige à rire et résiste à l'envie d'essuyer la sueur de mon front.

– Ce doit être des chaussures à la mode. J'aurais préféré que tu ne me dises pas ça, par contre, car la deuxième chose qui tue l'ambiance à coup sûr, c'est toute mention de la diablesse. Bref. (Je repousse Ava dans le couloir.) C'était super de te voir. Ne reviens pas. À moins que tu n'aies envie d'être installée aux premières loges pour la symphonie.

Nous avons tous les deux un haut-le-cœur à cette idée.

Si l'ambiance n'était pas déjà morte avant, elle pourrit six pieds sous terre maintenant que j'imagine ma sœur présente dans la pièce pendant que je baise.

– Je vais me laver les yeux et les oreilles avec de l'eau de Javel, annonce-t-elle avec un frisson.

J'attends qu'elle retourne dans sa chambre pour fermer la porte et y appuyer mon front. Le soulagement refroidit la sueur sur ma peau, mais mon cœur bat encore aussi vite que s'il participait à cette putain d'Indy 500.

– On l'a échappé belle.

Je relève la tête : Jules passe la sienne par la porte de la salle de bains, les yeux écarquillés.

– Ces saletés ont failli nous mettre dans le pétrin, lui dis-je en donnant un coup de pied dans ses chaussures.

Elle sort et ramasse ses vêtements épars au sol.

– Ce sont mes chaussures préférées, Josh. Ce n'est pas leur faute. On n'aurait pas dû faire ça à l'hôtel. C'était stupide. Si elle nous avait surpris…

Je grimace. Jules a raison. C'était stupide de faire ça à l'hôtel alors que nos amis sont littéralement au bout du couloir et qu'on peut se faire prendre à tout moment.

Normalement, je ne suis jamais aussi imprudent, mais…

Je regarde Jules s'habiller et mon rythme cardiaque ne ralentit toujours pas, même si le danger est passé.

Pour une raison qui m'échappe, la logique s'envole par la fenêtre quand Jules est dans l'équation.

29

JOSH

Jules se faufile dehors après s'être assurée que le couloir est libre et me laisse à mes propres occupations.

Fébrile, je me douche, je vais à la salle de sport, je me douche à nouveau, et je regarde *Fast and Furious 5* dans ma chambre pendant que les filles se préparent et partent pour le Palais. Seuls les membres de la famille royale sont autorisés à séjourner au Palais pour le mariage, donc même si les filles sont les demoiselles d'honneur de Bridget, nous sommes logés dans un hôtel cinq étoiles, aux frais de la Couronne.

D'habitude, je n'ai aucun problème à me divertir en voyage, mais la foule des paparazzis devant l'hôtel me dissuade de m'aventurer dehors.

Malheureusement, notre hôtel, aussi luxueux soit-il, manque d'activités stimulantes. Les restaurants étoilés au Michelin et un spa de renommée mondiale, c'est bien joli, mais j'ai besoin de plus d'excitation, pour ma part.

« *Alex aussi va se retrouver seul.* »

Les mots de Jules résonnent dans ma tête. Qu'est-ce qu'il peut bien faire ? Sans doute qu'il est en train de manger des bébés tout en ruinant des vies.

Le soir venu, j'ai atteint un niveau d'ennui suffisant pour le rejoindre.

La tentation me titille, pourtant au lieu de frapper à sa porte, je descends au bar. Il était fermé, plus tôt, mais quand j'y arrive, les lumières allumées me regonflent les poumons de soulagement.

J'y entre, non sans admirer le plafond cathédrale, les canapés moelleux en velours bleu et le mur immense couvert de bouteilles scintillantes derrière le bar en acajou poli. Ça dépasse les bars les plus chics de DC, et de loin.

Je me glisse sur un tabouret en cuir bleu et attends que le barman ait fini de s'installer. Le bar vient sans doute juste d'ouvrir, car nous sommes les seules personnes présentes et l'endroit est étrangement silencieux, à l'exception de la musique jazz diffusée par des haut-parleurs invisibles.

Une partie de moi a envie du bourdonnement de la foule, une autre partie apprécie ce silence.

Comme dans la plupart des domaines de ma vie en ce moment, je ne sais pas ce que je veux, en somme.

Je tapote sur le comptoir et parcours des yeux le présentoir de bouteilles, à la recherche d'une bonne boisson pour commencer la soirée, lorsqu'une voix familière tranche le silence.

– Ce siège est pris ?

Mes doigts s'immobilisent. Je me retourne pour faire face au nouveau venu, regrettant déjà de n'avoir pas commandé le service d'étage au lieu de me hasarder dans un espace public alors qu'Alex erre lui aussi à proximité.

Mon ancien meilleur ami s'est arrêté à quelques pas de moi, vêtu du même col roulé noir et du même pantalon qu'il portait dans l'avion. Son visage est marqué par la fatigue, et un pincement d'inquiétude me serre la poitrine.

D'après Ava, ses insomnies ont régressé au fil des ans, mais il lui arrive encore de passer plusieurs nuits sans dormir, avant de s'effondrer ensuite.

Je me souviens de plusieurs fois où il est tombé d'épuisement au milieu d'une conversation ou d'une séance d'étude, pendant nos premières années de fac.

Quoi qu'il en soit, j'ai fini de m'inquiéter pour lui.

– De toute évidence, non, j'ironise en regardant le tabouret vide à côté de moi.

– Ce n'est pas ce que je voulais dire, réplique froidement Alex.

Un muscle se contracte dans ma mâchoire. Ce salopard, il ne sait pas rendre les choses faciles.

Dans ce cas, le siège est pris.

Les mots restent une seconde sur le bout de ma langue, mais la voix de Jules me revient en tête.

« *Être en colère contre quelqu'un, c'est épuisant, et ça fait presque trois ans. Peut-être qu'il est temps de pardonner, même si tu n'oublies pas.* »

Trois ans.

À la fois une éternité, mais qui a passé en un clin d'œil.

Sur cette période, Alex et moi n'avons eu que quelques heures où les choses entre nous ont été vaguement normales : notre après-midi de ski dans le Vermont.

Ce que je dis ensuite, du coup, je le mets sur le compte d'un élan de nostalgie.

– Il est tout à toi.

Une lueur surprise passe sur son visage, avant qu'il ne retrouve son masque impassible habituel. Et il s'assied, juste au moment où le barman finit ses préparatifs et s'approche de nous.

– Merci d'avoir attendu, dit-il dans un anglais où s'entend un très léger accent. Que puis-je vous servir ?

– Je prendrai un Macallan sec, répond Alex, sans regarder le menu.

Sans le moindre doute, un bar aussi sélect que celui-ci sert du Macallan.

D'ailleurs, le barman acquiesce et reporte son attention sur moi.

– Une Stella, ce sera parfait, merci.

Le seul Macallan que je bois vient de ma bouteille à la maison, bien qu'elle soit désormais vide depuis que j'y ai noyé mon chagrin après la mort de Tanya. Sinon, le whisky est trop cher pour mon portefeuille criblé de prêts pour l'école de médecine.

– Tu n'es toujours pas passé à l'alcool, le vrai, alors ? dégaine Alex une fois que le barman est parti préparer nos boissons.

– Et tu n'as toujours pas développé ton sens du goût, alors ? je rétorque à la volée. C'est pas grave, mec. Ils te laisseront quand même entrer dans ton club de milliardaires si tu admets aimer la bière.

– La bière, ça a un goût d'urine gazeuse. (Il prononce chaque mot avec la précision glaciale qui le caractérise, mais une pointe d'amusement se cache sous la surface.) Et puis, je ne discute pas de goût avec quelqu'un qui s'est un jour déguisé en rat pour Halloween. Un rat affublé d'un bandana rouge, ajoute-t-il après une pause.

– Oh, putain, c'est arrivé une fois.

J'ai été gladiateur, Superman, médecin (pas mon costume le plus inspiré, je l'admets), Waldo de *Where's Waldo ?* et un millier d'autres personnages pour Halloween, pourtant tout le monde me reparle toujours de ce putain de rat.

– Je l'ai fait pour prouver que je pouvais draguer n'importe qui, même déguisé en rat, et ça a marché.

Les jumelles Morgenstern. Ça avait été une sacrée nuit.

Le souvenir d'une de mes parties à trois préférées me ragaillardit, en général, mais ce soir il ne me fait aucun effet. Pas même un picotement d'excitation ou de désir.

Bizarre.

– C'est ce que tu prétends toujours, commente Alex, pas convaincu.

– Parce que c'est vrai. Demande aux Morgenstern.

– Comme tu veux, si ça te fait plaisir.

Punaise, ce qu'il m'énerve !

– Tu es un putain de trou du cul. Je ne sais pas comment j'ai pu être ami avec toi, je grommelle, tout en acceptant mon verre des mains du barman avec un hochement de tête en guise de remerciement.

Les lèvres d'Alex se retroussent, mais l'air entre nous s'est soudain alourdi des fantômes du passé, les matchs de basket, les séances d'étude tard dans la nuit, les fêtes et les voyages entre mecs et les mèmes ridicules que nous nous envoyions tout au long de la journée.

Enfin, je lui envoyais des mèmes et il me répondait par des émojis de froncement de sourcils ou de roulement d'yeux, mais Alex ayant un sens de l'humour à chier, je ne m'attendais pas à ce qu'il apprécie mon excellente sélection de mèmes.

Les conseils de Jules m'ont peut-être poussé à lui tendre un timide rameau d'olivier, mais la vérité, c'est qu'avoir un véritable ami me manque. Avoir Alex comme ami me manque. Il est froid, grossier et grincheux à souhait, mais il m'a toujours soutenu. Chaque fois que je me fourrais dans une bagarre, chaque fois que je passais une mauvaise journée, il était là pour me tirer d'affaire et me réconforter.

Je bois une gorgée de bière, histoire de faire passer la soudaine tension dans ma gorge pendant qu'Alex sirote tranquillement son verre.

Le bar commence à se remplir et, bientôt, la salle bourdonne d'assez d'activité pour étouffer le silence qui gronde entre nous.

Je termine ma bière et suis sur le point d'en commander une autre quand Alex s'interpose.

– Deux autres Macallan, dit-il en faisant glisser son American Express noire sur le comptoir. C'est pour moi, ajoute-t-il avec un coup d'œil dans ma direction.

Mon premier réflexe est de refuser, mais je ne suis pas assez stupide pour refuser une boisson gratuite de ce standing.

– Merci.

– De rien.

Nouveau silence. Bon Dieu, ce que c'est douloureux.

– Comment ça se passe entre Ava et toi ? je finis par demander.

Ava n'en finit pas de s'enthousiasmer de leur relation, mais c'est la première vraie petite amie d'Alex, et je suis extrêmement curieux de connaître son point de vue. Si je n'en étais pas témoin aux premières loges, je ne l'aurais jamais cru capable d'une relation à long terme.

Son visage s'adoucit d'ailleurs à la mention de ma sœur.

– Tout va bien.

– « Bien ». Super éloge venant de toi.

Je ne plaisante pas. Le terme positif le plus fort que je l'aie jamais entendu utiliser est « bien ».

Un steak de gourmet cuisiné par un chef de renommée mondiale ? Bien.

Voler en jet privé ? Bien.

Sortir premier de sa promo à Thayer ? Bien.

Pour quelqu'un d'aussi intelligent, il a un vocabulaire limité.

– J'aime ta sœur, ajoute-t-il simplement.

Mon verre se fige sans avoir atteint mes lèvres. Bien sûr, je sais qu'il aime Ava, mais je n'aurais jamais, au grand jamais, imaginé qu'il puisse admettre ses sentiments devant quelqu'un d'autre qu'elle.

L'Alex que je connais n'a aucune tolérance pour le sentimentalisme. Alors si on parle de sentimentalisme verbal, la tolérance tombe dans les négatifs.

– Bien.

J'ai retrouvé le contrôle de mes mouvements. Mon verre atteint ma bouche et le whisky coule dans mon estomac, mais le choc provoqué par la déclaration d'Alex persiste.

– Parce que si tu lui fais encore du mal, je te sors ce balai que tu as dans le cul et je te poignarde avec.

– Si je lui fais encore du mal, je ne résisterai pas.

Une seconde de tension s'écoule avant que je ne laisse échapper un petit rire.

– Tu as changé.

Une partie de moi apprécie cette évolution, une autre déplore le temps passé depuis la fin de notre amitié. Assez pour que nous soyons devenus des versions miroir de nous-mêmes : les mêmes personnes au fond, mais déformées par les changements survenus au fil du temps.

– Tout le monde change. Sinon, autant être mort. (Citation qui aurait pu être inspirante si Alex ne l'avait pas lâchée avec toute l'émotion d'un bloc de glace.) En parlant d'Ava… J'espérais qu'on pourrait parler avant que les filles reviennent.

Il fait rouler son verre vide entre ses doigts, l'air encore plus sombre que d'habitude.

– Qu'est-ce que tu crois qu'on est en train de faire ? On tranche du foie ?

– Je veux dire vraiment parler.

Mon sourire s'efface.

Nous y voilà. L'éléphant géant qui fracasse tout dans la pièce.

Alex et moi avons évité de parler de ce qui s'est passé depuis notre confrontation, après qu'il a rompu avec Ava.

Comment il est devenu mon ami uniquement pour se rapprocher de mon père.

Comment il s'est servi d'Ava et lui a brisé le cœur.

Comment il m'a menti pendant huit putains d'années.

Certes, il a essayé de me contacter après qu'Ava et lui se sont remis ensemble, mais je l'ai ignoré et nous n'avons jamais eu de véritable conversation honnête à ce sujet.

On a déjà attendu beaucoup trop longtemps, n'empêche que mon ventre se noue de crainte à la perspective de déterrer des os du passé.

– Je comprends pourquoi tu es toujours en colère contre moi. C'était… une trahison de ta confiance, ce que j'ai fait. Mais je…

Il marque une pause, cherchant manifestement les mots justes. Alex Volkov sans voix, c'est un spectacle rare, et j'aurais pu m'en réjouir davantage si je n'étais pas aussi distrait par la brûlure dans ma poitrine.

– Je n'ai jamais eu beaucoup d'amis, reprend-il enfin. Les gens venaient à moi parce que j'étais riche et intelligent et que je pouvais les aider à obtenir ce qu'ils voulaient. (Il a énuméré ces qualités d'une manière détachée, avec une telle assurance qu'il apparaît plus analytique qu'arrogant.) Des relations transactionnelles, et ça me convenait. Toi, tu as été mon premier véritable ami. Même si mes intentions n'étaient pas franches au début de notre amitié, tout ce qui est venu après l'était.

La brûlure s'intensifie.

– Ce que tu as fait, c'était archi tordu.

– Je sais.

Je me passe une main sur le visage, tâchant de calmer le débat qui fait rage dans ma tête. Nous avons atteint un carrefour sur la route. Je peux soit continuer à tourner en rond comme je le fais depuis trois ans, soit prendre la seule sortie qui s'offre à moi.

La première option est confortable et familière, la seconde inconnue et vachement effrayante. Parce que je ne veux pas me retrouver une nouvelle fois trahi par un menteur.

Mais Jules a raison. S'accrocher à la colère est effectivement épuisant, et je suis déjà hyper fatigué, ces jours-ci. Physiquement, mentalement, émotionnellement.

Parfois, je dois lutter pour simplement respirer.

– Ça fait presque trois ans.

Je suis à mi-chemin de la sortie, mais je ne peux pas me résoudre à sauter le pas tout de suite.

– Pourquoi en parler maintenant ? je lui demande.

– Parce que tu es la personne la plus têtue que j'aie jamais rencontrée. Si quelqu'un essaie de te pousser dans une direction, tu feras de ton mieux pour aller dans l'autre, dit-il sur un ton teinté d'humour pince-sans-rire. Mais ce que j'ai fait est mal, et je suis… désolé. En grande partie.

Quoi ?!

– C'est la pire façon de s'excuser que j'aie jamais entendue.

– Je n'aspire pas à être le genre de mec qui s'excuse tellement qu'il devient doué pour ça.

Logique typique d'Alex.

– Mais si je n'avais pas fait ce que j'ai fait, on n'aurait jamais été amis, et ma vie… (Nouvelle pause, plus longue.) Ma vie serait la moitié de ce qu'elle est aujourd'hui, finit-il doucement.

La brûlure dans ma poitrine s'étend et ma gorge se contracte.

– Tu deviens sentimental, Volkov. Ne le montre pas à tes adversaires en affaires, sinon ils te mangeront tout cru.

– Au contraire. Plus de sentimentalité dans ma vie personnelle, c'est plus de vapeur à évacuer ailleurs. Il s'avère que c'est très lucratif pour les affaires.

Alex exsude la satisfaction.

– Je n'en doute pas.

Je me repasse la main sur le visage, essayant de déterminer quel chemin suivre. Ce n'est pas la façon dont j'avais envisagé ma journée au réveil.

– Tu sais qu'on ne peut pas redevenir les meilleurs amis du monde et faire comme si le passé n'existait pas, je suppose ? je reprends.

La ligne de sa mâchoire devient rigide.

– Je sais.

– Mais… si tu veux aller voir un match des Nats ou quelque chose comme ça quand on sera de retour à Washington, je n'y serais pas opposé, j'ajoute d'un ton bourru.

Alex se détend et un sourire se dessine sur ses lèvres.

– Les places VIP te manquent, hein ?

– Carrément. Je suis ouvert à la corruption si tu veux en user pour revenir dans mes bonnes grâces.

– J'y penserai.

Je finis mon deuxième verre avant de demander :

– Comment tu as su qu'Ava était la bonne ?

Je n'ai jamais été amoureux. Je n'ai pas particulièrement envie de l'être, mais je veux savoir ce qui touche le cœur d'Alex. Avant Ava, j'imaginais un robot plus susceptible de ressentir une émotion que l'homme présentement assis à côté de moi.

– J'aime être avec elle.

– Sans déconner. Sois plus précis.

Il soupire.

– C'est facile d'être avec elle, dit-il après un long moment. Elle me comprend comme personne d'autre, même si notre vision du monde est fondamentalement différente. Quand je ne suis pas avec elle, j'aimerais qu'elle soit là. Quand je suis avec elle, je veux que ce moment dure toujours. Elle me donne envie d'être une meilleure personne, et quand j'envisage un monde où elle n'existerait pas… (Sa mâchoire se contracte.) Je veux brûler chaque centimètre carré de ce monde, le raser.

Je le dévisage, médusé.

– Putain de merde… Qui êtes-vous et qu'avez-vous fait à Alex Volkov ? Qui que tu sois, j'ajoute en lui donnant une tape dans le dos, tu devrais postuler pour écrire les légendes des cartes de vœux de Hallmark, version humour noir.

Alex me jette un regard froid.

– Répète ça à qui que ce soit et je t'écorche vif. Avec un couteau rouillé pour prolonger la douleur.

– Exactement. Tout à fait ça. Romantiquement meurtrier.

– Tes sièges VIP sont en train de patiner sur une très fine couche de glace, Chen.

– Eh, souviens-toi que c'est moi qui suis censé te pardonner. Sois gentil.

Je fais signe au barman de nous resservir.

J'ai beau en plaisanter, mon cerveau n'arrête pas de me repasser les mots d'Alex.

« *Quand je ne suis pas avec elle, j'aimerais qu'elle soit là. Quand je suis avec elle, je veux que ce moment dure toujours.* »

Je n'ai jamais ressenti ça… sauf pour une certaine femme.

Des images non sollicitées des deux derniers mois se mettent à défiler dans ma tête. Jules et moi sous l'arbre pendant le pique-nique. Moi qui lui raconte la mort de Tanya dans la bibliothèque. La façon adorable dont ses sourcils se froncent lorsqu'elle se concentre et le sourire fier qui a illuminé son visage quand je l'ai enfin déclarée prête pour la piste lapinous dans le Vermont.

La façon dont elle rit, son goût et mon ressenti lorsque je suis avec elle, comme si je ne voulais jamais qu'elle parte.

J'ai mis tout ça sur le compte d'un mélange de désir et d'amitié naissante, mais… et si…

Non. Putain non…

J'ai les mains moites. J'avale mon verre cul sec, sans en apprécier le goût.

Je n'apprécie même pas Jules. La moitié de nos parties de baise sont vengeresses. Torrides, certes, mais ce n'est pas parce que j'aime la baiser que je veux autre chose d'elle.

Et même si elle n'est pas aussi horrible que je le supposais au départ, elle reste… elle.

Exaspérante, hargneuse, une putain de plaie… et loyale. Passionnée. Si belle que parfois ça me fait mal de la regarder.

Que ferais-je dans un monde où Jules n'existerait pas ? Je ne le raserais pas, mais…

Putain, pourquoi il fait si chaud ici ?

Mon téléphone vibre sur un appel entrant. Je décroche, soulagé de cette distraction. Plutôt une centaine de télévendeurs que mes pensées dérangeantes.

– Allô ?

Je ne reconnais pas le numéro, mais il contient l'indicatif d'Eldorra. C'est peut-être le Palais ou quelque chose comme ça.

– Coucou, c'est moi, dit Ava.

Elle a l'air abattue.

– Qu'est-ce qu'il y a ? Tu n'es pas censée être en boîte de nuit, là ?

Mon soulagement a été de courte durée… Elle m'explique la situation. *Putain de bordel de merde !* Moi qui réclamais plus d'action tout à l'heure, j'aurais dû préciser les choses, parce que ce n'était pas ce que j'avais en tête.

– OK. J'arrive tout de suite… Non. On en parlera plus tard.

Les sourcils d'Alex forment un V profond tandis qu'il m'écoute.

– Qu'est-ce qui ne va pas ? demande-t-il sitôt que j'ai raccroché.

– C'est Ava et les filles.

Je me suis levé et j'enfile ma veste, déjà en route vers la porte.

– Elles ont été arrêtées.

30

JULES

Pour ma défense, j'ai une bonne raison pour avoir cassé le nez d'un gars et déclenché bien malgré moi une bagarre dans une boîte de nuit. Cette tête de nœud a mis la main aux fesses d'Ava et commencé à se frotter contre elle, même après qu'elle lui a dit « non » et tenté de le repousser. Quand nos tentatives d'intervention, à Stella et à moi, ont échoué, j'ai fait ce que j'avais à faire. Je lui ai tapé sur l'épaule, j'ai attendu qu'il se retourne et je lui ai envoyé mon poing en pleine poire.

Ses amis se sont jetés dans la mêlée et, bien sûr, vous devinez la suite.

Aux États-Unis, l'incident se serait soldé par une expulsion de la boîte, mais les lois d'Eldorra sur les troubles à l'ordre public sont strictes, si bien que tout le monde, y compris Tête-de-nœud et ses amis, a atterri dans la jolie prison du coin.

– Au moins, Br… notre autre amie n'était pas avec nous, je lance, optant pour l'optimisme. Ça aurait été un vrai gâchis.

Ava et Stella murmurent leur approbation.

Bridget est un prénom courant à Eldorra, mais je préfère l'excès de prudence, au cas où l'officier qui nous conduit vers la sortie fasse le rapprochement. Cela étant, on a dû fournir nos véritables noms quand on a été arrêtées. Si l'un des flics du commissariat a prêté attention aux tabloïds, il nous identifiera comme étant les demoiselles d'honneur de Bridget même si notre maquilleur a fait du bon boulot pour nous déguiser.

J'ajuste ma perruque brune. Entre ça, mes lentilles de contact colorées et le talent époustouflant du maquilleur, je nous reconnais à peine, mes amies et moi. C'est ce qui nous a permis de profiter du club en toute tranquillité jusqu'à ce que Bridget s'en aille de bonne heure, en raison d'un entretien prévu tôt demain matin avec *Vogue Eldorra*. En revanche, elle a insisté pour que nous restions et fassions la fête, étant donné qu'il s'agissait de notre dernière nuit de « liberté » avant la folie du mariage.

À ce moment-là, l'idée m'a semblé bonne. Aujourd'hui, après trois heures de détention et la perspective d'affronter un Josh furieux, ça m'apparaît plutôt comme une erreur monumentale.

L'anxiété me vrille l'estomac quand nous entrons dans la zone d'accueil.

Nous allons utiliser l'unique appel téléphonique auquel nous ayons droit pour demander à Josh de payer notre caution. Enfin, c'est Ava qui va s'en charger. Elle pourrait appeler Alex, mais comme elle redoute qu'il pète les plombs, elle va téléphoner à son frère au lieu de chercher comment expliquer la situation à son petit ami. Josh piquera une crise, mais moins terrible qu'Alex.

Il s'avère qu'on n'avait pas besoin de se donner tant de mal.

Alex et Josh nous attendent tous les deux à la sortie, le visage tendu.

– Ça va ? demande Alex, qui traverse la pièce en deux longues enjambées.

Il agrippe les bras d'Ava. L'inquiétude flamboie dans son regard tandis qu'il vérifie si elle est blessée.

Heureusement, à part mes articulations enflées, le nez fracturé de Tête-de-nœud et quelques ego froissés, on s'en sort indemnes.

– Je vais bien, le rassure Ava. Vraiment.

Alex pince les lèvres, mais il n'ajoute rien pendant qu'on sort du bâtiment et qu'on monte dans la luxueuse berline qui nous attend dehors.

Dans le silence lourd du somptueux habitacle, Ava, Stella et moi ôtons nos déguisements et nettoyons notre maquillage à l'aide de lingettes pour bébé que j'avais stockées dans ma pochette. Le maquilleur a donné une autre forme à mon nez, ajouté un grain de beauté d'un réalisme inquiétant sur ma lèvre supérieure et dessiné des sourcils plus épais et plus foncés, assortis à ma perruque. Il y a quelque chose de surréaliste à regarder le masque fondre dans le reflet de la vitre de la voiture à mesure je me passe une lingette sur le visage.

Josh et Alex n'ont pas commenté nos déguisements quand ils nous ont vues, et ils ne disent rien maintenant que nous les retirons.

L'inquiétude me tord le ventre. En temps normal, Josh serait le premier à faire un commentaire de gros malin, autrement dit, son silence n'augure rien de bon.

Alex reprend la parole alors qu'on a parcouru la moitié du trajet jusqu'à notre hôtel.

– Qu'est-ce qui s'est passé, bordel ?

Il a parlé sur un ton si froid que j'en ai les bras couverts de chair de poule.

Nous échangeons un regard, mes amies et moi. Ava a fait un bref compte-rendu à Josh, un peu plus tôt, mais il ne connaît pas les détails, et on ne peut pas dire la vérité à Alex.

– Un type m'a tripotée et je l'ai frappé, je déclare, prenant quelques libertés créatives avec la vérité. C'est à partir de là que tout s'est enchaîné. Vous le saviez, vous, qu'Eldorra avait des lois aussi strictes concernant les bagarres en boîte de nuit ?

Ava jette un regard effrayé dans ma direction. Elle ouvre la bouche, mais je fronce les sourcils en lui désignant Alex du regard.

Elle ferme la bouche, même si elle n'a pas l'air ravie ravie. Elle sait aussi bien que moi que si Alex découvre qu'un type a osé la toucher, il commettra un meurtre, et on n'a pas besoin de ce genre d'effusion de sang deux jours avant le mariage de Bridget.

Une ombre passe sur le visage de Josh quand il entend ma réponse, mais il garde le silence.

– Je vois, lâche Alex, dont l'expression demeure indéchiffrable. À quoi ressemble le gars ?

Il chasse une mèche tombée sur l'œil d'Ava avec plus de douceur que je ne l'en aurais cru capable.

Je me fends d'un sourire.

– À un type avec le nez cassé.

Une ébauche de rictus se dessine sur les lèvres d'Alex avant de disparaître.

– C'est bien. J'ai payé une grosse somme d'argent pour effacer cet incident de ton casier, donc autant que ça en vaille la peine.

Il attire Ava contre lui et lui embrasse le sommet du crâne, elle se blottit contre lui. Il lui murmure quelque chose à l'oreille, à quoi elle répond par un murmure qui apaise la tension dans ses épaules.

Une scène intime, décontractée. Rien d'extraordinaire. Pourtant, elle déclenche un désir si féroce et si inattendu en moi que je dois détourner les yeux.

Je crois fermement que les gens n'ont pas besoin d'un partenaire pour être heureux. Si quelqu'un veut avoir une relation, très bien. S'il ne veut pas, très bien aussi. Il en va de même pour les enfants, le mariage, etc. Il n'existe pas de baromètre universel du bonheur. La vie d'une personne peut être tout aussi épanouie sans partenaire qu'avec.

Pourtant il y a des moments, comme maintenant, où je brûle de faire l'expérience de ce genre d'amour inconditionnel. D'avoir quelqu'un qui prenne soin de moi dans les bons, comme les mauvais moments, et à travers les inévitables erreurs que je ne manquerais pas de commettre.

Quel effet ça fait d'être aimé si profondément par quelqu'un que je n'aie pas à m'inquiéter que tel ou tel de mes comportements risque de l'éloigner ?

« Non, non, non ! Regarde le désastre ! (Ma mère m'arracha le fer à friser des mains et désigna les boucles que je venais de passer une heure à perfectionner.) Alastair sera bientôt là, et on dirait que j'ai un nid de rats sur la tête. Combien de fois il va falloir que je t'apprenne à le faire ? À quoi bon avoir une fille si elle ne peut pas faire une chose simple correctement ?

J'enfonçai mes dents dans ma lèvre inférieure.

– Mais je l'ai fait exactement comme tu…

– Je t'interdis de me répondre. Tu l'as fait exprès, hein ? Tu veux que je sois hideuse. Maintenant, il va falloir que je répare les dégâts.

Les yeux pleins de larmes, Adeline laissa tomber le fer encore chaud sur la table et passa une brosse dans ses cheveux, à grands coups secs et durs, défaisant le fruit de mes efforts.

Mes dents s'enfoncèrent plus fort dans ma lèvre, jusqu'à ce que le goût cuivré du sang envahisse ma bouche. Sa coiffure n'était pas du tout ratée. Elle était magnifique, comme toujours. Ma mère n'était plus aussi jeune que sur les photos des concours de beauté qu'elle affichait partout dans la maison, mais sa peau était encore lisse et sans rides. Ses cheveux étaient d'un auburn profond et son corps faisait l'envie de toutes les femmes de la ville.

Tout le monde disait que je lui ressemblais, surtout depuis que ma peau était plus nette et que j'étais enfin passée à un vrai soutien-gorge. Les garçons commençaient à me prêter attention, y compris Billy Welch, le plus mignon de ma classe de quatrième.

Je pensais que ma mère serait contente que je lui ressemble, mais chaque fois que quelqu'un mentionnait cette ressemblance, son visage s'assombrissait et elle trouvait une excuse pour partir.

– Fiche-moi le camp, je ne veux plus te voir. Oust ! cria Adeline en m'examinant de la tête aux pieds.

Sa colère avait augmenté, au point de devenir un monstre tangible et hargneux dans la pièce.

Les larmes finirent par ruisseler sur mes joues.

Je filai en courant de sa chambre pour gagner la mienne. Je claquai la porte derrière moi pour me glisser dans mon lit où je tentai d'étouffer ma colère avec mes oreillers. Nos murs étaient si fins qu'elle pourrait sans doute m'entendre, or ma mère détestait que je pleure. Elle prétendait que c'était inconvenant.

Mes sanglots et mes hoquets emplirent la pièce.

Elle avait raison d'être en colère. Elle avait un rendez-vous très important avec l'homme le plus riche de la ville, qui pourrait régler tous nos problèmes d'argent s'il l'épousait comme elle en rêvait.

Et si j'avais tout gâché en ratant sa coiffure ? Et s'il rompait avec elle et qu'elle me déteste à jamais pour ça ?

Ma mère et moi étions les meilleures amies du monde, mais je ne faisais rien de bien, ces jours-ci, et elle n'arrêtait pas de se mettre en colère contre moi.

Quand je n'eus plus de larmes à verser, je m'essuyai les yeux du revers de la main et pris une longue inspiration saccadée.

Ça va. Tout ira bien.

La prochaine fois, je la coifferais correctement. Et alors ma mère m'aimerait de nouveau. J'en étais sûre. »

Je repousse la brûlure que ce souvenir fait monter à mes yeux.

Mon téléphone vibre contre ma cuisse lorsque nous nous arrêtons devant l'hôtel. J'ai des crampes d'estomac quand je vois surgir une photo prise sur le vif, de moi arrivant à Athenberg. Un abruti a dû la prendre à l'aéroport.

Max : J'ai vu ça sur un blog de potins. Tu as l'air en forme, J.

Max : Mais on sait tous les deux que tu as toujours été photogénique.

Je déteste ces textos soi-disant décontractés, encore plus que ceux où Max se montre ouvertement menaçant. Ils sont un rappel constant de sa présence dans ma vie. Chaque fois que je me détends un peu, un nouveau message surgit, qui me remet sur les nerfs.

Bien sûr, telle est son intention. Max veut me torturer en me laissant dans l'incertitude, et il y parvient, putain.

J'essuie mes paumes moites sur mes cuisses, puis je sors de la voiture et entre dans l'hôtel. Alex, Josh, Ava, Stella et moi prenons l'ascenseur jusqu'à notre étage, sans mot dire. Mes amis ont déjà disparu dans leurs chambres respectives quand la voix de Josh m'immobilise.

– Il faut que je te parle une seconde.

Je me raidis, le ventre à nouveau noué, pour une raison tout à fait différente. La dernière chose dont j'ai besoin, c'est de me faire engueuler par Josh.

N'empêche, je pénètre dans sa suite sans protester, et la porte se referme sur nous avec un léger déclic. On prend un risque énorme, sachant qu'il s'en est fallu de peu avec Ava, un peu plus tôt dans la journée. Enfin, c'est le cadet de mes soucis pour l'instant.

Josh n'ouvre pas la bouche, mais il n'en a pas besoin. Son jugement silencieux me pique au vif, familier et mordant.

Je devine ce qu'il pense.

Que c'est ma faute. Que j'ai une mauvaise influence. Que j'ai encore une fois entraîné Ava dans les ennuis.

C'est toujours ma faute.

– Dis-le, qu'on en finisse.

Je regarde l'écran éteint de la télévision accroché au mur, où se reflètent mes cheveux en désordre et mon visage fatigué. Cette nuit s'est avérée un véritable cauchemar. Ma seule consolation, c'est que Bridget soit partie avant que la situation ne dégénère et qu'elle n'ait pas à subir de stress supplémentaire avant son mariage.

Mon menton tremblote lorsque Josh se rapproche assez pour que son corps m'enveloppe de sa chaleur.

– Ça va ? demande-t-il doucement.

Il pose une main dans ma nuque et y décrit de petits cercles avec son pouce. La pression dans ma poitrine explose à son contact.

– Oui.

– Jules, regarde-moi.

Je serre les lèvres et secoue la tête, craignant de faire le geste qui détruirait le fragile barrage qui retient mes larmes.

– Jules, insiste Josh en prenant mon menton entre son pouce et son index. Qu'est-ce qui se passe ?

Il m'oblige à croiser son regard. Son inquiétude est si visible qu'elle érode son masque de granit.

– Rien. Je suis fatiguée et j'ai envie de dormir, alors crie-moi dessus comme d'habitude et qu'on en finisse.

La surprise se lit dans ses yeux.

– Qu'est-ce que tu racontes ?

Je me frotte les bras, regrettant de ne pas avoir enfilé quelque chose de plus conséquent que ma minirobe en soie verte.

– Ce soir. Ava a été arrêtée à cause de moi, j'ai une mauvaise influence sur elle, etc. Je connais bien le laïus maintenant. Tu ne m'as jamais jugée assez bien.

Un muscle se contracte le long de sa mâchoire carrée.

– Je n'ai jamais dit ça.

– Mais tu le penses.

Josh laisse tomber sa main et se la passe sur le visage.

– D'accord, quand j'ai reçu l'appel d'Ava, j'étais furieux que tu lui aies de nouveau attiré des ennuis, mais surtout, j'étais inquiet. Non seulement pour elle… mais aussi pour toi, fait-il d'une voix plus basse.

– Pourquoi ?

– Pourquoi quoi ?

– Qu'est-ce que ça peut te faire ?

Le silence vibre entre nous, si tendu qu'il menace de se rompre.

La pomme d'Adam de Josh ne cesse de monter et descendre, signe qu'il est perturbé, mais il ne répond rien.

Mon cœur se serre. *OK.* C'est bien ce que je pensais.

– Tu n'as pas à faire semblant de te soucier de moi juste parce qu'on a couché ensemble.

Une fausse inquiétude est mille fois pire qu'une absence d'inquiétude, parce que la fausse inquiétude engendre les faux espoirs, et les faux espoirs détruisent les âmes. C'est l'une des leçons les plus importantes que j'ai apprises au cours de mes jeunes années. Toutes les fois où j'ai cru que quelqu'un se souciait de moi alors qu'on cherchait seulement à obtenir quelque chose de moi, et quand on avait obtenu ce qu'on voulait, on me jetait sans y réfléchir à deux fois… Jusqu'à ce que, bien sûr, on ait encore besoin de quelque chose.

– J'ai entendu ce que tu as dit, j'ajoute malgré la boule dans ma gorge. À Ava.

Josh fronce les sourcils.

– De quoi tu parles ?

– En première année. Dans notre dortoir.

D'un certain côté, je suis gênée de ramener sur le tapis un événement aussi ancien, mais cet épisode s'accroche à moi comme du lierre, poison qui me ronge lentement au fil des ans.

– Je t'ai entendu lui dire de ne pas me prendre pour amie.

« *Je remontai la sangle de mon sac sur mon épaule tout en me dirigeant vers ma chambre. Mon professeur avait une urgence qui l'empêchait de se rendre sur le campus, j'avais donc une heure de plus à tuer. Je pourrais peut-être aller faire un tour dans l'une des librairies indépendantes près de la fac après avoir déposé mon manuel.*

Dehors, des nuages gris promettaient la pluie et il n'y avait pas de perspective plus douillette que de déambuler dans une librairie pendant un orage. J'entendais déjà les pages tourner en silence et je sentais le musc suave si caractéristique des vieux livres.

Je m'arrêtai devant ma chambre et sortis ma clé magnétique de ma poche, mais avant que je puisse ouvrir la porte, une voix grave me parvint à travers la mince cloison de bois.

– Pourquoi tu ne pourrais pas changer de colocataire ? Je suis sûr que le service du logement ferait quelque chose pour toi si tu lui expliquais la situation avec Jules.

Je me figeai, le cœur battant soudain trop vite pour que ce soit confortable.

– Parce que je ne veux pas changer de colocataire, Josh. C'est mon amie.

La fermeté du refus d'Ava me réchauffa un peu la peau.

– Tu ne la connais que depuis deux mois, et elle t'a déjà mise dans le pétrin, argumenta Josh. Regarde ce qui s'est passé avec la tour de l'horloge.

Je sentis le rouge me monter aux joues. Peut-être que se faufiler dans la tour interdite d'accès de l'horloge de Thayer, tout ça pour y boire un coup, n'était pas la meilleure idée qui soit, mais c'était amusant, et Ava voulait faire quelque chose de scandaleux. De plus, après nous avoir attrapées, la sécurité du campus nous avait relâchées avec juste un rappel à l'ordre, si bien que nous n'avions pas eu de gros problèmes.

– Elle ne m'a pas forcée à y aller sous la menace d'une arme, répliqua Ava. C'est quoi, ton problème avec Jules ? Tu es sur son dos depuis que tu l'as rencontrée.

– Parce qu'il suffit que je la regarde et je sais déjà que cette fille, c'est des problèmes en puissance. En fait, elle est un problème qui s'est déjà produit, soupira Josh. Oui, vous êtes colocataires, mais tu la connais à peine. Tu peux te faire d'autres amis, Ava. Elle ne me dit rien qui vaille. Tu n'as pas besoin de quelqu'un comme ça dans ta vie.

J'en avais assez entendu.

Je tournai les talons et filai vers la sortie. La blessure s'épanouit dans ma poitrine avant de laisser libre cours à la colère.

Putain de Josh ! Nous avions peut-être interagi quatre fois, maximum, et il était là, à me juger sur un seul incident.

Il ne me connaissait pas comme il se l'imaginait. Mais je savais déjà que je le détestais. »

Le bronzage de Josh pâlit.

– C'était il y a sept ans, murmure-t-il. Les gens changent. Les opinions aussi.

– La tienne a changé ? Parce que jusqu'à ce qu'on commence à coucher ensemble, tu me traitais comme tu l'as fait à l'université.

Il tressaille.

– Écoute, je n'aurais pas dû dire ce que j'ai dit, mais je… je suis protecteur envers Ava, surtout après ce qui s'est passé quand on était enfants. Tu sais aussi bien que moi à quel point elle est confiante et, parfois, elle se fie aux mauvaises personnes. Je sais maintenant que tu n'en fais pas partie, mais je te connaissais à peine à l'époque. J'étais inquiet et j'ai réagi de manière excessive.

– Et dans les années qui ont suivi ? j'insiste, incapable de me débarrasser de la piqûre du souvenir. Tu ne m'as jamais appréciée.

– Parce que c'est toi qui ne m'appréciais pas ! proteste Josh en se passant une main dans les cheveux. On s'est retrouvés pris dans un cycle d'insultes et de haine l'un envers l'autre, et je ne savais pas comment le briser.

Il est assez proche pour que je sente la frustration se déverser de lui.

– Qu'est-ce qui a changé ? À part le sexe, je veux dire.

– Ce n'est pas…

Il hésite, et la boule dans ma gorge grossit.

– Ben voilà. (*Ne pleure pas. Ne pleure pas.*) Arrête de faire semblant de t'inquiéter pour moi, Josh. C'est hypocrite.

Ses narines se dilatent et, pour la première fois de la soirée, la colère étincelle dans ses yeux.

– Pour quelqu'un d'aussi énervé par mes allégations à ton sujet, tu fais un putain de tas de suppositions sur moi.

– Ce qui ne veut pas dire qu'elles sont fausses.

Je n'ai pas fini de parler que Josh abolit la distance entre nous et écrase sa bouche sur la mienne. Je m'agrippe à ses bras, brûlant de sentir la douleur dans ma poitrine se dissiper alors que mon corps répond au sien.

– C'est ce que tu veux alors ? grogne-t-il contre mes lèvres. Juste du sexe, pas de sentiments ?

– Ça a toujours été le plan, je réplique en m'efforçant d'introduire une touche de légèreté dans mon ton. À moins que tu ne sois pas d'accord.

– On dirait que tu vis pour m'énerver, Red. À quatre pattes.

Sa poigne s'est transformée en acier autour de mes poignets avant qu'il les relâche.

Le temps que mes genoux touchent la moquette, il a déjà défait sa ceinture et son pantalon, et la chaleur forme une boule dans mon ventre.

Voilà. Ça, je sais le gérer.

Pas des conversations profondes, pas d'amitié ou d'espoir d'un certain avenir. Juste du sexe. C'est tout ce que j'ai toujours donné et tout ce que les gens ont toujours voulu de ma part.

Je ferme les yeux lorsque Josh me pénètre, me perdant dans la sensation de son corps sur le mien. Il joue de moi comme la plus érotique des chansons du monde, et malgré les émotions de la nuit, je jouis quand même avec assez de force pour plonger temporairement mon esprit dans le néant.

Mais lorsque la béatitude orgasmique se dissipe, la pression dans ma cage thoracique revient, plus forte que jamais. Les respirations saccadées de Josh semblent assourdissantes dans le silence, et une part ridicule, horrifiante de moi, veut rester éternellement ici, à l'écouter respirer.

– Lâche-moi.

Nous sommes tous les deux par terre, son corps enveloppé autour du mien, et je sens chacune de ses inspirations et de ses expirations contre mon dos.

– Jules…

Sa voix rauque hérisse mes nerfs à vif.

C'est une erreur. Tout est une erreur.

– J'ai dit : « Lâche-moi. »

Je le repousse et je me relève tant bien que mal, pour rajuster mes vêtements de mes mains tremblantes.

Josh me regarde, le visage tendu, plein de regrets et de quelque chose d'autre que je ne parviens pas à identifier, mais il ne dit pas un mot quand je m'éloigne.

J'attends d'avoir regagné ma chambre et d'être entrée dans la salle de bains pour m'effondrer sous le poids de la nuit.

L'arrestation, Max, Josh, tout. Tout me tombe dessus au point que je m'assieds au sol, que je ramène les genoux contre ma poitrine et que je m'autorise à pleurer, pour la première fois depuis des années.

Mes larmes se mêlent à l'eau et je reste là jusqu'à ce que la douche devienne froide et qu'il ne reste plus que le silence.

31

JULES

Je m'autorise une crise de larmes par an, donc après celle de sous la douche, je me ressaisis et je chasse Max et Josh de mes pensées. J'aurai tout le temps d'y revenir après le mariage.

Heureusement, le Palais ne nous laisse pas désœuvrés, entre les répétitions, les fêtes d'avant-mariage et les leçons de protocole. J'ai à peine le temps de me rendre compte du temps qui passe, et voilà que la cérémonie commence dans une demi-heure.

Bridget, Ava, Stella, la belle-sœur de Bridget, Sabrina – sa demoiselle d'honneur, comme l'exige le protocole – et moi sommes réunies dans la suite nuptiale pour une dernière vérification avant de pénétrer dans la cathédrale où se déroulera le mariage.

Sept mille invités. Diffusion en direct devant des millions de téléspectateurs du monde entier.

J'ai les nerfs à fleur de peau.

– Je sais que je l'ai déjà dit, mais je vous remercie pour votre soutien, les filles, nous lance Bridget, les yeux brillant d'émotion. Je sais que les préparatifs ont été épuisants et que ce n'est pas facile d'être sans cesse sous le feu des projecteurs, donc j'apprécie vraiment.

– On n'aurait manqué ça pour rien au monde, la rassure Stella en lui prenant la main.

Ses yeux brillent d'un mélange de bonheur et de mélancolie. Les mêmes émotions contradictoires me traversent pendant que l'horloge décompte les minutes qui nous séparent du début de la cérémonie. Je suis sincèrement heureuse pour Bridget, surtout après tout ce que Rhys et elle ont enduré pour être ensemble, mais son mariage marque aussi la fin d'une époque.

Mes amies et moi grandissons. Nous ne sommes plus les jeunes étudiantes insouciantes d'autrefois. Nous ne le sommes plus depuis longtemps, mais d'une certaine manière, le mariage de Bridget l'entérine plus nettement encore que son couronnement.

Elle est révolue, l'époque des week-ends impromptus, des séances au spa tard le soir dans notre dortoir et des retrouvailles hebdomadaires autour d'un café et d'une assiette de scones au Morning Roast.

Aujourd'hui, Ava vit avec Alex et elle est constamment en déplacement pour son travail. Bridget est reine, au sens propre, et sur le point de se marier. Quant à Stella, elle est tellement accaparée par le magazine et son blog que je la vois à peine, alors même que nous sommes colocataires.

Malgré tout ça, quand nous nous retrouvons ensemble, c'est comme au bon vieux temps, et je compte bien apprécier ces moments à leur juste valeur.

– Dis bien à Rhys qu'il a intérêt à te traiter correctement ou il aura affaire à nous, ajoute Stella.

Malgré sa menace, nous savons que nous n'avons pas à nous inquiéter. Rhys traitait déjà Bridget comme une reine, avant même qu'elle monte sur le trône.

Il y a comme un soupçon de larmes dans le rire délicat de Bridget.

– Je n'y manquerai pas.

On frappe à la porte. Freja, la responsable de la communication du Palais, entre et salue Bridget d'un signe de tête respectueux.

– Votre Majesté, êtes-vous prête ?

Pour la première fois de la journée, l'appréhension se lit sur le visage de Bridget, pourtant elle redresse les épaules et opine.

Nous procédons à une dernière vérification de nos coiffures et maquillage avant de descendre à la queue leu leu au rez-de-chaussée pour emprunter le long couloir qui relie la maison d'hôtes à la vieille cathédrale.

Les portes s'ouvrent et toute pensée autre que le souci de ne pas trébucher s'envole pendant mon interminable remontée de l'allée.

Premiers ministres. Personnalités de sang royal. Célébrités. *Josh.*

Tous les spectateurs me regardent, mais parmi les milliers de paires d'yeux, il y en a une en particulier qui se grave en moi quand je passe devant les bancs réservés aux amis proches et à la famille des mariés.

Les battements de mon cœur s'accélèrent.

Je prends ma place devant l'autel et fixe mes yeux sur l'entrée, déterminée à ne pas regarder le frère d'une certaine amie dans la foule.

Ne le regarde pas. Ne le regarde pas. Ne le regarde pas.

Bridget entre au bras de son grand-père, l'ancien roi Edvard, et un silence impressionné tombe sur la foule.

De l'autre côté de l'autel, Rhys est anormalement immobile. Les yeux plantés dans ceux de Bridget, et son visage rayonne d'un tel amour que j'en ai le cœur serré. Une météorite pourrait atterrir dans la cathédrale qu'il serait incapable de détacher son regard d'elle.

Le sourire que lui adresse Bridget est visible même sous son voile de dentelle. Ce moment d'éternité s'étire entre eux, si brut et intime que j'ai le sentiment d'être une intruse, malgré les milliers d'invités qui nous entourent.

Je chasse d'un battement de cils les larmes qui me sont montées aux yeux. Je ne pleure pas. J'évacue un excès d'humidité. C'est tout.

Quand l'archevêque entame la cérémonie, je ne peux m'empêcher de scruter les bancs, ça aura au moins le mérite d'étouffer l'émotion qui m'étreint. La dernière chose dont j'ai besoin, c'est de pleurer en direct à la télévision.

Mon regard glisse sur une poignée de princes européens aisément reconnaissables, une chanteuse pop de renommée mondiale et Asher Donovan, star du foot en devenir, avant de buter sur Josh.

Qui a dit que je ne devais pas le regarder, déjà ?

Il est assis au deuxième rang, derrière la famille royale, renversant dans son smoking noir. Il a dompté ses cheveux en une coiffure soignée qui fait ressortir les lignes finement ciselées de ses pommettes, et ses yeux noir charbon plongent dans les miens avec une intensité qui s'insinue sous ma peau.

Boum. Boum. Boum.

Les battements de mon cœur noient la voix de l'archevêque, les yeux de Josh me retiennent prisonnière.

Je devrais détourner le regard avant que mon visage ne révèle au monde entier ce que je ne suis pas prête à m'avouer à moi-même.

Et le fait que j'en sois incapable me terrifie plus que n'importe quel chantage ou monstre surgi de mon passé.

32

JOSH

Si les cérémonies de mariage sont longues en général, les cérémonies de mariage royal sont interminables.

Plus je passe de temps sur ce banc de bois qui m'engourdit les fesses, moins je suis captivé par la découverte des créatures richissimes et célébrissimes qui m'entourent. Je suis heureux pour Bridget et Rhys, mais la seule qui occupe mes pensées, c'est Jules.

La façon dont nous nous sommes quittés, l'autre soir, me ronge, et si nous ne clarifions pas rapidement les choses, je vais péter les plombs.

Je la reluque près de l'autel. Elle porte la même robe violette et le même bouquet que les autres demoiselles d'honneur, pourtant elle rayonne d'une telle intensité qu'il est impossible d'en détourner les yeux.

Je suis du regard les lignes de son visage, je me délecte de la courbe sensuelle de ses lèvres et de la finesse de ses traits. Quand elle sourit à l'entrée de Bridget, mon cœur trébuche.

Certains sourient avec leur bouche, Jules sourit avec tout le visage. L'étincelle dans ses yeux, l'adorable froncement de son nez, la petite fossette de sa joue… La regarder sourire, c'est comme regarder un ciel nocturne s'illuminer d'étoiles.

Mes muscles se tendent quand je remarque qu'elle scrute les bancs. Si elle se tourne juste de quelques centimètres de plus… d'un centimètre encore…

Nos regards se croisent. Se retiennent.

Des étincelles chauffées à blanc descendent le long de mon dos avec une telle force que je bondis presque de mon siège.

Je plaque ma main sur mon genou quand son sourire faiblit et que son visage s'empourpre. Elle a ressenti la même chose...

La musique qui retentissait dans la cathédrale se tait, et je suis pris de l'envie soudaine de m'approcher de l'autel et de l'emmener sur-le-champ dans un endroit où nous serons seuls.

Quelques secondes de contact visuel, ce n'est pas suffisant. J'ai besoin... putain, je ne sais pas de quoi j'ai besoin. De m'excuser, de m'expliquer, de la faire sourire à nouveau comme l'autre soir.

Je n'ai pas reparlé à Jules depuis la nuit de l'enterrement de vie de jeune fille de Bridget. Quarante-huit heures, et son absence me ronge déjà les sangs.

« *Quand je ne suis pas avec elle, j'aimerais qu'elle soit là. Quand je suis avec elle, je veux que ce moment dure toujours.* »

J'ai les mains moites.

Je repense sans arrêt à l'autre nuit, depuis qu'elle m'a parlé.

Les larmes dans ses yeux. La douleur dans sa voix quand elle m'a dit m'avoir entendu parler à Ava. Son départ, sans un mot, juste après notre étreinte.

C'était la première fois que nous suivions vraiment les règles de notre arrangement. Même nos petits coups vite faits du début se concluaient par quelques mots de conversation. Je pensais que ça me conviendrait bien mieux, au lieu de quoi tout ce que je voulais, c'était la ramener dans ma chambre et l'embrasser pour effacer sa douleur.

Je me fais un point d'honneur à tenir mes promesses, mais mon vœu de cantonner notre relation au sexe est mort plus vite qu'un papillon de nuit brûlé contre une lampe.

Bridget descend l'allée et m'empêche de voir Jules l'espace d'une seconde. Le temps qu'elle passe, Jules a déjà détourné le regard. Elle a maintenant les yeux fixés sur l'archevêque, si inébranlable que je la soupçonne de faire justement exprès de ne pas me regarder.

Je serre les poings sur le banc.

Nous avons beau nous trouver au même endroit, elle me manque tellement que ces secondes de contact visuel rompu font naître un profond malaise en moi.

Qu'est-ce que ça dit de moi, bordel ?

« *Quand je ne suis pas avec elle, j'aimerais qu'elle soit là. Quand je suis avec elle, je veux que ce moment dure pour toujours.* »

Mes mains deviennent encore plus moites.

Ce n'est pas possible parce que… je ne peux pas…

Les deux mois écoulés défilent à toute vitesse dans ma tête. Tout, depuis le Vermont jusqu'à l'autre nuit, se confond en un seul et même flot confus jusqu'à ce que, froidement, je comprenne et que l'air déserte mes poumons.

Putain de merde.

La cérémonie terminée, la réception bat désormais son plein, et moi je suis une pelote de nerfs à vif et d'émotions à fleur de peau, cocktail qui finit par exploser quand je vois Jules rire avec Asher Donovan près de la piste de danse.

J'ai essayé de lui parler plusieurs fois depuis que nous avons quitté la cathédrale, mais elle avait toujours une mission de demoiselle d'honneur à remplir.

Et maintenant qu'elle est enfin libre, elle va flirter avec ce connard d'Asher Donovan ?

Ça m'étonnerait bien, bordel !

Je fonce sur eux, manquant renverser le Premier ministre du Danemark dans ma précipitation. J'ai le cœur qui martèle un rythme lourd et possessif à chacun de mes pas.

Mienne. Mienne. Mienne.

Jusqu'à cet instant, Asher était l'une de mes idoles sportives, mais là, je pourrais lui crever ses saloperies d'yeux pour lui faire passer l'envie de la regarder comme il le fait. Comme si elle pouvait être à lui alors qu'elle est si clairement, si irrévocablement à moi.

Asher hausse les sourcils quand il remarque mon approche.

– Excusez-moi, je lâche avec un sourire crispé. Je voudrais parler à Jules.

Les épaules de Jules se sont visiblement tendues. Au lieu de me regarder, elle ne quitte pas son interlocuteur des yeux.

Mon sang bouillonne.

Je n'ai jamais été jaloux d'une femme jusqu'à maintenant, et je déteste cette sensation. J'ai l'impression d'être un train qui fonce vers le flanc d'une montagne, incontrôlable, au bord du crash.

– Pas de problème, répond Asher dont les yeux verts pétillent d'amusement. Jules, j'ai été ravi de faire ta connaissance.

– Moi aussi, répond-elle en lui souriant, ce qui augmente l'ébullition de mon sang. On pourrait se revoir, la prochaine fois que tu seras de passage à Washington. Tu as mon numéro.

Se revoir ? Son numéro ? Qu'est-ce que c'est que ce bordel ?

– J'en serais ravi. À bientôt.

Asher l'embrasse sur la joue. Un instinct de possession explose dans ma poitrine, hideux et incandescent. J'ai envie de l'arracher à elle et de frapper son visage de beau gosse stupide.

Jules attend qu'il soit hors de portée de voix avant de se tourner vers moi.

– Oui ?

– Qu'est-ce que c'était que ce bordel ?

J'ai essayé, sans succès, de débarrasser ma voix de tout grognement d'animal possessif.

– De quoi tu parles ?

Je suis abasourdi par la froideur impersonnelle de son ton.

– Ça, je réponds en désignant la star de foot. Avec Asher. Pourquoi il a ton numéro, putain ?

– Parce que je le lui ai donné, fait Jules en haussant les sourcils. C'est pour ça que tu nous as interrompus aussi grossièrement ? Parce qu'on était en plein milieu d'une conversation, et si tu n'as rien d'important à me dire, j'aimerais la reprendre.

Je suis tenté de la traîner sur mes genoux pour lui donner la fessée que mériterait son insolence. Mais il y a quelque chose de plus important dont nous devons parler, en plus d'Asher.

Lui, on aura tout le temps de s'occuper de son cas plus tard.

– Il faut qu'on parle. En tête à tête.

Je jette un coup d'œil à nos amis, mais ils sont trop occupés sur la piste de danse pour nous prêter attention.

– Je ne suis pas libre de mes mouvements, Josh. Une demoiselle d'honneur a des missions à remplir.

– Ça y est, tu les as remplies.

Bridget et Rhys, qui ont déjà eu leur première danse, découpent le gâteau, et tous les invités sont occupés à danser, à s'enivrer ou à commenter les ragots en bord de piste.

Les dirigeants du monde : ils ne sont pas différents de nous.

– Oh, bien sûr, fait Jules en posant une main sur sa poitrine. Je m'en remets à ta grande expérience en tant que demoiselle d'honneur. De toute évidence, tu sais exactement ce que le rôle implique.

Je serre les poings. Nous sommes en train de retomber dans nos vieilles chamailleries. Normalement, j'aurais été ravi de ce signe de normalité, mais là, il me met hors de moi.

– Dehors dans cinq minutes, Red, ou je te colle sur mes genoux et je te donne une fessée déculottée ici même, devant tous les rois, les reines et les présidents du monde, je grogne.

Les joues de Jules virent au rose foncé.

– Ne me dis pas ce que je dois faire.

– Dans ce cas, ne teste pas mes limites.

Je tourne les talons et sors de la salle de bal.

Jules a dû sentir que je mettrais ma menace à exécution, parce qu'elle me retrouve à l'extérieur de la salle, exactement cinq minutes plus tard, la mâchoire serrée sur une expression butée.

Nous remontons le couloir jusqu'à un salon qui n'est pas fermé à clé. Je repousse la porte derrière nous, et puis… c'est le silence.

Nous nous dévisageons dans une atmosphère lourde des vieilles blessures et des non-dits.

« *Tu ne m'as jamais jugée assez bien.* »

« *J'ai entendu ce que tu as dit. À Ava.* »

« *Qu'est-ce qui a changé ? À part le sexe, je veux dire.* »

L'irritation que j'ai ressentie en la voyant avec Asher se dissipe lentement, remplacée par la culpabilité et la honte. Je ne savais pas que Jules écoutait, n'empêche que je me sens quand même comme un connard d'avoir dit ce que j'ai dit.

– De quoi tu veux parler ? demande Jules, sur un ton aussi raide que ses épaules.

– Je veux… j'hésite, regrettant de n'avoir pas à ma disposition quelque chose de plus efficace que les mots. M'excuser.

Il fut un temps où, présenter des excuses à Jules Ambrose aurait été pour moi aussi douloureux que de me couper la langue. Aujourd'hui, les mots sortent avec une relative facilité.

J'ai compris pourquoi Jules était contrariée. Elle a raison. Je me suis comporté comme un trou du cul.

J'aurais dû m'excuser l'autre soir, mais j'ai été tellement pris de court par cette révélation que je n'ai pas trouvé de réponse appropriée. Pas seulement à ce qui s'était passé avec Ava, mais aussi aux questions qui ont suivi.

« *Qu'est-ce qui a changé ? À part le sexe, je veux dire.* »

Tout.

Voilà ce que j'aurais dû répondre, si je n'avais pas été trop aveugle pour le voir et trop trouillard pour le dire.

Notre relation a débuté par un arrangement basé uniquement sur le sexe, sauf qu'elle ne s'est jamais cantonnée au sexe. Même quand je pensais la détester, j'étais déjà en train de m'adoucir vis-à-vis d'elle. Chaque sourire, chaque rire et chaque conversation ont ébranlé l'image que je m'étais faite d'elle jusqu'à ce que je me retrouve avec quelqu'un que je ne connais pas mais que je ne supporte pas de laisser partir.

– Tu t'es déjà excusé, réplique-t-elle.

– Non, je lance en faisant un nouveau pas vers elle. Je suis désolé d'avoir demandé à Ava de mettre fin à votre amitié. C'était nul.

Jules détourne le regard.

– C'est bon.

– Pas du tout. Même si ce n'était pas destiné à tes oreilles, tu l'as entendu. Je t'ai fait du mal, et je suis désolé.

Elle secoue la tête. Une larme roule le long de sa joue, étincelle argentée sous le clair de lune. Quelque chose se fissure dans ma poitrine.

– À une époque, tu ne te serais jamais excusé.

– À une époque, j'étais une tête de nœud.

– Qui a dit que tu ne l'étais plus ?

Un petit sourire se dessine sur mes lèvres, mais il disparaît quand Jules reprend la parole.

– Qu'est-ce qu'on est en train de faire, Josh ? C'est censé se limiter au sexe.

C'est ce que je continue aussi à me dire. Mais je suis sacrément fatigué de faire comme si notre arrangement n'avait pas évolué vers quelque chose qui ne peut être entravé par des règles, et à la pensée que Jules s'imagine que je l'utilise uniquement pour le sexe, même si elle y a consenti, mon cœur se serre brutalement.

Je n'ai pas de problème avec le sexe sans attaches. Merde, c'est même tout ce que je connais depuis que j'ai commencé à avoir des relations sexuelles. Mais avec Jules, ça me semble mal, comme un costume fait sur-mesure qui ne me va pas.

– Il y a une différence entre ce qu'une chose est censée être et ce qu'elle est en réalité, Red.

On y est. Un aveu discrètement déguisé en ambiguïté.

Il plane dans l'air devenu si silencieux que j'entends le rythme de plus en plus rapide de la respiration de Jules et chaque tic-tac de la vieille horloge d'angle.

Tic. Tac. Tic. Tac.

Je ne sais pas quand j'ai cessé de haïr Jules et commencé à me languir d'elle. Tout ce que je sais, c'est que c'est comme ça et que je ne veux plus jamais revenir en arrière.

– Peut-être qu'il ne devrait pas y en avoir.

Je me fige.

– Qu'est-ce que c'est censé vouloir dire ? je demande, d'une voix calme en parfaite contradiction avec la tempête qui se déchaîne soudain dans mes veines.

Jules relève le menton, mais je perçois un infime tremblement dans sa voix.

– Ça signifie qu'on devrait sortir avec d'autres personnes. Notre arrangement n'est pas exclusif. Il est temps de tirer parti de cette clause.

Une bête sombre et laide relève la tête et grogne dans ma poitrine.

– Que dalle !

Avec qui pourrait-elle bien vouloir sortir, de toute façon ? Asher Donovan ? Cet enfoiré est un coureur de jupons notoire, et il ne vit même pas à DC.

– C'étaient les règles, souligne Jules.

– Les règles changent.

– Non. Pas les nôtres.

Elle recule, un soupçon de panique s'est insinué dans ses yeux.

– Tu n'as jamais eu de problème pour contourner les règles avant.

J'ai fait un pas vers elle, elle recule d'un pas. Une danse toute simple et continue qui se termine quand son dos se retrouve plaqué contre le mur et qu'à peine un centimètre sépare sa bouche de la mienne.

– De quoi tu as peur, Red ?

Mon souffle lui caresse la peau.

– Je n'ai peur de rien.

– Foutaises.

– C'était censé être simple.

– Ça ne l'est pas.

Elle n'a jamais rien eu de simple.

Jules est la personne la plus compliquée et la plus fascinante que je connaisse.

Elle ferme les yeux.

– Qu'est-ce que tu attends de moi ? demande-t-elle, résignée.

Une autre larme glisse sur sa joue. Je l'essuie avec mon pouce, étreint par un sentiment de protection féroce.

Je ne sais pas ce que j'attends d'elle, mais je sais que je la veux, elle. Je sais qu'elle occupe mes pensées et hante mes rêves au point que je ne vois plus qu'elle. Et je sais que quand je suis avec elle, c'est l'une des rares occasions où je me sens vraiment vivant.

Inutile d'habiller la vérité avec un langage fleuri, elle est assez puissante par elle-même.

– Je te veux, je réponds. On ne sort pas avec d'autres gens, Red. Je me fous des conditions initiales de notre accord. Tu veux savoir pourquoi ?

Une déglutition difficile fait palpiter les lignes délicates de sa gorge.

– Pourquoi ?

Je baisse la tête et passe une main dans ses cheveux, pour l'attirer encore plus près de moi.

– Parce que tu es à moi, Jules, je dis contre sa bouche. Laisse un autre homme te toucher, et tu verras que je peux prendre la vie d'un homme aussi facilement que je peux en sauver un.

33

JULES

« *Parce que tu es à moi, Jules. Laisse un autre homme te toucher, et tu verras que je peux prendre la vie d'un homme aussi facilement que je peux en sauver un.* »

Les mots de Josh tournent en boucle dans ma tête comme un disque rayé, aussi beaux que terrifiants. Quatre jours plus tard, je n'ai toujours pas trouvé le bouton Pause.

Même maintenant, alors que je pianote sur mon ordinateur à la LHAC, je sens encore Josh murmurer ces mots contre ma peau.

Notre conversation s'est arrêtée là. Nous sommes retournés au mariage. Le cœur me tambourinait à coups sonores dans la poitrine, propulsant un sang électrique dans mes veines. On aurait dit qu'il voulait me graver ses mots dans le cœur et il y est parvenu.

« *De quoi tu as peur, Red ?* »

De tout.

J'ai toujours été la fille avec qui on s'amuse bien, celle qui s'en tient à de brèves relations et repousse les hommes avant qu'ils s'approchent trop près. Celle qui redoute qu'ils voient la véritable moi, s'ils regardent un peu trop attentivement, et que la véritable moi ne leur suffise pas.

Parce que, bon, elle n'a suffi ni à ma mère ni à Max. Parfois, elle ne me suffit même pas à moi.

Mais Josh a vu le pire de moi, il a supposé le pire de moi et il veut quand même rester. Il n'en faut pas plus pour éveiller la plus dangereuse des émotions : l'espoir.

Il a vu presque tout le pire de toi, murmure une voix moqueuse dans ma tête.

Il ne sait rien de mon passé ni des choses que j'ai faites pour de l'argent. Il n'en saura jamais rien. En tout cas, si je peux l'empêcher.

– Jules.

Je sursaute, le cœur battant comme un fou, avant de me détendre.

– Salut, Barbs.

La réceptionniste s'appuie contre mon box et tapote l'écran de l'ordinateur.

– Il est temps de rentrer chez toi, ma jolie. Le bureau est fermé.

Je regarde autour de moi, sidérée de découvrir que le bureau est, de fait, désert. Je n'ai même pas remarqué quand les autres sont partis.

Je me passe une main sur le visage. Bon sang, j'étais complètement ailleurs.

– OK. Laisse-moi juste fermer tout ça.

– Oh, moi, je ne suis pas particulièrement pressée, réplique-t-elle en m'examinant d'un air pensif. Je suis surprise que Josh ne soit pas venu aujourd'hui pour célébrer l'affaire Bower. C'est son jour de repos.

Nous avons réussi à effacer le casier judiciaire de Terence Bower et appris ce matin-là qu'il a décroché un emploi qui aidera sa famille à passer le cap, le temps que sa femme se rétablisse. C'est une grande victoire pour nous, mais même si je travaille sur ce dossier depuis que j'ai pris ce poste à la LHAC, je ne réussis pas à m'enthousiasmer vraiment.

J'ai trop de soucis dans ma vie en ce moment pour célébrer les succès de quelqu'un d'autre, même si je suis heureuse pour eux.

Pourtant, mon ventre palpite au nom de Josh.

– Je ne sais pas, j'élude. Il faudra lui poser la question.

Je sauvegarde le document sur lequel j'étais en train de travailler et je me déconnecte.

– Hmm. Je me suis dit que tu serais au courant, puisque vous êtes bons copains, déclare Barbs, une lueur malicieuse au fond des yeux. Vous feriez un beau couple, tous les deux.

Je sens le rouge me monter aux joues, mais je m'efforce de garder une voix égale.

– Ah bon ? J'imagine que ce serait en grande partie grâce à moi, dans ce cas.

Elle éclate d'un rire qui secoue son corps de la tête aux pieds.

– Tu vois, c'est ça qu'il faut à ce garçon. Personne ne lui dit jamais « non ». Toutes les femmes se pâment devant lui et ne remettent jamais en question ce qu'il dit ou qu'il fait, constate-t-elle en secouant la tête. Il a besoin de quelqu'un qui le pousse dans ses retranchements. Dommage que tu ne sois pas intéressée... C'est bien ça ?

Elle se penche vers moi et je comprends enfin pourquoi le personnel de la clinique l'appelle l'entremetteuse du bureau.

– Bonne soirée, Barbs, je lance d'un air appuyé qui déclenche un nouvel éclat de rire.

– Bonne soirée, ma belle. À plus.

Et sur un clin d'œil, elle regagne son bureau.

Je remballe mes affaires. C'est effectivement étrange que Josh ne soit pas venu, mais peut-être qu'il est en train de rattraper son sommeil en retard. Il a fait des heures supplémentaires à l'hôpital pour compenser les journées passées à Eldorra. Je ne l'ai pas vu depuis notre retour à Washington, et j'hésite à lui envoyer un texto.

Vu notre dernier échange, je trouverais bizarre que notre première entrevue post-mariage ne se fasse pas en tête à tête.

Et comme je n'ai pas non plus trouvé la façon de répondre à sa demande implicite de modifier notre arrangement, donc voilà.

La sonnerie de mon téléphone me tire de mes pensées chaotiques.

Je suis tellement distraite que je réponds sans vérifier d'abord l'identité de l'appelant.

– Allô ?

– Pourrais-je parler à Jules Miller, s'il vous plaît ? demande une voix de femme inconnue.

Je me fige en entendant mon ancien nom de famille. Je suis tentée de lui répondre qu'elle s'est trompée de numéro, mais la curiosité prend le pas sur mon instinct de conservation.

– C'est elle-même.

Je plaque plus fort le téléphone contre mon oreille.

– Mademoiselle Miller, je vous appelle de l'hôpital de Whittlesburg. Au sujet d'Adeline Miller, précise-t-elle, et sa voix s'adoucit. Je crains de vous apporter de tristes nouvelles.

Mon ventre tombe en chute libre. *Non.*

Je sais ce qu'elle va dire avant qu'elle ouvre la bouche.

– J'ai le regret de vous annoncer que Mme Miller est décédée cet après-midi…

J'entends à peine le reste de ses paroles à travers le rugissement de mes oreilles.

Adeline Miller.

Ma mère.

Ma mère est morte.

34

JOSH

La sonnette retentit alors que j'ai presque remporté la bataille contre ma valise et réussi à la fermer. Ce bruit inattendu me fait sursauter et je relâche ma prise sur la coque… qui se rouvre dans un bruit sourd, limite moqueur.

– Putain.

Je pars pour la Nouvelle-Zélande dans quatre jours. Je refuse d'enregistrer mes bagages depuis qu'une compagnie aérienne a perdu la valise qui contenait mes cartes de base-ball signées, quand j'avais douze ans. Je viens donc de passer une heure à faire entrer de force une semaine de matériel de randonnée dans un minuscule bagage cabine.

Tous ces efforts sont réduits à néant.

– Il y a intérêt à ce que ce soit important, putain.

J'ai les nerfs en pelote quand je sors de ma chambre pour gagner la porte d'entrée.

Je l'ouvre d'un coup sec, prêt à mettre une raclée à mon visiteur, quel qu'il soit, mais mon humeur belliqueuse s'effrite quand je découvre qui se tient sur le pas de ma porte : Jules, les bras enroulés autour de sa taille, le teint blême, les yeux luisant d'un éclat suspect.

– Salut, dit-elle. Je suis désolée de passer à l'improviste, mais je… je ne savais pas où… (Son sourire vacillant se décompose.) Je n'avais pas envie d'être seule.

Elle a buté sur le dernier mot, et je sens l'inquiétude me fendre les entrailles avec la précision d'une lame.

– Pas la peine d'être désolée. Qu'est-ce qui s'est passé ?

J'ouvre la porte plus grand et l'examine de la tête aux pieds, en quête de blessures. Pas de saignement, pas d'ecchymoses, juste un air complètement perdu. L'inquiétude me prend aux tripes.

– C'est ma mère, lâche Jules, la gorge nouée. L'hôpital a appelé et m'a dit qu'elle avait eu un accident de voiture. Elle… elle est…

Un petit sanglot lui échappe.

Elle n'a pas besoin d'achever sa phrase pour que je devine ce qui s'est produit. Mais alors que je m'attendais à éprouver de la compassion ou même de la commisération, rien n'aurait pu me préparer à l'explosion qui survient dans ma poitrine.

Il a suffi qu'elle lâche un unique petit sanglot pour que tous les détonateurs cachés s'actionnent un par un, jusqu'à ce que la douleur consume mes poumons et se rue dans mon sang. Il résonne dans ma tête, ce sanglot, et me serre le cœur si fort que je suis obligé de m'en donner l'ordre, pour pouvoir respirer malgré la douleur.

– Viens ici, Red.

Ma voix est si rauque que je ne la reconnais pas.

J'ouvre les bras. Jules s'y engouffre et enfouit son visage contre mon torse pour étouffer ses pleurs. Je me retrouve à déployer d'immenses efforts pour camoufler toute forme de réaction. Je ne veux pas décupler l'émotion brute qui imprègne déjà la pièce, mais putain, le spectacle de sa souffrance, il fait mal. Plus que je ne l'aurais cru possible.

– Chuuut.

Je pose le menton au sommet de son crâne et je dessine avec douceur des cercles dans son dos. Bon sang, pourquoi suis-je aussi impuissant ! Je ferais n'importe quoi, je négocierais avec n'importe qui pour effacer sa douleur, mais aucune des compétences que j'ai acquises au fil des ans, à ramener les morts à la vie, ne me donne ce pouvoir.

– Ça va aller. Ça va aller.

– Je suis désolée, bredouille Jules entre deux hoquets. Je sais que ce… ça ne fait pas partie de notre arrangement, m… mais A… Ava a une séance de photos, et S… Stella n'est pas encore rentrée et je…

Je resserre mes bras autour d'elle.

– Arrête de t'excuser. Tu n'as pas à t'excuser de quoi que ce soit. Tu peux rester ici aussi longtemps que tu le souhaites.

– Mais n… notre…

J'immobilise une seconde ma main dans son dos.

– Jules. Tais-toi et laisse-moi te serrer dans mes bras.

Son rire mouillé de larmes ne dure pas plus d'une seconde avant de céder à nouveau la place aux pleurs. Mais putain, une seconde c'est déjà ça. Je prendrais une demi-seconde, même. N'importe quoi, c'est mieux que rien.

Finalement, ses sanglots laissent place aux reniflements et je la guide vers le canapé.

– Je reviens tout de suite.

Comme je n'ai pas eu le temps de faire les courses cette semaine, je me dépêche de passer commande pour livraison expresse, via mon téléphone, et je prépare une tasse de thé à la cuisine. Ma mère était fermement convaincue qu'une bonne tasse de thé pouvait résoudre n'importe quel problème, et bien que je n'en boive que rarement ces jours-ci, j'en ai toujours sous la main.

Thé et fontaine à eau chaude, tels sont les deux éléments essentiels d'un foyer chinois.

Une douleur me transperce la poitrine à la pensée de ma mère. Elle est morte quand j'étais enfant, mais personne ne se remet vraiment de la mort d'un parent.

Comme Jules ne parle jamais de sa famille, j'imagine qu'elle avait une relation difficile avec sa mère. N'empêche, sa mère reste sa mère.

Je retourne dans le salon et lui tends la boisson.

– Tu n'y as pas versé du poison ? dit-elle d'une voix rauque qui contient un soupçon de son insolence habituelle.

Le soulagement se propage en moi, au point que je souris à ce rappel d'une de nos conversations.

– Bois ce fichu thé, Red.

L'ombre d'un sourire se dessine sur la bouche de Jules. Elle en prend une petite gorgée pendant que je m'installe à côté d'elle sur le canapé.

– Ils ont appelé pendant que j'étais à la clinique, raconte-t-elle, le regard perdu dans son mug. L'autre voiture a grillé un feu rouge et percuté la sienne. Tout le monde est mort sur le coup. L'hôpital a fouillé dans ses affaires et trouvé mon numéro… J'étais la seule famille qui lui restait. (Elle lève vers le mien son regard hanté.) J'étais la seule famille qui lui restait, répète-t-elle, et je ne lui avais pas parlé depuis sept ans. J'avais son numéro. J'aurais pu l'appeler, mais… (Elle ravale péniblement sa salive.) Je n'arrêtais pas de me dire : *L'année prochaine. L'année prochaine je l'appellerai et ferai amende honorable.* Je ne l'ai jamais fait. Et maintenant, je ne le ferai jamais.

La voix de Jules se trouble avec l'arrivée de nouvelles larmes.

Le nœud dans ma poitrine devient dur comme une pierre.

– Tu ne pouvais pas prévoir, dis-je doucement. C'était un accident impossible à prévoir.

– Mais si je n'avais pas sans cesse remis à plus tard… objecte-t-elle en secouant la tête. Le pire, c'est que je ne pensais pas me sentir comme… ça. (Elle fait un geste vers elle-même.) Ma mère et moi, on ne s'est pas quittées en bons termes, c'est le moins qu'on puisse dire. Pendant des années, je lui en ai voulu de ce qu'elle avait fait. Je pensais être soulagée à sa mort, mais je… (Elle prend une brusque inspiration.) Je ne sais pas. Je ne sais pas ce que je ressens. Je suis triste. En colère. Honteuse. Pleine de regrets. Et oui, un peu soulagée aussi. Est-ce que c'est horrible de ma part ? demande-t-elle en serrant ses doigts si fort autour de la tasse que ses jointures blanchissent.

– Visiblement, tu avais une relation compliquée avec ta mère, donc c'est normal de ressentir toutes ces choses. Même du soulagement.

Je n'arrête pas de voir ça à l'hôpital. Certains patients s'attardent au seuil de la mort sans vraiment vivre ni mourir. Quand ils finissent par partir, les familles sont endeuillées, mais elles sont aussi soulagées de voir que la souffrance de leur proche a pris fin. Ils ne le disent pas, mais je le vois dans leurs yeux.

Le chagrin n'est pas une émotion unique, c'est une centaine d'émotions enveloppées dans un linceul sombre.

La situation de Jules n'est pas tout à fait la même, mais le principe demeure.

– Fais-moi confiance. Je suis médecin, j'ajoute avec un petit sourire. Je sais tout.

Son rire, tout doux, m'emplit la poitrine de joie. Deux rires en moins d'une heure. Je considère ce résultat comme une victoire.

– Tu étais proche de ta mère ? demande-t-elle. Avant…

Mon sourire s'efface.

– Oui, jusqu'au divorce, elle était la meilleure. Quand tout a pris une vilaine tournure, elle est devenue imprévisible. Lunatique. Et quand elle a été inculpée à tort pour avoir essayé de tuer Ava… eh bien, tu sais ce qui s'est passé. (Une boule d'émotion s'est logée dans ma gorge.) Comme la plupart des gens, j'ai cru qu'elle avait essayé de noyer Ava. Les médecins et la police ont conclu à une dépression sévère, mais n'empêche, j'ai refusé de lui parler pendant les semaines qui ont suivi. On était à peine réconciliés qu'elle a fait une overdose d'antidépresseurs.

Le visage de Jules s'adoucit sous l'effet de la compassion. Elle suit le bord de sa tasse du bout du doigt.

– Ça ressemble à mon histoire, du moins le début. Ma mère et moi, on était proches quand j'étais enfant. Mon père est parti avant ma naissance, et on s'est retrouvées toutes les deux.

Elle adorait m'habiller et me faire parader en ville comme si j'étais une poupée ou un accessoire dont elle aurait la jouissance exclusive. Ça ne me dérangeait pas, j'adorais jouer à être sa poupée, et ça la rendait heureuse. Mais quand j'ai grandi, j'ai commencé à recevoir plus d'attention qu'elle, surtout de la part des hommes, et elle détestait ça. Elle ne l'a jamais dit, mais je le voyais dans ses yeux, chaque fois que quelqu'un me complimentait. Elle a cessé de me traiter comme sa fille et s'est mise à se comporter avec moi comme si je lui faisais concurrence.

Ça alors !

– Elle était jalouse de sa propre fille ?

Je m'efforce de faire taire la condamnation de ma voix, en me rappelant que cette femme vient de mourir, mais mon ventre se retourne à la pensée qu'une mère soit susceptible d'entrer en rivalité avec son enfant.

Jules laisse échapper un rire sans joie.

– C'est le problème avec ma mère. Elle avait l'habitude d'être au centre de l'attention. Reine du bal de début d'année, reine du bal de fin d'année, reine de beauté. Elle a gagné un tas de concours dans sa jeunesse et ne s'est jamais remise de ses jours de gloire. Elle était belle, même plus âgée, mais elle ne supportait pas de ne pas être la plus belle de la pièce. (Elle prend une profonde inspiration.) Ma mère s'est lancée dans le mannequinat au lieu d'aller à l'université, mais elle n'a jamais réussi autant qu'elle aurait voulu. Après qu'elle m'a eue, les emplois se sont faits de plus en plus rares, alors elle est devenue serveuse de cocktails. Les prix étaient abordables dans notre ville. On aurait pu vivre de façon correcte, seulement l'argent lui brûlait les doigts et elle a accumulé les dettes, pour se payer des vêtements, du maquillage, des soins de beauté… en gros, tout ce qui l'aidait à sauver les apparences. Nos factures passaient à la trappe. Il y a eu des jours où ma seule vraie nourriture, je la mangeais à la cafétéria de l'école et beaucoup de jours où je rentrais à la maison, terrifiée qu'on nous expulse.

Je caresse le dos de Jules pour l'apaiser, même si je serre les dents pendant cette peinture de son enfance.

Il faut être qui, putain, pour préférer acheter du maquillage et des vêtements plutôt que de la nourriture pour son enfant ?

Mais j'ai été témoin de suffisamment de monstruosités dans le monde pour savoir que ce genre de gens existent, et ça me rend malade que Jules ait grandi avec l'un d'eux.

– Quand j'avais treize ans, elle a attiré l'attention d'un certain Alastair, l'homme le plus riche de la ville, un jour où il est venu boire un verre dans le bar où elle travaillait, poursuit Jules. Ils se sont mariés un an plus tard. On a déménagé dans une grande maison, je recevais un généreux argent de poche et tous nos problèmes paraissaient résolus. Mais Alastair n'arrêtait pas...

La courte pause est assez longue pour que l'effroi me pétrifie les entrailles.

– ... de me regarder et de dire des choses qui me mettaient hyper mal à l'aise, comme par exemple que j'avais de belles jambes ou que je devrais porter des jupes plus souvent. Il ne me touchait pas, cependant, et je ne voulais pas que les gens s'imaginent que je réagissais de manière excessive à quelques compliments, alors j'ai gardé le silence. Puis une nuit, j'avais dix-sept ans et ma mère était avec des amis, il est entré dans ma chambre et...

Je me fige.

– Et quoi ?

Les mots vibrent d'un calme si étrange que j'ai du mal à croire qu'ils sortent de ma bouche.

– Il m'a dit que je devrais me montrer plus reconnaissante pour tout ce qu'il faisait pour ma mère et moi, et puis il a ajouté que je pouvais lui montrer ma reconnaissance en... tu sais.

La rage obscurcit ma vision et peint le monde en rouge sang. Les ténèbres s'agitent dans ma poitrine, insidieuses dans leur lent déroulement, comme un monstre qui abuserait sa proie en lui instillant un faux sentiment de sécurité avant d'attaquer.

– Qu'est-ce qui s'est passé ensuite ?

Toujours calme, toujours neutre dans le ton, alors qu'une tension aiguisée au cordeau court sous mes mots.

– Naturellement, j'ai refusé. Je lui ai crié de sortir et je l'ai menacé de tout répéter à ma mère. Il s'est contenté de rire et de répliquer qu'elle ne me croirait jamais. Puis il a essayé de m'embrasser. J'ai voulu le repousser, mais il était trop fort. Heureusement... (Elle grimace en prononçant le mot.) Ma mère est rentrée plus tôt et nous a surpris avant qu'il puisse... faire plus. Il a prétendu que j'avais essayé de le séduire et elle l'a cru. Elle m'a traitée de pute qui avait essayé de séduire son mari et m'a mise à la porte le soir même.

La rage pulse plus fort dans mes tripes, se développe et s'intensifie jusqu'à faire voler en éclats toute morale que j'aie pu avoir.

Je suis devenu médecin pour sauver des vies, mais je veux dépecer Alastair, bande de peau par bande de peau, et regarder la vie s'échapper de ses yeux.

– J'ai pu retirer assez d'argent pour survivre pendant quelques semaines avant qu'Alastair ne gèle mes comptes, reprend Jules. J'ai... euh... exercé des petits boulots en ville jusqu'à l'université. Après avoir décroché mon diplôme, j'en suis partie et je n'y ai plus jamais remis les pieds.

– Et Alastair, il est où maintenant ?

Que Dieu lui vienne en aide si je lui mets un jour la main dessus, car je n'aurai aucun scrupule à transformer mon fantasme meurtrier en réalité.

Quand il s'agit de monstres qui s'attaquent à des jeunes filles ou à quiconque m'est cher, je n'en ai rien à foutre de la loi. La loi n'est pas toujours juste.

– Il est mort pendant ma première année d'université, répond Jules. Dans l'incendie de la maison. Je continuais à suivre ce qui se passait par là-bas, à cette époque – appelle ça de la curiosité morbide – et la nouvelle s'est retrouvée dans les journaux locaux. Il y a eu des rumeurs d'incendie criminel, mais faute de preuve, l'affaire a été classée sans suite.

La mort d'Alastair devrait m'apaiser, au lieu de quoi elle ne fait que m'énerver davantage. Je me moque qu'il ait été brûlé vif : pour moi, ce salaud s'en est tiré trop facilement.

– Ma mère était sortie avec des amis à ce moment-là, donc elle n'a rien eu, mais en définitive, Alastair lui avait laissé des clopinettes, poursuit Jules. Je ne sais pas où est passé le reste de sa fortune, quoi qu'il en soit, bien sûr, maman a dépensé son héritage en moins d'un an. Elle qui avait tout ce qu'elle voulait s'est retrouvée à nouveau sans rien. (Un sourire amer l'effleure ses lèvres.) Ça aussi, ça a fait les gorges chaudes des journaux locaux. Quand on est aussi riche qu'Alastair l'était, dans une ville aussi petite que Whittlesburg, tout ce qui t'arrive, à toi et à ta famille, ça fait la une.

Un muscle se contracte dans ma mâchoire.

– Et personne n'a rien trouvé à redire au fait qu'une jeune fille de dix-sept ans soit jetée à la rue et doive se débrouiller seule ?

– Non. Chacun y est allé de sa propre rumeur, comme quoi je volais Alastair pour financer ma dépendance à la drogue, déclare-t-elle sans s'embarrasser de circonvolutions. Qu'ils avaient essayé de m'aider mais que ça n'avait pas marché, qu'ils étaient à court de solutions, j'en passe et des meilleures.

Putain de merde !

Jules resserre ses mains autour de la tasse.

– Le pire, c'est que je voulais encore me réconcilier avec ma mère, surtout après la mort d'Alastair. Parce que bon, c'était ma mère, tu vois ? La seule famille que j'avais. Je l'ai appelée, je suis tombée sur son répondeur et je lui ai laissé mon numéro, demandant qu'elle me rappelle parce que je voulais lui parler. Elle ne l'a jamais fait. Mon ego en a pris un sacré coup et c'est la dernière fois que je lui ai tendu la main. Si j'avais fait taire ma fierté…

Une partie de ma colère reflue, remplacée par un profond chagrin pour la petite fille qui ne voulait que l'amour de sa mère.

– La communication, ça doit aller dans les deux sens. Elle aurait pu te contacter, elle aussi. Ne sois pas trop dure avec toi-même.

Honnêtement, sa mère m'avait l'air d'être un sacré numéro, mais je garde la remarque pour moi. Parce qu'on ne dit pas de mal des morts, etc.

La détresse a creusé de minuscules sillons sur le front de Jules, mais au moins, elle a arrêté de pleurer.

– Je sais, soupire-t-elle. Bref, assez parlé du passé. C'est déprimant. Tu ferais un thérapeute potable, me taquine-t-elle avec un petit coup de genou dans le mien.

L'idée me fait presque rire. J'ai déjà toutes les peines du monde à reprendre ma vie en main, alors conseiller les gens sur la leur…

– Fais-moi confiance, Red. Je serais nul comme psy. J'ai simplement l'expérience des dysfonctionnements familiaux, c'est tout.

La sonnette de la porte d'entrée retentit.

À contrecœur, je me lève du canapé pour aller ouvrir et reviens avec deux grands sacs en papier kraft.

– Un peu de nourriture réconfortante, j'explique en retirant les boîtes des sacs.

Macaronis au fromage. Soupe de tomates. Cheesecake au caramel salé. Ses plats préférés.

– Je n'ai pas faim.

– Mange, je réplique en poussant une boîte de soupe vers elle. Tu vas avoir besoin d'énergie tout à l'heure. Et bois plus d'eau ou tu risques la déshydratation.

Jules me récompense par un petit sourire.

– Tu es un vrai docteur.

– Je le prends comme un compliment.

– Tu prends tout comme un compliment.

– Normal. Je ne vois vraiment pas pourquoi quelqu'un voudrait m'insulter. Je suis extrêmement aimable.

Je retire le couvercle des macaronis au fromage. Jules prend une petite gorgée de soupe avant de reposer la boîte.

– Les gens extrêmement aimables n'ont pas besoin de le répéter sans cesse.

– Je ne suis pas comme la plupart des gens.

Je plante une fourchette dans un morceau de cheesecake et le lui tends. Après quelques secondes d'hésitation, elle accepte.

Nous mangeons en silence pendant un moment, jusqu'à ce qu'elle dise :

– Je vais bientôt devoir partir dans l'Ohio. Pour les funérailles. Mais ma remise de diplôme est prévue samedi, donc je dois prendre mes dispositions, et je ne sais même pas combien coûtent les vols. Ça ne doit pas être trop cher, si ? Mais c'est à la dernière minute. Et je dois décider où je vais loger, j'ai…

– Respire, Red.

Je pose les mains sur ses épaules pour la calmer. Sa respiration s'est accélérée, ses yeux ont de nouveau l'éclat sauvage de qui est dépassé.

– Voilà ce qu'on va faire. On va finir de manger, puis tu iras prendre une douche pendant que je cherche des vols, un hôtel et des pompes funèbres. Une fois qu'on sera au clair là-dessus, on se concentrera sur les détails. Et pas question que tu t'envoles pour l'Ohio avant ta remise de diplôme. Tu as survécu aux trois années d'enfer de la fac de droit, alors tu vas monter sur cette putain d'estrade. Pigé ?

Jules acquiesce, trop abasourdie pour discuter.

– Parfait, j'approuve en lui tendant le reste du cheesecake. Tiens. Cette merde est trop sucrée pour moi.

Après notre petit repas, elle prend une douche et je m'occupe de la logistique de son voyage. Heureusement, les vols pour l'Ohio ne sont pas chers et Whittlesburg compte en tout et pour tout deux hôtels, cinq chambres d'hôtes et quelques motels d'allure douteuse à la périphérie de la ville. Il n'est donc pas difficile de faire un choix. Une recherche rapide sur Google me permet également de trouver une entreprise de pompes funèbres bien notée, à des prix raisonnables.

Le temps que Jules sorte de la salle de bains, tout est prêt sur mon ordinateur portable. Elle jette un rapide coup d'œil à mes présélections avant de réserver.

– Merci. Tu n'étais pas obligé de faire tout ça, dit-elle en montrant mon ordinateur.

Elle se laisse tomber sur mon lit et passe une main dans ses cheveux. Elle a toujours l'air un peu perdue, mais plus animée qu'avant.

– Je sais, mais c'est mieux que de regarder la rediffusion d'une émission de télé merdique pour la dixième fois.

Jules ricane. Ses yeux se posent sur ma valise ouverte et s'écarquillent.

– Attends, ton voyage en Nouvelle-Zélande. J'avais oublié que c'est…

– Pas avant la semaine prochaine. Je pars lundi.

Je me sens mal à l'aise, soudain. J'étais très excité par la Nouvelle-Zélande, mais bizarrement mon enthousiasme a diminué.

– Ça va être cool.

Jules bâille. Elle porte un de mes vieux tee-shirts de Thayer qui lui descend au ras des cuisses et ses cheveux humides lui tombent en vagues roux sombre sur les épaules.

Parmi tous mes spectacles préférés de par le monde – le Washington Monument au lever du soleil, l'embrasement automnal des feuilles en Nouvelle-Angleterre, l'étendue de l'océan et de la jungle devant moi à la fin d'une longue randonnée au Brésil –, Jules portant mon tee-shirt pourrait bien figurer en première place.

– Repose-toi, je lâche d'un ton bourru, décontenancé par l'étrange spirale de chaleur qui envahit mes entrailles. Il est tard, et tu as eu une longue journée.

– Il est 21 h, papy.

Pourtant, elle bâille à nouveau.

– Ah oui ? Ce n'est pas moi qui ai l'air de vouloir gober les mouches. Au lit. Et tout de suite.

Je referme mon ordinateur et j'éteins toutes les lumières à l'exception de ma lampe de chevet.

– Tu es très autoritaire, je te jure… (Un bâillement.) Je ne sais pas comment… (Re-bâillement.) … les gens supportent…

Le ronchonnement somnolent de Jules s'adoucit à chaque mot, jusqu'à ce que ses paupières se ferment.

Je la glisse sous la couette avec la plus grande douceur, histoire de ne pas la réveiller. Sa peau est plus pâle que d'habitude, et une touche de rouge assombrit encore le bout de son nez et le contour de ses yeux, mais elle s'est endormie en m'insultant. Si ce n'est pas la preuve qu'elle se sent mieux, je ne sais pas ce que c'est.

J'éteins la lumière restante et je grimpe dans le lit à côté d'elle.

Notre conversation entamée pendant le mariage de Bridget est restée en suspens, sans conclusion. Notre arrangement initial tient-il toujours ou nous sommes-nous transformés en quelque chose d'autre ? Je n'en ai aucune idée. Je ne sais pas ce que nous sommes ni ce que nous faisons. Je ne sais pas ce que Jules en pense.

Mais nous pourrons aborder la question un autre jour.

J'enroule un bras autour de sa taille et la cale contre moi. Pour la première fois depuis le début de notre arrangement, nous dormons ensemble.

35

JULES

Je vis les jours qui suivent la mort de ma mère dans une espèce d'hébétude. Quand je me suis réveillée le lendemain matin, Josh était déjà parti au travail, mais j'ai trouvé le petit déjeuner qui m'attendait dans la cuisine et une note contenant les instructions étape par étape de ce que je devais faire ensuite. L'entreprise de pompes funèbres que je devais choisir, les questions que je devais poser, ce que je devais emporter pour mon voyage.

Et ça m'a aidée plus que n'importe quelle platitude que vous servent les gens dans ces circonstances.

J'ai coché les éléments un par un, mais comme un robot, sans rien ressentir. Comme si, en arrivant chez Josh, j'avais épuisé toutes mes émotions et que j'étais maintenant à sec.

Je ne sais pas ce qui m'a poussée à me tourner vers Josh alors que notre relation est déjà si compliquée, en tout cas il est la première personne à m'être venue à l'esprit quand je cherchais quoi faire.

Fort. Réconfortant. Logique. Il était tout ce dont j'avais besoin quand j'en avais besoin.

À présent, en écoutant le directeur de l'entreprise de pompes funèbres de Whittlesburg énumérer les détails de dernière minute, je regrette que Josh ne soit plus à mes côtés. Bien sûr, ce n'est pas raisonnable. Il a du travail, il ne peut pas sauter dans un avion pour me rejoindre dans l'Ohio. Sans compter qu'il part ce matin pour la Nouvelle-Zélande et ne reviendra pas avant la semaine prochaine.

Mon cœur se serre de douleur à cette idée.

– C'est tout ce dont nous avons besoin. Nous devrions être prêts pour demain, conclut le directeur des pompes funèbres en se levant, la main tendue. Encore une fois, toutes mes condoléances, Mademoiselle Ambrose.

– Merci.

J'esquisse un sourire. J'ai utilisé Ambrose au lieu de Miller, puisque c'est mon nom légal, mais il a une sonorité étrange dans la bouche de cet homme. Ambrose appartient à ma vie à Washington. Miller à celle d'ici.

Deux vies, deux personnes différentes.

Sauf que je suis là, Jules Ambrose, dans l'Ohio, et c'est encore plus surréaliste que je ne l'imaginais.

Je lui serre la main et m'empresse de partir. Je parcours à toute allure la distance qui sépare son bureau de la sortie, pressée que la chaleur dorée du soleil se répande sur moi. Mais une fois que j'ai quitté l'enceinte morne et obscure du funérarium, je ne sais pas où aller.

Il y a deux jours à peine, je traversais la scène du Nationals Park de Washington pour aller serrer la main de mon doyen et recevoir mon diplôme de droit.

Trois années de dur labeur – sept, si je compte les classes préparatoires – condensées en une feuille de papier.

Le moment a été à la fois glorieux et décevant.

En fait, je me souviens à peine de ma remise de diplôme. Elle s'est déroulée dans un brouillard et j'ai renoncé à dîner avec mes amis afin de pouvoir préparer mes bagages pour l'Ohio. Je suis partie le lendemain matin, c'est-à-dire hier, et depuis j'ai passé le plus clair de mon temps à prendre des dispositions pour les funérailles. La cérémonie sera simple, mais chaque décision m'épuise.

Je suis censée reprendre l'avion pour Washington après les obsèques, demain matin. En attendant, je dois trouver comment occuper le reste de mon après-midi et ma soirée. Or il ne se passe pas grand-chose en ville.

Je regarde un prospectus solitaire qui fait des pirouettes sur le trottoir, les vieilles voitures rouillées de l'autre côté de la rue et les bâtiments en brique marron agglutinés les uns contre les autres, tels des voyageurs fatigués sur une aire de repos. Au bout de la rue, un groupe d'enfants jouent à la marelle. Leurs rires assourdis sont les seuls signes de vie dans l'air stagnant.

Whittlesburg, Ohio. Une petite ville près du relatif mastodonte qu'est Colombus, qui n'a d'extraordinaire que sa banalité la plus totale.

Un retour dans cette ville, c'est comme traverser un rêve. Je m'attends à me réveiller d'une seconde à l'autre, à chercher à tâtons le bouton de rappel de mon radioréveil pendant que le souffle strident du sèche-cheveux de Stella s'insinue sous ma porte.

Au lieu d'un réveil, c'est un bus public qui passe en trombe et m'arrose de ses gaz d'échappement, m'arrachant du même coup à ma transe.

Dégueu.

Je me remets finalement en marche. Le funérarium se trouvant à la périphérie de la ville, il ne me faut pas longtemps pour atteindre le centre social et financier de Whittlesburg. Il ne comprend que cinq six blocs d'immeubles occupés par des entreprises entassées les unes à côté des autres.

Ce n'est pas un rêve.

Je suis bel et bien là. Il y a le restaurant où je traînais après les bals de l'école avec mes camarades. Il y a le bowling où nous faisions des sorties à l'école primaire et le petit magasin d'antiquités avec sa vitrine peuplée d'effrayantes poupées. Tout le monde était convaincu que la boutique était hantée, et nous courions chaque fois que nous passions devant, comme si les esprits qui y habitaient risquaient de nous attraper et nous kidnapper si nous nous attardions trop longtemps.

Revenir à Whittlesburg, c'est comme entrer dans une capsule temporelle. À l'exception d'une nouvelle chaîne au restaurant rutilant et du café qui a remplacé l'ancienne laverie de Sal, l'endroit n'a pas changé d'un iota au cours des sept dernières années.

Je baisse la tête et ignore les regards curieux d'un groupe de lycéennes rassemblées au coin de la rue. Par miracle, je n'ai encore croisé personne de ma connaissance, mais ce n'est qu'une question de temps. Je redoute les questions qui se poseront à ce moment-là.

La particularité des petites villes, c'est qu'elles ont la mémoire longue… pour le meilleur et pour le pire.

Je pousse un soupir de soulagement silencieux en arrivant à mon hôtel. Inutile de chercher une distraction en ville. Je veux juste m'enfermer dans ma chambre, commander quelque chose au service d'étage et regarder la télévision à la carte toute la nuit.

Je fouille dans mon sac, à la recherche de mon…

– Salut, Red.

Je me fige, la main encore à moitié dans mon tote-bag. L'incrédulité me tord le cœur, lequel se met à battre plus vite, au point que chaque battement résonne dans ma tête comme un tambour.

Boum. Boum. Boum.

Ça ne peut pas être lui. Peut-être que le milk-shake du déjeuner m'a déformé le cerveau et je suis en pleine crise hallucinatoire à cause de tout le sucre que j'ai avalé.

Parce qu'il n'y a aucune chance que ce soit lui.

Pourtant, quand je relève la tête, je vois son sweat-shirt gris préféré. Son sac de sport usé en bandoulière. Cette fossette caractéristique, qui naît du sourire incurvant ses lèvres, si doux qu'il efface tout le tranchant de ma résistance.

– Surprise. Je t'ai manqué ?

La voix de Josh s'insinue en moi comme une coulée de miel chaud.

– Je… tu…

J'ouvre la bouche, la referme dans ce que je présume être l'imitation très peu flatteuse d'un poisson rouge.

– Tu es censé te trouver en Nouvelle-Zélande.

– Changement de plan. Je préfère être ici.

Il hausse les épaules avec la désinvolture que l'on réserve à un changement de commande pour un dîner, pas quand ça concerne un vol international.

– Pourquoi ?

Boumboumboum. Est-il normal qu'un cœur humain batte aussi vite ?

– Je veux visiter le musée du crochet.

Peut-être me suis-je endormie au funérarium pour entrer dans une autre dimension, parce que c'est trop absurde pour être la réalité.

– Quoi ?

– Le musée du crochet, répète-t-il. Il est mondialement connu.

Le musée du crochet de Whittlesburg est la plus grande attraction de la ville, mais il n'est pas célèbre dans le monde entier, même si l'on fait preuve de beaucoup d'imagination.

La tour Eiffel, le Machu Picchu, la Grande Muraille de Chine… et le musée Betty Jones du crochet ? Oui, mais non.

– Mondialement connu ?

Quelque chose d'étrange papillonne dans mon ventre. Je ne veux pas que ça s'arrête. Jamais.

– Eh oui, fait Josh, dont la fossette se creuse. J'ai lu ça dans un magazine, dans un aéroport, et j'ai été tellement inspiré que j'ai changé de vol à la dernière minute. Je préfère de loin le crochet à une expédition en bateau sur le Milford Sound.

Un nœud d'émotion vient se loger dans ma gorge.

– Eh bien, loin de moi l'idée de remettre en question ton amour pour le crochet. (*Ne pleure pas dans le hall de l'hôtel.*) Tu loges ici ?

Josh fourre la main dans sa poche, sans que ses yeux quittent un instant les miens.

– Ça dépend, répond-il. Tu veux que je loge ici ?

Une petite partie de moi, effrayée, a envie de répondre par la négative. Il serait tellement facile de courir jusqu'à ma chambre et de m'y enfermer jusqu'à l'enterrement de ma mère, puis de repartir et de faire comme si ce voyage n'avait jamais eu lieu.

Mais je suis fatiguée de courir. Fatiguée de lutter contre le monde et moi-même en même temps, de prétendre que tout va bien quand je bataille pour garder la tête hors de l'eau.

Il n'y a pas de mal à accepter un radeau de sauvetage, quelle que soit sa forme.

Le mien s'est présenté sous celle de Josh Chen.

J'opine légèrement du chef, car je ne me sens pas capable de parler.

Son visage s'adoucit.

– Viens là, Red.

C'est tout ce dont j'avais besoin.

Je vole jusqu'à lui et j'enfouis mon visage contre son torse pendant que ses bras se referment autour de moi. Il sent le savon et les agrumes, son sweat-shirt est tout doux contre ma joue.

Je sens les regards intrigués de la réceptionniste et des autres clients de l'hôtel. D'ici demain, nous serons à coup sûr le sujet des ragots de la ville, mais je m'en moque.

Pour la première fois depuis que j'ai atterri dans l'Ohio, je peux respirer.

36

JOSH

Je n'avais pas prévu de prendre l'avion pour l'Ohio.

J'ai réussi à me rendre jusqu'à l'aéroport pour mon vol vers la Nouvelle-Zélande, mais quand l'embarquement a commencé, je n'arrêtais pas de penser à Jules. Que faisait-elle, comment allait-elle, avait-elle atterri sans encombre ? Les randonnées et les activités que j'avais passé des mois à planifier étaient devenues aussi intéressantes pour moi que de regarder de la peinture sécher.

Alors, au lieu de prendre l'avion pour ma deuxième destination sur ma liste des rêves à réaliser (après l'Antarctique), je me suis dirigé tout droit vers le guichet et j'ai pris un billet pour le prochain vol vers Columbus.

J'ai échangé la Nouvelle-Zélande contre Whittlesburg. J'ai vraiment la tête à l'envers et je ne réussis même pas à me mettre en colère.

– Hardi, accroche-toi bien, me prévient Jules lorsque nous tournons à gauche dans une rue tranquille, bordée d'arbres. Tu es sur le point d'être époustouflé.

Après avoir déposé mon sac, je l'ai convaincue de se joindre à moi pour ma visite du musée. J'aurais peut-être dû choisir une excuse plus intéressante qu'un musée du crochet, mais j'ai lu pendant mon trajet en bus depuis Columbus qu'il s'agit de la principale attraction de la ville. Ça ne compte pas pour du beurre, si ?

Je hausse les sourcils.

– Tu viens d'utiliser l'expression « Hardi » ? Tu as quoi, quatre-vingts ans ?

– Pour ta gouverne, sache que le personnage de Stanley Tucci l'utilise dans *Le diable s'habille en Prada*, et que Stanley et le film sont tous les deux extraordinaires.

– Oui, et quel âge a l'incroyable Stanley ?

Jules me coule un regard en coin.

– Je n'apprécie pas cette remarque désobligeante, surtout après la visite guidée, gratuite et complète de cette ville dont je viens de te gratifier.

Je lutte contre l'envie de sourire.

– On a juste marché quinze minutes, Red.

– Marche au cours de laquelle je t'ai indiqué le meilleur restaurant de la ville, le bowling, le magasin qui fait une apparition de dix secondes dans un film avec Bruce Willis et le salon de coiffure où je me suis fait faire une frange pendant une période aussi brève qu'horrifique, quand j'étais au lycée, réplique-t-elle. Ce sont des informations inestimables, Chen. Que tu ne trouveras dans aucun guide.

– Je suis presque sûr de trouver les trois premières dans n'importe quel guide, j'objecte en tirant sur une mèche de ses cheveux. Tu n'es pas fan de la frange ?

– Absolument pas. Ni de la frange ni du fard à paupières rose, c'est un non catégorique.

– Hmm, pourtant, je pense que ça t'irait bien, la frange.

Tout va bien à Jules.

Même aujourd'hui, avec des cernes violets sous les yeux et la bouche prise dans un réseau de lignes crispées, elle est si belle que je ne peux pas m'empêcher de la regarder.

Son apparence n'a pas changé radicalement au fil des années, mais quelque chose a bel et bien changé.

Sans que j'arrive à mettre le doigt dessus.

Avant, Jules était aussi belle que l'herbe est verte ou l'océan profond. C'était un fait, mais pas quelque chose qui me touchait particulièrement.

Maintenant, elle est belle d'une manière qui me donne envie de me noyer en elle, de la laisser emplir chaque centimètre cube de mon âme jusqu'à ce qu'elle me consume. Peu importe que cela me tue, parce que dans un monde où je suis entouré par la mort, elle est la seule chose qui me permette de me sentir vivant.

– Fais-moi confiance, tu te trompes. Bref, assez parlé de mes cheveux. Voici le mondialement célèbre musée Betty Jones du crochet, annonce-t-elle avec un grand geste du bras.

Mon regard s'attarde sur elle pendant que nous marchons vers l'entrée.

– Ça a l'air impressionnant.

Je serais incapable de vous indiquer la couleur du bâtiment même si vous me colliez un pistolet sur la tempe.

Une demi-heure et plusieurs présentoirs débilitants plus tard, je m'extirpe enfin de ma transe-Jules, seulement pour regretter de ne pas y être resté.

– Qu'est-ce que c'est que ce truc ?

Je désigne un machin au crochet bleu… Un chien ? Un loup ? Quoi qu'il en soit, son visage est de traviole, et ses yeux de cristal luisent d'un éclat menaçant depuis son perchoir sur l'étagère, comme s'il était furieux que nous ayons envahi son espace personnel.

Voilà ce que j'ai gagné à me laisser distraire. Si je meurs des mains d'un jouet hanté, je vais être furieux.

Jules louche vers la petite plaque dorée située sous le loup/chien.

– C'était l'un des jouets préférés de la fille de Betty, explique-t-elle. Crocheté à la main par un célèbre artisan local et offert pour son cinquième anniversaire.

– Il a un air démoniaque.

– Non, réplique-t-elle en fixant le jouet, qui nous fusille du regard. (Je suis prêt à jurer qu'il a retroussé les babines et grogné.) Mais, euh… passons à autre chose.

– Tu sais quoi ? Je crois que j'ai eu ma dose de crochet pour la journée. À moins que tu veuilles admirer encore des courtepointes et des jouets possédés.

Moi, j'ai payé mon dû. Il est temps de se tirer d'ici avant que les jouets ne prennent vie à la manière de *La nuit au musée.* Jules semble étouffer un sourire.

– Tu es sûr ? Tu as renoncé à la Nouvelle-Zélande pour ce musée de renommée mondiale. Ce serait bien que tu en aies pour ton argent.

– Oh, c'est fait ! Je suis satisfait, crois-moi. Je préférerais voir le reste de la ville, maintenant.

J'en ai eu pour mon argent et mes cauchemars !

Je pose une main au creux des reins de Jules pour la guider vers la sortie.

– La ville, on en a déjà vu la majeure partie en venant ici. Le reste est résidentiel.

Eh ben, dis donc…

– Il doit bien y avoir une curiosité qu'on aurait manquée. Quel est ton endroit préféré dans cette ville ?

Nous sortons dans la lumière mourante de la fin d'après-midi. L'heure dorée se fond dans le crépuscule et de longues ombres s'étendent sur les trottoirs alors que nous marchons vers le centre-ville.

– L'endroit a fermé il y a une heure, déclare Jules.

– Je veux le voir quand même.

Elle me jette un regard étrange, mais hausse les épaules.

– Si tu insistes.

Dix minutes plus tard, nous arrivons dans une librairie d'allure ancienne, coincée entre une friperie et un boui-boui de plats à emporter chinois. Les mots « Crabtree Books » s'étalent sur la vitrine sombre, dans une peinture rouge qui s'écaille.

– C'est la seule librairie de la ville, m'explique Jules. Je ne l'ai dit à aucun mes amis, parce que la lecture n'était pas considérée comme cool, mais c'était l'endroit où je préférais traîner, surtout les jours de pluie. Je venais ici si souvent que j'avais fini par mémoriser tous les livres sur les rayonnages, mais ça ne m'empêchait pas de les parcourir à nouveau tous les week-ends. C'était réconfortant. Et en plus, je savais pertinemment que je ne rencontrerais personne de ma connaissance ici.

Un sourire ironique se dessine sur ses lèvres.

– C'était ton refuge.

Son visage s'adoucit sous l'effet de la nostalgie.

– Oui, confirme-t-elle.

Je souris en m'imaginant la jeune Jules en train de se faufiler dans une librairie pour s'y cacher de ses amis. Il y a quelques mois, quand la seule Jules que je connaissais était le spécimen sarcastique et fêtard, j'aurais répliqué que c'étaient des conneries. Mais maintenant, je me la figure bien ici.

En fait, à l'exception de l'enterrement de vie de jeune fille de Bridget, ça fait un certain temps que je n'ai pas vu Jules faire la fête comme à l'université. Bon sang, ça fait un moment que moi non plus, je n'ai pas fait la fête comme à l'université.

C'est la première impression qui reste le plus longtemps gravée dans notre mémoire, mais contrairement à ce qu'on pense en général, certaines personnes changent. Le seul problème est qu'ils changent plus vite que nos préjugés.

– Tu as un livre préféré ?

Je veux tout savoir sur Jules. Ce qu'elle aime, ce qu'elle déteste, les livres qu'elle lit et la musique qu'elle écoute. Chaque miette d'information qui me permette de combler mon insatiable besoin d'elle.

– Je serais bien en peine d'en choisir un, répond-elle, l'air consternée. C'est comme demander à quelqu'un de choisir son parfum de glace préféré.

– Facile. Chocolat Rocky Road pour moi, caramel au beurre salé pour toi. (Je souris devant son air renfrogné.) Ton parfum préféré pour tout, c'est caramel au beurre salé.

– Pas pour tout, marmonne-t-elle. Très bien. Si je devais choisir un livre, rien qu'en me basant sur le nombre de fois où je l'ai relu… Ne rigole pas, s'interrompt-elle, les joues rosies. Parce que je sais que c'est cliché et un livre pour enfants, par-dessus le marché, mais… il s'agit de *La toile de Charlotte*. La famille qui vivait dans notre maison avant nous avait laissé un exemplaire, et c'est le seul livre que j'aie possédé quand j'étais enfant. J'en étais obsédée au point que je refusais de laisser ma mère tuer les araignées au cas où l'une d'elles serait Charlotte.

– C'est adorable, je lâche, un sourire jusqu'aux oreilles.

Ses joues virent à l'écarlate.

– J'étais jeune.

– Je n'étais pas sarcastique.

Jules ébauche un sourire, mais sans rien ajouter alors que nous nous éloignons de la librairie.

Comme il est presque l'heure du dîner, nous nous arrêtons dans le *diner* qu'elle a intronisé « meilleur restaurant de la ville » avant de regagner l'hôtel.

– Cet endroit sert des burgers à tomber, annonce-t-elle en feuilletant le menu, le visage illuminé par l'impatience. C'est l'une des rares choses qui me manque de Whittlesburg.

– Je te crois sur parole… Cet endroit me rappelle un décor de film des années 1980, j'ajoute après un coup d'œil aux box en vinyle rouge, au carrelage noir et blanc sur le sol et au vieux juke-box dans un coin.

Elle s'esclaffe.

– Probablement parce que le propriétaire d'origine était un grand fan des films des années 1980. On traînait ici tout le temps quand j'étais au lycée. C'était l'endroit pour voir et être vu. Une fois…

– Jules ? C'est toi ?

Jules blêmit.

Je me tourne vers celui qui a parlé. Anticipant une bagarre, j'ai déjà les muscles contractés, mais ma tension se transforme en confusion lorsque je vois qui se tient à côté de notre table.

La femme doit avoir autour de vingt-cinq ans, même si son maquillage et son carré platine la font paraître plus âgée. Elle est moulée dans un haut rouge et regarde Jules avec une expression pleine de curiosité.

– C'est toi ! s'exclame-t-elle. Jules Miller ! Je n'en reviens pas. Je ne savais pas que tu étais de retour ! Ça fait quoi, sept ans ?

Miller ? Qu'est-ce que c'est que ce bordel ?

Je jette un coup d'œil à Jules, qui s'est collé un sourire manifestement faux sur les lèvres.

– À peu près, oui. Comment vas-tu, Rita ?

– Oh, tu sais. Mariée, deux gamins, je travaille dans le salon de ma mère. Comme tout le monde, sauf pour la partie salon. (Les yeux de Rita s'illuminent quand elle m'avise.) Qui c'est ?

– Josh, dis-je puisque Jules reste silencieuse.

Je n'ajoute pas d'étiquette, faute de savoir laquelle utiliser.

– Ravie de te rencontrer, Josh, susurre Rita. On ne voit pas souvent des gens dans ton genre par ici.

Je réussis à esquisser un sourire poli.

Rita semble assez inoffensive, mais la tension qui émane de Jules est si prégnante que j'en sens presque le goût sur ma langue.

– Qu'est-ce que tu as fait pendant tout ce temps ? s'enquiert Rita, qui ramène son attention sur Jules en voyant que je ne poursuis pas la conversation. Tu as disparu. Pas d'adieux, rien du tout.

– Je suis allée à l'université.

Jules ne développe pas, mais Rita insiste.

– Où ça ?

– Une petite université. Tu n'en as probablement jamais entendu parler.

Je hausse les sourcils. Thayer est petite par la taille, mais c'est l'une des universités les plus renommées du pays. Je parierais ma bourse médicale que la plupart des gens en ont entendu parler, au contraire.

– Tu as eu de la chance de t'en sortir au bon moment, soupire Rita. Cet endroit t'aspire l'âme, tu sais ? Mais qu'est-ce qu'on peut y faire ? fait-elle en haussant les épaules. Au fait, je suis désolée de ce qui s'est passé avec ta mère et Alastair. Je n'y croyais pas. On se serait cru dans un feuilleton.

– L'incendie de la maison ? C'était il y a des années, réplique Jules.

– Non. Enfin, oui, mais ce n'est pas de ça que je parle, dit Rita en agitant une main. Tu n'as pas su ? Alastair s'est fait prendre en train de coucher avec la fille d'un de ses associés. Elle avait seize ans, c'était donc « techniquement » légal dans cet État, mais… (Elle ponctue son récit d'un frisson exagéré.) Bref, son associé a pété un câble quand il l'a découvert. À ce qu'on dit, il a détruit la moitié de l'entreprise d'Alastair et ce dernier a dû prendre un tas d'emprunts pour la maintenir à flot. C'est pour ça que ta mère a touché un si petit héritage. C'était tout ce qui lui restait. Y en a qui disent que c'est l'associé qui a aussi mis le feu à la maison, mais ça, on ne le saura jamais.

Bon sang ! Ça ressemble bel et bien à un feuilleton de série B, mais un coup d'œil à Jules dissipe mon incrédulité.

Elle est là, figée, à regarder Rita, les yeux écarquillés. Sa peau a la couleur des serviettes en papier blanches rangées dans une petite boîte en métal sur la table.

– Qu'est-ce que… ma mère savait ? Comment ça se fait que ce n'était pas dans les journaux ?

– La famille d'Alastair s'est arrangée pour que ça ne sorte pas dans les journaux, explique Rita, manifestement ravie de savoir quelque chose que Jules ignore. Hyper discrétos, mais quelqu'un a fait fuiter l'info. Tu y crois ? Ta pauvre maman. Même si elle l'a su et qu'elle est restée avec lui… dit-elle avant de s'interrompre et de s'éclaircir la gorge. Bref, qu'est-ce qui t'amène ici ?

Jules cille enfin.

– Je… Ma mère est morte il y a quelques jours.

Un silence aussi pesant que gênant s'installe.

– Oh, bredouille Rita, avant de s'éclaircir à nouveau la gorge et de balayer le *diner* du regard, écarlate. Je suis vraiment désolée de l'apprendre. Bon, faut que j'y aille, mais ça m'a fait plaisir de te revoir et, euh… mes condoléances.

Elle décampe, manquant renverser un serveur dans sa précipitation.

Bon débarras, putain !

– Une vieille copine ? je demande.

– Dans le sens où elle me copiait dessus en maths. Comme tu peux le constater, la plus grande commère de la ville.

Jules commence à reprendre des couleurs, même si son expression garde encore les traces du choc qui vient de lui tomber dessus.

– Oui, j'admets en la considérant avec inquiétude. Comment tu te sens par rapport à ce que tu as appris sur Alastair ?

Je me sens en partie vengé par la ruine financière du type, mais Jules a déjà assez à faire avec la mort de sa mère sans avoir à s'occuper du fantôme de son dégoûtant beau-père.

– Choquée mais pas surprise, si tu vois ce que je veux dire. (Elle prend une profonde inspiration.) Je suis contente que Rita me l'ait dit. Je sais que ce ne sont que des rumeurs, mais quand j'y pense, ça prend tout son sens : pourquoi il a laissé si peu d'argent à ma mère, les circonstances mystérieuses qui entourent l'incendie. Au moins, Alastair a plus ou moins payé pour les choses qu'il a faites.

– Et maintenant il est mort.

– Et maintenant, il est mort, répète Jules, avant de laisser éclater un petit rire. Pas la peine de parler à nouveau de ce trou du cul.

– D'accord.

Le serveur arrive pour prendre nos commandes, et j'attends qu'il soit reparti pour changer de sujet.

– Donc tu t'appelles Jules Miller, c'est ça ?

Elle grimace.

– J'ai changé mon nom de famille. Miller était celui de ma mère. Je voulais prendre un nouveau départ après avoir quitté l'Ohio. Donc j'ai demandé un changement de nom légal.

Je manque m'étouffer avec mon verre d'eau.

– Comment ça se fait que je n'en aie rien su ? Ava n'y a jamais fait allusion.

– Parce qu'elle n'est pas au courant. C'est juste un nom, marmonne Jules en triturant sa serviette de table. Ce n'est pas important.

Si ce n'était pas important, elle n'en aurait pas changé, mais je résiste à l'envie de le lui faire remarquer.

– Comment tu t'es décidée pour Ambrose ?

La tension abandonne son corps et une ombre d'espièglerie traverse son visage.

– J'aimais bien la sonorité.

Je ne peux m'empêcher de rire.

– Il y a des raisons bien pires pour choisir un nom, je constate. Ça te fait bizarre d'être de retour ici ?

Jules marque une pause avant de répondre.

– C'est amusant. Avant ce voyage, j'avais transformé Whittlesburg en un monstre dans ma tête. J'avais tellement de mauvais souvenirs ici… des bons aussi, mais surtout des mauvais. Je me disais qu'un retour ici serait un cauchemar, mais à part la révélation sur Alastair, tout a été… normal. Même cette rencontre avec Rita n'a pas été si mal.

– Les monstres de notre imagination sont souvent pires que ceux de la réalité.

– Oui, convient doucement Jules, dont le regard s'attarde sur le mien. Et tes monstres à toi, Josh ? Ils sont pires dans ton imagination ou dans la réalité ?

Quelques secondes silencieuses et pesantes s'écoulent, au cours desquelles je me débats pour choisir ma réponse.

– Michael m'envoie des lettres presque toutes les semaines, je finis par lâcher. Je ne les ouvre pas. Elles restent dans le tiroir de mon bureau à prendre la poussière. Chaque fois qu'une nouvelle arrive, je me dis que je vais la jeter. Mais je ne le fais jamais.

L'aveu a un goût aigre, comme quelque chose que j'ai gardé si longtemps qu'il s'est gâté avant de voir la lumière du jour.

Une étincelle de commisération luit dans les yeux de Jules. Si quelqu'un comprend la futilité de souhaiter une rédemption qui ne vient jamais, c'est bien elle.

– Tu l'as dit toi-même. Les monstres de notre imagination sont souvent pires que ceux de la réalité. On n'en a jamais la certitude tant qu'on ne les a pas affrontés, dit-elle en posant une main sur la mienne.

Ma poitrine se serre. L'enterrement de sa mère a lieu demain, et c'est elle qui me réconforte.

Je ne sais pas comment j'ai pu penser que Jules était insupportable, parce qu'il s'avère au contraire qu'elle est tout à fait extraordinaire.

37

JOSH

Le lendemain, j'accompagne Jules aux funérailles de sa mère. Si l'on excepte le pasteur et le personnel de l'entreprise de pompes funèbres, il n'y a que nous. Le service se déroule dans la plus grande discrétion.

– Voulez-vous dire quelques mots avant que nous ne laissions Adeline goûter au repos éternel ? demande le pasteur après avoir prononcé l'éloge funèbre.

Jules secoue la tête.

– Non, chuchote-t-elle. Je ne veux pas dire quoi que ce soit.

Je lui attrape la main pour la réconforter, regrettant de ne pouvoir faire plus. Jules ne me regarde pas, mais elle me serre la main en retour.

Le pasteur acquiesce, l'équipe des pompes funèbres descend le cercueil dans le sol, et la cérémonie est terminée.

Une fin en demi-teinte, pour reprendre les termes de Jules, mais qui ne m'empêche pas d'avoir la boule au ventre quand je regarde la tombe d'Adeline.

Des décennies de vie, éteintes comme ça, sans personne d'autre que sa fille et l'inconnu qui l'accompagne. Une vie de rêves, de peurs, de réussites et de regrets anéantis par un seul et unique accident.

C'est déprimant, putain.

Je me laisse aller quelques secondes à la mélancolie avant de la repousser et de poser doucement une main sur le coude de Jules. Le pasteur et le personnel de l'entreprise de pompes funèbres sont déjà partis, mais elle n'a pas bougé depuis la fin du service.

– On devrait y aller. Notre avion décolle bientôt.

Il n'y a qu'un seul vol de nuit de Columbus à Washington aujourd'hui, donc nous sommes obligés de prendre le même avion.

– Tu as raison, fait Jules en aspirant, puis expirant lentement une grande bouffée d'air. Merci d'être là avec moi, ajoute-t-elle alors que nous nous dirigeons vers la sortie. Tu n'étais vraiment pas obligé.

– Non, mais j'en avais envie. Qui sait dans quel pétrin tu t'embarquerais si je te laissais livrée à toi-même ?

Je ponctue ma taquinerie d'une ébauche de sourire.

– Les possibilités sont infinies, répond-elle solennellement. Tu es sûr de ne pas vouloir visiter le commissariat de police de Whittlesburg avant qu'on parte ?

– Je n'ai aucun doute sur le côté fascinant de l'expérience, mais je passe mon tour. Comment tu te sens ?

Je l'examine, pour tenter de savoir ce qu'elle a en tête. Jules replace une mèche de cheveux derrière son oreille.

– Étonnamment bien. Je pense que le choc s'est dissipé, et maintenant je suis juste… résignée, je crois. Je ne pourrai jamais dire au revoir à ma mère ni lui demander pardon. (Elle hésite.) En fait, je sais qu'on doit se rendre à l'aéroport, mais est-ce qu'on a le temps de faire un arrêt avant ? Je ne serai pas longue.

– Oui, bien sûr.

Nous sommes à la bourre, mais je ne vais pas lui refuser ça après l'enterrement de sa mère.

Quinze minutes plus tard, nous arrivons devant une petite maison délabrée à la périphérie de la ville. La peinture bleue de ses murs est écaillée, et la porte déverrouillée lorsque Jules tourne la poignée.

– C'est la maison que ma mère louait avant sa mort, explique-t-elle devant mon regard interrogateur. Quand j'ai prévenu le propriétaire de son décès, il m'a dit que je pouvais passer récupérer ses affaires personnelles. Je n'en avais aucune intention, mais…

– Je comprends.

C'est la dernière occasion pour Jules. Elle ne reviendra probablement jamais dans l'Ohio.

Nous entrons dans la maison. Il n'y a pas beaucoup de meubles, à l'exception d'un canapé, d'une télévision et d'une table basse faisant aussi office de table à manger. De la vaisselle sale s'empile dans l'évier, et un bouquet de fleurs se meurt sur le rebord de la fenêtre.

C'est étrange, comme si la maison attendait patiemment un propriétaire qui ne reviendra jamais.

Je suis Jules dans la chambre et reste près de la porte pendant qu'elle s'approche du groupe de photos encadrées sur la commode. Toutes montrent une belle femme aux cheveux roux, manifestement sa mère. Sur l'une d'elles, elle porte une robe et sourit, apparemment lors d'une fête chic. Sur une autre, elle est couronnée Miss Ado Whittlesburg, si l'on se fie à l'écharpe qui lui ceint la poitrine.

Il n'y a pas personne d'autre sur les photos, pas même Jules.

– Je pensais qu'elle en aurait au moins une de moi, murmure-t-elle en passant sa main sur la photo du concours adolescent. Toutes ces années… (Elle secoue la tête et laisse échapper un rire plein d'autodérision.) C'était stupide. Je gardais espoir, mais Adeline ne s'est jamais souciée de personne d'autre que d'elle-même.

Une douleur fleurit dans ma poitrine. Aucun de nous n'a eu des parents modèles, mais je déteste voir son espoir s'envoler.

– Je suis désolé, Red.

Jules laisse retomber sa main avant de se tourner vers moi.

– Il ne faut pas. On peut partir. On a un vol à prendre et j'ai trouvé ce que je voulais.

– C'est-à-dire ?

– Un moyen de tourner la page.

« *Un moyen de tourner la page.* »

Les mots résonnent dans mon esprit pendant notre trajet vers l'aéroport.

C'est peut-être ce dont j'ai besoin avec Michael. J'évite de le contacter depuis trois ans, en pensant que c'est la solution à mon problème. Tout ce que j'ai réussi à faire, c'est laisser son souvenir suppurer comme un cancer. Lent, invisible, il me vide progressivement de ma vie jusqu'à ce que je ne sois rien d'autre qu'une coquille de moi-même.

« *Les monstres de notre imagination sont souvent pires que ceux de la réalité.* »

L'évidence, soudaine et aveuglante, me transperce comme une lame.

– Ça va ? demande Jules après que nous avons passé la sécurité. Tu as l'air de délirer.

Whittlesburg est si proche de Columbus qu'il nous a fallu moins d'une heure pour arriver à l'aéroport.

– Oui, je réponds, encore sous le choc de ma découverte.

C'est tellement évident que je me sens débile de ne pas y avoir pensé plus tôt, mais il est vrai qu'on est totalement aveugle lorsqu'il s'agit de notre propre vie.

Je n'ai aucune envie de voir Michael, mais ce sera comme arracher un pansement. Une fois que ce sera fait, je pourrai enfin passer à autre chose.

« *Un moyen de tourner la page.* »

La réponse est là depuis le début.

– On a passé deux jours entiers ensemble et on ne s'est pas entre-tués. On fait des progrès.

Jules ponctue sa remarque d'un haussement de sourcil. Nous avons pris des sandwichs et des frites chez l'un des traiteurs de l'aéroport et nous nous sommes installés à une table dans la salle de restauration. Notre vol ne part pas avant soixante-quinze minutes, donc nous avons du temps à tuer.

– Ça n'a pas duré plus d'un jour et demi, grand max. Il nous reste encore un peu de temps.

Je souris, heureux de ce changement de ton, après la pesanteur de la matinée. Il y a toujours de la tristesse dans les yeux de Jules, mais elle semble déterminée à laisser le passé derrière elle.

– Comme c'est rassurant. (Elle croque dans son sandwich, mastique et avale avant d'ajouter, hésitante :) J'ai repensé à ce que tu as dit au mariage de Bridget.

Mon pouls s'accélère.

– Ah oui ?

Elle ne me regarde pas, mais le rouge lui est monté aux joues.

– Tu as peut-être raison. Sur le fait qu'il y a une différence entre ce qu'une chose est censée être et ce qu'elle est en réalité.

L'accélération de mon pouls se transforme en un rugissement. Je sens ma poitrine rayonner d'une chaleur qui comble certaines des fissures creusées par les années.

– J'ai toujours raison.

C'est tout ce que je parviens à sortir pour étouffer mon sourire.

Je n'ai jamais voulu d'une relation exclusive. Ça s'accompagne de trop d'attentes et, honnêtement, je n'ai jamais apprécié suffisamment une femme pour m'infliger plus de trois rendez-vous avec elle.

Si j'ai désiré ? Bien sûr. Aimé ? Non.

Mais avec Jules... Putain, je ne sais même pas comment c'est arrivé. Je l'apprécie, même quand elle m'énerve, c'est-à-dire la moitié du temps. Nos disputes m'éclairent plus que mes conversations avec quiconque, et lorsque nous échangeons vraiment, elle est la seule qui me donne le sentiment d'être compris. La seule qui voit au-delà du médecin, du play-boy, du drogué à l'adrénaline et de tous les autres masques que je porte pour cacher les morceaux désordonnés et imparfaits en dessous.

Je ravale l'étrange boule dans ma gorge pendant que Jules lève les yeux au ciel et sourit.

– Toujours modeste, à ce que je vois.

– Aussi.

Son sourire s'élargit et nos regards s'attardent un instant avant qu'elle ne redevienne sérieuse.

– Alors, dis-moi, qu'est-ce que ça implique pour nous ?

C'est une bonne question. Je n'ai aucune expérience d'une relation, mais…

– Ça signifie sans doute qu'on devrait s'organiser un rendez-vous. (Je souris jusqu'aux oreilles devant son regard ébahi.) N'aie pas l'air aussi choquée. Je te parle d'un rencard, Red. Pas d'une demande en mariage.

– Évidemment, ironise-t-elle, quoique l'œil toujours inquiet. Je sais ce que c'est qu'un rencard, j'en ai eu.

Ce rappel fait disparaître mon sourire.

Bien sûr que Jules a déjà eu des rendez-vous. Mais ça ne veut pas dire que j'aie envie d'y penser.

Un besoin de la posséder se déploie dans mon ventre, et je dois faire appel à toute ma volonté pour ne pas lui demander le nom, le numéro de téléphone et l'adresse de tous les connards qui l'ont touchée.

– Pas avec moi.

Je frotte une tache de sauce à la commissure de sa bouche. Mon pouce s'attarde sur sa lèvre inférieure et une sombre satisfaction m'envahit lorsque je la vois retenir son souffle.

– Quand on va sortir tous les deux, ce sera le meilleur rendez-vous de ta vie.

– Ton ego ne connaît vraiment aucune limite.

L'essoufflement de sa voix efface la piqûre de son insulte.

Je me penche vers elle et remplace mon pouce par mes lèvres.

– Prenons les paris, Red. Je parie qu'après notre rendez-vous tu ne pourras même plus penser à un autre homme.

La dernière partie est sortie sous la forme d'un grognement sourd. J'effleure ses lèvres des miennes, non pour l'embrasser mais comme une promesse.

J'entends Jules déglutir.

– Tu mets la barre haut, je vais avoir des attentes très élevées, Chen.

J'arrive de nouveau à lui sourire.

– Ne t'inquiète pas. Je ne fais jamais de promesses que je ne saurais pas tenir.

38

JULES

C'est étrange. Je suis partie pour l'Ohio en m'attendant à vivre un cauchemar et j'en reviens ayant compris qu'il s'est finalement agi d'une catharsis.

Le voyage s'est saisi des morceaux désordonnés et flous de ma vie et leur a donné un nouveau sens.

Alastair est mort et ne peut plus me faire de mal.

Ma mère est morte, et je peux bien me tourmenter avec des « et si ? », elle ne reviendra pas.

Max reste une menace, mais il est étrangement silencieux depuis un moment. Jusqu'à la prochaine fois qu'il se manifestera, je ne peux pas faire grand-chose.

Et Josh… Josh est l'un des rares points positifs de ma vie de merde. Le passage d'une relation où nous sommes des ennemis qui jouent parfois à la bête à deux dos à une relation où nous sortons ensemble, ça s'apparente à sauter d'une falaise : ça peut se solder par les émotions les plus exaltantes de ma vie ou un désastre total.

Mais j'ai déjà assez de regrets. Je ne veux pas que Josh vienne s'ajouter à la liste.

Parfois, il faut faire le grand saut, sous peine de rester coincée à jamais.

– Qu'est-ce que tu en penses ?

Je me tourne lentement, pour que Stella puisse examiner ma tenue.

Josh et moi avons notre premier rendez-vous officiel aujourd'hui, mais j'ai eu beau le cajoler, le menacer et le soudoyer, il est resté bouche cousue sur ce qu'il a prévu. Je n'ai donc aucune indication sur le code vestimentaire à adopter. Le seul conseil qu'il m'a donné a été de me faire jolie, mais pas trop, ce qui ne m'aide pas des masses.

Après bien des hésitations, j'ai opté pour une robe bain de soleil bleue avec des sandales et une queue-de-cheval haute pour contrer l'étouffante chaleur du mois de juin. C'est une tenue légère, affriolante et suffisamment décontractée pour une promenade dans le parc, mais suffisamment habillée pour un bon restaurant.

Du moins, je l'espère.

Stella m'examine de la tête aux pieds avant lever le pouce.

– Tu es parfaite.

Dieu merci. Je n'aurais pas eu le temps de me changer. Je suis déjà en retard.

Comme Josh ne pouvait pas venir me chercher chez moi, je le rejoins à Georgetown, comme il me l'a demandé.

J'ai des papillons dans le ventre quand je l'avise qui attend là où nous sommes convenus de nous retrouver.

Chemise blanche. Jean noir. Cheveux ébouriffés. Tellement beau que mon cœur se serre. Je regrette presque que nous ayons cessé de nous haïr, parce que notre nouvelle relation est redoutable pour ma santé cardiaque.

– Salut, Red. Ravi de te voir présentable pour une fois.

Les yeux de Josh s'échauffent pendant l'examen auquel il me soumet tout en parlant.

Je le gratifie d'un passage en revue tout aussi appuyé.

– Ravie de te voir l'apparence humaine pour une fois. Tu as payé combien pour te faire confectionner cette nouvelle peau qui dissimule tes cornes de démon et tes écailles de serpent ?

– C'était gratuit. C'est tout simplement mon charme naturel, déclare-t-il.

– Je crois plutôt que le vendeur a eu peur que tu l'étouffes avec ton ego surdimensionné si tu ne fichais pas le camp rapidos.

Son rire roule à travers moi comme du caramel fondu, riche et suave.

– Tu m'as manqué, putain.

Je me porte à ses côtés tandis que nous nous dirigeons vers notre mystérieuse destination.

– Ça ne fait que trois jours.

– Je sais.

Les palpitations s'intensifient. *Bon sang.* Quand il ne se comporte pas en connard, ce qu'il peut être… adorable.

– Tu vas me dire où on va maintenant ?

Je suis trop curieuse pour ne pas poser la question. Pourquoi Josh ne m'a-t-il pas demandé de le rejoindre sur notre lieu de rendez-vous au lieu de choisir un coin de rue au hasard ?

Il pousse un soupir exagéré.

– Patience !

– Je ne connais pas ce mot, mais ça m'a l'air ennuyeux.

J'étouffe un rire devant son regard en coin.

– Tu es insupportable.

– Tu n'arrêtes pas de le répéter, pourtant je t'ai manqué et tu m'as invitée à sortir avec toi. Je me demande ce que ça dit de toi.

– Que je raffole des belles punitions.

Je me mords la lèvre pour contenir un sourire naissant.

– Tu devrais te pencher sur le problème. Ça ne paraît très sain.

– Je l'ai fait. C'est incurable, j'en ai bien peur.

Je trébuche sur un pavé branlant et je me serais retrouvée face contre le trottoir si Josh ne m'avait pas attrapée par le poignet.

– Attention, dit-il, les yeux brillants d'amusement. (Il le fait exprès, ce salaud.) Je ne veux pas que tu tombes.

– Je ne tomberai pas, je rétorque sur un ton hautain.

Je lisse ma jupe, les joues écarlates.

Au bout de cinq minutes environ, nous arrivons finalement devant une petite boutique dotée d'un auvent rayé. Les mots « APOLLO HILL BOOKS » sont inscrits en lettres d'or sur la vitrine, par ailleurs remplie de piles de livres qui m'empêchent de voir l'intérieur de la boutique. Sur le trottoir, deux chariots bleu roi gémissent sous le poids des livres à prix réduits.

Je comprends maintenant pourquoi Josh ne m'a pas demandé de le rejoindre directement ici : la rue est trop étroite pour laisser circuler autre chose que des piétons et des vélos. Une voiture n'aurait aucune chance de s'y faufiler. Et pareil pour les rues avoisinantes.

– Bienvenue dans la meilleure librairie de la ville.

Josh désigne le bâtiment d'un geste théâtral et sourit devant mon expression ébahie.

– Comment ça se fait que je n'aie jamais entendu parler de cet endroit ? Je vis pourtant ici depuis des années.

Mon cœur bat la chamade à la perspective de ce qui se trouve au-delà de la porte en bois blanc. La découverte d'une nouvelle librairie s'apparente à celle d'un nouveau type de pierre précieuse : exaltante, merveilleuse et un peu surréaliste.

– Elle a ouvert ses portes il y a quelques mois, sans faire de vagues. J'en ai appris l'existence par un autre interne : il a un cousin dont l'amie en est la propriétaire.

Josh ouvre la porte.

Il me suffit d'y poser le pied pour tomber amoureuse. Non, pas tomber. Carrément m'écraser d'un amour instantané et brutal pour ces rayonnages qui montent du sol au plafond, pour les piles charmantes et désordonnées qui encombrent la table ovale au centre du magasin, et pour le parfum suave et musqué des vieux livres. L'audacieuse moquette émeraude contraste avec les murs au crème discret, et plusieurs lustres en fer forgé éclairent l'espace d'une lumière chaleureuse.

C'est la librairie de mes rêves, devenue réalité.

– Qu'est-ce que je t'avais dit ? La meilleure librairie de la ville.

La voix de Josh vient déposer une caresse veloutée le long de mon dos.

À part la propriétaire du magasin, nous sommes seuls. Il est difficile de croire que, derrière la porte, l'effervescence de la ville continue. C'est tellement feutré que j'ai l'impression d'être entrée avec Josh dans un monde secret créé seulement pour nous.

– C'est la seule fois où j'admettrai que tu as raison.

Je passe une main pleine de respect sur une pile de livres. Le magasin contient un mélange de livres neufs et de livres anciens. Je veux les explorer tous.

– Est-ce qu'on va passer notre rendez-vous à feuilleter des livres là-dedans ? En tout cas, moi, je n'ai absolument rien contre.

– En quelque sorte, répond Josh, qui s'appuie contre le côté d'un rayonnage et glisse une main dans sa poche, en splendide incarnation de l'insouciance. Je commencerais par le livre préféré de ton enfance.

– Pourquoi ?

– Fais-moi confiance.

Il désigne du menton la section des livres pour enfants.

La chaleur qui émane du regard de Josh m'échauffe la peau alors que je parcours les étagères jusqu'à y trouver ce que je cherche. Il n'y a que trois exemplaires de *La toile de Charlotte.* Je suppose qu'un message ou quelque chose d'approchant est glissé dans l'un d'entre eux.

Le fait qu'il se soit souvenu d'un si petit détail de notre conversation dans l'Ohio m'envoie des picotements dans tout le corps.

Concentre-toi, Jules.

J'attrape l'un des exemplaires sur l'étagère et j'en feuillette les pages. Rien ne sort de l'ordinaire.

Je retente l'expérience avec un deuxième exemplaire. Rien.

Mais lorsque j'ouvre le troisième livre, un bout de papier volette au sol. Je le ramasse et un sourire naît sur mes lèvres à la lecture des mots soigneusement tracés par Josh.

Ton plat préféré, mais tu dois le préparer.

B3, E4, #10.

– Une chasse au trésor dans la librairie ?

Je sautille, incapable de contenir ma joie.

– Une chasse au trésor et une énigme, précise Josh, dont la joue se creuse d'une fossette. Je dois m'assurer que tes capacités intellectuelles correspondent à mes critères, Red. Je ne sors pas avec les gourdes.

– Ça se comprend. Dans une relation, il faut bien un cerveau.

Le petit rire de Josh s'insinue en moi.

– Résous l'énigme avant de devenir arrogante, chérie. Une récompense t'attend en cas de réussite.

Je reprends du poil de la bête. J'adore les récompenses. J'ai toute une boîte de certificats, trophées et médailles remportés au lycée et à l'université.

– Qu'est-ce que c'est ?

– Tu le sauras en temps voulu. Ou peut-être pas, ajoute-t-il en haussant les épaules. Voyons voir.

J'ai la peau en émoi, résultat de notre échange et du frisson de la chasse, mais je refoule mon envie de continuer notre joute verbale pour me concentrer sur l'indice.

« Ton plat préféré, mais tu dois le préparer. » Ça renvoie évidemment à un livre de cuisine italienne.

Quant à « B3, E4, #10 »… Mon cerveau s'efforce de démêler son sens. Il s'agit d'une chasse au trésor, donc l'indice conduit probablement à un livre de cuisine spécifique. Tous les livres sont classés par ordre alphabétique d'auteur, alors à quoi peuvent bien correspondre les chiffres ?

J'examine les bibliothèques, essayant…

Mon attention est attirée par un panneau sur lequel figure le numéro un. Il est affiché sur le côté de l'étagère la plus proche.

Si les livres ne sont pas numérotés, les présentoirs le sont, et tous les présentoirs sont composés de plusieurs étagères. Présentoir, étagère. B3 E4.

Section Livres de cuisine, présentoir trois, étagère quatre… « #10 » : Dixième livre sur l'étagère ?

Ça se tente.

Mon cœur tambourine d'impatience dans ma poitrine. Je me dirige vers l'étagère en question et je compte les livres de gauche à droite. *Un, deux, trois, quatre…*

Le numéro dix est un livre de cuisine italienne.

J'en ai la tête qui tourne. Je jette un regard triomphant à Josh, qui tente sans trop de succès de ravaler un sourire, puis je feuillette le livre et découvre un deuxième message.

Maintenant que j'ai déchiffré le code, cette énigme est plus facile à résoudre. Elle m'oriente dans la section Voyages vers un épais guide de l'Italie. Lequel me conduit à la section Arts pour une biographie de Michel-Ange, qui me mène à son tour jusqu'à une romance sur un peintre tombant amoureux de sa voisine devenue sa muse.

Le message caché dans la romance ne contient pas d'indice. Non, il contient une phrase.

Jules, veux-tu sortir avec moi ?

Est-il possible pour un humain de fondre au sens propre du terme ? Parce que c'est la seule explication que je trouve pour expliquer mes genoux qui flageolent et la liquéfaction de mes entrailles. Je ne renferme plus rien, à part des émotions, maintenues ensemble par un battement de cœur rugissant et une longue file de papillons.

– On sort déjà ensemble, idiot.

J'ai mal aux joues tellement je souris.

L'expression malicieuse de Josh se transforme en quelque chose de plus chaleureux.

– Je me suis dit que je devrais le demander officiellement avant qu'on se dirige vers la prochaine étape.

– Qui est où ?

– Tu verras. Merci, Luna.

Il adresse un signe de tête à la libraire souriante, qui lui tend un sac rempli de livres.

J'étais tellement prise par la chasse au trésor que je ne me suis pas rendu compte qu'elle me suivait pour récupérer tous les livres ayant contenu un indice après mon passage à la section suivante.

– Ces livres sont à toi. N'hésite pas à diversifier tes lectures, déclare Josh.

Je suis trop abasourdie pour trouver une réponse spirituelle.

– Comment tu as organisé tout ça ?

– Comme je te l'ai dit, Luna est l'amie du cousin d'un collègue. J'ai mis ça au point avec elle. En plus, je lui ai acheté une tonne de livres en échange, donc c'est gagnant-gagnant.

– C'est…

Ne pleure pas. Ce serait humiliant. N'empêche, tout le mal que Josh s'est donné pour notre rendez-vous… Une boule s'est logée dans ma gorge lorsque nous disons au revoir à Luna avant de sortir de la librairie.

– Jules Ambrose sans voix. J'aurais dû faire ça plus tôt, plaisante Josh. Ça m'aurait évité bien des maux de tête par le passé.

– Hilarant. (J'ai retrouvé ma langue.) Alors, elle est où, la récompense que tu m'as promise ?

– Tu l'auras plus tard.

Je le considère d'un air soupçonneux.

– Serais-tu en train de m'arnaquer, Josh Chen ?

– Peut-être, répond-il sur une ébauche de sourire.

Nous nous arrêtons devant Giorgio, un restaurant italien intime caché dans une ruelle à l'écart. Ses fenêtres sont éclairées par la lueur des bougies, et de douces mélodies de jazz me parviennent aux oreilles lorsqu'il ouvre la porte.

– Il va falloir que tu me fasses confiance.

Il y a trois mois, je n'aurais même pas fait confiance à Josh s'il avait été ma seule bouée de sauvetage en plein naufrage. Aujourd'hui, je n'hésite pas une seconde avant de les suivre, l'hôtesse et lui, jusqu'à une table située au fond de la salle.

– Je n'allais pas t'obliger à cuisiner, reprend Josh, en référence au premier indice de la chasse au trésor. Je ne veux pas mourir d'une intoxication alimentaire.

– Dépêche-toi de quitter ton travail à l'hôpital. Tu devrais faire comique, je lâche en feuilletant le menu. Puisqu'on est là, j'en conclus que je suis à la hauteur de tes critères intellectuels et que je suis officiellement le cerveau de cette relation.

– Entre autres choses, admet-il doucement.

Mon examen du menu ralentit. Je lève la tête, et j'ai des nœuds dans le ventre devant l'intensité de ses yeux.

– Entre « autres choses » ?

Un lent sourire se dessine sur sa bouche.

– Ne me dis pas que tu vas à la pêche aux compliments, Red.

– Je ne pêche pas. Je déteste pêcher.

Qu'est-ce que tu racontes ? Pourtant, je continue à divaguer, trop nerveuse pour rester immobile ou me taire.

– À ce propos, pourquoi les hommes mettent-ils toujours des photos de pêche dans leur profil sur les sites de rencontre ? Honnêtement, ça décourage les ardeurs.

– Je ne fais pas ça, et tu n'as plus à t'inquiéter des sites de rencontre.

– Pourquoi ?

– Parce qu'aucun de nous ne sort avec quelqu'un d'autre, Red, répond Josh, si calme et si direct que les mots se gravent dans ma peau comme une vérité absolue.

Notre serveur arrive, ce qui m'évite d'avoir à formuler une réponse éloquente. De toute façon, l'effort aurait été bien inutile. Je ne peux même pas me concentrer sur ma nourriture, alors former une phrase cohérente avec les milliers de mots de mon vocabulaire…

Tout ce sur quoi je peux me focaliser, c'est l'homme en face de moi. Sa lèvre inférieure charnue, l'ombre de sa fossette, la caresse rude de sa voix et le bronze de sa peau sous la lumière tamisée.

Je ne sais pas comment j'ai pu penser que Josh était ennuyeux, parce que je pourrais rester ici à l'écouter parler pour l'éternité.

– Tu te souviens de ce que tu m'as dit à Eldorra ? Comme quoi je peux pardonner, même si je n'oublie pas ? fait Josh en se frottant la mâchoire. Alex et moi, on va à un match la semaine prochaine.

En voilà une agréable surprise !

– C'est super !

– On verra bien. C'est tellement un connard que ça pourrait causer plus de mal que de bien.

– C'est vrai, je m'esclaffe. Mais il a toujours été un connard, et vous avez été amis des années.

– C'est vrai aussi. D'ailleurs, c'est bizarre, j'ai eu un mal fou à fendre sa carapace, surtout au début qu'on s'est rencontrés. Et encore, il cherchait à être avenant. Normalement, j'aurais envoyé paître un type dans son genre, mais… (Josh fronce les sourcils.) Je ne sais pas. Je crois que j'ai pensé : *Ce mec a besoin d'un ami.* Tu as beau être riche à millions, tu as toujours besoin de quelqu'un pour assurer tes arrières. Quelqu'un qui ne soit pas motivé par l'appât du gain.

Ces mots m'attendrissent.

– Tu es quelqu'un de bien, Josh.

– Seulement de temps en temps, réplique-t-il avec un rire gêné. Tu avais raison, tu sais. Ce que tu as dit après le Black

Fox, comme quoi je m'accrochais à ma rancune parce que c'était tout ce qui me restait.

Le Black Fox. Cette nuit-là semble remonter à une éternité. Nous étions tellement en colère, et nous sommes dit tellement de choses blessantes… Pourtant, si c'était à refaire, je ne changerais rien. Cette nuit-là nous a conduits où nous en sommes maintenant. Et même si la mort de ma mère est toute récente et que le spectre de Max plane au-dessus de moi, je suis heureuse d'être là où je suis car, pour une fois dans ma vie, je ne me sens pas seule.

– Je ne dirais pas que c'est la seule chose à laquelle tu peux te raccrocher, je nuance.

Le reste du restaurant disparaît à mesure que l'instant s'étire entre nous, tendu et débordant d'un million de non-dits. L'émotion enflammée que ma phrase allume dans les yeux de Josh décoche une flèche dans ma poitrine et perce un bouclier dont j'ignorais jusqu'à l'existence.

Le résultat est un chaos total : cœur à vif, pouls endiablé, ventre où s'agite un essaim de papillons.

– Attention, Red. Si tu continues à dire des choses comme ça, je pourrais très bien ne jamais te laisser partir.

Une agréable chair de poule se propage sur ma peau avec la mise en garde de Josh. J'ai le visage en feu. Le manque d'oxygène commence à me donner le vertige, mais j'ai beau essayer de respirer, ça n'est pas suffisant. L'air est traversé d'une charge électrique qui m'illumine de l'intérieur.

J'aurais pu m'évanouir à notre table d'angle chez Giorgio si le tintement des clochettes au-dessus de la porte d'entrée n'avait pas desserré l'étranglement autour de ma gorge. Le grelot est suivi par une voix froide et claire.

– Alex Volkov. Une table pour deux.

Josh et moi détournons nos regards l'un de l'autre et pivotons vers l'entrée du restaurant, en proie à la même horreur.

Alex et Ava se tiennent près du stand de l'hôtesse. Ils ne nous ont pas encore remarqués. Alex est trop occupé à regarder Ava, elle-même est trop occupée à discuter avec l'hôtesse, mais ce n'est qu'une question de temps. Le restaurant est minuscule.

– Oh, bon Dieu ! je gémis en détournant les yeux, avant de dissimuler le côté de mon visage derrière ma main. Qu'est-ce qu'on fait ?

Pour Alex et Ava, Josh et moi nous détestons toujours. Si nous nous trouvions dans un endroit plus décontracté, nous pourrions faire comme si nous nous étions rencontrés par hasard, mais le hasard ne saurait avoir amené deux personnes à la même table éclairée aux chandelles dans un restaurant romantique, un vendredi soir.

– On a deux options, chuchote Josh d'une voix si basse qu'elle en est presque inaudible. Un, on reste et on brave l'orage avec courage. Deux, on se faufile par-derrière comme des lâches, avant qu'ils ne nous voient.

Nous nous dévisageons.

– Option deux, lançons-nous à l'unisson.

Heureusement, nous avons déjà payé. Le défi consiste à atteindre les cuisines sans qu'Alex et Ava ne nous voient.

Nous tournons le dos au reste du restaurant et nous nous approchons des portes battantes. Nous ne voulons pas attirer l'attention en courant, mais j'ai l'impression que mon cœur va s'échapper de ma poitrine à chaque seconde qui s'écoule.

Par miracle, nous parvenons à nous faufiler dans les cuisines avant que nos amis nous repèrent. À partir de là, nous nous mettons à courir, ce qui nous vaut des regards alarmés de la part du personnel.

– Eh ! crie l'un des commis de cuisine. Vous n'êtes pas censés entrer ici !

– Désolée ! je lance par-dessus mon épaule. On voulait complimenter le chef !

– Les *pappardelle al ragù* étaient excellentes, ajoute Josh. Cinq étoiles.

– J'appelle le directeur, réplique le commis de cuisine en haussant le ton. Sergio !

Merde.

– On y va !

Josh me prend la main et me tire vers la sortie. Nous déboulons dans la ruelle derrière le restaurant, pile au moment où un homme, que je suppose être Sergio, nous crie quelque chose d'incompréhensible. Nous ne cessons de courir qu'après avoir franchi plusieurs pâtés de maisons, et je me plie en deux pour reprendre mon souffle.

– Merde, je halète. (Le cardio n'est pas mon point fort, et ça se voit.) Je n'arrive pas à croire qu'on vient de faire ça.

Josh, lui, n'est même pas essoufflé, le saligaud.

– Au moins, on a laissé un gros pourboire. Et on ajoutera une recension sur Yelp. Bonne nourriture, cuisines propres. On l'a constaté de nos propres yeux.

Pour une raison qui m'échappe, la suggestion me semble absurde. Je me plie de nouveau en deux, cette fois, de rire. Une seconde s'écoule avant que Josh se joigne à mon hilarité.

Peut-être est-ce un effet de la nourriture, de l'adrénaline provoquée par notre presque-rencontre avec nos amis ou de l'air frais du soir, mais l'exaltation m'emporte au point que le monde tangue.

Je ne me suis jamais sentie aussi incroyablement, indescriptiblement vivante.

Nos rires s'éteignent peu à peu, mais la bouffée de plaisir s'attarde dans ma poitrine.

Un sourire en coin se dessine sur les lèvres de Josh.

– Alors dis-moi, Red. Sur une échelle de 1 à 10, comment s'est passé notre rendez-vous ?

– Hmm, je réponds en me tapotant le menton. 7,5, que j'arrondirai à 8, pour la chasse au trésor.

– 8 ? répète-t-il.

Il s'avance d'un pas vers moi, ce qui accélère légèrement les battements de mon cœur.

– Hum-hum.

– Qu'est-ce que je dois faire pour avoir un 10 ?

Son regard tombe sur ma bouche.

– J'attends toujours ma récompense. Tiens tes promesses, Chen.

Elle est à moi, cette voix frémissante et un peu ivre ?

– Tu as raison. C'est impoli de ma part de t'avoir fait attendre.

Sur ces mots, il prend mon visage dans une main et effleure ma lèvre de son pouce. Ma peau crépite d'électricité.

Il se penche et m'embrasse. Son contact est léger comme une plume, mais il voyage du sommet de mon crâne jusqu'à la pointe de mes orteils.

– Que penses-tu de ça ? On n'est pas à 10 ? murmure-t-il contre mes lèvres.

Je suis étourdie de plaisir.

– Euh… Peut-être un 9.

– Hmm. Ça ne suffit pas.

Il m'embrasse à nouveau, plus fermement cette fois. Sa langue glisse sur le bord de mes lèvres puis se faufile à l'intérieur quand je les lui entrouvre. Une brume de désir m'obscurcit le cerveau pendant qu'il explore ma bouche. Sa main pèse, possessive, sur ma hanche. Lorsqu'il se retire enfin, j'ai du mal à me souvenir de mon nom.

– Et maintenant ? demande-t-il.

– 9,5, je réponds d'une voix rauque, après une longue pause étourdissante.

Josh enroule ma queue-de-cheval autour de son autre main et tire légèrement dessus. L'effet vient directement se loger dans mon entrejambe.

– 9,5. Tu te moques de moi, Red ? susurre-t-il d'une voix suave.

– Tu es en train de te plaindre ?

Ses yeux pétillent d'amusement et de quelque chose d'autre qui décoche des vrilles pleines de chaleur dans mes entrailles.

– Pas même un chouïa.

Cette fois, son baiser est plus fort, plus pressant. Je m'y abandonne, je laisse les mains et la langue de Josh m'emporter vers un endroit où nous sommes seuls à exister.

J'ai lu quelque part que le contraire de l'amour n'est pas la haine mais l'indifférence. Les flammes de la haine et de la passion brûlent tout aussi fort les unes que les autres.

Je ne saurais déterminer le moment précis où mes sentiments à l'égard de Josh ont changé. Je ne sais même pas quels sont exactement mes sentiments actuels pour lui.

Tout ce que je sais, c'est qu'il m'enflamme, et je refuse de voir ce feu s'éteindre.

39

JOSH

– Mec, ça m'a manqué. Rien ne vaut la loge VIP.

J'allonge mes jambes devant moi et j'attrape une bière.

– C'est une évidence. C'est pour ça qu'on l'appelle « loge VIP » d'ailleurs.

Alex est assis à côté de moi, les yeux rivés sur le match. Les Nationals jouent contre les Dodgers, et ils sont menés de trois points dans la cinquième manche. Pas trop mal.

Je préfère le basket, mais les matchs des Nats sont plus amusants à regarder. Alex et moi en avions fait une tradition quand nous étions à l'université. Chaque fois que nous voulions nous assurer que notre conversation ne soit pas entendue par autrui, nous prenions la direction du Nationals Field et nous laissions le jeu se dérouler en arrière-plan pendant que nous vidions notre sac.

Enfin, je vidais mon sac pendant qu'Alex soupirait et me rappelait la stupidité de nos congénères. C'était comme une thérapie, mais avec du sport, de la bière et un meilleur ami grincheux.

Je n'avais pas réalisé l'aide que m'apportaient ces séances jusqu'à ce qu'elles prennent fin.

Bien sûr, en partant du principe que ce meilleur ami n'était pas la cause de mes problèmes.

– Mec, tu es toujours en période de probation, je lâche. Pas de sarcasme jusqu'à ce que tu sois blanchi.

– Ça ne faisait pas partie de notre accord.

– On n'avait pas d'accord.

– Exactement.

Je fusille Alex du regard.

– Tu veux que je te pardonne ou pas ?

– Je t'ai soudoyé avec des places VIP pour le match, et tu as accepté. Ça signifie que tu m'as déjà pardonné, m'explique-t-il, tout sourire. Ça s'appelle un contrat fantôme.

Je continue à froncer les sourcils pendant encore un moment avant de craquer et d'éclater de rire.

– Touché.

Je bois une gorgée de ma boisson. Je croyais que ça me ferait bizarre de revenir à l'une de nos vieilles traditions après si longtemps, mais j'ai l'impression que c'était hier.

Mon téléphone vibre, annonçant l'arrivée d'un nouveau message. Je ne peux m'empêcher de sourire en lisant :

Jules : Comment ça se passe le rendez-vous entre mecs ? Je dois m'inquiéter ?

Moi : Faut voir. Alex sait gâter son homme, mais tu es plus jolie.

Jules : Tu es en train de dire que je ne sais pas te gâter ?

Moi : Tu passes la moitié de ton temps à m'insulter, Red.

Jules : Ce n'est pas ma faute si tu es masochiste.

Jules : Excuse-moi de nourrir ta perversion 🙄

Un autre rire monte dans ma gorge.

Moi : Ce n'est pas ça, ma perversion, chérie.

Moi : Tu as peut-être besoin que je te rappelle en quoi elle consiste.

Ma main autour de sa gorge. Ses ongles dans ma peau. Ses gémissements et ses suppliques quand je la pousse vers la folie avant de la baiser jusqu'à la soumission.

J'ai envoyé le dernier message comme une taquinerie, mais mon sang s'échauffe à cette idée.

Jules et moi n'avons pas recouché ensemble depuis l'Ohio. Maintenant que nous sortons ensemble, je veux faire ça dans les règles de l'art et, dans un élan d'idiotie pure, j'ai édicté la règle de « Pas de coucherie avant le troisième rendez-vous ».

C'est un putain de retour en arrière, compte tenu du fait qu'on a déjà couché ensemble, pourtant ça me semble bien. Ou peut-être que je suis en effet masochiste. Je me congestionne les valseuses et Jules ne s'amuse pas non plus des masses, privée de parties de jambes en l'air.

D'autant que ma règle du troisième rendez-vous ne serait pas si grave si nous avions le temps de sortir ensemble. Malheureusement, ni mon emploi du temps à l'hôpital ni son travail à la clinique ne se soucient de notre vie sexuelle, si bien que nous n'avons même pas encore eu notre deuxième rendez-vous.

Je ne serais pas surpris si ma queue se mutinait avant. Désertait le navire puisque je la néglige.

Trois petits points indiquant que Jules est en train de taper un message apparaissent, disparaissent, puis surgissent à nouveau.

Jules : Oui, tu as raison ;)

Jules : Il vaudrait même mieux me faire plusieurs rappels, histoire que je n'oublie pas

Je ravale un gémissement, au supplice.

Moi : Tu me tues, putain.

Moi : Je vais arrêter de te répondre avant d'avoir à regarder la fin du match avec la trique.

Moi : Remarque il est peut-être déjà trop tard.

Jules : Trouillard !

Moi : Taquine-moi tant que tu veux, Red.

Moi : Je me rappellerai chaque mot la prochaine fois que je te baiserai.

Je glisse le téléphone dans ma poche avant de faire une bêtise, comme laisser tomber le match, prendre la voiture jusque chez elle et mettre ma menace à exécution.

En y réfléchissant bien…

– C'est qui, la fille ?

L'intervention d'Alex jette un seau d'eau froide sur mes fantasmes classés X.

Match de base-ball. Loge VIP. Réconciliation avec Alex.

OK.

Je me racle la gorge tout en me déplaçant sur mon siège, pour tenter de dissimuler les effets persistants de mon échange de textos avec Jules.

– Comment tu as deviné que c'était une fille ?

– À ton visage.

Au-dessous de nous, un rugissement collectif monte du stade lorsque les Dodgers marquent un nouveau point.

– Alors, qui c'est ? insiste Alex qui se tourne vers moi. (Une pointe de curiosité réchauffe même le vert froid de ses yeux.) Tu avais cet air dégoûtant qu'ont les amoureux pendant que tu textais.

– Amoureux ? N'importe quoi.

Je finis ma bière et j'en attrape une autre. Est-ce ma cinquième ou ma sixième ? Je ne sais plus. Ma tolérance à l'alcool a grimpé en flèche, et il en faut beaucoup pour que j'en ressente les effets, ces jours-ci.

– Surtout que tu peux parler, toi. La prochaine fois qu'Ava t'enverra un texto, je prendrai une photo de ta tronche, que tu saches de quoi tu as l'air.

Au lieu de mordre à l'hameçon, Alex penche la tête sur le côté. Sa curiosité se transforme en certitude.

– Ce n'est pas juste une histoire de coucherie. Tu sors avec elle.

L'enfoiré.

– Je n'ai jamais dit ça.

– Tu l'as sous-entendu.

– Non.

– Si.

Je pousse un soupir exaspéré.

Putain, c'est chiant d'avoir un meilleur ami. Ces Messieurs Je-sais-tout sont très surestimés.

– Très bien. Il se peut que je sorte avec quelqu'un. Mais tu ne la connais pas.

Toute tentative d'échapper à Alex revient à essayer de clouer de la gelée à un mur : une vaine perte de temps.

– N'en sois pas si sûr. Je connais beaucoup de monde.

– Tu ne la connais pas.

Si je lui dis la vérité, il va le répéter à Ava, et je préférerais boire cinq litres d'eau sale du fleuve Potomac plutôt que d'avoir cette conversation avec ma sœur.

À présent, je comprends ce qu'elle a ressenti en sortant avec Alex derrière mon dos.

Il s'adosse à son siège et ses yeux me transpercent la peau.

– Hmm. Josh Chen sort avec quelqu'un et c'est sérieux. Je n'aurais jamais pensé voir ce jour.

– Je pourrais dire la même chose de toi.

– Parfois, les gens changent. Et parfois, ils rencontrent des gens qui leur donnent envie de changer.

– Et parfois, ces gens parlent comme un biscuit d'horoscope chinois.

À l'exception de quelques rares perles, les conseils d'Alex oscillent entre suprêmement dérangeants – comme la fois où il m'a suggéré de faire chanter un professeur qui m'avait pris en grippe parce que j'avais corrigé une de ses erreurs en classe – et d'un flou exaspérant.

– En parlant de changer… je réplique, avant d'hésiter à poursuivre. Michael m'envoie des lettres. Je ne les ai pas encore ouvertes, mais il n'est pas exclu que je lui rende bientôt visite. En prison.

Je n'en ai pas encore parlé à Ava, et je ne suis même pas sûr de le faire un jour. Elle a enfin tourné la page sur ce qu'a fait Michael, je ne veux pas l'entraîner à nouveau dans ce foutoir.

Du coup, ça signifie qu'Alex est la seule autre personne susceptible de comprendre ce que je dis.

Il s'immobilise, les traits si durs qu'ils paraissent sculptés dans la pierre. Michael n'a peut-être pas assassiné sa famille, mais il a tenté d'assassiner Ava, autrement dit un grief équivalent à ses yeux.

– Je vois. (Aucune intonation.) Tu vas le voir quand ?

Je regarde le terrain sans vraiment le voir.

– Je ne sais pas. Peut-être la prochaine fois que j'aurai un jour de congé. Je ne sais même pas ce que je vais lui dire.

Elle est comment, la nourriture en prison ?

Salut, Papa. Tu as toujours voulu être meurtrier quand tu serais grand ou tu as été inspiré par les émissions sur les histoires criminelles que maman aimait regarder ?

Tu es une merde et j'aimerais te détester autant que je le devrais.

Je me passe la main sur le visage, épuisé rien que d'y penser.

J'ai besoin de lui parler, mais ça ne veut pas dire que j'en ai envie.

Alex reste silencieux un long moment avant de me sidérer en disant :

– Tu devrais peut-être ouvrir ses lettres, suggère-t-il.

Stupéfait, j'éclate de rire malgré moi.

– Tu te fous de ma gueule ? Je pensais que tu chercherais à me dissuader de le voir.

– C'est une merde, et je le regarderais volontiers se vider de son sang si je pouvais, lâche froidement Alex. Mais c'est ton père, et tant que tu ne l'auras pas affronté, il gardera toujours son emprise sur toi. Ce salopard ne mérite pas ça.

C'est perturbant comme ça ressemble au conseil de Jules.

Intellectuellement, je savais déjà que j'avais besoin de tourner la page, mais ce qui fait mouche, c'est d'entendre Alex l'exposer en des termes aussi bruts et dénués de sentiments.

Je renverse la tête en arrière et fixe le plafond, sans plus chercher à faire semblant de regarder le match.

– Oui, peut-être. Est-ce que c'est mal de ma part de souhaiter qu'il ait eu une bonne excuse pour avoir fait ce qu'il fait ? Je sais que rien ne peut l'excuser, mais… putain. Je ne sais pas.

Je me frotte de nouveau le visage. J'aimerais tant pouvoir exprimer le trouble qui me dévore les entrailles.

Les yeux d'Alex s'assombrissent.

– Ava avait des sentiments compliqués à son égard, pourtant c'est elle qu'il a essayé de tuer. Quand quelqu'un t'élève, c'est difficile à oublier.

– Ça s'applique à toi aussi ?

L'oncle d'Alex est à l'origine du cauchemar qui a frappé sa famille, et il est mort dans un mystérieux incendie, peu de temps après que la vérité a éclaté au grand jour.

Je n'ai jamais posé de questions sur l'incendie, parce que je suis sûr de ne pas vouloir connaître la réponse. Quand il s'agit d'Alex, l'ignorance est une bénédiction. La plupart du temps.

– Non.

Je secoue la tête, exaspéré mais pas surpris par la brusquerie de sa réponse.

– Tu penses que je devrais rendre visite à Michael alors ?

– Je pense que tu devrais faire tout ce qu'il faut pour le reléguer dans le passé.

Alex reporte son attention sur le match. Les Nats ont réduit le score pendant que nous nous occupions d'autre chose : ils ne sont plus menés que d'un point.

– Ne le laisse pas gâcher ta vie plus qu'il ne l'a déjà fait.

Ses mots tournent en boucle dans mon esprit jusqu'à la fin du match.

Ils résonnent encore dans ma tête lorsque je rentre chez moi et que j'ouvre le tiroir du bureau. Une épaisse pile de lettres est blottie contre la cloison de bois foncé, attendant que je m'en saisisse.

« *Je pense que tu devrais faire tout ce qu'il faut pour le reléguer dans le passé.* »

Quelle ironie ! Moi qui saute sans hésiter d'une falaise, d'un pont ou d'un avion, pour ce qui est des décisions personnelles, celles qui comptent vraiment, je suis un enfant planté pour la première fois au bord d'une piscine.

Effrayé. Hésitant. Plein d'appréhension.

Après une autre minute d'immobilité, je me cale dans mon fauteuil, j'ouvre la première enveloppe et je commence à lire.

Le parloir du centre pénitentiaire d'Hazelburg ressemble plus à une cafétéria de lycée qu'à une prison. Une dizaine de tables blanches sont disséminées sur le béton gris et austère et, à l'exception de quelques peintures de paysages quelconques, les murs sont nus. Les caméras de sécurité ronronnent au plafond, voyeuses silencieuses des retrouvailles entre les prisonniers et leurs familles.

Mon genou tressaute, tellement je suis nerveux, jusqu'à ce que je referme ma main dessus pour l'immobiliser.

Les tables sont suffisamment proches pour que je puisse saisir les autres conversations, mais elles sont noyées dans les bribes des lettres de Michael, qui tournoient encore dans mon esprit. Je les ai lues tant de fois au cours de la semaine, depuis que je les ai ouvertes, que leurs mots se sont gravés dans mon cerveau.

« *Comment se passe ton internat ? Est-ce que ça ressemble à* Grey's Anatomy *? Tu disais en plaisantant que tu tiendrais un registre de toutes les inexactitudes de la série, une fois que tu serais interne. Si tu en as un, j'aimerais bien le voir...* »

« *Je viens de voir* Un jour sans fin. *La vie en prison me donne parfois cette impression... de revivre la même journée en boucle...* »

« Joyeux Noël. Tu fais quelque chose pour les fêtes cette année ? Je sais que les médecins doivent travailler même pendant les vacances, mais j'espère que tu prends un peu de repos. Tu pourrais aller voir les aurores boréales en Finlande, comme tu en as toujours rêvé… »

Des lettres banales et inoffensives, mais qui contiennent juste assez de blagues n'appartenant qu'à nous et de souvenirs partagés pour me tenir éveillé toute la nuit.

En lisant les lettres, j'ai presque eu l'impression que Michael est un père normal qui écrit à son fils et non un salaud de psychopathe.

La porte s'ouvre et un homme en combinaison orange entre.

Quand on parle du loup…

Mon ventre se noue.

Ses cheveux sont un peu plus gris, ses rides plus marquées, mais à part ça, Michael Chen a la même allure que toujours.

Austère. Cérébral. Solennel.

Il s'assied en face de moi, et le silence s'installe entre nous, lourd, tendu comme un élastique prêt à se rompre.

Les gardiens de prison nous observent avec des yeux de faucon depuis le pourtour de la salle. Leur surveillance pesante est comme un troisième participant à notre conversation inexistante.

Finalement, Michael se résout à prendre la parole.

– Merci d'être venu.

C'est la première fois que j'entends sa voix en trois ans.

Je tressaille, pris au dépourvu par la nostalgie qu'elle déclenche.

C'était la voix qui m'apaisait quand j'étais malade, m'encourageait après un match de basket perdu et m'avait crié dessus quand, lycéen, j'avais fait le mur avec une fausse carte d'identité pour aller en boîte et m'étais fait prendre.

C'est toute mon enfance – le bon, le mauvais et le laid, le tout enveloppé dans un timbre profond, presque un grondement.

– Je ne suis pas venu pour toi, je réplique en appuyant plus fort sur ma cuisse.

– Alors pourquoi tu es venu ?

À l'exception de la brève ombre qui traverse son visage, Michael ne manifeste pas la moindre émotion face à l'absence de sentiment perceptible dans ma réplique.

– Je…

Ma réponse reste coincée dans ma gorge, et les lèvres de Michael dessinent un sourire entendu.

– Si tu es ici, j'en déduis que tu as lu mes lettres. Tu sais ce qui m'est arrivé au fil de ces années, c'est-à-dire pas grand-chose. (Il ricane, plein d'autodérision.) Parle-moi de toi. Le travail, ça va ?

C'est surréaliste, d'être assis là et de parler à mon père comme si on prenait un putain de café ensemble. Mais mon cerveau est tombé en panne : je ne trouve rien d'autre à faire que jouer le jeu.

– Ça va.

– Josh, s'esclaffe à nouveau Michael. Il faut que tu m'en dises plus. Tu veux être médecin depuis le lycée.

– L'internat, c'est l'internat. Des longues heures de travail. Beaucoup de maladies et de morts. (J'affiche un sourire dur.) Tu en sais un rayon à ce sujet.

Michael grimace.

– Et ta vie amoureuse ? Tu vois quelqu'un ? enchaîne-t-il, sans tenir compte de ma dernière assertion. Tu arrives à l'âge où il faut se poser. Il est temps de t'installer et de fonder une famille.

– Je n'ai même pas trente ans.

Honnêtement, je ne sais pas si je veux des enfants. En tout cas, pas avant très longtemps. J'ai besoin de découvrir davantage le monde avant de m'installer dans la vie qui va avec la maison de banlieue à clôture blanche.

– Oui, mais il faut d'abord consacrer quelques années aux rendez-vous galants, objecte Michael. À moins que tu ne sortes déjà avec quelqu'un. (Comme je ne réponds rien, il hausse les sourcils.) Tu sors avec quelqu'un ?

– Non, je mens, en partie pour le contrarier et en partie parce qu'il ne mérite pas d'entendre parler de Jules.

– Ah, bon, un père peut toujours espérer.

Nous poursuivons notre conversation, en abordant des sujets aussi banals que la météo et la saison de football qui s'annonce, bref tout ce qui permet de contourner l'éléphant dans la pièce. À part quand je l'ai frappé au visage, je ne l'ai jamais confronté sur ce qu'il a infligé à Ava.

Ce souvenir me reste sur l'estomac tel un bloc de béton. L'ignorer ne me semble pas une bonne chose, mais je ne peux pas non plus me résoudre à briser la conversation légère, bien qu'un peu forcée, qui se tisse entre nous.

Pardon, Ava.

Après avoir flotté à la dérive pendant les trois dernières années, je peux faire semblant d'avoir de nouveau un père. Aussi tordue et égoïste que soit mon attitude, je veux encore savourer un peu cette sensation.

– C'est comment, la prison ?

Je manque éclater de rire, tant ma question est inepte, mais je suis vraiment curieux. Dans ses lettres, Michael raconte ses journées dans leurs moindres détails, sans révéler cependant comment il gère son incarcération.

Est-il triste ? Honteux ? En colère ? S'entend-il bien avec ses codétenus ou reste-t-il seul ?

– La prison, c'est la prison, répond-il d'un ton presque joyeux. C'est ennuyeux et inconfortable, et la nourriture est épouvantable, mais ça pourrait être pire. Heureusement… je me suis fait quelques amis qui m'ont bien aidé, conclut-il, une lueur sombre au fond des yeux.

Évidemment. Je ne connais pas les tenants et les aboutissants des relations sociales entre détenus, mais Michael a toujours été un survivant.

Je ne sais pas si je suis soulagé ou énervé qu'il ne souffre pas davantage.

– En parlant de ça… reprend-il en baissant encore la voix jusqu'à ce qu'elle soit presque inaudible. Ils m'ont demandé une faveur en échange de leur… euh, amitié.

Une méfiance glaciale s'abat sur ma poitrine.

– Quel genre de faveur ?

Je devine qu'« amitié » est le nom de code pour « protection », mais qui sait ? Le système pénitentiaire est le théâtre de scènes sauvages.

– Les relations en prison, c'est… compliqué, répond Michael. Beaucoup de troc, beaucoup de lignes invisibles à ne pas franchir. Mais tout le monde s'accorde sur la valeur de certains objets. Les cigarettes, le chocolat, les nouilles instantanées. (Petite pause.) Les cachets sur ordonnance.

Les cachets sur ordonnance ont de la valeur, même dans le monde réel. Sur le marché noir de la prison, elles doivent valoir de l'or.

Et qui a facilement accès aux cachets ? Les médecins.

Un poing s'empare de mes tripes et les tord.

Il fut un temps où j'aurais accordé à mon père le bénéfice du doute. Peut-être que je lui manquais et qu'il voulait faire amende honorable. Après tout, il m'écrivait depuis deux ans… Mais non, je ne suis plus aussi naïf.

En fin de compte, Michael Chen ne se soucie que de lui-même.

– Je vois, je lâche en m'obligeant à demeurer impassible. Je ne suis pas surpris.

– Tu as toujours été intelligent, constate Michael avec un sourire. Assez intelligent pour devenir médecin, à l'évidence.

J'en ai parlé à mes amis, et ils m'ont demandé si ça ne te dérangerait pas de nous aider.

Il a le culot de me demander de lui faire passer des pilules en plein milieu du parloir. Sa voix est trop basse pour être entendue par les gardiens, mais peut-être sont-ils dans le coup, après tout. Dans certaines prisons, ce sont les détenus qui mènent la danse et le système dans son ensemble est corrompu jusqu'à la moelle.

– Tu n'as pas changé du tout, hein ?

Je ne prends pas la peine de prétendre ne pas savoir de quoi il parle.

– Si, j'ai changé, proteste Michael. Comme je te l'ai dit, ce que j'ai fait à Ava était une erreur, mais pour me racheter, il faut bien que je reste en vie. Et la seule manière pour moi de rester en vie, c'est de jouer le jeu. (Sa mâchoire se crispe.) Tu ne sais pas comment c'est, ici. À quel point c'est dur de survivre. Mon sort est entre tes mains.

– Tu aurais peut-être dû y penser avant d'essayer d'assassiner ma sœur.

Ma colère refoulée n'explose pas, elle s'insinue en moi, lentement et régulièrement, comme ces fumées toxiques qui empoisonnent l'air.

Pour la première fois depuis qu'il est arrivé, le masque de Michael, celui du « père plein de remords », glisse de son visage. Ses yeux me transpercent comme des poignards jumeaux.

– Je t'ai élevé. Je t'ai nourri. J'ai payé ton année à l'étranger en Amérique centrale. J'ai beau avoir eu tort dans les grandes largeurs, je reste ton père.

Il a lancé chaque mot comme une balle mortelle.

Le principe de la piété filiale m'a été inculqué depuis l'enfance. Peut-être même qu'elle n'est pas pour rien dans la difficulté que j'ai rencontrée à couper les ponts avec Michael, parce qu'une partie de moi a effectivement l'impression de lui devoir tout ce qu'il m'a donné quand j'étais enfant. Nous avions une belle maison et partions pour de belles vacances en famille. Il m'achetait chaque année les tout derniers gadgets pour Noël et il a payé les frais de Thayer, l'une des écoles les plus chères du pays.

Cependant, il y a une limite à l'obéissance aveugle, et il l'a franchie mille fois. Je serre si fort les poings sous la table que mes articulations blanchissent.

– J'apprécie tout ce que tu as fait pour moi quand j'étais enfant. Mais être père, ça ne se limite pas à acheter des produits de première nécessité. C'est une question de confiance et d'amour. J'ai entendu ta confession à Ava, papa. Ce que je n'ai pas entendu, c'est des excuses, putain…

– N'emploie pas de gros mots. C'est indigne de toi.

– Ou une bonne explication sur la raison de tes actes, et je dirai des gros mots si j'en ai envie, putain, parce que, encore une fois, tu as essayé d'assassiner ma sœur !

Mon pouls se transforme crescendo en un grondement assourdissant, mon cœur cogne contre mes côtes. La voilà, l'explosion que j'attendais. Trois ans d'émotions refoulées jaillissent d'un seul coup, effaçant notre bref moment de complicité.

Les autres détenus se taisent. L'un des gardiens se dirige vers moi en guise de mise en garde, mais ne va pas jusqu'à nous interrompre.

L'œil de Michael est agité d'un tic.

– Tu es mon fils. Tu ne peux pas me laisser pourrir ici.

On dirait un disque rayé.

Nos gènes communs sont le seul argument de négociation qui lui reste, et nous le savons tous les deux.

– Tu as survécu deux ans. Je suis sûr que tu en survivras vingt de plus.

Sur quoi, je me lève, la poitrine vide, maintenant que j'ai expulsé toutes mes émotions. L'engourdissement s'installe et me glace la peau.

J'avais espéré, contre toute logique, que mon père saurait d'une manière ou d'une autre racheter ce qui était impossible à racheter. Qu'il me donnerait une bonne raison pour expliquer ses méfaits ou, au moins, manifesterait un remords sincère. Mais il m'apparaît soudain, avec une clarté aveuglante, que s'il peut imiter l'amour, il est incapable de l'éprouver vraiment.

Il m'aime peut-être à sa façon, mais ça ne l'a pas empêché de m'utiliser. Si je ne lui étais d'aucune utilité, si je n'avais pas accès aux pilules dont il a besoin et si je n'étais pas le seul lien qui lui reste avec le monde extérieur, il m'aurait déjà mis de côté sans hésiter.

– Josh, reprend-il avec un rire forcé. Tu n'es pas sérieux.

– Tu es mon père par le sang, mais tu n'es pas ma famille. Tu ne le seras jamais. Je suis sûr que tes « amis » comprendront, j'assène, un goût amer sur la langue. Je ne reviendrai pas, mais je te souhaite le meilleur.

– Josh !

La panique s'est insinuée dans ses yeux, suivie d'une stupéfaction vexée. C'est peut-être la première véritable émotion que je vois chez lui depuis longtemps, mais il est trop tard.

À un moment donné, il faut renoncer à l'être qu'on a connu ou à celui qui aurait pu être et voir la personne pour ce qu'elle est vraiment. Or la personne que Michael Chen est devenu n'est pas quelqu'un que je veux appeler mon père.

– Assieds-toi, insiste-t-il. On n'est pas obligés de parler des cachets. Parle-moi de tes voyages. Tu as toujours aimé voyager. Quelle est ta prochaine destination ?

Les yeux me brûlent pendant que je m'éloigne.

– Josh ! (La panique s'est insinuée dans sa voix.) Josh !

Je ne réponds pas, je ne lui dis pas non plus au revoir.

Je signe le registre et je continue à marcher jusqu'à sortir dans la chaleur torride devant la prison.

Voilà, j'ai tourné la page, mais personne ne m'avait prévenu que ce serait aussi dur. Ça me griffe les os et ça entaille mon cœur jusqu'au sang, au point que chaque respiration devient une bataille.

Mais au lieu d'essayer d'apaiser la douleur, je l'accueille. Parce que même si je souffre comme un putain de chien, ça me prouve aussi que je suis toujours en vie et c'est seulement quand la douleur se sera estompée que je pourrai enfin guérir.

40

JULES

La sonnette retentit moins d'une minute après que j'ai achevé ma leçon de révision en ligne pour l'examen du barreau.

L'examen a lieu dans moins d'un mois, ce qui signifie que je vais vivre et respirer préparation jusqu'à ce que ce soit terminé. Pas de sortie, pas de café pour faire le point avec mes amies, pas de grands rendez-vous avec Josh. Quand nous nous voyons, Josh et moi, nous restons discrets : parfois, nos rendez-vous se résument à moi qui étudie pendant qu'il fait du café et commande des plats à emporter.

Mais ce soir, quand j'ouvre la porte et que je le vois debout dans le couloir, je découvre le masque de granit de son visage et je ne songe plus au barreau.

– J'ai rendu visite à Michael.

Sa voix sourde me dit tout ce que j'ai besoin de savoir sur le déroulé de la visite.

Merde.

– Comment tu te sens ?

Je ne demande pas de détails sur la visite : ça n'a aucune importance. Ce qui compte, c'est la façon dont Josh gère l'après.

J'ouvre la porte pour qu'il puisse entrer. Stella est au travail et j'ai l'endroit pour moi toute seule pendant quelques heures.

– Comme on pouvait s'y attendre.

Josh m'adresse un sourire de travers, mais il a les muscles visiblement tendus. Il pose les yeux sur mon ordinateur portable ouvert et mes manuels.

– Désolé, je ne voulais pas débarquer en plein dans tes révisions. Je sais que tu es occupée…

– Ne t'inquiète pas. J'avais besoin d'une pause de toute façon.

J'ai travaillé pendant six heures d'affilée et je vois flou à force de regarder l'écran si longtemps. J'apprécie cette distraction, même si j'aurais souhaité qu'elle soit plus joyeuse.

Je m'installe à côté de Josh, sur le canapé.

– Tu veux en parler ? je demande. En temps normal, je facture mes services thérapeutiques, mais vu que tu es sexy, je t'offre un quart d'heure gratuit.

– C'est vrai que je suis sexy, acquiesce-t-il. Tu me plais. C'est un bon début.

– Ben, tu sais, j'ai une grande expérience des narcissiques délirants. Je vis à Washington, que diable !

Le rire rauque de Josh s'enroule autour de mon cœur.

– La remarque est pertinente.

Mon sourire s'attarde encore un moment avant que je redevienne sérieuse.

– Non, mais vraiment, comment ça va ?

Il appuie sa tête contre le dossier.

– Triste. Énervé. Résigné : mon père et moi, on ne se réconciliera jamais. Et puis… (Il s'interrompt, le temps de s'éclaircir la gorge.) Soulagé de pouvoir enfin laisser tout ça derrière moi. J'ai lu ses lettres. Juste un tas de conneries destinées à me manipuler émotionnellement. Michael ne changera jamais. Ça m'a fait mal de le voir et de couper les ponts. Mais j'ai obtenu ce dont j'avais besoin.

– Tu as tourné la page, dis-je doucement.

Il me fixe de ses yeux noirs pleins d'autodénigrement.

– Oui. Je me rends compte de ma stupidité, d'avoir repoussé la confrontation si longtemps. J'ai mis ma vie entre parenthèses pendant trois ans quand j'aurais pu en finir et passer à autre chose.

J'enroule ma main autour de la sienne et je la serre.

– Ce n'est pas stupide. Tu n'étais pas prêt. Il ne s'agit pas seulement de confrontation. Il s'agissait de te donner le temps de t'y préparer. De déterminer ce que tu voulais.

– Oui, convient-il en me donnant un petit coup de genou. Comme thérapeute, tu es moins merdique que je l'avais craint.

Je porte une main à ma poitrine pour feindre l'indignation.

– Je t'accorde une séance gratuite, et c'est comme ça que tu me remercies ? En m'insultant ?

– Tu aimes quand je t'insulte.

– Flash info, génie : personne n'aime se faire insulter.

– Tu veux tester cette théorie ?

Sa voix a pris une tonalité plus rauque. En un instant, l'atmosphère a changé. L'accablement cède la place à une électricité crépitante qui bourdonne sur ma peau et se propage à travers mon sang. Cela fait bien trop longtemps que je n'ai pas couché avec quelqu'un, et chaque regard, chaque mot allume une nouvelle étincelle d'excitation.

Mais ce n'est pas seulement du sexe. Parfois, la seule façon de se purger ses émotions passe par le physique. La catharsis à l'état brut.

Si c'est ce dont Josh a besoin après sa visite à Michael, je le lui donnerai.

– Qu'est-ce que tu avais en tête ?

Josh a été là pour moi le jour où j'ai eu besoin de me distraire de Max. Il est temps pour moi de lui rendre la pareille… non que j'aie beaucoup à me faire violence.

Une ombre de tension subsiste dans ses yeux, mais son sourire n'est que soie et malice.

– Déshabille-toi, Red.

Il n'a pas achevé de susurrer son ordre qu'un battement impérieux pulse entre mes cuisses.

Je me lève sans le quitter du regard tout en déboutonnant lentement le premier bouton de mon chemisier. La chaleur accumulée a incinéré les ombres dans ses yeux pour m'engloutir dans ses flammes.

– Quel genre d'homme laisse faire tout le travail à la femme ? je lâche en défaisant le deuxième bouton. Je n'avais pas remarqué que tu étais fainéant à ce point, Chen. (*Troisième bouton.*) Ou c'est l'angoisse de ne pas être à la hauteur qui te retient ?

Je jette un coup d'œil à son entrejambe, mais ma bouche s'assèche à la vue de son érection.

J'avais oublié sa taille monumentale. Et son goût pour les étreintes brutales.

Quatrième bouton.

L'anticipation nerveuse m'envahit comme une marée montante.

– Il est intéressant de constater que tu continues à m'insulter comme si je n'allais pas te faire payer chacun de ces propos, lâche Josh d'une voix calme alors que, d'un mouvement d'épaules, je me débarrasse de mon chemisier et le laisse tomber sur le sol. À moins que ce soit précisément ce que tu veux ?

Les joues en feu, je m'extirpe de mon pantalon, les doigts tremblants.

– C'est bien ce que je pensais, constate-t-il avec un petit sourire entendu. Les sous-vêtements aussi. Enlève-les, et va dans ta chambre.

L'air conditionné souffle à plein régime, mais la chaleur de son regard sur mon corps nu me réchauffe de la tête aux pieds.

Il me suit à pas presque silencieux, en prédateur à l'affût d'une proie consentante.

Mon impatience va crescendo lorsque nous atteignons ma chambre, mais se transforme en confusion lorsque Josh ouvre mon armoire et passe les cintres en revue jusqu'à dépendre quelque chose de l'un d'entre eux.

– Qu'est-ce que…

Je laisse ma question en suspens à la vue des foulards de soie qu'il a en main.

Mon ventre effectue un saut périlleux. *Oh là là.*

Il enroule les foulards autour de son poing pour qu'ils ne traînent pas sur le sol.

– Grimpe sur le lit, Jules.

Normalement, j'aurais bataillé davantage, mais je suis trop mouillée et trop impatiente pour faire autre chose que lui obéir.

Le matelas s'enfonce sous mon poids. Josh me rejoint moins de deux secondes plus tard et je retiens mon souffle lorsqu'il me pousse à plat dos et m'attache les mains aux montants de la tête de lit.

– Qu'est-ce que tu fais ?

Je m'entends à peine à cause du rugissement dans mes oreilles. Mes tétons sont si durs qu'ils en sont presque douloureux, mes fluides empoissent mes cuisses, car toute une série d'images classées X défilent dans ma tête.

– Puisque tu penses que je suis si paresseux… autant te prouver que tu as raison.

Il descend le long de mon corps et je pousse un petit glapissement lorsqu'il m'écarte les jambes et m'attache les chevilles aux barreaux restants.

Puis il descend du lit pour admirer son travail. Je suis écartelée entre les quatre coins du lit, et une bouffée de chaleur m'envahit quand je réalise qu'il a une vue imprenable sur mon excitation : mon clitoris gonflé et palpitant, mes cuisses mouillées par mon excitation.

Mais lorsqu'il se retourne et ouvre le tiroir de ma table de nuit, l'effroi déferle dans mes veines.

Il n'oserait pas.

– Josh, ne t'avise surtout pas de faire ça.

– De faire quoi ?

Derrière l'innocence de sa voix, une lueur sombre allume son regard lorsqu'il trouve ce qu'il cherchait. Une perle de sueur se forme sur mon front à la vue du lubrifiant et d'un de mes jouets préférés, un vibromasseur à double extrémité avec succion clitoridienne. Il m'a coûté un bras, mais ça en valait la peine : il est capable de m'amener à un orgasme époustouflant en moins de trente secondes.

Il peut aussi me tenir sur le fil pendant des heures en fonction de la vitesse et de l'intensité.

– Ce n'est pas drôle, je proteste en tirant sur mes liens.

Malheureusement, il les a noués de façon si experte qu'ils ne bougent pas.

Josh appuie une hanche contre ma commode, avec une désinvolture exaspérante.

– Si tu veux que je te détache, tu n'as qu'à le dire. Je te laisserai en paix. C'est ce que tu veux ?

Je serre les dents, mais demeure silencieuse.

– C'est bien ce que je pensais.

Il se rapproche de moi et place l'extrémité du vibromasseur sur mon clitoris, assez pour déclencher une sensation qui fuse dans tout mon corps, mais pas suffisamment fort pour me fournir la friction dont j'ai désespérément besoin.

Je serre les poings. Je ne lui donnerai pas la satisfaction de réagir.

Son petit rire roule sur mon corps et stimule mes terminaisons nerveuses déjà à vif.

– Tu peux lutter autant que tu veux, ta chatte te trahit chaque fois. Tu dégoulines, Red.

Il insinue un doigt en moi, m'obligeant à planter les ongles dans mes paumes tant est intense l'effort que je dois faire pour retenir un gémissement.

Petit claquement de langue réprobateur.

– Très très têtue. Voyons comment remédier au problème.

Il retire sa main. Une seconde plus tard, dans un sursaut, je sens la fraîcheur soyeuse du lubrifiant couler sur moi.

J'ai déjà pratiqué le sexe anal, mais pas depuis un certain temps. Je suis donc reconnaissante à Josh d'utiliser plus de gel que d'habitude pour me préparer.

– Ce que tu es belle, attachée dans l'attente de ma queue.

Son souffle chaud effleure mon cou, bientôt suivi d'un coup de langue. Il embrasse et taquine l'endroit sensible de ma nuque tout en enfonçant le vibromasseur en moi avec une lenteur atroce.

– Mais on va d'abord s'amuser. Vu comme je suis fainéant.

– Josh…

Mon gémissement se transforme en cri lorsqu'il enfonce le dernier centimètre de mon *sex-toy* en moi, me remplissant des deux côtés jusqu'à l'inconfort.

– Baise-moi, bon sang, je grogne.

– J'aimerais bien, mais je suis paresseux, tu te souviens ? Je préfère laisser quelque chose d'autre faire le boulot à ma place.

Le vibromasseur s'est mis en marche et m'arrache le cri étranglé que je retenais. La gêne que je ressentais s'estompe progressivement, remplacée par un plaisir intense et incandescent.

Oh, bon Dieu !

Je n'arrive pas à penser. Pas non plus à respirer. Tout ce sur quoi je peux me concentrer, ce sont les sensations qui fusent à travers mon corps alors que les vibrations ricochent en moi. Je me frotte contre le matelas, cherchant désespérément à me soulager, mais je suis presque immobilisée par les liens de Josh.

Tout ce que je peux faire, c'est rester allongée là, esclave de ses caprices pendant qu'il pratique sur moi la plus exquise des tortures.

Rapide. Lent. Rapide. Lent. Il ne cesse de m'amener au bord du précipice, jusqu'à ce que je ne sois plus qu'une flaque de désir pur et implacable.

– Tu as raison.

La convoitise tend sa voix, et j'aurais pris un plaisir immense à constater que la torture est aussi grande pour lui que pour moi si je n'étais moi-même au bord de la folie.

– Parfois, ça vaut la peine de se contenter de regarder.

Il s'assied dans un coin et empaume son érection. Le regard qu'il porte sur mon corps nu me brûle et je me tortille pour m'arracher à mes liens.

– S'il te plaît, je sanglote. Je n'en peux plus… Josh… j'ai besoin que tu viennes en moi. S'il te plaît.

Je suis incapable d'en supporter davantage. Je vais mourir si je ne jouis pas bientôt. J'en suis sûre.

Le vibromasseur s'arrête, et je me tends lorsque je le vois se lever et s'approcher de moi. Le matelas s'enfonce sous son poids alors qu'il s'installe à califourchon sur moi, mais au lieu de retirer le *sex-toy* et de me pénétrer, Josh pose la télécommande et enveloppe mes seins de ses deux mains.

– Je ne pense pas que tu aies déjà retenu la leçon, Red.

Le velours de sa voix contraste avec la rudesse de ses doigts qui pincent mes tétons.

Je prends une brusque inspiration quand il presse mes seins l'un contre l'autre et glisse son sexe dans l'intervalle. Les gouttes annonciatrices de son plaisir tombent sur ma peau et lui permettent d'aller et venir plus aisément.

Je n'ai jamais laissé un homme faire ça avant, mais… *Oh, waouh !*

Son érection si dure contre la douceur de mes seins attise tant les flammes dans mon corps que je me sens sur le point d'exploser.

Je halète en sentant Josh accélérer le rythme : il baise mes seins avec frénésie, au point que son gland m'effleure le menton à chaque coup de reins.

– Putain, tes seins sont parfaits, grogne-t-il.

Quelques coups de boutoir plus tard, d'épais jets de sperme se répandent sur mon visage et ma poitrine. J'ai à peine le temps de reprendre mon souffle qu'il récupère un peu de sperme sur mon menton avec la pointe de sa queue et me l'enfonce dans la bouche. J'avale avec avidité, trop étourdie par le désir pour faire quoi que ce soit à part ce qu'il exige de moi.

Il vient de s'enfoncer complètement dans ma gorge quand le vibromasseur se remet à bourdonner.

D'instinct, je tressaille. Je cherche à échapper à mes liens, mon impatience de tantôt revient en force alors que le plaisir pulse à travers moi.

Je vais mourir comme ça, ligotée, recouverte de sperme et me languissant d'un orgasme. Mon cerveau est déjà en état de court-circuit, et si l'explosion qui se prépare en moi ne survient pas rapidement, elle va me carboniser de l'intérieur.

– Tu as dit que tu voulais m'avoir en toi, lâche Josh en se retirant pour récupérer encore plus de sperme sur mon visage et enfoncer à nouveau son membre dans ma bouche. Tu aurais dû être plus précise, chérie.

Je lâche une protestation étouffée pendant qu'il continue de me nettoyer, encore et encore, jusqu'à ce que j'aie avalé tout son sperme et qu'il soit à nouveau bien dur.

– Tu aimes ça, n'est-ce pas ? grogne-t-il. Te faire baiser la bouche et remplir tous les trous comme une bonne petite salope.

Il baisse les yeux vers moi, son visage est crispé par le désir alors qu'il entre et sort de ma gorge.

– Mmpf.

Mon gémissement est noyé par le bourdonnement du sex-toy et le rugissement dans mes oreilles. Je suis en feu, chacune de mes terminaisons nerveuses, chaque seconde est une éternité de torture exquise.

C'est le paradis, l'enfer et tout ce qu'il y a entre les deux.

Josh pousse un autre grognement avant de se retirer à nouveau. Il fait lentement glisser le sex-toy hors de moi. Le vide qu'il laisse derrière lui me tire une plainte. Après avoir été aussi remplie pendant si longtemps, il me semble anormal de ne plus rien avoir en moi.

Les foulards de soie suivent, un par un, jusqu'à ce que je sois enfin libre. Josh essuie une larme de frustration sur ma joue.

– Voilà, ça, gentille fille. Tu as bien avalé chaque goutte de sperme. Ça mérite une récompense, tu ne crois pas ?

Il enfonce son pouce dans ma bouche, afin que je goûte le sel de mon désir.

– S'il te plaît… je commence, avant de m'interrompre sur un hoquet.

D'une seule poussée fluide, il est entré en moi jusqu'à la garde.

– Putain ! grommelle-t-il. Tu prends ma queue sans problème, Red. Comme si ta chatte avait été faite pour moi.

Sa voix devient gutturale au rythme de ses va-et-vient. Malgré ses mots orduriers, ses caresses sont douces, de même que ses baisers, alors qu'il s'installe dans un rythme lascif. Contrairement à nos parties de jambes en l'air précédentes, je ne dirais pas que nous baisons, cette fois-ci, j'ai plutôt le sentiment de quelque chose de plus doux, de plus intime.

Comme faire l'amour.

Les picotements à la base de ma colonne vertébrale montent en flèche à cette idée.

Je ferme les yeux, mes respirations s'échappent par à-coups. C'en est trop. Le baiser de Josh, la façon dont il m'étire, ma sensibilité avivée par toutes les fois où je me suis retrouvée au bord du précipice…

L'orgasme me frappe de plein fouet, à la fois inattendu et inévitable. Je me cabre sur le lit en poussant un cri aigu, et je n'ai pas le temps de m'en remettre que Josh accélère le rythme et plonge si brutalement en moi qu'un deuxième orgasme succède au premier.

– C'est ça. Crie pour moi, Red. Laisse tout sortir. Tu jouis si bien sur ma queue.

Josh descend sa main entre nous et frotte mon clitoris gonflé qui ne demande que ça. Je jouis, encore et encore, jusqu'à ce que l'épuisement m'empêche même de crier.

Ce n'est que lorsque je m'effondre sur le lit, le corps endolori par de multiples orgasmes aussi aveuglants qu'électrisants, qu'il ralentit le rythme et jouit dans un grognement sourd.

– C'est bien. Tu as été parfaite.

Il lisse les cheveux sur mon front et m'embrasse longuement. Je constate avec embarras qu'une immense fierté s'épanouit dans ma poitrine à ses mots.

Il roule sur le côté et enroule un bras autour de mes épaules pour m'attirer contre lui. Le plaisir que me procure sa caresse paresseuse sur mon bras me donne la chair de poule.

– Tu sais, tu es le premier gars que j'amène dans ma chambre.

Cet aveu, il est dû à ma béatitude somnolente, quand je me blottis plus étroitement contre son flanc. Je n'ai jamais vraiment fait de câlins après l'amour. Je pensais que je mépriserais le truc, mais il est clair que j'ai raté quelque chose.

La main de Josh s'immobilise avant de recommencer à caresser mon bras.

– Le premier et le dernier, Red.

Je ris en entendant son doux grognement.

– Tu es bien possessif, dis-moi.

– Évidemment. Je n'aime pas partager.

Il remonte sa main vers ma nuque. Ce contact ferme de marquage d'un territoire me fait frissonner à nouveau.

– Le partage est une vertu, Josh.

– Rien à secouer. Je ne partage pas. Pas quand il s'agit de toi.

Ma respiration s'arrête. Une chaleur dorée se répand dans ma poitrine et m'illumine de l'intérieur.

Faute de savoir quoi répondre, j'embrasse son épaule et préfère me délecter de l'instant présent.

Je devrais sortir du lit. Stella ne va plus tarder à rentrer, et mes vêtements sont encore éparpillés dans le salon, mais je n'arrive pas à m'arracher à ses bras pour le moment.

Encore une minute. Et ensuite, je me lève.

J'enfouis mon visage contre le torse de Josh, afin de m'imprégner de sa chaleur et de son odeur. Entre Michael et Max, nos vies sont des tempêtes chaotiques, mais au moins nous pouvons trouver une paix temporaire dans des moments comme celui-ci.

– Merci, murmure-t-il, rompant le silence. D'avoir été là. J'en avais besoin.

Je lève la tête. Ma poitrine se serre devant la pointe de vulnérabilité au fond de ses yeux.

– Avec plaisir. Mais si tu me refais le coup tordu de me refuser l'orgasme, je te coupe la queue.

Le visage de Josh s'éclaire d'un sourire éblouissant.

– Je serais plus enclin à prendre ta menace au sérieux si tu n'avais pas joui ensuite aussi fort et aussi souvent, Red.

Je relève le menton, les joues en feu.

– Je simulais.

Il se penche vers moi et fourre son nez dans mon cou.

– Hmm. Je sais reconnaître le vrai du faux. Tes orgasmes étaient réels. Et ça aussi…

Il effleure de son nez la ligne de ma mâchoire avant de prendre ma bouche dans un doux baiser. La tension se propage de ma poitrine jusqu'à l'arrière de mes yeux et de mon nez.

Je ne me fais pas assez confiance pour parler, je détourne donc la tête jusqu'à ce que j'aie repris contenance.

Je ne suis pas du genre à accorder facilement ma confiance. Je peux compter sur les doigts d'une main le nombre de personnes en qui j'ai vraiment confiance, et je n'avais jamais envisagé que Josh en ferait partie. Mais la vie sait nous prendre de court et, pour une fois, ça ne me dérange pas.

Josh et moi restons enlacés dans un silence confortable jusqu'à ce que l'aiguille de l'horloge se rapproche de la demi-heure. Là, il s'écarte à contrecœur.

– Je vais prendre une douche, dit-il. Stella rentre bientôt, non ?

– Oui, je soupire.

J'adore Stella, mais en cet instant, je regrette de ne pas vivre seule.

Josh me donne un dernier baiser avant de sortir du lit et de se glisser hors de la pièce. Une minute plus tard, le bruit assourdi de la douche filtre à travers la porte.

Son odeur persiste même en son absence. J'aimerais pouvoir la mettre en bouteille pour l'emporter avec moi toute la journée.

Si mon moi du passé voyait mon moi du présent, elle me giflerait d'être aussi nunuche. Mais c'est tellement bon de faire assez confiance à quelqu'un pour s'en remettre à lui et que ce quelqu'un vous fasse assez confiance pour se tourner vers vous lorsqu'il passe une mauvaise journée.

Je fixe le plafond, incapable de refouler un sourire niais.

J'aurais pu rester allongée tout l'après-midi, ou du moins jusqu'à ce que Josh sorte de la douche, si un appel entrant n'avait interrompu mes divagations ringardes.

– Salut, Jules.

Il est sidérant de constater la vitesse à laquelle deux petits mots suffisent à changer une humeur du tout au tout.

Une pointe de plomb perce le ballon de bonheur dans ma poitrine, et une sueur froide suinte sur mes paumes au son de la voix de Max.

– Qu'est-ce que tu veux ?

La douche coule encore, mais je jette un coup d'œil vers la porte entrouverte de la chambre, au cas où Josh réapparaîtrait comme par magie.

– C'est drôle que tu me demandes ça, répond Max, parce que je viens de décider du service que j'attends de ta part. Merveilleux, non ? Toi qui étais si... impatiente de découvrir ce que c'était.

L'effroi pèse comme du plomb dans mon ventre.

– Crache le morceau, Max, je grogne. Je n'ai pas le temps de jouer à tes petits jeux.

Il soupire.

– Où est ta patience, J ? Mais bon, puisque tu es si pressée, je vais te le dire. J'ai besoin que tu récupères quelque chose pour moi. J'ai quelques… amis dans l'Ohio qui sont très intéressés par cette chose.

« Récupérer », autrement dit « voler ».

Le plomb de l'effroi pèse de plus en plus lourd.

– Et ce quelque chose, c'est quoi ?

– Je t'enverrai la photo et l'adresse par texto. (Je peux pratiquement voir le sourire suffisant de Max.) Il m'a fallu un certain temps pour le pister. De rien, au fait, j'ai déjà fait le plus dur. À toi, il ne te reste plus qu'à faire ce que tu fais de mieux. Mentir et voler.

Max a raccroché avant que je puisse répondre.

Ce putain de trou du cul ! Si un jour j'en ai l'occasion, je lui couperai la queue pour la lui donner à manger.

Hélas, je ne peux rien faire du tout tant qu'il possède cette vidéo de moi. Je fixe donc mon téléphone du regard, le temps que son message arrive.

Et à ce moment-là, je dois cligner des yeux deux fois pour m'assurer que je vois correctement.

Ce n'est pas possible. Mais j'ai beau contempler l'image, elle reste la même.

Mon sang se fige.

C'est l'image d'un tableau. Le marron et le vert éclaboussent la toile dans une tache qui rappelle du vomi, et de minuscules taches jaunes ajoutent des détails absurdes le long des bordures.

La toile est hideuse, mais ça me dérange moins que l'endroit où je l'ai déjà vue.

L'objet que Max veut me faire voler est le tableau accroché dans la chambre de Josh.

41

JULES

– Ça va, ma belle ? Tu as été inhabituellement silencieuse toute la journée.

Barbs me considère avec inquiétude

– Oui. Je suis juste stressée par le barreau.

Je me force à sourire et remplis ma tasse de café. Je ne devrais pas boire de caféine si tard dans la journée, mais de toute façon, je ne pourrai pas dormir. L'ordre de Max – voler la peinture de Josh – m'a tenue éveillée toutes les nuits depuis que j'ai reçu son message, il y a trois jours.

– Je suis sûre que tu t'en sortiras très bien. Tiens. Les choses s'améliorent toujours avec un morceau de tarte.

Barbs a ouvert le frigo et me tend une assiette de tarte aux pommes enveloppée d'un film plastique.

– Merci, Barbs.

Mon sourire est plus sincère cette fois.

– De rien, ma belle.

Sur un clin d'œil, elle s'en va, sa tasse de Earl Grey bien-aimé à la main.

Je bois une gorgée de mon café, non sans grimacer à son goût amer. La clinique a de nombreux points positifs à mes yeux, mais son café n'en fait pas partie.

Pendant que j'avale péniblement le breuvage, je regarde mon téléphone : l'écran est noir, mais je m'attends à le voir se rallumer sur un autre message de Max, ce qui ne se produit pas.

Il a été clair. J'ai une semaine pour voler la peinture de Josh ou la partie est terminée pour moi.

Trois jours se sont déjà écoulés, ce qui signifie qu'il m'en reste quatre.

La gorgée de café suivante descend par le mauvais tuyau. Je suis secouée d'une toux si violente que le liquide déborde de ma tasse et m'ébouillante la main.

– Putain ! j'explose.

Je pose le reste du café sur le comptoir et passe ma main sous l'eau froide, sans cesser de tousser à me déchirer les poumons.

– Tout va bien ?

La voix de Josh, dans mon dos, me fait sursauter et heurter le mug, dont le contenu restant se renverse sur le devant de ma robe.

– Putain ! je répète, avec plus d'emphase cette fois.

Je vais pour attraper les serviettes en papier, mais Josh me devance. Il en tire une poignée du distributeur et éponge le café qui ruisselle le long de ma jambe pendant que je tente de sauver ma tenue du désastre.

Peine perdue. La tache s'est déjà profondément incrustée dans les fibres et a transformé une grande partie du bleu de ma jupe en un marron affreux. Je finis par abandonner et je jette l'essuie-tout dans la poubelle en poussant un petit cri de frustration.

Josh me regarde avec inquiétude et un infime soupçon d'amusement.

– Bon, eh bien, ça répond à ma question. Mauvaise journée ?

– Comment tu as deviné ?

– Mon pouvoir de déduction est l'un de mes innombrables talents, plaisante-t-il. Mis à part le café renversé, tu as été distraite toute la journée.

– Stressée par le barreau, je lui marmonne.

Mon excuse habituelle. Pour être honnête, je suis vraiment stressée par l'examen. Mais ce n'est pas mon principal sujet d'anxiété.

Mon ventre se serre de culpabilité.

J'ai passé les trois derniers jours à réfléchir à la manière d'échapper au dilemme Max, sans trouver de solution réalisable qui n'implique pas la révélation de la vérité sur mon passé.

Mes amies ne me jugeront peut-être pas, mais je suis terrifiée de la réaction que Josh pourrait avoir. Pendant des années, il m'a jugée comme quelqu'un d'horrible, ou du moins une influence néfaste. La dernière chose que je veux, c'est lui confirmer que ses premières impressions à mon égard étaient les bonnes, alors que nous avons enfin pu progresser dans notre relation.

– Eh bien, si tu as besoin d'un partenaire de révisions, il se trouve que j'en connais un, d'une beauté et d'une intelligence à couper le souffle. (Josh marque une pause.) Je parle de moi, au fait.

Malgré ma tension, je lâche un petit rire.

– Ben voyons. J'apprécie l'offre, mais tu me distrairas plus que tu m'aiderais.

– C'est compréhensible. Mon physique en a distrait plus d'une. C'est l'un des écueils quand on se trimbale avec ça, j'en ai peur.

Il désigne son visage, il faut bien le reconnaître, spectaculaire.

– C'est un fait, il a sa manière à lui d'être hideux. (Je lui tapote l'épaule.) Ne t'inquiète pas. Je suis sûr qu'elles ne te jugeaient pas. Les gens sont beaucoup plus ouverts ces jours-ci.

Son rire se pose sur ma peau comme une épaisse couverture de velours.

– Bon sang, ce que j'ai envie de te baiser, là, maintenant.

Je ne suis pas prude, tant s'en faut, mais une cascade de chaleur descend dans mon cou à l'entendre dire ces obscénités en plein milieu de la cuisine de la clinique.

– Josh.

– Oui ? fait-il en haussant un sourcil. Tu dois quitter cette robe de toute façon. Quoi de mieux…

– Est-ce que j'interromps quelque chose ?

La voix d'Ellie vient couper court à notre conversation. Nous n'avions même pas remarqué son arrivée.

Je recule aussitôt d'un pas et ne tarde pas à grimacer car le robuste comptoir de la cuisine dure s'enfonce dans le bas de mon dos.

– J'aidais Jules qui s'est renversé du café dessus.

Il montre ma robe sans aucun signe de gêne. Ses traits sont devenus un masque de courtoisie professionnelle, pourtant la lueur diabolique ne s'est pas éteinte dans ses yeux.

Ellie fronce le nez.

– Oh, zut, ça craint. J'espère que ce n'est pas une robe neuve.

– Non, non. Un rendez-vous galant en perspective ? je demande, histoire de changer rapidement de sujet.

Le bureau ferme dans dix minutes et Ellie a déjà troqué son blazer et son pantalon de travail contre une robe et des talons.

Ses joues se teintent de rose.

– Je… je vais au cinéma avec Marshall.

Je dissimule un sourire. Elle s'est enfin débarrassée de son béguin pour Josh pour reporter son attention sur Marshall. Je ne sais pas trop si l'élément déclencheur a été le baiser que nous avons échangé, Marshall et moi – on trouve toujours une personne plus désirable quand elle est aussi convoitée par d'autres –, en tout cas je suis heureuse de voir qu'elle est passée à autre chose.

Pour des raisons tout à fait désintéressées, bien sûr.

– En parlant de ça, il faut que je file. Je suis juste venue récupérer mon chargeur. Je l'ai laissé ici au déjeuner. Bonne soirée !

Ellie débranche son chargeur de la prise située près du micro-ondes et détale.

– On devrait partir aussi, mais à des heures différentes pour ne pas éveiller les soupçons. Retrouvons-nous dans vingt minutes à notre endroit.

Les yeux de Josh pétillent d'espièglerie.

– On n'a pas d'endroit, j'objecte.

La fossette de Josh fait une glorieuse apparition.

– Maintenant, si. À l'angle de la 23e Rue et de Mayberry. Dans vingt minutes, Red. Sois là.

Et le voilà parti avant que je puisse répliquer quoi que ce soit.

Je secoue la tête, mais je range mon bureau avec une lenteur délibérée, jusqu'à ce que les locaux se soient vidés et que Barbs et moi soyons les dernières sur place.

– Allez, ma belle. Je ne rajeunis pas. (Elle me désigne la porte d'une main impatiente.) Et toi, tu es trop jeune pour passer une minute de plus que nécessaire au bureau.

– Tu sais me parler, Barbs.

– Je suis là pour ça. Bonne soirée, conclut-elle en agitant la main.

– Bonne soirée.

Il ne me faut que cinq minutes pour me rendre à pied à l'angle de la 23e Rue et de Mayberry. Comme promis, Josh m'y attend. Appuyé contre le lampadaire, les mains dans les poches, il tapote sa montre en me voyant.

– Dix-neuf minutes, Red. Tu es presque en retard.

– Heureusement que je ne le suis pas, je réplique, trop préoccupée pour trouver une réponse pleine d'esprit.

Tout ce qui m'intéresse, c'est de savoir comment évoquer son tableau sans éveiller les soupçons.

Je pourrais peut-être le convaincre de s'en débarrasser ? N'empêche que ce serait une tromperie, car je sais que le tableau a de la valeur, et pas lui. Enfin, ça vaudrait toujours mieux que de le lui voler.

– L'autre jour, je faisais des achats en ligne et je suis tombée sur des œuvres d'art vraiment belles, je lance avec désinvolture. Mieux que la monstruosité que tu as dans ta chambre.

– Une monstruosité ? s'exclame Josh, une main sur le cœur. Red, je suis offensé. Ce tableau, c'est le bon goût incarné. Je parie qu'il rapporterait une jolie somme si je le mettais aux enchères.

Si seulement il savait comme il a raison.

– Et pourtant, tu l'as acheté pour pas cher dans une vente de succession. Alors excuse-moi d'en douter.

Je m'efforce de mettre de la légèreté dans mon ton.

– Tout le monde ne connaît pas la valeur de ce qu'il jette. Un jour, tu en viendras à l'apprécier autant que moi.

Josh passe un bras autour de ma taille. Les battements de mon cœur noient l'écho de nos pas.

– Tu ne l'aimes pas vraiment, quand même, si ?

Il me jette un regard étrange.

– Pas au point de me précipiter dans un bâtiment en flammes pour le sauver, mais j'ai un faible pour lui, oui. Il me rappelle le camp sur le thème de l'art que j'avais fait.

J'en reste baba.

– Tu as effectué un camp sur le thème de l'art ?

– Oui, un été, quand j'avais huit ans, admet Josh avec une grimace. Je me suis rendu compte que l'art n'était, comment dire, pas mon point fort, et j'ai changé pour le basket-ball.

Soudain, tout s'explique.

– Waouh ! Pas étonnant que tu aimes les œuvres d'art horribles, du coup. Elles te font penser à toi !

Je m'esclaffe, d'autant que Josh me donne une claque sur les fesses, en guise de représailles.

– Je n'en reviens pas de te voir admettre que tu n'es pas le meilleur dans un domaine, j'ajoute en arrivant chez lui. Rappelle-moi de noter la date dans mon calendrier. C'est vraiment un moment historique.

– Très drôle. (Il déverrouille la porte d'entrée et attend que je sois entrée avant de me suivre à l'intérieur.) Ne diffuse pas l'info partout, parce que je ne laisse pas n'importe qui voir mes faiblesses. Mon manque de talent artistique est un sujet très sensible.

– Vraiment ? je réponds en souriant malgré moi. Je me sens spéciale.

– Tu peux ! Même si tu peux être exaspérante, putain, et une vraie casse-pieds…

Mon sourire disparaît.

– Eh ! je proteste.

Son visage s'adoucit et il passe les bras autour de ma taille pour me serrer contre lui.

– Tu es l'une des rares personnes en qui j'ai confiance. Je n'aurais jamais cru dire un jour une chose pareille, compte tenu de notre histoire. Mais même lorsqu'on ne pouvait pas se supporter, j'ai toujours pu compter sur toi, si je dois être honnête avec moi-même. Après ce qui s'est passé avec Michael et Alex… Ça signifie plus que tu peux l'imaginer, achève-t-il, la gorge visiblement nouée.

Notre légèreté de tantôt a laissé la place à une intensité poignante.

Oh, mon Dieu.

– Je… (*Dis-lui.*) Josh, je…

La culpabilité secoue mon ventre avec la violence des vagues de tempête.

Mon ex me fait chanter. Il existe une sextape de moi où je laisse un gars que je ne connais même pas me faire des choses obscènes pour que cet ex puisse le dévaliser. Je suis une voleuse et une menteuse, et tu avais raison à mon sujet depuis le début.

Les mots restent coincés sur le bout de ma langue et refusent d'en partir. Ce n'est pas un petit secret que je cache. J'ai été une criminelle, et il existe une sextape de moi avec un quasi-inconnu.

Je ne blâmerais pas Josh s'il me quittait après l'avoir découvert.

Ma poitrine se contracte à cette idée.

– Tu me connais, je réussis finalement à lâcher. Trop honnête.

Je convoque ce que j'espère être l'imitation passable d'un sourire.

– Le problème, c'est le « trop », me taquine Josh. Ce n'est pas grave. Tout le monde ne peut pas être aussi parfait que moi.

Il effleure ma bouche de la sienne, avant de m'attraper par le cou pour approfondir le baiser.

Je l'embrasse, moi aussi, en cherchant à graver chaque détail dans mon esprit.

Le goût de whisky sur ses lèvres. La fermeté de son contact. Son enivrante odeur de propre et la façon dont ses muscles se moulent à mon corps.

Je chéris ce baiser comme si c'était notre dernier, parce que, selon la façon dont se dérouleront les prochains jours, il se pourrait bien que ce soit le cas.

42

JULES

Quatre jours plus tard, je m'introduis par effraction dans la maison de Josh.

D'accord, « s'introduire par effraction » est peut-être trop fort, puisque je sais où il garde son double de clés, mais il ignore que je pénètre chez lui pendant qu'il est au travail. Et puis, je vais devoir faire en sorte que ça ressemble à une effraction.

Après une semaine d'agitation, de rumination et de souffrance, j'ai enfin élaboré un plan. Il n'est pas génial, car il dépend d'un coup de chance et d'un auxiliaire que je connais à peine, mais j'aviserai le moment venu.

Pour commencer, il faut que je vole le tableau, histoire de ne plus avoir Max sur le dos, avant la fin de son ultimatum. Ensuite, je pourrai travailler à me débarrasser du moyen de pression qu'il a sur moi, c'est-à-dire détruire la sextape.

Mon pouls tambourine dans mes oreilles, je fouille les plantes en pot sous le porche de Josh. Comme il est de garde cette nuit, il ne rentrera pas chez lui avant demain matin, mais ça ne m'empêche pas de me figer chaque fois qu'une brindille craque ou qu'une voiture passe.

Après plusieurs minutes de recherche dans l'obscurité – je ne veux pas alerter le voisinage en allumant la lampe torche de mon téléphone –, je repère le pâle éclat argenté de son double de clés. Je replace la terre que j'ai remuée, avant de déverrouiller la porte d'entrée et de me faufiler dans la maison silencieuse.

Elle est plus menaçante sans la chaleur de Josh. Chaque ombre est une cachette où se tapissent des monstres, chaque craquement un coup de feu qui écorche mes nerfs déjà à vif.

La sueur colle mon bonnet à mon front pendant que je traverse le salon pour gagner sa chambre. Heureusement que cette pièce n'est pas le Louvre et le tableau, pas *La Joconde.* Tout ce qui me reste à faire, c'est décrocher l'œuvre et à la glisser dans mon immense sac fourre-tout.

Pas d'alarme stridente, pas de vigile déboulant arme au poing.

C'est tellement facile que c'en est presque écœurant.

Quand quelqu'un vous fait confiance, pas besoin de travailler dur pour franchir ses défenses.

La culpabilité tourbillonne dans ma poitrine pendant que je cherche d'autres objets à piquer dans la chambre de Josh. Ce serait trop suspect si je n'emportais que le tableau.

Je ne peux pas me résoudre à lui prendre son ordinateur portable, mais j'empoche une de ses montres de rechange, la petite liasse de billets cachés au fond de son tiroir à chaussettes et son iPad. Je les conserverai en sécurité pour les lui rendre une fois que mon plan aura, je l'espère, fonctionné.

Je suis en train de mettre le bazar dans sa chambre et d'ouvrir tous ses tiroirs lorsque mon téléphone vibre. J'ai reçu un texto.

Prise au dépourvu, je me cogne la hanche contre le bord tranchant de la commode.

– Merde !

J'aurais dû mettre mon téléphone en mode silencieux. En voilà un travail d'amateur. Je me maudis silencieusement en ouvrant le message.

Stella : Kangourou ou koala ?

C'est notre question code pour nous assurer que l'autre va bien. Nous sommes les seules à en connaître la réponse absurde, de sorte que personne ne peut se faire passer pour nous par SMS au cas où nous serions kidnappées ou quelque chose d'approchant.

Je m'empresse de répondre.

Moi : Étoile rose.

Nous nous prévenons toujours, Stella et moi, si nous restons dehors plus tard que d'habitude. Pas question d'attendre que notre colocataire ait disparu depuis vingt-quatre heures avant de donner l'alerte : si quelqu'un emmerde l'une d'entre nous, l'autre le saura presque aussitôt.

Je ne m'attendais pas à ce que Stella rentre si tôt, c'est tout. Elle m'avait prévenue qu'elle avait un événement lié au travail, et ça dure en général jusqu'à minuit.

Stella : :) RDV galant ?

Stella : Un de ces jours, tu me diras qui est cet homme mystère ?

Elle sait que je sors avec quelqu'un, mais ignore de qui il s'agit.

Je fixe ses textos pendant une seconde avant de fourrer mon téléphone dans ma poche. Je n'ai pas le temps d'entamer une conversation à propos de Josh. Si mon plan échoue, il n'y aura plus rien à raconter, parce que notre histoire sera terminée.

Une nausée familière me tord le ventre.

– Arrête, je murmure. Ton plan va marcher.

Ton plan va marcher. Ton plan va marcher.

Je récite ce mantra silencieux tout en terminant de mettre en scène le faux-mais-pas-vraiment-faux cambriolage. Je laisse la porte d'entrée non verrouillée, je replante la clé de secours dans le pot, en espérant que de vrais cambrioleurs ne vont pas se pointer avant le retour de Josh.

Comme il habite près de Thayer, son quartier est étrangement calme pendant l'été. Pas de fêtes bruyantes, pas d'étudiants qui bavardent en chemin pour l'un des bars du campus ou en reviennent, personne pour m'arrêter quand je remonte la rue avec mon butin.

La partie rationnelle de mon esprit sait qu'il n'y a rien de franchement suspect chez une femme qui se promène la nuit avec un sac fourre-tout. La partie paranoïaque de mon esprit est convaincue que le sac est comme une enseigne au néon indiquant au monde la terrible personne que je suis.

« *Une menteuse ! Une voleuse ! Ne lui faites pas confiance !* » crie-t-il.

Génial. Maintenant, j'entends des voix en provenance d'objets inanimés.

Je cramponne un peu plus fort mon sac et j'accélère le pas jusqu'à ce que j'atteigne la station de métro, où je sors à nouveau mon téléphone pour informer Max.

Moi : Je l'ai.

Moi : Je te le dépose maintenant.

Je ne veux pas conserver ce tableau plus longtemps que nécessaire.

Max : Il est presque 23 h. Où est ton sens des convenances ?

Max : Sauf, bien sûr, si tu as dans l'idée de me donner quelque chose d'autre…

Cette simple idée me donne la nausée. Je suis déjà assez dégoûtée d'avoir couché avec lui autrefois. Je préférerais m'immoler par le feu plutôt que le laisser me toucher à nouveau.

Moi : Donne-moi une adresse, Max.

Moi : Ou je jette le tableau dans le Potomac.

Évidemment, je ne le ferai pas, mais je saisirai n'importe quelle occasion de l'emmerder.

Max : Tu es vraiment devenue ennuyeuse, J.

Malgré ses jérémiades, il me donne une adresse. Une rapide recherche sur Google m'indique qu'il s'agit d'un hôtel près de NoMa.

Il me considère comme une menace si négligeable qu'il n'a pas pris la peine de me dissimuler l'endroit où il loge. J'ignore si je dois être soulagée ou offensée.

Quand j'arrive à l'hôtel, le réceptionniste ne daigne même pas me jeter un regard quand je traverse le hall d'entrée et prends l'ascenseur jusqu'au neuvième étage.

Je ne suis pas surprise de l'absence de sécurité. L'endroit n'est pas exactement le Ritz-Carlton. Des bandes de papier peint se sont détachées du plâtre en bandes jaunies, la moquette est si fine que je sens le parquet en dessous et le hall empeste la fumée de cigarette.

Je m'arrête devant la chambre de Max, hésitante. Cette rencontre au milieu de la nuit dans un hôtel miteux n'est pas l'idée la plus judicieuse. Il a toujours dédaigné la violence physique, qu'il considère comme une forme « inférieure » de manipulation, mais c'était son opinion d'il y a sept ans. Une personne peut beaucoup changer en sept ans, surtout si elle en a passé la majeure partie en prison.

Au moment où je m'apprête à rebrousser chemin et à lui envoyer un message pour le prévenir de ma décision de ne pas venir ce soir, sa porte s'ouvre.

– Jules, fait Max en souriant. (Il a un air étrangement normal avec son tee-shirt de coton et son jean.) Je me disais bien que c'était toi. Pas épaisses, les cloisons, dit-il en frottant son poing contre le mur. J'ai entendu tes pas à un kilomètre de distance.

– Félicitations. Voilà ta saleté de tableau.

Je lui tends le sac. J'ai rangé les autres affaires de Josh dans un sac séparé, que je garde sous ma veste.

– Ici, dans le couloir ? réplique-t-il en faisant claquer sa langue. Aucun savoir-vivre. Et si quelqu'un nous voit ?

– Je suis presque sûre qu'on pourrait dealer de la drogue dans le couloir sans que personne ne s'en émeuve.

– C'est l'un des avantages à séjourner dans un hôtel comme celui-ci.

N'empêche, Max regagne sa chambre, afin de ne pas être vu de quelqu'un qui circulerait dans le couloir, et il sort le tableau du sac. L'examen auquel il le soumet lui tire une petite grimace.

– C'est vraiment hideux.

– Rends-le-moi alors.

Je ne perds rien à essayer.

Max s'esclaffe.

– Content de voir que tu as gardé ton sens de l'humour. Mais non. Ce bébé vaut un paquet de pognon.

Il range le tableau dans le sac.

– OK. Donc maintenant, tu l'as, je lance sèchement. Je suppose que tu ne vas pas t'attarder dans les parages…

Je retiens ma respiration, espérant qu'il va mordre à l'hameçon et me dire quand il prévoit de partir. J'ai besoin de savoir de combien de temps je dispose pour mettre en œuvre la deuxième partie de mon plan.

– Ne t'inquiète pas. Je ne serai plus dans tes pattes d'ici ce week-end, répond-il. Ce qui ne veut pas dire que je ne te recontacterai pas à l'avenir si tu me manques trop. On a passé de tellement bons moments ensemble.

Je retiens une réplique cinglante. Plus je reste, plus je risque de déraper. De plus, je ne veux pas donner à Max la satisfaction d'être parvenu à m'énerver.

Je tourne les talons et regagne l'ascenseur sans répondre. Je suis de retour dans le métro sans encombre et le soulagement me rafraîchit les veines quand le train s'engouffre dans le tunnel vers Logan Circle.

Phase 1 : terminée.

Comme il est trop tard pour entamer la phase 2, je file directement dans ma chambre quand je rentre à la maison. Heureusement, Stella dort déjà, je n'ai donc pas à répondre à des questions sur l'endroit où je me trouvais.

À peine me suis-je déshabillée que je saute dans la douche, pour laisser l'eau bien chaude laver la pellicule collante de culpabilité sur ma peau.

Il est minuit passé. Max a le tableau, et Josh sera de retour chez lui dans moins de sept heures.

Il n'y a pas de retour en arrière possible.

L'air épais et vaporeux m'obstrue les narines à chacun de mes halètements quand j'imagine la réaction de Josh en découvrant le cambriolage.

Non, ce n'est pas grave. Je vais lui rendre ce qu'on lui a volé, y compris le tableau.

Peut-être. Avec un peu de chance.

Mon esprit s'emballe quand je me repasse ce que j'ai prévu pour demain, à la fois concernant Josh qui va fatalement me parler du cambriolage, et concernant la personne dont j'ai besoin.

Mon plan est simple, mais il repose à moitié sur la réalité et à moitié sur un espoir.

Mais ça marchera. Il le faut.

Il n'y a pas d'autre option.

43

JOSH

Il y a quelque chose qui cloche.

Ma maison a le même aspect extérieur que quand je l'ai quittée hier soir – rideaux tirés, plantes bien alignées contre le mur du porche –, pourtant j'ai les petits poils de la nuque qui se hérissent.

Je scrute les alentours, les sens en alerte. Je ne vois personne tapi dans les buissons ou pointer un fusil de sniper par la fenêtre d'un voisin. J'avance vers le porche avec prudence.

Au lieu d'utiliser ma clé, je tourne la poignée, pour découvrir sans véritable surprise qu'elle s'ouvre sans résistance.

Cela ne fait que confirmer ce que je pressentais : quelqu'un s'est introduit par effraction dans ma maison, putain.

J'ouvre la porte en grand, le cœur tambourinant contre ma poitrine, plus en colère qu'inquiet. Je doute que le cambrioleur soit toujours sur place. La plupart des cambrioleurs commettent leurs forfaits pendant la journée, quand les gens sont au travail. S'ils sont venus de nuit, c'est qu'ils ont dû me surveiller. Ils savaient que je travaille parfois de nuit.

Cette violation de ma vie privée me donne la chair de poule. L'idée que quelqu'un m'a observé et a guetté le bon moment pour s'introduire chez moi me rend malade, mais ce n'est pas le moment de s'appesantir là-dessus.

Tout d'abord, je dois comprendre ce qu'on a bien pu me voler.

La logique prend le dessus, j'appelle le 911 avant de faire une recherche rapide des objets de valeur qu'on a pu me voler. Ma télévision est toujours là, tout comme ma PlayStation et le ballon de basket signé Michael Jordan qu'Ava m'a offert pour mon vingt-troisième anniversaire. La maison semble intacte.

Je suis presque convaincu que je me fais un accès de paranoïa, j'ai juste oublié de verrouiller ma porte d'entrée… quand j'entre dans ma chambre.

– Enculé !

Des vêtements sont éparpillés hors de mes tiroirs saccagés, des flacons à moitié cassés jonchent la commode et il y a un espace extrêmement vide sur le mur, là où j'avais accroché mon tableau. Le cambrioleur a mis ma chambre à sac.

Hazelburg est l'une des villes les plus sûres du pays, ce qui explique pourquoi je n'ai pas pris la peine d'installer un système de sécurité. Quelle force cosmique ai-je énervée pour que cette merde m'arrive ?

La colère refait surface dans une vague aveuglante alors que je procède à un autre inventaire de mes affaires. Curieusement, mon ordinateur portable est toujours là, alors que manquent à l'appel mon tableau, l'argent liquide que je garde en cas d'urgence, mon iPad et ma montre. Rien de trop précieux, mais tout de même.

Le fait que quelqu'un soit entré dans ma chambre et ait fouillé dans mes affaires fait grimper mon pouls en flèche.

J'ai besoin d'une boisson forte et d'une bonne et longue séance de punching-ball pour y passer ma rage, mais je dois d'abord attendre la police.

Le premier policier balaie la chambre du regard, à la recherche d'indices, l'autre prend ma déposition. Une fois que je lui ai énuméré les objets manquants, il fronce les sourcils.

– Donc le cambrioleur a volé quatre objets qui valent, pris ensemble, quelques centaines de dollars, et laissé votre ordinateur portable ?

Ses mots sont lourds de scepticisme.

Je ne lui en veux pas. Je n'y comprends que dalle non plus.

– Peut-être que quelque chose lui a fichu la trouille et qu'il est parti avant d'avoir pu mettre la main dessus ?

C'est la seule explication que je trouve.

– Hmm, répond le policier, sourcils froncés. OK. Nous allons faire de notre mieux pour trouver l'auteur et récupérer vos affaires, mais ne nourrissez pas trop d'attentes. Seulement 13% des affaires de cambriolage sont résolues.

C'est bien ce que je pensais, mais on dirait qu'il a renoncé avant d'avoir commencé à chercher.

– Je comprends, je réplique en m'obligeant tant bien que mal à sourire. J'apprécie toute l'aide que vous pourrez m'apporter.

La police repart peu après, sans aucune piste, me laissant sans le moindre espoir de récupérer les objets par son entremise. Dans une semaine, mon dossier sera au bas de leur liste de tâches, en train de prendre la poussière.

Sans que je sache trop comment, la journée vient de monter encore d'un cran dans la merdicité.

Je vais m'ouvrir une bouteille de vodka à la cuisine pendant que j'appelle Jules. Elle ne peut rien faire, mais j'ai besoin de quelqu'un à qui parler, et c'est la première personne qui me vient à l'esprit.

– Salut, quoi de neuf ?

Mes muscles se relâchent un petit peu au son de sa voix.

Je verse la vodka dans un verre et le vide d'un trait. Sa brûlure froide étouffe un peu les flammes de ma colère.

– Quelqu'un s'est introduit chez moi, bordel. On m'a volé un tas de trucs. Les flics viennent de partir en disant qu'ils allaient s'en occuper, mais l'enfoiré qui a fait ça est sans doute dans un autre État à l'heure qu'il est.

À l'autre bout de la ligne, Jules hoquette.

– Oh, mon Dieu !

Je place le verre vide dans l'évier et la mets sur haut-parleur pendant que je regagne ma chambre. Maintenant que la police a étudié la scène, je dois nettoyer le désordre laissé par le cambrioleur.

– Comme tu dis. Et tu as de la chance, figure-toi, parce qu'ils ont pris le tableau que tu détestes tant. (J'essaie de détendre l'atmosphère.) Tu as engagé quelqu'un pour s'introduire chez moi, Red ? Parce que si tu voulais vraiment t'en débarrasser, il suffisait de le demander. Je l'aurais jeté.

– Très drôle. (Son rire semble forcé, ou peut-être que c'est un effet de mon manque de sommeil.) Tu veux que je vienne ?

J'ai envie de la voir, mais elle a assez de choses à faire sans m'occuper de ma merde.

– Non. Finis d'étudier. Je passerai plus tard si tu as besoin d'une pause.

Je n'ai pas à pointer pour ma prochaine garde avant la fin d'après-midi.

– Ça me va. Josh, je… je suis désolée que ça te soit arrivé.

Je perçois une étrange retenue dans sa voix.

– Ça va. Enfin, ça craint, mais dans le grand schéma de l'Univers, ça aurait pu être pire. Au moins, je suis en vie.

– Oui, murmure Jules. Mon cours de prépa commence bientôt, on se reparle plus tard ?

– Oui. Je… (Je me fige quand je prends conscience du mot qui a failli sortir de ma bouche.) On fait comme ça, je conclus sans enthousiasme.

Je raccroche, le cœur battant à cent à l'heure.

Qu'est-ce qui me prend, bordel ?

C'est peut-être un effet de l'alcool, mais j'ai failli prononcer les trois mots que j'ai évité de dire toute ma vie. Des mots que je n'aurais jamais cru pouvoir dire à Jules. Sur le moment, pourtant, ils me sont venus si naturellement qu'ils m'ont presque échappé.

Ils n'ont pas été le résultat d'une soudaine et aveuglante prise de conscience, comme ça se produit dans les films. Il n'y a pas eu de regard appuyé, de prise de conscience à la fin d'une conversation à cœur ouvert, pas de baiser spécial à la fin d'un rendez-vous magique.

Non, c'est l'aboutissement d'un million de petits instants : la façon dont Jules a essayé de me distraire avec sa propagande pro-poisson pendant *Nemo*, sa compassion silencieuse quand je lui ai raconté la mort de ma patiente, son goût et la sensation de son corps contre le mien, comme si elle était la dernière pièce du puzzle de ma vie.

Mystérieusement, celle qui était la dernière personne que j'avais envie de voir est devenue la première vers laquelle je me tourne quand j'ai besoin de réconfort ou simplement de quelqu'un à qui parler.

J'aimerais pouvoir dire que je ne sais pas comment j'en suis arrivé là, mais en réalité je m'y dirige lentement et sûrement depuis notre premier baiser. Peut-être même avant, avec le Vermont et notre trêve à la clinique

J'étais juste trop aveugle pour remarquer que la destination de mon GPS avait changé.

Il y a dix minutes, le cambriolage occupait toutes mes pensées ; maintenant, c'est à peine si je m'en soucie.

J'ai un problème bien plus important à régler.

« *C'est un arrangement strictement physique.* »

« *On ne tombe pas amoureux.* »

« *Red, tu tomberas amoureuse de moi longtemps avant que la réciproque soit vraie.* »

Les coups dans ma poitrine s'intensifient.

– Oh putain…

44

JULES

Mon petit déjeuner me remonte dans la gorge et je dois faire un effort surhumain pour l'obliger à redescendre quand je raccroche après ma conversation avec Josh.

Je me sens plus fausse qu'une *Joconde* accrochée dans le hall d'entrée d'un motel miteux.

« *Tu as engagé quelqu'un pour s'introduire chez moi, Red ? Parce que si tu voulais vraiment t'en débarrasser, il suffisait de le demander. Je l'aurais jeté.* »

J'essuie une main moite sur ma cuisse.

Stella est déjà partie au travail, il n'y a donc que moi et ma conscience qui hurle : *Tu es une menteuse doublée d'une salope. Josh avait raison à ton sujet depuis le début,* me souffle la voix insidieuse dans ma tête. *Tu es la pire chose qui lui soit jamais arrivée.*

– La ferme.

C'est pour ça que tout le monde te quitte. Que personne ne t'aime. Tu ne mérites pas…

– La. Ferme.

Je fais les cent pas dans le salon, essayant de noyer les doutes qui dressent leur tête hideuse.

Je ne suis pas une salope. Parfois, je prends de mauvaises décisions, mais ça ne fait pas de moi une mauvaise personne. Si ?

La sueur colle mon tee-shirt à ma peau.

– C'est bon. J'ai un plan. Je vais tout lui rendre et je me débarrasserai de Max.

Prononcer ces mots à voix haute fait un peu refluer ma nausée. Je n'ai pas le luxe de m'apitoyer sur mon sort si je veux mener à bien le reste de mon plan. Je m'accorde donc cinq secondes supplémentaires d'autodétestation avant de redresser les épaules, de sortir de mon appartement et de prendre l'ascenseur pour monter d'un étage.

Il est temps de passer à la deuxième phase.

Tant que Max a la cassette, il a un moyen de pression sur moi. Je ne suis pas assez naïve pour croire qu'il me lâchera, peu importe le nombre de « services » que je lui rendrai pour payer mon soi-disant dû. Je ne pourrai me débarrasser définitivement de lui qu'en me débarrassant de la bande. Je ne sais pas s'il est possible de détruire pour de bon chaque copie d'un fichier numérique, mais je suis assez désespérée pour essayer.

Si je n'ai pas encore tenté le coup, c'est que je n'avais aucune idée de la façon de procéder et que je ne voulais pas prendre le risque d'échouer et de l'énerver.

Mais l'autre nuit, alors que je fixais le plafond de mon nouvel appartement de luxe sans pouvoir dormir, j'ai pensé à une personne qui pourrait bien avoir les compétences informatiques nécessaires pour mener à bien mon plan : Christian Harper, alias mon propriétaire, alias l'ancien patron de Rhys.

Je me suis souvenue que Bridget a dit qu'il avait retrouvé la personne ayant divulgué à la presse des photos d'elle et de Rhys, l'année dernière. Ce n'est pas tout à fait la même chose que de supprimer une vidéo susceptible d'avoir des dizaines de copies dans le cyberespace, mais ça vaut la peine d'essayer.

Les portes de l'ascenseur s'ouvrent sur un « ping ».

Je me dirige vers la porte de Christian, qui n'est pas sans rappeler une forteresse, et je sonne, en priant Dieu et le diable qu'il soit chez lui. Je ne l'ai vu que deux fois depuis que Stella et moi avons signé le bail, une fois au mariage de Bridget, auquel il a assisté parce qu'il est lié à Rhys, et une fois en passant dans le hall d'entrée.

Je suis passée au bureau de Pam, hier, et je l'ai harcelée jusqu'à ce qu'elle me confirme qu'il est bien en ville. Elle n'a pas omis de me gratifier d'une remarque désobligeante, comme quoi : « M. Harper n'est pas intéressé par les *personnes dans votre genre* », mais je me moque qu'elle imagine que je veux séduire Christian. Elle n'a aucune importance.

Je sonne une deuxième fois. Max est parti ce week-end. Si Christian n'est pas là, je suis foutue.

J'ai un plan, mais cela ne signifie pas qu'il fonctionne. Il repose sur un important facteur chance, et je ne peux qu'espérer la compassion des dieux et qu'ils me jettent un petit indice.

J'ai même emprunté l'un des cristaux de manifestation de Stella, pour le cas où.

Je fixe des yeux la porte fermée. *Allez, allez...*

Pile au moment où je m'apprête à accepter ma défaite, la porte s'ouvre, révélant des yeux d'ambre scintillants et des pommettes sculptées.

Il n'est que 8 h du matin, mais Christian est déjà vêtu d'un costume exquisément taillé. Entre sa tenue, ses cheveux noirs parfaitement coiffés et son visage rasé de près, il donne l'air de travailler depuis des heures et d'avoir conclu plusieurs marchés de quelques millions de dollars dans l'intervalle.

– Mademoiselle Ambrose. Qu'est-ce qui me vaut ce plaisir ?

Il a une voix suave et décadente, au timbre riche. Son regard vole par-dessus mon épaule comme s'il s'attendait à voir quelqu'un derrière moi.

Constatant que je suis venue seule, il esquisse l'ombre de ce qui ressemble à de la déception, qu'il fait disparaître aussi vite qu'elle est venue.

– Bonjour, je réponds. Je voudrais vous demander un service.

Autant aller droit au but. Le temps m'est compté et Christian Harper n'a de toute façon pas l'air du type d'homme qui aime tourner autour du pot.

– Un service…

Une lueur amusée s'allume dans ses yeux couleur whisky-devant-les-flammes.

– Oui.

Je lève le menton, essayant de contenir ma nervosité. Je me rends compte de l'ironie qu'il y a à lui demander un service alors que je dois déjà ma situation actuelle à un « service ». Mais l'univers a toujours eu un sens de l'humour déplorable.

– Vous avez aidé Bridget et Rhys avec leur… problème, l'année dernière, et je vous serais très reconnaissante si vous pouviez m'assister pour résoudre moi aussi un problème de ce genre. Il s'agit d'un problème, euh, numérique, et vous êtes censé être le meilleur des meilleurs dans le domaine.

Un peu de flatterie ne fait jamais de mal, pas vrai ?

Hélas, Christian paraît insensible à mon compliment.

– Je rendais une faveur à Rhys, je ne lui en accordais pas une. La question qui se pose maintenant, c'est la raison pour laquelle je vous aiderais.

Son sourire, bien que poli, ne fait qu'aiguiser le tranchant de sa question.

J'hésite.

– Parce que… vous êtes quelqu'un de bien ?

Il a réduit notre loyer mensuel à une fraction de son prix initial, et ce sans conditions. Du moins, pas à notre connaissance.

J'aurais peut-être dû développer davantage mon plan.

Le sourire de Christian s'estompe.

– Votre plus grande erreur serait de supposer que je suis quelqu'un de bien, Mademoiselle Ambrose, murmure-t-il doucement.

Un frisson de malaise rampe le long de mon échine. Pourtant j'insiste. Je n'ai pas le choix.

– Il n'est pas nécessaire d'être quelqu'un de bien pour m'aider. Je vous revaudrai ça.

C'est une promesse imprudente, étant donné que je ne sais pratiquement rien de lui. Je pourrais finir par lui être aussi redevable qu'à Max. Mais il est ami avec Rhys, et Rhys est un type bien, donc ça devrait quand même compter pour quelque chose. Non ?

– Rhys était mon meilleur employé, ancien Navy SEAL et futur prince consort d'Eldorra, réplique Christian. Qu'est-ce que vous pouvez m'offrir, vous ?

– Un conseil juridique professionnel ?

– J'ai une équipe d'avocats à ma disposition.

– Un gâteau de remerciement fait sur-mesure de chez Crumble & Bake ?

– Je ne mange pas de dessert.

Ce n'est pas normal. Quel genre de monstre ne mange pas de dessert ?

Je me mordille la lèvre pendant que j'essaie de trouver autre chose.

– Ma gratitude éternelle ? Je chanterai vos louanges à tous mes amis.

Christian incline la tête sur le côté : ah, il y réfléchit...

Sans déconner ! Ma dernière proposition, je l'ai lancée comme une blague.

– Une faveur de votre part en échange d'une faveur de la mienne, dit-il. Faveur dont je déciderai la teneur à une date ultérieure de mon choix.

L'inquiétude me serre le ventre. Il y a là une note tout aussi suspecte que dans le marché que m'a imposé Max, sans le facteur effrayant.

– Quel genre de faveur ?

Je vous jure, si Christian me demande de coucher avec lui...

– Rien de sexuel ou d'illégal. C'est ma proposition. À prendre ou à laisser.

La fermeté de son ton n'a pas apaisé mon anxiété. Je me suis déjà bien fait avoir par le passé, en la matière. Accepter une faveur à l'aveugle, c'est complètement stupide, mais je n'ai pas le luxe de voir sur le long terme, confrontée comme je le suis à une urgence brûlante. En outre, Christian est le P.-D.G. d'une entreprise de renom, pas un criminel de bas étage comme Max.

J'espère que je ne vais pas le regretter.

– J'accepte.

Une lueur de satisfaction s'allume dans les yeux de Christian.

Je n'arrive pas à me débarrasser de l'impression étrange que je viens de conclure un pacte avec le diable. Mais toute faveur qu'il réclamera à l'avenir sera justifiée s'il dissipe une fois pour toutes le nuage noir de la sextape.

Non ?

– Parfait, lâche-t-il en ouvrant sa porte en grand. Ma prochaine réunion ne commence pas avant 8 h 30. Vous avez onze minutes.

Je le suis dans son appartement, où je lui explique ma situation : la cassette, le chantage de Max, mon désir d'effacer l'enregistrement pour de bon. J'omets la partie où je volais les gens pour vivre, Christian n'a pas besoin de savoir ça, et je n'ai pas le temps d'entrer dans les détails, de toute façon.

– Je vois.

Il paraît presque s'ennuyer à l'écoute de mon dilemme.

Je suis à moitié contrariée qu'il ne comprenne pas la gravité de la situation et à moitié en train d'espérer que le calme de sa réponse signifie qu'il a une solution.

Christian reste silencieux jusqu'à ce que nous nous retrouvions dans sa bibliothèque. Des livres colorés garnissent deux murs d'étagères du sol au plafond, et les fenêtres, qui creusent de grandes alcôves sur les murs restants, baignent la pièce d'une éclatante lumière matinale.

Un homme se tient au centre de la pièce, vêtu d'un costume d'aspect aussi coûteux que celui de Christian. L'agacement creuse des lignes profondes dans son visage. Il parle en italien à toute vitesse au téléphone, mais raccroche brusquement quand il nous voit.

– Dante, j'espère que tout va bien, dit Christian, comme si l'homme n'avait pas l'air sur le point d'assassiner quelqu'un.

Dante affiche un sourire crispé.

– Oui, bien sûr.

Il tourne les yeux vers moi. Sa curiosité est comme un poids chaud sur ma peau.

Il semble un peu plus âgé que Christian, peut-être entre le milieu et la fin de la trentaine, mais ça ne fait qu'ajouter à son attrait physique. Il n'a pas la beauté classique de Christian, pourtant il dégage une masculinité robuste qui ferait se pâmer la plupart des femmes. Son épaisse chevelure noire et sa musculature ne sont pas désagréables à regarder non plus.

– J'ignorais que vous aviez de la compagnie, je m'excuse auprès de Christian.

Un peu tôt pour une réunion d'affaires, non ? Mais qu'est-ce que j'en sais, moi ? Je ne suis pas P.-D.G.

– J'allais partir, déclare-t-il. Dante Russo.

Il me tend la main, boutons de manchette en argent gravés de minuscules V qui scintillent sur ses manches de chemise.

– Jules Ambrose.

Il m'adresse un bref signe de tête et coule un regard indéchiffrable à Christian.

– Nous terminerons notre conversation plus tard. Mon grand-père vient de mourir.

Il annonce la nouvelle comme s'il parlait de faire un aller-retour à l'épicerie.

Si je suis abasourdie, Christian, lui, n'a même pas cillé.

– Bien sûr.

Après le départ de Dante, Christian se dirige vers l'ordinateur installé dans un coin et tape quelque chose. Une minute plus tard, l'imprimante crache une feuille, qu'il me tend avec un stylo.

Ses boutons de manchette scintillent à la lumière. Ils sont gravés des mêmes « V » que ceux de Dante.

– Signez ce document, et je m'occupe de la cassette.

Je parcours le texte.

– Vous avez un contrat spécial pour les services qu'on vous demande ?

C'est un contrat standard énumérant les termes de notre accord, mais si je me dédie, je lui serai redevable de… Je cligne des yeux pour m'assurer que j'ai bien lu.

– Deux millions de dollars ?! C'est une blague !

– Je ne plaisante jamais en affaires, or tout ce qui touche à mon temps et à mes compétences relève des affaires, déclare Christian, qui désigne le papier d'un signe de tête. Comme vous le savez certainement, Mademoiselle Ambrose, les contrats protègent les deux parties. Si je ne suis pas en mesure de remplir mes obligations, le contrat est nul et non avenu. Si je renonce, je vous serai donc également redevable de deux millions de dollars. Ce n'est que justice.

Oui, sauf que deux millions, c'est une goutte d'eau dans l'océan pour lui, alors que c'est une somme introuvable pour moi.

– Ce sont mes conditions. Comme nous n'avons encore rien signé, libre à vous de renoncer. À vous de voir, conclut-il avec un élégant haussement d'épaules.

Une faveur de son choix ou je lui devrai deux millions de dollars…

Je ne sais vraiment pas quoi faire.

Quelles sont les chances qu'il me demande de faire quelque chose de vraiment horrible ? Il a affirmé exclure quoi que ce soit de sexuel ou d'illégal.

Il y a une chance sur deux que je le regrette, mais mon désir de me débarrasser de Max l'emporte sur tout le reste. Je griffonne ma signature sur la ligne prévue à cet effet et je lui remets la feuille. Christian signe après moi, et voilà.

Nous sommes officiellement partenaires en affaires.

– Il est très difficile d'effacer définitivement quelque chose, une fois dans le domaine numérique, mais ce n'est pas impossible, annonce alors Christian.

Mais pas pour moi.

Il ne le dit pas, mais je l'entends haut et fort.

L'anxiété qui me tordait le ventre se relâche un peu. Je ne le connais pas bien, mais je sais que Christian Harper est sacrément doué dans ce qu'il fait. Il n'a pas créé de toutes pièces la société de sécurité la plus prestigieuse du monde en étant un clown.

– Je vais cependant avoir besoin de votre concours pour une partie du plan. Je peux demander à mes hommes de s'en charger, mais ce sera beaucoup plus facile ainsi. (Christian sourit.) Voici ce que vous devrez faire…

45

JULES

Je retourne à l'hôtel de Max dans l'après-midi du lendemain.

Les instructions de Christian sont simples, à défaut d'être faciles, et il est inutile de retarder l'inévitable.

Soit le plan fonctionne, soit il ne fonctionne pas.

Je frappe à la porte de Max, pleinement consciente de l'homme tapi dans une alcôve au bout du couloir. Christian m'a fait accompagner par l'un de ses hommes. Kage attendra, caché, jusqu'à ce que je pénètre dans la chambre de Max, après quoi il pourra surveiller ce qui se passe grâce à la minuscule caméra dissimulée dans le pendentif d'un collier. Apparemment, il possède une sorte de dispositif capable de désactiver le scanner qui lit les cartes-clés au cas où la situation tournerait au vinaigre avec Max.

– Jules ! dit Max avec un sourire bienveillant, mais ses yeux sont pleins de suspicion. Je ne m'attendais pas à te revoir ici. Tu viens tirer parti de tes… attributs ?

Son regard se pose sur mes seins.

Il contient tant de lubricité qu'un frisson court sur ma peau, mais je m'efforce de rester plus ou moins polie, au moins le temps d'entrer dans sa chambre.

– Non, mais j'ai quelque chose d'important à te dire à propos du tableau. Parlons-en à l'intérieur, j'ajoute avec un coup d'œil dans le couloir comme si je redoutais d'être entendue.

Max plisse les yeux. Un instant, j'ai peur qu'il refuse, mais au bout de plusieurs longues et pénibles secondes, il ouvre plus largement la porte pour que je puisse entrer.

Dès que je suis à l'intérieur, je balaie la pièce du regard, à la recherche de son ordinateur. S'il l'a rangé…

Le soulagement me submerge quand je repère le portable ouvert sur son bureau. *Dieu merci !* Si je ne l'avais pas vu, Kage aurait dû faire diversion pour que je puisse mettre la main dessus, mais sa présence me facilite grandement la tâche.

– Alors, qu'est-ce que tu veux me dire ?

Il y a de l'impatience dans la voix de Max, quand il constate que je demeure silencieuse. Je me retourne vers lui, tout en reculant discrètement vers son bureau.

– Je pense que le tableau que je t'ai donné est un faux.

J'enfonce les mains dans la poche de mon sweat-shirt, aussi décontractée que possible. Mais je referme les doigts sur le petit gadget que Christian m'a donné et je toussote pour étouffer le léger bip qu'il émet quand j'appuie sur le bouton d'allumage.

Il s'agit d'un outil de piratage sans fil que Christian a mis au point lui-même. Il m'en a expliqué le fonctionnement, mais les termes techniques me sont passés au-dessus de la tête. Tout ce que je sais, c'est qu'il doit se trouver à moins d'un mètre cinquante de la cible à pirater, et il ne peut pas être activé avant sans quoi il se rattache à un réseau différent. Ou quelque chose comme ça.

Je fais confiance à Christian : il sait ce qu'il fait, donc je suis ses instructions à la lettre même si je n'ai compris que la moitié de ses explications.

– Celui que tu as volé chez ton petit ami ? Ce n'est pas un faux. (Max sourit devant ma stupéfaction.) Tu pensais que je ne savais pas que tu baises avec ton joli petit docteur ? J'ai dû faire des repérages autour de son appartement, après avoir retrouvé le tableau. Je t'ai vue entrer et sortir de chez lui à toute heure du jour. Pas besoin d'être un génie pour comprendre ce que vous faites tous les deux. Pute un jour, pute toujours, conclut-il avec un sourire devenu méchant.

L'indignation m'empourpre les joues.

– C'est tout ce que tu as trouvé ? Ce genre d'insulte, ça commence à faire vieux schnock, Max. Trouves-en de nouvelles ou arrête d'en utiliser, d'autant que je suis venue ici pour t'aider.

Allez, Christian !

Il m'a précisé qu'il fallait deux minutes pour que l'appareil se connecte à l'ordinateur, puis cinq à dix minutes supplémentaires pour localiser la vidéo, en fonction du nombre de fichiers sur l'ordinateur de Max. Avec le recul, j'ai eu de la chance que Max m'envoie des captures d'écran pour m'emmerder, ces dernières semaines : Christian pourra s'en servir comme base pour ses recherches. Dans le cas contraire, s'il ne savait pas ce qu'il cherchait, il aurait fallu beaucoup plus de temps à son logiciel pour analyser chaque vidéo.

Nous sommes convenus qu'il ne m'enverrait un texto qu'une fois trouvées et détruites toutes les copies de la vidéo. J'ai personnalisé la sonnerie de ses messages, de sorte que je saurai que l'affaire est faite sans avoir à consulter mon téléphone.

– Tu essaies de m'aider ? Pourquoi tu ferais ça ?

Max me fixe avec une méfiance grandissante.

– Parce que je ne veux pas que tu reviennes me le reprocher plus tard. Je veux qu'on en finisse le plus vite possible.

Je nous désigne, lui et moi, avant de jeter un coup d'œil à l'horloge. *Merde.* Ça fait moins de cinq minutes que je suis là. Il faut que je fasse durer la conversation.

– Comment tu peux être sûr que ce tableau n'est pas un faux ?

– Mes amis l'ont confirmé, réplique-t-il froidement. D'ailleurs, tout le monde le considère comme de la camelote. Personne ne s'amuserait à copier de la camelote, Jules.

Il s'approche d'un pas lourd sur la moquette bleue, aussi fine que du papier. Je m'oblige à ne pas tiquer. Kage est juste derrière la porte, mais le fait d'être coincée dans une chambre d'hôtel avec Max met mon cœur en panique.

– Qu'est-ce qu'il a de si spécial ce tableau, alors ? Il est hideux.

J'aurais dû enfiler autre chose qu'un sweat-shirt. Il me colle à la peau et me donne la sensation d'étouffer. La chaleur grimpe de mon buste à mon visage, si bien que j'ai l'impression de brûler vive dans un incinérateur que j'aurais moi-même créé.

– La valeur ne va pas toujours de pair avec la beauté. (En me reluquant de la tête aux pieds, Max sous-entend clairement que le propos s'applique aussi à moi.) Le tableau fait partie d'un ensemble très restreint de toiles ayant appartenu à un célèbre collectionneur européen. Il vaut beaucoup d'argent dans certains cercles, mais il a été vendu par erreur lors d'une succession et il a changé de propriétaires jusqu'à ce qu'on retrouve sa trace dans la maison de ton petit ami. Il a fallu beaucoup de paperasserie et de pots-de-vin, mais on y est parvenus, ajoute-t-il, les yeux brillants. Imagine ma joie quand j'ai appris ton lien avec le propriétaire actuel. Comme si le destin t'avait fait tomber dans mes bras.

Ouais, sans blague. Le passe-temps préféré du destin, c'est me baiser.

– Tu lui as parlé du tableau ? demande Max. Ou tu lui as tellement bien sucé la bite qu'il te l'a donné sans se plaindre ?

– Au moins, il sait quoi faire avec sa queue, contrairement à certaines personnes de ma connaissance. Lui tailler une pipe n'a rien de déplaisant.

Ma voix dégouline d'un miel empoisonné. Les paroles de Max se cessent d'attiser de vieux complexes, mais je refuse qu'il me fasse honte parce que j'aime le sexe, bon sang !

Quand les hommes couchent avec des tas de partenaires, on les félicite. Les filles qui font de même sont qualifiées de putes. Un deux poids, deux mesures vieux comme le monde, et j'en ai ras le bol.

La satisfaction explose dans mon ventre quand je vois son visage se couvrir de taches rouges. Vérité universelle sur les hommes : rien n'entame mieux leur ego et ne les met plus en rogne qu'une remise en question de leur virilité.

– Fais gaffe, Jules.

Une rage glacée coule sous les mots de Max, mais son masque est en train de tomber. Je le vois dans le tressaillement de ses yeux et dans la veine qui pulse sur son front. Sous cette fausse « gentillesse » se cache une fragile petite merde à une insulte près d'exploser.

J'avale une boule d'inquiétude. *Tout va bien. Kage est juste derrière la porte.*

– Il me suffit d'appuyer sur un bouton et tout le monde saura la pute que tu es. Je me demande ce que ton petit ami va dire quand il verra un autre gars te baiser le cul et jouir sur ton visage. Ou comment on réagira chez Silver & Klein en découvrant ce que leur employée potentielle aime faire pendant son temps libre.

Il incline la tête, les yeux brûlant de malveillance.

– Peut-être que je pourrais la télécharger sur un site porno. Histoire d'en tirer du fric. Quand on a fait de la prison, il est difficile de se dégoter un travail, de nos jours. Faut ce qu'il faut pour manger à sa faim.

Le gadget métallique s'enfonce dans mes paumes. L'oxygène se raréfie dans mes poumons quand j'imagine la vidéo mise en ligne et visible par le monde entier. Des inconnus en train de se branler devant ce qui a été l'un des pires moments de ma vie.

Je n'aurais pas dû provoquer Max si vite. Et si Christian ne parvenait pas à effacer la vidéo ? Et s'il oublie une copie ? Et si…

Les notes suaves de la tonalité que j'ai attribuée à Christian montent de mon téléphone.

Le signal convenu pour que je sache que le travail est terminé.

Mon cœur se met à tambouriner plus fort contre ma cage thoracique. Maintenant que le moment est venu, je n'arrive pas à délier ma langue. Est-ce que je fais vraiment confiance à Christian pour s'être acquitté du job ? Il serait si facile de rater un fichier. Rien n'est vraiment mort dans le cyberespace. Et si Max en a fait une copie physique ?

Les murs se rapprochent, m'enserrent dans un papier peint floral jauni et une odeur de moisissure.

Peux pas respirer peux pas respirer peuxpasrespirerpeuxpas respirer…

Une autre salve de musique, plus impatiente, traverse le silence. Christian surveille probablement la situation par l'intermédiaire de la caméra. Il doit se demander pourquoi je tarde à agir.

J'avale une petite goulée d'air.

Je suis arrivée jusqu'ici. Je ne peux plus reculer.

– En fait, je lâche, tu devrais peut-être vérifier ton téléphone. Voir si cette vidéo existe toujours. Il y a toujours des trucs qui disparaissent dans le cyberespace.

Je sens des gouttes de sueur perler à mon front sous le regard scrutateur de Max. Je le vois presque reconstituer le puzzle : mon arrivée imprévue, la conversation que j'ai prolongée sans raison, mon désir si soudain de lui rendre la monnaie de sa pièce.

Dès que le déclic se fait dans sa tête, il tapote sur son téléphone. Ses yeux se déplacent sur l'écran à une vitesse effrénée.

L'air recommence à circuler dans mes poumons quand je l'entends grogner.

Elle a disparu. Du moins de son téléphone.

Sans un mot, Max passe devant moi pour aller consulter son ordinateur portable. Chaque martèlement enragé sur son clavier ressemble à un coup de feu dans le silence.

Je me rapproche de la porte tout en gardant un œil sur lui. Sa réaction me dira tout : si Christian a détruit toutes les copies ou s'il en a une autre cachée quelque part.

Lorsque Max lève finalement les yeux, que ses traits sont devenus un masque de rage, mes genoux flageolent de soulagement.

Après avoir été suspendue au-dessus de ma tête depuis des années, la vidéo a enfin disparu.

Je suis libre de rentrer chez moi.

– Qu'est-ce que tu as foutu ? siffle-t-il.

– J'ai repris ce qui m'appartient. Le contrôle de mon corps.

L'épaisse pression à l'intérieur de moi se relâche, de façon si soudaine et si complète que je décollerais du sol si je ne redoutais pas que le moindre mouvement brise ce rêve délicat. La pression fait partie de moi depuis si longtemps que je ne m'en étais pas rendu compte avant qu'elle cesse.

– Je veux aussi récupérer le tableau. Il ne vous appartient pas, ni à toi ni à tes amis.

Max réagit si vite que je n'ai même pas le temps de cligner des yeux : sa main m'emprisonne le poignet d'une poigne écrasante. Je pousse un petit cri, car la douleur fuse dans mon bras.

– Espèce de salope…

Il n'a pas prononcé la moitié de sa phrase que des mains tatouées l'arrachent à moi et le jettent de côté comme une vulgaire poupée de chiffon.

Kage.

Il s'est débrouillé pour entrer dans la pièce sans que nous nous en apercevions.

– Pas touche à la dame ! grogne Kage.

Max en bafouille, abasourdi, quand il en découvre l'imposant mètre quatre-vingt-dix de l'homme qui vient de parler.

– T'es qui, toi, bordel ?

Kage croise les bras, sans répondre.

– Le tableau, Max, j'insiste. Où il est ?

Mon poignet me fait encore mal, là où il m'a attrapée, mais je m'en moque.

Il serre les mâchoires, furieux, toutefois il n'est pas assez stupide pour tester les aptitudes de Kage à la violence.

– Dans le placard, lâche-t-il. Dans le sac fourre-tout.

Je jette un coup d'œil à Kage, qui acquiesce. Il garde un œil sur Max pendant que je récupère le sac dans le placard et que je l'ouvre. Le tableau est niché dans le tissu noir, sain et sauf et toujours aussi laid.

Dieu merci.

– Tu ne vas pas t'en tirer comme ça, lance Max alors que je me dirige vers la porte.

Il lutte pour maîtriser sa fureur, mais ses yeux brillent de colère et de panique. Je suppose que ses « amis » ne vont pas être très contents qu'il ait perdu le tableau.

– Tu t'imagines avoir résolu tes problèmes simplement parce que tu t'es débarrassée de la bande et que tu as récupéré le tableau ? N'empêche que tu restes une menteuse et une pute. Ton petit ami va finir par s'en apercevoir et te jettera, comme tout le monde. Exactement comme j'avais prévu de le faire avant que tu t'éclipses comme une trouillarde en plein milieu de la nuit.

Je m'immobilise dans l'embrasure de la porte. Max appuie sur tous les boutons à sa disposition. Certaines de ses attaques ne font que m'effleurer, d'autres arrachent les croûtes de mes blessures en train de cicatriser pour les faire saigner à nouveau.

J'ai les mains moites, rien qu'à l'idée que Josh apprenne la vérité.

– Peut-être que je vais donner un coup de pouce au processus. Un petit tuyau au gentil docteur sur l'identité de celle qui s'est introduite chez lui. Je suis sûr qu'il va apprécier de savoir.

Le poison distillé par Max s'infiltre, goutte à goutte, dans mes veines.

Soudain, un grondement sourd : Kage s'approche de Max, mais je tends le bras pour l'en empêcher.

Ce n'est pas à lui de se battre.

La sangle du sac glisse contre mes mains.

– En fait, Max, c'est vraiment fini. Tu n'as pas la cassette. Tu n'as pas la preuve de ce qui s'est passé dans l'Ohio. Sinon tu l'aurais déjà utilisée. Et tu peux essayer de faire des révélations à Josh, il ne te croira pas toi, plutôt que moi. Tu n'as rien.

Max blêmit. Il serre les poings, le souffle court.

Sans l'armure du chantage, il fait tout petit. Faible, comme le magicien d'Oz une fois que le rideau retombe.

Une graine de compassion, aussi étrange qu'inattendue, germe dans mon ventre. Malgré toutes les choses terribles qu'il a faites, Max m'a sauvée quand ma mère m'a mise à la porte. Certes, il m'a entraînée dans une vie dont je suis loin d'être fière, mais sans lui, j'aurais pu finir SDF.

Je lui couperais quand même les couilles si j'en avais l'occasion, mais il a raison. Je lui suis redevable. Je ne lui dois ni argent ni mon corps, mais je peux reconnaître que nous partageons une histoire commune. Cela me permettra de m'éloigner de lui pour de bon, la conscience tranquille.

– Je suis désolée que tu aies passé toutes ces années en prison, dis-je. Sept ans, c'est long, et je comprends que tu sois en colère. Mais tu as l'occasion de prendre un nouveau départ. Ne te laisse pas entraîner à nouveau dans ton ancienne vie, plus que tu ne l'as déjà fait. (J'ai la gorge nouée.) Il est facile de se faire reprendre par ses vieilles habitudes et ses vieilles blessures, mais tu ne pourras jamais être heureux à pourchasser des choses qui n'existent plus. Il est temps de couper les ponts avec le passé. C'est ce que j'ai fait.

Je sors, laissant un Max au visage écarlate seul dans sa chambre d'hôtel.

Mon esprit est assailli par mille pensées pendant que Kage et moi prenons l'ascenseur jusqu'au hall d'entrée.

« *Il est temps de couper les ponts avec le passé. C'est ce que j'ai fait.* »

Sauf que je ne l'ai pas fait, pas vraiment.

J'ai prévu de replacer les objets volés dans la maison de Josh et de lui laisser le soin d'imaginer ce qui a bien pu motiver son cambrioleur. Mais si je fais ça, mes mensonges seront toujours une épée de Damoclès au-dessus de ma tête. Même si Josh ne découvre jamais ce qui s'est passé, je le saurai, moi. Chaque fois qu'il m'embrassera, chaque fois qu'il me sourira, je saurai que je suis en train de lui cacher quelque chose, et ça me rongera, moi, puis finalement nous.

Comment construire une relation sur des mensonges ?

Réponse : c'est impossible.

Les portes de l'ascenseur s'ouvrent. Je traverse le hall, sans presque prêter attention à l'affreuse moquette orange et aux canapés défraîchis.

Couper les ponts avec le passé ne signifie pas l'enterrer sous de nouvelles fondations en espérant que personne ne le découvrira : il s'agit d'exposer sa laideur en pleine lumière et d'en prendre la responsabilité.

On ne peut pas guérir de quelque chose si on n'en reconnaît pas l'existence.

Alors que Kage et moi sortons de l'hôtel, mes pensées ont pris la clarté du cristal.

Je sais ce que je dois faire.

Je dois dire la vérité à Josh.

46

JOSH

– Tu es d'humeur remarquablement bonne, constate une Clara amusée, un sourcil haussé. Est-ce que cette raison commencerait par un « J » et rime avec « bulles » ?

– Je ne peux ni confirmer ni infirmer, je lui réponds, à deux doigts de me mettre à siffloter – je termine juste mon service.

Mis à part le cambriolage de la semaine dernière, j'ai passé une très bonne semaine. J'ai relégué Michael dans le passé, Alex et moi sommes en passe de redevenir des amis dignes de ce nom et, niveau travail, ça a été relativement facile. Aux urgences, ça signifie n'avoir à déplorer aucun décès ni incident impliquant un grand nombre de victimes, même si nous avons été confrontés à un cas désagréable impliquant un idiot et un chalumeau.

Par-dessus le marché, Jules a son examen du barreau la semaine prochaine, ce qui signifie que nous pourrons enfin reprendre nos rendez-vous.

J'ai déjà planifié nos retrouvailles : un week-end à New York pour assister à une reprise spéciale et limitée dans le temps de *La revanche d'une blonde : la comédie musicale*, agrémenté de beaucoup de bonne nourriture et d'encore plus de sexe.

J'ai dû échanger des gardes pour que le week-end puisse avoir lieu, et il va me coûter un bras avec mon salaire d'interne, mais Jules le mérite. Réussir l'examen du barreau, ça n'est pas rien.

Clara lève les yeux au ciel avec bonne humeur.

– Très bien. Ne réponds pas à ma question, de toute façon je devine la réponse. Un jour ou l'autre, il faudra bien que tu confirmes ta relation, sans quoi les autres infirmières n'arrêteront jamais de te harceler pour décrocher des rencards avec toi.

– Je confirmerai quand toi, tu auras admis qu'entre Tinsley et toi, c'est du sérieux. C'est bien ce que je pensais, j'ajoute en la voyant se renfrogner.

Elle sort avec Tinsley depuis des mois et refuse toujours d'officialiser. Quand on songe que c'est moi, paraît-il, qui ai des problèmes d'engagement !

– Au revoir, Docteur Chen, me congédie-t-elle.

J'éclate de rire et la salue avant de partir.

J'ai prévu de boire quelques verres avec Alex ce soir, mais il me reste encore quatre heures avant. J'ai le temps de prendre une douche et de faire une petite sieste, peut-être quelques recherches sur New York. J'ai lu un article sur un restaurant de desserts qui servirait une incroyable glace au caramel salé.

Je tape le code de sécurité en arrivant chez moi et je pousse la porte. Peu après l'effraction, j'ai fait installer un système de sécurité individuel. Vu qu'Alex me l'a recommandé, je suppose qu'il est efficace.

En fait, c'est le dixième qu'il m'a recommandé. Les neuf premiers coûtaient trop cher, mais au moins celui-ci fait-il partie de son top 10.

Je suis déjà à moitié endormi quand je sors de la douche, mais le bruit de la sonnette me tire de ma somnolence. J'enfile un pantalon de survêtement et j'ouvre. Agréable surprise, c'est Jules qui se tient sur mon seuil. Je l'accueille d'un sourire arrogant.

– Salut, Red. Tu ne peux plus te passer de moi ? Je te comprends, note bien, j'ajoute en désignant mon humble personne. Regarde-moi cette splendeur.

Je suis encore torse nu après la douche, et je ne veux pas me vanter ou quoi que ce soit, mais mes abdominaux sont une putain d'œuvre d'art.

– Si j'avais su que tu avais de la compagnie, j'aurais attendu, réplique-t-elle sèchement. Je ne voudrais pas interrompre tes ébats hebdomadaires avec ton ego.

Elle porte un grand sac fourre-tout, ce qui est étrange car elle ne dessine pas. Peut-être qu'elle est allée faire du shopping avant de venir.

– Quotidiens, les ébats, je rectifie. L'amour de soi est indispensable au maintien de l'estime de soi. Cela dit, comme tu es sexy, tu as le droit de m'interrompre. Tu viens faire une pause dans tes révisions ?

Je l'attire à l'intérieur et je referme la porte sur nous avant de plaquer mes lèvres sur les siennes.

– Hum, en quelque sorte.

Jules glisse une mèche de cheveux derrière son oreille, l'air anormalement nerveuse.

– Bon, ne prends pas une pause trop longue. Aussi heureux que je sois de te voir, je veux que tu fasses la peau à cet examen. J'ai une surprise pour toi quand ce sera fini.

Et c'est vrai, l'impatience me picote le dos.

– J'ai hâte.

Je fronce les sourcils devant la tiédeur de sa réponse. Normalement, elle m'aurait harcelé pour savoir de quoi il s'agit, jusqu'à ce que je cède.

– Ça va ?

Elle prend une longue inspiration, sans croiser mon regard.

– Oui. Non. Enfin, j'ai quelque chose à te dire. C'est à propos du tableau que le cambrioleur t'a volé.

Je l'observe d'un œil intrigué.

– D'accord… Tu ne veux quand même pas m'obliger à acheter la peinture qu'on a vue en ligne l'autre jour ? Celle avec les chiens qui jouent au poker ? Parce qu'elle est cool et tout, mais il doit y avoir un millier d'autres personnes qui la possèdent.

– Non, réplique-t-elle avec un rire qui me semble forcé. En fait, c'est une histoire amusante. J'ai le tableau. Celui qu'on t'a volé.

Je fronce les sourcils, perplexe.

– Tu en as trouvé une reproduction ?

– Non, répond Jules en tripotant son sac. J'ai le vrai. Celui qu'on a volé dans ta chambre.

Mon sourire s'efface, et un mauvais pressentiment m'enveloppe, telle une couche de givre. Comment a-t-elle mis la main sur cette peinture alors que la police n'arrive même pas à trouver une piste, putain ?

– De quoi tu parles ?

Au lieu de répondre, Jules tire lentement la fermeture Éclair du sac fourre-tout et en extrait le tableau.

Que je fixe sans comprendre.

Il est là, dans toute sa gloire de bruns et de verts. Je n'avais jamais remarqué le côté arrogant de cette toile. Elle me considère avec un sourire narquois et ses railleries tournent en boucle dans ma tête.

Je sais quelque chose que tu ne sais pas. Et tu ne vas pas aimer lorsque tu le découvriras…

– Ce n'est pas tout.

La voix de Jules tremble si violemment qu'elle ressemble à une version déformée d'elle.

Mon inquiétude se transforme en une incrédulité glaciale quand elle replonge la main dans son sac et en tire trois objets supplémentaires.

Ma montre. Mon iPad. Mon rouleau de billets pour les urgences.

Non.

Elle les pose sur la table basse, les mains aussi tremblantes que sa voix.

Non, non, non.

– Dis-moi que tu as traqué le voleur et récupéré ces objets. Dis-moi que le cambrioleur a eu mauvaise conscience et laissé tomber ces objets sur mon pas-de-porte pendant que j'étais sous la douche et que tu les as trouvés, je m'écrie, pourtant je m'entends à peine à travers le grondement de mes oreilles. Bon sang, Jules, dis quelque chose !

Quelque chose pour abattre le soupçon qui s'enroule autour de ma gorge et m'étouffe.

– C'est moi qui t'ai volé ces objets…

L'aveu de Jules me frappe comme une balle en pleine poitrine. La douleur transperce ma chair et me fait frémir.

– Je suis vraiment désolée, reprend-elle. Je ne voulais pas. Il me faisait du chantage, et je ne savais pas quoi faire à part accepter et je…

Son explication décousue s'évanouit à mesure que le grondement s'amplifie. Ses mots se mélangent en un flot trouble qui peint le monde en gris hideux et en rouges vicieux.

Elle est l'artiste, et je suis prisonnier du cauchemar surréaliste qu'elle est en train de créer.

– Qui ?

Je me raccroche à la dernière chose que je me rappelle avoir entendue. Mon cerveau est amorphe et il me faut plus d'efforts que d'habitude pour sortir les mots.

Jules enroule les bras autour de sa taille.

– Max.

Max. Le gars que j'ai rencontré au Hyacinthe.

Une rage sombre et liquide s'infiltre dans mes veines et dans ma voix après la mention de cet enfoiré à la tronche arrogante.

– Commence par le début.

J'écoute, étourdi, les explications de Jules, plus claires désormais : les emplois qu'elle a occupés dans l'Ohio, sa relation avec Max, la sextape, le chantage qu'il lui a fait, son intrusion chez moi et la manière dont elle s'y est prise pour se débarrasser enfin de la vidéo et récupérer le tableau.

Quand elle a terminé, le silence qui s'ensuit est suffisamment sonore pour me rendre sourd.

– Je suis désolée, lâche Jules, la gorge nouée. J'aurais dû te parler de tout ça plus tôt, mais je ne voulais pas gâcher ce qu'on avait alors qu'on commençait tout juste à s'entendre. Je ne savais pas comment tu réagirais et je me suis dit…

– Tu t'es dit ?

– Que si je te parlais de mon passé, ça confirmerait tous les trucs horribles que tu pensais de moi, autrefois.

Sa voix est plus ténue à chaque mot, comme si elle réalisait à quel point ils sont stupides.

Ma rage bat plus fort. Elle s'échappe de mes veines et se répand dans ma poitrine, qu'elle creuse jusqu'à ce qu'il ne reste rien d'autre.

Une moitié est dirigée contre Max pour ce qu'il a fait à Jules.

L'autre moitié…

Respire.

– Je vois.

J'ai beau essayer, je ne réussis pas à insuffler dans ma réponse une once de chaleur. Mon sang se fige en quelque chose de solide et de douloureux, et je crains que le moindre mouvement ne le fissure. Ne le fasse éclater en un millier de glaçons qui me déchiquetteront de l'intérieur.

– Alors pourquoi tu m'en parles maintenant ?

– Je ne veux plus te mentir. Je n'ai jamais voulu le faire, mais je… (Jules prend une grande inspiration et carre les épaules.) Je veux qu'on prenne un nouveau départ. Sans secrets ni mensonges.

– Je vois, je répète, et puis, même si le froid dans ma poitrine s'intensifie : Je te pardonne.

Elle hésite. À l'expression de son visage, je vois que le contraste entre mes mots et le ton glacial sur lequel je les ai prononcés la rend perplexe.

– Vraiment ?

Je souris. La sensation est étrange, comme si j'étais en train de tordre ma bouche dans une position qu'elle n'est plus capable d'adopter.

– Oui. Viens ici, Red.

Son surnom a un goût amer sur ma langue.

Après une seconde d'hésitation, elle s'avance vers moi.

Même avec une peau blafarde et des yeux cernés, elle est la chose la plus belle et la plus traîtresse que j'aie jamais vue.

J'enroule une main autour de sa nuque et je frotte doucement sa peau de mon pouce, avant de l'attirer à moi et de l'embrasser assez fort pour lui arracher un gémissement de douleur.

– Ça fait mal ?

Jules secoue la tête, pourtant ses muscles se sont tendus sous mes doigts.

– Bien. (J'adoucis le baiser, apaisant ses lèvres avec ma langue.) Tu n'aurais pas dû me mentir, Red, je murmure. Tu sais que je déteste les menteurs.

Je décèle un léger tremblement dans ses épaules.

– Je sais.

Je fais glisser ma bouche sur la ligne de sa mâchoire, puis dans son cou.

– Mais toi… tu es si belle. Si douce sous l'armure d'épines que tu portes. Tu sais des choses sur moi que personne d'autre ne saura jamais. Comment je pourrais rester en colère contre toi ?

J'enfonce mes dents dans la courbe entre son cou et son épaule. Jules pousse un autre gémissement quand je glisse une main sous sa jupe pour effleurer son sexe. Pour une fois, elle ne mouille pas, cependant.

Mais nous allons changer ça.

Je glisse ma main dans sa culotte et je la caresse jusqu'à ce qu'elle trempe mes doigts et que son corps se fonde contre le mien.

Mes mouvements sont froids. Mécaniques. Je les ai pratiqués un million de fois, et je vois avec indifférence sa bouche s'entrouvrir sur de petits halètements entrecoupés de gémissements.

Mon membre se tend contre ma fermeture Éclair, dur et enragé. C'est une réaction physique plus qu'autre chose, mais c'est la seule partie de moi qui se sent encore en vie.

Jules est au bord de l'orgasme quand je retire la main.

– À genoux, salope !

Elle sursaute, tant il y a de dureté dans mon ton, mais après avoir hésité une seconde, elle s'agenouille lentement, sans discuter.

– C'est ça que tu veux ? je demande en lui relevant le menton pour l'obliger à me regarder dans les yeux. Si tu ne veux pas, dis-le-moi, Red. C'est ta dernière chance.

Jules déglutit péniblement, je sens sa pomme d'Adam sous ma paume.

– Je le veux.

Je lui lâche le menton et, d'une main, tire sa tête en arrière tout en libérant mon érection de l'autre.

– Tape sur ma cuisse si tu veux que j'arrête.

C'est le seul avertissement que je lui donne avant de plonger dans sa gorge. Elle a un haut-le-cœur, tant mon invasion a été brutale. Des larmes ruissellent peut-être de ses yeux, n'empêche que ses mains restent posées sur ses genoux.

Je lui agrippe les cheveux à deux mains et je baise sa bouche de plus en plus profond, au point que le bruit obscène de mes bourses qui claquent contre son menton finit par se mêler à ses gargouillis étranglés.

Je serre les mâchoires tout en la fixant. La voir à genoux devant moi, les larmes et le mascara qui coulent sur ses joues tandis qu'elle s'étouffe sur ma queue, provoque une vague de fureur irrationnelle en moi.

Je ferme les yeux et bascule la tête en arrière. Grave erreur, car dès cet instant, des souvenirs indésirables éclatent à travers mon cerveau.

Le Vermont. La clinique. Le Hyacinthe. Le pique-nique. L'Ohio.

Chaque pièce du puzzle qui fait de notre relation ce qu'elle est devenue est désormais souillée.

Le problème, ce n'est pas la taille des mensonges de Jules. Je n'en ai rien à foutre de cette stupide peinture et de quelques gadgets. C'est une question de confiance.

Tout ce que j'ai toujours voulu, c'est l'honnêteté, et tout ce que j'ai obtenu, c'est une tromperie.

La tension me perfore les tripes.

J'ouvre les yeux et retire brusquement mon sexe de la bouche de Jules. Je dégouline de sueur, mon cœur tambourine sur un rythme douloureux dans ma poitrine.

Elle est sens dessus dessous : cheveux ébouriffés, lèvres gonflées, joues striées de larmes. Elle me regarde fixement, de ses grands yeux noisette qui me disent des mots que je ne veux pas entendre.

– Mets-toi à quatre pattes.

Je ne peux pas me résoudre à la regarder, mais même quand je la baise par-derrière, des images d'elle sont gravées dans mon cerveau.

Les reflets de ses cheveux à la lumière du soleil. Le feu qui s'allume dans ses yeux quand elle m'insulte. La douceur de sa paume contre la mienne et la façon dont sa bouche se retrousse juste un peu plus haut sur la droite quand elle sourit.

La pression m'étouffe.

Jules est sur le point de jouir. Je l'entends à la façon dont elle halète et le sens à ses spasmes autour de moi.

Il est amusant de constater que, parfois, je suis à l'unisson de ses moindres tressaillements et que, d'autres fois, elle m'est totalement opaque.

Je me penche, jusqu'à ce que ma bouche soit collée son oreille.

– Tu te souviens, quand je t'ai dit que je te pardonnais ? J'ai menti.

Je tends la main pour pincer son clitoris. L'orgasme de Jules la frappe en même temps que mes mots. Elle lâche un cri, à mi-chemin entre le sanglot et le gémissement, je jouis juste après elle.

Un plaisir vide qui n'atténue nullement la pression derrière ma cage thoracique.

Je me détache d'elle et je me lève. Elle s'affaisse sur le sol, la robe remontée autour de sa taille, les épaules secouées de sanglots silencieux.

– Alors, qu'est-ce que ça fait quand on te ment, Jules ? Ce n'est pas agréable, hein ?

Mes mots rauques et furieux semblent sortis de la bouche de quelqu'un d'autre. Quelqu'un de plus cruel que je n'aurais jamais cru pouvoir être. La glace dans mes veines a fondu. Je me noie complètement et une partie de moi voudrait céder, s'enfoncer sous la surface et ne plus jamais remonter.

Michael. Alex. Jules.

Trois des personnes en qui j'ai eu le plus confiance m'ont poignardé dans le dos. Les trahisons de Michael et d'Alex m'ont fait mal, mais Jules… elle savait à quel point j'ai été bouleversé par ce qui s'est passé avec les autres.

Intellectuellement, je comprends pourquoi elle ne m'en a pas parlé plus tôt. Sur le plan émotionnel, je ne peux pas empêcher la douleur d'empoisonner chaque souvenir de nous.

« *Attention, Red. Si tu continues à dire des choses comme ça, je pourrais très bien ne jamais te laisser partir.* »

« *Tu es l'une des rares personnes en qui j'ai confiance… même lorsqu'on ne pouvait pas se supporter, j'ai toujours pu compter sur toi.* »

Le rouge me brûle les joues.

Je suis un putain d'idiot.

Jules se relève et me fait face. D'énormes taches rouges ont fleuri sur son visage et son cou. Elle a cessé de pleurer, mais ses respirations paraissent anormalement sonores et rapides dans le silence.

– Je trouve tout à fait approprié qu'on en finisse sur une baise d'adieu, je lance, un sourire cruel aux lèvres.

La pression, inflexible, m'a désormais saisi à la gorge et il me faut deux fois plus d'efforts pour prononcer les mots suivants :

– Au moins, tu en auras retiré un orgasme, donc ne va pas raconter que je ne t'ai jamais rien donné. Ta petite chatte me manquera, cela dit. Personne ne prend ma queue mieux que toi. C'est ta plus grande qualité.

La douleur féroce qui lui repeint le visage me brûle la poitrine comme un tisonnier rougi.

La seule personne que je déteste plus qu'elle, en cet instant, c'est moi-même.

– Ce que j'ai fait a été une grave erreur, et j'en suis désolée. Mais tu te comportes de manière cruelle.

Sa petite voix ne contient plus qu'une infime trace de sa fougue habituelle.

– Ah bon ? j'ironise. Eh bien, je suis désolé, putain. Comme tu peux le voir, être un gentil garçon ne m'a pas beaucoup servi par le passé.

J'ai les yeux qui me brûlent.

La regarder me fait mal. L'entendre me fait mal. Tout me fait mal.

– Putain, Jules, tu aurais pu me le dire. Tu avais une si mauvaise opinion de moi pour penser que je te condamnerais pour des choses que tu as été contrainte de faire ? Que je n'aurais pas été de ton côté pour faire tomber cet enfoiré ? Je comprends pourquoi tu ne m'as pas dit la vérité au Hyacinthe, mais après l'Ohio… (Je serre les dents.) C'est ce qui me fait le plus mal, bordel. De t'avoir considérée comme digne de confiance, alors que tu ne pensais pas la même chose de moi.

Le menton de Jules tremblote. Elle presse un poing sur sa bouche, les yeux étincelants malgré la faible lumière.

– Si tu m'avais demandé le tableau, je te l'aurais donné, je lâche avant que ma voix se brise. Je t'aurais donné tout ce que tu voulais.

Un sanglot aigu traverse son corps, suivi d'un autre et d'un autre encore, jusqu'à ce que sa respiration haletante imprègne chaque molécule d'air.

Je l'observe, immobile : elle hyperventile, et moi, mes muscles sont au bord de la rupture tant est important l'effort consenti pour ne pas intervenir.

Je déteste la partie de moi qui veut encore la réconforter. C'est la partie qui ne se protège pas, qui a tant besoin de Jules qu'elle lui tendrait volontiers le couteau pour qu'elle me poignarde en pleine poitrine, juste pour qu'elle soit la dernière chose que je voie avant de mourir.

Elle a raison. Je suis masochiste.

– Va-t'en.

Jules tressaille en entendant mon ordre si calme.

– Josh, s'il te plaît. Je te jure que je…

– Va-t'en.

– Je t'aim…

– Ne t'avise pas de dire ça. J'ai dit, va-t'en, Jules. Fous-moi le camp !

Mon pouls s'accélère sous une nouvelle décharge d'adrénaline. *Respire. Respire, putain.*

Elle bouge enfin, et ses sanglots s'estompent à mesure que ses pas chancelants la conduisent à la porte. Elle la referme derrière elle, puis… c'est le silence.

La tension qui me tenait debout se relâche d'un coup.

Je me plie en deux, les mains sur les genoux, secoué de frissons silencieux. La pression à l'intérieur de moi étrangle tous mes organes vitaux, mais elle a beau augmenter et augmenter encore, elle refuse d'exploser. Elle reste tapie là, à m'étouffer de l'intérieur.

Jules n'est plus là, mais je la sens encore. Elle est partout, dans chaque centimètre cube de la pièce, dans chaque fragment de mes pensées, dans chaque battement de mon cœur.

Le besoin viscéral de détruire tout ce qui me la rappelle me propulse du canapé. Dans ma chambre, je fouille le tiroir de mon bureau pour mettre la main sur les billets de *La revanche d'une blonde* et je les réduis en morceaux, trouvant une satisfaction perverse à voir les confettis qui volettent dans ma poubelle.

Vient ensuite le tee-shirt que je lui ai prêté, la première nuit où elle a dormi chez moi, le ticket de caisse de chez Giorgio, que j'ai gardé comme un crétin secret en souvenir de notre premier rendez-vous, et l'oreiller où son odeur s'est attardée. Chaque petit objet qui contient ne serait-ce qu'un infime souvenir de nous est détruit et jeté.

Quand j'ai terminé, ma chambre est à l'image de ce que je ressens : vide et creuse.

Incapable de supporter la vue de cette pièce dépouillée, je me dirige vers la cuisine où je m'empare de la première bouteille de whisky venue.

Je me soucierais de la quantité d'alcool que j'ingère ces derniers temps si je n'avais pas qu'une seule putain de préoccupation : éliminer la présence persistante de Jules. Ce n'est pas comme si j'étais ivre mort tous les soirs, merde.

Je ne prends pas la peine de verser le whisky dans un verre. La tête en arrière, je descends la boisson au goulot.

Je ne sais pas quelle quantité je bois, et je m'en fous.

Je bois, je bois et je bois jusqu'à sombrer dans les ténèbres de l'oubli et que le souvenir de Jules s'évanouisse enfin de mon esprit.

47

JULES

« *Tu te souviens, quand je t'ai dit que je te pardonnais ? J'ai menti.* »

J'avance d'un pas chancelant vers le métro. Les mots de Josh résonnent en écho dans ma tête pour me narguer sans fin.

« *Tu te souviens, quand je t'ai dit que je te pardonnais ? J'ai menti.* »

« *Quand je t'ai dit que je te pardonnais ? J'ai menti.* »

« *Que je te pardonnais ? J'ai menti.* »

« *J'ai menti.* »

« *J'ai menti.* »

Les larmes me brouillent tant la vue que je ne suis pas sûre d'aller dans la bonne direction, mais je m'en fiche. J'ai juste besoin de fuir.

Fuir les mots cruels de Josh, ses yeux froids et ses mains avides de revanche.

Fuir la conscience d'avoir merdé et de n'avoir personne à blâmer que moi-même.

Il paraît qu'il vaut mieux avoir aimé et perdu cet amour que de n'avoir jamais aimé.

Mais rien n'a jamais été dit sur ce qu'on éprouve à voir la personne qu'on aime et qu'on a perdue nous regarder avec répugnance. Josh ne m'avait jamais regardée comme ça, pas même quand je pensais qu'il me détestait.

J'essuie mes joues du revers de la main, mais c'est comme essayer de pousser de l'eau vers l'océan. Totalement vain.

Je savais que Josh risquait de mal réagir en apprenant la vérité. Je ne m'attendais pas à ce qu'il réagisse mal à ce point.

Le pire, c'est qu'il a raison. Je ne lui ai pas fait confiance, je n'ai pas cru qu'il prendrait mon parti quand je lui aurais révélé la vérité. J'ai été tellement aveuglée par mes insécurités, tellement terrifiée à l'idée de détruire l'une des rares belles choses de ma vie que j'ai transformé sa destruction en une prophétie autoréalisatrice.

Josh n'en avait rien à faire de la *sextape* ou de cette mocheté de tableau. Ce qui l'a blessé, c'est juste que je lui aie menti.

J'ai vraiment été une putain d'idiote.

« *Si tu m'avais demandé le tableau, je te l'aurais donné. Je t'aurais donné tout ce que tu voulais.* »

De nouvelles aiguilles me transpercent la poitrine. Mon cœur me brûle comme si quelqu'un le frottait sur des charbons ardents, et je n'arrive pas à aspirer assez d'air. Peut-être parce qu'à chaque respiration mes poumons me font mal.

Chaque respiration, chaque battement de cœur, chaque clignement des yeux. Autant de fonctions corporelles normales qui me font toutes souffrir.

Même mon corps me déteste.

Je m'essuie une nouvelle fois le visage à l'approche du métro. J'ai réussi à l'atteindre, j'ai presque fait le plus dur. Six arrêts jusqu'à la station la plus proche de chez moi, puis cinq minutes de marche jusqu'à mon immeuble.

Six arrêts. Cinq minutes.

Je devrais pouvoir survivre.

– Reprends-toi, je m'intime entre deux hoquets. Sans quoi quelqu'un va finir par appeler les flics.

Je m'attire déjà un mélange de regards alarmés et inquiets de la part des gens. Le fait de parler toute seule ne plaide probablement pas en ma faveur.

Par chance, le train arrive juste au moment où j'entre sur le quai, si bien que je n'ai pas à attendre. Je choisis la rame la plus vide et je me recroqueville dans un coin, pour regarder les tunnels sombres filer de l'autre côté de la vitre. Mon reflet dément me fixe depuis la vitre opposée : air sauvage, coulures de mascara sur les joues, peau couverte de taches rouge vif, comme si j'avais une urticaire sévère.

« *Tu avais une si mauvaise opinion de moi pour penser que je te condamnerais pour des choses que tu as été contrainte de faire ? Que je n'aurais pas été de ton côté pour faire tomber cet enfoiré ?* »

Je ferme les yeux. Comme je regrette de ne pouvoir revenir en arrière pour changer toutes mes décisions concernant Max...

Je suis censée devenir avocate. Logique, raisonnable, stratège. Mais quand il s'agit de Max et de Josh, je suis tout sauf ça.

Comment ai-je pu bousiller ma propre vie à ce point ?

Je rouvre les yeux, histoire de ne pas passer trop longtemps dans mes pensées. Elles ne feraient que me torturer.

À la place, je regarde défiler les stations de métro avec détachement.

Tenleytown. Van Ness. Cleveland Park. Woodley Park-Zoo/ Adams Morgan.

Le temps d'arriver à ma station et d'effectuer le court trajet jusqu'au Mirage, mes sanglots ont laissé place à une torpeur froide.

Je déambule dans l'obscurité silencieuse de mon appartement où mes pas retentissent avec une netteté inhabituelle sur les lattes du plancher. Stella n'est pas à la maison, je suis dispensée de ses questions sur la raison de mon état.

Tout ce que je veux, c'est dormir toute la nuit, mais je parviens à prendre une douche rapide avant de me mettre au lit. Mes mouvements sont aussi raides et mécaniques que si je n'habitais pas mon corps.

Si seulement...

Malgré l'épuisement qui pèse sur mes paupières, je n'arrive pas à m'endormir. Alors je fixe le plafond et j'écoute le silence.

Peut-être est-ce le fruit de mon imagination, mais j'ai l'impression qu'une bouffée de l'eau de toilette de Josh s'est attardée depuis la dernière fois qu'il a dormi chez moi. Si je ferme les yeux, je peux presque faire comme s'il était là, le visage enfoui dans mon cou et son corps puissant enroulé autour du mien.

« *Tu sais, tu es le premier gars que j'amène dans ma chambre.*

– *Le premier et le dernier, Red.*

– *Tu es bien possessif, dis-moi.*

– *Évidemment. Je n'aime pas partager.*

– *Le partage est une vertu, Josh.*

– *Rien à secouer. Je ne partage pas. Pas quand il s'agit de toi.* »

Quelque chose de chaud et d'humide coule sur ma joue. Un liquide salé qui me taquine les lèvres, et je réalise que je pleure à nouveau.

Contrairement à mes sanglots de tantôt, ces larmes-là ne font pas de bruit. Ce sont des cris silencieux emprisonnés dans ma poitrine, qui s'enfoncent dans mes os et m'étouffent.

Je ne prends pas la peine de les essuyer. Je reste allongée, le regard fixe dans l'obscurité, pendant que la douleur me dévore vivante.

48

JULES

Le seul point positif de ma rupture avec Josh, c'est que ça me donne plus de temps et de motivation pour travailler l'examen du barreau. J'étais motivée avant, mais il n'y a pas d'incitation plus forte que le besoin de se distraire d'un chagrin d'amour.

Je prends la semaine suivante de congé à la clinique et la mets à profit pour un ultime marathon de révisions.

Réveil à 7 h.

Petit déjeuner et douche.

Cours magistraux en vidéo et prise de notes jusqu'à midi.

Déjeuner et courte pause.

Devoirs et exercices pratiques.

Dîner et nouvelle pause.

Entraînement aux questions de l'examen du barreau de plusieurs États.

Coucher.

Je m'en tiens au même programme chaque jour, de peur si je m'en écarte de tomber dans un trou noir d'où je ne pourrais plus sortir.

Un cadre structuré, c'est ce qu'il me faut. Le cadre, ça m'évite d'avoir à prendre des décisions ou de penser à autre chose qu'au point suivant sur ma liste de tâches.

Bien sûr, ça ne durera que jusqu'à ce que je passe l'examen du barreau. Après…

Je fixe la feuille devant moi.

« Un mari et sa femme ont décidé d'ouvrir un magasin de vélos avec le frère de l'épouse. Ils ont déposé un certificat de constitution, pour créer une société à responsabilité limitée... loué un espace commercial avec vitrine... contrat signé pour l'achat de 150 chambres à air... »

Je cligne des yeux et secoue la tête avant de relire plus attentivement l'étude de cas. Une migraine rampe derrière mes tempes, mais la ligne d'arrivée n'est pas loin.

Après six heures de tests, c'est ma dernière question… pour le premier jour des examens, s'entend. J'ai encore le questionnaire à choix multiples demain, mais je m'en préoccuperai le moment venu.

Le grattement de mon crayon remplit mes oreilles tandis que je prends des notes avant de taper mes dernières réponses sur l'ordinateur.

Quel type de SARL a été créée – gérée par les membres ou gérée par un manager ? Expliquez.

La SARL est-elle liée par le contrat concernant les pneus ? Expliquez.

Et ainsi de suite.

Je termine littéralement une minute avant la fin du temps imparti. Je soumets le test électroniquement et je quitte le centre d'examen, m'attendant à me sentir envahie par le soulagement ou l'excitation. Après tant d'années d'école et de mois de préparation, j'ai passé la moitié de l'examen qui va déterminer ma future carrière.

Mais le déferlement tant attendu ne se produit pas.

Je me sens juste… vide.

– Je pense que j'ai bien réussi, dit une femme près de moi.

Elle parle au téléphone. Je connais le genre : elle fait partie de ces avocats optimistes qui quittent le centre d'examen. Elle rit d'un propos que lui tient son interlocuteur à l'autre bout du fil.

– Arrête… oui, bien sûr. Ce soir au dîner. Je t'aime.

Une boule d'émotion se coince dans ma gorge.

Dans un univers parallèle, je serais au téléphone avec Josh, en train de faire des plans pour fêter ça. Quelque chose de tranquille, puisque demain est encore un jour de concours, mais le connaissant, il en ferait un vrai spectacle.

Un dîner dans mon restaurant préféré, un massage à domicile, une bonne partie de jambes en l'air pour m'aider à « soulager le stress »...

– Tous les prétextes sont bons pour faire l'amour, hein ? le taquinai-je.

J'enlevai ma veste et la jetai sur le canapé, juste avant que Josh ne m'attrape par la taille et ne me fasse pivoter.

– Qui a dit que j'avais besoin d'une excuse ? (Une fossette se creusa dans sa joue.) Tu veux coucher avec moi en permanence, Red. Admets-le. Mais puisque tu en parles... (Mon souffle se coupa lorsqu'il fit glisser sa paume le long de ma cuisse.) Avoir passé la moitié de l'examen du barreau, c'est un événement important. Ça mérite d'être célébré.

– Vraiment ?

Je m'efforçais de garder un visage impassible, mais c'était difficile alors que son pouce dessinait des cercles sur ma peau.

Un feu couvait dans mon ventre.

– Mm-hmm. (Les yeux de Josh pétillaient de malice.) Tu sais ce qu'on dit : "Des tas d'examens sans aucune récompense font de Jules une fille très ennuyeuse."

– Personne ne dit ça.

– Moi, si, et je suis l'une des deux seules personnes qui comptent. (Il effleura mes lèvres des siennes.) Maintenant, pour ce qui est de ta récompense...

La sonnerie de l'ascenseur fait exploser mon fantasme en un million d'éclats.

Je ne me trouve pas dans le salon de Josh après une soirée romantique, je me trouve dans le froid couloir d'un immeuble quelconque du centre-ville, le ventre noué et la poitrine serrée parce que je l'ai perdu.

Encore une fois.

Une partie stupide et naïve en moi espère que Josh va apparaître comme par enchantement et me faire une surprise, comme si nous étions les vedettes d'une comédie romantique à la noix, mais bien sûr, rien de tout ça ne se passe.

Je respire de plus en plus vite. La fraîcheur de l'air conditionné s'insinue dans mes os et l'écho des pas sur le sol de marbre prend une note menaçante.

Il faut que je sorte d'ici.

Malheureusement, l'ascenseur qui vient de s'ouvrir monte, il ne descend pas. Quant à l'autre ascenseur, il semble bloqué au sixième étage.

Au lieu d'attendre, je pousse la porte de la cage d'escalier. Je ne suis qu'au deuxième étage, il n'est donc pas bien difficile de descendre jusqu'au hall d'entrée.

« *Je trouve tout à fait approprié qu'on en finisse sur une baise d'adieu.* »

« *Ta petite chatte me manquera, cela dit. Personne ne prend ma queue mieux que toi. C'est ta plus grande qualité.* »

Le souvenir des derniers mots qu'il m'a lancés ravive ma douleur. Josh a toujours su sur quels boutons appuyer, les bons comme les mauvais.

N'empêche, il me manque tellement que j'ai du mal à respirer.

« *Viens ici, bébé.*

– *Tu es censé te trouver en Nouvelle-Zélande.*

– *Je préfère être ici.* »

Je ne l'ai pas revu depuis notre rupture. Il n'est pas passé à la clinique et il a ignoré tous mes appels et mes textos. Mais si…

– Il faut que je récupère le tableau, Jules.

Je lève la tête juste à temps pour découvrir des yeux bleus et des cheveux châtain clair avant que Max ne me plaque contre le mur.

Je pousse un petit cri quand ma tête heurte le béton. Ma vision se trouble sous l'impact, mais je peux encore distinguer les lignes dures de son expression.

– Je ne l'ai plus, je réponds entre deux hoquets. Je l'ai jeté.

Je ne veux pas qu'il s'en prenne à Josh. Christian a promis de garder un œil sur Josh au cas où les « amis » de Max essaieraient de lui voler à nouveau le tableau, mais ce n'est pas une solution sur le long terme.

Je n'ai pas voulu le jeter sans le rendre à Josh d'abord. Il méritait de savoir. Mais je lui ai parlé du danger qu'il représentait quand je lui ai expliqué la situation, l'autre soir, et j'espère qu'il a été assez intelligent pour se débarrasser de la toile avant que les comparses de Max se pointent sur le pas de sa porte.

– Ne mens pas, Jules. Je sais toujours quand tu mens.

L'haleine de Max empeste de whisky. Aux oubliettes, le masque de gentleman propre sur lui qu'il aimait porter. Une panique sauvage se lit dans ses yeux injectés de sang, et sa lèvre est retroussée sur un affreux rictus. Un fin voile de sueur luit sur son visage et scintille sous les néons de la cage d'escalier.

Il est à deux doigts de la bête féroce. Du dément.

Mon cœur se met à cogner dans ma poitrine, un goût âcre et poisseux m'emplit la bouche.

C'est le goût de la peur.

– Ils vont me tuer si je ne remets pas la main dessus. Il faut que je récupère le tableau. Et tu vas m'aider.

Une perle de sueur dégouline sur son front.

– Je te l'ai dit, je l'ai jeté.

Mon cœur bat si vite que je suis au bord de l'évanouissement.

J'entends des pas de l'autre côté de la porte… si proches, et pourtant si lointains.

Pourquoi personne n'emprunte les escaliers, bon sang ?

Un cri de frustration reste coincé dans ma poitrine. Parmi tous les jours que j'aurais pu choisir pour prendre l'escalier – ce que je ne fais jamais –, il a fallu que ça tombe sur celui-là.

Je devrais mentir et suivre le plan de Max jusqu'à ce que je puisse obtenir de l'aide, mais ma réserve d'oxygène s'épuise et je ne parviens pas à réfléchir correctement.

Et puis, que va-t-il se passer s'il fait du mal à Josh ? Et si…

Max appuie son avant-bras contre ma gorge, si fort que je manque d'air. Je le griffe, mais il est trop fort.

– Espèce de connasse ! Tout est de ta faute, sale pute. Tu as bousillé ma vie. Je t'ai demandé un seul service, Jules. Un service en échange de sept ans, et tu n'as même pas pu me le rendre.

Son souffle rauque me projette un nuage d'alcool en plein visage.

Ivre et désespéré. L'addition la plus dangereuse.

– Peut-être que je devrais me payer autrement, déclare-t-il d'une voix si haineuse qu'elle hérisse les petits cheveux sur ma nuque. Je pourrais vérifier si ta chatte est toujours assez serrée pour me faire jouir.

Il passe la main entre mes jambes. Des points dansent devant mon champ de vision. Mes membres s'alourdissent, mes tentatives pour respirer deviennent plus faibles, alors je fais la seule chose à ma portée : je lui décoche un coup de genou dans les couilles avec toute la force qui me reste.

Son hurlement de douleur déchire le silence de la cage d'escalier. Il me relâche pour se plier en deux.

Je m'accorde une seconde pour savourer l'air suave qui entre dans mes poumons avant de détaler d'un pas chancelant vers la sortie. Malheureusement, je n'ai pas fait deux pas qu'une main me pousse dans le dos. Je n'ai même pas le temps de crier, je dégringole dans l'escalier. Ma tête heurte quelque chose de froid et de dur… J'entrevois brièvement la porte de la cage d'escalier qui s'ouvre, puis tout devient noir.

49

JOSH

– Tu as oublié de l'interroger sur ses allergies ! je m'insurge. Comment je suis censé traiter correctement un patient si je n'ai pas toutes les informations pertinentes ? On est aux urgences, Lucy. On ne peut pas se permettre la moindre putain d'erreur.

Lucy recule devant la dureté de mon ton.

En général, j'ai d'excellentes relations de travail avec les infirmières, mais je suis trop irrité par l'odeur piquante de l'antiseptique dans l'air, les cliquetis du clavier au poste des infirmières, le crissement des chaussures sur le linoléum… Par tout, en fait.

Je me fous de la brûlure du regard noir de Clara à quelques mètres de moi. Ce n'est pas ma faute si les gens sont incompétents.

– Je suis désolée, bredouille Lucy, le visage blême. J'essaierai de ne pas oublier la prochaine fois.

– Tant mieux.

Je tourne les talons et je pars, sans prendre la peine de dire au revoir.

Dans mon dos, j'entends Clara la rassurer :

– Ne te stresse pas pour ça. C'est ta première erreur depuis que tu travailles ici. Tu fais du bon travail.

Elle me rattrape une minute plus tard, en proie à une irritation visiblement aussi vive que celle qui coule dans mes veines.

– Docteur, je peux te parler ? Seule à seul.

– Je suis occupé.

– Tu peux m'accorder quelques minutes.

Clara m'entraîne dans le couloir le plus proche. Médecins et infirmières passent en trombe devant nous, trop occupés par leur travail pour nous prêter vraiment attention.

– Qu'est-ce qui t'arrive, bon sang ?

Ses yeux se plantent dans les miens, à la fois inquiets et agacés.

– Il ne m'arrive rien du tout. Je fais mon travail. Ou je le ferais si *quelqu'un* ne m'en empêchait pas, là.

Je lui décoche un regard acéré.

– Ton travail consiste à te mettre à dos tout le personnel des urgences ? Dans ce cas, tu es l'employé du mois, lâche froidement Clara. Je ne sais pas ce qui cloche, mais tu te comportes comme un bourrin depuis la semaine dernière. Voici donc mon conseil, à la fois en tant qu'infirmière et en tant qu'amie : arrête ces conneries ou tu vas gâcher tout ce pour quoi tu as travaillé ces trois dernières années. Personne n'aime les médecins qui se comportent comme des connards, conclut-elle en m'enfonçant un doigt dans le torse. Prochain patient. Salle quatre. On n'a pas de temps à perdre avec tes humeurs pour l'instant, alors je te suggère de mettre tes putains de soucis de côté, quels qu'ils soient, et d'arrêter d'empoisonner la vie de ceux qui t'entourent. Tu veux faire ton travail ? Eh bien, fais-le.

Sur ce, elle s'éloigne à grands pas et disparaît au coin du couloir.

Je reste là pendant plusieurs secondes, sidéré, avant de lâcher un brusque soupir.

Clara a raison. J'agis comme un connard de première. Ce qui s'est passé la semaine dernière m'a mis dans tous mes états et je me suis défoulé sur mon entourage.

Je serre les dents au souvenir de ma rupture avec Jules, mais je n'ai pas le temps de m'attarder sur ce point pour l'instant.

J'ai du pain sur la planche et j'ai déjà perdu un temps précieux.

Je vérifie les informations concernant la patiente dans les dossiers en ligne de l'hôpital avant d'entrer dans la salle. C'est une femme de vingt-cinq ans qui s'appelle…

Ma peau se glace à l'instant où les mots apparaissent à l'écran.

Jules Ambrose.

On se fout de ma gueule ou quoi ?

C'est forcément une autre Jules Ambrose. L'univers n'aurait pas un sens de l'humour aussi tordu.

Pourtant, lorsque je pousse la porte de la salle quatre d'une main tremblante, je la vois, comme tout droit sortie de mon plus beau cauchemar.

Elle me dévisage, les yeux écarquillés par le choc. Une vilaine coupure lui traverse un coin du front et me fait l'effet d'un coup de poing en plein ventre.

Jules. Blessée.

Le temps ralentit en un battement interminable et douloureux. La pièce est tellement silencieuse que je pourrais compter chaque pulsation de mon pouls.

Un. Deux. Trois.

On pourrait croire qu'une semaine aurait suffi à émousser les dents acérées de ma peine, on aurait tort. Elles mordent mes entrailles pour me faire saigner encore, mais ce n'est rien par rapport à l'inquiétude qui fait rage dans mes tripes.

Comment Jules a-t-elle pu se faire cette coupure, bon sang ? Et si elle est infectée ? Et si elle…

Jules remue, et le doux couinement du cuir me sort enfin de ma transe.

Dans cette pièce, nous ne sommes pas des ex.

Elle est une patiente, je suis son médecin. Ce n'est pas le moment de nous apitoyer sur notre histoire personnelle ou de paniquer à cause d'une petite coupure… même si la vue de son sang me tord le cœur.

– Je suis le docteur Chen, j'annonce d'un ton sec et professionnel.

Dieu merci, aucune des émotions qui tourbillonnent en moi ne transparaît.

Je vais traiter Jules comme n'importe quelle autre patiente, une patiente dont j'ignore tout.

Plus je mets de distance entre nous, mieux c'est.

– Bonjour, Docteur Chen. Je m'appelle Jules.

Un sourire timide, imperceptible, se dessine sur ses lèvres et coupe l'arrivée de l'air dans mes putains de poumons.

Concentre-toi.

Punaise, heureusement que le médecin qui me supervise n'est pas là. En tant qu'interne de troisième année, je me charge généralement de la première visite du patient avant de lui faire part des observations que je juge pertinentes. Après quoi, il ira lui-même examiner le patient.

Si mon superviseur avait été là, il n'aurait pas approuvé mon manque de concentration. Il voit toujours quand je n'ai pas la tête au travail.

Clara a déjà effectué les examens préliminaires sur Jules – voies respiratoires, souffle et circulation sanguine –, je passe donc directement aux questions, en espérant qu'elles m'aideront à me centrer.

– Qu'est-ce qui s'est passé ?

Je regarde mon bloc-notes, comme s'il s'agissait de l'objet le plus fascinant qu'il m'ait été donné de voir. Moins je la regarde, elle, moins je risque de me retourner comme un parapluie bon marché pendant une tempête. Je suis toujours furax contre elle. Une blessure n'y changera rien.

Elle va bien. C'est juste une coupure.

– Je suis tombée dans l'escalier, murmure-t-elle.

Ma main s'immobilise pendant une fraction de seconde avant que je me remette à prendre des notes. Mon cœur bat si fort qu'il couvre presque les mots que je prononce ensuite.

– De combien de marches on parle ?

– Peut-être une dizaine ? Je ne sais pas trop.

Putain de merde ! Je suis en sueur rien qu'en imaginant Jules s'écrasant au bas d'une volée de marches. Je suis à deux doigts de la prendre dans mes bras, comme je l'aurais fait si nous sortions encore ensemble, mais je refoule mes sentiments personnels pour examiner ses membres, à la recherche de blessures.

Je ne trouve aucune blessure physique, à l'exception de la coupure à son front et de quelques bleus, mais ça ne signifie pas qu'elle soit hors de danger.

Je transpire encore plus abondamment à mesure que les scénarios les plus pessimistes, la montrant victime de blessures internes, surgissent dans mon esprit.

Arrête. C'est une patiente. Point à la ligne.

– Ta tête a heurté quelque chose ?

Question évidente, vu sa coupure, mais je suis bien obligé de la lui poser.

Jules acquiesce.

– Tu as perdu connaissance ?

– Oui.

Je ravale la boule dans ma gorge et je continue le défilé de mes questions.

Tu prends des anticoagulants ? Non.

Y a-t-il une possibilité que tu sois enceinte ? Non.

– Tu as mal quelque part en particulier en ce moment ?

Ma question reste en suspens entre nous, lourde de sens.

Malgré tout ce qui s'est passé, savoir Jules blessée m'empêche de respirer. Bordel !

– À la tête, aux épaules et dans le bas du dos.

Je palpe ses cervicales et pousse un soupir de soulagement silencieux, car elle ne bronche pas.

– Et au niveau du cou ? Ça fait mal ?

Jules secoue la tête.

– Non. Juste les endroits que je t'ai indiqués. Physiquement en tout cas, précise-t-elle d'une petite voix.

L'air se raréfie et la douleur dans ma poitrine s'intensifie.

Elle est si proche que j'entends sa respiration.

J'ai oublié à quel point j'aimais ce son, le son de son existence en fait, qui me rappelle que le monde a beau être pourri, il abrite au moins une bonne chose.

Enfin, c'était le cas avant.

Je serre la mâchoire et j'achève l'examen physique aussi vite que je peux.

– D'accord. Je vais demander un scanner, juste au cas où.

Mes paroles cassantes rebondissent dans la pièce éclairée au néon, effaçant jusqu'à la plus infime note de douceur.

– Comment tu es tombée dans cet escalier ?

Le silence dure plusieurs secondes avant qu'elle ne réponde.

– Quelqu'un m'a poussée.

Je la dévisage, persuadé d'avoir mal entendu.

– Quelqu'un t'a poussée, je répète.

Jules acquiesce, lèvres pincées.

– Je descendais au rez-de-chaussée après mon examen du barreau. J'étais distraite, donc je n'ai pas fait très attention à ce qui se passait autour de moi. La personne… m'a prise par surprise, et m'a poussée quand j'ai essayé de m'enfuir. Je me suis cogné la tête et je me suis évanouie. Quand je me suis réveillée, j'étais à l'arrière d'un taxi avec une femme, que j'ai reconnue pour l'avoir vue dans le centre d'examen. Elle m'a dit qu'elle venait d'entrer dans la cage d'escalier quand elle m'a entendue tomber, mais elle n'a vu personne d'autre. Elle m'a déposée à l'hôpital et… ben, me voilà.

Elle relate les événements de manière factuelle, mais le léger tremblement dans sa voix m'indique que l'incident lui a fait bien plus peur qu'elle ne le laisse paraître.

Une rage lente et vénéneuse se diffuse dans mon sang.

La colère ne m'est pas inconnue, mais je n'ai encore jamais ressenti *ça*.

Comme si je brûlais de traquer le coupable de ce qui est arrivé à Jules pour le déchirer à mains nues, bordel de merde.

– Qui ? Qui t'a fait ça ?

Ma voix calme est en parfaite contradiction avec la violence qui mijote dans mon ventre. Elle a dit que cette personne l'avait prise au dépourvu. À en juger par son ton, toutefois, je suis sûr qu'elle la connaît.

J'ai deviné la réponse avant qu'elle me la donne.

– Max.

L'appréhension a envahi les yeux de Jules, comme si elle redoutait ma réaction en entendant ce nom et elle n'a pas tort, putain !

Max. Le gars qui détenait une sextape d'elle. Qui l'a fait chanter pour qu'elle cambriole mon appartement. Qui a posé ses putains de mains sur elle et détruit la seule belle chose dans ma vie… nous.

Ma rage s'intensifie et mon monde se teinte de rouge sang. Je réussis pourtant à ne trahir aucune des émotions qui rugissent dans ma poitrine.

– Je vois. Je vais prendre des dispositions pour ton scanner. Je reviens tout de suite.

Je quitte la chambre et je sors mon téléphone. Il me faut moins de deux secondes pour balancer un message à Alex.

Moi : J'ai besoin que tu me trouves quelqu'un.

50

JOSH

L'avantage d'avoir un meilleur ami moralement douteux, c'est qu'il ne vous pose pas de question lorsque vous faites des choses moralement douteuses.

Alex ne me demande pas pourquoi je veux retrouver Max : il le fait, point. Ça lui prend moins d'une heure car, je le cite : « Max laisse derrière lui une traînée de miettes numériques si évidente qu'un technophobe aveugle pourrait le suivre. »

Quand nous le repérons en train d'avaler des verres dans un bar comme un aspirateur alcoolique, Max est déjà bien parti et il suffit de lui promettre de l'alcool, de la drogue et des filles pour le convaincre de nous suivre.

Je laisse Alex parler et je prends une autre voiture, pour le cas où Max me reconnaîtrait, mais il est tellement saoul qu'il ne remarque pas qu'il y a un os avant que nous soyons entrés dans une maison silencieuse et isolée à la périphérie de la ville.

À ce moment-là, il est trop tard.

– Il a dû vraiment t'énerver. Ce n'est pas ton style.

Alex examine la forme saucissonnée de Max à la manière dont un scientifique examinerait un spécimen intéressant sous un microscope.

Je serre les poings.

Max est assis, attaché à une chaise au milieu du sous-sol, la bouche scotchée. Il se tortille en vain pour tenter de se débarrasser de ses liens. Le brouillard dû à l'alcool s'est dissipé, et je vois dans ses yeux qu'il prend la mesure de sa périlleuse situation.

Très bien.

Je veux qu'il éprouve chaque seconde de ce qui va se passer.

– Mon style habituel ne m'est d'aucune utilité, dans le cas présent.

La rage que j'ai refoulée pendant ma garde au travail se fait entendre maintenant, noyant toutes les réserves que j'ai pu avoir.

Je suis un médecin, pas un combattant. Je me suis engagé à ne pas faire de mal. Mais le Josh qui a fait ce serment est différent de celui qui se trouve dans cette pièce. Même les souvenirs de lui sont flous, enfouis sous le poids des événements de la semaine écoulée.

Je m'approche de Max et j'arrache le ruban adhésif de sa bouche. Je n'ai pas peur que quelqu'un nous entende. Cette maison est le repaire secret d'Alex en ville, l'endroit où il se réfugie quand il a besoin d'être seul, mais pas le temps d'un trop long voyage. Tout est insonorisé et sécurisé à faire pâlir d'envie le Pentagone.

– Tu me reconnais.

Ce n'est pas une question. Il est évident que Max a conscience de mon identité : je le vois au pincement de ses lèvres et à la flamme dans ses yeux, mélange de ressentiment et de panique.

Je me penche pour porter mes yeux au niveau des siens.

– Jules m'a raconté ce que tu as fait. L'Ohio, le tableau, le chantage, tout. Tu aurais dû quitter la ville quand tu en avais l'occasion. Rester ici a été une décision stupide. Et pousser Jules dans les escaliers, encore plus stupide.

Du coin de l'œil, je vois Alex hausser un sourcil. Sinon, il reste impassible, que ce soit en découvrant ces informations ou à la mention du nom de Jules.

Max ne cherche pas à nier, comme je m'y attendais. Il doit deviner que ça ne lui servirait à rien.

– Elle le méritait. Les gens qui voulaient le tableau sont furax que je ne l'aie plus. Ils ne reculeront devant rien, insiste-t-il, une perle de sueur sur le front. Elle m'a baisé, en pensant qu'elle pourrait s'en tirer indemne. Après tout ce que j'ai fait pour elle quand on était jeunes. Elle n'avait pas de boulot, pas de maison, et moi, je l'ai recueillie. Tu crois que j'ai envie de rester dans cette putain de ville ? Je ne peux pas retourner dans l'Ohio sans le tableau. Donc oui, elle l'a bien mérité !

Sa voix se fait plus agressive à chaque mot, au point que des postillons jaillissent de sa bouche. Son haleine aigre, imprégnée de whisky, dessine des nuages de vapeur entre nous et mon ventre se tord de dégoût.

– Cela ressemble fort à un problème personnel, ça. Tu t'acoquines avec les mauvaises personnes, tu en paies les conséquences. La seule chose qui me préoccupe… c'est que tu lui as fait du mal. Grosse erreur, Max.

Je l'ai saisi par l'épaule et j'enfonce les doigts au niveau des points de pression jusqu'à ce qu'il couine de douleur. Son regard pue la méchanceté, en plus du ressentiment.

– Je suis surpris que tu prennes toujours sa défense après ce qu'elle a fait, crache-t-il entre deux halètements. Elle t'a fait plus de tort qu'elle ne t'a aidé en te rendant ce tableau. Mes amis vont venir te traquer, maintenant, et ils ne sont pas aussi gentils que moi.

Je ne suis pas un putain d'idiot. J'ai déjà pris des mesures pour prévenir cette possibilité, mais Max n'a pas besoin de le savoir.

– Je n'allais pas la tuer. Je voulais juste lui faire peur. La malmener un peu, l'effrayer pour qu'elle m'aide à nouveau, insiste Max, dont les yeux se promènent dans la pièce, en quête d'un soutien qui n'existe pas. Ce n'est pas juste qu'elle continue à s'en sortir avec ce qu'elle a fait. Je suis allé en prison pour un truc qu'on a fait tous les deux alors qu'elle est allée dans une école huppée et s'est fait des amis classieux. C'est pas juste. Elle a une dette envers moi !

On dirait un enfant irascible qui pique une crise de colère. Je resserre mon étau sur son épaule.

– Si elle s'est fourrée dans les ennuis, c'est uniquement à cause de toi. Ne joue pas les martyrs innocents.

Max esquisse un sourire : visiblement, son désir de me porter un coup bas l'emporte sur tout instinct de conservation.

– Tu es bien protecteur envers quelqu'un qui t'a menti et volé. Qu'est-ce que c'est ? Sa chatte ? Je me souviens qu'elle était plutôt pas mal, surtout la première fois, quand elle a saigné sur ma queue. Il n'y a rien de meilleur que de dépuceler une vierge. Mais elle s'est probablement étirée…

Il s'interrompt sur un cri étouffé quand je lui abats mon poing en pleine face.

La fureur assombrit les bords de mon champ de vision. Le monde se rétrécit au point que la seule chose sur laquelle je peux me concentrer, c'est mon besoin féroce et dévorant de faire souffrir le plus possible l'homme qui se trouve devant moi.

Mais je veux que le combat soit équitable. Comme ça, je pourrai me lâcher sans aucune culpabilité.

Je tends la main. Alex glisse un couteau dans ma paume ouverte, et je tranche les cordes qui ligotaient Max.

Il se lève d'un bond, mais il n'a pas fait deux pas que je le tire par le col et lui assène un nouveau coup de poing. Le craquement satisfaisant de l'os déchire l'air, suivi d'un hurlement de douleur.

Max serre son nez cassé dans une main et lance l'autre vers moi. J'esquive sa tentative maladroite sans trop d'effort, et j'entends un autre craquement quand mon poing percute sa mâchoire.

Mon sang bouillonne d'exaltation, la tempête à l'intérieur de moi finit par trouver son exutoire. Chaque coup de poing, chaque giclée de sang sur mon visage relâchent un peu de pression dans ma poitrine.

L'air crépite d'une violence déchaînée et, bientôt, le craquement des os cède la place au son humide de la chair ensanglantée.

Sueur et sang brouillent ma vision, mais je continue, nourri par les images mentales des blessures de Jules et des railleries que Max vient de lancer.

« *Je ne voulais pas. Il me faisait du chantage...* »

« *On m'a poussée quand j'ai essayé de m'enfuir...* »

« *Qu'est-ce que c'est ? Sa chatte ? Je me souviens qu'elle était plutôt pas mal, surtout la première fois, quand elle a saigné sur ma queue.* »

Une nouvelle vague de rage m'engloutit et je le cogne assez fort pour l'envoyer valser à terre. Ses mains explorent le sol à tâtons, il tente de s'enfuir en rampant, mais il n'a aucune échappatoire.

– S'il te plaît, bredouille-t-il entre deux gargouillis. Arrête. S'il te plaît...

Je l'entends à peine.

Ce n'est pas que Jules. C'est Michael et Alex et tous les patients que j'ai perdus aux urgences. Toutes les blessures, les déceptions et les frustrations embouteillées au cours de ces dernières années. Je me déchaîne sur Max jusqu'à ce que ses suppliques s'éteignent et que son corps devienne mou.

Mon cœur tonne, ce sont les décharges d'adrénaline. J'aurais dû faire ça plus tôt. C'était ça, l'exutoire dont j'avais besoin.

Je prends mon élan pour un autre coup, mais des mains solides se referment autour de mes bras et me tirent en arrière.

– Josh. Ça suffit.

La voix d'Alex asperge d'un seau d'eau froide les flammes qui me dévorent.

– Lâche-moi, je grogne. Je n'ai pas terminé.

Je tente de me libérer, avide d'une autre dose. Encore plus de soulagement.

Alex me fait pivoter sans me lâcher les bras et m'épingle d'un regard noir.

– Si, ça suffit. Continue, et tu vas le tuer. Si c'est ce que tu veux, très bien. Mais je ne crois pas.

– Tu n'en sais rien.

Mes halètements se répercutent en écho dans l'espace vide. Le sous-sol ne contient aucun meuble, à l'exception de la chaise et de la table, d'un évier industriel et d'un réfrigérateur. Je préfère ne pas imaginer les activités auxquelles Alex s'adonne ici. Probablement quelque chose de semblable à ce que je viens de faire.

– Je sais que tu n'es pas du genre à vouloir avoir du sang sur les mains, lâche-t-il calmement. Tu n'es pas un tueur, Josh. Et puis, regarde-le. Tu as fait valoir ton point de vue.

Je regarde le tas inconscient sur le sol. Le visage de Max n'est plus qu'un amas de sang et de chair. Un liquide sombre et poisseux s'étale autour de son corps… Sans le faible mouvement de sa poitrine, je pourrais le croire mort.

C'est moi qui ai fait ça. Moi.

Alex n'a pas levé le doigt sur lui.

Mon rythme cardiaque ralentit à mesure que je contemple Max. L'eau qui goutte doucement du robinet de l'évier dans le coin m'évoque le sang, et je suis soudain hyper conscient du liquide cuivré qui imprègne mon visage et mes vêtements.

Je l'ai à moitié frappé à mort.

La bile me remonte dans la gorge.

Je m'arrache à l'emprise d'Alex et me dirige d'un pas chancelant vers l'évier, où je suis tellement secoué de spasmes que j'ai la gorge à vif et les yeux pleins de larmes brûlantes.

Je n'ai rien mangé depuis avant ma garde à l'hôpital, donc rien ne sort, mais ça n'empêche pas la nausée de me retourner le ventre.

Qu'est-ce que j'ai fait, putain ?

Enlèvement. Coups et blessures. Et probablement une dizaine d'autres délits qui mettraient fin à ma carrière si quelqu'un le découvrait.

J'ai commencé par vouloir faire payer Max pour ce qu'il avait fait à Jules et j'ai fini par l'utiliser comme punching-ball humain.

Bordel.

J'ouvre le robinet et je me passe de l'eau sur le visage, en espérant laver le sang, mais sa tache demeure, même après que l'eau rosâtre s'est évacuée de l'évier en acier.

Lorsque je relève enfin la tête, ma peau engourdie par le froid de l'eau, je découvre Alex à côté de moi. Une hanche appuyée au comptoir, une expression indéchiffrable sur le visage.

– Tu te sens mieux ?

Je passe une main sur mon visage humide et je jette un coup d'œil à Max, toujours inconscient. Mon ventre se retourne encore une fois.

– Oui. Non. Je ne sais pas. Qu'est-ce qu'on va faire de lui ?

– Ne t'inquiète pas. Il n'ira pas à la police.

Alex s'approche et donne un coup dédaigneux à sa masse amorphe sur le sol.

– Ça lui causerait plus d'ennuis que d'avantages.

Il a raison. Max n'est sorti de prison que depuis quelques mois et il a déjà commis des agressions aggravées et pris part à un complot en vue de commettre un vol qualifié. Si la police se penche sur ses antécédents, il est dans la merde.

– Et s'il revient se venger plus tard ? je demande.

Alex n'a pas l'air impressionné.

– Je t'en prie. C'est un voleur de bas étage qui essaie de jouer dans la cour des grands. Et si ce qu'il raconte est vrai, il a suffisamment de problèmes à régler pour ne pas chercher à se venger de nous. Le type qui veut ta mocheté de tableau va s'en occuper.

– Il n'est pas moche, je marmonne. Il est inhabituel et vaut un paquet de pognon.

Je me suis renseigné sur la cote du tableau après les aveux de Jules. Il est entaché de mauvais souvenirs et, comme Max l'a dit, les gens qui veulent mettre la main dessus s'en prendront à moi si je m'y cramponne. J'ai de la chance qu'ils ne l'aient pas déjà fait. Il faut croire qu'ils ne se fiaient pas assez à Max pour terminer le travail commencé par Jules.

La seule façon de me débarrasser des mystérieux « amis » de Max et de ne pas refiler le problème au propriétaire suivant serait de le vendre à quelqu'un que personne n'oserait voler.

J'ai fini par trouver un acheteur idoine hier, et nous avons prévu de signer le contrat dans deux jours, après son retour d'un voyage d'affaires.

Je pars du principe que la personne qui a des vues sur la peinture saura que je l'ai vendue, mais pour le cas où l'information lui échapperait, l'acheteur a promis de faire une certaine publicité autour de son acquisition.

– Assez parlé du tableau. Même si Max n'appelle pas la police, on ne peut pas le laisser ici.

Sans quoi, il pourrait très bien mourir d'une hémorragie, et Alex a raison : je ne suis pas un meurtrier. Je ne pourrai plus me regarder dans une glace si quelqu'un meurt de mes mains.

L'envie de vomir me reprend.

– Il a besoin de soins médicaux.

Le soupir d'Alex dissimule mal son exaspération.

– Ava et toi, vous êtes bien trop guidés par votre bonne conscience. Pas étonnant que vous soyez frère et sœur, marmonne-t-il. Très bien. Je vais envoyer quelqu'un s'occuper de lui.

– S'occuper de lui, c'est-à-dire…

Nouveau soupir, plus profond.

– C'est-à-dire lui prodiguer des soins médicaux, Josh. Je ne vais pas le tuer. Je le connais à peine.

– D'accord.

Avec Alex, il est toujours préférable de vérifier à deux fois.

Sur sa suggestion, je passe rapidement sous la douche de l'étage et j'enfile l'une de ses tenues de rechange pendant qu'il s'occupe de la situation.

Lorsque j'émerge, Max n'est déjà plus là et Alex est installé au salon, occupé à faire défiler les écrans de son téléphone.

– Qu'est-ce que c'est que ce bordel ? Tu as des elfes domestiques ou quoi ?

Je me laisse tomber à côté de lui sur le canapé. La douche m'a fait du bien. Je ne me sens pas super bien, mais mieux, même si les images de la silhouette ensanglantée de Max vont me hanter pendant longtemps.

Je ravale la boule de culpabilité dans ma gorge.

– Non. J'ai une équipe très compétente et très bien payée, répond Alex sans lever les yeux de son téléphone. En plus, tu as passé une heure sous la douche. Une grand-mère centenaire aurait eu le temps de s'occuper de Max.

– N'importe quoi. J'y suis resté dix minutes, tout au plus.

– Ce n'est pas ce que dit l'horloge.

Je jette un coup d'œil à la pendule dans le coin. Il a raison. Ça fait plus d'une heure que j'ai sauté dans la douche.

J'ajoute mentalement la perte de conscience du temps à la longue liste des conneries à propos desquelles il faut que je m'inquiète.

Les paupières closes, je presse un poing contre mon front.

– Qu'est-ce qui m'arrive, bordel ?

Je me sens comme un voyageur qui ne se rend pas compte que son train a quitté les rails jusqu'à ce qu'il regarde par la fenêtre et voie le sol se précipiter vers lui.

Encore récemment, je menais une vie enchantée – populaire et couronné de succès, avec une famille et des amis formidables. Et d'un seul coup, tout part en flammes jusqu'à ne laisser plus que des cendres.

– Si c'est à propos de Max, ne te culpabilise pas trop. C'est une merde, ce type, il l'a bien cherché. Mais il survivra. (Alex glisse un regard dans ma direction.) Tu n'as pas répondu à ma question tout à l'heure. Tu te sens mieux ?

Je déteste l'admettre, mais…

– Oui.

Le nuage noir qui me poursuit depuis trois ans est toujours là, mais plus léger. Plus facile à gérer.

– Parfait. Alors maintenant, parle-moi de Jules.

J'entrouvre les yeux et fusille Alex du regard. Une tension renouvelée fuse dans ma colonne vertébrale et me pétrifie les muscles.

– Bon sang ! Il n'y a rien à expliquer, mais si tu veux savoir, elle mesure un mètre soixante-huit, elle a des cheveux roux, des yeux noisette…

– Tu as presque battu un homme à mort parce qu'il l'avait blessée, me coupe Alex. Ne m'insulte pas en prétendant qu'elle ne signifie rien pour toi.

Je me pince l'arête du nez, regrettant, et pas pour la première fois, la décision que j'ai prise à dix-huit ans de me lier d'amitié avec l'homme assis à côté de moi.

Pourtant, après avoir gardé secrète ma relation – mon ancienne relation – avec Jules depuis si longtemps, il serait bon d'en parler avec quelqu'un… même si cette personne a la capacité émotionnelle d'une cuillère à café.

– Tu promets de ne rien répéter à Ava ?

Je ne suis pas encore prêt pour cette conversion-là.

– Je promets de ne pas amener le sujet, mais si elle m'interroge directement, je lui dirai la vérité. Désolé, conclut Alex avec un haussement d'épaules.

Je n'ai jamais entendu quelqu'un d'aussi peu désolé de ma vie. Enfin, il y a peu de chances qu'Ava l'interroge sur Jules et moi : elle pense toujours que nous nous détestons.

Après une longue délibération avec moi-même, je déballe toute la saga à Alex, en commençant par la trêve à la clinique entre Jules et moi et en terminant par sa visite aux urgences.

Lorsque j'en termine, la pression s'est réinstallée dans ma poitrine. Alex me regarde avec une lueur d'incrédulité qui ne lui est pas habituelle.

– Quoi ? je lance.

– 99% des gens dans ce bas monde sont des idiots. Et j'ai le regret de t'informer que tu en fais partie.

Je fronce les sourcils.

– Je suis convaincu que tu n'as pas l'intention de redevenir mon ami, en fait.

Il est où, le léchage de bottes ? La flatterie ? Il a renoncé à son entreprise et filé à Londres pour Ava, et moi je n'obtiens même pas un « ça craint, mec » compatissant ? Tu parles de miettes, tiens.

– Je t'enverrai des fleurs plus tard si ça te bouleverse autant, réplique sèchement Alex. Mais d'abord, écoute-toi. Va savoir pourquoi, tu es amoureux de Jules et tu es contrarié qu'elle ait menti après alors qu'elle vient de t'avouer la vérité ?

Mes épaules se crispent.

– Je ne suis pas amoureux d'elle.

– Tu as failli tuer quelqu'un pour elle.

– Et alors ? Toi aussi, ça t'arrive tous les jours. Ça ne veut rien dire.

Alex dégage d'une pichenette une peluche sur son pantalon.

– N'essaie pas de changer de sujet. Tu n'es pas doué pour ça. Tu dis que je ne veux pas vraiment redevenir ton ami ? Alors je vais te donner un truc que tu prétends vouloir par-dessus tout. La vérité.

– Qui est ?

– Que tu es un putain d'âne, trop aveugle pour voir la poutre qu'il a dans l'œil.

Ma tension se transforme en migraine.

– J'ai changé d'avis. Je ne veux pas connaître la vérité.

Alex continue pourtant comme si je n'avais rien dit.

– Jules t'a peut-être menti, mais elle t'a aussi révélé la vérité de son plein gré. Si elle n'avait pas parlé, tu n'aurais probablement jamais découvert ce qu'elle avait fait. La seule raison qui pousse quelqu'un à une confession spontanée telle que celle-là, c'est de prendre un nouveau départ, et la seule raison de vouloir prendre un nouveau départ dans une relation qui se passe déjà bien, c'est qu'on a compris quelque chose.

« *Va-t'en.*

– *Je t'aim…*

– *Ne t'avise pas de dire ça. J'ai dit, va-t'en, Jules. Fous-moi le camp !* »

Mon cœur tambourine contre ma poitrine et meurtrit ma cage thoracique à chaque battement douloureux.

– Je n'ai pas besoin de te faire un dessin sur ce qu'elle a compris, insiste Alex. Tu es assez intelligent pour comprendre. Mais d'après toi, si elle ne te l'a pas dit plus tôt, c'est parce qu'elle avait peur de ta réaction. Elle ne pensait pas que tu prendrais son parti. OK. Maintenant, dis-moi : comment tu as réagi quand elle a enfin craché le morceau ?

L'oxygène se raréfie dans la pièce.

Oublier la douleur. Chaque respiration est carrément atroce.

Le visage d'Alex s'est légèrement adouci, mais ça n'émousse pas la dureté de ses propos.

– Je ne suis pas un grand fan de Jules, mais tu es mon ami. Je veux que tu sois heureux. Tu ne peux pas être heureux si tu as la tête tellement enfouie dans le sable que tu crois pouvoir l'oublier rien qu'en t'éloignant d'elle. Reçois ce conseil de quelqu'un qui a essayé de faire la même chose avec celle qu'il aime. Tu seras malheureux tant que tu n'auras pas résolu le problème.

Je n'ai jamais entendu Alex prononcer autant de mots en si peu de temps. J'en aurais été sidéré, si je n'étais pas occupé à me les repasser en esprit.

« *Si elle ne te l'a pas dit plus tôt, c'est parce qu'elle avait peur de ta réaction. Elle ne pensait pas que tu prendrais son parti. OK. Maintenant, dis-moi : comment tu as réagi quand elle a enfin craché le morceau ?* »

Je renverse la tête en arrière et ferme de nouveau les yeux.

– Oh, putain !

Qu'est-ce que j'ai foutu, bordel ?

51

JULES

Mon séjour à l'hôpital est une succession floue de tests et d'examens. J'ai une coupure à la tête, plusieurs hématomes pas jolis jolis, une entorse à l'épaule et une légère commotion cérébrale, mais en gros, j'ai quand même eu beaucoup de chance. Ça aurait pu être bien pire.

Malgré ma commotion cérébrale, je décide de passer l'examen du barreau demain. J'ai hâte d'en finir. De plus, ça consiste en un questionnaire à choix multiple : dans le pire des cas, je pourrai toujours cocher au hasard et prier pour que ce soit bon.

Je tends mon test à l'examinateur et, bien qu'exténuée, lui rends son sourire.

C'est fait. Les résultats ne dépendent plus de moi.

Vu que je ne saurai pas si j'ai réussi avant le mois d'octobre, je peux fêter ça en dormant, dormant pendant au moins soixante-douze heures.

Les membres lourds d'épuisement, je sors de la salle d'examen, pourtant maintenant que le test est terminé, je ne peux m'empêcher de repenser à mon hospitalisation d'hier.

Oui, d'accord, je savais que Josh travaillait aux urgences, mais figurez-vous que je ne m'attendais pas à le voir pour autant.

Mon cœur se serre au souvenir de son examen froid et clinique. Loin de moi l'idée qu'il allait se précipiter à mon chevet et me pardonner simplement parce que j'étais blessée, mais je m'attendais à un peu plus… de chaleur ? D'empathie ?

Au lieu de quoi, il m'a traitée comme si je n'étais qu'une énième patiente qu'il ne connaissait pas.

Poli et compétent, mais détaché sur le plan émotionnel.

N'y pense pas. Pas maintenant.

C'est parce que je me prenais trop la tête que je me suis fait avoir hier : si je n'avais pas été aussi distraite, Max n'aurait jamais réussi à me surprendre comme ça.

J'ai des sueurs froides. Je ne le pense pas assez stupide pour revenir un deuxième jour de suite, mais les personnes désespérées font parfois des choses désespérées. J'imagine que ses « amis » ne sont pas ravis qu'il ait perdu le tableau et qu'il veut se venger de ce qui s'est passé à l'hôtel.

J'ai sous-estimé sa capacité à la violence physique.

S'il y a bien un thème récurrent dans ma vie, c'est que les gens ne sont jamais comme j'imagine.

J'accélère le pas pour pouvoir me glisser dans l'ascenseur avant que les portes ne se referment. La cabine, pleine à craquer, est traversée de vagues effluves de thon et d'odeurs corporelles, mais c'est toujours mieux que l'escalier. Pour tout l'or du monde, je ne reprendrai pas l'escalier.

Je remonte mon sac sur mon épaule en me consolant à la pensée qu'il contient un spray au poivre et un Taser. Je les ai empruntés à Stella, qui les garde à portée de main depuis sa courte mais terrifiante expérience de harcèlement l'année dernière.

En tant qu'influenceuse bien connue, elle a eu droit à sa part de maboules, mais ce type avait dépassé les bornes. Il lui envoyait des messages dégoûtants détaillant ce qu'il brûlait de lui faire et des photos d'elle prises sur le vif en ville, ce qui l'avait fait tellement paniquer qu'elle était allée trouver la police. Les flics n'avaient été d'aucune aide, mais heureusement, le harceleur avait cessé de la contacter au bout de quelques semaines et elle n'a plus entendu parler de lui depuis.

Je suis la seule personne à être au courant, puisque nous cohabitons. Si Stella n'avait pas redouté que le type se pointe chez nous, elle ne m'en aurait même pas parlé. Elle a la mauvaise habitude de garder tous ses problèmes pour elle.

Les portes de l'ascenseur s'ouvrent.

Dieu merci.

J'aime bien le thon, mais pas l'odeur du thon mélangée à la transpiration et à une demi-douzaine de parfums différents.

Je traverse le hall d'entrée, impatiente de rentrer chez moi et de descendre un autre pot de crème glacée. J'ai englouti tellement de Ben & Jerry's au cours de l'année écoulée que je suis surprise de ne pas avoir fait exploser mes vêtements.

J'ai presque atteint la sortie lorsque deux mots m'arrêtent dans mon élan.

– Salut, Red.

Mon pouls monte en flèche en entendant ce surnom, prononcé par cette voix, ici…

Non, ce n'est pas possible.

Mon esprit me joue encore des tours. Josh ne peut pas être là, vu la façon dont il m'a traitée hier.

Un nœud d'émotions chaotiques m'obstrue la gorge.

Plusieurs personnes me dépassent en me jetant des regards étranges. Je suis enracinée dans le sol de marbre, et je veux bouger. Je le veux vraiment. Sauf que mon corps refuse d'obtempérer, et tout ce que je peux faire, c'est fixer la sortie du regard, à la fois désireuse de l'atteindre et ne demandant pas mieux que de rester dans ma bulle d'illusion pour toujours.

Et si c'était bien lui ? Et s'il était bien là ? Et si…

Une ombre traverse le sol inondé de soleil avant qu'un corps ne vienne se planter devant moi et me bloque la vue de la sortie.

Je lève lentement les yeux, survolant le torse moulé dans un tee-shirt, les larges épaules et la mâchoire crispée, jusqu'aux yeux de Josh.

Mon cœur gémit comme un animal blessé quêtant un peu de réconfort auprès de la seule personne capable de lui en fournir.

– Je n'étais pas sûr que tu m'aies entendu. Comment s'est passé l'examen ?

Il enfouit les mains dans ses poches, sourcils froncés sur des yeux inquiets, mais un sourire timide se dessine sur ses lèvres.

– Je… bien.

Je n'arrive pas à comprendre ce qui se passe. C'est trop surréaliste.

Josh pourrait tout aussi bien être une personne différente de celui qu'il était hier, et je ne parle pas seulement de sa volte-face question attitude. Adieu le médecin tiré à quatre épingles : il a été remplacé par quelqu'un de plus bourru, de plus désenchanté. Ses joues et sa mâchoire sont couvertes d'un début de barbe, il a le teint blafard et ses cheveux donnent l'impression d'avoir été ratissés mille fois par ses doigts. Le regret emplit ses yeux et mon cœur tombe dans mes chaussettes.

Il n'y a qu'une seule chose qu'il puisse regretter et…

Ne t'engage pas là-dedans.

Je me mords l'intérieur de la joue jusqu'à ce qu'un goût cuivré m'emplisse la bouche. Je refuse de me faire de faux espoirs pour qu'il les anéantisse encore une fois.

– On peut aller quelque part, histoire de parler ? demande-t-il en s'écartant pour laisser passer quelqu'un. J'ai… (Il s'interrompt, la gorge nouée.) Il y a quelque chose que je dois te dire.

– Tu peux me le dire ici.

J'essuie discrètement mes mains sur mes cuisses. Ma chemise me colle à la peau malgré le souffle glacé de l'air conditionné, et j'alterne toutes les deux secondes entre le chaud et le froid.

Au lieu d'argumenter, Josh désigne le couloir du menton.

– D'accord. Au moins, sortons du chemin avant que quelqu'un ne nous renverse. Les avocats sont une race agressive, et les aspirants avocats sont encore pires.

Sa fossette fait une brève apparition.

Sa vue me fait fondre. Parmi les trois choses qui me manquent le plus, sa fossette se situe en deuxième position, après ses baisers et avant ses insultes pour jouer.

Mais alors que mes entrailles sont un véritable fouillis d'émotions, mon expression, elle, demeure figée. Je n'arriverais pas à sourire, même si ma vie en dépendait.

La fossette de Josh disparaît et il déglutit à nouveau.

Sans trop savoir comment, je réussis à faire fonctionner mes jambes. Nous nous dirigeons vers le couloir en silence et Josh tourne les poignées de porte jusqu'à ce que l'une d'elles s'ouvre, révélant un bureau désert. Pas de meubles, juste un tableau blanc et une moquette bleue. C'est tellement silencieux que j'entends chaque pulsation de mon pouls.

J'entre en frottant la manche de mon chemisier de soie entre mes doigts. Ce mouvement machinal et familier me procure un certain réconfort.

– Qu'est-ce que tu fais ici ? Tu n'as pas de travail ?

Josh verrouille la porte derrière nous et scrute mon visage. La chaleur bourdonne sous ma peau pendant son lent examen.

– J'ai échangé une garde pour pouvoir prendre un jour de congé. Je voulais m'assurer que tu allais bien.

Le délire, l'épuisement, ou les deux, m'arrachent un rire rauque. Ce timbre étrange n'est pas sans rappeler un moteur de voiture qui reprend vie après une semaine au garage.

– Ça va, mais tu n'as pas pris un jour de congé et tu ne t'es pas présenté à mon centre d'examen du barreau, juste pour t'assurer que j'allais bien. C'est toi qui m'as soignée hier. Tu sais très bien comment je vais.

Une douleur familière s'insinue dans ma poitrine. Et il n'y a plus la moindre trace de sourire sur le visage de Josh.

– À propos de ça… Je suis désolé si je t'ai paru… indifférent.

Je hausse les épaules de la manière la plus décontractée possible.

– Tu es médecin. Tu as été professionnel, tu as fait son travail. C'est tout ce qu'on est en droit de demander.

– Je ne suis pas seulement ton médecin, Jules.

L'air étouffe mes poumons.

– Tu es aussi le frère de ma meilleure amie.

– Plus que ça.

Il fait un tout petit pas vers moi, et je recule instinctivement d'un pas.

Je lève le menton, tout en m'interdisant de pleurer. J'ai déjà versé trop de larmes sur lui.

– Plus maintenant.

« *Personne ne prend ma queue mieux que toi. C'est ta plus grande qualité.* »

J'ai beau m'être repassé ses mots un millier de fois, ils taillent profond à chaque fois.

C'est ça, le problème avec quelqu'un qui a vu le meilleur et le pire de vous : il sait exactement sur quoi appuyer, quels sont les mots qui vous blesseront le plus.

La mâchoire de Josh se contracte, mais au lieu de protester, il change si abruptement de sujet que j'en ai presque le coup du lapin.

– J'ai mis la main sur Max hier.

– Tu quoi ?

Cette rencontre devient de plus en plus surréaliste.

– J'ai mis la main sur Max, répète-t-il. Il ne t'embêtera plus. Alex et moi, on s'en est assurés.

– Quoi… comment… (Rien de tout ça n'a de sens.) Tu l'as dit à Alex ? Qu'est-ce que vous avez fait ? Vous ne l'avez pas tué, quand même ?

Je ne plaisante qu'à moitié. Je ne serais pas dévastée si Max mourait, mais je ne veux pas non plus que Josh se mette en danger pour moi. Alex, c'est Dr Jekyll et Mr Hide, mais Josh ? Ce n'est pas un tueur, et s'il l'a fait quelque chose dans un accès de rage, ça va le hanter jusqu'à la fin de ses jours.

La perspective de le voir souffrir de la sorte est pire que n'importe quel chantage ou parole blessante.

Un sourire dur se dessine sur ses lèvres.

– Non. Mais ce n'était pas l'envie qui me manquait. C'est Alex qui m'a calmé, figure-toi. Je ne vais pas t'infliger les détails, mais je te promets, il a bien saisi le message. Je peux t'assurer que Max ne te contactera plus.

– Pourquoi tu as fait ça ? Tu ne paraissais pas trop t'en soucier quand je suis arrivée à l'hôpital, hier.

L'espoir montre sa tête de traître, et je cherche à le faire disparaître. Mes espoirs finissent toujours par être déçus.

Les yeux de Josh se sont assombris, passant d'un chocolat profond à un noir d'obsidienne infini et troublant.

– Tu crois que je ne m'en soucie pas ?

Un autre pas vers moi, un autre pas en arrière pour moi. Notre danse se déroule au rythme rapide des battements de mon cœur, et elle ne se termine que quand mon dos rencontre la fraîcheur du mur et que Josh presse sa chaleur contre moi. Il reprend la parole et le timbre grave et dangereux de sa voix fait courir des frissons le long de mon dos.

– En entrant dans cette salle d'examen, j'ai failli perdre la boule quand je t'ai vue blessée, bordel ! J'ai eu envie de tuer Max pour avoir posé la main sur toi. Ce n'est pas une hyperbole, Jules. Si tu avais vu à quoi il ressemblait après que j'en ai eu fini avec lui… (Son souffle glisse sur ma peau.) C'est la chance qui l'a sauvé. Mais s'il s'avise ne serait-ce que de tourner encore une fois la tête vers toi, je lui arrache les tripes et je l'étrangle avec. Alors oui, Red, je m'en soucie, putain. Tellement que ça me terrifie.

Je sombre dans une autre spirale d'impuissance où ses mots sont mon seul parachute et l'air vibre doucement pendant que je plonge vers une mort potentielle.

La violence sous-tendue par ses propos devrait m'effrayer. Au lieu de quoi, elle crépite dans mes veines comme un courant électrique.

– Tu me détestes.

Je suis hors d'haleine, je souffre de tout mon être, je souhaite que ce qu'il a dit soit vrai tout en étant absolument terrifié à l'idée que ce ne soit pas le cas.

– Je ne t'ai jamais détestée.

– Menteur.

Son rire plein de douceur emplit chaque molécule d'air entre nous.

– OK, il fut un temps où je te détestais un peu. (Son sourire s'estompe, ses yeux deviennent sérieux.) Je ne sais pas ce que tu m'as fait, Red. Mais sans trop comprendre comment, je suis passé de l'envie de te tuer… à l'envie de tuer pour toi.

Mon ventre tombe en chute libre. Un millier de bulles d'or m'emplissent jusqu'à ce que je me sente comme un ballon emporté par le vent.

Je ne sais pas ce qui a changé depuis la semaine dernière, quand Josh…

« *Tu te souviens, quand je t'ai dit que je te pardonnais ? J'ai menti.* »

Le ballon éclate, percé à la vitesse de la lame d'un assassin.

Josh n'est pas cruel. Il ne manipule pas les sentiments des gens pour le plaisir. Pourtant, la semaine dernière, il aurait pu faire concurrence à Alex en matière de cruauté.

Et s'il s'agissait d'un autre de ses jeux tordus ? Il a dit tout ce que j'aie envie d'entendre, mais je n'ai pas confiance dans sa soudaine volte-face. Une semaine, ce n'est pas suffisant pour que quelqu'un se remette de la fureur qu'il a manifestée.

– Pour moi, ou pour ma « petite chatte » ? je demande en le citant, au bord des larmes. C'est ma plus grande qualité, non ?

La douleur se peint sur son visage.

– Jules...

Ma volonté de ne pas pleurer est anéantie par une larme qui me brûle la joue.

– Ce n'est pas juste que tu m'infliges ça, Josh. Ce n'est pas parce que j'ai merdé que tu as le droit de me torturer. Il faut qu'on passe à autre chose.

Un grondement sourd s'échappe de sa poitrine. Il vient sécher ma larme avec son pouce, un geste d'une infinie douceur, mais ses yeux flamboient.

– Hors de question de passer à autre chose, grogne-t-il. Ni pour moi. Ni pour nous.

– Tu m'as virée de chez toi la semaine dernière. Tu m'as baisée, puis tu m'as jetée, comme tous les autres.

La blessure, toujours fraîche, m'étrangle les poumons. Il était en colère, et à juste titre, mais le souvenir de ses paroles... l'expression de ses yeux...

Il s'est servi de ma plus grande fragilité pour en faire une arme contre moi.

Josh blêmit, et la douleur sur son visage s'aiguise en quelque chose de si viscéral qu'il aurait brisé ma résistance si je n'étais pas aussi terrifiée.

Car si fort que je veuille retrouver Josh, je ne peux pas me mettre dans une situation où je risque d'être à nouveau utilisée ou manipulée.

– C'était il y a une semaine. Qu'est-ce qui a changé ? Nos galipettes te manquent ? C'est ça ?

Une autre larme glisse le long de ma joue. Josh se passe une main dans les cheveux.

– Non ! Ce n'est pas... Je reconnais que j'ai mal réagi quand tu m'as raconté la vérité. Plus que mal. J'ai été pris au dépourvu, et j'étais tellement perturbé par tout ce qui s'est passé ces dernières années que je me suis emporté de la façon la plus cruelle que j'aie pu trouver. (Je le vois déglutir avec peine.) Tous ceux en qui j'avais confiance m'ont menti. Mais toi… je t'ai confié des choses que je n'ai jamais dites à personne. Des choses que j'ai du mal à admettre, même pour moi. Ta trahison m'a frappé plus fort que toutes les autres réunies, mais c'est ma faute. J'ai vu une trahison là où, en fait, tu es la seule personne à m'avoir jamais dit la vérité de son propre chef. Tu n'as pas attendu d'être prise la main dans le sac, tu aurais probablement pu garder éternellement le secret sans que je ne le découvre jamais. Et je… (Sa voix se brise.) J'ai été idiot. Et je suis désolé. Et je t'aim…

– Arrête, je le coupe, incapable de respirer. Laisse-moi partir. S'il te plaît.

J'ai besoin de réfléchir. D'analyser. Il se passe trop de choses, et je ne peux pas… je ne peux pas…

J'aspire une nouvelle bouffée d'air. Trop petite pour dissiper ma sensation de vertige.

– Je ne peux pas. Je ferai tout ce que tu veux, sauf ça.

Sa voix est déchirée par la souffrance. Il baisse la tête, son cœur bat la chamade contre le mien.

Je tourne la tête avant qu'il n'entre en contact avec moi, terrifiée à l'idée que si je lui concède ne serait-ce qu'un centimètre de moi, il prendra tout et brisera les rares parties intactes qui me restent.

Il se fige, le souffle lourd de regret.

– Hors de question que je te laisse partir, Red. Ce serait plus facile pour moi si tu me demandais de m'arracher le cœur à mains nues. Oui, tu as fait une erreur, dit-il en essuyant une autre larme sur mon visage, mais j'ai été cruel, et j'ai dit des choses que je n'aurais jamais dû.

Josh enfouit son visage dans mon cou. En sentant de l'humidité sur ma peau, je réalise que je ne suis pas la seule à pleurer.

– Je suis désolé, murmure-t-il d'une voix rauque. D'avoir réagi comme je l'ai fait. De m'être déchaîné contre toi alors que tu essayais de t'amender. De ne pas t'avoir choisie, comme tu le mérites, alors que tu es la seule chose que j'aie jamais voulue.

Un petit sanglot me monte à la gorge.

– Je suis désolé, désolé, désolé… murmure-t-il comme un mantra en déposant de doux baisers dans mon cou et sur ma mâchoire. Je suis tellement désolé, putain.

Josh atteint ma bouche et s'arrête, attendant l'autorisation. Attendant mon pardon.

Je fixe le sol, les yeux brûlants tant est pénible l'effort que je dois produire pour tenir l'espoir à distance.

– S'il te plaît. Dis-moi ce que je dois faire, Red. Je ferai n'importe quoi.

Sa supplique déchirante brise ma résistance.

– Je…

Entre l'incident d'hier avec Max, l'examen du barreau et la façon dont Josh me brouille les méninges chaque fois qu'il est près de moi, je n'arrive pas à penser correctement. Une douleur sourde se forme derrière mes tempes et me brouille la vue.

– J'ai besoin d'espace. J'ai juste besoin de… J'ai besoin…

Chaque respiration m'apporte de moins en moins d'oxygène.

Je veux croire Josh, et je ne suis certainement pas indemne de tout reproche dans le foutoir de notre relation. Ce n'était pas moi qui voulais me faire pardonner d'avoir menti ?

Pourtant, maintenant que le moment est venu, quelque chose d'intangible, d'exaspérant, m'empêche d'embrasser pleinement la situation.

Et s'il me mentait encore ?

Et si je commettais une autre erreur et qu'il s'en allait pour de bon ?

Et s'il se réveillait un jour pour décider qu'il a commis une erreur ?

« Tu te souviens, quand je t'ai dit que je te pardonnais ? J'ai menti. »

« À quoi bon avoir une fille si elle ne peut pas faire une chose simple correctement ? »

« Pute un jour, pute toujours. »

« Personne ne prend ma queue mieux que toi. C'est ta plus grande qualité. »

Les voix se brouillent dans ma tête, la douleur devient plus aiguë, elle me transperce. Les murs se rapprochent au point que j'entends le raclement fantôme du crépi contre ma peau et que j'en ai le ventre qui se retourne.

Je ne suis pas claustrophobe, mais mes pensées sont parfois piégées dans une cage si étroite que je suffoque à chaque respiration.

Je cligne des yeux pour tenter d'éclaircir ma vision.

– Je ne peux pas pour l'instant. Donne-moi… donne-moi un peu de temps. J'ai besoin de réfléchir.

Les dernières quarante-huit heures ont plongé ma vie dans le chaos, il faut que je retrouve mes repères avant de pouvoir aller de l'avant.

Josh relâche son souffle en tremblant.

– Jules…

– S'il te plaît…

Ma voix se brise.

Il ferme les yeux un court instant avant de déposer un baiser sur mon front.

– D'accord. Prends tout le temps qu'il te faut. J'attendrai.

Son chuchotement rauque me serre le cœur. Pour une raison que j'ignore, ses mots me font mal.

– Pourquoi ?

Personne ne m'a jamais attendue. Je ne comprends pas pourquoi il le ferait.

– Parce que tu es tout pour moi. Que ce soit aujourd'hui, demain, dans un an ou dans dix, ça ne changera jamais.

Les lèvres de Josh frôlent ma peau avant qu'il s'écarte, le visage tendu par l'émotion.

– Je suis humain, Red. J'ai commis des erreurs par le passé, et j'en ferai encore beaucoup. Mais s'il y a une erreur que je ne ferai jamais, c'est de te laisser partir, du moment qu'il reste ne serait-ce qu'une petite chance pour nous. Parce que la possibilité d'être avec toi est meilleure que l'assurance d'avoir qui que ce soit d'autre à mes côtés.

Un filet d'eau salée coule sur mes joues.

– Donc, comme je te l'ai dit… reprend Josh qui efface ma larme, j'attendrai. Tout le temps qu'il faudra.

52

JULES

Je prends le vendredi et le lundi de congé à la clinique et j'y reviens le mardi matin, plus perdue que jamais. J'ai passé les derniers jours à me tourmenter au sujet de Josh, mais je ne sais toujours pas quoi faire de notre relation. Plus j'y pense, plus j'ai mal à la tête, c'est donc avec gratitude que je reprends ma routine professionnelle. Au moins, ça m'évite de penser au désordre total de ma vie personnelle.

Heureusement, il y a eu un afflux de nouveaux dossiers pendant mon absence, et ils m'occupent pendant une bonne partie de la matinée, jusqu'à ce que la porte d'entrée carillonne.

Nous sommes fermés pour le déjeuner, il doit donc s'agir d'un membre du personnel… ou d'un bénévole.

Mon cœur fait un bond dans ma gorge quand je me retourne et que je vois Josh entrer, toujours vêtu de sa blouse et de ses chaussures de l'hôpital.

Tous les autres membres du personnel mangent à l'extérieur ou à la cuisine, il n'y a donc que nous deux.

– Salut.

Le mot réussit tant bien que mal à franchir le désert desséché de ma gorge.

– Salut.

Josh s'arrête à côté de mon bureau et porte le regard sur le bandage qui protège la coupure à mon front. Je le vois déglutir péniblement.

– Alors, cette entaille ?

J'esquisse un sourire.

– Ça va mieux. Je survivrai. Tu ne devrais pas être en train de te reposer, là ?

Maintenant qu'il est plus près, je distingue les légers cernes violets sous ses yeux et les rides d'épuisement qui encadrent sa bouche.

– Si, mais j'avais envie de te voir.

Une nuée de papillons prend son envol dans mon ventre et laisse une traînée de picotements dans son sillage.

– Ah…

Ah… ? Mon Dieu, j'ai l'air d'une idiote, mais j'ai perdu la capacité de fonctionner correctement.

Les lèvres de Josh se retroussent sur une grimace, légèrement amère. Il tient sa promesse de me donner de l'espace pour réfléchir, mais l'air entre nous bourdonne de tant de non-dits que je m'y noie.

La frustration me noue le ventre. Punaise, qu'est-ce qui ne va pas chez moi ? Pourquoi je ne peux pas lâcher et me remettre avec lui comme j'en ai tellement envie ? Je ne suis pas contrariée par ses paroles blessantes. Je comprends pourquoi il s'est déchaîné comme il l'a fait, pourtant quelque chose me retient.

Josh ouvre la bouche comme s'il voulait dire quelque chose d'autre, mais finit par la refermer et se diriger vers son bureau. Nous travaillons dans un silence tendu jusqu'à ce que mon téléphone sonne et interrompe mes pitoyables efforts de concentration sur le dernier dossier en date de la clinique.

L'identité de l'appelant me stupéfie. Nous avions échangé nos numéros au mariage de Bridget, mais je ne m'attendais pas à réentendre parler de lui.

– Bonjour, Asher, je lance après avoir décroché.

Je n'entends plus les doigts de Josh sur son clavier.

– Salut, Jules, me répond Asher Donovan de sa voix traînante. Désolé d'appeler comme ça, mais je serai en ville demain, un voyage de dernière minute, et je voulais savoir si tu serais libre pour un verre. J'aimerais beaucoup discuter avec toi.

– Je…

Asher est magnifique, charmant, et c'est un athlète de notoriété mondiale. Je devrais sauter sur son invitation, sachant surtout que j'ai beaucoup apprécié notre brève complicité autour des magouilles alcoolisées d'un membre de la famille royale britannique, pendant le mariage de Bridget.

Sauf que là, je n'ai aucune envie de boire un verre avec l'homme que le magazine *People* a élu « sportif célibataire le plus séduisant ». Non, j'essaie, au prix d'immenses efforts, de ne pas regarder celui qui est assis à moins de trois mètres.

La chaleur du regard de Josh me brûle la peau et me distrait tant que je ne suis même pas impressionnée d'être au téléphone avec le célèbre Asher Donovan.

L'univers me jette vraiment tout d'un seul coup sur la tête, le bon comme le mauvais.

– Ce n'est pas un rendez-vous galant, ajoute Asher. Juste deux amis qui passent un moment ensemble. Et… j'avoue, tu es la seule personne que je connaisse à Washington. Mais le contraire ne m'empêcherait pas d'avoir envie de boire un verre avec toi.

– C'est bon à savoir, je m'esclaffe. Mais demain…

Honnêtement, tout ce que je veux, c'est dormir comme je l'ai fait toute la semaine passée. Cela dit, sortir me fera peut-être du bien. Je me sentirai plus humaine et moins comme une coquille vide en train de suivre tristement les mouvements de la vie.

– D'accord. Ça marche. Au Bronze Gear à 18 h ? C'est un bar du centre-ville.

La chaleur qui consume mon côté gauche se transforme en un véritable brasier. Malgré l'air conditionné glacial et mon léger chemisier de soie, la sueur ruisselle entre mes seins et je dois faire preuve de toute ma volonté pour ne pas jeter un regard vers Josh.

– Parfait, conclut Asher. Je serai camouflé. Casquette de base-ball, tee-shirt bleu.

– Ça fonctionne vraiment, ça ?

Je doute qu'une simple casquette de base-ball suffise à le déguiser efficacement. Son visage n'est pas du genre que les gens oublient.

– Tu serais surprise. Les gens voient ce qu'ils s'attendent à voir, or personne ne s'attend à me voir traîner dans un bar de Washington un mercredi soir. À très vite, Jules.

– À plus.

Quand je raccroche, le silence est si oppressant que j'entends le sang pulser dans mes veines, je vous jure.

– Asher Donovan ?

La question décontractée de Josh est en totale contradiction avec la tension dans sa voix.

– Oui. Il vient à Washington et me propose de prendre un verre.

Nouveau silence.

Pourquoi fait-il aussi chaud, bon sang ? Je soulève mes cheveux avant de jeter finalement un coup d'œil sur ma gauche. La mâchoire de Josh est si contractée que je suis surprise de ne pas la voir se fissurer.

Mon cœur manque un battement.

– Ce n'est pas un rencard, j'ajoute doucement.

Je ne sais pas pourquoi j'ai éprouvé le besoin de le préciser. Josh et moi, nous ne sortons plus ensemble, et ma relation avec Asher est et restera platonique. N'empêche, un frisson de culpabilité me traverse devant son visage de marbre.

– Toi, tu penses peut-être que ce n'est pas un rencard. (Un sourire sinistre se dessine sur ses lèvres avant qu'il ne retourne à son ordinateur.) Mais fais-moi confiance, Jules.

N'importe quel homme serait un crétin de laisser passer l'occasion, s'il y avait ne serait-ce qu'une mini-chance avec toi.

– Je me suis dit que j'allais passer à Washington, cueillir des champignons vénéneux et concocter un breuvage spécial d'avant-match, déclare Asher. Qu'est-ce tu en penses ?

– Ça m'a l'air super.

Je tripote ma paille.

Comme promis, Asher et moi nous sommes retrouvés le lendemain soir pour boire un verre au Bronze Gear. En temps normal, je serais curieuse de tout savoir sur sa dernière querelle avec une autre grande star du football, mais je suis trop distraite pour me concentrer sur notre conversation.

Que fait Josh en ce moment ? Il doit probablement dormir. Il s'est de nouveau pointé à la clinique aujourd'hui, après une autre garde interminable, malgré l'insistance de Barbs pour qu'il rentre chez lui. Il avait l'air prêt à s'effondrer sur son bureau.

« *Tu ne devrais pas être en train de te reposer, là ?*

– *Si. Mais j'avais envie de te voir.* »

Le rire d'Asher me tire de mes pensées.

– Une partie de moi est vexée que tu m'ignores de façon aussi flagrante. Mais une autre partie est intriguée.

Son ton est plus sec que le gin dans son verre.

Le rouge me monte aux joues. Il faut bien le reconnaître : je suis de très mauvaise compagnie, ce soir.

Je parie aussi qu'Asher n'a pas l'habitude d'être ignoré et pas seulement parce qu'il a remporté le Ballon d'Or. S'il n'était pas un footballeur aussi talentueux, il ferait un malheur en tant que top model masculin.

Des pommettes sculptées, des yeux verts, des cheveux noirs… et je ne ressens rien que de la frustration à propos de ma situation avec Josh.

Je m'agace moi-même, parfois, et pour plus de raisons que je ne peux en compter.

– Ton ego va survivre, je réplique d'un ton léger, pour tenter de chasser ma mélancolie. Même si je suis surprise que le coup de la casquette soit bel et bien efficace.

Asher a enfoncé sa casquette de base-ball si bas qu'elle lui cache la moitié du visage, et son tee-shirt uni et son jean sont loin des tenues stylées qu'il porte habituellement. Un épais duvet de barbe recouvre ses joues habituellement rasées. N'empêche, je suis surprise par le nombre de gens qui passent à côté de nous sans lui accorder un seul regard.

Il a raison. Les gens voient ce qu'ils s'attendent à voir.

– Qu'est-ce qui t'amène à Washington, alors ? je demande pour changer de sujet. Tu as parlé d'un voyage de dernière minute ?

– Je ne peux pas le dire, sinon mon agent va me tuer, répond Asher en finissant son verre. Mais j'ai plusieurs rendez-vous aux États-Unis, dont un à Washington.

Je suis étonnée que son voyage aux USA n'ait pas fait la une des journaux. Bon, je ne suis pas vraiment au courant des informations sportives, donc peut-être qu'il en a été question et que je ne l'ai pas su.

– Ça fait bizarre d'être aussi célèbre ? je lui demande.

Je n'arrive pas à imaginer ce que je ressentirais si les moindres de mes faits et gestes étaient disséqués.

– Ça l'a été, mais je m'y suis habitué. (Il affiche un sourire sardonique.) Je peux te confier un secret ? Je n'ai jamais voulu être célèbre, déclare-t-il.

Je hausse les sourcils.

– Tu charries.

Certaines célébrités évitent les projecteurs, mais Asher semble s'y épanouir. Il sort toujours avec le dernier top model en vogue, conduit la voiture la plus rapide et participe aux fêtes les plus branchées.

Il s'adosse à son siège.

– C'est vrai. Il y a une certaine liberté à n'être soi-disant personne. Pas d'attentes, pas de pression, juste moi et mon amour du jeu. Je suis resté en retrait le plus longtemps que j'ai pu, parce que j'avais peur d'atteindre le sommet. Moi, un quidam du Berkshire, jouer dans les plus grands clubs et contre les meilleurs joueurs du monde ? Je ne le méritais pas. Mais j'aime le football – ou le « soccer », comme vous l'appelez en Amérique – et cet état d'esprit nuisait à mon jeu. Je ne m'en étais même pas rendu compte jusqu'à ce que mon ancien entraîneur ne mette le doigt dessus. Et maintenant… (Asher hausse les épaules.) Comme je l'ai dit, je me suis habitué à la célébrité. Mais le plus important, c'est que je puisse jouer au maximum de mon potentiel. Il a juste fallu que je cesse d'être mon propre obstacle.

« *Je ne le méritais pas.* »

Ses mots résonnent dans ma tête et me glacent les poumons quand je comprends soudain. *Oh, bon sang !* Peut-être que la raison pour laquelle je…

– Assez parlé de moi, tranche Asher. Abordons la raison pour laquelle ce gars me reluque comme s'il voulait m'arracher la tête depuis un quart d'heure.

Il désigne du menton un point par-dessus mon épaule.

Quelqu'un l'aurait enfin reconnu ?

Je me retourne, et ma prise de conscience laisse place à la stupeur quand je découvre Josh assis quelques tables plus loin. Comme je tourne le dos à la porte, je n'avais pas remarqué son arrivée.

Au lieu de détourner le regard, il soutient le mien. Il a l'œil sombre, la mâchoire crispée. L'air crépite soudain d'une électricité qui m'enflamme les nerfs.

Asher ramène mon attention sur lui. Il a les yeux qui pétillent d'amusement.

– C'est le gars du mariage, non ? Ton petit ami ?

– Pas vraiment.

Plus maintenant.

Son amusement augmente.

– J'en déduis que la situation est compliquée.

– On peut dire ça.

Compliquée, bordélique, et l'une des rares belles choses que j'ai connues dans ma vie.

Même si je ne regarde plus Josh, les étincelles nées de nos deux secondes de contact visuel perdurent.

« *Je ne le méritais pas.* »

« *Il a juste fallu que je cesse d'être mon propre obstacle.* »

L'intérêt que j'avais pu voir à prendre un verre avec Asher vient de se dissiper. Pouf, envolé !

– Je suis vraiment désolée, mais…

– Vas-y, me coupe-t-il avec un petit geste de la main. Je me doutais que notre soirée serait écourtée. Et je suis sûr à quatre-vingt-dix pour cent que ma couverture a été repérée, alors sauve-toi tant que c'est encore possible.

Suivant son regard, j'avise deux types qui se dirigent vers nous, les yeux rivés sur Asher avec l'enthousiasme de fans trop zélés.

Ouh là…

– Bonne chance.

Asher éclate de rire.

– Merci de m'avoir tenu compagnie pendant quelques heures. Si tu passes par Manchester, fais-moi signe.

– Je n'y manquerai pas.

Je m'extirpe pile au moment où les fans atteignent notre table.

– Vous êtes Asher Donovan ? demande l'un d'eux. Je vous adore ! Le but que vous avez marqué contre Barcelone l'année dernière…

Je secoue la tête, espérant qu'Asher ne va pas se faire assaillir une fois que tout le monde aura compris qui il est. Enfin, comme il l'a dit, il y est habitué. J'ai le sentiment qu'il peut se débrouiller tout seul.

Pour ma part, j'ai un problème plus important à régler.

Au lieu de m'approcher de Josh, je quitte le bar et je m'attarde au coin du trottoir, dehors. Le Bronze Gear est de plus en plus bondé, et je ne veux pas avoir une conversation à l'intérieur.

Comme je m'y attendais, Josh apparaît moins d'une minute plus tard.

– Tu n'es pas très subtil, je lâche.

Malgré la chaleur moite de l'été, j'ai la chair de poule.

– Je ne suis pas là pour être subtil, Red.

Il s'arrête devant moi. La chaleur de l'air s'insinue dans mes veines.

– Tu es là pourquoi, alors ? Est-ce que tu me files le train, Josh Chen ?

Je tente de prendre un ton léger malgré les palpitations dans ma poitrine.

– Est-ce que tu cherches à m'oublier, Jules Ambrose ?

Son ton est si ténébreux que j'en ai la gorge nouée.

– Parce que si c'est le cas… (Josh fait un autre pas vers moi.) Ça ne va pas fonctionner.

Les palpitations se déchaînent.

– La haute opinion que tu as de toi…

Un sourire dur se dessine sur son visage.

– J'ai promis de t'accorder tout le temps dont tu as besoin, et je le ferai. Mais je ne vais pas rester les bras croisés pendant que tu sors avec d'autres gars, Red.

– Je t'ai dit que ce n'était pas un rencard.

Les prunelles incandescentes de Josh s'enfoncent dans les miennes.

– Et je t'ai dit que je ne partageais pas. Pas quand il s'agit de toi. Je me fous de savoir si c'est un multimillionnaire dont on voit la tronche sur tous les magazines du monde. Il pourrait être le putain de roi d'Angleterre, jamais il ne te donnera ce que je suis prêt à te donner.

Ma chair de poule augmente encore.

– C'est-à-dire ?

– Tout.

Il a réduit la distance entre nous, nos bouches ne sont plus qu'à quelques centimètres l'une de l'autre. Je tiens bon, mais l'électricité de tout à l'heure est revenue en force et bourdonne dans mes veines. Il y a une poignée de personnes sur le trottoir. Ils ne sont pas assez près pour nous entendre, mais peu importe de toute façon. Le reste du monde n'existe pas quand Josh est près de moi.

– Mon cœur. Mon âme. Jusqu'à ma dignité. Qu'est-ce que tu veux que je fasse, Jules ? Tu veux que je te supplie, putain ? Dis-le et je m'agenouille devant toi.

Sa voix s'est brisée en quelque chose d'irrégulier et de douloureux.

Les larmes me montent aux yeux. Alors je secoue la tête, la poitrine contractée.

« *De quoi tu as si peur ?* »

La question de Josh lors du mariage de Bridget retentit dans ma tête. Si je n'avais pas la réponse à l'époque, maintenant je l'ai.

C'est de moi que j'ai peur.

Même quand j'ai commencé à tomber amoureuse de Josh, une partie de moi savait que ça ne fonctionnerait pas tant que je lui tairais quelque chose. Maintenant que rien ne s'oppose plus à notre relation, je suis terrifiée : à l'idée d'être blessée, de ne pas être à la hauteur et d'être aimée alors que je ne le mérite pas.

Je ne suis plus la petite fille de l'Ohio, mais il y a des choses tellement ancrées en moi depuis l'enfance qu'elles sont devenues une partie de moi sans même que je le sache. Après avoir été indésirable si longtemps, je n'ai aucune idée de la façon de gérer quelqu'un qui n'a aucune intention de ficher le camp.

Il est peut-être temps que j'apprenne.

– Promets-moi qu'on existe vraiment, je chuchote.

Je pourrais faire traîner les choses, m'assurer qu'il ne brisera pas mon cœur une nouvelle fois. Mais je suis trop fatiguée de résister et de m'auto-saboter. Après des années passées à nager à contre-courant, il est temps de plonger dans quelque chose que je veux, pour une fois, peu importe où ça me mènera.

Et en fin de compte, faire une promesse… et la tenir, c'est le plus grand des gestes que l'on peut accomplir pour quelqu'un.

Josh prend mon visage dans ses mains.

– Je te le promets. Tu es coincée avec moi pour toujours, j'en ai bien peur.

Un petit sourire s'est dessiné sur ses lèvres et ses yeux fouillent les miens avec un espoir prudent, pendant que ses paroles s'insinuent sous ma peau et m'emplissent de chaleur, centimètre carré après centimètre carré.

Laisse-toi aller, Jules.

Après un dernier temps d'hésitation, mes lèvres s'entrouvrent en une invitation hésitante.

Le soulagement explose sur le visage de Josh avant qu'il n'accepte mon baiser, sa bouche sur la mienne pour un baiser profond, presque désespéré, qui me retourne jusqu'aux orteils. Je fonds contre lui, savourant son goût et sa sensation à nouveau.

Ma poitrine se relâche et chacune de mes terminaisons nerveuses, en éveil, se met à crépiter.

Il y a des baisers que l'on ressent jusque dans ses os. Celui-là, je le ressens jusque dans mon âme.

– Douze jours, huit heures et neuf minutes. J'ai passé chaque seconde à penser à toi, dit Josh en effleurant mes lèvres des siennes. Je pensais savoir ce que je voulais, autrefois. Devenir médecin, chasser les extrêmes. Être la personne la plus populaire, la plus appréciée de la pièce. Je pensais que ça me rendrait heureux, et ça a marché. Pendant un temps. Mais toi… tu es la seule chose qui puisse me rendre heureux pour toujours.

Il appuie son front contre le mien et j'étouffe un hoquet, entre le rire et le sanglot.

– Attention, Chen. Si tu continues à dire des choses comme ça, je pourrais très bien ne jamais te laisser partir, je réponds, répétant les mots qu'il a prononcés lors de notre premier rendez-vous.

Sa belle fossette apparaît dans toute sa splendeur. Il enroule sa main autour de mon cou et dépose un autre baiser, plus doux, sur mes lèvres.

– J'y compte bien. Au cas où ce ne serait pas clair, je t'aime, Jules Ambrose, même quand tu me rends fou, putain. Surtout quand tu me rends fou.

– C'est parce que tu es masochiste, je réplique, incapable de masquer mon sourire. Mais ce n'est pas grave. Je t'aime quand même.

C'est la première fois que je dis ces mots à un homme, pourtant ça ne me fait pas bizarre. C'est comme s'ils avaient toujours été là, à attendre le bon moment et la bonne personne pour se révéler.

La main de Josh s'immobilise.

– Répète-moi ça.

– Je t'aime, je souffle, le corps palpitant, le cœur si plein qu'il menace d'éclater à tout instant.

Un petit sourire se dessine sur son visage.

– C'est vrai que je suis sacrément aimable, sauf quand je me comporte en connard… ce qui a été le cas la semaine après que tu m'as parlé du tableau. (Il jette un coup d'œil au groupe d'adolescents qui nous dévisagent, et je me rends compte que nous commençons à attirer l'attention des passants.) Mais peut-être qu'on devrait poursuivre cette conversation dans un endroit plus intime.

Mon appartement n'est qu'à deux rues de là. Stella n'est pas à la maison, et nous sommes à peine entrés dans ma chambre que Josh m'embrasse et s'agenouille devant moi.

– Douze jours, douze orgasmes. Ça semble juste, non ?

Il remonte ma jupe et son souffle chaud caresse la peau sensible de mes cuisses. Un petit feu s'allume dans mon bas-ventre.

– Qu'est-ce que…

Ma question meurt de sa belle mort quand il écarte ma culotte et passe la langue sur mon clitoris.

Oh, bon Dieu…

Je serre les poings dans les cheveux de Josh pendant qu'il lèche et suce jusqu'à ce que l'orgasme ricoche à travers moi. Je n'ai pas le temps de redescendre qu'il replonge et, bientôt, je ne suis plus qu'un corps haletant sans plus aucune force. S'il n'y avait pas ses mains puissantes pour soutenir mes hanches, je me serais déjà effondrée.

Mais malgré les orgasmes qui me secouent l'un après l'autre et l'odeur riche du sexe dans l'air, ce que nous faisons ne ressemble pas à une simple partie de jambes en l'air.

Ça ressemble à de l'amour.

53

JOSH

– Ce n'était pas ce que j'avais en tête quand tu as dit qu'on allait continuer chez toi.

Le doux grognement de Jules est étouffé par mon oreiller. Je ravale un rire en passant une poche de glace enveloppée d'une serviette sur son épaule.

– Je n'avais pas précisé ce qu'on allait continuer à faire.

Après m'être excusé auprès d'elle dans les grandes largeurs, nous avons pris le train pour aller chez moi avant que Stella ne regagne leur appartement. À peine arrivés, j'ai demandé à Jules de s'allonger sur mon lit pour que je puisse m'occuper de ses blessures.

Elle sera complètement guérie d'ici quelques semaines, mais l'idée de la voir souffrir un tant soit peu, même temporairement, me serre le cœur.

– C'était implicite. Je me sens flouée. Manipulée. Victime de publicité mensongère. Elles sont où, ces galipettes de réconciliation, Chen ? lance-t-elle en me fusillant du regard.

J'éclate de rire.

– Tes orgasmes de tout à l'heure ne t'ont pas suffi ?

Je fais courir mes doigts le long de son cou, jusqu'à son visage, où j'écarte une mèche de son œil. Pendant tout le trajet jusqu'à la maison, je n'ai pu détacher mon regard de son visage, de peur qu'elle disparaisse si je détournais les yeux pendant trop longtemps.

Il y avait toutes les chances pour que Jules ne me pardonne pas la façon dont je l'ai traitée, et je n'aurais même pas pu lui en vouloir.

Pourtant, grâce à Dieu, elle m'a pardonné.

« *Tu m'as baisée, puis tu m'as jetée comme tous les autres.* »

Le souvenir de ses paroles me transperce la poitrine.

Bon sang, quel connard j'ai été.

– Le sexe oral, ce n'est pas pareil.

Les mots de Jules se transforment en un doux soupir quand je l'embrasse dans le cou en caressant doucement son entrejambe mouillé.

– Tu veux m'avoir en toi, Red ?

Un frisson lui parcourt le corps.

– Oui.

Mon sexe, déjà raide, durcit encore en entendant l'espoir haletant dans sa voix, mais je tiens bon.

– Tu as une entorse à l'épaule, je te rappelle, sans parler des ecchymoses partout sur ton corps. Ça risque d'aggraver tes blessures.

Elle pousse un autre soupir, moins ravi.

– Voilà ce qui arrive quand on sort avec un médecin, c'est ça ?

Je souris devant son exaspération.

– Hmm. Il y a cependant des avantages à sortir avec un médecin. Par exemple… je suis très doué en anatomie.

J'insinue un doigt en elle tout en gardant mon pouce sur son clitoris. Le grognement de Jules se transforme en une série de gémissements et elle se cambre contre ma main. J'embrasse sa poitrine et son ventre nus, son gémissement se transforme en cri quand je lui écarte les jambes pour ajouter ma langue. Je la caresse, je la suce, je la lèche. Je l'adore comme si c'était ma pénitence et qu'elle était mon salut.

– Josh… Je vais… (Le souffle de Jules se plante droit dans mon cœur.) Viens en moi. S'il te plaît. Je veux jouir avec toi à en moi.

Je m'arrête, incapable de retenir un grognement. Mon cœur bat si fort que je le sens dans chaque parcelle de mon corps, et ma queue est sur le point d'exploser.

– Tu me tues, Red.

Nous ne devrions pas. Elle est blessée. Ce sont des blessures légères, mais n'empêche. Il serait préférable d'attendre qu'elle soit complètement remise.

Mais que Dieu me vienne en aide, je ne peux rien lui refuser quand elle me supplie comme ça.

Même si ma raison dit « non », je lève la tête et me hisse jusqu'à elle pour plonger mes yeux dans les siens.

– Ça va être un peu plus doux que d'habitude, d'accord ?

J'écarte une autre mèche de ses yeux. Jules acquiesce avec un tel enthousiasme que je manque éclater de rire à nouveau, mais l'envie m'en passe complètement quand je déroule un préservatif et que je la pénètre jusqu'à l'emplir complètement.

Son gémissement se mêle au mien.

Putain, ce que c'est bon d'être en elle. Serrée, mouillée et faite pour moi, elle est la pièce du puzzle qui me manquait depuis toujours.

Ma peau se couvre de sueur tant est grand l'effort que je déploie pour retenir mon orgasme. Je pousse un doux grognement d'avertissement en sentant Jules se resserrer autour de moi.

– Je ne peux pas m'en empêcher, halète-t-elle. Tu es trop gros.

Chaque fois que nous passons ne serait-ce que quelques jours sans coucher ensemble, elle doit se réajuster à ma taille.

– Et pourtant tu accueilles magnifiquement chaque centimètre.

Je me retire, puis rentre d'un coup lent et doux. Jules se tortille un peu, mais ses muscles se détendent peu à peu et la fierté illumine ma poitrine.

– Voilà. Comme ça. Tu es tellement bonne.

Le visage de Jules rougit de plaisir.

– Josh…

– Ta chatte est faite pour moi, Red. Chaque partie de toi est faite pour moi.

Ma propre respiration s'accélère à mesure que j'augmente la cadence. Un rythme sensuel et langoureux, à l'opposé de nos ébats habituels, rudes et furieux, mais d'une certaine manière, c'est encore plus sexy.

Je savoure chaque plongée de mon membre en elle, chacun de ses gémissements, chacune de ses plaintes alors que je chasse à coups de boutoir tous les mauvais souvenirs de notre dernière rencontre.

– Ne te retiens pas, je lui grogne en la voyant enfoncer les dents dans sa lèvre inférieure.

Je vois bien à la tension de ses muscles qu'elle est sur le point de jouir.

– Je veux t'entendre crier.

Je me penche pour frotter son clitoris, appuyant juste assez pour la porter au bord du précipice tout en accélérant mes va-et-vient. Un cri de plaisir s'échappe de la gorge de Jules. Elle arque le dos et je grogne : les parois serrées de son sexe palpitent autour de moi.

Ma poitrine se dilate de la voir dans cet état, complètement abandonnée et si belle que je serais incapable de détourner le regard même si ma vie en dépendait.

Je passe mon pouce sur sa joue et je me penche pour l'embrasser. Fort.

– C'est ça. C'est bien, je chuchote. J'adore t'entendre crier pour moi.

L'effet des gémissements de Jules se répercute droit dans ma queue et il ne me faut que quelques secondes pour jouir sur un grondement sonore.

Je me retire pour ne pas peser sur son épaule, et nous restons allongés dans un silence satisfait, le temps de reprendre notre souffle.

Le sexe, c'est génial, mais ça ? Ces minutes où on baigne dans la présence radieuse de l'autre ? C'est encore mieux.

Je me tourne sur le côté et je passe un bras autour de la taille de Jules pour l'attirer contre moi. Avant elle, je n'en avais rien à foutre des câlins, mais j'aime l'avoir dans mes bras. Je me sens juste… bien, comme ça.

– Comment va ton épaule ?

– Toujours attachée à mon buste. Tout va bien, tu vois ? On a couché ensemble et je ne suis pas morte.

Elle rit de ma mine soucieuse. Comment pourrais-je plaisanter à propos de sa mort ?

– Ce n'est pas drôle. Je vais réexaminer ton épaule tout à l'heure, juste au cas où.

– Oui, Docteur Chen, me taquine-t-elle. Est-ce que vous proposez ce genre de suivi pratique à tous vos patients, ou je bénéficie d'un traitement spécial ?

– Je ne les propose qu'à mes patients les plus têtus, les plus exaspérants, les plus chiants, en somme. Ceux auxquels je n'arrête pas de penser. Par chance… (Je passe une main sur la courbe de ses fesses.) Je n'en ai qu'une dans ce genre-là.

La respiration de Jules s'accélère.

– Que je suis donc chanceuse !

– Que tu es donc chanceuse ! je confirme avec un sourire satisfait.

– Un vrai connard prétentieux, s'esclaffe-t-elle avant de redevenir sérieuse. Tu as toujours le tableau ? Les associés de Max vont tenir à le récupérer, et je ne…

– Je m'en suis occupé.

– Comment ?

– Tu verras.

Elle fronce le nez.

– Un peu cryptique, ta réponse.

– C'est une surprise, Red. Tu verras, je répète.

Jules souffle et laisse tomber le sujet, mais je vois qu'elle est intriguée. Rien ne pique plus son intérêt qu'une surprise.

Il ne me reste plus qu'à trouver comment la lui révéler… une fois que j'aurai trouvé le moyen de récupérer les billets pour la comédie musicale que j'ai déchirés la semaine dernière. Je pourrais faire d'une pierre deux coups.

J'effleure paresseusement son dos du bout des doigts, content de l'écouter simplement respirer, elle bâille et enfouit son visage contre mon torse. Maintenant que l'euphorie du sexe s'estompe, l'épuisement creuse son visage et assombrit ses yeux.

– Il va falloir le dire à Ava, tu sais, marmonne-t-elle. Un jour.

Je grimace en imaginant la réaction de ma sœur.

– Ne m'en parle pas. On devrait attendre combien de temps, à ton avis ? Un an ? Dix ?

– Dix, voire cent. Oui, un siècle, c'est bien. Elle sera tellement…

La voix de Jules s'éteint lentement.

Je baisse les yeux sur elle. Elle a sombré dans le sommeil, comme ça.

Entre ce qui s'est passé avec Max, son examen du barreau et notre réconciliation, elle doit être épuisée.

J'embrasse le sommet de son crâne et la serre plus fort contre moi.

On s'occupera d'Ava plus tard.

Pour l'instant, je veux profiter des moments qui n'appartiennent qu'à nous.

54

JOSH

Je passe une main rassurante dans le dos de Jules pendant que nous sortons de l'ascenseur et que nous entrons directement dans un appartement qui semble tout droit sorti des pages d'*Architectural Digest*.

Murs gris clair, sols en marbre noir, luminaires dorés. L'endroit proclame « garçonnière » mais, à la différence d'il y a deux ans, des accents féminins y ont ajouté une touche de douceur : un bouquet de lys blancs ici, une aquarelle là.

– Ça va aller, je chuchote à Jules.

Nous avons tous les deux merdé, chacun à notre façon, mais nous allons enfin pouvoir tourner la page sur le passé ensemble… après avoir franchi le dernier obstacle.

– Facile à dire pour toi, me chuchote-t-elle en retour. Vous êtes liés par le sang. Pas moi.

– Elle t'aime plus que moi.

– Hmm. C'est vrai.

Mon rire s'éteint quand Ava nous rejoint devant l'ascenseur privé qui mène à l'appartement où elle vit avec Alex. J'ôte rapidement ma main du dos de Jules.

Nous avons enfin trouvé le courage de dire la vérité à Ava, une semaine après notre réconciliation, mais tout ce courage s'évapore devant le sourire plein d'expectative de ma sœur, qui se transforme en méfiance quand elle voit Jules à mes côtés.

Je l'ai appelée pour la prévenir de ma visite, en omettant de préciser que je serais accompagné de Jules. Je ne voulais pas qu'elle tire ses propres conclusions avant qu'on lui en fasse l'annonce nous-mêmes.

Encore une fois, il aurait peut-être été plus intelligent de lui laisser digérer le choc avant que nous venions la trouver.

Merde, Chen.

De toute façon, il est trop tard maintenant. Nous devons faire face à sa réaction, quelle qu'elle soit.

J'affiche mon sourire le plus charmant.

– Salut, sœurette. Tu es absolument ravissante aujourd'hui. Tiens. Je t'ai apporté un petit cadeau.

Je lui flanque entre les mains une boîte contenant son gâteau préféré, le rouge velours de chez Crumble & Bake.

Mais Ava ne le prend pas. À la place, ses yeux m'abandonnent pour Jules, qui se tient à côté de moi avec un sourire exagérément lumineux.

– Qu'est-ce que vous faites ici ensemble ? demande-t-elle, manifestement de plus en plus méfiante. Vous n'allez pas me demander d'être la médiatrice dans une énième dispute entre vous, hein ? Parce que vous êtes tous les deux majeurs et vaccinés.

Jules et moi échangeons un rapide regard.

Peut-être aurions-nous dû réfléchir à un plan un peu plus élaboré que d'apporter un gâteau à Ava pour la mettre dans de bonnes dispositions à notre égard.

Alex arrive derrière Ava et hausse un sourcil en avisant la boîte de chez Crumble & Bake.

Vraiment ? C'est ça, ton plan ? Il n'a pas eu besoin de prononcer les mots pour que je les entende distinctement.

Je le fusille du regard. *La ferme.*

Il me répond par un sourire narquois.

Trou du cul.

Il semble avoir oublié que c'est lui, un jour, qui s'est mis à sortir avec ma sœur en douce.

– Parlons de tout ça en mangeant ce gâteau, suggère Jules. Rien de tel que du rouge velours pour bien commencer une soirée.

Ava croise les bras.

– Il faut que je m'assoie pour affronter ce que vous avez à me dire, je me trompe ?

– Peut-être. Probablement. (Je m'éclaircis la gorge.) Oui, c'est sûr.

Nous nous installons tous les quatre dans le salon : Ava et Alex sur le canapé, Jules et moi en face. C'est bientôt le crépuscule, et les rayons de la lumière mourante qui entrent par les fenêtres dessinent une ligne entre la partie ombragée et la partie dorée et chaleureuse de la pièce.

La boîte à gâteaux est posée sur la table basse entre nous, toujours fermée.

– Si on est venus ici ensemble, c'est parce que, euh, on est venus ensemble, commence Jules.

Alex soupire et se passe une main sur le visage.

– Et la raison pour laquelle on est venus ensemble, j'enchaîne, c'est que… (*Allez, mec. C'est un pansement. Arrache cet enfoiré et tu en assumeras les conséquences plus tard.*) On sort ensemble.

Ava nous dévisage d'un œil vide.

– Au sens romantique, précise Jules.

– En petits copains, j'ajoute.

Le silence se prolonge.

Ava n'a pas bougé depuis qu'on a commencé à parler, ce qui n'est pas bon signe.

Une goutte de sueur coule le long de ma colonne vertébrale.

Ce n'est pas normal. Je ne devrais pas avoir peur de ma petite sœur. Mais si je suis habitué à Ava la bavarde, Ava la silencieuse est assez terrifiante.

Elle a alors la dernière réaction à laquelle je serais attendue. Elle éclate de rire. Elle se couvre le visage, les épaules tremblantes, Jules et moi échangeons un autre regard inquiet.

Putain, est-ce qu'on a anéanti ma sœur ?

– Elle est bien bonne, celle-là, lâche Ava entre deux hoquets. Vous avez failli m'avoir.

Elle tente de recouvrer son sérieux, mais éclate d'un nouveau fou rire, une seconde plus tard.

– Euh…

J'ai imaginé cette conversation de bien des façons, mais jamais avec Ava qui perd la boule.

Jules me donne un petit coup de genou.

– Elle pense qu'on plaisante, siffle-t-elle.

– Je sais. (Je me racle à nouveau la gorge.) Ava…

– Honnêtement, je suis impressionnée que vous soyez tombés d'accord assez longtemps pour mettre au point ce plan.

Une partie de l'hilarité de ma sœur s'est enfin calmée, mais son sourire reste.

– Ava…

– C'est une vengeance pour le Vermont ? Mais ça remonte à plusieurs mois et je ne savais pas qu'il n'y aurait qu'un seul lit.

– Ava, on ne plaisante pas !

Ma déclaration retentit dans la pièce, suivie d'un silence épais, sidéré.

Le sourire de ma sœur disparaît.

– Tu n'es pas…

Son regard se porte de nouveau sur nous, remarque nos expressions tendues et la proximité de nos cuisses. L'horreur se peint alors sur son visage.

– Vous sortez vraiment ensemble ? Comment c'est possible ? Vous vous détestez !

– Eh bien… je réplique, étirant délibérément le mot. Plus maintenant.

Jules intervient.

– On travaille ensemble à la clinique…

– Au départ, c'était un truc sans attaches…

– On n'avait pas prévu que ça arrive…

Nos voix s'entrecoupent tant nous précipitons nos explications avant qu'Ava ne lève la main et ne nous interrompe.

– Depuis combien de temps vous sortez ensemble ?

Je grimace.

– Euh, une semaine, cette fois-ci.

– Comment ça, « cette fois-ci » ?

Bon sang de bonsoir. On aurait vraiment dû écrire nos dialogues.

Comme il est trop tard, Jules et moi allons de l'avant et racontons tout à Ava, en commençant par notre arrangement à visée uniquement sexuelle et en achevant par notre réconciliation de la semaine dernière. Nous laissons de côté les détails peu glorieux liés à Max et mettons notre rupture sur le compte d'un malentendu, mais sinon, le résumé est assez complet.

Au moment où nous en terminons, la peau d'Ava a pris une teinte légèrement verdâtre. Et le regard qu'elle me jette est noir.

– Tu es en train de me dire que tu couches avec ma meilleure amie depuis des mois ? (Et la voilà qui pointe un doigt sur Jules.) Et toi, tu couches avec mon frère depuis des mois ? Je n'arrive pas à croire que vous ne me l'ayez pas dit plus tôt !

Jules hausse les épaules d'un air impuissant.

– Je n'ai jamais trouvé le bon moment pour t'annoncer que je me tapais ton frère.

La nuance verdâtre de la peau d'Ava s'accentue.

– Tu as fait la même chose avec lui ! je proteste en désignant Alex qui observe la scène avec l'air de s'ennuyer ferme. (Il n'essaie même pas d'aider, ce traître.) Vous êtes sortis ensemble pendant des mois avant que je m'en rende compte. Alors ne fais pas ton hypocrite.

– C'était différent, grogne Ava. On ne se détestait pas férocement, avant de retourner notre veste et de commencer à sortir ensemble.

Jules se mordille la lèvre inférieure.

– Je sais que c'est un choc, compte tenu de mes... différends passés avec Josh. Mais à force de travailler dans la même clinique et de se voir aussi souvent, c'est en quelque sorte arrivé tout seul. On n'avait vraiment pas prévu de te le cacher aussi longtemps. Mais on n'était pas sûrs que cela aille quelque part et on ne voulait pas t'en parler avant d'être certains. Ça aurait rendu les choses trop gênantes.

Ava ferme les yeux et inspire profondément.

– D'accord. Alex, apporte-moi un couteau.

Je pâlis et lève une main tout en attirant Jules contre moi de l'autre.

– Minute, minute ! Je suis ton seul frère. Tu m'adores. Tu te souviens quand je t'ai donné mes derniers bonbons au chocolat au cinéma ? C'était le bon temps.

Ava passe outre mon intervention jusqu'à ce qu'Alex revienne avec le couteau demandé.

Je le fusille du regard. C'est donc ainsi que je vais mourir. Trahi par mon meilleur ami et poignardé à mort par ma sœur. Jules César n'a rien à m'envier pour ce qui est d'une mort de merde.

Mon cœur bat à tout rompre quand Ava se saisit du couteau, se penche en avant... et ouvre la boîte à dessert. Elle découpe une part de gâteau et en prend une bouchée.

Le silence se prolonge.

– Il faut qu'on lui dise quelque chose d'autre ? me chuchote Jules.

– Elle a toujours un couteau dans la main, je lui réponds. Attendons.

Nous regardons Ava achever sa dégustation, le visage indéchiffrable. Quand elle reprend la parole, sa voix a perdu son côté dur.

– C'est du sérieux ?

Le soulagement desserre l'anxiété qui me nouait la poitrine. Je reconnais cette voix. Elle est en train de se raviser.

Je ne redoutais pas qu'elle coupe définitivement les ponts avec nous pour avoir commencé à sortir ensemble derrière son dos, mais je ne veux pas non plus passer des semaines en froid avec ma sœur.

– Je n'ai plus envie de la tuer chaque fois que je la vois, donc oui, c'est plutôt sérieux, je plaisante. Écoute, je sais que ça doit être hyper bizarre pour toi, mais je te promets qu'on ne serait pas ici si ce n'était pas sérieux. Tu te rappelles ce que je t'ai demandé quand j'ai découvert à propos d'Alex et toi ? Et ce que tu as répondu ? (Je jette un coup d'œil à Alex, dont l'expression blasée a cédé la place à une mine plus intéressée.) Je ressens la même chose pour Jules.

« *Ava. (Je la regardai, en état de choc, cherchant à donner un sens à un monde sens dessus dessous. Ma sœur et mon meilleur ami. Mon meilleur ami et ma sœur. Ensemble.) Est-ce que… tu l'aimes ?*

Une courte pause.

Quand Ava a enfin répondu, sa voix était douce mais ferme.

– Oui. »

L'Ava d'aujourd'hui me dévisage une seconde de plus avant de se lever et de m'indiquer la cuisine d'un signe de tête.

– Viens, on va parler. En tête à tête.

Jules me jette un regard nerveux quand je me lève. Je lui réponds, je l'espère, par un sourire rassurant avant de rejoindre ma sœur dans la cuisine.

– Tu pensais ce que tu disais ? me demande Ava une fois hors de portée d'oreilles. À propos de ce que tu ressens pour elle ?

Mon visage s'adoucit.

– Oui. Je l'aime, Ava. Il nous arrive encore de nous disputer parfois, mais au bout du compte… c'est elle.

Je préfère mille disputes avec Jules plutôt que mille journées faciles avec n'importe qui d'autre.

Parce que je ne veux pas la facilité. Je la veux, elle.

– OK, soupire Ava, dont les épaules se détendent enfin et qu'un soupçon de culpabilité passe sur son visage. Je ne voulais pas te faire passer un sale quart d'heure, d'autant que tu as été très compréhensif quand je t'ai parlé d'Alex. Mais je sais comment tu traites les femmes et je sais comment Jules traite les hommes. Vous détestez tous les deux l'engagement. Je ne veux pas que vous vous brisiez mutuellement le cœur, c'est tout. Je vous aime tous les deux, et je ne pourrai pas choisir un camp si vous rompez. Cela dit (Elle tapote la pointe émoussée de son couteau sur ma poitrine)... si tu lui fais du mal, je t'assassine.

– Qu'est-ce qui te fait penser que ce serait moi qui la ferais souffrir ? Je pourrais très bien être le souffrant.

Il existe, ce mot ? En tout cas, maintenant, oui.

– Je. T'assassine, répète ma sœur en soulignant chaque mot d'un tapotement de son couteau.

Je souris.

– D'accord. Donc ça veut dire que tu es d'accord pour qu'on sorte ensemble ?

– Faut croire, ronchonne-t-elle avec un sourire naissant. Mon frère mis à genoux par ma meilleure amie. Beau travail, Jules.

Un autre regard menaçant remplace mon sourire.

– Elle ne m'a pas mis à genoux. Du moins, pas au sens où tu l'entends.

Cette fois, c'est le sourire d'Ava qui disparaît.

– D'accord, établissons une règle impérative : tu ne me parles pas de votre vie sexuelle, pas même sous forme d'allusion. Ja-mais.

Elle mime un haut-le-cœur.

Je m'esclaffe et l'attire contre moi pour la serrer dans mes bras. Je lui ébouriffe les cheveux comme je le faisais quand nous étions enfants, ce qui me vaut une protestation étouffée.

– D'accord, mais la règle s'applique à toi aussi.

Ava repousse ma main et lisse ses cheveux avec un nouveau grognement, mais son expression agacée ne tarde pas à se muer en quelque chose de plus doux.

– Ça marche. Sérieusement, je suis heureuse que tu sois heureux. Je sais que les choses ont été difficiles avec… tout ce qui s'est passé. Je serai toujours là pour toi, mais je suis contente que tu aies quelqu'un comme Jules à tes côtés. Elle peut être un peu… *too much* parfois… (Petit rire entendu de part et d'autre.)… mais elle a l'un des plus grands cœurs que je connaisse.

Une boule d'émotion se forme dans ma gorge.

Je serre Ava plus fort et dépose un petit baiser sur le sommet de son crâne.

– Je sais. Merci, sœurette.

Même si nous nous agaçons parfois l'un et l'autre, j'ai de la chance de l'avoir comme sœur. Avant que je rencontre Alex, elle était le réceptacle de tous mes problèmes et vice versa. Nous nous confions moins souvent qu'autrefois, maintenant que nous sommes des adultes ayant chacun sa vie, mais il ne se passera pas un jour sans que nous ne veillions l'un sur l'autre.

55

JOSH

Une fois que nous avons regagné le salon, Ava emmène Jules pour ce que je suppose être une conversation similaire à celle que nous venons d'avoir, le côté frère-sœur en moins. Cependant, au lieu de rester dans l'appartement, elles filent vers un bar des environs afin qu'Ava puisse « essayer d'oublier qu'elle a entendu l'expression “me taper ton frère”. »

Personnellement, je crois qu'elles ont quitté l'appartement pour pouvoir planifier la meilleure façon de se liguer contre moi, à l'avenir – je sais comment elles fonctionnent –, mais je suis tellement soulagé qu'Ava accepte ma relation avec Jules que je m'en moque.

Après le départ des filles, je rejoins Alex près de la baie vitrée où il se tient, debout, l'air pensif.

– Je suis surpris que tu ne les aies pas accompagnées.

Je m'approche et nous contemplons la ville qui s'étend sous nos yeux. Le crépuscule a transformé le ciel en une palette de roses et de violets doux, et les lumières scintillent sur une mer de buildings qu'elles font ressembler à un tapis de minuscules joyaux.

– D'habitude, tu restes collé aux basques d'Ava.

Depuis que son oncle a kidnappé ma sœur, Alex est paranoïaque concernant sa sécurité : il a même engagé un garde du corps pour elle jusqu'à ce qu'elle s'agace de cette présence constante à ses côtés. Ils ont eu une grosse dispute à ce sujet avant qu'Alex cède et rétropédale.

– On travaille sur cet aspect-là de notre relation, répond-il, une pointe de mécontentement dans la voix. Il paraît que je suis parano.

– C'est un fait. Et je dis ça parce que je suis son frère, c'est-à-dire quelqu'un de très concerné par son bien-être.

Il laisse échapper un petit grondement irrité, mais abandonne la question.

– Si je ne les ai pas accompagnées… c'est qu'il y a une autre raison. J'ai besoin… il faut que je te dise quelque chose.

Je hausse les sourcils, intrigué : ce n'est pas dans ses habitudes de bégayer ainsi.

– OK. Tant qu'il ne s'agit pas d'une nouvelle confession sur un mensonge qui dure depuis huit ans, parce que je jure devant Dieu…

– C'est qui, le paranoïaque, maintenant ?

Sourcils froncés, Alex se passe une main sur la mâchoire.

Plus il tergiverse, plus ma curiosité est piquée. Alex a rarement du mal à trouver ses mots. Sauf avec Ava, il n'en a rien à foutre de la façon dont ses déclarations sont reçues.

– Je n'ai jamais eu beaucoup de famille, dit-il finalement. Comme tu le sais, mes parents et ma sœur ont été assassinés lorsque j'étais enfant, et mon oncle était un psychopathe.

Seul Alex peut présenter des faits aussi brutaux avec une honnêteté aussi stoïque.

– Gamin, je n'ai pas eu beaucoup d'amis non plus, ce qui ne m'a jamais beaucoup gêné. La plupart des gens que je rencontre me déplaisent. J'avais mon entreprise et mes projets en parallèle, et ça me suffisait. (N'empêche qu'il a l'air d'avoir la gorge nouée.) Et puis je vous ai rencontrés, Ava et toi. Vous étiez assez irritants, tous les deux, avec votre entêtement à voir ce qu'il y a de mieux chez les gens, aussi insensé que ce soit.

Je ricane, la poitrine étrangement contractée.

– Mais… (Alex hésite à nouveau.) Vous avez aussi vu ce qu'il y avait de meilleur en moi. Vous êtes les seuls à avoir vu plus qu'un compte en banque, un statut social ou une relation d'affaires. On a peut-être des points de vue différents sur la vie et la façon d'aborder les choses, mais Ava et toi… (Sa voix s'adoucit.) Vous êtes ce qui se rapproche le plus d'une famille, pour moi.

Ben merde alors ! Si je relève la moindre de ses paroles pour le taquiner, il ne va pas me le pardonner.

Mais je devine combien cet aveu a dû lui coûter. Alex est aussi sentimental qu'un porc-épic est câlin, pourtant malgré tous ses défauts, c'est un ami fidèle à sa façon, la seule qu'il connaisse : loyal, inconditionnel et prêt à brûler le monde entier pour ceux qu'il aime.

– Putain, mec, t'aurais dû me prévenir que tu allais verser dans le sentiment et toute cette merde. J'aurais apporté plus de Kleenex.

Il y a dans ma réplique moins de sarcasme que je ne l'aurais voulu.

Un petit sourire se dessine sur sa bouche.

– Ce sont des faits, pas du sentiment. Et donc… (Il fouille sa poche et en sort un petit écrin de velours.) J'aimerais officialiser notre relation.

J'ai des hallucinations auditives ou j'ai détecté une touche de nervosité dans sa voix ?

Sidéré, je le dévisage. Une partie de moi comprend ce qu'il vient de dire, mais mon cerveau ramolli a un temps de retard.

– Officialiser quelle relation ?

– Celle qui touche à la famille.

Il ouvre le boîtier d'un coup sec et ce qu'il contient manque m'aveugler.

Putain de merde !

L'anneau niché contre le coussinet de velours pourrait rivaliser avec la patinoire centrale de New York en termes de taille. Je ne m'y connais guère en diamants, mais je sais que le prix de celui-ci doit compter au moins cinq chiffres.

Il flamboie comme une étoile déchue dans la lumière mourante du crépuscule. De plus petits diamants parsèment son anneau de platine et projettent des prismes arc-en-ciel à travers la pièce. Les estampilles d'argent de part et d'autre du coussinet portent la mention « Harry Winston ».

Alex referme le coffret, évitant ainsi à mes rétines d'être définitivement brûlées.

– Je voulais t'en informer avant de lui faire ma demande. Tu sais ce que je ressens pour Ava, donc je ne t'ennuierai pas à ressasser les faits. Et puis, je méprise la tradition désuète qui consiste à demander l'autorisation d'épouser quelqu'un. Cela dit, je sais que ton opinion compte énormément pour elle. Et pour moi aussi, alors même si je n'ai pas besoin de ta permission… (Il déglutit.) J'aimerais beaucoup l'avoir.

Le silence semble carillonner quand il se tait.

Alex. Demande Ava. En mariage. Donc il va devenir mon beau-frère.

Des pensées décousues, et pourtant bien reliées entre elles, se bousculent dans ma tête. *Putain de merde.* J'ai su qu'Alex et ma sœur finiraient ensemble le jour où j'ai appris qu'il avait abandonné son entreprise pour elle. Il l'a récupérée après qu'elle lui a pardonné, mais pour qu'il envisage seulement un geste aussi radical, il doit être sacrément mordu.

Pourtant, je n'aurais jamais imaginé qu'il fasse sa demande si tôt ou qu'il me demande ma permission.

Alex ne demande jamais la permission à quiconque. Pourtant, il me scrute de son œil aiguisé, les traits tendus.

– Je ne voulais pas la demander en mariage avant que toi et moi… ayons réglé certains de nos problèmes. Je ne voulais pas vous mettre dans cette situation, ni elle ni toi.

Je trouve enfin les mots à travers le puits d'émotion qu'est ma poitrine.

– Ma sœur déteint sur toi. Tu parles vraiment comme un être humain, figure-toi.

– Je suis doué pour les imitations.

Il y a un moment de silence stupéfait avant que je n'éclate de rire.

– Merde, Volkov, ne me fais pas mourir d'une crise cardiaque avant le mariage. Ava serait furax.

Alex esquisse un sourire.

– C'est une manière de me donner implicitement ta bénédiction ?

Je redeviens sérieux.

– Ne t'emballe pas. Tu as raison. On a des visions du monde très différentes, et on a connu une… certaine dissension ces dernières années. Je pense toujours que tu es un connard, quatre-vingts pour cent du temps. Mais tu… tu as raccompagné ma sœur jusque chez elle tous les jours pendant un an comme un Roméo psychopathe. Tu as toujours fait passer sa sécurité et son bien-être avant les tiens, ce qui, pour toi, veut dire beaucoup. (Moi aussi, j'ai la gorge nouée.) Ava est mon unique sœur. Ma seule vraie famille. J'ai toujours pris soin d'elle quand on était gosses, et je ne la confierais pas à n'importe qui. Mais je te la confie, à toi.

S'il y a une chose dont je suis certain, c'est qu'Alex risquerait sa vie pour elle. C'est un trouduc pour tout le monde, mais je peux toujours lui faire confiance pour s'occuper d'Ava.

Je lui donne une tape dans le dos et sens la pression dans ma poitrine s'intensifier encore.

– Donc oui, tu as ma putain de permission. Mais fais gaffe à ne pas la tuer avec ta bague, parce que cette merde brille à mort.

Une humidité suspecte allume les yeux d'Alex, avant qu'il ne batte des paupières pour la faire disparaître. Il laisse échapper un petit rire soulagé.

– Elle va s'en sortir. Elle est plus forte que toi.

– C'est vrai.

Malgré son optimisme à toute épreuve et ce que certains appelleraient sa naïveté, Ava a toujours été une survivante. Je secoue la tête, incrédule.

– Je n'arrive pas à croire que je vais passer la fin de ma vie coincé avec toi comme beau-frère.

Car Ava dira « oui », je n'ai aucun doute là-dessus. Mais avoir Alex Volkov comme beau-frère... Que le Seigneur me vienne en aide.

– Veinard que tu es... À ce propos, j'ai aussi une demande à te faire.

Un petit sourire s'attarde sur les lèvres d'Alex, mais ses yeux sont redevenus sérieux. Je porte une main à ma poitrine dans un geste théâtral.

– Alex, Ava ne va pas aimer ça, si tu me demandes aussi en mariage. La bigamie est illégale à Washington.

Il se dirige vers le bar et nous sert deux whiskys, dont il me tend un verre.

– Très drôle. Si Ava dit « oui »...

– Elle dira « oui ».

Une pointe de nervosité inhabituelle allume les yeux d'Alex avant de disparaître sous leur glace verte habituelle.

– Quand elle dira « oui », donc, j'aurai besoin d'un témoin.

Il passe son pouce sur son verre et ses épaules tendues contrastent avec la désinvolture de son ton.

– Vu que tu es mon meilleur ami, reprend-il, et l'une des rares personnes que je supporte à mes côtés pendant plus de cinq minutes, considère qu'il s'agit là de ma demande officielle.

Oh, putain ! L'émotion est de retour et gonfle ma poitrine au point de former une boule dans ma gorge.

Avant notre dispute, Alex était là pour tous les matchs, toutes les crises et toutes les urgences de ma vie. Il était la seule personne en qui j'avais confiance, en dehors de ma famille, et j'étais le seul à qui il adressait plus d'une dizaine de mots à la suite.

Nous avons été les meilleurs amis du monde, même s'il ne m'a jamais appelé ainsi, du moins en ma présence. Aujourd'hui constitue une première.

– Ça dépend…

Ma voix devient rauque, je dois m'éclaircir la gorge. Cet enfoiré ne va pas me faire pleurer. *Pas aujourd'hui, Satan !*

– Premièrement, est-ce que j'ai les mains libres pour organiser ton enterrement de vie de garçon comme je l'entends ? Deuxièmement, est-ce que j'obtiens des places en loge VIP à vie, pour n'importe quelle compétition sportive ? Et troisièmement : est-ce que je peux faire un tour dans ton Aston ?

Alex pousse un soupir si las que je m'attends presque à ce qu'il s'effondre sous son poids.

– Dans la limite du raisonnable, oui et non.

Un et demi sur trois. Ce n'est pas si mal. Je ne m'attendais pas à ce qu'il accepte pour l'Aston, de toute façon. Il n'a jamais laissé personne conduire sa précieuse voiture.

– J'accepte, je déclare en levant mon verre. Tu t'es trouvé ton témoin.

– J'en suis ravi.

– J'ai hâte d'être à notre fête à Vegas, j'ajoute, passant outre la sécheresse de sa réponse. En fait, merde, non, passons au niveau supérieur. Tu es un milliardaire avec un grand « M », comme tu n'arrêtes pas de me le rabâcher. Allons à Macao. Non, à Monaco. Non, à Ibi…

– Tu t'emballes, Chen. Je n'ai pas encore fait ma demande à ta sœur.

– Mais ça ne saurait tarder, et il vaut mieux être préparé. (Mon sourire disparaît devant la mâchoire serrée d'Alex.) Elle dira oui, je lui répète d'une voix plus douce. Ne t'inquiète pas.

Une nouvelle lueur de nervosité traverse son regard. Il passe son pouce sur son verre de whisky jusqu'à ce que la tension dans ses épaules se dissipe un peu.

– Je ne m'inquiète pas. Mais pas d'Ibiza. Je ne supporte pas les fêtes sur une île.

Monaco me tentait davantage, de toute façon.

– Ça marche. Trinquons à une demande en mariage épique et à un enterrement de vie de garçon encore plus épique.

Je lève à nouveau mon verre. Alex y entrechoque le sien et j'attends que nous les ayons vidés avant d'ajouter :

– J'aurais accepté d'être ton témoin même sans les places en loge VIP, tu sais.

La glace de ses yeux se fissure, révélant une parcelle de douceur.

– Je sais.

Une seconde intense s'écoule avant que, sur une petite toux simultanée, nous n'éclations en même temps d'un rire gêné. Alex risque de se pétrifier si nous nous attardons trop dans la sentimentalité de l'instant. Or je ne voudrais pas que ma sœur épouse une statue au sens propre.

– Maintenant que c'est réglé… je reprends, un bras autour de ses épaules pour le guider vers le canapé, parlons de ce qu'on va faire pour cet enterrement de vie de garçon que tu n'oublieras jamais. Je pensais tigres, tatouages…

– Non.

Je balaie sa protestation d'un revers de main.

– Qu'est-ce que tu dirais de plonger en cage avec des requins ? On pourrait aller passer le week-end en Afrique du Sud…

Alex se passe une main exaspérée sur le visage pendant que je débite des idées en m'efforçant de ne pas ricaner.

Moi qui l'énerve pendant qu'il feint l'irritation ?

C'est comme au bon vieux temps, mais en mieux, car cette fois-ci, il n'y a plus de mensonges ni de secrets entre nous.

Toutes les grandes amitiés ont plusieurs chapitres.

Nous venons d'en ouvrir un nouveau.

56

JULES

– Je suis là ! Je suis là ! Qu'est-ce que j'ai raté ?

Stella se précipite dans l'appartement, les cheveux volant en un nuage sombre autour d'elle.

Je pose sur la petite brune en face de moi un regard exaspéré.

– Ava !

– Ce n'est pas ma faute. (Ses yeux pétillent.) Stella m'a demandé ce qu'on faisait, je lui ai dit et, euh… bon, j'ai peut-être vendu la mèche.

Ça fait deux heures que nous buvons dans un bar près de son appartement, deux heures qu'elle me passe sur le gril pour savoir quels sont mes sentiments à l'égard de Josh, ce que nous attendons de notre relation et ce que nous envisageons pour l'avenir. Globalement, elle plaisante, je pense, n'empêche que je transpire comme si je venais de finir le marathon de New York.

– Rien à part un interrogatoire digne de la CIA, je réponds à Stella.

Je vide le fond de ma vodka-cranberry pendant que Stella se glisse sur le siège voisin du mien.

Elle a dû venir directement du travail, sauf qu'au lieu d'un ennuyeux tailleur professionnel, elle porte une magnifique robe de lin blanc et un collier de turquoise qui met en valeur sa peau bronzée. Les avantages qu'il y a à travailler pour un magazine de mode, je suppose.

Elle écarte une boucle de cheveux égarée sur son œil.

– J'en doute fort. Je n'arrive même pas à croire que tu ne m'aies rien dit. Tu sors avec Josh depuis tout ce temps ? C'est lui, le gars mystère ?

Je sens le rouge me monter aux joues.

– Comment tu peux m'en vouloir ? Regarde ta réaction. Personnellement, je ne pense pas que ce soit si important. Ce n'est pas comme si je sortais avec le pape.

Qu'est-ce que ça peut faire si Josh et moi nous détestons presque depuis le jour où Stella a fait notre connaissance ? Les gens changent.

– J'aurais moins de mal à croire que tu sors avec le pape, ironise-t-elle.

– Très drôle. Vous êtes toutes hilarantes.

J'ai beau ronchonner, mes joues sont douloureuses tellement je souris. Malgré toutes leurs taquineries, mes amies semblent sincèrement heureuses pour moi – enfin, une fois qu'Ava s'est remise du choc initial – et maintenant que tout le monde est au courant pour Josh et moi, un poids énorme s'est ôté de mes épaules.

Il y avait une certaine excitation à agir en douce, mais je déteste mentir à mes amies.

– Au moins, tu ne l'as pas encore dit à Bridget.

Je pousse mon pied contre celui d'Ava sous la table. Je n'ai pas besoin d'être assaillie par toutes mes amies en même temps.

Elle pique un fard.

– Hmm, à ce propos…

Comme par enchantement, mon téléphone s'allume sur un appel FaceTime émanant d'une certaine tête couronnée d'Europe.

– Ava !

Elle lève les mains.

– Tu ne pouvais pas t'attendre à ce que je garde la nouvelle pour moi. D'habitude, ce n'est jamais moi qui suis la première sur un scoop. Et en plus, Bridget était dans notre groupe de tchat.

Je soupire, mais comme il est trop tard pour remballer la nouvelle, je réponds à l'appel.

Le visage de Bridget emplit l'écran.

– Tu sors avec Josh Chen ? demande-t-elle sans préambule. Quoi ? Comment ? Pourquoi ?

– Salut, Ta Majesté. Bonsoir à toi aussi, je lâche fermement. Comment ça va ?

– Ne t'avise pas de me donner du « comment ça va ? »

Bridget remonte son bandeau vert sur le sommet de son crâne. Elle devait s'apprêter à aller au lit, parce qu'elle ne porte pas de maquillage, ce que me confirme un aperçu de son pyjama en soie en bas de l'écran.

– Raconte-moi tout, insiste-t-elle. N'omets aucun détail. Je rate toujours les bons trucs, ici, en Europe.

– Tu n'as pas des obligations royales à remplir ou quelque chose du genre ?

– Il est minuit, Jules, et mes obligations royales consistent à faire des remontrances à des ministres qui s'obstinent à se comporter comme des écoliers. S'il te plaît, permets-moi de m'amuser un peu.

Une voix de basse masculine murmure quelque chose hors écran. Bridget tourne la tête pour murmurer quelque chose en retour avant de me faire face à nouveau.

– Rhys te passe le bonjour.

Elle fait pivoter la caméra pour que je puisse voir Rhys, qui m'adresse un petit signe de la main depuis sa place à côté d'elle, dans le lit. Ses yeux gris brillent d'amusement.

Je pousse un autre soupir, mais je raconte une nouvelle fois l'histoire, en commençant par la trêve de la clinique. Quand j'ai terminé, Bridget et Stella me dévisagent, bouche bée. La reine d'Eldorra secoue la tête. J'ai appuyé mon téléphone contre un verre pour que nous puissions toutes la voir.

– Waouh. C'est… D'une certaine manière, Josh et toi ensemble, ça n'a aucun sens et en même temps, tout le sens du monde.

– Ça signifie que vous avez cessé de vous disputer ? demande Stella, pleine d'espoir.

– Non. On se dispute davantage, je réponds joyeusement. Et ça donne lieu à de sacrées réconciliations sur l'or… (*Sur l'oreiller.* Mais je m'interromps brusquement devant le regard alarmé d'Ava.) Bref, vous savez quoi.

Stella fronce le nez.

– Je ne sais pas et je ne veux pas savoir. Je ne pourrai plus jamais regarder Josh de la même façon.

Stella ne sort pas souvent avec qui que ce soit. Ce n'est pas qu'elle n'éveille pas d'intérêt chez les hommes, elle éconduit des soupirants tous les jours, mais l'amour n'est tout simplement pas une priorité pour elle.

– Tu t'en remettras. Mais bon, assez parlé de moi. Et toi ?

– Quoi, moi ?

Les traits de Stella se teintent de méfiance.

– Tu es la dernière d'entre nous à ne pas avoir succombé, je reprends avec un sourire espiègle. Qui sera le gars qui volera ton cœur ?

– Quand tu l'auras trouvé, fais-le-moi savoir, réplique-t-elle sèchement. En attendant, j'essaie juste de survivre à Anya.

Anya, sa patronne, est la rédactrice en chef du magazine *DC Style.*

Pendant que Stella nous raconte sa dernière séance photo, qui a visiblement impliqué un mannequin ayant la gueule de bois, un python vivant et un bidon d'huile pour bébé, une photo familière, affichée par la télévision suspendue au-dessus du bar, attire mon attention.

Le choc me coupe le souffle. Cheveux bruns, yeux bleus, début de barbe, visage renfrogné.

Max.

Le volume est coupé, mais les sous-titres sont activés, si bien que je peux lire ce qui s'est passé.

« … le corps a été retrouvé dans une chambre d'hôtel à Baltimore. La victime, Max Renner, a été poignardée à plusieurs reprises avant de décéder sur place. Renner avait récemment été libéré de prison pour vol qualifié et aurait été membre d'un réseau criminel basé dans l'Ohio. La police soupçonne d'autres membres de ce réseau d'être responsables de son assassinat, et le FBI… »

Max est mort.

Après toutes ces années, toutes ces angoisses. Il est mort.

Je suppose que ses associés ont fini par le rattraper.

À part un petit soulagement, je ne ressens… rien du tout. Pas même de ressentiment, après ce qu'il fait dans la cage d'escalier.

Je l'ai vraiment relégué dans le passé.

Je ramène mon attention sur mes amies à temps pour voir Stella blêmir en consultant son téléphone. Ava et Bridget parlent du prochain voyage diplomatique de notre reine en Argentine.

Une graine d'inquiétude germe dans ma poitrine.

– Tout va bien ?

Stella a rarement l'air aussi secouée.

Elle me sourit, d'une façon plus contrainte que d'habitude, cependant.

– Oui, répond-elle en glissant son téléphone dans son sac. Il y a eu un problème au travail, mais je m'en occuperai plus tard.

– Tu devrais trouver un travail où on te traite mieux, dis-je doucement. Tu as un immense talent. Tu pourrais même te consacrer à plein temps à ton blog.

Stella gagne une tonne d'argent grâce au parrainage de marques.

– Peut-être un jour.

Je saisis l'allusion dissimulée dans sa réponse feutrée et je n'insiste pas, même si mon inquiétude demeure. Stella garde enfouis tous ses sentiments et tous ses problèmes. Ce n'est pas sain à long terme, mais aujourd'hui, ce n'est pas le moment d'en parler.

Nous nous joignons à la conversation de Bridget et d'Ava et finissons par aborder la promotion qu'Ava vient de recevoir. Il est minuit passé à Eldorra, mais Bridget ne raccroche pas pour autant.

Ma poitrine déborde de bonheur.

C'est comme au bon vieux temps, quand on commandait des pizzas et qu'on discutait jusqu'aux petites heures du jour dans notre chambre d'étudiantes.

Nous n'avons plus dix-huit ans, mais nous sommes toujours *nous*. Même si l'une d'entre nous vit sur un autre continent et que nous ne nous voyons pas autant qu'à l'université, notre amitié reste aussi solide qu'un roc.

Il est réconfortant de savoir que, peu importent les changements, certaines choses restent toujours les mêmes.

57

JULES

– C'est quoi, la surprise ? Dis-le-moi, s'il te plaît. Je suis en train de mourir, là.

Je sautille sur place, incapable de contenir ma curiosité alors que nous entrons dans l'ascenseur d'un immeuble de luxe de l'Upper East Side.

Un peu plus tôt dans la soirée, Josh m'a fait la surprise de m'emmener à New York pour assister à la dernière de la reprise de *La revanche d'une blonde* en comédie musicale, et il m'annonce qu'il a une autre surprise pour moi avant que nous ne repartions, demain. J'ai tenté de lui arracher le secret pendant toute la durée de notre trajet en taxi, mais il refuse de céder.

– Red, on arrive littéralement dans quelques minutes. Tu n'as jamais entendu parler d'un truc qu'on appelle « patience » ?

Il appuie sur le bouton pour le penthouse, et ma curiosité grimpe encore d'un cran.

– Patience ? (Je fais semblant de réfléchir.) Non, jamais entendu parler.

Je ris quand il me donne une tape sur les fesses en guise de punition.

Je suis sur un petit nuage depuis que Josh et moi nous sommes remis ensemble. Je me surprends à fredonner dans les moments les plus incongrus, comme quand je vide le lave-vaisselle ou que j'attends le métro. J'ai mal aux joues à force de sourire autant. Même le stress lié à l'imminence des résultats à l'examen du barreau ne parvient pas à alourdir ma poitrine. Je suis comme en apesanteur.

Il n'y a rien qui vous transforme une personne en nouille accomplie aussi efficacement que l'état amoureux, et ça ne m'énerve même pas. Il y a des choses bien pires que d'être une nouille. En outre, les pâtes appartiennent à un groupe alimentaire de premier ordre.

Quand nous arrivons au penthouse du dernier étage, une femme vêtue d'une superbe robe blanche vérifie nos noms sur une liste et nous fait signe d'entrer avec un sourire.

– Bienvenue à l'exposition, Monsieur Chen, Mademoiselle Ambrose. La galerie est sur votre droite.

– Une exposition ?

Je regarde les meubles modernes et épurés et les baies vitrées surplombant Central Park. L'endroit ressemble à un appartement privé, pas à un musée.

– Il s'agit d'un collectionneur privé. Il organise une fête pour présenter ses nouvelles acquisitions.

Josh me guide vers un long hall de marbre éclairé par le dôme de verre de son plafond. Des dizaines de tableaux sont accrochés aux murs dans des cadres dorés et des invités tirés à quatre épingles circulent ici et là, flûte de champagne à la main.

Je serre celle de Josh de plus belle quand ses yeux s'attardent sur un verre rempli du pétillant liquide doré.

– Comment tu t'es débrouillé pour être invité à cette exposition ? je demande, méfiante.

Qui peut-il bien connaître à New York ?

Son sourire suffisant déclenche une dizaine d'alarmes dans mon cerveau.

– Tu ne vas pas tarder à poser les yeux dessus.

Il m'entraîne dans le couloir jusqu'à ce que nous atteignions un tableau précis.

Ma mâchoire se décroche.

– Tu plaisantes. Comment c'est possible ?

C'est le tableau hideux de la chambre de Josh, celui qui m'a causé tant de peines, le mois dernier. Sauf que maintenant, au lieu d'une chambre à Hazelburg, il est suspendu dans un appartement de plusieurs millions de dollars, entre un Monet et un de Kooning.

– Je l'ai vendu. Je ne voulais pas que ceux qui en avaient après ce tableau s'en prennent de nouveau à moi. J'ai donc fait en sorte que sa vente soit la plus médiatisée possible. S'ils veulent se friter avec le nouveau propriétaire… (Josh hausse les épaules.) Ce sera à leurs risques et périls.

– Mince alors !

J'admets que c'est un coup de génie, même si je n'arrive toujours pas à comprendre pourquoi quelqu'un d'aussi riche paierait pour avoir une telle monstruosité chez lui.

Max n'est plus là, mais je suis curieuse de savoir qui est assez intimidant pour dissuader les criminels avec qui il frayait.

– Qui est le nouveau propriétaire ? je demande.

– Moi.

Je me retourne en entendant une voix riche et vaguement familière. Je fronce les sourcils en découvrant à qui elle appartient. Je ne l'ai rencontré qu'une fois, mais je reconnaîtrais entre mille le noir brillant de ces cheveux noirs et cette belle peau mate.

Dante Russo sourit.

– C'est un plaisir de vous revoir tous les deux. J'espère que vous profitez de la fête.

Je ne suis donc pas la seule à me souvenir de notre rencontre dans la bibliothèque de Christian.

– Absolument, merci. Votre galerie est absolument magnifique, je réponds aimablement.

Je me promets mentalement de googler Dante, plus tard. J'ai déjà entendu son nom, mais je n'arrive pas à retrouver où.

Il incline la tête, en signe de remerciement.

– Le sens de la beauté fait partie des activités de ma famille. Les produits de luxe, développe-t-il quand je hausse des sourcils intrigués. La mode, les bijoux, les vins et les spiritueux, la beauté et les cosmétiques. Tout cela fait partie de l'empire Russo.

Une note d'autodérision s'est glissée dans son ton.

Bien sûr.

Le voilà, le déclic. J'ai lu récemment dans un magazine une présentation du Russo Group, le plus grand conglomérat de produits de luxe au monde.

Dante en est le P.-D.G. Si j'en crois la description, il possède également l'une des équipes de sécurité les plus impitoyables dans le monde des affaires. Selon une légende urbaine, le chef de son service de sécurité a un jour surpris quelqu'un qui essayait de se faufiler dans sa maison pendant qu'il était en voyage d'affaires. Le voleur malchanceux s'est retrouvé dans le coma pendant un mois avec deux rotules cassées, un visage mutilé et toutes les côtes brisées.

Le voleur a refusé de donner des noms, et rien n'a permis de remonter indubitablement jusqu'à Dante, mais la réputation est restée.

Pas étonnant que Josh soit aussi certain que les associés de Max n'iront pas lui chercher des noises.

Nous continuons à bavarder pendant quelques minutes avant que j'ose lâcher :

– Mes condoléances pour votre grand-père.

Enzo Russo a fondé le groupe Russo il y a soixante-cinq ans. C'était une véritable légende dans le monde des affaires, et ses funérailles ont fait la une des journaux voici quelques semaines.

Dante ne semble guère bouleversé par la mort de son grand-père, mais il me paraissait poli de lui présenter mes condoléances, vu le caractère récent des funérailles. De plus, j'étais là lorsqu'il a appris la nouvelle, dans la bibliothèque de Christian.

Une chape de plomb s'abat sur ses traits sculptés.

– Je vous remercie. Je suis touché. (Il jette un coup d'œil par-dessus mon épaule.) Je vous prie de m'excuser de couper court à notre conversation, mais ma fiancée vient enfin d'arriver, ajoute-t-il d'une voix moins que ravie. (Y a-t-il ne serait-ce qu'une chose que cet homme apprécie, dans sa vie ?) Mais je vous en prie, profitez du reste de la fête.

Sur un petit salut de la tête, il s'éloigne à grands pas. Son grand corps musclé produit une impression saisissante dans la foule. Au bout du couloir, une belle Asiatique le regarde s'approcher avec une expression mi-nerveuse, mi-défiante. Sa fiancée, je suppose.

– Je paierais cher pour voir quelqu'un essayer de le cambrioler, dis-je. Bon travail.

Josh sourit.

– Je m'applique. Comment tu le connais ?

Il a l'air plus curieux qu'inquiet.

– On s'est croisés chez Christian, quand je lui ai demandé de m'aider à régler le problème Max.

J'avise un serveur qui s'approche de nous avec un plateau de flûtes de champagne et je secoue rapidement la tête.

– OK. C'est moi ou tous les riches se connaissent ? demande-t-il.

– Ça ne m'étonnerait pas. Ils vivent dans un petit monde.

Je regarde à nouveau le tableau. Contrairement aux autres, il est dépourvu de plaque indiquant son titre, son peintre et son origine.

– Alors, je reprends, est-ce que ce machin siiiii précieux a un titre ?

– Apparemment. Dante le connaissait déjà lorsqu'il l'a acheté. Il s'intitule *Magda*.

Josh me reprend la main et nous allons nous planter devant la peinture suivante.

58

JOSH

Il y a un point positif dans tout le pataquès lié au tableau : je l'ai vendu à Dante pour un sacré paquet d'argent. Pas assez pour me permettre de prendre ma retraite, mais suffisamment pour rembourser les prêts que j'ai contractés pour la fac de médecine, dépenser des fortunes sur d'agréables rendez-vous avec Jules et garnir mon bas de laine pour l'avenir.

Je suis presque sûr que Dante a sous-évalué le tableau pendant nos négociations, mais tant pis. Moi, je suis content d'être débarrassé de ce fichu machin.

Je pousse la porte de la clinique d'un pas qui n'a pas été aussi léger depuis des mois. Je viens de terminer une garde de neuf heures, mais Jules n'a plus que quelques semaines à travailler à la LHAC, et je veux passer le plus de temps possible en sa compagnie, avant qu'elle prenne son poste chez Silver & Klein.

La première chose que je remarque en entrant, c'est le groupe agglutiné autour du bureau de Jules, en train de s'extasier sur quelque chose.

– C'est un lieu de travail ou une fête ? je lance, en arrivant dans leur dos. Qu'est-ce qui se passe ?

– C'est l'heure du déjeuner, Josh, répond Ellie qui rejette ses cheveux derrière son épaule. On a bien mérité une pause. Pas vrai, Marsh ?

L'interpellé la contemple d'un air éperdu.

– Absolument.

Pauvre homme ! Il est tellement épris d'elle qu'il sauterait d'un pont si elle le lui demandait.

Cela étant, je ressens la même chose pour Jules, donc je suis mal placé pour me moquer.

– Salut, Red.

Je pose doucement une main sur son épaule, mais résiste à l'envie de l'embrasser. Tout le monde à la clinique sait que nous sortons ensemble maintenant, mais nous veillons à rester professionnels quand nous sommes en présence de nos collègues. Pas de marques d'affection en public, même si je ne résiste pas à l'envie de la bécoter furtivement dès que nous sommes seuls.

– Salut.

Elle me sourit, et ça devrait être illégal, putain, que ce simple petit sourire fasse gonfler ainsi ma poitrine.

Je lui rends son sourire.

– Salut.

L'air entre nous est chargé d'électricité. Pour la énième fois, je regrette que nous soyons entourés d'une demi-douzaine de collègues.

Tout le monde autour de nous soupire – certains rêveurs, d'autres feignant l'exaspération.

– Je savais que vous feriez un beau couple, déclare Barbs, rayonnante et pas peu fière d'elle. Personne ne me croyait.

Quand nous avons annoncé notre relation, il y a deux semaines, elle a été si heureuse qu'elle a confectionné une énorme tarte aux myrtilles et l'a apportée à la clinique le lendemain. Selon elle, c'était pour fêter la première relation amoureuse nouée à la LHAC, même si elle n'est pour rien dans notre union.

Cela étant, comme c'est elle qui m'a poussé à aller retrouver Jules à la cuisine, son premier jour à la clinique, peut-être qu'elle mérite quand même un peu de crédit en la matière. Si j'avais découvert que Jules travaillait ici un autre jour, d'une autre manière, je n'aurais peut-être jamais proposé de trêve, et nous n'en serions pas là où nous en sommes.

Et puis, Barbs a été moins insupportable que Clara, qui m'a lancé le sourire le plus suffisant du monde, dans le genre « je te l'avais bien dit », quand elle l'a appris.

– À cet égard, c'est moi qui porte tout le poids de la relation, je déclare, ce qui me vaut un petit coup de coude de la part de Jules.

Le sourire de Barbs s'élargit.

– C'est marrant, elle a dit la même chose.

Je passe une main sur les cheveux de Jules.

– Ça ne m'étonne pas. Il arrive à la pauvre petite de délirer.

– Regarde-toi dans le miroir, Chen, ricane Jules. Enfin, s'il n'est pas trop fissuré à force de t'affronter tous les jours.

Mon rire se joint à celui des autres.

– Touché, Red. Touché. Qu'est-ce que vous êtes en train de regarder ? je demande, en me penchant sur son épaule pour jeter un œil à son téléphone.

– Elle nous montre des photos de la demande en mariage de son amie. Regarde-moi cette bague ! Je suis surprise que la malheureuse ne ploie pas sous son poids.

Les boucles grises de Barbs frémissent d'excitation. Moi, je secoue la tête pendant que Jules fait défiler sur son téléphone les photos de la demande d'Alex à Ava.

Il la lui a faite officiellement au cours du week-end. Ce saligaud ne pouvant rien faire à moitié, il a donc emmené Ava à Londres pour une « exposition photo spéciale » et il lui a fait sa demande dans la galerie où ils s'étaient réconciliés.

Leur mariage est prévu pour l'été prochain, mais les préparatifs battent déjà leur plein, avec Jules, Stella et Bridget en qualité de demoiselles d'honneur. Comme Ava n'est pas arrivée à décider qui elle voulait comme demoiselle d'honneur principale, elle a choisi de s'en passer.

– Celle-ci pourrait être encadrée et accrochée.

Barbs tapote l'écran quand Jules atteint la dernière photo. Alex y pose un genou à terre, Ava porte une main à sa bouche, les yeux brillants de larmes. Toute la galerie a été vidée et redécorée pour l'occasion : des guirlandes lumineuses scintillantes sur lesquelles sont accrochés des polaroïds qu'Ava a pris d'eux, une table dressée avec des bougies et des fleurs au milieu de la salle, des pétales de roses bleues éparpillés sur le sol. L'éclat de l'écrin ouvert où repose la bague est aveuglant, même sur cette image en deux dimensions.

C'est aussi la seule photo d'Alex que j'aie jamais vue où il semble si évidemment, si sauvagement nerveux.

Je frotte mes mains. Punaise, j'ai hâte de faire planer cette photo comme une menace au-dessus de sa tête, la prochaine fois que je le verrai. Un Alex nerveux, immortalisé pour l'éternité.

L'Univers m'adore.

Tout le monde s'extasie devant la photo, à base de « ooooh » et de « aaah » pendant un certain temps encore avant de se disperser dans les bureaux. Jules et moi entrons dans la cuisine déserte pour aller « se ravitailler en café ».

À la seconde où la porte s'est refermée, je l'attrape par le cou et je l'attire contre moi pour lui dire bonjour comme il se doit. Elle a un goût de caramel et de café, dont je savoure la suavité une bonne minute avant de m'écarter.

– Bonjour.

J'effleure ses lèvres des miennes. Le sourire de Jules me fait l'effet d'un rayon de soleil sur mon torse.

– Bonjour. C'est comme ça que vous saluez toutes vos collègues, Docteur Chen ? Parce que c'est très inconvenant.

– Seulement les exaspérantes qui me cassent les pieds, je réplique avec un coup de dent sur sa lèvre inférieure pour la punir de son culot. Un baiser, c'est le seul moyen de les faire taire.

– Ne le dis pas aux infirmières, sans quoi tu vas avoir une mutinerie sur les bras. Elles ne vont pas arrêter de te faire enrager.

– C'est une bonne chose que je ne sois pas intéressé par une infirmière alors. D'ailleurs… personne ne me fait mieux enrager que toi.

Je décris de petits cercles avec mon pouce sur son cou. Jules fond à mon contact.

– Tu es un vrai charmeur.

– C'est l'une de mes nombreuses qualités. Bref, comment se passe l'organisation du mariage ? Ava s'est déjà transformée en Bridezilla ?

– Josh, elle s'est fiancée il y a quatre jours exactement. Elle est encore en Europe.

Alex a prolongé leur voyage pour qu'ils puissent visiter la France et l'Espagne après Londres.

– Ben quoi, je n'ai jamais été fiancé. Je ne sais pas comment fonctionne leur calendrier.

Jules pousse un soupir enjoué.

– Il va falloir attendre un moment avant qu'on soit vraiment dans le bain, mais… (Un soupçon d'hésitation passe sur son visage.) À propos de mariage, on arrive à cette époque-là de nos vies. Bridget est mariée. Ava est fiancée.

– Oui.

– Tu… as l'intention de te marier bientôt ?

Mon pouce s'immobilise sur sa peau.

– Et toi ?

Je guette sa réaction.

Nous ne sortons ensemble que depuis quelques mois, mais en effet, le moment est propice pour discuter de nos attentes concernant l'avenir.

Nous nous dévisageons une seconde avant de lâcher notre réponse ensemble.

– Non, je ne suis pas encore prête financièrement…

– Je dois terminer mon internat et passer mes examens…

– Il y a tellement de choses que je veux faire avant…

– Tant d'endroits à visiter…

Nos mots s'entrecoupent dans notre hâte.

Jules éclate de rire et se couvre le visage de ses mains.

– Merci, mon Dieu. Ce n'est pas que je ne veuille pas me marier et avoir des enfants un jour, mais maintenant…

– Ce n'est pas le bon moment, je conclus. Tout à fait d'accord.

Je sais déjà que c'est avec elle que je veux passer ma vie, mais un mariage s'accompagne de responsabilités financières que ni elle ni moi ne sommes en mesure d'assumer pour l'instant.

Par ailleurs, quand nous nous marierons, je veux que ce soit un mariage de rêve pour Jules. Je veux que notre lune de miel soit une putain d'expérience épique. Ces choses-là ne sont pas possibles maintenant, tant que je suis contraint par mon internat et Jules en train de vivre ses premières années en tant qu'avocate.

– Il y a trop de choses à voir dans le monde avant. Et je veux les voir avec toi.

Un joyeux rouge lui monte au cou, puis aux joues.

– C'est une promesse, Chen ? Parce que je pourrais te prendre au mot.

Je souris. Comment ai-je pu croire que Jules était autre chose que ma partenaire idéale ?

– C'est plus qu'une promesse, Red. C'est une garantie.

Épilogue

JULES

Un mois plus tard

– Ouvre.

– Non.

Josh pose ses mains sur mes épaules.

– Jules. Peu importe ce qui apparaît sur cet écran, tout ira bien. Je serai là. La crainte des résultats te tuera plus sûrement que les résultats eux-mêmes.

Je jette un coup d'œil nerveux à mon ordinateur portable, où la page de connexion aux résultats de l'examen du barreau me regarde fixement.

– Facile à dire pour toi. Ce n'est pas ton avenir qui dépend d'un fichu score.

J'attends depuis tellement longtemps... Maintenant que les résultats sont là, j'ai envie de jeter mon ordinateur à travers la pièce et de faire comme si tout ça n'existait pas. L'ignorance est une bénédiction, comme on dit.

Mon ventre se retourne quand je repense aux difficultés que j'ai eu à surmonter. J'ai passé l'examen du barreau juste après ma rupture avec Josh et ensuite, j'ai été blessée par mon ex psychotique qui m'a poussée dans l'escalier.

Des circonstances guère propices à un succès.

– Ce n'est pas tout ton avenir qui est en jeu, reprend Josh, dont la voix calme dénoue un peu la contraction de mes muscles. Si tu ne l'as pas, tu le repasseras jusqu'à ce que tu réussisses. Tu deviendras une avocate hors pair, Red. Ne doute pas de toi. Et puis... (Il m'embrasse sur le front.)

Mieux vaut arracher le sparadrap plutôt que laisser l'incertitude t'empoisonner.

– C'est vrai. Tu as raison.

Je prends une grande inspiration.

Pas de panique. Ça va aller. Un échec à l'examen du barreau ne serait pas la fin du monde.

Enfin, ce serait la fin de mon monde, mais pas celle du monde.

Je me dirige vers mon ordinateur et entre mon nom d'utilisateur et mon mot de passe, les doigts tremblants. Mon petit déjeuner tournicote dans mon ventre. Je regrette d'avoir englouti les gaufres aux myrtilles préparées par Josh.

Je ferme les yeux pendant que le relevé de notes se télécharge. Mon cœur bat à tout rompre, un tambour frénétique.

Finissons-en. Ça va aller.

Derrière moi, Josh, présence forte et réconfortante, pose de nouveau les mains sur mes épaules.

J'entrouvre enfin les yeux et je concentre mon regard sur le score total, au bas de la page.

295.

Il me faut une seconde pour l'analyser. Une fois le processus achevé, je pousse un cri sonore.

– J'ai réussi !

Je me lève d'un bond, me cogne le genou contre le dessous de la table, mais je ne sens même pas la douleur. Je me retourne et jette les bras autour du cou de Josh, avec un si grand sourire que j'en ai mal aux joues.

– J'ai réussi, j'ai réussi, j'ai réussi !

Il éclate de rire et me fait tournoyer dans ses bras.

– Qu'est-ce que je t'avais dit ? Félicitations, Red. Maintenant tu vas pouvoir m'entretenir grâce à ton salaire d'avocate pendant que je sue sang et eau sur mon internat.

Il y a de la fierté dans sa voix riche et chaude.

Je dois commencer à travailler chez Silver & Klein la semaine prochaine. Je regrette un peu de devoir quitter la clinique, mais j'espère avoir encore la possibilité d'aider la LHAC d'une manière ou d'une autre. Lisa a évoqué le souhait de s'associer à un cabinet d'avocats d'affaires pour étendre le champ d'action de la clinique. Après m'être installée chez Silver & Klein, j'ai donc l'intention de proposer un partenariat entre ma nouvelle entreprise et mon ancienne.

Entre-temps, Josh a entamé sa quatrième et dernière année d'internat, au terme de laquelle il passera ses examens et deviendra médecin à part entière.

Nous sommes sur la bonne voie pour réaliser la carrière de nos rêves, mais honnêtement, ce qui me réjouit surtout, c'est d'avoir Josh à mes côtés. Ça rend chaque réussite plus douce et chaque échec moins amer.

– Je savais que tu étais un croqueur de diamants. M'utiliser pour de l'argent, c'est... Je suis choquée. Consternée. Scandalisée...

Même après avoir remboursé son prêt pour la fac de médecine, il lui reste suffisamment d'argent, grâce à la vente du tableau, pour être financièrement à l'aise pendant des décennies, mais ça ne m'empêche pas de le taquiner.

Josh m'interrompt d'un baiser.

– Ne t'inquiète pas, dit-il d'une voix plus basse, en faisant remonter sa grande main chaude sur ma cuisse. Je peux te rembourser d'une autre façon.

Mon rythme cardiaque s'accélère et je retiens un gémissement quand il atteint la fente entre mes jambes. Je suis déjà trempée pour lui, comme le confirme la lueur de satisfaction dans les yeux de Josh. Il a toujours été très imbu de lui-même en matière de sexe.

Et je me déteste d'adorer ça.

– Je ne te crois pas, je souffle. Il va d'abord me falloir un échantillon.

Il écarte ma culotte et frotte son pouce sur mon clitoris.

– Tu es dure en négociation. Tu voudrais quel genre de démonstration ? Que je te baise jusqu'à ce que tu oublies ton nom ? Que je mange cette petite chatte jusqu'à ce que tu jouisses sur mon visage ? Ou peut-être… (Il insinue un doigt en moi et le replie jusqu'à toucher le point sensible et que j'en tremble de tous mes membres.) Peut-être que tu veux que je remplisse chacun de tes trous comme la petite cochonne en manque de sexe que tu es.

Un gémissement monte dans ma gorge quand je visualise ce qu'il me dépeint. Mes joujoux pimentent parfois notre vie sexuelle, et la dernière fois qu'il les a utilisés sur moi tout en baisant ma bouche…

Un frisson de plaisir me secoue le corps.

Josh introduit un autre doigt en moi.

– Tu veux quoi, Red ? Dis-le-moi avec tes mots.

– Je…

J'ai toutes les peines du monde à énoncer une réponse cohérente, je suis trop distraite par le lent va-et-vient de ses doigts en moi.

Un faisceau d'électricité s'accumule entre mes jambes.

– Tes talents d'oratrice mériteraient d'être améliorés, ironise-t-il, feignant la déception. Mais puisque je suis d'humeur magnanime et qu'on doit fêter ton succès à l'examen du barreau, je vais te proposer un échantillon des trois…

Josh avait raison de dire que mes compétences d'oratrice ont besoin d'être améliorées, parce que le temps qu'il ait fini de me proposer ses « échantillons », trois heures plus tard, mon corps est complètement mou et j'ai du mal à me souvenir de mon nom.

– Mmm.

Je pousse un gémissement satisfait alors que la somnolence s'installe comme une couverture chaude sur moi et pèse lourdement sur mes paupières. Nous sommes passés du salon à son lit, et je veux juste m'enfoncer dans les oreillers et ne plus en repartir.

– Bon échantillon, je parviens à ajouter.

Le petit rire de Josh me chatouille la peau, puis il dépose un baiser sur mon épaule.

– Qu'est-ce que tu dirais d'une démonstration complète, alors ?

Il caresse la courbe de mes fesses, et aussitôt les papillons dans mon ventre se déchaînent à nouveau.

– Arrête, je gémis, mi-horrifiée, mi-excitée. Je vais mourir si je jouis encore une fois.

Les chances que j'arrive à marcher correctement demain sont déjà quasi nulles.

Josh s'esclaffe à nouveau avant de se retourner et d'attraper son téléphone.

– OK, OK. Je t'accorde un sursis. En fait, je t'avais acheté un cadeau en prévision de ton succès à l'examen du barreau. Plus exactement, je nous avais acheté un cadeau.

Je me redresse, ma curiosité l'emportant sur mon envie de dormir. Il me sourit, fossette creusée sur la joue.

– C'est quoi ? Un jouet ? De la lingerie ? Le *Kama Sutra* ?

– Non, Red. Sors donc ton esprit du caniveau.

Il me tapote le nez, les yeux pétillant d'un amusement exaspérant.

– Regardez de qui me vient cette injonction, je lance avec une grimace. Ton esprit, à toi, il vit dans le caniveau.

Josh me donne une petite tape sur les fesses en guise de punition avant de me tendre son téléphone.

– Attention, ou ce sursis va être plus temporaire que tu le pensais.

Je passe outre l'excitation qu'éveillent ses paroles et je plisse les yeux pour lire le document à l'écran. Ça ressemble à… un billet d'avion ?

Lorsque les mots minuscules apparaissent enfin clairement, je prends une brusque inspiration.

– La Nouvelle-Zélande ? On va en Nouvelle-Zélande ?

– Au début de l'année prochaine, quand j'aurai à nouveau des jours de vacances. Mais j'ai acheté des billets flexibles afin qu'on puisse changer de dates au cas où tu ne pourrais pas prendre cette semaine-là de congé à ton nouveau travail. Alors, heureuse ?

Le sourire de Josh est à deux doigts de m'aveugler.

– Tu veux rire ? C'est la Nouvelle-Zélande, voyons !

Mon ventre fait des sauts périlleux quand je visualise les montagnes enneigées et les eaux d'un bleu immaculé. En dehors des États-Unis, je ne suis allée qu'à Eldorra, au Canada, au Mexique et dans quelques îles des Caraïbes. La Nouvelle-Zélande fait partie des premières destinations sur ma liste de choses à faire.

– Et si j'avais raté l'examen ? je demande, en revérifiant le billet électronique pour m'assurer qu'il est bien réel.

Oui, pas de doute. Mon nom, les dates du voyage et la destination. Tout est réel.

– Dans ce cas, ça aurait été un cadeau de réconfort, répond Josh en haussant les épaules.

L'émotion me noue la gorge et s'insinue dans ma poitrine.

– Josh Chen, parfois tu es…

Je repousse le téléphone et je l'embrasse. Le caramel au beurre salé ? Du pipi de chat. Rien ne vaut son goût à lui, mélange de menthe et de sexe.

– … tolérable, j'achève.

Il hausse un sourcil.

– Tolérable ? Ça ne va pas. Je suis censé être insupportable, et toi… (Il passe ses doigts dans mes cheveux et tire un peu.) Tu es censée me haïr.

J'enfonce les ongles dans sa cuisse jusqu'à ce que je l'entende prendre une brusque inspiration.

– C'est bien le cas.

Un lent sourire se dessine sur ses lèvres.

– Montre-moi.

J'enfonce plus rudement mes ongles dans la peau de son torse, que je griffe de haut en bas, avant de lui grimper dessus. L'attrapant sans ménagement par les cheveux, je tressaille quand il répond par une nouvelle tape sur les fesses, cette fois si forte que la douleur se répercute à travers tout mon corps.

J'ai déjà les cuisses trempées et je gémis. Oubliée, la somnolence…

Rien à foutre de marcher correctement. C'est surfait de toute façon.

JOSH

Quatre mois plus tard

– Si je meurs, je t'entraîne en enfer et je te tourmente pour l'éternité.

Jules enroule un bras autour de ma taille, bien plus pâle que d'ordinaire, alors que nous nous dirigeons vers le bord de la plate-forme. Derrière nous, le responsable du saut à l'élastique vérifie nos harnais une dernière fois.

– Si tu meurs, je meurs, Red. L'enfer à tes côtés, c'est le paradis pour moi, j'ajoute avec un large sourire et un baiser sur sa joue.

Son expression crispée se fissure.

– C'est hyper ringard, Josh.

– Oui, et alors ? Je suis assez sexy pour m'en tirer quand même. D'ailleurs, tu devrais être gentille avec moi. Tu ne voudrais pas que nos dernières paroles soient des insultes, si ? je termine avec un coup d'œil à la rivière en contrebas.

C'est notre dernière journée complète en Nouvelle-Zélande, et nous sommes sur le pont Kawarau de Queenstown pour un saut à l'élastique en tandem. Jules a accepté sans sourciller toutes nos activités précédentes – saut en parachute, parapente, canyon swing au-dessus de la rivière Shotover... Pourtant, elle n'a jamais eu l'air aussi nerveuse que maintenant.

Et mes paroles la font blêmir encore plus.

– Ne dis pas ça.

Je resserre mon bras autour de sa taille.

– Je plaisante, je plaisante. Tout ira bien. Fais-moi confiance.

– Y a intérêt à ce que tout aille bien, ou je te jure que je laisse Cerbère t'arracher les parties génitales.

Je souris. J'adore quand elle devient violente.

– Prêts ? demande le responsable, qui nous tient par l'arrière de nos harnais.

Je regarde Jules. Elle prend une grande inspiration et acquiesce.

– C'est bon, je réponds.

Mon cœur s'écrase contre ma cage thoracique, rien qu'en anticipation.

L'opérateur nous donne une petite poussée et...

Nous sautons. Vite et fort, le vent sifflant à nos oreilles, nous plongeons vers les eaux turquoise de la rivière Kawarau.

Le cri de Jules se mêle à mon rire euphorique.

Putain, ça m'avait manqué. L'adrénaline. Le rush. La sensation d'être si vivant que le monde entier s'illumine tout autour.

Mais ce n'est pas seulement le saut à l'élastique. C'est de le faire avec Jules. Rien ni personne à part elle n'est capable de me faire sentir aussi vivant.

Je l'embrasse sur la bouche, la détournant ainsi de la secousse de la corde quand elle va se tendre. Pour la plupart des gens, le recul est la partie la plus terrifiante du saut, et Jules est déjà assez nerveuse.

Ses muscles se tendent, avant de se détendre à nouveau lorsque j'approfondis le baiser et resserre un bras protecteur autour de sa taille. Elle ne crie plus une seule fois pendant le reste de la chute libre.

La fierté s'épanouit dans ma poitrine. *C'est ma nana, ça.*

Un radeau nous attend à la fin de notre dernier saut. Les deux membres du personnel détachent nos harnais et nous nous effondrons, les yeux au ciel, sur le coussin en forme de matelas.

– Putain de... merde, souffle Jules quand elle a repris son souffle.

Je tourne la tête pour la regarder.

– Je t'avais dit que ça allait être incroyable.

– Je ne sais pas si le mot « incroyable » est le bon. J'ai vu ma vie défiler devant mes yeux.

Elle se tourne de façon que nous nous retrouvions face à face. Ses joues sont teintées de rose par le vent, et ses cheveux s'étalent en éventail autour d'elle tel un nuage de soie rouge. Elle est si belle, putain, que j'en ai mal à la poitrine.

– Mais rien que pour ce baiser, là-haut, ça valait le coup, conclut-elle.

– Spiderman et Mary Jane, c'est de la gnognotte à côté de nous.

– Et même moins que ça.

Nous échangeons un sourire avant de retomber dans un silence confortable tandis que le radeau glisse vers la rive.

Après le tourbillon d'activités de la semaine, nous partageons enfin un moment de paix.

Une partie de moi voudrait rester ici et explorer sans fin la Nouvelle-Zélande avec elle. Une autre partie est impatiente de vivre le reste de nos vies ensemble, chez nous.

Je suis dans ma dernière année d'internat, Jules s'épanouit chez Silver & Klein. Elle a déjà été sollicitée pour travailler sur une énorme affaire avec un des associés. Nous avons également emménagé ensemble le mois dernier, afin d'optimiser le temps que nous passons tous les deux vu la surcharge de nos emplois du temps. Nous avons fait un compromis, question trajet, en choisissant une maison à mi-chemin entre son bureau et l'hôpital.

Ça signifie que Stella vit désormais seule au Mirage. Elle a conclu un accord avec le propriétaire pour qu'elle n'ait pas à payer la part de loyer de Jules pour la durée restante de son bail. Accord qui a un peu atténué la culpabilité de Jules de laisser son amie en plan dans leur ancien appartement, même si Stella n'a cessé de lui répéter que tout allait bien.

La Nouvelle-Zélande est un rêve ; Washington, la réalité. L'un et l'autre sont carrément stupéfiants.

– Tu me détestes toujours ? je chuchote en entremêlant mes doigts à ceux de Jules.

Ses yeux pétillent de malice et elle serre ma main.

– Toujours.

– Parfait, je lâche en souriant.

Scène Bonus 1

JOSH

– Tu es dure en négociations.

J'écarte la culotte de Jules et je frotte mon pouce sur son clitoris.

– Tu voudrais quel genre de démonstration ? Que je baise ta chatte jusqu'à ce que tu oublies ton nom ? Que je mange cette petite chatte jusqu'à ce que tu jouisses sur mon visage ? Ou peut-être…

J'insinue un doigt en elle et le replie jusqu'à ce qu'il touche le point qui lui arrache un petit cri.

– Peut-être que tu veux que je remplisse chacun de tes trous comme la petite cochonne en manque de sexe que tu es.

Un gémissement monte de sa gorge. Ses joujoux pimentent parfois notre vie sexuelle, et même si certains hommes n'aiment pas utiliser autre chose que leur sexe pour faire le travail, ça ne me dérange pas le moins du monde. Je suis toujours prêt à tester de nouvelles choses, et si ces choses s'achèvent en orgasmes… eh bien, je ne vais certainement pas m'en plaindre.

J'introduis un autre doigt en elle.

– Tu veux quoi, Red ? Dis-le-moi avec tes mots.

– Je…

Le rose lui monte aux joues alors que ses yeux papillonnent, puis se ferment.

– Tes talents d'oratrice mériteraient d'être améliorés, j'ironise, feignant la déception. Mais puisque je suis d'humeur magnanime et qu'on doit fêter ton succès à l'examen du barreau, je vais te proposer un échantillon des trois…

Elle pousse un autre gémissement lorsque je m'agenouille devant elle et baisse sa culotte. Tenaillé par l'impatience, j'ai le sexe dressé, et désormais dur comme la pierre à la vue du sien, si gonflé et luisant pour moi.

Je passe ses jambes sur mes épaules et je dépose une ligne de baisers dans l'intérieur de sa cuisse. Sa peau est plus douce que de la soie contre mes lèvres, et le petit tremblement de ses membres ne fait que redoubler ma faim.

Je pourrais me régaler de Jules pendant une vie entière et ne jamais m'en lasser.

Quand j'ai atteint le cœur de son intimité, je lape son clitoris en appuyant juste ce qu'il faut dessus, avant de remonter d'un long coup de langue paresseux.

Jules serre mes cheveux dans ses poings et pousse un cri étranglé.

– Josh…

– Je sais, ma chérie. (Nouveau long coup de langue.) Mais on ne fait que commencer.

Je marque une brève pause avant de plonger, pour la baiser avec ma langue et la dévorer comme si je n'avais rien mangé depuis des jours.

Bon sang, son goût et les petits gémissements qu'elle émet chaque fois que je la lèche… C'est meilleur que tous les plaisirs que j'aie connus.

Jules jouit moins de cinq minutes plus tard et m'inonde la langue. Les sangs en feu, je lèche jusqu'à la dernière goutte de son orgasme. Si je ne la pénètre pas bientôt, je vais exploser, putain.

Je lui laisse quelques minutes pour récupérer avant de me redresser et de plonger en elle. Ses gémissements reprennent alors que je la soulève, jambes enroulées autour de ma taille, pour la porter jusqu'à la chambre, toujours bien fiché dans sa petite chatte.

Je serre les dents, car le mouvement engendre une exquise friction, mais je parviens à ne pas la prendre sur le sol du salon comme un putain d'animal. Il y a un temps et un lieu pour ça, mais elle vient de réussir le barreau et je veux prendre mon temps pour fêter son succès, si je peux m'exprimer ainsi.

Quand nous arrivons dans la chambre, je la dépose sur le lit et je récupère deux de nos joujoux préférés dans sa collection. Je dis « nos » joujoux, parce que, bon sang, nous les utilisons toujours ensemble, et je nous ai offert l'un d'eux comme cadeau d'anniversaire de rencontre.

J'en place un devant elle.

– Montre-moi comme tu es douée avec ta bouche.

Ma respiration se fait rauque quand Jules referme docilement ses lèvres autour de la tête du gode et la suce.

Mon propre sexe, bien réel et bien dur, palpite de désir, mais je l'ignore du mieux que je peux pendant que je la prépare soigneusement avec du lubrifiant. Elle a l'habitude d'utiliser des *sex-toys* dans cet orifice-là, il ne lui faut donc pas trop de temps pour s'échauffer, mais je veux atténuer au maximum son inconfort.

Une fois qu'elle me semble bien prête, j'insère lentement le plug anal et je l'allume. Le bourdonnement des vibrations noie presque les gémissements étouffés de Jules.

Elle se cambre vers moi, et je n'ai pas besoin d'une autre invitation pour glisser en elle d'une seule poussée aussi fluide que dure.

Nous lâchons un grognement simultané, même si le sien est encore étouffé par le jouet qu'elle a dans la bouche. *Putain.* Elle ne cesse jamais de m'émerveiller : ce que c'est bon d'être en elle, dans sa petite chatte si serrée, si mouillée et si parfaitement moulée autour de moi que je ne sais pas où je finis et où elle commence.

Je ferme les yeux et serre les dents. *Brocolis. Choux de Bruxelles. Betteraves rouges.* J'énumère mentalement le plus grand nombre de légumes possible afin de ne pas décharger comme un putain de puceau qui fait l'amour pour la première fois, puis j'accélère enfin le rythme.

Je me retire jusqu'à ce qu'il ne reste plus que mon gland en Jules, avant de plonger à nouveau jusqu'à la garde, encore et encore, jusqu'à ce que le claquement de nos chairs se mêle à mes grognements et à ses gémissements.

– Continue de sucer, chérie.

Je la saisis par les hanches et je garde les yeux rivés sur sa tête qui monte et descend sur le jouet. Même si ce n'est pas moi qui suis dans sa bouche, regarder cette pipe enthousiaste, c'est hyper érotique, putain.

– Tu te débrouilles très bien. Continue comme ça.

Pendant ce temps, je continue de la baiser. Dedans, dehors, de plus en plus vite, jusqu'à ce qu'une boule d'électricité se forme à la base de mon épine dorsale. Je laisse échapper un dernier grognement avant que l'orgasme déferle sur moi et mette le feu à chacune de mes terminaisons nerveuses. Jules crie en même temps, sa chatte convulse autour de ma bite et me vide de tout mon sperme.

J'attends que nos respirations ralentissent avant de me retirer pour me débarrasser du préservatif.

– Je suis tellement fier de toi, Red.

Je l'embrasse sur l'épaule tandis qu'elle s'affaisse sur le lit, épuisée.

– Pour ma réussite au barreau ou pour autre chose ? demande-t-elle d'une voix étouffée par l'oreiller.

Je ris tout en retirant délicatement son plug anal.

– Les deux.

Je dépose un nouveau baiser sur son épaule avant de la faire rouler sur elle-même, de sorte que nous soyons allongés sur le côté, face à face.

– Hmm. Eh bien, tu as bien célébré la chose. Vingt sur vingt, Chen.

Jules s'étire et bâille. Même vue de si près, je ne peux repérer un seul défaut chez elle. Cette femme est parfaite en tout point.

– Oh, je n'en ai pas encore fini avec toi. Je te laisse juste te reposer pour ne pas te mettre hors d'usage. J'ai beaucoup de projets pour toi aujourd'hui.

Je l'attire tout contre moi.

– C'est vrai ?

La bouche de Jules se tord, signe qu'elle étouffe un rire.

– Mm-hmm. Tu ferais mieux de te reposer pendant que tu peux, parce qu'on entame le deuxième round dans dix minutes.

Je presse les lèvres sur le sommet de son crâne avant de la serrer tout contre mon torse et d'écouter ses respirations qui deviennent régulières et apaisées.

Jules et moi avons une vie sexuelle intense, mais ce seront toujours ceux-là, mes moments préférés : ceux où nous sommes allongés l'un à côté de l'autre, repus, à écouter les battements de cœur de l'autre.

Nous n'avons pas besoin de mots ou d'actes pour être heureux.

Nous n'avons besoin que de nous.

Scène Bonus 2

JULES

– On ne va pas accrocher ça dans notre maison. Ça va réduire la valeur de notre propriété à zéro.

Je croise les bras et grimace devant l'horrible peinture rouge et orange que Josh est en train de transporter.

Nous revenons d'une virée shopping pour redécorer la maison et, même si je n'ai pas réussi à l'empêcher d'acheter cette monstruosité tout à l'heure, j'espérais être plus… convaincante à la maison.

Hélas, passant outre mes protestations, il accroche la monstruosité à côté du miroir encadré d'or au mur.

– Premièrement, c'est une magnifique œuvre d'art. Deuxièmement, tu exagères.

– Premièrement, non, c'est faux. Deuxièmement, j'exagère toujours. Qu'est-ce que c'est censé représenter, de toute façon ? j'ajoute, les yeux plissés.

– Un coucher de soleil. C'est évident.

Non, ça n'a rien d'évident. Ça ressemble à quelqu'un qui aurait renversé du soda à l'orange sur une toile et se serait roulé dedans tout en saignant abondamment de multiples blessures.

– Eh bien, c'est le coucher de soleil le plus laid que j'aie jamais vu… Eh ! je couine quand Josh me soulève et me jette sur son épaule. Pose-moi !

Le sang me monte à la tête et mon monde bascule.

– Pas tant que tu n'auras pas admis que ce tableau est une œuvre d'art.

– OK, c'est une œuvre d'art, d'accord. Mais une moche.

Un rire interrompt ma deuxième salve de protestations quand il me donne une fessée en guise d'avertissement – suffisamment légère pour être joueuse, mais assez forte pour piquer.

– Encore un mot, et tu es privée de pâtes, grogne-t-il, mais je perçois l'amusement dans sa voix. Ce sera saumon et coleslaw.

Mon sourire s'évanouit, l'idée de ce mélange suffit à me donner la nausée.

– Tu ne ferais pas ça.

C'est l'une de ses rares journées où ni Josh ni moi ne travaillons, nous avons donc prévu une soirée en amoureux à la maison. C'est lui qui cuisine, je choisis la musique et je mets la table.

Si quelqu'un à l'université m'avait dit que je serais enthousiaste à l'idée d'un rencard aussi sobre, j'aurais ricané et j'aurais demandé à la personne si elle était défoncée. Ma devise a toujours été que plus c'était grand, mieux ça valait. Boire et danser dans un nouveau bar branché, voler en montgolfière, une croisière au crépuscule sur le Potomac... c'était ma kryptonite.

Mais maintenant que Josh et moi avons fait toutes ces choses, je préfère rester à la maison avec lui. Nous n'avons pas besoin d'activités en extérieur pour passer du bon temps et j'aime l'avoir pour moi toute seule... sauf s'il se montre cruel au point de vouloir me forcer à manger du coleslaw.

– Oh que si, alors sois gentille. Ton dîner est entre mes mains.

Il va jusqu'à la cuisine et m'assied sur le comptoir. Notre maison a un plan semi-ouvert, autrement dit aucun mur ne sépare la cuisine et la salle à manger de l'espace de vie.

Je relâche un souffle haletant, étourdie autant par la soudaineté de mon changement de position que par l'odeur enivrante de Josh. Nous sortons officiellement ensemble depuis près d'un an, et les papillons que fait naître sa présence sont plus forts que jamais.

Il se place entre mes jambes et m'enlace la taille.

– Alors, voilà ce que je te propose : on garde le tableau en échange des meilleures pâtes que tu aies jamais mangées de ta vie.

Je hausse un sourcil.

– Tu as une très haute opinion de tes talents de cuisinier, Docteur Chen.

Il est excellent cuisinier, cela dit. J'ai économisé des centaines de dollars de livraison de nourriture depuis que nous avons commencé à sortir ensemble, car ses repas sont meilleurs que la plupart de ceux qu'on trouve dans les restaurants.

– À juste titre. Alors, qu'est-ce que tu en penses ? C'est un bon compromis, non ?

La fossette de Josh fait une apparition dévastatrice.

Je regarde le tableau par-dessus son épaule pendant un long moment avant de soupirer.

– D'accord, mais si ce dîner n'est pas époustouflant, j'exige un remboursement et M. Crépuscule-Hideux va directement à la poubelle.

Il éclate de rire et me gratifie d'un rapide baiser.

– Ça marche. Maintenant, va te préparer pendant que je trime pour toi à la cuisine.

– *Drama King*, va.

– Dixit la *Drama Queen* par excellence.

C'est vrai. Je suis une *drama queen*, et j'en suis fière. Ça vaut mieux que d'être ennuyeuse.

Je ne peux m'empêcher de sourire en sautant du comptoir pour me diriger vers notre chambre. Josh et moi avons emménagé ensemble il y a six mois, juste après le Nouvel An, mais nous avons été si occupés que nous n'avons pas eu le temps de vraiment décorer avant récemment.

Jusqu'à il y a un mois, nos meubles se réduisaient au strict minimum : un canapé, un lit, une table à manger et une table basse. Maintenant, les souvenirs de notre voyage en

Nouvelle-Zélande, y compris une magnifique pendule en bois de kauri et des figurines en pounamu, sont disséminés dans toute notre maison, trois pièces en tout, et les choix esthétiques (discutables) de Josh se mêlent aux miens dans chaque pièce. Cet horrible coucher de soleil pour lui, un tapis rose et duveteux pour moi. Une tête de lit en cuir noir pour lui, un coussin en forme de lèvres rouges pour moi.

Ces choses-là ne devraient pas aller ensemble, et pourtant si. Tout comme nous.

Pendant que Josh prépare le dîner, je saute dans la douche et je me prépare aussi méticuleusement que si nous allions manger dans un restaurant cinq étoiles. Ce n'est pas parce que notre rendez-vous galant a lieu à la maison qu'on ne va pas se mettre sur son trente-et-un.

Le temps de me coiffer, de me maquiller et de revêtir ma robe de soie verte préférée, les arômes alléchants de l'ail, de la tomate et du fromage emplissent la maison.

Mon ventre gargouille d'impatience quand je regagne la cuisine, mais je m'immobilise en découvrant la salle à manger et je reste bouche bée.

Je ne sais pas comment, en l'espace de deux heures, Josh a non seulement achevé de cuisiner mais il a aussi transformé la salle à manger en une pièce digne d'une scène de film romantique.

Il a tamisé les lumières : l'essentiel de l'éclairage provient de la dizaine de bougies disséminées dans l'espace. Elles projettent une chaude lueur dorée autour d'elles et transforment une pièce sans cela purement utilitaire en quelque chose de plus douillet et de bien plus intime. Une nappe en lin blanc recouvre la table sur laquelle sont disposés nos plus belles assiettes en porcelaine, une bouteille de vin rouge et un petit centre de table fait de roses orange, mes fleurs préférées.

Josh se tient à côté de la table, un léger sourire satisfait aux lèvres. Il a troqué son tee-shirt contre une chemise blanche, une veste et un jean noir.

– C'est notre premier vrai rencard depuis un mois, alors je me suis dit que j'allais monter un peu le niveau.

Il m'examine de la tête aux pieds, d'un regard si lent et si langoureux qu'il laisse une traînée de feu dans son sillage. Les papillons reprennent vie dans mon ventre, mais il ne leur faut pas grand-chose en ce moment.

– Tu t'es faite belle, Red.

Je suis trop abasourdie pour formuler de réponse appropriée.

– Quoi… comment…

Il hausse les épaules.

– Ça ne me prend pas beaucoup de temps de cuisiner, et je me suis faufilé dans notre chambre pour changer de vêtements pendant que tu prenais ta douche. Tu y restes toujours une éternité là-dedans.

Son sourire s'élargit.

– C'est faux.

Quarante-cinq minutes, ce n'est pas beaucoup. Entre l'exfoliation et l'après-shampooing obligatoires avant un rendez-vous…

Je m'approche de la table et passe une main sur la nappe.

– J'étais censée mettre la table.

– Je me suis dit que je ferais mieux de le faire pour qu'on puisse passer directement aux choses sérieuses. Maintenant, ose me dire que ces pâtes ne sont pas le meilleur plat que tu aies jamais goûté.

Josh tire ma chaise et attend que je m'assoie pour prendre place sur le siège en face du mien.

– Toujours cette arrogance…

J'enroule les pâtes autour de ma fourchette et je prends la bouchée demandée. Les saveurs explosent dans ma bouche, m'empêchant d'étouffer un petit gémissement d'appréciation.

– C'est…

J'avale et jette un nouveau coup d'œil à l'horrible tableau. Le plaisir que me procure cette nourriture est en conflit avec le dégoût que m'inspire le tableau.

– Oui ? insiste Josh, sourcil haussé.

– Vraiment bon, j'admets à contrecœur.

Je ne vais pas mentir. Ces pâtes sont incroyables, mais cet aveu signifie que je vais être coincée devant ce hideux crépuscule jusqu'à Dieu sait quand.

Je pousse un soupir et Josh éclate de rire.

– N'aie pas l'air si triste, Red. Tu finiras par aimer Rayon-de-soleil avec le temps.

– Tu n'as quand même pas appelé cette chose Rayon-de-soleil.

– Ça lui va bien. Plus sérieusement, ajoute-t-il avec une expression radoucie, je suis content qu'on ait pu faire ça. Tu m'as manqué.

Mes papillons se déchaînent.

– On se voit tous les jours.

– Je sais.

Je bois une gorgée de vin pour tenter de faire disparaître la boule dans ma gorge. Même si ça fait un an que nous nous fréquentons, je trouve encore étrange d'être aimée comme Josh m'aime.

De manière exhaustive, complète et inconditionnelle.

L'ancienne moi aurait douté de notre relation et de ses sentiments pour moi, mais heureusement, j'ai surmonté mes insécurités… pour la plupart. Parfois, elles essaient de s'insinuer à nouveau dans ma conscience, mais je n'ai qu'à regarder Josh pour les atténuer.

Je pose mon verre et replace une mèche de cheveux derrière mon oreille. Sans le quitter des yeux.

– Docteur Chen, qui aurait cru que vous soyez un tel romantique ?

– Je ne l'étais pas avant toi. Mais assez d'eau de rose, sinon ton visage va exploser et ça gâchera mon magnifique repas.

Son sourire est réapparu, né, j'en suis sûre, du spectacle de mes joues qui se sont empourprées.

– Doucement, Chen. Il n'y a de place que pour deux personnes à cette table. Ton ego va devoir aller s'asseoir ailleurs.

Josh remplit à nouveau nos verres.

– Désolé, chérie, mais mon ego et moi, on vient en un seul lot. Alors, comment se passe l'organisation de l'enterrement de vie de jeune fille ? J'ai envoyé un texto à Ava tout à l'heure, elle n'arrête pas de parler de l'Espagne.

L'enterrement de vie de jeune fille d'Ava à Barcelone est prévu pour septembre, suivi de son mariage dans le Vermont en octobre.

– Tout se passe bien.

Comme Ava a refusé de choisir une seule demoiselle d'honneur, Bridget, Stella et moi nous sommes réparti les tâches de la planification – Stella et moi un peu plus, vu que Bridget est accaparée par la gestion d'un pays et tout le tralala.

– J'ai trouvé un bar en rooftop stupéfiant...

Josh et moi nous parlons tous les jours, même si nos emplois du temps sont très chargés, et même s'il ne s'agit que d'un appel ou d'un échange de textos rapide entre ses gardes à l'hôpital et mes longues soirées à étudier des dossiers pour Silver & Klein. Mais je vis pour des moments comme celui-là, où nous pouvons partager les détails les plus infimes et les plus minuscules de notre vie et soit en discuter en boucle, soit enrager dessus. Le nouveau *food truck* que j'ai découvert à Farragut Square, le film culte des années 1990 qu'il a déniché pour notre prochaine soirée cinéma.

Les relations se construisent sur de petits moments, pas sur de grands gestes.

Depuis que nous sortons ensemble, Josh et moi avons gravi les montagnes Bleues, sauté à l'élastique et en parachute en Nouvelle-Zélande, et dîné dans les meilleurs restaurants, mais nous n'avons pas besoin de tout ça pour être heureux.

Nous avons juste besoin l'un de l'autre.

– Quel est ton verdict sur le rencard de ce soir ? A-t-il été à la hauteur de tes attentes les plus élevées ? me taquine Josh pendant que nous débarrassons la table après le dîner.

– Dix sur dix, Chen. Bon travail.

Je place les plats dans l'évier pour pouvoir passer les bras autour de son cou.

– Mais tu as manqué un truc.

Il fronce les sourcils.

– Quoi ?

– Une deuxième tournée de desserts. Que dirais-tu de poursuivre ce rendez-vous galant dans la chambre à coucher ? La vaisselle peut attendre.

Je l'embrasse et je souris en le voyant prendre brutalement sa respiration. Son rire doux et sombre enflamme aussitôt mon intimité.

– J'aime bien ta façon de penser, Red.

Comme prévu, nous ne faisons pas la vaisselle ce soir-là. Notre rendez-vous galant ne s'achève qu'aux petites heures du jour, et tout ce que je peux en dire, c'est que c'était…

Le meilleur. Rendez-vous. De tous les temps.

Merci d'avoir lu *Twisted Hate.* Si vous avez aimé ce livre, je serais ravie que vous laissiez un commentaire sur la/les plateformes(s) de votre choix.

Les commentaires sont comme des conseils pour l'auteur, et tous sont utiles !

Avec tout mon amour,
Ana

Remerciements

Tout d'abord, un ÉNORME coup de chapeau à mes lectrices alpha et bêta Brittney, Sarah, Rebecca, Aishah, Allisyn, Salma et Kimberly et mes lecteurs alpha de spécialité, Logan, Aya, Alexa et Ashley pour vos retours incroyables et honnêtes ainsi que pour votre expertise médicale et juridique. Vous avez lu l'histoire dans sa forme la plus brute, avec les fautes de frappe et tout le reste, et vos commentaires ont transformé un brouillon en quelque chose que je suis fière de partager avec le monde.

À Christa Désir et à l'équipe de Bloom Books, pour avoir été des collaborateurs incroyables qui ont réussi à faire briller ce livre.

À mon agente Kimberly Brower pour n'avoir jamais cessé d'être une rock star. Je te suis très reconnaissante pour tes conseils et tes encouragements.

À Amber, pour avoir toujours été là quand je réfléchissais trop (c'est-à-dire quatre-vingt-dix-neuf pour cent du temps) et d'être une assistante rock-star.

À ma relectrice, Amy Briggs, et à ma correctrice, Krista Burdine, pour avoir exercé votre magie comme vous seules savez le faire.

À Amanda d'E. James Designs pour la magnifique couverture et aux équipes de Give Me Books et de Wildfire Marketing pour m'avoir permis de rester saine d'esprit pendant le chaos du mois de la sortie.

Enfin, à mes lecteurs, blogueurs, bookstagrammeurs, et à tous ceux qui font vivre les livres, JE VOUS AIME !

Je serai toujours impressionnée par le soutien incroyable que vous m'apportez et je suis heureuse de l'existence de chacun d'entre vous.

Avec toute mon affection,
Ana

Restez en contact avec Ana Huang

Groupe de lecteurs : facebook.com/groups/anastwistedsquad
Site web : anahuang.com
BookBub : bookbub.com/profile/ana-huang
Instagram : instagram.com/authoranahuang
TikTok : tiktok.com/@authoranahuang
Goodreads : goodreads.com/anahuang

À propos de l'autrice

Ana Huang est autrice de romances contemporaines et New Adult, souvent torrides, avec un faible pour les alphas tourmentés. Ses livres vont du léger au sombre, mais conduisent tous au *happy end* (saupoudrés de beaucoup de badinage et de piquant).

Outre la lecture et l'écriture, Ana aime voyager, elle est obsédée par le chocolat chaud et entretient de multiples relations avec des petits amis de fiction.

Imprimé en France par CPI
en janvier 2024

Composition réalisée par Nord Compo à Villeneuve-d'Ascq

N° d'impression : 3055593